KB130394

당신을 만나
참 좋았다

공정CEO / 법학박사
가갑손 지음

당신을 만나 참 좋았다

초판 1쇄 발행 2020년 10월 10일
개정증보판 1쇄 발행 2021년 9월 1일

지 은 이 가갑손
발 행 인 권선복
편　　집 가정준
교정교열 오동희
디 자 인 서보미
전 자 책 노유경
발 행 처 도서출판 행복에너지
출판등록 제315-2011-000035호
주　　소 (07679) 서울특별시 강서구 화곡로 232
전　　화 0505-613-6133
팩　　스 0303-0799-1560
홈페이지 www.happybook.or.kr
이 메 일 ksbdata@daum.net

값 35,000원
ISBN 979-11-5602-913-7 03810

당신을 만나 참 좋았다

facebook
2011년부터
2020년까지
가갑손의 페이스북

공정의 달인 가갑손 회장의

사회 평론집

본 평론집은 저자가 10년(2011~2020) 동안 페이스북에 올린 1,200여 편의 글을 모아 일기 형식으로 편집한 것으로 정치, 경제, 사회, 문화에 대한 평론이다. 지난 10년간 세 번 정권이 교체되는 동안 많은 이슈가 등장했다. 본 저서는 기업 CEO 30년 삶의 단상이며 이 시대를 살아온 시사평론서이다. 저자는 2011년, 국무총리실에서 선정한 공정 부문에서 공정의 달인으로 선정되었기에 부제에 명기했다.

공정CEO / 법학박사
가갑손 지음

개정증보판

“공정의 달인 가갑손(CEO/법학박사)” 평론집

본 평론집은 저자가 10년(2011~2020) 동안 페이스북에 올린 1,200여 편의 글을 모아 일기 형식으로 편집하였으며 내용은 정치, 경제, 사회, 문화 등에 대한 평론이다. 지난 10년 동안 3번 정권이 교체되어 많은 이슈가 등장했던 격변의 현대사이기도 했다. 본 저서는 기업 CEO 30년의 삶의 단상이며 이 시대를 살아온 시사평론이다.

저자는 2011년 국무총리실에서 선정한 공정의 달인 총 7명 중 공정부문에 공정의 달인으로 선정되어 부제에 명기하였다.

출간사

역사는 인간의 만남의 기록입니다.

태어난 뒤로 부모 형제들을 만났고, 학교에 입학하여 동창, 선후배를 만났습니다. 사회에 진출하고 나서는 동료, 선후배는 물론이고 각계각층의 사람들과 기업에 종사하며 수백만의 고객과도 만났습니다. 그리고 2011년에 페이스북을 시작하면서 10년 동안 1,900명의 페이스북 친구들과도 만났습니다. 저의 페이스북 글에 '좋아요', 공감, 댓글을 보내 준 11여만 명의 페이스북 친구들과의 만남이 참 좋았습니다.

본 저서의 제목 『당신을 만나 참 좋았다』는 2017년 10월 16일 결혼 51주년에 아내에게 보낸 글 제목입니다. 아내와 결혼 후 어려운 신혼 생활을 극복하고 2남 1녀를 낳아 길렀습니다. 3남매 미국 유학 보내 박사 되고, 귀국해 대학교수로 봉직하며 착한 며느리와 예쁜 손자 손녀들과 이웃하여 살고 있어 행복합니다.

본 저서는 저자가 10년(2011~2020)간 정치·경제·사회·문화 등에 대하여 페이스북에 올린 1,200여 편의 글을 연, 월, 일별로 편집한 저의 일부 생활 일기이며 회고록이기도 합니다. 80 평생을 뒤돌아봅니다. 어린 시절 가난 속에서 경험한 배고픔과 추위도 뇌리에 스쳐 옵니다. 일제강점기, 6.25 사변, 4.19, 5.16의 체험, 33개월의 군 생활, 한화 그룹 33년, 개인 사업 22년! 6, 70년대 이후 산업화, 민주화는 국민의 피와 땀, 눈물로 이룩한 결정체입니다. 세계경제 10대 강국! 성스런 대한민국이 자랑스럽습니다.

본 저서는 편집을 맡아 준 한국외국어대학교 지식출판콘텐츠원장이며 법학전문 대학원 가정준(장남) 교수의 권유와 절필을 아쉬워한 페이스북 친구분들의 요청으로 출판하게 되었습니다. 가 교수와 출판에 심혈을 다해 주신 도서출판 행복에너지 권선복 대표이사와 관계자분들께 깊은 감사를 드립니다. 사랑과 희생으로 평생 나를 돌봐 준 평생 반려자인 아내(전청자)에게 결혼 55주년 기념으로 이 저서를 정중히 바칩니다.

2021년 7월 31일

가갑손

목차

출간사 ······ 005

인생은 만남의 역사(2011년) ······ 009

국가란 무엇인가(2012년) ······ 057

마음의 문을 여는 열쇠(2013년) ······ 115

안전을 다시 생각하자(2014년) ······ 179

위기를 모르는 것이 최대 위기다(2015년) ······ 261

한국인만 모르는 대한민국(2016년) ······ 331

인사가 만사다(2017년) ······ 457

안보와 경제(2018년) ······ 613

대한민국호는 어디로 가고 있나?(2019년) ······ 753

민주주의와 법치(2020년) ······ 807

출간후기 ······ 1020

페이스북(Facebook)을 열면서

페이스북은 2004년 명문 하버드대학의 19세 학생인
마크 저커버그(Mark Zukerberg)가 창업한 세계적인 소셜네트워크
서비스로 2006년 9월 이메일소지자는 누구나 가입할 수 있도록
문호를 개방하여 현재 전 세계 10억 명 이상의 회원을 갖고 있다.
페이스북은 시공을 초월한 세계인과의 소통 플랫폼이다.
세상을 바꿔 놓은 마크 저커버그의 창업가 정신, 도전과 신념,
열정이 낳은 최강의 유통 메커니즘이다.

2011년 3월 11일 페이스북에 글을 쓰기 시작하며
2020년 12월까지 지난 10년간 게재한 1,200여 편의 글을 올리며
2020년 9월 16일 발행한 책에서 편집과정 중 누락한 300여 편의
글과 2020년 게재한 100여 편의 글을 합하여
개정증보판으로 출판하는 저서로 탄생시키는 작업을 시작한다!

2011년

인생은
만남의 역사

hungry 시대에서 angry 시대로

2011. 03. 11.

5000년 역사를 통해 가난으로 점철된 우리의 역사를 기억하고 있습니다. 그럼에도 지긋지긋한 가난을 극복하고 민주 자주 독립국가를 건설해 세계 10대 경제 대국으로 진입했습니다. 기적이 아닐 수 없지요. 그런데 요즘 세상 돌아가는 모습을 보면 걱정이 되네요. 갈등과 분노가 사회를 지배해 선진 국가 건설의 장애 요인이 되고 있습니다. 선진국의 요건은 법과 원칙이 지배하는 사회, 양보와 타협이 이뤄지는 사회, 지도자가 솔선수범하며 가장 애국자가 되는 나라, 국민들이 참을 줄도 알고 현재 하는 일에 최선을 다하며 국가에 의무를 지키는 나라입니다. 이런 선진 대한민국이 되었으면 합니다.

성숙한 시민 의식

2011. 03. 16.

일본 열도를 강타한 지진과 쓰나미에 대처하는 일본 국민들의 시민 의식에 세계가 찬사를 보내고 있습니다. 이러한 성숙한 시민 의식의 원천은 무엇이겠습니까? 교육이지요. 유치원, 초·중·고·대학에서는 물론이고 가정에서 남을 배려하고 남에게 피해를 주지 말라는 기본적인 교육, 질서를 지키라는 교육을 꾸준히 한 결과라고 할 수 있습니다. 우리는 지금 어떤 교육을 시키고 있습니까? 자성을 해 봐야겠습니다. 기초 질서 지키기, 인사 잘하기, 욕하지 않기, 떠들지 않기, 타인을 의식하기 등 아주 작고 쉬운 교육부터 시작해야겠습니다. 교육은 선진사회로 가는 지름길입니다. 시민 의식 제고를 위해 국가적 범국민적으로 생각하는 계기가 되기를 바랍니다.

사이비 전문가의 범람

2011. 04. 03.

2008년 광우병 파동, 작년 천안함 폭침, 연평도 폭격, 최근 구제역, 일본 지진과 원전 폭발로 인한 방사능 문제 등에 대한 국민들의 광범위한 의견이 개진되고 있습니다. 그러나 세계 선진국의 전문가의 조사결과에 대한 발표, 국내 전문 기관과 전문가의 평가와 진단, 결과 발표를 외면하고 불신과 부정으로 사회 혼란을 부추기며 국민의 불안을 조성시키는 사이비 전문가가 범람하고 있음은 안타까운 일입니다. 특히 언론이 이에 편승해 부정적 단면을 클로즈업하고 있습니다. 보다 성숙한 국민 의식, 매스컴의 자세가 촉구됩니다. 선진 국민의 의식 변화 없이 선진국 진입은 요원할 것입니다.

양심의 법정

2011. 04. 08.

하느님은 인간의 마음속에 양심이라는 법정을 만들어 사람의 행동 하나하나에 도덕적 판단을 내려 주고 있답니다. 양심의 법정은 검사나 변호사도 없으며 양심이라는 재판관만 있습니다. 자기 잘못을 변명하거나 거부할 수도 없습니다. 양심법은 실정법의 상위법입니다.

5월을 맞아

2011. 05. 01.

늦게 핀 꽃은 지고 초록빛 나뭇잎이 신록의 5월을 보여 주고 있습니다. 5월은 가정의 달입니다. 메트로 가족 모두가 사랑을 나누고 희망을 갖기를 바랍니다. 3, 4월의 눈보라, 비바람 앞에서도 꽃이 피고 새 잎이 5월을 단장하고 있습니다. 세월의 변화를 보면서 여러분은 무엇을 생각하고 있습니까? 변화와 창의에 한발 더 다가서기를 기대합니다. 아직도 구시대적 사고, 마음의 문을 닫고 있는 현상을 보면 마음이 아픕니다. 전문성, 열정, 앞을 내다보는 혜안, 남을 배려하는 마음, 협력하는 자세 등이 부족합니다. 마음의 문을 열 때 새로운 세상이 보입니다. 상반기 중 조직 개편은 물론이고 인사를 재조정할 것입니다. 새로운 젊은 피를 수혈해 젊은 조직으로 탈바꿈되어야 할 것입니다.

신록의 5월처럼 우리 메트로 가족 모두가 회사의 새로운 푸른 동산을 만들기를 바랍니다. 여러분과 가족 모두의 건승을 기원합니다.

일자리 창출

2011. 05. 15.

정부는 물론 여야 정치권이 입을 모아 일자리 창출을 정책의 1순위로 잡고 있습니다. 과거에는 경제성장률이 1퍼센트 증가하면 10만 명을 고용하는 효과가 있었습니다. 그런데 지금은 5만 고용 효과에 머무르고 있습니다. 이는 자동화, IT 발달로 인한 고용 감소 및 인력 효율화와 노동의 유연성이 없기 때문입니다. 정규직 채용보다는 비정규직의 확대가 큽니다.

나는 일자리 창출은 일거리 확대 없이 불가능하다고 생각합니다. 정부는 물론 기업에서도 일거리를 늘리는 데 더욱 노력해야 한다고 생각합니다. 메트로 가족 여러분! 우리 회사의 일거리를 늘리는 방안을 제안해 주시기 바랍니다. 인터넷쇼핑몰, 모바일 쇼핑몰, 제주 사업부의 마케팅 확대, 물류 사업, 시설팀의 MRO 사업 확대, 가정 청소 용역, 친환경 상품 전용매장 운영, 초콜릿 또는 다른 업종의 체인 사업 등 많은 영역의 사업을 개발한다면 일거리를 늘려 자동적으로 일자리가 창출될 것입니다. 정부의 일거리 확대 없는 고용 창출 정책은 구호로 끝날 뿐입니다. 정책은 구체성과 현실성이 있어야 합니다. 여러분의 일거리 창출에 대한 아이디어를 기대합니다. 세상의 모든 기적은 주변에 있는 상황 관찰, 관심, 연구, 상상으로 이뤄질 것입니다. 세상은 소수가 지배하고 있습니다. 기대합니다.

제주 리조텔타운을 다녀와서

2011. 05. 21.

19일, 20일, 제주 리조텔타운을 다녀왔습니다. 19일에는 제주대학교를 방문해 MICE 산업단과의 업무 제휴 건에 대해 협의하고, 김치공장과 농협 하나로마트 방문, 제주 마케팅 담당 후보자 면담 등 바쁜 일정을 가졌습니다. 저는 다시 단장한 우리 호텔 VIP룸에서 머물렀습니다. 여직원들이 만든 꽃꽂이도 준비되어 기분이 좋았답니다. 아침 일찍 일어나서 주변을 산책하면서 잘 정돈된 잔디 구장, 작은 올레길도 산책하면서 많은 생각을 했답니다. 600명 정도의 수학여행 학생들의 아침 식사 모습도 보고 주방 요원뿐만 아니라 후방 지원 직원들의 분주한 모습을 보면서 수고 많이 하고 있다고 생각했습니다. 6월 예약이 부진하다는 보고를 받고 또 걱정이 되네요. 사업은 걱정업인 듯합니다.

아침 식사는 외부 손님과 핑크스CC에서 먹었습니다. 재일 교포가 운영하다 최근에 SK에서 인수운영을 하고 있어 음식과 서비스를 비교해 보고 싶었습니다. 평가는 보류, 직업병인지도 모릅니다. 점심은 직원 식당에서 미리 준비하도록 한 육개장으로, 어제 김치공장에서 받아 온 김치 시식 겸 식사 전 회사 현황 설명, 당면 과제, 우기 대비, 안전관리 철저, 카페 가입으로 소통 제고 등을 당부하고 우리 다 같이 동반자가 되자고 강조했습니다. 아직도 소통 부재, 직원들의 열악한 복지 문제 등 할 일이 많이 있습니다. 오후 4시에 사무실에 도착해서 업무를 확인했습니다. 어쩐지 슬픈 생각도 들었습니다.

6월 아침에 보내는 글

2011. 06. 01.

메트로 가족 여러분!! 가정의 달, 초록빛으로 단장한 5월을 보내고 녹음의 계절 6월을 맞이했습니다. 제가 좋아하는 장미꽃도 활짝 필 것입니다. 6월은 상반기를 마감하는 달이기도 합니다. 평택 M-Plaza는 여러 가지 저해 요인을 극복하고 1층 의류, 잡화 매장 개장에 이어 하반기에 2층 OUT-LET 매장, 6층 FOOD-COURT 매장 오픈을 추진할 것입니다. 영화관은 획기적 영업 활성화를 위해 CINUS 본사에 임대 위탁해 운영됩니다. 이를 통해 M-Plaza의 활성화와 가치 제고가 실현될 것입니다. 또한 제주 사업부는 제주 리조텔타운이라는 새 이름으로 출발해 내·외부를 새로 단장하며 마케팅 영역을 강화하고 내부 조직을 정비하는 등 영업 형태를 새롭게 변모시키고 있습니다. 우리 회사의 집적 역량을 동원해 신규 연관사업 진출도 모색하고 있습니다. 아직도 2008년 글로벌 외환위기 여파가 세계경제를 불안하게 하고 있으며 국내 경제도 가계 부채 증가, 청년 실업 등 현안 문제가 산적해 있습니다. 정치적·사회적 갈등과 북한의 위협도 불안의 큰 요소입니다.

메트로 가족 여러분! 우리는 우기를 맞아 폭풍, 폭우와 안전사고, 식중독예방에 최선을 다해야 합니다. 열악한 근무 여건에서도 항상 밝은 모습으로 업무에 매진하는 여러분이 저의 큰 힘과 위안입니다. 다시 한번 감사를 드리며 회사가 빨리 발전하는 가시적인 모습을 보여 드리도록 최선을 다하겠다는 의지를 전합니다. 여러분의 건승을 기원하며 6월 첫날 인사에 갈음합니다. 감사합니다.

재래시장 알기

2011. 06. 07.

재래시장은 우리나라 유통 역사의 시발이며 우리의 생활과 전통의 맥을 이어 왔다. 일제강점기 당시 화신 백화점, 미스꼬시 백화점이 개점한 이래 90년대 유통 개방에 따라 국내뿐만 아니라 다국적 유통업태가 한국 시장에 진입되어 유통 천국을 이뤄 왔다. 업태와 업종은 고객에 다가서면서 가격과 서비스 경쟁을 통해 만족과 감동을 제공하며 서비스산업의 발전을 선도해 왔다. 이에 반사적으로 재래시장이 붕괴되어 서민 경제에 큰 타격을 입게 되자 정부와 지자체는 재래시장 활성화 지원에 앞장섰다. 최근에는 재래시장 접근을 규제하는 법이 통과되었으나 과연 효과를 거둘 수 있을지는 미지수다. 시장은 인위적으로 작동되지 않는 속성이 있기 때문이다. 현재 가계 부채 증가, 물가 폭등, 청년 실업 사태, 고령화 사회 등으로 경기 회복은 장담하기 어렵다.

우리 재래시장에 대해 관심을 가져 보면 어떨까? 가격경쟁력이 있고 시장도 어느 정도 현대화되어 있다. 다만 마케팅 능력이 거의 전무하다. 재래시장의 SOFT WARE, 취급 상품 집중과 선택, 위생 관리, 상품 공급의 일원화(수집 배송), 진열, 판매 기법 지도 등과 관련해 다양한 마케팅 전수의 여지가 있을 것으로 생각된다.

물가가 높은 지금 시대에 재래시장의 활성화에 우리 회사의 역할이 있을 법하다. 아이디어가 있으면 검토해 보기를 바란다. 시장은 우리보다 먼저 변화하고 있다. 시장을 알면 기업은 발전한다.

안성 천주교 공원묘지에 다녀왔습니다

2011. 06. 11.

어제 오후 부모님이 계신 공원묘지를 다녀왔습니다. 어머님 기일이 얼마 남지 않아 찾아뵈려고요. 야생화가 곱게 피어 꽃동산을 이뤘네요. 수천 기의 영혼들이 잠들어 있는 곳, 수원교구에서 잘 관리하고 있어 마음이 편했습니다.

부모님 묘지 앞에서 어머님, 아버님을 불러 봤지만 역시 묵묵부답이었습니다. 이곳엔 우리 부부가 묻힐 곳도 준비되어 있어 많은 상념에 잠기기도 했습니다. 공동묘지! 죽음의 힘으로 마침내 공평무사해져서 평화를 되찾는 인간들의 거처로 비치기도 했습니다. 산 자와 죽은 자가 서로 말을 건네어 이승과 저승을 넘나들 수 있는 공간이 공동묘지라는 말입니다. '이들의 저 소중한 침묵의 가르침을 우리는 어떻게 이해할 것인가?' 불필요한 고민도 해 보았답니다. 가장 공정한 장소이며 죽은 자들의 침묵의 사회이기 때문입니다. 치열한 생존경쟁을 경험하다 이곳에 묻힌 영혼들이 무엇이라고 말하고 있을까요? 이승에 있을 때 최선을 다하며 그리고 멋지게 살다 오라고. 그리고 죄짓지 말고 오라고 당부하는 소리가 들리는 듯했습니다. 천국에 가기가 그리 쉽지 않다는 말입니다. 그러나 사랑이신 하느님은 우리를 많이많이 용서해 주실 것입니다. 이승에 있을 때 더욱 열심히 성실하게 살다 부모님 곁으로 오겠습니다, 라고 다짐하면서 짧은 재회를 마치고 돌아왔습니다. 저승에서도 늘 우리를 보살펴 주시는 아버님, 어머님의 영혼이 항상 편안하시기를 기도드립니다.

상반기를 보내며

2011. 06. 30.

메트로 가족 여러분! 오늘이 2011년 상반기를 마감하는 날이네요. 하염없이 세월은 흘러갑니다.

지난 6개월을 되돌아봅니다. 가계 빚 증가, 올라가는 물가로 인해 국민들은 살기가 어렵다고 합니다. 중소 상인들은 장사가 안 된다고 아우성을 칩니다. 실업 사태의 장기화 등으로 국내 경기는 어려운데 정치 불안에 이어 정·관계 사람들의 비리, 부정, 부패가 국민의 분노를 야기하고 있습니다. 우리 회사는 외부적인 장애 요인으로 인해 M-Plaza의 활성화가 늦어지고 있습니다만 1층에 LG팻숀, 풋라카, 멀티 아웃렛이 개점되었고 제주 리조텔타운의 시설 개·보수와 인력 보강으로 새로운 영업 활성화를 추진하고 있으며 영화관은 CINUS 본사에 임대하여 위탁 경영을 통해 활성화를 시도하고 있습니다. 하반기에는 이미 개편된 새로운 조직하에 책임과 권한을 명확히 하며 필요 인력을 보강해 기존 사업 영역의 강화는 물론 새로운 업종과 업태를 개발할 것입니다. 2층 아웃렛 매장 개설과 cafe 체인 사업 진출, 부동산 관련 사업 등을 면밀히 검토 추진할 것입니다. 항상 강조해 왔듯이 우리의 핵심 역량을 기반으로 한 사업이 전개되어야 합니다. 우리 자신의 능력과 환경 그리고 경제 여건을 충분히 검증해야 합니다. 특히 하반기에는 조직의 안정과 조직원의 단합, 업무 능력 제고, 협력과 소통을 통해 새로운 조직 문화가 조성되어야 합니다. 엊그제 제주 사업장을 다녀왔습니다. 팀장들을 중심으로 업무를 공유하면서 한번 해보자고 똘똘 뭉친 모습에 감동을 받았습니다. 의지는 고난을 극복하는 원천입니다. 제주 사업장 가족에게 감사와 격려를 보냅니다.

장마철입니다. 회사의 안전사고 예방과 임직원 모두의 건강에 유념하시기 바랍니다. 장마가 지나면 무더위가 기승을 부리겠지요. 메트로 가족 여러분의 건강과 행운을 빌면서 기쁜 마음으로 하반기를 맞이하겠습니다. 감사합니다.

패밀리 의의

2011. 07. 06.

우리 회사의 사명은 메트로 패밀리입니다. 저는 패밀리 정신을 강조해 왔습니다. 패밀리 정신이 가지는 가치와 뜻을 다시 설명하고자 합니다.

1) 가정은 창조의 주체입니다. 부부가 만나 자녀를 생산합니다. 기업은 상품과 서비스를 창출하고 고객을 창조하며 이익을 창

출해 인간의 삶을 풍요롭게 하는 주체이기도 합니다.

2) 가정은 사랑의 공동체입니다. 가정은 부부와 자녀가 기초 구성원입니다. 가정은 사랑 그 자체입니다. 우리 회사 구성원은 자신과 동료 그리고 고객과 협력사입니다. 서로 사랑하고 특히 고객을 사랑하는 사랑의 공동체를 이룩해야 합니다. 사랑, 이 세상에서 가장 아름다운 말입니다.

3) 가정은 삶의 공동체입니다. 기쁨과 슬픔을 함께하며 좌절과 고통 속에서도 용기를 얻으며 자기 존재를 이어 가는 곳, 용서하며 허물까지도 덮어 주는 곳이 가정이며 가족입니다. 직장은 나와 가족의 생활 터전이며 생사고락을 같이하는 삶의 공동체임을 확인해야 합니다.

2018 평창 동계올림픽 유치

2011. 07. 10.

2018년 동계올림픽 개최지 발표를 보기 위해 TV 앞에 앉아 있었다. IOC 위원장의 평창 발표 현장에 있던 대통령님과 유치단, 교포의 환호에 이어 강원도민들의 열광이 TV 화면을 장식했다. 3수에 이뤄 낸 쾌거가 아닌가! 성공은 포기하지 않는 것이며 실패를 두려워하지 않는 도전이라는 교훈을 실감했다. 우리 민족의 근성의 표출, 어려울 때 힘을 함께 모을 수 있는 저력의 과시, 대한민국의 위대함에 자부심을 만끽했다. 대통령을 위시한 유치위원, 체육인, 직간접으로 통 큰 지원을 아끼지 않은 기업인, 강원도민과 함께한 우리 국민, 여야 도모처럼 하나 되는 모습, 모두가 좋았다.

기회는 자주 오지 않는다. 88올림픽 2002년 월드컵을 통해 국가 브랜드 가치가 올라가고 경제 발전에 큰 효과를 본 대한민국이 아닌가! 평창이라는 작은 도시가 세계의 큰 도시로 성장할 것이며 경제 효과도 수십조에 달할 것이라는 예상에 맞도록 세심한 계획, 실천에 진력할 것이다. 행사 후에 제반 시설이 사장되지 않는 복합 시설로 계획되고 영구 관광자원화해 관광대국이 되는 계기가 되어야 할 것이다.

역사학자 토인비가 역설한 '도전과 응전'을 다시 한번 음미해 본다. 넘어지고 다시 일어나는 용기, 그 도전 정신이 성공의 키가 아닌가. 평창 동계올림픽 유치를 축하하며 개최 성공을 기원한다.

직장인의 금기 사항

2011. 07. 11.

나는 47년째 직장 생활을 하는 사람이다. 그룹사에 입사해 사원에서 사다리를 타고 최고경영자까지 올라왔고, 지금은 규모 면에서는 작은 회사지만 오너 경영인으로 활동하고 있다.

주변 사람들은 아직도 경영 일선에 있는 나를 부러워한다. 나는 후배들이나 부하였던 사람들로부터 직장인이 지켜야 할 덕목과 금기 사항이 무엇이냐는 질문을 가끔 받기도 한다. 직장인의 덕목으로는 매사에 열정을 가지고 근무에 임하며 자기 계발에 소홀하지 않으며 정직함으로써 동료나 상사의 신뢰를 얻는 등 인간관계의 중요성을 말하곤 한다. 자기 가치를 높이고 주변의 인맥을 구성하는 것은 사회생활의 영토를 넓히는 일이 되기 때문이다.

일반적으로 상사의 꾸지람만 듣고 오면 이 직장 그만두겠다는 말을 입버릇처럼 하는 사람이 많다. 진급이 안 된다. 월급이 안 올랐다 하면서 빨리 떠나야 한다고 말한다. 또 상사 아무개 때문에 그만둬야 해, 툭하면 사표 낸다 한다. 나는 직장인의 금기 사항은 '그만둔다는 말'이라고 일러 주곤 한다. 직장은 나 자신을 위해 존재하는 생활의 터전이자 생활의 수단이며 목적이기도 하다. 직업을 통해 회사와 사회, 국가에 봉사하는 보람의 공간이기 때문에 조금도 소홀하면 안 된다. 나 아니면 이 회사가 돌아갈 수 없다는 독불장군들이 성공한 예는 없다. 조직은 어느 특정인이 없어도 잘 돌아가며 어느 때에는 지금 있는 사람들을 뒤로하고 모두가 떠났다는 엄연한 사실을 체험하기도 한다.

정말 떠날 자신이 있는 사람은 감사한 마음을 간직하며 조용히 떠난다. 화려한 데뷔는 많이 보았지만 화려한 은퇴는 왜 보기 어려운 세상이 되었을까. 직장은 나와 내 가족을 위해 존재하는 소중한 일터이다. 자신과 직장을 사랑하는 천직이가 되라고 말을 해 주곤 한다.

CEO의 자질

2011. 07. 13.

CEO는 기업의 최고경영자를 일컫는다. 최근에는 대통령까지도 국가 CEO라고 말하고 있다. 그렇다면 CEO의 자질은 무엇일까?

1) Global Standard에 맞는 가치관과 카리스마를 갖춰야 한다. 뚜렷한 철학과 개성을 가지고 부하의 충성심과 열정을 고취시키는 개인적인 매력의 소유자, 정직하고 투명하며 기업 윤리에

투철한 사람. 부하 직원을 명료하고 유창한 어조로 설득하는 의사 전달 능력의 소유자.

2) 프로페셔널한 경영자로서 시장에서 검증된 조직 경험을 가지고 있는 사람, 즉 강력한 리더십과 결단력을 가진 조직의 리더.

3) 해박한 전문 지식을 갖고 세계시장에서 빠르게 변화하는 기술 변화에 대처할 수 있는 사람. 세계화 시대에 필수적인 외국어 구사 능력은 물론 재무, 마케팅, 법률 등 전문적인 지식의 소유자.

4) 비즈니스 감각을 갖고 있으며 젊고 창조적이며 진취적인 혁신의 전도사.

5) CEO가 될 수 있는 기본 자질이라 할 건강과 인품을 겸비한 사람, CEO의 건강은 기업의 건강을 상징하고 있기 때문이다.

6) 미래 성장을 위한 비전을 갖고 계속적인 연구 개발, 훈련, 우주 시장의 정보 획득 등 꾸준히 계속적인 성장을 위한 제반 노력을 경주하는 사람. 단체 의사에 영입하기보다 신선하며 과감한 미래 설계를 주도적으로 실천하며 조직 구성원에게 희망과 자긍심을 갖게 하는 자질의 소유자.

7) 군림하는 자가 아닌 시장의 한복판에 우뚝 서 있는 철저한 상인 정신을 가지고 고객 속으로 깊이 들어가 고객과 사회와 함께하는 봉사자, 자기 계발에 앞장서며 임직원 교육, 잠재력 개발에 노력하고 후계자 양성에 노력하는 사람.

*안타깝게도 나는 이 예를 모두 이루진 못했지만 미래 우리

회사에 이러한 CEO가 탄생되기를 기대해 본다.

더글러스 대프트 전 코카콜라 회장 신년사

2011. 07. 14.

"1년의 소중함을 알고 싶으면 입학시험에 떨어진 학생에게 물어보십시오. 1년이라는 시간이 얼마나 짧은지 알게 될 것입니다. 한 달의 소중함을 알고 싶으면 미숙아를 낳은 산모에게 물어보십시오. 한 달이라는 시간이 얼마나 힘든지 알게 될 것입니다. 한 주의 소중함을 알고 싶으면 주간잡지 편집장에게 물어보십시오. 한 주라는 시간이 쉴 새 없이 돌아간다는 것을 알게 될 것입니다.

하루의 소중함을 알고 싶으면 아이가 다섯 딸린 일용직 근로자에게 물어보십시오. 하루라는 시간이 정말 소중하다는 것을 알게 될 것입니다.

한 시간의 소중함을 알고 싶으면 약속 장소에서 애인을 기다리는 사람에게 물어보십시오. 한 시간이라는 시간이 정말로 길다는 것을 알게 될 것입니다.

1분의 소중함을 알고 싶으면 기차를 놓친 사람에게 물어보십시오. 1분이라는 시간이 얼마나 소중한지를 알게 될 것입니다. 1초의 소중함을 알고 싶으면 간신히 교통사고를 모면한 사람에게 물어보십시오. 1초라는 그 짧은 시간이 운명을 가를 수 있다는 것을 알게 될 것입니다."

신비의 땅 제주를 기적의 땅으로

2011. 07. 20.

제주도를 갈 때마다 이 땅이 우리 대한민국의 국토임에 신비와 자부심을 갖게 됨은 우리 사업체가 있기 때문만은 아닐 듯싶다. 제주도는 서울 면적의 3배 이상이며 4면이 바다인 섬으로 대한민국의 영토를 태평양으로 넓혀 준 하늘이 준 고귀한 선물이다. 제주국제자유도시는 제주도를 홍콩이나 싱가포르와 경쟁할 수 있는 곳으로 만들겠다는 야심찬 구상에서 출발했으며, 2006년 '제주특별자치도특별법'도 제정한 바 있으나 지금까지의 성적은 낙제점에 이르고 있다. 외국 기업 유치를 위해 법인세율 인하, 제주도 상품 구매 시 세금 면제, 항공자유화제도 허용 등도 미제 상태다. 공항 이전 증설, 강정마을 해군기지 건설도 일부 시민단체들의 반발로 겉돌고 있다. 제주도의 60분 1의 면적, 제주도 인구 57만과 비슷한 마카오의 한 해 관객이

3,000만 명인 데 반해 작년 제주도의 외국인 관광객은 78만 명에 불과했다. 신비의 땅 제주도를 기적의 땅으로 만들기 위해서는 중앙정부의 획기적인 정책과 지원은 물론 중앙정부의 권한 이양 등이 필요하다. 또한 제주도의 기적을 위해 도민 의식의 큰 변화가 급선무이며 자손 후대와 국가의 장래를 생각하여 제주도의 기적 창출에 동참하지 않고는 현재 이상의 발전을 기대하기는 어려울 것이다. 하늘이 준 큰 선물, 제주도가 대한민국의 관광 견인차가 되기를 기대해 본다. 기적은 인간의 힘으로 이뤘다는 역사의 교훈을 잊지 말자. 우리 힘을 합쳐 기적의 땅을 일궈 보자.

기업의 수준 평가

2011. 07. 21.

기업은 초우량 기업, 우량 기업, 불량 기업 등으로 분류·평가할 수 있다. 우량 기업은 업종, 생산성, 고객과 직원 만족도, 기업 가치, 이윤 창출, 임직원의 수준, 기업의 핵심 역량, 사회적 평가 등 다양한 기준에 의해 평가되고 있다. 매년 국제평가회사(IMD)는 세계 500대 기업 선정을 실시한다. 국내 기업 중에는 어느 기업이 우량 기업으로 평가될까? 전문가가 아니라도 단연 삼성 그룹이 최우수 기업으로 평가될 것임은 충분히 예상 가능하다. 삼성 그룹이 세계적인 기업 반열에 올라 있음을 우리는 알고 있다. 삼성은 물론이고 현대차 그룹, LG 그룹, SK 그룹의 공통점은 기업 이윤 창출 순위에 앞서 있으며 사회 기여도, 경쟁력, 역동성, 창의성, 미래 예측, 정예 인재 확보 등 전방위적 조건을 갖추고 있다는 데 있다. 정부는 중소기업 육성이라는 정책을 추진하고 있으나 성과를 거두지 못하고 있다. 이는 자본력, 기술의 취약성도 있지만 인재의 빈곤에서 온다고 생각한다. 좋은 사람이 좋은 기업을 만들어 내기 때문이다. 우리 회사를 스스로 평가해 보자. 현실은 어떠한가? 모든 면에서 열악하다. 특히 인력 면에서 도약의 조건을 갖추지 못하고 있다. 우리의 취약점을 찾아봐야 한다.

무엇을 해 보겠다는 의지 부족, 본인의 취약 부분을 향상시키기 위한 자기 계발을 등한시하고 현실에 안주하려는 안일무사, 패배의식, 매사에 무관심, 무기력, 이런 것들이 정리되어야 한다. 회장이 카페를 개설한 지 4개월이 지났으나 회원 가입률이 저조하다. 그런데도 모든 임직원이 이구동성으로 소통을 강조하며 최고 경영자와 소통 부재, 부족에 투정을 부리고 있다. 소통의 수단을 제공했는데 소통을 거부하고 있다. 카페지기는 많은 글을 올리고 있음에도 우리 회원들은 올린 글에 대한 댓글도 없다. 본인의 좋은 의견 개진도 없다. 무관심의 극치가 아닌가? 자기 성찰과 반성 없이 회사가 모든 것을 해 주겠지, 라는 무의식으로는 회사도 개인도 존재 의미를 상실할 수밖에 없다. 적자생존의 엄연한 현실을 직시해야 한다.

우량 기업으로 가지 못하면 자연히 불량 기업으로 추락한다. 우리의 선택은 우리 자신의 몫이다. 최고 경영자 혼자서 할 수 있는 일은 거의 없다. 기업의 방향을 정하는 조타수에 불과하다. 이 모든 책임도 최고 경영자인 나 자신에게 있다는 사실을 나는 잘 알고 있다. 모두에게 분발을 촉구해 본다. 하반기 첫 달 하순으로 접어들어 초조함을 느끼기 때문에 하소연을 하는 걸까?

기업의 수명

2011. 07. 29.

기업의 수명은 회사 정관으로 30년으로 정해 놓고 있다. 인간의 수명은 의학의 발달과 식생활 개선으로 2~30년 연장, 고령화 사회로 변이되어 100세 시대를 내다보고 있다. 그렇다면 기업의 수명은 어떠할까? 지난 80년대 이후 1997년 IMF 체제를 거치면서 세계화·개방화를 통해 우리나라 기업의 재편이 시작되었다. 30대 재벌 중 16개 그룹이 도산되거나 타 기업에 흡수·합병되어 자취를 감추었다. 대우 그룹, 국제, 쌍용, 진로, 현대, 신동아 등이며 금융권도 예외가 아니었다. 100년의 역사를 가진 조흥, 한일, 상업은행, 지방 은행인 강원, 충청, 충북은행 등이 합병되어 사라졌다. 제일은행, 외한은행은 외국은행에 매각되었다.

최근 대한상공회의소의 100대 기업의 변천과 시사점 보고서에 의하면 1980년 시가총액 상위 100위 안에 들었던 국내 기업 중 73개가 후발 기업에 자리를 내줬으며 미국의 경우는 81개 기업이 100대 기업에서 탈락되었다고 전하고 있다. 최근에 우리가 기억하는 세계적인 기업인 US스틸, 코닥, 모토로라, GM, 크라이슬러, 리먼브라더스, 토요타, 세이부 그룹 등이 명성을 뒤로하고 사라지거나 쇠퇴의 길을 걷고 있다. 최근에 20년간 휴대전화 제왕으로 군림해 온 핀란드의 최대 기업 노키아의 몰락이 눈앞에 놓여 있다는 보도를 접했다. 이러한 세계 톱 기업과 국내 재벌 기업의 몰락 원인은 무엇일까? 전문가와 연구기관들은 변화를 거부하고 현실에 안주한 데서 그 이유를 찾는다.

시장을 주도하지 않고 외면한 기업과 기업인, 무리한 사업 다각화, 성공에 대한 자만, 리스크 관리 소홀 등을 꼽는다.

인간의 수명보다 더 짧아져 가는 기업의 수명을 연장시키는 묘안은 없을까? 생각해 본다. 투철한 기업가 정신, 앞을 내다볼 줄 아는 기업인의 혜안, 시장의 중심에서 변화와 혁신을 주도하며 항상 조직 구성원이 위기의식을 공유케 하는 힘을 가진, 지식

사회를 이끌어 갈 창의적인 인재로 무장된 기업이 계속 기업, 존속 기업이 되지 않을까 생각해 본다. 한국 기업 중 1위를 지키면서 세계 최우량 기업이기도 한 삼성 그룹 이건희 회장께서는 10년 안에 삼성도 망할 수 있다는 경고를 수차례 예고하고 있다. 이는 글로벌 기업 환경에서 생존을 장담할 수 없다는 것을 예견한 것이 아닐까? 공감해 본다. 지난 100대 기업의 변천사가 주는 교훈을 반면교사해 봐야 할 것 같다. 기업은 권리 의무의 주체인 자연인과 같은 생명체이기도 하다. 적자생존의 정글의 법칙은 공평하게 그리고 예외 없이 우리 모두에게 적용된다는 사실을 잊지 말자.

인생은 만남의 역사

2011. 08. 06.

오늘은 음력 7월 7일, 칠석이네요. 우주의 섭리로 지구의 자전과 공전으로 견우와 직녀(성)가 1년 만에 잠시 만나고 헤어지기 서러워 눈물을 흘리는 날! 비가 내린다는 전설이 거의 현실화되어 오늘도 틀림없이 비가 내립니다. 우주의 강, 은하수를 사이에 두고 애타게 만남을 기다렸던 견우와 직녀가 오작교 다리 위에서 축복 속에 만나기를 기원해 봅니다.

잠시 만남에 대한 생각이 떠올라집니다. 인생은 만남의 역사입니다. 부모님들의 만남으로 나와 부모와의 만남의 역사가 시작됩니다. 이어서 형제와의 만남, 친척들과 이웃들과의 만남, 학교 동기, 선후배 그리고 사회에서의 친구와 직장 동료, 상사, 후배들과의 만남이 이루어지지요. 가장 중요한 만남은 배우자와의 만남입니다. 혈통과 생활 방식이 다른 부부의 만남이 결혼입니다. 결혼 생활의 성공은 대단히 어렵습니다. 다른 사람이 하나가 되어 평생을 같이 동반하기 위해서는 사랑이라는 매개체가 있어야 가능합니다. 사랑은 인내하며 역지사지로 배려하는 것입니다. 부부는 경쟁의 대상이 아닌 동반자입니다. 지나고 보면 갈등도 후회도 있었지만 그래도 부부밖에 없다는 사실이 증명됩니다.

며칠 전 친구 아내가 세상을 떠났습니다. 주말에 혼자 있을 친구를 생각합니다. 얼마나 슬프고 쓸쓸할까 말입니다. 있을 때 잘하라는 말이 떠오릅니다. 인생에서 누구와의 만남이 있었느냐가 운명을 이름 짓게 됩니다. 좋은 사람과의 만남이 성공을 보장하게 되며 만나지 말아야 할 사람을 만나 인생 실패의 구렁텅이로 들어가게 됩니다. 우리는 좋은 사람을 만나야 합니다. 좋은 친구, 좋은 이웃, 더불어 우리들 역시 직장의 상사 동료 후배들에게 좋은 사람이 됩시다. 좋은 사람들이 좋은 가정, 좋은 회사를 만들고 좋은 나라를 만듭니다. 좋은 사람은 남을 배려하고, 사람을 좋아하고, 희생하며 봉사하고, 꿈과 희망을 갖고,

소통을 잘하는 사람입니다. 좋은 친구 세 명만 있어도 성공한 사람입니다. '우리의 만남은 우연이 아니'라는 노래 제목이 아닙니다. 기적입니다. 좋은 만남으로 살맛 나는 세상이 되면 좋겠습니다. 좋은 당신들이 있어 나는 행복합니다.

자본주의 4.0

2011. 08. 12.

최근 매스컴에서 자본주의 4.0 시대에 대한 역사와 세부적인 내용, 문제점 및 대안을 제시하고 있다. 자본주의 4.0 시대의 내용을 간단히 설명해 본다.(이는 경제평론가 아나톨 칼레츠키의 저서 『자본주의 4.0』에서 서구 자본주의의 진화 과정을 4단계로 설명하면서 비롯되었다.)

1) 20세기 초 자유방임의 고전 자본주의 시대를 자본주의 1.0으로 설명한다. 고전 경제학의 대표적인 이론가인 애덤 스미스(1723-1790, 『국부론』 저자)는 자본주의와 자유무역에 대한 이론적 기초를 제공하면서 국가가 간섭하지 않는 자유경제 상태에서 보이지 않는 손에 의해 사회질서가 유지되고 발전된다고 주장했다(자유방임주의 경제).

2) 1930년대 미국의 대공황에 맞서 정부의 적극적인 경제정책 신시장에 대한 적절한 관리를 해야 한다는 새로운 비전을

제시한 가인 케인즈(1883-1946)의 수정자본주의 시대를 자본주의 2.0 시대로 본다.

3) 1970년대 스태그플레이션을 겪으면서 정부 개입을 최소화하고 시장의 자율을 강조하는 자유시장 자본주의(신자유주의)를 자본주의 3.0으로 분류한다. 이 시대는 사상 최대의 물질적 풍요를 가져왔지만 심각한 빈익빈, 부익부의 그늘을 짙게 드리웠다.

4) 자본주의 3.0 시대의 탐욕과 경제 계층의 이분화로 정치적, 경제적, 사회적 갈등 해소를 위해서는 기업의 이윤 추구는 인정하되 고용과 나눔 등 기업의 사회적 책임을 강조하는 따뜻한 자본주의를 자본주의 4.0 시대라고 말한다(현재를 말한다). 2008년 금융위기 이후 기업의 사회적 책임, 즉 나눔, 배려, 사회구성원의 감동 등이 지속 가능한 사회가 되어야 하며 상생을 위한 협력, 고용 확대, 빈곤층 해소, 계층 간 갈등 해소, 복지 확대, 지도 계층의 노블레스 오블리주 정신 고취 등을 요구하고 있다. 자본주의 4.0 시대에 사는 우리! 개인, 기업, 국가가 할 일은 무엇인가? 자본주의 5.0 시대는 어떤 형태로 우리 앞에 다가올까?

고객은 기업의 생존 조건

2011. 08. 23.

지난 40년 동안 시장에서 권력 중심 이동이 크게 변화했다. 주권이 공급자(제조업자)에서 유통업자로 이동되면서 유통업의 발전을 이룩했다. 오프라인뿐만 아니라 온라인 유통도 전성기를 이루고 있다. 지금은 어떨까? 유통업체가 가지고 있는 권력은 고객으로 이동 중에 있다. 고객은 무소불위의 권한을 움켜쥐고 있다.

기업은 고객이 외면하면 하루아침에 도산한다. 고객 없는 기업은 존재 가치를 상실한다. 그래서 고객은 기업의 생존 조건이다. 일류 기업은 고객 만족, 고객 감동 경영을 추진하고 있다. 이제 고객 만족을 넘어 고객 가치창조 경영에 심혈을 기울인다. 고객에게 만족과 가치를 동시에 제공해야 한다. 우리 회사는 유통업을 모태로 출발했으며 지금도 유통, 관광, 문화 사업을 주업종으로 하고 있다. 이러한 업종을 서비스산업으로 분류한다.

서비스산업의 기본은 무엇일까? 고객과 직접 만나 대화하며 교감하고 영원한 관계를 맺는 것이다. 고객에게 영혼을 바쳐야 한다. 형식이 통하지 않고 진실만이 통하는 업종이다. 진실의 순간(moment of true)이 고객의 관심과 마음을 사로잡는다. 짧은 순간에 고객을 얻기도, 잃기도 하는 순간 마케팅이 중요하다.

마케팅은 고객을 만족시키려는 제반 경영 활동이라고 나는 정의하고 있다.

남을 위해 최선을 다하는 마음과 행동, 고객에게 감동을 주는 경영이 우리 모두가 지향해야 할 가치요, 덕목일 것이다. 자유시장 원리는 재화와 용역의 교환이 아니라 정보의 교환일 것이다. 지금 고객은 모든 정보에 충분히 접근할 수 있는 환경에 처해 있다. 고객보다 앞서 정보를 선점하지 않으면 기업은 경쟁에서 탈락하고 만다. IT 산업의 발달로 정보 공유의 시대가 도래했다. 앞으로의 중요 성장 산업은 무엇일까? 지식산업인 건강 분야 산업, 교육 분야 산업이 아닐까? 예견해 본다. 관광 레저 산업, 식품 산업도 건강 분야 산업에 포함된다. 고객은 우리 모두의 존재 가치다. 고객이 없으면 우리는 존재하지 못한다.

가을이 오면

2011. 08. 28.

일주일 사이에 가을이 우리 앞에 성큼 다가왔습니다. 조석으로 싸늘한 바람, 높아진 파란 하늘, 그 위에 뭉게구름, 왕매미 소리, 공중을 오가는 고추잠자리, 제법 가을을 장식하고 있네요. 심술부리던 폭우와 폭풍으로 인명과 재산 피해의 상처가 아물기도 전에 오묘한 자연섭리의 연출을 어김없이 보여 줍니다. 한낮으로 30도를 넘나드는 햇볕은 오곡을 여물게 하기 위해서이니 고맙게 여겨야 하지요. 가을은 수확의 계절, 독서의 계절, 사색의 계절이라고 합니다. 가을이 오면 우리 개인뿐만 아니라 우리 회사도 거둘 수확이 많으리라 생각됩니다. 평택 M-PLAZA 매장도, 제주 리조텔타운도 변화할 것이기 때문입니다.

임직원 여러분! 이 가을에 독서를 권하고 싶습니다. 이왕이면 고전을 탐독했으면 합니다. 평택 본사 임직원에게 한 달에 이틀 정도를 영화 보는 날로 정해 영화를 관람토록 권유했습니다. 정신적 풍요를 수확하기를 기대합니다.

21세기, 문화가 지배하는 시대! 문화 시민으로 거듭 태어나야 합니다. 가을이 오면 할 일이 많을 것 같아 마음부터 분주해집니다. 여러분은 가을이 오면 무엇을 하렵니까? 좋은 계절에 좋은 생각으로 우리 모두의 힘이 응집되기를 바랍니다. 가을이 오면 좋은 일이 많았으면 합니다.

당신은 아름다운 사람입니다

2011. 09. 11.

당신이 아름다운 것은 당신 안에 있는 몇 가지 이야기 때문입니다. 언젠가 누군가를 깊이 사랑했지요. 그 사랑의 아름다움이 당신 안에 남아 있는 당신은 아름다운 사람입니다. 언젠가 길을 가다 누군가의 무거운 짐을 들어 줬지요. 그 따뜻한 손길이 당신 안에 남아 있는 한, 당신은 아름다운 사람입니다.

우리는 이러한 고객의 가치창조를 위해 어떤 전략을 구사할 것인가를 고민할 것입니다. 고객 창조, 가치창조를 위해 우리가 할 일들을 찾아야 합니다. 커피 한 잔 안에는 무한한 창조의 세계가 있을 것입니다. 제스터스 개점을 기대합니다. 9월이 오면, 기쁨이 되었으면 합니다.

관광산업의 새로운 역사

2011. 09. 22.

우리나라 관광산업의 중요성을 인식하면서도 고질적인 관광수지 적자는 개선되지 않고 있다. 적자 규모는 작년 35억 불, 금년 45억 불에 이를 것으로 전망된다. 그동안 국내 관광은 교통 체증과 편의 시설 부족, 바가지요금, 불친절 등으로 부정적인 인식이 팽배되어 있었다. 그러나 이제 관광 인프라의 개선은 물론 관광 정보(IT)와 서비스의 획기적인 개선으로 편리한 여행이 가능해졌다. 가족이나 친구 단위로 머물 수 있는 숙박 시설 확충과 고속도로 확장, KTX 운행, 여객선 노선 확대와 지방자치단체의 관광지 개발 및 특화된 관광상품 개발이 이어지고 있기 때문이다. 또한 해외 관객 유치에도 박차를 가해 작년 800만 명에서 금년에는 1000만 명을 목표로 하고 있어 관광산업에 대한 인식이 바뀌고 있다. 국내 경제면에서는 무역 의존도가 국내총생산(GDP)의 85퍼센트를 맞이하고 있어 상대적으로 내수의 취약성이 노출되고 있다. 국제 금융 위기가 확산될 가능성이 예상되는 지금 우리의 내수시장 확충이 절실히 요구되고 있다. 그중에도 친환경 산업이 가득률이 80퍼센트 이상으로 가장 전망 있는 산업임에 틀림없다. 우리나라의 천혜의 자연 관광자원은 물론이고 우리의 고유문화 자산인 유적지, 유물, 각종 문화재, 현대문화 예술, 산업 시설, 인프라 등이 경쟁력 있는 세계적인 중요 관광상품이다. 금번 중국 바오젠 그룹의 판매 사원 1만 1,200명의 제주도 관광이 좋은 결과를 얻게 되면 향후 중국 관광객의 1,000만 명 유치도 가능해질 것이다. 이는 정부와 관련 기관 및 지자체의 노력의 산물일 것이다.

2018년 평창 동계올림픽 유치에 이어 금년 11월 11일 제주가 세계 7대 자연경관으로 선정되는 시점을 출발 삼아 제주도는 물론이고 우리나라가 관광 대국의 꿈을 이룰 수 있는 계기가 마련될 것이다. 관광산업에 대한 정부의 적극적인 지원 정책, 관광자원의 유지, 개발과 IT 강국에 걸맞은 관광 정보의 시스템

구축, 관광 종사자의 외국어 구사능력 제고와 획기적인 서비스 개선, 관광상품 개발로 관상산업의 새로운 운전기가 마련되기를 기대해 본다.

9.15 정전 사고의 교훈

2011. 09. 22.

지난 9월 15일, 대형 정전 사태가 발생해 엄청난 피해가 발생했다. 그동안 우리나라는 과거 화력·수력발전에서 원자력발전소 건설로 최대 6,728만 킬로와트의 전력량을 확보하게 되어 산업용, 공공용, 가정용 전기 사용에 만족해 왔다. 그러나 산업 발달과 문화 발전으로 전기 수요가 급등하면서 전력 공급의 한계가 온 상황이다. 물론 현재 우리 국민은 전기 사용에 불편함 없이 지내고 있지만 향후 수요에 대비한 원전 건설을 두고 환경 단체를 중심으로 한 시민 단체가 나서 반대하고 있다. 하지만 풍력, 태양광 발전, 재생 에너지 등으로는 필요 전력량을 충족시킬 수 없다.

전기가 우리 생활에 쓰이게 된 시점은 약 120년 전이다. 이제 전기 없는 세상은 원시시대로 돌아가는 것을 의미한다. 이번 정전 사태의 원인은 무엇일까? 전력 재고량의 측정 오산, 기상관측의 무관심, 공기업의 전문성 결여, 무사안일한 근무 태도, 위기관리 시스템의 작동 부재, 전기 사용 고객을 무시하는 행위 등으로 요약할 수 있다. 2003년에 발생한 대구 지하철 화재 사건, 2010년에 일어난 연평도 포격 사건, 금년에 발생한 우면산 산사태 등은 사전에 사고 가능성을 배제한 안전 불감증, 예방 점검·대책 미흡으로 발생한 인재의 대표적 예시가 아닐 수 없다. 정부나 공기업, 일반 기업, 가정이나 개인 모두에게 사고 예방에 대한 교육 훈련을 강화하고 전문 인력으로 무장된 위기관리 조직을 구성해야 할 것이다. 이미 일부 기업은 웨더 마케팅을 도입해 연간, 월간, 주간, 일일 기후변화에 맞춰 상품기획, 생산, 판매, 서비스 등 일관성 있는 전략을 구사하고 있다. 국가 안보에 관련된 국방, 항공 선박 등 교통, 농축산 어업 등 제반 문제도 기후변화에 능동적으로 대처함으로써 자연재해에 따른 재산과 인명의 손실을 막아야 한다. 기후변화에 따른 모든 정부 정책의 수정이 시급하다. 우리 주변을 되돌아보면 모두가 위험의 지뢰밭이다.

우리 회사는 평택 사업장과 제주 사업장이 이용하는 곳이다. 언제든 사건 사고가 발생할 수 있다는 전제 아래 고객 우선의 사고, 제반 시설의 안전 점검, 예방 대책 수립 및 현장 점검을 등한시하면 안 될 것이다. 사고 발생 시 대응 프로그램을 작성해 수시로 교육 훈련을 반복하는 게 사고 예방의 유일한 길이다. 사건 사고는 예고 없이 찾아오는 불청객이다. 사건 사고 없는 모범 기업의 꿈이 이뤄지기를 기대해 본다.

정치 시장

2011. 10. 05.

시장은 상품을 사고파는 일정한 장소를 통칭한다. 다른 말로 하면 공급자(생산자)와 수요자(소비자, 고객) 간 상품을 사고파는 곳이다. 상품 가격은 수요와 공급의 양, 품질, 시장 위치, 내부 환경 및 서비스 등 시장 인프라와 마케팅 능력에 따라 결정된다. 시장은 고객의 선호도에 민감하게 반응한다. 시장은 기업의 생사를 좌우하는 경쟁의 투장이다. 고객은 시장의 주권을 독점하고 있으며 기업의 생사를 결정하는 심판관이다. 고객은 기업의 존재 이유이며 생존 조건이다.

정치 시장은 정치인이라는 상품을 사고파는 시장을 말한다. 정치 시장은 국회와 정당이며 국민도 포함된다. 선거라는 거래 수단으로 국민은 공급자인 정치인을 선택하게 된다. 지금 정치 시장은 붕괴의 위기에 처해 있다. 정당과 정치인이 국민으로부터 불신과 타박을 받고 있다. 정치 시장의 불황이 극에 달해 시장의 존속 여부가 관심거리다. 국민은 정치에 무관심하고 선거에 등을 돌리고 정치 시장을 외면하고 있다. 시장에 가 보면 사고 싶은 상품이 없기 때문에 시장에 가기를 포기하거나 외면한다. 정치 시장의 활성화 방안은 없는 것일까? 정치인이라는 상품을 명품화해야 한다. 정치 시장을 과감히 개조해 시장의 현대화를 이룩해야 한다. 대표적인 정치 시장인 국회와 정당의 혁신이 시급하다. 정치 상품인 정치인의 자질, 품격, 국가관, 애국심 등을 갖춘 상품의 내용과 포장을 바꾸고 정치 고객인 국민에게 만족과 감동을 제공할 새로운 마케팅 전략을 도입·시행해야 한다. 정치 시장의 붕괴는 대한민국의 존재 가치인 자유민주주의를 허물 수 있는 위험의 신호이기도 하다. 정치 시장을 활성화하고 정치 상품을 개발해야 한다. 정치 시장은 가장 공정하고 상품은 최고의 품질을 유지해야 한다.

정치 시장의 붕괴

2011. 10. 05

시장은 상품(재화와 서비스)을 사고 파는 일정한 장소를 말한다. 거래되는 상품가격은 수요와 공급, 상품과 서비스의 질로 결정된다. 시장은 기업의 생사를 결정하는 경쟁의 혈투장이기도 한다. 고객은 시장의 주권을 독점하고 있으며 기업의 심판관이기도 하다.

정치 시장은 정치인이라는 상품을 사고 파는 시장이다. 정치 시장의 고객인 국민은 공급자인 정치인을 선거라는 거래수단으로 선택한다. 지금 정치 시장이 붕괴의 위험수위에 올라 있다. 국민은 정치시장을 외면하고 정당과 정치인을 불신하고 있다. 정치에 무관심이 고조되고 있으며 선거에 등을 돌리고 있다. 이는 민주주위의 위기이며 정치실종을 알리는 신호이다.

왜 이런 현상이 나타나 있을까? 정치상품인 정당과 정치인의 질이 떨어져 살 만한 상품이 없기 때문이다. 인기상품이나 명품이 없으며 시장 인프라 및 서비스가 취약하기 때문이다. 시장을 활성화할 방안은 무엇일까? 정치상품을 고품질화 내지 명품화해야 한다. 시장을 과감히 개조하여 시장의 현대화를 이룩해야 한다. 정치시장인 국회와 정당의 혁신을 단행하고 정치상품인 정치인의 자질, 품격과 국가관의 재정립, 정치고객에게 만족과 감동을 제공할 수 있는 새로운 정치마케팅 도입도 시급한 과제이다. 감동정치, 소통정치를 향한 정치지형을 바꾸지 않으면 정치 시장은 붕괴될 것이다. 우리 모두가 지켜야 할 최고의 가치인 자유민주주의를 위해 정치 시장의 혁신을 기대해 본다. 10.26 서울시장 선거, 내년 총선, 대선에서 정치 시장은 어떻게 작동할까?

물은 인생 교과서

2011. 10. 29.

우주의 신비를 말하는 것은 새삼스러운 일입니다. 지구는 바다와 육지의 비율이 70대 30입니다. 인체의 구성 비율도 물과 기타(탄소, 질소, 칼슘 등)의 비율이 70입니다. 오묘합니다.

물은 생명입니다. 우리는 10개월간 엄마의 배 속 양수 보금자리에서 자라 태어났습니다. 인간뿐만 아니라 만물은 물 없이 생존할 수 없습니다. 가을 단풍도 인간의 죽음도 물의 소진 때문입니다. 물은 우리에게 절대적으로 필요한 존재이지만 우리에게 많은 재앙도 제공합니다. 가뭄이나 홍수로 인한 생명과 재산상의 손실입니다. 그래서 예부터 치산치수(治山治水)가 정치의 핵심 정책이었나 봅니다.

물은 정직하고 겸손합니다. 물은 높은 곳에서 낮은 곳으로 흘러내립니다. 물은 자기 그릇만큼만 소유합니다. 더 이상 소유하지 않고 차면 넘칩니다. 물은 장애물을 피하지 않고 부딪치며 흘러갑니다. 깊은 곳을 채운 후에야 흘러갑니다. 바른 물길도 굽은 물길도 마다하지 않고 유유히 흘러갑니다. 물은 정화작용을 합니다. 흐르는 물은 썩지 않고 깨끗합니다. 고인 물은 썩습니다. 물은 우리 인간에게 많은 것을 가르칩니다. 물과 같이 살아라. 정직하고 겸손하며 위험도 극복해 가면서 고인 물이 되지 말고 변화를 통해 자기 혁신, 자기 정화는 물론이고 바른 사회를 이룩하기 위해서 무엇을 할 것인지를 가르쳐 주는 생활의 지침서이자 인생 교과서입니다.

만추의 이른 아침에 묵상해 봤습니다. 행복한 주말 되시기를 기원합니다.

베트남 방문

2011. 11. 10.

4박 5일 일정으로 베트남을 다녀왔습니다. 호찌민시(전 사이공)와 하노이를 방문했습니다. 2,000여 개 한국기업이 진출해 있다네요. 경제개발 잠재력이 충분한 국가라고 생각했습니다. 월남전에 우리 국군이 참전했던 곳, 미국이 엄청난 무기와 군인을 투입하고서도 패전한 곳, 많은 상념에 싸이곤 했습니다. 전쟁은 국민과 군인의 의지가 중요함을, 우리는 지금 어떻게 해야 하는가?를 자문해 보았습니다. 국민의 단합, 정부의 신뢰, 부정부패 근절 등 해야 할 일들이 많습니다, 남북한 대치 현실을 직시해야 합니다.

제주 세계 7대 자연경관 선정

2011. 11. 12.

스위스 취리히에 있는 뉴세븐원더스재단은 한국 시간 12일 새벽 4시 7분 제주도를 세계 7대 자연경관으로 선정했다고 발표했다. 2009년 7월부터 2011년 11월 11일까지 최종 후보지 28곳을 대상으로 인터넷, 문자, 전화 투표로 집계했는데 상위 7위 안에 든 것이다. 이번에 선정된 곳은 제주도를 포함해 브라질의 아마존, 베트남의 하롱베이, 인도네시아 코모도 국립공원, 아르헨티나의 이구아수폭포, 필리핀의 푸에르토 프린세사 지하강, 남아프리카공화국의 테이블 마운틴이다. 제주도는 생물권 보존지역, 세계자연유산, 세계지질공원 유네스코에 이어 세계 7대 자연경관에 선정됨으로서 4관왕을 맞이했다. 천혜의 아름다움을 간직한 보물섬 제주는 전 세계의 명소로 인정받아 향후 세계 관광 명소로 각인될 것이다. 제주발전연구원은 관광객 증가와 연간 생산 유발효과로 최대 1조 2,000억 원을 예상하고 있다.

이번 선정으로 국가 이미지 제고뿐만 아니라 제주도의 브랜드 가치 상승으로 얻는 효과도 대단히 클 것이다. 이제 제주도는 체험 관광상품 개발, 숙박 시설 확충은 물론이고 세계 수준에 걸맞은 서비스 향상, 공항 인프라 확충 등 과제를 안게 되었다. 우리 회사가 운영하는 제주 리조텔타운도 시설 및 환경 개선,

서비스 고질화에 전력을 기울여야 할 것이다.

본인은 카페, 페이스북, 트위터를 통해 선정 투표 참여를 독려한 바 있다. 우리 회사 임직원과 참여하신 분들에게도 감사를 드린다. 제주 리조텔타운도 세계 7대 자연경관에 걸맞은 리조텔로 거듭나기를 기대해 본다. 제주 파이팅! 제주 리조텔타운 파이팅!

에너지 절약

2011. 11. 14.

전력사정이 심상치 않습니다. 원자력발전소 건설은 반대하고 수력과 화력, 풍력발전은 한계가 있고 국민의 전기 수요는 늘어나고 어찌 하오리까? 한겨울 집 안에서는 팬티바람으로 사는 사람들이 많다고 합니다. 5, 60년대 방 안에 놓아 둔 식수가 얼었던 기억이 나네요. 실내온도를 내리고 내복 입기 운동으로 전력소비를 줄여야 하겠습니다.

연평도 기습포격 1주년

2011. 11. 22.

내일 11월 23일! 북한군의 연평도 기습포격으로 장병 2명 전사, 민간인 2명 사망, 장병 16명 중경상, 민간인 4명 부상 및 건물소실 등 많은 재산 손실을 가져온 도발사건 1년이 되는 날입니다. 2010년 3월 26일 백령도 인근에서의 천안함 폭침으로 46명의 장병이 순국한 북한의 만행을 온 국민은 잊을 수가 없습니다. 이제 철통 같은 방어는 물론 북한의 도발 시 천 배 보복으로 국민의 응어리를 풀어 주어야 하겠습니다. 희생장병과 민간인, 부상자에 대한 극진한 대우에 인색하지 마십시오. 군인과 무기보다 더 중요한 것은 애국심입니다. 희생자의 명복을 빌며 부상자의 쾌유를 기원합니다. 우리 국군은 가장 애국자입니다.

민주당 국회의원과 지방광역 단체장

2011. 11. 29.

민주당 국회의원은 4대강 반대, FTA 비준 반대, 국회 예산심의 불참 등 모든 현안을 반대하고 있다. 그러나 지방 광역단체장인 안희정 충남지사, 송영길 인천시장, 박준영 전남지사, 강운태 광주시장은 찬성 또는 소신 발언을 하고 있다. 민주당 지도부의 무조건 반대에 쓴소리를 내고 있는 광역단체장들이 있어 그래도 위안이 된다. 애국하는 지도자는 누구이며 국익이 무엇인지 국민만은 알고 있다. 민주당 지도부의 새로운 발상과 패러다임의 변화 없이 집권 대안정당의 길은 요원할 것 같아 안타까운 심정이다. 그래도 양심과 소신 있는 4분의 광역단체장들이 계시다는 것이 천만다행이다. 민주당 지도부의 통 큰 변화를 기대해 본다. 지도자는 가장 애국자이어야 한다.

공짜라면 소도 잡아먹는다

2011. 11. 30.

0~5세까지 무상보육, 저출산 문제 해결, 여성의 사회 진출을 위해 필요한 정책으로 적극 찬성합니다. 하지만 무상급식, 무상교육 등을 중장기적으로 재정이 떠받칠 수 있는지 걱정이 되네요. 무상지원자금은 국민의 부담이지요. 공짜라면 소도 잡아먹는다는 말이 있지요. 이러다가 소의 씨가 마르지 않을까 걱정입니다. 무상복지로 망해가는 유럽 복지 국가들을 반면교사

도 해보아야 합니다. 대한민국은 영원히 발전하여 후대들에게 물려주어야 할 책임은 지금 우리 세대의 의무입니다.

우리는 당신들이 있어 행복합니다

2011. 12. 06.

12월 5일자 조선일보는 한국농협경영인연합회 김준봉 회장의 인터뷰 기사를 실었습니다. 한미FTA 체결로 가장 피해를 감수해야 할 농민단체 회장은 말합니다. "우리나라가 통상으로 먹고 사는 나라인데 무조건 반대만 하면 국민의 호응을 얻겠느냐? 지금은 머리띠보다 대책준비를 할 때이지." 연일 FTA 반대시위를 하고 있는 야당 및 시민단체들은 이분의 말씀을 어떻게 생각하시는지? 하루가 지났는데 아무 말씀이 없네요. 수출 5,000억 달러, 무역 1조를 이룬 것은 국민의 피와 땀의 결정체입니다. 세계화·개방화는 시대의 흐름입니다. 지도자는 가장 애국자이어야 합니다.

말조심

2011. 12. 09.

옛날부터 어른들은 말조심을 당부해 왔다. 한번 뱉은 말은 다시 담아 올 수 없기 때문이다. 언어는 인격의 구현이다. 봉건사회에서는 쌍사람과 양반을 구분했다. 쌍사람은 쌍말을 한다. 양반은 점잖은 말을 한다. 최근 각종 SNS를 통해 올라오는 글은 물론 일상생활에서 오가는 말을 들으면 사회가 얼마나 혼탁해졌는가를 알 수 있다. 말해야 할 사람, 내용, 방법 등을 가려야 한다. 특히 지도자급에 있는 사람들의 말 한마디는 많은 사람들에게 영향을 주기 때문에 말조심을 해야 한다. 말은 예의를 갖추고 정교하게 때와 장소를 가려 해야 한다. 입은 하나이나 귀는 둘이다. 많이 듣는 것이 소통일 것이다.

한나라당 비대위 위원은 어떤 사람이 되어야 할까?

2011. 12. 17.

1) 대한민국의 국가관과 한나라당 정당 이념에 투철한 사람

2) 대한민국의 민주화와 산업화를 이끌어 온 사람

3) 균형감각을 갖춘 정치, 경제, 사회, 문화 등의 중진

4) 정직하고 청렴한 사회지도자

5) 국민에게 감동을 줄 수 있는 정치적 신념과 능력을 갖춘 소통의 달인

6) 글로벌 시대를 이끌어 갈 새 시대 새 인물

어떤 사람이 배제되어야 할까?

1) 진보로 포장된 반미종북주의자

2) 부정부패, 불법을 자행한 사람

3) 당 쇄신의 이름으로 탈당했거나 하려는 사람

4) 국가 선진화를 의도적으로 방해하거나 적극적으로 반대한 사람

5) 정쟁에 앞장서 국론을 분열시키고 당의 핵심역량을 분산시킨 사람

죄송합니다.

커피 수입과 수출

2011. 12. 19.

18일 무역협회는 우리나라가 커피 수입(1월~10월)이 5억 달러라고 발표했네요. 하지만 우리나라는 동시에 커피 수출 대국으로 알고 있습니다. 생두, 원두를 수입하여 가공된 커피(로스팅, 분말 등)를 수출하고 있으며, 원유도 수입 가공하여 수출하고 있습니다. 커피 및 석유제품 수출도 같이 발표해야지요. 원자재를 수입 가공하여 수출하는 대한민국이 5,000억 달러 수출고에 기여한 공로도 인정받아야 합니다. 한쪽 눈으로만 보면 국민은 혼동합니다.

북한의 군사시위

2011. 12. 20.

김정일 사망 다음 날 그리고 사망 발표 전날인 18일 북한은 미사일 두 발을 발사했다. 정부는 일상적이고 이미 계획된 훈련의 일환이라고 발표했다. 본인은 북한의 김정일 사망에 따른 북한 내 혼란을 잠재우고 강력한 대남 군사적 사전대응을 위한 시위용 발사가 아닐까 생각한다. 내 생각이다.

2012년

국가란 무엇인가

좋은 사회

2012. 01. 02.

『좋은 사회』. 2000년 초 하버드 대학 경제학과 명예교수로 재직했던 존 케네스 갈브레이스(John Kenneth Galbraith)의 저서다. 그는 좋은 사회를 정치, 경제, 사회, 문화, 환경 등에 걸쳐 심층적이고 구체적이며 현실적으로 그 기준을 정리하고 있다. 그는 완벽하고 이상적인 사회를 추구하기보다는 실현 가능한 좋은 사회를 추구하려고 노력했다. 좋은 사회에서는 구성원 개개인의 자유, 생존권, 평등권 그리고 행복 추구권이 반드시 보장되어야 한다는 우리 헌법 내용과 정신을 주장하고 있다. 좋은 사회의 기준은 인종, 성, 국적을 불문하고 사회 구성원 모두가 보람된 삶을 영위할 기회를 가지는 것이며, 최소한의 의식주와 의료 서비스를 보장해 줘야 한다. 일하고자 하는 사람들이 사회 여건 때문에 실직자가 되어서는 안 되며, 불황 때문에 고용 기회가 없어지고 다수의 사회 구성원이 후생 복지제도에 의존하게 되는 상황이 발생해서는 안 된다. 좋은 사회에서는 이념적인 논리보다는 합리적인 사고와 현실적인 판단으로 사회적 가치 기준을 정립해야 한다고 주장하고 있다.

우리는 지금 고용 문제, 복지 문제, 이념 문제 등 산적한 과제를 앞두고 있다. 이 한 권의 저서가 문제를 해결해 주지는 못하더라도 방향을 정해 주는 지침서는 될 성싶다. 이상보다 현실을 냉철하게 파악하는 지혜, 우리 모두의 행복은 그리 멀리 있지 않다. 어려운 이웃을 보살피며 고통을 나누는 행복의 전도사, 보이지 않는 곳에서 열심히 봉사한 자들이 있어 우리는 행복하다. 좋은 사회가 되면 좋겠다.

대한민국은 부정공화국인가?

2012. 01. 14.

위아래, 좌우를 봐도 부정과 비리투성이다. 국회의원, 정부 공직자, 기업인이 부정과 비리에 연루되어 국민의 지탄을 받고 있다. 어쩌다가 우리 사회가 이 지경이 되었을까? 국민은 생활이 어렵고, 중소기업, 자영업자들은 생존을 위협받고 있다. 권력 투쟁, 보다 더 가지려는 탐욕. 이런 것들이 사회 갈등을 부추기고, 민심을 이반시키고, 신뢰를 상실시키고 있다. 국민이 정치권과 정부 그리고 기업에 대한 부정적인 인식을 갖게 한다. 불신 사회에서는 누가 무슨 말을 해도 동의하지 않는다. 신뢰 회복이 대한민국의 최대 과제다. 영원히 발전해야 할 대한민국, 우리 모두가 동반자로 힘차게 전진할 수 있는 대한민국이 되면 좋겠다.

공정거래 및 동반 성장의 허와 실

2012. 01. 26.

대기업과 중소기업 간 공정거래 및 동반 성장의 당위성은 시대적 요구 사항이다. 무절제한 대기업의 중소·영세업 진출이 세간의 눈총을 사고 있다. 최근 몇몇 대기업이 중소·영세업 사업을 포기하고 있으며 더욱 확산되리라고 본다. 이에 골목 영세 상인들이 이를 흡수하여 영업 활성화를 기대할 수 있을까?

우선 골목 빵가게 시설이 생산 품질 등에서 기존 대기업이 생산·판매하는 상품의 질, 서비스를 대체할 수 있을까? 국민 의식, 생활수준에 따라 고객을 만족시켜야 한다. 단순히 대기업의 중소·영세업 사업 포기를 여론 몰이로 압박하기에 앞서 동반 성장, 상생의 방안을 고려해 봐야 한다. 시설, 생산, 기술, 마케팅을 이전 전수하거나 생산과 판매를 분담하여 소비자의 니즈도 충족시킬 수 있는 현실적이고 구체적인 방안을 강구해야 한다. 시장은 인위적으로 재배할 수 없는 곳이다. 수요와 공급을 조절하고 고객이 모든 주권을 가지고 있다는 사실을 외면해서는 안 된다. 백화점, 호텔 내의 재벌가 진출 업종이 퇴출된다고 골목 상권이 활성화되리라는 보장은 없다. 이론과 현실 간 괴리가 존재하기 때문이다.

공자의 정치

2012. 01. 31.

2500여 년 전 중국 춘추시대 공자와 그의 제자 자공이 정치에 대해 대화를 나눈다. 자공이 묻는다. "정치는 무엇입니까?" 공자는 "정치는 정(正)이다" 하고 대답한다. 자공은 또 묻는다. "정치에서 제일 중요한 것은 무엇입니까?" 공자는 "족식(足食), 족병(足兵), 족신(足信)"이라고 대답한다. 백성을 잘살게 하는 것, 국방을 튼튼히 하는 것, 국민으로부터 신뢰를 받는 것. 자공이 또 묻는다. "이 중에서 버려야 할 순서를 일러 주십시오." 공자는 족병 다음으로 족식을 언급하면서 제일 중요한 것이 족신이라 대답한다.

신뢰가 무너지면 국민은 등을 돌리고 아무리 좋은 정책을 내놓아도 받아들이지 않는다. 개인 간이나 정부와 국민 간이나 신뢰를 잃으면 정치, 경제, 사회 등 모든 분야가 갈등에 놓이게 된다. 당시의 정치는 입법, 사법, 행정을 통칭한 시대다. 정치는 정(正)이다. 바른 것이다. 바로 서는 정치를 염원해 보고 신뢰의 사회가 이뤄져야 하겠다. 공자는 훌륭한 선각 정치인이요, 철학자다.

공정 사회 추진현황 보고대회

2012. 02. 02.

오늘 국무총리님이 주관한 공정 사회 추진현황 보고대회에 초청되어 참석했습니다. 1년간 추진 현황과 향후 과제에 대한 발표와 토론이 있었습니다. 9시 40분에 시작해 오찬을 포함해 1시 40분에 끝났습니다. 저는 공정달인, 토론자 신분으로 참가했습니다. 공정 사회 정착을 위해 정치인, 공직자, 기업인의 부정 비리 근절, 감독, 감시, 심판 기능이 마비되어 국민의 신뢰가 상실되었다는 사실을 지적했습니다. 경제 부흥으로 세계 10대 경제 강국이 되었다면 공정 사회 정착으로 더 큰 대한민국이 되리라 확신합니다. 차별 없는 사회, 법과 질서가 바로 서는 사회, 소통과 나눔으로 살맛 나는 대한민국이 공정 사회일 것입니다. 열심히 사는 사람, 열심히 일하는 사람이 잘하는 사회가 공정 사회입니다.

입춘(立春)

2012. 02. 04.

오늘이 입춘이네요. 봄이 시작되는 날입니다. 며칠 동안 강추위가 계속되더니 오늘은 제법 온도가 올라가 봄기운을 느끼게 되네요. 춘래불사춘(春來不似春)이라는 말이 있습니다. 봄은 왔지만 봄 같지 않다는 말입니다. 아무리 추워도 지축이 흔들려 봄기운은 땅속 깊이에서 솟아나 우리도 모르게 움틀 준비를 하고 있을 것입니다. 감히 우리가 모든 자연의 신비를 알 수 있을까요? 질서정연하게 움직이는 우주의 신비도 과학으로 증명하지 못하는 인간의 한계를 느끼게 합니다. 어쩔 수 없이 우리는 우주는 그것을 창조한 창조주의 영역으로 결론을 내야 하지 않을까요? 한 치의 오차도 없이 지구의 공전과 자전은 지금도 계속되고 있습니다. 이 엄숙한 진리 앞에 옷깃을 여미고 오늘이 되는 내일을 준비해야겠습니다. 꿈과 열정은 우리를 아름답게 만들고 행복의 전도사가 되게 할 것을 확신합니다. 모든 분에게 입춘대길(立春大吉)을 보내 드립니다.

마하트마 간디

2012. 02. 08.

인도의 위대한 독립운동가이며 20세기 세계적인 지도자로 추앙받는 인물이다. 영국 지배하에서 비폭력을 제창한 사람으로 행동의 사표이며 검소와 겸손을 실천한 애국자다.

그는 나라가 망할 때 나타나는 징조 7가지를 내놓았다. 1) 원칙 없는 정치, 2) 노동 없는 부, 3) 양심 없는 쾌락, 4) 인격 없는 교육, 5) 도덕 없는 상업, 6) 인간성 없는 과학, 7) 희생 없는 종교.

원칙 없는 정치계는 국민들을 불안케 하며 당리당략에 매몰되어 국가의 장래를 생각하지 않는다. 애국이라는 단어를 떠올리기 어려운 정치인, 부의 세습이 비난받고 탐욕으로 치닫는 기업 현실, 상업적 매매 대상으로, 쾌락의 도구로 변질된 성 문화, 인성교육은 찾아보기 어렵고 폭력이 온상화된 교육 현장, 사회적 책임을 회피하고 기업 윤리가 도외시되고 시장 만능주의에 빠진 기업의 질주, 창조주의 창조 사업을 망가뜨리고 인간의 생명을 위협하는 과학문명, 하느님 사업인 사랑의 실천을 외면하고 기업화되어 가는 종교계–사회의 등불이 되어야 할 종교지도자는 몇 분이나 계신가–. 지금 우리는 간디의 이 말을 반추해 봐야만 한다. 7가지 징조가 우리에게는 해당되지는 않는

지 유심히 살펴봤으면 좋겠다.

자선 음악회

2012. 02. 11.

오늘 오후 4시, 아내와 함께 서울성모병원 마리아홀에서 열린 자선 음악회(아름다운 사람들의 따뜻한 만남 세 번째 이야기)에 참석했습니다. 필리핀 마닐라 근교에 있는 '쓰레기 산'이라 불리는 빠야따스 쓰레기 동산 아이들을 위한 음악회였습니다. 버린 쓰레기를 주워 먹고 이를 팔아 생계를 이어 나가는 사람들, 호적에 올릴 돈 6만 원이 없어 학교 입학도 못하는 아이들, 그들을 돕는 우리나라 후원자들의 활동을 영상으로 봤습니다. 베로니카 패밀리가 주최하고 예수의 까리따스수녀회가 후원했으며 장혜진, 조이엄, 추정화, 위훈 & MAD, 이경아 글라렛 수녀, 문선희 씨가 자선 모금을 위해 무료로 출연했습니다. 최고 출연자들의 열연과 홀을 가득 메운 자선의 열기가 대단했습니다. 주최 측은 4,000만 원의 모금이 이뤄졌다고 공지했습니다. 참 좋은 국민들이었습니다.

필리핀은 한국전쟁에 참전하고 많은 원조를 해 준 고마운 우방국입니다. 1960년대에는 우리보다 10배 잘사는 나라였으며 장춘체육관과 지금의 정부종합청사 건너편에 있는 문화관광부 청사와 미국 대사관 건물을 설계하고 건설한 나라이기도 합니다. 하지만 지금은 우리나라와 비교했을 때 1인당 국민소득이 약 15분의 1(1,500달러)인 나라가 되었습니다. 1960년대 이후 독재정치, 부정부패로 정치 혼란과 경제 파탄, 미군 철수 등이 이어졌고 그 결과 쓰레기 더미를 뒤지거나 해외로 이주하는 상황이 벌어진 나라입니다. 하지만 하느님은 결코 우리 인간에게 가난과 고통을 주지 않습니다. 이는 우리 인간이 만든 결과물입니다.

필리핀의 지금의 현실을 반면교사로 삼아야 한다는 생각과 정치를 잘해야 한다는 생각을 하면서 집에 돌아왔습니다. 역사는 국가의 흥망성쇠를 잘 기록하고 있습니다. 건국(建國)과 부국(富國)을 이룩한 대한민국, 이제는 정국(正國)을 이뤄야 합니다.

국가란 무엇인가

2012. 02. 13.

『국가란 무엇인가』. 지난 설 연휴 때 읽은 책이다. 극작가, 역사소설가, 문단의 원로로 널리 알려진 신봉승 선생의 저서다. 저자는 대한민국은 국가가 우위에 있지 않으며 국가보다 정당, 기업이 우선하며 사회 지도층 인사들이 말과 행동을 달리하고 있음을 지적하고 있다. 국가관이 바로 서야 나라가 흥하며, 만약 국가관이 바로 서지 않으면 나라가 망했다는 역사 사실 또한 말하고 있다. 나라에는 국격이 있어야 하며 정신적 근대화와 더불어 역사 알기를 강조하고 있다.

『조선왕조 500년(전 48권)』, 『한명회(전 7권)』은 국가관을 상실한 정치, 경제, 사회 지도자, 대한민국 미래의 거울인 역사 알기를 외면하는 교육자와 국민들에게 큰 경종을 보내는 저서다. 일독을 권하고 싶다. 신봉승 선생님께도 경의와 건승을 기원한다.

대통령 죽이기에 나선 대한민국

2012. 02. 24.

건국 65년을 맞이하고 있다. 그동안 열 분의 대통령이 탄생했다. 역사는 어느 국가를 막론하고 역대 대통령의 공과 과를 평가하고 있다. 지금이 아닌, 우리가 아닌 역사가 평가한다. 우리의 역대 대통령 및 현 대통령의 공로와 치적은 높이 평가해야 한다. 건국, 보국, 산업화, 민주화, 세계화, 경제 대국화, 초일류 국가화, 경제민주화, 복지국가화 등 강한 대한민국을 이끌어 오신 분들이다. 역대 대통령들이 임기 말에 소속 정당들로부터 괄시받고 탈당의 수모를 당하며 결국 하야의 압력까지

받기도 하는 우리 정치 현실은 조선조 500년 동안 반복되었던 당쟁의 악습, 집권하면 상대 당파를 무자비하게 죽이고 귀향을 보냈던 역사의 아픔을 반복하는 듯하여 가슴을 아프게 한다.

본인은 우리 역대 대통령들이 과보다 공이 훨씬 많다고 생각한다. 지금 야당과 여당인 새누리당은 현 대통령을 맹비난하고 있으며, 현직 대통령을 끌어내리는 작업을 진행하고 있다. 새누리당 비대위원이 더 앞장서고 있다. 이런 현실을 보면 새누리당의 앞날을 감히 예측할 수 있다. 새누리당 비대위원의 자질을 보면 새누리당이 아닌 헌누리당으로 한 발짝 다가가고 있음을 알 수 있다. 현 대통령을 공격하여 얻는 반사이익이 무엇인가? 보수는 분열하여 망한다는 국민의 소리에 귀를 가린 사람들이 쇄신을 부르짖으며 비상한 대책을 세우리라고 기대하기는 어렵다. 이는 마치 서울 한복판에 호랑이가 나타나기를 바라는 것과 같을 성싶다. 정치, 사회 모든 영역에서 선임자를 자르고 선임자의 공로를 짓밟고 단절하는 버릇이 고쳐지지 않으면 나라의 장래는 어둡기만 하다. 역대 대통령을 위대한 대통령으로 만드는 국민이 되어야 한다. 과보다 공을 찾아 평가하는 대한민국이 되면 좋겠다. 내가 대접받고 싶으면 남한테 먼저 잘해야 한다. 더러운 역사가 반복되는 한 우리에게 희망이 없다.

대한민국! 실신해 병원으로 후송되다

2012. 03. 03.

중국에 억류 중인 탈북자 강제 북송저지 운동을 주도했던 자유선진당 박선영 의원이 단식 11일 되는 날인 3월 2일 실신하여 병원으로 후송되었단다. 국내뿐만 아니라 세계를 움직인 작은 거인 박 의원님은 진정한 애국자다. 국내 인권 문제에는 그렇게 앞장섰던 진보 진영들은 탈북자 인권에 눈을 감았고, 시청, 광화문 광장을 메웠던 시민 단체, 행복 버스도 어디론가 사라졌다. 여야 대표, 총선 후보, 잠재적 대선 후보도 보이지 않는다.

인권은 인류가 추구하는 최고의 보편적 가치다. 미국, 일본은 북한인권법을 통과시켰으나 우리 국회는 여전히 유보 중이다. 국회의원이 되려는 분들, 대통령이 되려는 분들이 많으나 진정으로 우리 주변에 자질과 자격을 갖춘 분이 없다는 현실이 우리를 슬프게 한다. 대통령은 대한민국의 정통성과 헌법 정신에 투철함은 물론이고 국민을 감동케 하고 감격케 할 정치 마케팅 전문가여야 한다. 총선과 대선에 매달려 탈북자 강제 북송에 입을 다물고 눈을 감고 있는 당신들에게 우리는 실망하고 있다. 지도자는 가장 애국자여야 한다.

청빈과 청부

2012. 03. 08.

조선조 시대 사대부가 추구하는 최고의 가치는 청빈(淸貧)과 충효였다. 인재 등용의 최우선 순위였다. 당시는 농경사회, 봉건사회였기에 지금의 상업주의, 자본주의 사회에서의 가치와는 매우 다른 면이 있다.

최근 정치권, 공직 사회, 기업계는 비리로 질타받고 있다. 압축 경제 발전과 자본 축적 과정, 도덕과 윤리가 무시된 성장 지상주의가 물려준 역기능을 일부는 이해할 수 있다. 이제 대한민국은 세계 10대 경제 대국의 반열에 올라 있다. 가난과 전쟁의 참화를 극복하고 국민이 힘을 합쳐 이룬 기적이다.

이제 청빈의 시대가 아닌 청부(淸富)의 시대를 만들어 보자. 이웃 미국의 거부들은 정직과 근검, 개척정신으로 엄청난 부를 이뤄 냈다. 청부를 이뤄 사회에 큰 기부와 기여를 해 왔다. 미국에서 가장 존경받는 사람은 돈을 많이 번 사람들이다. 철강왕 카네기(카네기멜론 대학 설립자), 기름왕 록펠러(시카고 대학 설립자), 마이크로소프트 개발, 인터넷을 세계인들에게 보급한 빌 게이츠, 투자 귀재 워런 버핏, 하버드 대학 설립자 하버드, 스탠포드 설립자 스탠포드 등 이루 헤아릴 수 없는 거부들이 오늘의 미국을 만들었다. 그들은 조상들로부터 이어 온 청교도 정신과 노블레스 오블리주를 실천해 오고 있다. 청부 정신이 투철한 미국의 거부들은 깨끗한 가난이 아닌 깨끗한 부를 창출해 미국과 세계인을 위해 오늘도 달리고 있다. 우리도 청빈도 더러운 부도 아닌 청부를 만들어 내자.

대한민국의 최대 위기

2012. 03. 09.

조선조가 망한 것은 계속되어 온 당쟁, 대원군의 쇄국정책, 개혁파의 개혁 실패 등이 원인이라고 역사는 기술하고 있다. 광복 후 통일을 이루지 못한 이유 중 하나로 애국지사들의 분열도 들 수 있다. 민족상잔의 비극인 한국전쟁, 건국과 부국, 민주화, 세계화를 거치는 과정에서 한류 열풍이 세계를 열광시켰고 세계 10대 경제 대국을 이룩했다.

그러나 지금 대한민국호는 큰 파도에 휘청이고 있다. 정치권의 후진성, 정쟁, 갈등으로 국민은 분열되고 권력과 명예 그리고 부가 탐욕의 수렁에 나라를 빠트리고 있다. 특히 총선과 대선을 앞둔 여야 정치권은 이성을 잃고 국가관도, 헌법 정신도, 최소한 지켜야 할 인류 보편적 가치도, 국가 미래도 팽개치고 있다. 정치 지도자가 되려는 사람들의 막말이 극에 달하고 있다.

그들은 해군을 해적이라 말한다. 그렇다면 육군은 산적이고 공군은 하이재커인가? 국민의 재산과 생명, 국토를 지키는 국군은 우리 대한민국의 귀여운 아들딸이다. 최소한의 금도 지키지 못할 사람들이 정치 지도자가 된다? 대한민국의 최대 위기가 아닌가?

나라가 망하는 것은 외침 때문이 아니라 내부 분열 때문이다. 로마제국의 흥망성쇠를 공부해 보라. 비통에 빠진 우리에게 이런 모욕을 외면하고 북한 도발에 적극 대비하는 김관진 국방부 장관을 비롯한 애국 장병이 있어 조금은 위안이 된다. 대한민국이 어떤 나라인가? 우리 국민과 미국을 위시한 우방국들의 피땀으로 이룩한 국가다. 여기에 침을 뱉고 모두를 부정하는 세력들은 조속히 대한민국 땅을 떠나야 한다. 절이 싫으면 중이 떠나야 한다. 정신 차리자.

동물 생명권과 인권

2012. 03. 17.

동물의 생명권과 자유권을 주장하는 사람들과 이에 호응하는 사람들은 북한민의 생존권과 인권에는 눈을 감고 귀와 입을 막고 있다. 청성산 도롱뇽을 살려 달라며 몇 년간 국가 동맥인 철도 건설을 방해한 지율 스님, 3년 전 제주도에서 불법 포획하여 서울 동물원에서 돌고래 쇼로 어린이들에게 기쁨과 즐거움을 안겨 줬던 제돌이를 제주 해군기지 건설 현장인 구럼비에 방사하여 그에게 자유를 주겠다는 서울시장님의 동물 사랑이 갸륵하기도 하다. 동물의 생명권과 자유를 주장하시는 분들은 동물 애호가나 동물들에게서 칭송을 받을지도 모른다. 그러나 이들은 북한의 3대 세습 정권과 인류 보편적 가치인 인권에 대해서는 어떠한 메시지도 없다. 우리 인간은 하느님으로부터 만물을 지배할 권한을 부여받았다. 인간의 존엄성, 인권은 모든 것에 최우선적으로 보장되고 존중되어야 한다.

시급한 정치 패러다임의 전환

2012. 03. 22.

1980년대 후반부터 전개된 세계화의 바람은 국경을 무너트리고 변화를 재촉하여 무한 경쟁 시대에서 생존하기 위하여 정치, 경제, 사회, 문화 등 전반에 걸쳐 끊임없는 혁신을 추구하게 했다. 세계화의 질풍은 소련과 동구권의 붕괴에 이어 중동에 자스민 혁명을 일으켜 독재, 세습 왕정을 사라지게 했다. 독재, 공산국가의 붕괴도 박두하고 있다.

이렇게 지축이 흔들리는 지구촌 시대에 대한민국의 정치권은 요지부동의 구태와 관행을 답습하고 있으며 변화와 혁신은 구호에 그치고 있다. 변화와 혁신을 요구하는 국민의 수준과 기대에 부응하지 못하는 정치는 필연적으로 국민으로부터 신뢰를 잃고 외면당하게 된다. 각종 선거 투표율이 이를 증명하고 있다. 총선, 대선을 앞둔 여야 정당은 정책 제시 없이 임시방편의 포퓰리즘으로 구걸 선거를 치르려 하고 있다. 60여 년 동안 해 오던 방식으로는 직면한 문제들을 해결할 수 없다. 한마디로 패러다임의 전환 없이는 정치 혁신이 불가능하다.

패러다임은 우리가 사물이나 현상을 볼 때 사용하는 투시경으로 모델, 지각, 가정, 준거, 룰 등을 말한다. 즉 세상을 보는 방식이다. 인간은 좀처럼 상식을 뛰어넘지 못하는 속성을 갖고 있다. 따라서 기본 개념과 방식을 뿌리째 뒤흔들어야 하는 패러다임을 전환하는 것은 대단히 어려운 일이다. 정치 개혁, 기업의 경영 혁신, 사회 변화의 선결 과제는 패러다임 전환에 있다는 사실을 간과해서는 아무것도 이룰 수 없다. 역사는 패러다임 시프트의 반복이다. 상상을 초월할 정도로 급변하는 세상을 보는 눈이 변해야 한다. 시급한 정치 패러다임의 전환을 제안해 본다.

대학 사회의 인플레이션화

2012. 04. 02.

최근 몇 년 동안 대학 사회의 각종 인플레이션이 심각하다. 전문대학장의 호칭이 총장으로 바뀌고 전문대가 대학교로 바뀌어 2년제 대학과 4년제 대학을 명칭만 보고는 구별하기 어렵게 되었다. 최근 보도에 의하면 전국 184개 4년제 대학의 5학점 이상이 90퍼센트 이상이란다. 열심히 한 학생들이 B 학점 이상을 올렸다는 데 이의를 제기하고 싶지는 않다. 그러나 취업을 위해, 교수강의 평가 때문에 후한 학점을 줬다면 이는 교수의 큰 잘못이며, 교수와 대학의 권위를 스스로 포기하는 행위가 된다. 정부의 감사기관은 출석하지 않은 학생에게도 학점을 주고 졸업장까지 준 사례를 적발했다. 각종 대학 사회의 인플레이션은 대학을 병들게 하고 학생의 질 저하를 가져오며 대학의 상품화를 가속시킬 수 있다.

교육은 국가 백년대계의 목표다. 대학 당국과 교육 당국의 철저한 학사 관리가 시급한 과제다.

파장 국회

2012. 04. 22.

18대 국회의원의 임기가 5월 29일로 끝이 난다. 몸싸움, 공중 부양, 최루탄 투척 등 난장판 국회의 오명을 기록해 놓고 문을 닫는다. 170석 이상의 의석을 보유한 새누리당의 무기력증, 사사건건 반대로 일관한 야당, 임기 1개월을 남겨 놓은 마당에 국가 안보와 관련된 국방개혁 법안과 각종 민생법안은 통과되지 못하고 폐기된단다. 상임위원회의 정족수 미달은 파장 국회의 단면을 보여 주고 있다. 이번 선거에서 낙선한 의원님들은 연락조차 되지 않는단다. 그러니까 국민들이 낙선시킨 거겠지. 국회의원에 대한 실망이야 어제오늘 이야기가 아니지만 해도 해도 너무하다. 세비는 꼬박꼬박 받아 갈 의원들의 몰염치의 극치를 규탄해야 한다. 국회의원님들 가슴에 손을 얹고 반성해

보시라. 4년간 국가와 국민을 위해 무엇을 했는가? 최소한의 양심도 없는 의원님들! 유종의 미를 거두지 않는 18대 국회를 보는 국민은 서글프기만 하다. 국회가 없었으면 좋겠다는 생각은 나만의 생각일까? 19대 국회에 대한 기대도 서울 한복판에서 호랑이 보기 어려울 정도가 될 것 같다. 나의 예견이 빗나가기를 바란다.

종말은 오고 있는가

2012. 04. 26.

학교 폭력이 극에 달해 왕따, 자살, 타살이 꼬리를 물고 있다. 교육 현장이 이렇게 황폐화되도록 교사, 학부모, 교육 당국은 손을 놓고 있었단 말인가?

지난 23일 전주 시내버스 노조원이 백주에 시청 현관 앞에서 바지를 내리고 대변을 보는 추태를 연출하고, 노조원들은 그에 거사를 치른 분이라고 영웅시하며 박수를 보냈다는 보도를 접하고 보니 어안이 벙벙하다. 아니 이게 대한민국 땅에서 일어난 사건이란다. 노사는 노동조건에 대해 협상과 투쟁을 할 수 있다. 분뇨 시위에 이어 13회 전주국제영화제 반대를 위해 영화관에 뱀과 쥐를 풀어 놓겠다는 설도 보도되고 있다. 버스 노조의 쟁위 범위는 직장 내에서 또는 합법적인 절차에 의하여 장외에서 가능하다. 분뇨 시위는 한국 노동운동의 수준을 가늠하는 잣대가 된다. 뜻있는 노동운동가들은 입을 다물고 있을 것인가? 두고 볼 일이다. 한심한 사람들.

은하 초등학교 방문

2012. 05. 15.

오늘 충남 홍성군 은하 초등학교를 방문했습니다. 저의 모교입니다. 스승의 날이며 제가 졸업한 지 61년이 되는 해여서 감회가 새로웠습니다.

교장선생님의 안내로 교내외 투어를 했습니다. 600명이 넘나들던 모교 학생 수가 50명으로 줄었고 세계 최신 선진 학교로 변했습니다. 시설은 물론이고 학사 행정, 각종 인성교육 프로그램, 방과 후 교육, 원어민 영어교사, 종합체육관, 식당 등 부족함이 없었습니다. 모교 방문에 큰 기쁨을 안고 귀경했습니다. 금일봉도 전달했습니다. 교사 교직원 사기 진작에 써 달라고 말씀드렸습니다. 향후 제가 모교를 위해 무엇을 할 수 있을까, 를 생각하고 있습니다. 보람된 일을 해야 할 것 같습니다.

한국전쟁 참전 영웅 유해 12구

2012. 05. 28.

한국전쟁 참전 영웅 유해 12구가 고국에 62년 만에 돌아왔다. 북한에서 미군이 발굴한 전사자이며 10년을 미국에 머물렀단다. 정말 부끄러운 일이다.

국가는 국민의 생명과 재산을 보호하기 위해 존재한다. 지난 정권은 북한에 수십억 달러를 퍼 주면서 전사자 유해 발굴을 거론조차 못했다. 이런 정부를 믿었던 국민이 불쌍하다. 미국은 엄청난 대가를 지불하며 전사자 시체를 발굴해 왔다. 인간의 존엄성, 죽은 자까지도 책임지는 미국, 그래서 위대한 미국이 된 것이다. 북한 인권조차 거론하지 못하는 대한민국, 존재가치를 상실하고 있지는 않나 걱정이다. 종북 세력이 판을 치고 있는 현실하에 우리의 정체성을 되찾는 것이 최우선과제가 아닐까?

정치는 국민의 눈물을 닦아주는 것

2012. 06. 24.

정치인들의 말입니다. 기상관측 이래 104년 만의 6월 고온과 가뭄이랍니다. 저수지가 바닥을 드러내고 논밭이 거북이 등처럼 갈라져 있으며 식수난까지 겹쳐 농민들이 애간장을 태우고 있습니다. 정부도 긴급재난 대책수립에 손을 놓고 있으며 여야 대선 잠룡들이 분수 모르고 출마 선언을 준비 중이랍니다. 대선후보들이여! 국회에서, 정당에서 힘겨루기 일시 중단하고 가뭄에 시달리는 국민의 눈물을 닦아주고 위로에라도 동참하시라. 누가 먼저 행동으로 옮길까? 두고 볼 일입니다. 정말 정치할 줄 모르는 분들이 대통령이 되겠다니 앞으로 5년 기대하기는 서울 한복판에서 호랑이 보는 것보다 어려워 보입니다. 멋진 정치인 어데 없나요.

동원대학교 초청 강의

2012. 06. 30.

오늘 오후 6시 30분부터 8시까지 경기도 이천에 있는 동원

대학교 평생교육원 초청으로 강의하고 왔습니다. '21세기 생존 전략'이라는 제목으로 생존을 위해서는 변화와 혁신을 해야 하며, 지식 정보화 시대에는 지식이 생산 핵심 요소이며, 경쟁에서 살아남기 위해 핵심 역량을 축적해야 한다고 전했습니다. 홍수처럼 밀려오는 지식 정보화를 수용하기 위해 평생교육의 필요성을 강조했습니다. 45명의 지방 출신 CEO 수강생들의 진지한 모습에 감명을 받았습니다. 글로벌 인재의 요건은 창의력, 전문성, 인성이라고 일갈했습니다. 훌륭한 사람이 되어 훌륭한 일을 해야 한다. 교육자는 지식 중간도매상이 아닌 학생 스스로 배울 수 있도록 도와줘야 한다, 잘 가르치는 것이 아니라 학생 스스로 잘 배울 수 있도록 도와주는 것이라고 했습니다. 가정이 무너지고 교실이 황폐화되어 가고 있으며 정신적 영양실조 등에 대한 우려도 비추었습니다. 수강자와 배석한 교수님들로부터 박수받고 돌아왔습니다.

탁상공론의 피해자

2012. 06. 01.

대형마트, 기업형 슈퍼마켓의 영업 휴무 및 시간제한에 대해, 특히 강제 휴무일 확대 및 영업시간 단축의 실효성과 부작용에 대해 언급한 바 있다. 1) 휴무제 확대에 따른 소비자의 불편, 중소업체의 피해(대형마트 상품의 70퍼센트가 중소기업 제품) 2) 영업시간 단축(민주당의 저녁 9시 법안 발의)은 맞벌이 부부에게 큰 부담과 불편을 제공할 것이며 소비 위축으로 인한 불경기를 가속시킬 수 있다. 시장은 소비자의 손에 의해 좌우된다. 골목 상권 보호, 영세 상인 보호라는 신포퓰리즘에 앞장서는 정치권은 정도를 가야 한다. 여름철 에너지절약 차원에서 소비자의 불편 없는 범위 내의 시간 단축, 적정한 휴무를 재검토하시라. 오히려 편의점 24시간 영업시간을 7시까지 단축하는 등 실효성 있고 구체적인 방안을 고민해 보시라. 탁상공론의 피해자는 국민이다. 노벨상 수상자 피터 다이아몬드는 물가를 감수해서라도 경기부양을 주장하고 있지 않는가? 불경기의 가속은 가계, 고용, 성장 등에 큰 영향을 줄 것이다. 시장은 경쟁의 장이다. 시장을 지배하는 자가 승리자가 된다.

경제민주화!

2012. 06. 09.

여야 정당들의 화두가 경제민주화인 듯하다. 여야가 내놓은 정책을 면밀히 살펴보면 경제민주화의 정확한 정의와 개념의 오류를 보게 된다. 오히려 대선을 앞두고 포퓰리즘성 정책에 접근하고 있다. 경제민주화는 사유재산의 불공정한 분배에서 파생하는 사회·경제적 불평등을 최소화시키는 것을 의미한다. 우선 경쟁의 룰을 공정케 해야 하며 빈부격차의 심화 해소를 위한 고용, 조세, 금융, 복지 등 종합 정책이 검토되어야 한다. 고용은 비정규직의 정규직 전환, 대규모 실업사태가 주 안건이다. 특히 노동의 유연성 제고가 이뤄져야 한다. 중소기업 인력난 해소, 금융 지원은 현실에서 멀어져 있다. 수출·내수 부진 예상에 따른 중·장기적 활성화 정책, 자유무역협정 체결에 따른 효과 극대화를 위한 구체적 방안을 외면하지 말고, 시장의 순기능, 소비자를 위한 서비스 제고 등 현실 상황에 맞게 접근해야 한다. 시장과 고객은 정부와 기업의 심판관이다. 재벌 때리기, 반값 등록금, 대기업의 대형마트 휴일 및 영업시간 단축, 보편적 복지 확대가 경제민주화의 교과서가 될 수 없다. 세계화 시대에는 국내 경제뿐만 아니라 국제경제-소위 글로벌 스탠다드-에 걸맞은 경제민주화를 추진하시라.

묵비권의 악용

2012. 07. 25.

묵비권은 헌법12조 제2항 및 형사소송법 200조 2항 동법 289조를 통해 형사피고인이나 피의자가 수사기관의 조사, 공판에 있어 각개의 신문이나 심문에 대하여 자기에게 불리한 진술을 강요당하지 않고 불리한 진술을 거부할 수 있는 권리를 말한다. 최근 많은 정치인, 고위공직자, 기업인들은 수사기관에 출두하여 묵비권을 남발하고 있다. 묵비권을 행사할 권리가 보장되어 있기는 하나 피의사실을 묵비권행사로 시시비비를 가리려 하지 않고 수사를 방해하고 국민들의 의혹을 남기곤 한다. 자기에게 불리한 진술거부는 역으로 해석하면 피의사실을 인정하는 것과 다름없다. 헌법과 형사소송법의 입법취지는 신체의 자유 보장, 강압적인 수사 과정에서 진술의 강요 등 피의자의 방어권 보장을 위하여 만들어진 법이다. 이렇게 정치인, 고위공직자, 기업인들과 같은 사람들에 의해 묵비권 행사가 남용되고 일반화된다면 수사나 재판 진행은 불가능할 수 있다. 법 앞에 당당하게 무죄를 주장하여 무혐의처리 또는 무죄판결을 받아내는 것이 정상적인 행위가 아닐까? 생각해 본다. 자기가 저지른 죄를 수사기관이나 재판부에 가려 달라고 한다. 자기 죄는 본인이 더 잘 알고 있으면서 말이다.

미국 금주법의 교훈

2012. 08. 02.

미국의 금주법은 1919년 1월 의회에서 미국헌법 18차 수정안을 비준하면서 제정되어 1920년 1월 17일 발효되었다. 입법배경은 알코올중독이나 범죄를 줄이기 위한 것이었으나 독일과의 외교마찰 및 제1차대전 참전 등으로 독일에 대한 감정이 좋지 않기 때문에 독일이민자들이 양조업으로 부를 쌓는 것을 견제하며 청교도적 금욕주의도 그 배경의 하나로 보고 있다. 금주법시행 이후 알 카포네와 같은 마피아 조직폭력배의 주류 밀거래, 무허가술집 개업, 주류사업 독점은 물론 폭력 살인사건 등의 부작용을 쏟아냈다. 결국 1933년 금주법은 수정헌법 21조로 폐지되었다. 미국 헌정사에 최악의 법으로 평가되고 '고상한 실험'(noble experiment)이라는 조롱거리가 되기도 했다.

법은 합법성과 실효성을 갖추어야 그 목적을 달성할 수 있다. 아무리 좋은 법, 즉 합법성이 있다 해도 실효성, 실천가능성이 결여되면 죽은 법이 된다. 최근 성범죄에 관한 입법이 발의되고 처벌이 강화되고 있다. 당연히 처벌을 강화하고 예방대책을 강구하며 특히 미성년자, 지체장애자에 대한 성폭력, 성희롱은 발본색원되어야 한다. 최근 고령 미혼남성 증가, 성생활이 가능한 노년층 증가와 성매매촌 퇴출로 인한 여러 형태의 은밀한 성매매가 성행하고 있다는 보도를 자주 접하고 있다. 즉 성 수요 증가에 따른 근본 대책은 무엇일까? 법은 매사를 해결해주는 마법사는 아니다. 미국의 금주법을 반면교사로 삼아 변화해가는 사회현상을 슬기롭게 대처하며 긍정적인 해결책은 없는지 고민해보아야 할 과제가 아닐까? 부질없는 고민도 해본다.

헌누리당이 된 새누리당

2012. 08. 04.

차떼기당의 오명을 벗어나려 했던 새누리당이 공천 헌금 사건에 휩싸여 국민을 실망시키고 있으며 이에 대선 후보들이 후보 경선 사퇴를 하겠단다. 어제 저녁 예정된 TV 토론도 일방적으로 보이콧했단다. 당초부터 깜도 안 되는 후보들이라고 여겨 왔지만 이들의 행위는 국민에 대한 배신행위다. 당은 검찰의 수사 결과와 무관하게 공천 헌금 관련자들을 출당 조치해야 하며 경선 불참 후보들의 의견에 따라야 한다. 공천 헌금뿐만 아니라 정치자금 관련 비위, 저축은행 관련 정치인, 고위 공직자들에 대한 뇌물 수수 사건 등의 수사를 명쾌하게 매듭지어야 한다. 우리나라 정당들의 행태를 보면 정당 본연의 목적인 집권욕은 없고 권력욕만 있다. 청와대, 현직 대통령, 경쟁자를 공격하여 반사이익을 얻으려는 거지 근성을 버려야 한다. 정책과 비전을 제시하여 국민으로부터 감동과 지지를 얻으려는 여야 대선 후보가 보이지 않는다.

런던올림픽에서 보내 주는 태극전사들의 승전보! 밖에 나가면 우수한 민족이며 위대한 대한민국이련만 내부를 보면 너무나 왜소해 보이기만 한 대한민국이다. 왜 그럴까? 정치인들 때문이다. 단칼에 정리하는 방법은 없을까? 기온이 30도를 넘어 흥분된 모양이다.

눈물의 신비

2012. 08. 06.

인간은 울음을 터뜨리며 태어난다. 물론 눈물을 동시에 흘린다. 눈물 없는 울음은 없다. 죽음에 이르러 본인도, 이를 지켜보는 가족도 눈물을 흘린다. 눈물은 기쁠 때나 슬플 때 모두 흘러내리며 승자도 패자도 눈물을 흘린다.

남북 이산가족 상봉장은 눈물바다를 이룬다. 기쁨과 슬픔을 동시에 느끼기 때문이다. 만남의 기쁨, 헤어짐의 슬픔 때문이다. 눈이 불편할 때 안과에 간다. 의사는 눈물샘을 뚫어 눈물을 나오게 하며 눈물 보충용 안약을 준다. 눈물은 필요한 요소인가 보다. 런던올림픽 현장 중계를 보면 승자도 패자도 눈물을 흘리고 있다. 승자는 기쁨의 눈물, 패자는 후회와 새로운 다짐의 눈물을 흘린다. 인간의 감정을 잘 나타내는 것이 눈물일 거다. 눈물 없는 사람을 인정 없는 독한 사람이라 한다. 국민의 눈물을 닦아 주는 것이 정치란다. 희로애락을 같이하는 눈물이 머물러 있는 사회가 진정 함께 사는 복지국가일 거다. 눈물은 인생의 알파요, 오메가가 아닐까?

생일 모르는 대한민국

012. 08. 13.

오는 8월 15일은 광복 67주년 기념일이다. 대한민국은 1945년 8월 15일 35년간 일제강점에서 해방되었다. 1948년 7월 17일 헌법을 제정, 공포하고 제정된 헌법에 따라 동년 8월 15일 정부수립을 공포했다. 고로 8월 15일은 정부수립 64주년일이기도 하다. 대한민국 탄생일이다. 그런데 정부는 매년 광복기념일만 경축행사를 한다. 왜 그럴까? 1919년 상해임시정부수립과의 정통성 시비로 정부탄생일, 즉 생일을 외면하고 있는 것 같다. 상해임정은 불가피하게 임시로 수립한 정부로 이를 저평가할 수 없는 대한민국 광복과 정부를 탄생시킨 모태이다. 국가는 국토와 국민 그리고 주권이 국가구성 요건이다. 그렇다면 1948년 8월 15일이 대한민국 정부수립일이 맞다. 역대 정부, 역사학자들은 이에 대하여 묵묵무답이다. 역사를 바로잡고 왜곡해선 안 된다. 현재의 우리와 후손들은 이 위대한 대한민국 탄생일을 알고 기념해야한다. 8월 15일은 광복 67주년 및 건국 64주년을 같이 경축해야 한다. 이런 중대한 문제를 왜 외면하고 있을까? 그 이유를 나만 모르고 있는 것일까? 생각해 본다.

건국기념일이 없는 나라

2012. 08. 17.

지난 13일 본인은 '생일 모르는 대한민국'이라는 제목의 글을 올린 바 있다. 8월 15일은 광복기념일이요, 건국기념일임에도 잊고 있다는 내용이었다. 1945년 8월 15일 광복, 1948년 8월 15일 건국기념일이 된다. 정부와 역사학자, 언론사들 모두가 건국기념일에 대하여 꿀 먹은 벙어리 노릇을 해 왔다. 15일 중앙일보 김수길 주필 칼럼에서 건국기념일이 없는 나라라는 내용의 글을 썼다. 처음 보는 글이어서 다행이라는 생각을 했다. 외국의 역사왜곡을 질타하기 전에 우리의 역사를 바로 기록하고 똑바로 가르쳐야 한다. 대한민국의 정체성을 올바로 정립하는 것이 시급하다.

경제, 경영 비상

2012. 08. 23.

오늘 조간신문들의 톱기사는 비상경영이다. 유럽발 경제위기의 파급과 성장둔화, 수출부진, 내수경기 급락, 물가고, 가계부채, 고용불안, 경기회복 전망 불투명 등 경제, 경영여건이 심상치 않다. 30대 그룹들이 비상경영 체제로 전환, 발빠른 행보를 걷고 있다. 내용에는 필연적으로 투자유예, 비용절감, 신규인원 채용 유보, 근무기강 확립 등이 내포될 것이다. 정치권에서 주장하고 있는 대기업에 대한 각종 규제, 일자리 창출, 복지확대 등과 많은 괴리가 발생될 것이다. 지금 시급한 것은 투자확대를 통한 성장으로 연결되는 고용창출, 가계부채, 양극화 해소 등으로 현실을 직시해야 한다. 실물경제를 등한시해선 안 된다. 대선을 앞둔 여야정치권은 안보와 경제에 대하여는 초당적으로 대처해야 한다. 달콤한 표 모으기 선거전으로 국가경제, 경영을 외면해선 안 된다. 위기를 모르는 것이 가장 큰 위기이다. 사람들은 "바보야, 문제는 경제야"라는 클린턴의 말을 되새겨 보시라.

충청도 양반들의 생각

2012. 09. 01.

1997년 대선에는 DJP연대와 이인제 신당후보 출마로 이회창 후보가 1차 낙마에 이어 2002년에는 2차 낙마, 2007년에는 자유선진당 후보로 15% 득표하여 3수 낙마의 고배를 마시고 지금은 자유선진당을 탈당, 은거 중이란다.

최근 18대 대선이 임박해 있다. 이인제 선진통합당 대표가 제3후보를 내겠단다. 또한 서울대총장과 국무총리를 역임한 정운찬 씨가 중도적이고 국민통합적인 제3당을 만든다는 창당설과 함께 대선출마를 저울질하고 있다는 이야기도 나오고 있다. 대선 때마다 충청도 양반들이 활거하는 모습을 보면서 "이것은 아닌데" 하는 생각이 든다. 틈새시장을 파고들어서 크게 성공한 기업도 없다. 양당체제가 정립되어 가는 우리 정치무대의 큰 판에서 제대로 한 판 승부를 준비해 보시라. 나도 제대로 된 충청도 양반(?) 노릇 해 보고 싶은 마음이 간절해서 하는 말이다.

지적재산권

2012. 10. 03.

지금 내가 있기까지 살아오면서 많은 사람들의 도움이 있었기 때문에 내가 존재한다. 부모님,선 생님, 이웃, 친구, 정부와 사회. 학교가 나를 위해 많은 희생과 도움을 주었다. 특히 내가 가지고 있는 지식, 경험 즉 지적재산권은 나 개인의 소유물이 아니다. 그러기에 개인의 영달을 위해 사용하기 전에 국가와 사회를 위해 공헌되어야 한다.

특히 공직자는 공직 수행 중에 취득한 지식, 경험, 비밀은 자신의 사유물이 아니다. 국가가 관리해야 할 지적재산권이라는 것이다. 이런 지적재산권을 개인의 영달을 위해 사용함을 스스로 엄격하게 규제하여야 한다. 공직에서 물러나 이해 관계기관이나 기업, 로펌으로 재취업하는 것 등이 회자되는 이유가 여기에 있기 때문이다. 사회 각층의 원로들이 정치권에 얼굴을 내비치는 모습이 어쩐지 처량해 보인다. 우리 사회에 많은 참어른이 있었으면 좋겠다.

우리를 슬프게 하는 것들

2012. 10. 25.

나의 고교시절 교과서에서 읽은 안톤 슈낙의 글 제목이 아니다. 지난 2월 24일 본 란에 대통령 죽이기에 나선 대한민국이란 내용을 올린 바 있다. 건국 64년 동안 열 분의 대통령을 모셨다. 역대 대통령들은 건국, 보국, 산업화, 민주화, 세계화, 경제민주화를 통해 세계 10대강국을 만드신 존경받으실 분들이다.

지금 우리는 존경은커녕 역대 대통령의 업적을 매몰시키고 죄인시하며 비난의 대상으로 만들었다. 최근 국정감사에서 민주통합당 김 모 의원이 6.25 전쟁영웅 백선엽 장군이 민족반역자란다. 일제강점기 본의 아니게 일제에 협력한 것을 비난하기 전 무능한 조선조를 비난하여야 마땅하다. 6.25 한국전쟁을 일으켜 1000만 이산가족, 수백만 전상자를 내고 전국을 초토화시킨 북한을 강력히 응징하기 위해 대한민국의 영토와 국민의 생명과 재산을 지켜준 국군과 참전유엔군을 진두지휘한 역전의 전쟁영웅을 국민을 대표한 국회의원이 이렇게 평가한다면 우리의 앞날엔 희망이 없다.

임진왜란 당시 모든 모함과 음해를 뒤로하고 백의종군, 나라를 구한 이순신 장군을 역사의 영웅으로 추앙하고 있다. 작은 과는 큰 공으로 덮어도 된다. 죄 없는 자가 저 간음한 여인을 돌로 쳐라 하신 예수님의 말씀을 되새겨 보자. 역대 대통령, 전쟁영웅, 선배, 선임자 죽이기에 나선 대한민국은 지금 어데로 가고 있습니까? 세계화시대의 생존전략은 국민의 핵심역량 결집이다. 우물 안 개구리의 생명은 오래가지 않는다. 국회의원, 고위공직자, 기업인 등 사회 지도자의 격을 높이는 것이 국격을 높이는 길이다. 정치인들의 막말은 그의 수준을 나타낸다는 사실을 명심해야 한다. 인격은 사람 됨됨이다.

10월의 마지막 밤

2012. 11. 01.

가수 이용이 부른 노래가 '10월 마지막 밤'에 방송을 타고 들려옵니다. 하룻밤은 그렇게 지나가고 11월을 맞이했습니다. 풍향이 동남에서 북서로 바뀌면서 오색단풍이 산과 가로수를 아름답게 만들어 놓았습니다. 겨울을 살아가기 위한 나무의 냉정한 판단에 스스로 숙연해지곤 합니다. 모든 것을 버려야 생존한다는 자연의 엄숙함, 근엄함, 희생정신 등 지혜로움이 우리 인간에게 주는 교과서입니다.

10개월이 지나 한 해의 끝자락에서 각자는 어떤 생각을 하고 있습니까? 하루하루를 큰 의미 없이 지내 버리지는 않았는지,

생각해 보는 시간이면 좋겠습니다. 국내외 경제가 대단히 어렵습니다. 내년에는 더 어렵다고 전망하고 있습니다. 대선 정국은 표만 의식하는 포퓰리즘성 공약이 남발하고 있습니다. 개혁을 외치기 전에 현재 시행되는 법과 제도, 운영 시스템을 더욱 충실하게 지키고 실행하는 것이 중요합니다. 국민들의 냉정한 심판이 내려지기를 기대합니다.

겨울 추위만큼이나 회사도 어렵습니다. 이런 때일수록 힘을 합치고 협력해야 합니다. 맡은 업무의 효율을 극대화하는 최선의 노력을 당부합니다. 남은 기간 동안 1년을 총결산하며 내년을 계획해야 합니다. 화재 예방을 비롯한 각종 안전사고 예방을 위해 점검을 일상화해야 합니다. 우리 메트로 가족과 카페 회원님들의 건승을 기원합니다.

아직은 가을이어야 하는데

2012. 11. 04.

계절적으로 아직은 가을이어야 하는데 찾아든 찬바람이 제법 마른 낙엽을 날리고 있다. 겨울 채비를 하라는 자연의 친절한 가르침인가 보다. 모든 존재는 이렇게 자신이 온 곳을 찾아 돌아가는 것이라고 일깨워 주곤 한다.

날씨도 점점 차가워지고 해도 많이 짧아지곤 한다. 포근함이 그리워질 때 우리는 서로 따뜻한 말로 위로해 주고 격려를 보내는 시간을 가졌으면 좋겠다. 우리는 지금보다 어려운 때를 경험했다. 이를 잘 극복해 세계 10대 경제 대국을 이룩한 기적을 만들어 낸 위대한 대한민국 그리고 국민들. 자부심과 자긍심 그리고 꿈을 잃지 말자.

정치 마케팅 전문가

2012. 11. 08.

세계적인 역사학자 토인비는 횡경막 아래 평화가 없는 한 세계평화는 없다고 말했다. 대선후보들은 어려운 민생을 살피고 경제 활성화는 외면하면서 국가재정이 자기들의 호주머니 돈인양 모든 것을 무상 또는 국민 부담은 최소화하겠단다. 어처구니없고 실현 불가능한 정책으로 국민을 기만하려 한다. 우매한 국민들은 자기 호주머니에서 나가는 돈으로 생색내는 후보를 혼내주기는커녕 이에 솔깃하게 귀를 기울이고 있다. “바보야, 문제는 경제야”라고 말한 전 미국 대통령 클린턴의 말을 상기해 보시라. 원칙과 국익을 위하며 국민에게 감동을 주는 정치 마케팅에 주력하시라. 마케팅은 고객(국민)에게 만족과 감동을 주는 일련의 경영(정치)활동을 말한다. 대선캠프에 마케팅 전문가를 투입해보시라.

우정사업본부의 적극적인 마케팅

2012. 11. 14.

그동안 우편통신, 금융사업에서 물류(택배)사업 확대를 통해 국민의 사랑을 받아왔던 우정사업본부가 내년부터 국내 통상 우편물 방문접수제도를 도입하겠단다. 과감한 변신이 생존전략이다. 고객만족을 위해 고객을 찾아 나서는 우정사업본부! 시장은 한없이 넓다. 발로 뛰는 마케팅, 변화와 고객은 기업의 생존조건이다. 정부와 공기업의 일대 변화를 촉구하면서 이를 타산지석으로 삼아보면 좋겠다.

국회입법권의 실종

2012. 11. 23.

최근 일명 택시법과 유통산업발전법이 표와 연계된 대표적인 선심성 법안이다. 택시가 대중교통이란다. 초등학교 저학년 학생에게 OX 시험을 내면 답은 X일 것이다. 버스업계의 반발에 부딪혀 하루만에 본회의 상정 연기. 유통산업발전법 개정을 추진하려다 반대에 머뭇거리고 있다. 내용은 의무휴일을 월 2일에서 3일로, 영업시간을 4시간 축소하는 내용이다. 대형 마트, 기업형 슈퍼마켓(SSM)과 관련된 농어민, 입점상인, 협력사직원 및 가족, 종업인, 70%의 상품을 공급하는 중소기업 등 서민들의 생존권을 박탈하는 법 개정이란다. 이런 반응을 도외시하고 입법을 추진하는 국회의 헛발질이 이번만은 아니다. 택시는 대중교통이 아니다. 택시업계의 어려움을 위해 선진국에 비해 제일 저렴한 택시요금을 인상하면 된다.

대형마트, SSM의 상품구성(MD) 조직구성원은 물론 고객의 욕구를 심도 있게 보살펴 보아야 한다. 탁상공론이 아닌 현장 중시정책, 실물경제를 중시해야 한다. 시장은 인위적으로 작동하지 않는 속성이 있다. 시장은 고객이 심판관이다. 고객(소비자) 만족을 위한 정책을 개발하시라. 국회의 신뢰를 회복하는 노력에 같이 동참하시라.

안철수 생각

2012. 11. 25.

처음 대선출마 시도부터 잘못되었다. 새로운 정치, 정치쇄신, 변화와 혁신을 주장하면서 민주통합당과 단일화가 가능하다는 오류, 잔인한 정치무대 공연에 주연이 되려는 헛된 꿈은 진작 접어야 했다. 나의 사퇴 발표를 두고 민주당 대변인은 아름다운 단일화며 감동을 주는 사퇴란다. 최소한 사과와 위로를 보냈어야 한다. 나는 사퇴성명 발표 후 지방으로 떠났다. 일반 상식으로도 헤어진 애인을 찾아 보려는 시도조차 없이 오늘 후보등록을 했단다. 어제 오후부터 오늘까지 모든 노력을 해본 후 내일 등록해도 될 터인데 말이다. 순진한 나의 생각이 빗나갔다. 대한민국과 인류를 위하여 할 수 있는 일은 대통령 되는 것만은 아닐 성 싶다. 학자의 길로 되돌아가 후학양성과 안랩을 통해 사회를 위해 헌신할 것이다. 국민 여러분! 죄송하며 감사합니다. 사랑합니다.

생활복지

2012. 11. 29.

전국에 아직도 밥을 먹지 못하는 국민이 있다. 전기불을 켜지 못해 촛불을 사용하다 화재가 나 사망하는 사람, 정신장애의 딸과 함께 몸을 묶어 한강에 투신자살하는 모녀, 무의탁 노인, 결손가족, 소년소녀가장, 가출청소년, 의료 사각지대에 있는 환자 등 따뜻한 손길을 필요로 하는 국민이 수없이 많다.

대선후보들은 모두가 무상급식, 무상의료, 무상교육 등 호화로운 복지정책을 쏟아 내고 있다. 이에 투입될 재원에 대하여는 무대책이다. 진정한 복지는 끼니를 거르지 않도록 정부 비축미를 풀어서라도 먹게 하는 것이다. 최하위 계층에 대한 기초생활(의식주)을 보장해주는 것이다. 세계 10대 경제 대국에 걸맞는 국민의 생활복지 대책이 시급하다. 최소한 국민이 밥을 먹을 수 있도록은 해야 한다.

대선후보들은 거창한 정책이나 구호보다 손에 와닿는 생활정책을 내놓으시라. 정치는 국민의 눈물을 닦아주는 것이란다.

마지막 달

2012. 12. 01.

달과 계절이 바뀌어 2012년 마지막 달 첫날입니다. 이번 달은 한 해를 결산하며 새해를 계획하는 달입니다. 국내외적으로 장기 불경기로 인하여 정부나 기업은 물론이고 국민들도 살기가 어렵습니다. 우리 회사도 어느 해보다 매우 어려운 여건에서 한 해를 보내고 있습니다. 평택사업부도 넓은 매장을 채우지 못하고 있으며 직영 매장도 활성화를 못하고 있습니다. 제주사업부도 예년에 비해 다소 매출이 증가하고 있습니다만 계획에는 미달하고 있습니다. 우리 임직원들이 현 상황이 위기라는 의식을 공유하고 있는지에 대해 의문이 있습니다. 위기를 모르는 것이 가장 큰 위기라는 사실을 알아야 합니다. 안일무사로 일관해서는 안 됩니다. 어려움을 극복하겠다는 의지, 머리와 가슴을 지니고 발로 뛰어야 합니다. 손실이 발생하여 회사에 도움을 주지 못하는 매장은 빨리 정리되어야 합니다.

12월 한 달은 내년을 준비하는 달입니다. 우선 기존 사업부를 정리할 것입니다. 생존을 위해 썩어 가는 손발도 잘라 내야 합니다. 개인이나 기업이 살아남기 위해 생존 전략과 전술을 강구해야 합니다. 우리 회사가 처해 있는 현실을 이면해선 안 됩니다.

회장은 잠을 설치고 있습니다. 지금의 상황을 극복하기 위해 우리 임직원들의 지혜를 모아야 합니다. 적극적인 동참과 행동을 기대합니다. 금년 겨울은 매우 춥다는 기상예보가 있습니다. 임직원 그리고 카페 회원님들의 건승을 기원합니다.

결산의 12월

2012. 12. 01

달과 계절이 바뀌었습니다. 한 장의 달력만이 남아있습니다. 새로운 대통령을 탄생시키는 이번 달입니다. 대선후보들이 우리 국민을 잘살게 만들어 준답니다. 그래요. 나라를 튼튼히 지키고 국민이 안심하게 잘살게 하며 국민에게 희망을 주는 대통령을 기다립니다. 엄청난 복지도 바라지 않습니다. 끼니를 거르지 않도록 하는 복지, 위급환자, 잔병이라도 치료받을 수 있는 의료복지, 사교육을 공교육으로 전환하며 반값 등록금이 아닌 공부하고 싶은 가난한 학생이 공부할 수 있도록 해주는 교육 등 생활복지라도 이루어지기를 바랍니다. 금년을 결산하는 12월, 내년을 계획하는 이번 한 달이 되어야 하겠습니다. 올 겨울이 유난히 춥다는 기상예보가 있네요. 추위에 고생하실 이웃을 보살피는 일에 관심을 갖는 것도 중요합니다. 국민이 힘을 합쳐 어려운 현실을 극복해야 하겠습니다.

무역 G8 반열에 서다

2012 .12. 05.

오늘 제49회 무역의 날을 맞아 한국무역협회는 작년에 이어 무역 1조 달러를 달성했다고 발표했다. 1964년 수출 1억 달러를 달성한 대한민국이 작년에 이어 5,000배 이상의 수출실적을 올렸다. 글로벌 경제위기, 국가 간 치열한 수출경쟁, 각국의 보호무역장벽을 뚫고 이루어 낸 실적이다. 수출기업들의 피나는 노력, 정부의 지원, FTA의 결실 등이 이룩한 성과이다. 6~70년대 가발, 신발, 인형 등 가내수공업 위주의 수출상품에서 이제는 전자, 철강, 석유제품, 조선, 건설, 원자력발전 등이 주류를 이루고 있다. 이를 두고 격세지감이라 말하지 않을 수 없다.

무역여건은 그리 녹록지 않다. 수출제품의 가격 경쟁력 제고는 물론 시장개척, 수출선의 다변화, 안정적 환율 유지, 신성장 동력 확충, 한중일 간의 FTA체결을 서두르고 각종 규제 철폐 등 해야 할 일들이 기다리고 있다. 경제 10대 강국에 이어 무역 8대강국을 이루어 낸 위대한 대한민국이다. 제발 국민이 정치 걱정하지 않도록만 해주기 바란다. 대한민국 파이팅.

가슴으로 보는 영화

2012. 12. 11.

우리 회사는(메가박스 평택점) 시각장애인이 월 1회 영화를 관람하도록 돕고 있다. 평택 안성과 함께하는 사람이 주관하며 평택 시각장애인 협회가 안내한다. 시각장애인 40명이 최근 인기 절정인 늑대소년을 관람했다. 봉사자들이 장애우들 옆에서 영화 내용을 설명한다. 볼 수는 없지만, 영화 장면에서 나오는 소리와 봉사자들의 설명으로 내용을 알게 된다. 즉 가슴(마음)으로 영화를 감상한다. 각계각층에서 보내온 선물, 식사, 음료수 등이 답지했다. 살기가 어렵고 추위에 움츠린 국민이 많아 걱정이지만 따스한 손길은 인색하지 않다는 것을 느끼게 한다. 이런 분들이 있어 우리는 꿈과 희망이 있어 행복합니다. 평택 안성 교차로 김향순 회장님의 지역사회에 펼치는 봉사 활동에 감사와 격려를 보냅니다.

기업과 기업인

2012. 12. 16.

기업은 상품과 서비스를 생산하여 필요로 하는 소비자에게 공급하여 그들에게 만족과 기쁨을 제공하는 집단을 말하며 이를 대표하는 사람들을 기업인이라 한다. 기업은 부가가치를 창출하여 기업의 비용을 지출하며 구성원에게 급여와 이윤을 배당하며 각종 세금을 납부하여 정부재정의 70%를 분담한다. 수출을 통해 획득한 외화로 각종 원, 부재와 농산물과 생필품을 수입 가능케 한다. 1964년 1억 달러, 1977년 100억, 1988년 1,000억, 2011년 5000억 달러 수출의 일등공로자도 기업이다. 전자, 반도체, 자동차, 석유화학제품, 선박, 건설 등이 수출을 주도하고 있다. 기업은 우리나라 국민소득 2만 달러 달성의 주역이다.

최근에 정치판에는 기업에 대한 비판과 비난이 난무하며 대기업 때리기를 넘어 재벌해체주장도 나오고 있다. 글로벌시대에는 기업의 체력과 체중은 경쟁력이다. 이들 기업과 기업인에게 격려는 못 할망정 돌팔매질은 세계 10대 경제 대국의 위상에 맞지 않는다. 기업과 기업인의 잘못은 법과 제도로 고쳐 나가면 된다. 빈대 잡기 위해 초가삼간에 불을 지르는 우를 범해선 안 된다. 정부의 경제영토 확대정책과 기업인들의 열정과 노력으로 풍요로운 대한민국을 만들어야 하겠다. "바보들! 경제야"라고 외친 빌 클린턴 전 미국 대통령의 말을 반추해본다. 만사는 경제야.

막차 남행열차 승객

2012. 12. 20.

전윤모 장관은 좀 일찍 남행열차를 탓지만 대선 10일 전에 현 정부에서 총리를 지낸 분, 전 국회의원과 현 정부 모 위원장을 지낸 분, 전직 대통령 큰아드님이 뒤늦게 남행열차를 타고 야당 대선후보 지지를 선언한 사실이 있다. 별로 약발이 없는 분들이기도 하지만 잘못된 선택이 서글프기만 했다. 이분들이 정권에 기웃거리는 모습을 보면서 대한민국의 지도자와 지성인의 수준이 이 정도인가? 한탄한 바 있다. 한 치 앞도 볼 줄 모르면 한발 물러나 관전이라도 해야 한다. 지도자와 지성인은 혜안과 국민의 모범을 보여주어야 한다. 진정한 지도자와 지성인은 언제 탄생할까? 기대해 본다.

박근혜 대통령

2012. 12. 20.

오늘 대선에서 박근혜 후보가 당선되었다. 무한한 축하를 보낸다. 나는 며칠 전부터 3.5%, 100만 표 차이로 당선 예측을 우리 회사 임직원과 각종 모임에서 말해왔다. 비전문가인 나의 예측이 맞아 들었다. 세계 역사의 변화의 흐름은 우리에게도 적용된다. 국운이 확 열려 있는 대한민국이다. 어려운 경제를 극복하고 패자를 끌어안고 지역과 세대를 하나로 통합해 통일의 역량을 키워야 한다. 대한민국! 영원히 발전을 기원한다. 대한민국 파이팅.

18대 박근혜 대통령의 첫 담화

2012. 12. 22.

저를 대통령으로 뽑아주신 국민 여러분 감사합니다. 신뢰와 통합을 이루어 어려운 민생을 우선 챙기는 일에 전념하며 국방을 튼튼히 하며 외교를 강화하여 대한민국의 위상을 높이겠습니다. 이제 나 박근혜는 새누리당의 비대위원장도, 동 당의 대선 당선자도 아닙니다. 5,000만 내국인, 700만 재외국민의 대한민국의 대통령입니다. 저를 지지해 주신 국민, 새누리당원, 비대위원, 선거캠프에서 저의 당선을 위해 불철주야 심혈을 기울여 주신 여러분! 저의 당선에 만족하시고 기뻐해 주십시오. 이제 훌륭한 대통령이 되도록 후원해 주십시오. 어떤 자리를 주지 않는다고 섭섭해 마세요. 전화 한 통 없다고 불쾌해 마세요. 저를 반대했던 분들, 이제 저는 대한민국의 대통령입니다. 여러분들의 협력 없이 위대한 대한민국을 만들 수 없습니다. 너와 나가 따로 없습니다. 힘을 합쳐 위대한 조국! 세계가 부러워하는 대한민국을 만듭시다. – 박근혜 당선인에 보내는 글입니다.

성탄전야 미사

2012. 12. 25.

어제 저녁 방배동 소재 까리다스 수녀원에서 작년에 이어 아내와 함께 성탄전야 미사에 참여했다. 가장 낮은 자세로 우리를 찾아주신 예수 탄신을 축하하며 그동안 베풀어주신 은총에 감사를 올렸다. 염치없이 더 큰 은총을 달라는 기도를 했다. 대한민국, 우리 회사, 우리 가정에 많은 은총이 함께할 것이다.

페친 여러분과 함께 성탄을 축하하며 멋진 새해를 맞이하시기를 기도드립니다.

대선 후의 과제

2012. 12. 25.

격전의 대선을 치르고 갈라진 사람과 민심을 하나로 만들어야 한다. 승자의 겸손과 패자의 승복과 협조가 필요하다. 선거는 선택일 뿐이다. 필연적으로 승자와 패자는 예상된 일이다. 차동엽 신부의 저서인 『김수환 추기경의 친전』의 일부 내용을 소개한다.

"요즘 젊은 세대들은 많은 좌절과 갈등을 느끼고 있다. 참으로 염려스럽다. 하지만 젊은 세대들의 행동은 우리 자신이 뿌린 씨앗이다. 기성세대가 미래의 희망이나 비전을 주지 못하기 때문이다. 젊은이들과의 공감대가 사라지고 대화가 단절된다는 것을 느끼게 된다. 젊은이들이 미래라고 할 때, 현재와 미래의 단절은 역사의 단절을 가져올 것이므로 크게 우려된다. 위정자들을 비롯한 기성세대가 젊은 세대를 수용하지 않으면 안 된다."

김수환 추기경은 젊은이들의 좌절과 갈등 그리고 행동은 고스란히 기성세대가 뿌린 씨앗에서 비롯되었다고 누차 일깨우셨다. 기성세대가 미래의 희망이나 비전을 주지 못하기 때문이다. 대선이 끝나 새로운 대통령이 탄생했다. 힘을 합쳐 갈등을 해소하여 국민 통합을 이루어야 한다. 정정당당하게 싸우되, 심판에 승복하는 스포츠맨십을 발휘하자.

직장인의 정년

2012. 12. 28.

공무원, 공기업, 사기업에서 종업원의 정년문제가 제기되고 있다. 일반적으로 일반회사의 정년은 55세, 58세, 60세로 정해져 있다. 정치권에서 정년 연장문제에 대해 입법문제가 논의 중이란다. 이는 기업의 업태, 업종에 따라 일률적으로 정하기는 어렵다. 기업의 실정에 따라 또는 노사협의와 단체협약으로 결정되고 있다.

우리 회사는 58세를 정년으로 정하고 있다. 하지만 나는 우리 회사는 정년이 없다고 선언하고 있다. 평택사업부 시설부과장, 제주사업부 조리부장이 정년 후에도 근무를 시키고 있다. 12월 31일부로 정년인 시설부장도 계속 근무케 했다. 현재까지 정년 퇴임한 직원은 없다. 열심히 성실하게 근무한 직원은 건강이 유지된다면 계속 근무한다. 다만 승진은 유보되며 임금피크제 등 시스템을 도입지 않고 있다. 불성실한 직원은 정년과 무관하게 퇴출시킬 것을 선언한다. 법으로 연장 여부를 결정하기보다 기업 자체에서 자발적으로 현실에 맞게 운영하는 것이 좋다.

불우이웃돕기 성금

2012. 12. 29.

구세군 자선냄비 모금액이 전년 실적을 초과해 50억 원의 실적을 올렸단다. 우리 국민들의 따뜻한 마음이 돋보인다. 이들이 있어 우리는 행복하다. 연말을 앞두고 불우이웃돕기 성금이 답지하고 있다. 지방 자치단체들도 내년 1월 말까지 성금을 모으고 있다. 대기업들도 수백억에서부터 수십억 원의 성금을 쾌척하고 있어 기쁘고 고마운 생각을 하게 한다. 이왕이면 현재 노사문제로 사회의 이목을 받고 있는 기업들이 노동자 문제 해결에도 우선 배려를 했으면 금상첨화가 아닐까? 생각해 본다. 우리 식구들을 먼저 챙겨보고 이웃을 보살피는 일이 중요하다. 어려운 이웃을 보살피는 일은 모든 국민의 몫이어야 한다. 대선으로 잠시 갈라진 국민들이 이 해가 가기 전에 훨훨 털어 버리고 희망찬 2013년을 맞이했으면 좋겠다. 새해 복 많이 받으십시오.

2012년 마지막 날에

2012. 12. 31.

2012년 대미를 장식하는 마지막 날입니다. 마지막이라는 단어를 떠올려 보면 묘한 상념들이 교차하곤 합니다. 절대적 마지막이란 세상에 없는 것임을 알고 있으면서도 익숙해져 있던 것으로부터 이별해야 한다는 것은 항상 아쉬움과 회한을 남기게 합니다.

금년 초 우리는 너나없이 새로운 희망과 계획을 세웠습니다. 지금 우리는 이를 결산해 보고 있습니다. 국내외의 경제 여건이 매우 어려운 한 해였습니다. 우리 회사도 예외는 아니었습니다. 하위 계층에 있는 국민들, 청년 실업자, 소외 무의탁 노령자, 전세 대란에 놓여 있던 가장들, 가계 부채, 사교육비, 물가 폭등에 시달린 분들의 고생이 말이 아니었습니다. 4.11 총선, 12월 19일 대선으로 세상은 시끄러웠습니다.

새로운 여성 대통령에 대한 기대가 큽니다. 선거로 갈라진 국민을 하나로 통합하며 민생을 챙기는 노력과 우리 국민이 힘을 합해 위대한 대한민국의 위상을 높이는 노력을 해야 합니다. 내년에도 기대하기 어려울 정도로 경제 여건이 어렵다는 예측을 내놓고 있습니다. 어려운 때일수록 힘을 모아 극복하겠다는 도전 정신이 필요합니다. 근검절약을 생활화해야 합니다. 우리는 지금보다 더 어려운 시절을 슬기롭게 극복한 지혜로운 국민입니다. 걱정만 할 것이 아니라 꿈과 희망을 가지고 내년을 맞이해야 하겠습니다.

일 년간 수고 많으셨습니다. 새해 건강하시고 행운이 함께하기를 기원합니다. happy new year.

2013년

마음의 문을 여는 열쇠

새해의 바람

2013. 01. 03.

지난해 저도 여러분도 또 국민 모두가 어려웠던 한 해였습니다. 세상은 더 각박해지고 인정도 메마르고 서로가 서로를 믿지 못하는 불신 사회에 정치권, 사회 모두가 익숙해져 있습니다. 살맛 나는 세상이 되면 좋겠습니다.

어쨌든 세상은 발전하고 있습니다. 우리는 희망이라는 단어를 가지고 있습니다. 구세군 냄비도 가득 채워졌습니다. 불우이웃 돕기 성금도 모이고 있습니다. 이것이 희망의 등불입니다. 금년 우리 모두가 가슴을 열고 같이 가야 할 동반자임을 확인해야 합니다. 생각을 바꾸지 않으면 변화하지 않습니다. 변화하지 않으면 공멸한다는 진실을 알았으면 합니다.

새로운 대통령은 사회 전반에 만연한 고질적인 부정부패의 끈을 잘라 내고 엄격한 법 집행을, 정치인들이 애국자가 되어야 합니다. 국민은 힘을 합쳐 열심히 노력해야 하겠습니다. 훌륭한 대통령을 만드는 것도 국민의 몫입니다. 지난 일들을 우리 모두가 사면하고 새로 출발합시다. 위대한 대한민국입니다.

이스라엘의 어머니 교육

2013. 01. 04.

이스라엘은 우리나라 강원도 크기(21,600km^2)에 인구 750만 명이 모인 세계 최대 강대국입니다. 탈무드는 5000년 동안 내려온 유태인들의 교과서이자 세계인들이 탐독하는, 성경에 버금가는 고전입니다. 1948년 5월 14일, 세계 각지에서 유랑 생활을 하던 유태인들이 이스라엘을 건국했습니다. 중동 지역에서 유일하게 석유 한 방울 나오지 않는 사막 국가입니다. 그럼에도 지금은 농업 국가이며 최첨단 기술 국가입니다. 이들 민족에게는 능력과 지혜가 주어졌습니다. 하느님은 모두를 주시지는 않는 인색하시면서도 가장 공평하신 분인 듯합니다.

유태인 어머니들이 결혼을 앞둔 딸에게 하는 이야기를 소개할까 합니다.

"사랑하는 딸아, 네가 남편을 왕처럼 섬긴다면 너는 여왕이 될 것이다. 만약 남편을 돈이나 벌어 오는 하인으로 여긴다면 너는 하녀가 될 것이다. 네가 남편을 무시하면 그는 폭력으로 너를 다스릴 것이다. 만일 남편의 친구나 가족이 방문하거든 밝은 표정으로 정성껏 대접해라. 그러면 남편이 너를 소중한 보석으로 여길 것이다. 가정에 마음을 두고 남편을 공경하라. 그러면 그가 네 머리에 영광의 관을 씌워 줄 것이다."

이미 알려진 유태인 어머니의 교육 내용의 일부입니다. 가정의 붕괴, 부부간, 가족 간 갈등의 책임은 우리 부모들에게도 책임이 있지 않나 생각해 봅니다. 부부는 가정의 기둥입니다. 행복한 부부는 서로를 격려하지만 불행한 부부는 서로를 공격하고 무시합니다. 이기심과 무관심이 가정의 행복을 앗아 가고 있습니다. 이스라엘 못지않게 우리 어머니들의 교육열은 세계에서 부러움을 사고 있습니다. 물론 지금의 대한민국 건설에 우리 어머님들의 공로는 높이 평가받아야 합니다. 어머니는 우리 마음의 고향이기도 합니다. 그러나 이제 가정교육, 사회교육, 학교교육의 패러다임 전환이 시급합니다. 인성, 교양, 전문 교육으로 글로벌 인재를 양성해야 합니다. 교육은 국가의 핵심 역량입니다.

변화와 혁신은 생존 조건

2013. 01. 08.

급격한 변화와 다양성을 특징으로 하는 글로벌 시대에는 개인이나 기업은 물론이고 국가도 환경 변화에 신속히 대처하고 적응하지 않으면 생존은 불가능하다. 조선조 말 당쟁으로 국론이 분열되고 쇄국정책으로 개방과 변화를 거부한 결과 나라의 멸망을 초래한 치욕의 역사가 있다. 또한 서기 1500년 중세 로마 가톨릭교회가 교회 개혁을 외면하다 결국 마틴 루터에 의해 개신교로 분리되는 종교 역사도 있다. 18세기 산업혁명이 봉건사회의 모든 제도와 조직을 변화시켜 버렸다. 동구권 공산국가의 붕괴와 지금 진행되는 중동 국가 내의 재스민 혁명도 거역할 수 없는 변화의 물결이다.

지난 대선에서 양당 후보의 공통 화두는 개혁과 쇄신이었다. 정말 변화는 발전의 교과서다. 차기 정부의 성공 여부는 변화의 강도와 속도 그리고 대응과 적응에 있다. 최근 정치권에서 정치 쇄신을 부르짖고 기득권을 내려놓겠다고 했다. 연말 연초 예산 국회의 행태와 국회의원들의 행동에 국민들은 분노하고 있다. 국회가 없었으면 좋겠다는 국민이 많다. 걱정스러운 사태다. 변화와 쇄신 없는 국회의 존재 의미와 생존은 위태롭다는 사실을 알아야 할 것이다.

사람들은 자신은 변화하지 않으면서 세상 변화만 바라고 있다. 지식 정보화 시대로 대변되는 새로운 변동의 물결은 정치, 경제, 사회, 문화 등 전부를 무차별적으로 변화시키고 있다. 다윈은 『종의 기원』에서 좋은 종이 오래 생존하는 것이 아니라 환경 변화에 잘 적응하는 종이 오래 생존한다고 말했다. 변화와 혁신이 우리의 생존 조건임을 잊어서는 안 될 것이다.

마음의 문을 여는 열쇠

2013. 01. 13.

우리는 많은 열쇠를 가지고 있다. 집의 대문을 여는 열쇠, 현관문을 여는 열쇠, 방문을 여는 열쇠, 금고를 여는 열쇠, 책상 서랍을 여는 열쇠, 차 문을 여는 열쇠 등 수많은 열쇠를 가지고 있다. 열쇠는 자물쇠와 맞지 않으면 결코 열리지 않는다. 자물쇠와 열쇠가 맞아야 각종 문을 열고 닫을 수 있다.

우리 마음의 자물쇠를 열기란 대단히 어렵다. 마음의 열쇠가 있어야 한다. 우리 사회의 화두는 소통이다. 이념, 지역, 세대 계층, 노사, 가족 간 갈등이 국민을 갈라놓고 국가의 역량 집결에 장애가 된다. 갈등의 치유는 우리 마음의 열쇠로 마음의 자물쇠를 여는 것이다. 천국의 문을 여는 열쇠는 무엇일까? 신앙과 기도일 것이다. 나의 주장을 펴기 전에 남의 말을 듣는 것이 중요하다. 이것이 경청이다. 소통과 경청이 마음의 열쇠가 아닐까? 생각해 본다.

일요일 오후 평택 사무실에서 생각나서 몇 자 올려 봤다.

불신의 극복

2013. 01. 18.

우리 사회에 불신이 극에 달해 있다. 정치권은 물론이고 시민 단체, 노사 간에 벌어지는 불신의 갈등이 나라의 앞날을 어둡게 하고 있다. 사사건건 시시비비가 도를 넘고 있다.

지난 대선 개표 과정에서 부정 개표가 있었다는 시민 단체와 민통당의 의혹 제기에 따라 중앙선관위가 국회에서 시연회를 했다. 결과를 보기도 전에 시연회 자체가 조작이라며 모 대학교수가 바닥에 드러누워 고함치는 모습을 보여 주기도 했다. 부정 개표가 있었다면 이를 정당하고 합법적인 방법으로 밝혀야 한다. 욕설과 고성, 몸싸움으로 해결할 문제인가? 중진 국회의원님들, 지성을 대표하는 대학교수님의 행동치곤 실망스럽다.

내가 하면 로맨스, 남이 하면 불륜이라는 말이 많이 회자됨은 우리를 슬프게 한다. 불신의 원인도 불신의 부추김도 사라진다면 밝은 사회가 될 것이다. 서로 믿는 사회가 되기를 기대해 본다.

장관의 조건

2013. 01. 23.

새 정부 출범을 앞두고 국무총리 및 각부 장관이 곧 임명될 것이다. 어떤 사람이 총리나 장관이 되는지가 국민의 초미의 관심사다.

2200여 년 전 류향(劉向)이 편찬한 교훈적인 설화집인『설원(說苑)』은 육정(六正)을 소개하고 있다. 훌륭한 장관의 조건이다. 1) 성신(聖臣), 국가의 위기를 미리 예측하고 미연에 방지할 줄 아는 장관 2) 양신(良臣), 마음을 비우고 스스로의 계획을 소신 있게 진언하고 윗사람의 잘못된 판단을 잡아 줄 수 있는 장관 3) 충신(忠臣), 평소 성실하고 유능한 부하를 많이 거느려 옳은 판단을 할 수 있는 장관 4) 지신(智臣), 사리를 분별하고 위기를 기회로 만들어 가는 지혜로운 장관 5) 정신(貞臣), 법을 존중하고 뇌물을 사양하고 생활이 검소한 장관 6) 직신(直臣), 세상이 혼란할 때 아첨하지 않고 바른말을 하는 장관.

인사가 만사라고 하지만 제자리에 제대로 된 장관을 앉히는 일이 그리 쉽지는 않은가 보다. 만사는 사람이다. 격변의 시대에 능동적으로 미리 대처하고 도전하며 신뢰를 잃어버린 국민에게 희망과 용기를 주고 국민에게 군림하는 자리가 아닌 봉사하는 사람, 단 하루를 할망정 소신 있는 사람, 국민 통합에 솔선하며 대한민국의 전통성과 헌법의 가치를 존중하는 가장 애국자인 사람이 총리 그리고 장관이 되었으면 한다.

우리가 주인입니다

2013. 01. 31.

우리는 가정에서 직장과 사회 그리고 나라의 주인입니다. 5000년 동안 900여 회 외침과 일제강점기, 한국전쟁 등 파란만장한 역사를 극복하고 우리는 피땀, 눈물로 산업화와 민주화를 이루어 세계 10대 경제 대국의 반열에 올랐습니다. 눈물겨운 역사의 산증인입니다. 북한의 3대 어린 왕으로 등극한 김정은이 핵과 대포동으로 협박하고 있지만 잘 참아 주고 있습니다. 지난 대선에서 곱상한 머리 좋은 한 여인의 섬뜩한 막말도 잘 참아 줍니다. 북한이 좋다고 하면서 거기 가서 살기를 싫어하는 사람들도 잘 용서합니다.

기울던 나라를 바로 세운 건 국민입니다. 왼쪽에서 오른쪽으로 조용히 돌려놓은 기적을 이뤄 낸 용감한 국민입니다. 정말 국운 하나는 짱입니다. 허기진 배를 움켜쥐고 죽기 살기로 살아온 장년 노년 세대들이 나라의 기틀을 튼튼히 해 놓았습니다. 몇십 년 전만 해도 문밖출입도 어려웠던 한국의 여성들입니다.

그런데 여성 대통령까지 탄생했습니다. 천지가 놀랄 일입니다. 우리가 주인 노릇을 똑바로 했기 때문입니다. 정치만 잘해 주면 더욱 발전할 것 같습니다. 세대 간, 지역 간, 계층 간 거리를 좁혀야 합니다. 서로 화합하고 단결해야 합니다.

내달 25일 새 정부가 탄생합니다. 산고 후에 옥동자가 탄생될 것입니다. 우리 주인들이 힘을 모아 협조해야 합니다. 지금 내가 하고 있는 일에 최선을 다해야 합니다. 지도자는 가장 애국자여야 합니다. 깨끗한 나라가 되기를 기대합니다. 우리가 대한민국의 주인입니다. 주인 노릇을 제대로 해야 할 것 같습니다. 새해 첫 달이 서서히 사라집니다. 2월에는 더욱 건강하시기를 기원합니다.

융화와 조화를 이뤄야 한다

2013. 02. 27.

겨울이 지나가고 봄이 찾아오고 있습니다. 올겨울은 유난히 춥고 눈도 많이 내렸습니다. 경제가 어려우니 더욱 추위를 느꼈는지도 모릅니다. 그러나 시간은 멈춤 없이 봄이 찾아오고 있습니다. 자연의 섭리의 오묘함을 새삼 느끼게 됩니다.

박근혜 새 정부가 출발하여 국민이 행복한 희망의 새 시대를 열고 제2의 한강의 기적을 기약하고 있습니다. 국제적으로는 재정, 금융이 불안하고 북한의 핵실험과 미사일 발사로 안보가 위협받고 있습니다. 경기 불황으로 국민들의 삶이 어렵습니다. 설상가상으로 국민 간에 갈등과 대립이 심각하며 불신의 벽이 높아져 있습니다. 융화와 조화가 필요한 때입니다.

국가 번영을 위해서 절대 필요한 원리는 융화입니다. 융화는 기름에 비할 수 있습니다. 기계가 부드럽게 돌고 잘 움직이려면 기름이 필요합니다. 기름이 없으면 기계는 거칠게 마찰하여 불쾌한 소리를 내고 고장을 일으킵니다. 융화는 사회의 기름입니다. 인간과 인간과의 관계를 부드럽게 조절하는 것이 융화의 원리입니다. 융화는 조화의 한 형태입니다. 조화는 곧 음악의 생명입니다. 하나의 심포니를 생각해 보십시오. 모든 악기는 자기 소리를 내면서도 남을 해치거나 방해하지 않고 아름답게 전체적 통일을 이룹니다. 이것이 진실한 조화입니다. 조화는 나도 살고 너도 살고 우리가 다 같이 사는 것입니다. 사람 얼굴이 서로 다르듯이 우리의 생각이 서로 다릅니다. 서로의 다른 점을 인정하고 다른 소리를 하나로 묶어 하모니의 아름다움을 창조해 나가야 합니다. 남의 약점을 끄집어 헐뜯는 것이 아니라 덮어 주고 믿어 주고 견뎌 사랑의 하모니를 이루는 사회가 되었으면 좋겠습니다. 융화와 조화를 통해 사회가 명랑해지고 대한민국이 하나 되어 부강하고 살맛 나는 나라가 되기를 기원합니다.

좋은 사회란

1990년 후반에 미국의 저명한 경제학자 존. 케네스 갤브레이스는 『좋은 사회』라는 저서를 내놓으며 좋은 사회의 기준을 제시했다. 이념적 논리보다는 합리적 사고와 현실적 판단으로 사회적 가치기준이 마련되어 있고, 정립된 사보, 누구에게나 최소한의 의식주와 의료서비스가 보장된 사회, 고용과 소득 기회가 충분히 주어져야 하고 일하고자 하는 사람이 사회여건 때문에 실직자가 되지 않는 사회, 경제적 결과의 평등을 추구하지 않고 기회의 평등이 실현되는 사회, 부의 축적과정에서 폐해가 없는 방법을 사용하며 열심히 일한 개인의 노력이 사회 전체에 기여함이 인정되는 사회, 심한 경기 변동의 기복 없이 경제가 지속적으로 성장하며 불황이나 공황 때문에 구성원들이 실직하거나 소득 기회를 잃는 사태가 벌어지지 않는 사회, 청소년들에게 장차 사회 활동에 참여하는 데 있어 필요한 교육과 복지 서비스가 보장되는 사회, 극심한 인프라 때문에 노후대책이 무산되는 상황이 일어나지 않는 사회, 인종, 성, 계층 간의 평등과 삶의 질을 높일 수 있는 기회가 보장되는 사회, 지구촌 모든 나라와 인도적이고 협조적인 관계를 유지하는 사회 등을 제시하고 있다. 너무나 이상적인 사회를 꿈꾸는 내용인 듯하지만 이러한 좋은 사회를 만들기 위해 모든 사람이 노력하고 있다.

저자가 제시한 좋은 사회의 기준 열 가지 항목은 좋은 사회의 개념적 기준을 대부분 취합했을 뿐이다. 이를 더 부연한다면 좋은 사회는 사회구성원 모두에게 고용과 삶의 질을 향상시킬 수 있는 기회가 주어져야 하고 이를 지속할 수 있는 안정적인 경제성장이 이뤄져야 한다. 사회생활에 적응하지 못하거나 적응할 수 없는 구성원들에게는 최소한의 삶의 조건을 보장해 주는 안전장치가 필요하며, 나머지 구성원들에게는 각자의 능력과 취향에 따라 경제 · 사회적 목표를 달성할 수 있는 기회를 보장해야 한다.

사회와 타인들에게 부담을 전가하는 축재 방법은 금지되어야 한다. 좋은 사회는 평등한 소득 분배를 추구하지 않는다. 소득을 평등하게 분배한다는 것은 인간 본성과 각 개인의 본성을 무시하고 경제활동의 동기를 위축시키기 때문이다. 글로벌 시대에는 국가나 기업 그리고 개인 모두의 경쟁력이 생존의 필수 조건이다. 다만 경쟁은 공정성이 보장되어야 하며 결과보다는 과정의 공정성이 중시되어야 한다.

좋은 사회는 사회적 위험인 질병, 노령, 실업, 장애, 사망, 출산, 빈곤으로부터 모든 국민을 보호하기 위한 사회안전망인 사회보장 제도의 확충이 절대적으로 필요하다. 현재 우리 사회의 심각한 문제점은 지역, 계층, 세대, 빈부 간의 갈등이다. 이를 조정하고 치유하는 기술과 능력 무엇보다 정부의 정책이 좋은 사회를 만드는 역량일 것이다. 우리 사회의 화두이며 강력히 추진코자 하는 사회복지 문제를 원점에서 재점검하며 복지 수요를 투명하게 누수 현상 없이 효율적으로 공급해야 할 것이다. 좋은 사회, 좋은 국가는 좋은 사람들이 만들어 나갈 것이다.

나는 합정종합사회복지관 운영위원장으로 관장님과 후원자, 자원봉사자들과 손잡고 좋은 평택시를 만들어 나가는 데 일익을 담당하고 싶다. 또한 새로 탄생하는 박근혜 정부가 좋은 사회, 좋은 국가를 만드는 목표와 기준도 이 범주를 벗어나지 않을 것 같다.

– 평택시 합정복지관 발행지 기고문

공기업과 공공기관 개혁 방안

2013. 05. 18.

역대 정권의 전리품이 되어 왔던 공기업과 공공기관이 무자격자의 낙하산 인사와 부실 경영에 따른 국가 부채 증가가 정부와 국민에게 큰 부담을 주고 있으며 이에 대한 처리 문제가 도마 위에 올라 있다. 일부 기관장이 사표를 냈는가 하면 정부는 과거 경영실태 감사를 추진한다고 하니 교체를 위한 것이라는 볼멘소리를 하고 있다.

먼저 대표자를 바꿔라. 새로운 대표자가 당연히 과거 경영실태를 실사하고 이에 따른 대책을 내놓을 것이며 임원 인사권을 줘라. 문제는 어떤 사람을 새로 임명할 것인가, 다. 그 조건으로 첫째, 전문성을 갖춘 사람이어야 한다. 세계화 시대에 필수적인 지식 정보가 기업과 기관의 필수 생존 조건임을 인식하며 이에 걸맞은 마케팅, 재무, 법률, 인사 노무 등 전문적인 또는 기술적인 지식 소유자다. 둘째, 카리스마를 요구한다. 뚜렷한 철학과 개성을 가지고 부하의 충성심과 열정을 고취시키는 개인적인 능력과 권위의 소유자다. 셋째로 열정과 도덕성, 정열적으로 투혼을 불사르고 경영 목표 달성을 위해 조직을 결집시키고 솔선수범하며 그 역량을 극대화할 수 있는 젊은 세대의 사람이다. 넷째, 소통의 달인, 의사 전달 능력으로 임직원을 명료하고 유창한 어조로 설득하는 능력 소유자다. 다섯째, 비전 제시자다. 단체 의사에 영입하기보다 과감한 미래 설계를 주도적으로 실천하며 조직 구성원에게 희망과 자긍심을 갖게 하며 군림하는 자가 아닌 시장 한복판에 우뚝 서 있는 철저한 상인 정신의 소유자다. 끊임없이 혁신을 주도하며 고객 지향적이며 선택과 집중을 통해 계속기업과 기관으로 발전시켜 고객과 사회에 봉사할 수 있는 사람이다. 만사는 사람이다. 좋은 사람이 좋은 기업을 만들 것이다. 새 정부의 공기업과 공공 기관의 정상화를 위한 과감한 개혁 없이 논공행상의 무자격 낙하산 인사는 과거로 끝나기를 기대해 본다.

천주교 정의구현 사제단의 행보

2013. 06. 11.

위의 사제단은 1974년 원주교구장 지학순 주교의 구속을 계기로 태동한 것으로 전해지고 있다. 암울한 시기에 민주화를 위한 공로를 인정받아야 한다. 이후 산업화와 민주화가 이루어져 10대 경제 대국의 반열에 올라있고 민주화가 뿌리를 내려 꽃을 피우고 있음을 부정할 국민은 없다. 사제(신부)의 본분은 기도와 사목(司牧)이며 가톨릭교회의 교리는 사랑과 용서를 가르치고 있다. 교회 신자들은 다양한 사회 구성원으로 이루어져 특히 정치에 편향되어서도 아니 된다.

정의구현 사제단은 정치 집단화로 변신하고 정부 사업인 4대강 사업 등 반대, 대선 후 컴퓨터 조작설 제기, 제주 해군기지 건설 반대 야외미사, 최근에는 덕수궁 앞 쌍용차 범대위 분향소 철거반대 야외미사로 성스러운 미사를 왜곡시키고 있다. 성경은 우리에게 사랑과 용서를 하라고 가르치고 있다. 7, 80년대 반민주적인 정치집단은 역사가 심판했고, 그리고 정치적으로 법적으로 정리했다. 그렇다면 사제는 그들까지도 용서하고 포용해야 마땅하다고 생각한다. 언제까지 불법 옹호와 정부 정책반대에 앞장서고 3, 40년 전 사건을 용서할 수 없단 말인가? 사제의 본분인 사랑과 평화 그리고 고통 받는 이들, 가난한 사람들을 위한 깊은 기도, 이웃 형제들에게 하느님의 백성이 되달라는 사목에 앞장서 주시기를 기도한다. 신앙심이 깊지 않은 평신도의 생각을 올린다. 아멘

정치권의 신선한 충격

2013. 06. 12.

11일 국회에서 심상정 진보정의당 원내대표가 진보정당의 통렬한 반성문을 발표했습니다. 내용은 당이 민주주의 운영 능력을 갖추지 못했고 종북 주사파와 민주노총이 당을 장악해 왔으며 안보 불안 세력이라는 누명에서 벗어나지 못함과 더불어 북한의 핵무기 개발과 안보 위협, 3대 세습을 한 번도 비판하지 않았으며 국민의례와 태극기를 국기로 인정하지 않은 등 그동안 국민의 질타와 눈총을 모두 수용 반성하는 것이었습니다. 이러한 심상정 원내대표의 연설이 정치권에서 찾아보기 어려운 신선한 충격을 주고 있습니다.

정치는 국가의 정통성을 바로세우며 국민의 뜻을 대변하며 국리민복을 실현하는 것입니다. 변화와 혁신의 시대에서 생존하기 위해서는 패러다임의 전환과 자기반성과 성찰이 필수적입니다. 반성 없이 발전은 없습니다. 만시지탄의 감이 있지만 심상정 원내대표의 진솔한 반성과 용기에 큰 박수를 보냅니다. 대한민국 내에 존재하는 정당과 정치인은 가장 애국자여야 합니다.

끝나지 않은 한국전쟁

2013. 06. 18.

63년 전 오늘 새벽 4시 38선 전역에서 북한 인민군의 남침이 이루어졌다. 300만 명의 사상자와 1,000만 이산가족, 전 국토를 초토화시킨 동족상잔의 비극적인 전쟁, 세계 전쟁사에서 최고의 희생자를 낸 전쟁으로 기록하고 있다.

전쟁이 발발하자 UN 안보리는 UN군 파견을 결의하고, 당시 미국 트루먼 대통령은 10초를 넘기지 않고 미군의 참전을 결정했다. UN 회원국 16개국이 참전하고 5개국이 각종 지원으로 우리를 도와 국권을 회복케 했다. 3년 동안 전사자 17만 8,569명, 부상자 55만 5,022명, 실종자 2만 3,661명, 포로 1만 4,158명이 생겼다고 기록되어 있다. 포성이 멈춘 지 60년이 지났지만 지금도 전쟁의 상흔으로 남은 155마일 휴전선의 철조망은 한민족을 남북으로 갈라놓고 있다. 그리고 휴전선보다 더 깊고 길게 둘러쳐진 남북한 사람들 마음속의 철조망은 제거될 조짐이 좀처럼 보이지 않는다.

지구촌에서 유일하게 분단된 한반도는 오명을 남기고 있다. 북한은 60년 동안 끊임없이 각종 전쟁 도발과 간첩 침투, 요인 암살, 민간 항공기 및 아웅산 폭파, 연평도 포격, 천안함 폭침을 자행하며 핵과 미사일로 우리를 위협하고 금강산 관광 중단,

개성 공단 폐쇄, 남남 갈등을 부추기고 있다. 한국전쟁의 참상을 외면하고 6.25는 북침이라고 강변하는 한심한 종북주의자들이 활개치고 있다.

철부지 김정은의 3대 세습 정권의 수명은 얼마 가지 않을 것이다. 하늘은 결코 무심하지 않기 때문이다. 우리는 국민의 피와 눈물 그리고 땀, 미국을 위시한 우방국들의 원조로 산업화와 민주화를 이룩해 세계 10대 경제 대국의 반열에 올라 있다. 참전 21개국에 대한 보훈을 생각해 본다. 참전국과의 외교 강화, 우리보다 못사는 국가에 대한 경제원조와 다문화 가족 배려, 참전국 학생을 장학생으로 선발, 한국 전문가로 양성하는 등 정부와 민간 차원의 다양한 프로그램을 만들면 좋겠다.

60년의 기적은 우연이 아니고 하느님의 섭리가 있었다고 믿고 싶다. 대한민국의 운 하나는 좋은 것 같다. 영원한 대한민국이 더욱 발전하기를 국민 모두가 기도하자.

상반기를 보내면서

2013. 06. 30.

오늘로 금년 한 해의 반을 넘기고 있다. 때 이른 더위가 일찍 찾아오고 설상가상으로 더위를 식힐 전기는 턱없이 부족하다. 7월에는 게릴라성 폭우도 잦을 것이라는 일기예보가 두렵기만 하다.

자연을 거스르고 혹사시킨 대가가 아닐까 생각해 본다.

경제성장이 둔화되고 국민 생활이 좀처럼 나아지지 않으니 무더위와 생활고로 체감온도가 높아질 수밖에 없다. 온도계의 눈금이야 온도를 정확한 수치로 나타낼 수 있지만 사람의 느낌은 객관적 잣대로 읽어낼 수 없다. 사람마다 느끼는 온도가 다를 것이기 때문이다. 세계적인 금융 불안, 우리의 안보 불안, 정치 불안, 사회 갈등이 국민을 불안케 하고 있다. 특히 여의도 국회의사당은 국민을 외면한 지 오래다. 여야 싸움질로 허송세월하며 국회의원 특권 내려놓자고 외치던 저들은 다음 국회부터 하겠단다. 염치없다. 이 모든 것을 누구를 탓하랴. 우리 국민의 책임이다.

경제민주화와 창조 경제의 명암을 잘 봐야 한다. 모든 것을 법으로 하겠단다. 경제의 주권은 자유시장과 고객이 결정한다는 사실을 외면하면 안 된다. 시장이 건전하게 작동하도록 해야 한다. 하반기 우리 경제가 안정되고 고용을 늘려 소득을 늘려야 한다. 정부와 정치권이 국민의 신뢰를 얻도록 노력해야 한다. 국민 모두가 힘을 합쳐 어려움을 극복해야 한다. 상반기를 되돌아보고 하반기를 한 치의 오차도 없이 계획을 추진해야 한다. 특히 폭우, 폭풍에 철저한 대비를 해야 한다.

史草(사초)

2013. 07. 19.

조선조 1498년 연산군 4년에 김종직이 弔義祭文(중국 진나라 때 항우에게 죽은 초나라 희왕)을 비유하여 세조의 단종 왕위 찬탈을 비판한 내용을 당시 김일손이 사초에 올렸으며, 이 내용에 대하여 연산군이 성종실록을 편찬할 때 이극돈 등 훈구파가 이를 문제 삼아 사림파 일당을 제거한 戊午史禍를 우리의 역사는 4대 사화 중 하나로 기록하고 있다.

史官이 기록한 사초는 당시에도 재임 중 임금도 열람할 수 없도록 제도화되었다. 지금 정국은 2007년 남북정상회담 시 노무현 전 대통령과 북한 김정일 국방위원장과의 회담 회의록의 국가기록원 보관 여부가 향후 여야정치권의 향방을 가늠하게 될 것 같다. 회의록이 없다, 못 찾고 있다는 등 어처구니없는 사초 문제가 제기된다. 22일이면 현대판 사초의 존재 여부가 알려지면서 정국은 예상하기 어려운 사태로 전이될 것 같다

경제는 매우 어렵다. 여의도 국회는 국민을 외면하고 존재 이유를 상실하고 있다. 정당다운 정당은 없고 당리당략에 매몰되어 조선조 당파 싸움을 재연하고 있다. 국론이 분열되고 남북문제도 녹록지 않다. 이런 때일수록 국민이 힘을 모아 화합해야 한다. 정치는 국민을 안심시키고 희망을 주는 것이어야 한다.

갈등과 반목

2013. 07. 21.

우리 사회의 가장 큰 문제점은 갈등과 반목이다. 지역 갈등, 계층 갈등, 이념 갈등, 세대 갈등이 도를 넘어 위험 수위에 와 있다. 한편 이에 따른 반목의 심화가 정치·경제·사회·문화 등에 발목을 잡고 있으며 정부와 기업 그리고 가족 간의 갈등과 반목도 심화되고 있다.

우리는 과거 900여 회의 외침과 35년의 일제 강점기, 그리고 300만 명의 사상자와 1,000만 명의 이산가족을 만들어 낸 동족상잔의 한국전쟁을 겪은 세계 유일의 분단국가로 남아 있는 부끄러운 역사의 증인이다. 이러한 역사의 배경에는 갈등과 반목으로 이어져 온 상흔이 남아 있다. 정부는 사회 통합전담 위원회도 발족하고 있으며 정부 정보 3.0 공개를 발표했다. 모든 정보(빅 데이터)를 국민에게 공개 공유케 하여 이를 이용한 새로운 산업과 일자리를 만든다는 정책이다. 우리 회사의 전임 직원은 50인이 되지 못하는 작은 회사이다. 지난 17일 제주사업부에 당일 일정으로 다녀왔다. 영업 실적은 전년 대비에도 미달하고 있지만 직원들은 근무하기가 어렵단다. 그런가 하면 어느 팀은 상하 간 반목으로 팀 해체도 검토케 하고 있다. 도토리 키 재기를 시현하는 모습에 서글픔도 느끼게 했다. 상급자의 리더십, 하급자의 팔로우십의 부재, 투명성과 정보 공유 부재가 원인이다. 직장은 나의 생계의 원천이며 직업은 자신의 존재감 구현이다. 직업을 천직이라 한다. 남을 위한 직장과 직업이 아니라는 사실을 잊어서는 안 된다. 회장은 투명 경영과 정직을 강조하며 실천하고 있다. 세상은 우리의 상상을 초월한 변화를 요구하고 있다. 자신이 먼저 변화해야 생존할 수 있다는 엄연한 사실을 다시 한번 촉구한다. 이웃은 물론 같이 일하는 동료들과 더불어 사는 세상, 서로 협력하는 아름다운 직장이 되었으면 좋겠다. 가화만사성(家和萬事成)이라는 불변의 진리를 되새겨 보자.

싱가포르에서 배우자

2013. 07. 24.

나는 수차례 싱가포르를 방문한 바 있으며 최근 자료를 통해 발전상을 접하고 있다. 수 세기 동안 외국의 지배를 받아왔던 섬나라, 도시국가가 1965년 독립 이후 50년 동안 세계의 무역, 금융, 관광, 유통, 교육 등 서비스산업의 허브로 자리 잡고 있다. 최근에는 지식산업으로 국가전략을 선회해 융합기술의 거점을 차지하고 있다. 2,500만 명의 관광객이 모여들고 현대건설이 시공한 창이공항은 7천만 명을 수용할 수 있는 최첨단 서비스 전시장으로 명성을 날리고 있다. 특히 의료관광이 인도, 태국에 이어 각광을 받고 있다.

무엇이 이런 결과를 만들었을까? 이는 국제적 마인드와 기술력, 정부의 실용적인 정책역량에 있다. 서울과 같은 면적, 제주도의 3분의1의 면적, 인구 520만 명(그중 2백만 명이 외국인), 1인당 국민소득 5만 달러의 적도에 위치한 싱가포르다. 법과 질서를 엄격히 적용하고 있는 도덕국가다. 최고의 엘리트 집단이 국가공직자들이다. 무엇이든지 하려 드는 이들이 국가의 선봉장이다.

대한민국의 현실은 어떤가? 영종도 외국인전용 카지노도 유치 불발, 의료관광법인 설립보류 등 문제점만 나열하고 있다. 문제점은 별도 해결책을 찾으면 된다. 도덕국가인 싱가포르는 6년 전 외국인 전용 공창제도를 도입한 사실을 주목해야 한다. 박근혜 대통령은 창조경제를 국가의 핵심 경제기조로 새로운 창업과 일자리 만들기에 심혈을 쏟고 계시다. 세계의 1등 IT강국 대한민국이다.정부의 과감한 개방정책, 규제철폐. NO라는 사람들을 멀리해야 한다. 싱가포르와 이스라엘을 연구하고 벤치마킹해보자. 강한 대한민국의 새로운 국가전략 – 인재와 기술, 법치를 제안해 본다.

구노의 성가 '아베마리아'의 역사

2013. 07. 28.

우리의 애창 성가 '아베마리아'의 작곡가 구노는 1800년 중기 프랑스 출신의 대작곡자이다.

그는 외방선교학교에서 가장 친했던 음악천재 엥베르가 신학교에 입학하여 신부서품을 받고 외방 선교를 위해 중국을 거쳐 조선에 들어간 후 주교로서 순교했다는 소식을 접하고 영감을 받아 즉흥적으로 성가를 작곡한다. 이 곡이 구노의 '아베마리아', 우리나라를 위한 단 하나의 성가이다. 구노의 친구이자 조선의 주교이자 순교자, 후일 영광스런 성인품에 오르신 성 엥베르는 명동성당 지하에 잠들어 계시다. 가장 친한 학교 친구와 서로 다른 길로 헤어져 다시 만나지 못한 그들의 운명을 영원한 성가 '아베마리아'가 위로하고 있다. 다시 불러도 좋고 들어도 좋은 한국의 명 성가이다. 아베마리아~~~~~

대한민국의 마케팅 전략

2013. 07. 27.

기업의 성패는 마케팅 전략의 성공 여부로 결정된다. 마케팅은 상품의 기획, 생산, 가격, 판매, 고객관리 등 일련의 경영활동을 말한다. 특히 고객만족(C/S) 및 고객관계관리(CRM)의 중요성이 강조된다. 고객은 기업의 존재가치이며 생존조건이다. 고객 없는 기업은 존재 의미를 상실한다.

대한민국은 6.25 한국전쟁 시 참전 16개국, 의료지원국 5개국, 물자지원 39개국, 총 60개국(당시 UN회원국의 과반 이상에 해당하는 국가)과 혈맹관계를 맺고 있으며 최우량 고객을 갖고 있는 세계적인 국가기업이다. 그동안 이 좋은 고객에 대한 고객관리로서 적극적인 정치, 외교, 경제, 문화 등 다양한 마케팅 전략에 소홀하지 않았나? 반성해 보아야 한다.

정전 60주년을 맞아 새로운 정치 마케팅 지평이 열리고 있다. 이 고귀한 국가들과 인연을 되살리며 대를 이은 네트워킹이 시동되고 있음은 바람직한 일이다. 대한민국의 상품브랜드 가치를 높이는 것은 물론 고품질 상품을 내놓아야 한다. 기업은 사회공헌에 앞장서고 있다. 대한민국이 혈맹국가에 대한 공헌에 앞장서야 한다. 인연은 서로 인정하고 나눌 때 더욱 공고해진다. 좋은 고객이 좋은 기업을 만든다. 정치도 마케팅이다.

* 오늘 정전 60주년을 맞아 어쩐지 가슴이 뭉클해 두 편의 글을 올린다.

대한민국호는 어디로 가고 있나?

2013. 08. 04.

5000년 동안의 가난을 벗어나 산업화와 민주화를 이룩해 세계의 부러움을 사고 있는 대한민국! 일본의 강제 합방으로 35년의 일제 치하에 있었던 나라, 애국지사의 독립운동과 2차 세계대전의 연합국 승리로 광복을 맞이했으나 정부 수립 2년 후 북괴의 남침으로 국토가 훼손되고 300만 명의 사상자를 낸 세계 사상 가장 혹독한 전쟁으로 기록된 한국전쟁, 미국을 위시한 UN 회원국의 참전으로 되찾은 나라, 생각하면 하늘의 도움으로 기사회생한 기적의 국가다.

지금 대한민국이라는 거대한 배는 어디로 항해하고 있는가? 이제 먹고살 만해지니 가족끼리 싸움으로 가정이 풍비박산으로 치닫고 있는 형국은 아닌지 걱정이다. 국회는 문을 닫고 야당 의원들이 서울 광장에 모여 시위를 하고 있다. 여당은 다수당 노릇을 못하고 우왕좌왕 갈피를 못 잡고 있다. 국회의원들이 해결해야 할 일을 대통령이 해결해 달란다. 국회의원이 국회의 존재감을 부정하는 것과 같다.

경제는 어렵다. 서민들의 생활이 더욱 어렵고 300만 명의 실업자가 있다. 세계는 무차별적으로 강도 높은 경쟁이라는 시장에서 싸우고 있다. 예측이 불가능한 세계무대, 생존의 위협은 심화되고 있다. 국격을 바로 세우고 국민들이 힘을 합쳐야 한다. 정치 지도자의 각성 없이 나라는 바로 서지 않는다. 더 늦기 전에 자각해야 한다. 정쟁을 멈추고 국민 편에 서라. 항상 반대만 하는 것이 야당 몫이 아니다. 잠재 집권당으로 국민의 사랑받는 야당이 되어야 한다. 여당은 국민의 과반의 권리 수임자다.

여당답게 국민 앞에 다가서라. 지도자는 가장 애국자여야 한다. 그래도 국운만은 우리 편에 서 있다. 국운은 노력의 대가로 이뤄진다. 한심한 사람들! 깨어 있어 주기를 바란다.

창조 경제의 기대 효과

2013. 08. 08.

박근혜 정부의 핵심 국정 과제인 창조 경제에 대해 조급성은 금물이다. 경제학자 케인즈의 말을 빌리지 않아도 경제는 보이지 않는 손이 있다. 창조 경제의 핵심은 아이디어와 지식 그리고 과학기술과 정보 통신 기술(ICT) 융합이라는 새로운 성장 동력을 통해 산업과 시장을 창출하여 일자리를 만들어 내자는 것이다. 그동안 경제민주화의 이름으로 반기업 정서가 팽배되고 이에 따른 각종 규제와 처벌이 이어지고 입법도 추진 중이다. 반기업 정서는 기업인의 반사회적 행위로 자초한 결과이기도 하다. 정부의 동반 성장 추진도 결과에는 명암이 예상외로 많다는 사실을 간과해선 안 된다. 교각살우(矯角殺牛)의 우를 피해야 한다. 지금 우리는 새로운 창조 경제를 추진하면서 심각하게 침체되어 있는 경제 활성화 대책을 강구해야 한다. 창조 경제 효과는 시간이 필요하며 중·장기적 경제 과제다. 창조 경제의 기본은 대통령께서 수차례 언급하신 변화와 혁신이며 규제 철폐와 통제 해제다. 그리고 개혁과 개방이다. 청와대의 수석 회의가 아니라 이를 추진할 각 부처, 산하기관의 적극적 선도 역할이다. 돈 되는 일이면 모두를 해낸다는 확신이다.

천혜의 제주도는 제주특별자치도와 중앙정부가 공동으로 개발을 추진해야 할 황금알을 낳을 수 있는, 동남아의 중심이 될 수 있는 세계 7대 자연 명소다. 진주 송전탑 건설 장기화, 최근 영정도 외국인 전용 카지노 유치 불발, 입국장 면세점 설치 유보, 무대책 부동산 정책이 좋은 예다. 문제가 없는 정책은 하나도 없다. 문제를 해결하는 것이 정부가 해야 할 임무다.

싱가포르 이야기를 하고 싶다. 서울 면적의 적도 아래 도시국가,

세계적인 금융, 관광, 물류, 교육, IT의 허브. 변화와 혁신의 대명사 그리고 법치와 도덕 국가이며 공무원이 이끌어 나가는 첨병인 나라. 6년 전 대표적인 도덕 국가인 싱가포르는 외국인 전용 공창제도를 도입했다. 520만 인구 중 외국인 200만 명을 위해서다. 이제 지구촌 시대도 막을 내리고 지구촌집(Global House) 시대가 도래했다. 스마트폰 하나로 이웃집은 물론 세계를 모두 세밀히 내다볼 수 있는 무서운 시대다. 변화와 혁신이 창조 경제다.

당·정·청의 과제

2013. 08. 13.

대통령의 방미, 방중을 통해 얻은 효과가 빛을 보지 못한 것은 정부와 청와대 그리고 새누리당 즉 당·정·청의 책임이 크다. 최근에 4대 강 녹조 문제에 대한 관련 부처 간의 언론 플레이, 시청 앞 광장 시위에 휘발유를 뿌린 청와대의 세제 개편안 발표 등 정치에 문외한인 필자의 상식으로도 이해가 안 간다. 복지 재원 조달은 불가피하게 조세로 충당해야 한다. 문제는 증세 방안이다. 서민, 중산층의 담세 능력에 한계에 와 있다는 사실을 간과하면 조세 저항은 불가피하다. 담세능력 계층에 대한 증세 방안, 세원 발굴, 느슨해져 가는 지하경제의 발본색원, 정부, 공공기관의 조직 혁신, 강도 높은 세출 억제 등을 선행해야 한다. 각 부처 산하 공공기관을 통폐합하며 부처 퇴직자들의 일자리화한 인원을 과감히 축소해야 한다.

가정이나 나라 살림살이가 어려울 때에는 근검절약이 최선책이다. 금년도 예산 342조의 10퍼센트 절감 대책을 검토해 보시라. 정부와 청와대의 정무적 감각이 아쉽기만 하다. 청와대도 정치하는 곳이다. 민주주의의 기본은 민본주의이다. 시청 앞 광장에 계신 127석의 야당 의원님들도 국회로 돌아가시라. 민초들의 체감온도는 40도를 훌쩍 넘기고 있다.

이틀 후면 광복 68주년을 맞는다. 선열 애국지사, 산업화, 민주화 역군들 앞에 떳떳한 국민이 되자.

생일 없는 대한민국

2013. 08. 15.

오늘은 광복 68주년 기념일이다. 또한 정부 수립 65주년 기념일인데 이를 기념하는 행사는 매년 없다. 생일 없는 대한민국이다. 정부의 구성요건은 국민과 국토 그리고 주권이다. 상해 임시정부 수립은 대한민국의 정통성의 모태다. 헌법 전문에 이를 언급하고 있다. 대한민국은 1948년 7월 17일 헌법을 제정·공포하고 국회의원과 대통령을 선출하여 입법, 사법, 행정부를 구성하여 정부 수립을 공포하고 UN 회원국들이 우리 정부를 승인했다. 대한민국이 탄생한 건국기념일이다. 그런데 역대 정권이 정당한 정부 수립일을 외면하는 이유는 무엇일까? 사생아란 말인가? 생일 없는 대한민국!

광복 및 정부 수립 기념을 동시에 거행할 것을 제안한다. 3년째 제안했지만 그 누구도, 정부도 언론도 이에 대해서는 눈을 감고 있다. 왜? 왜?

한국 천주교의 위상

2013. 08. 25.

1779년(정조 3년) 자생적으로 출발한 한국 천주교는 1784년 이승훈이 북경에서 최초 세례를 받고 관련 서적 등을 갖고 귀국하며 전파되었다. 내년이면 230주년을 맞는다. 그동안 갖은 박해와 순교자를 낸 천주교 그리고 군사정권에 대항하여 민주화에 가장 큰 공적을 남긴 천주교이다.

근세사에 부끄럼으로 남는 것은 항일에 앞장서지 못한 일이다. 3.1 독립선언 33인 중 천주교 대표가 참여하지 못했기 때문이다.

최근 천주교 일부 사제 및 수도자, 신자들이 국책 사업에 앞장서 반대하고 있다. 며칠 전부터 각종 시국 선언을 하고 있다. 정의구현사제단이라는 신부들은 매사에 반대하고 있다. 정치 신부들이다. 나와 같은 평신도는 성경의 가르침인 용서를 모르는 신부님들을 이해하기 어렵다. 천주교 신자들은 이념과 생각을 달리하는 많은 신자로 구성되어 있다. 종교의 편파성은 종교전쟁을 유발하고 갈등을 만든 요인이 될 수 있다.

종교인답게 신앙인의 존경의 대상인 신부와 수도자, 신자의 본연의 자리로 회귀하시라. 11시 미사에 깊은 기도를 하련다.

국가의 흥망사

2013. 08. 29.

역사는 국가의 흥망사의 기록이다. 국가의 멸망사를 살펴보면 외침에 의한 것보다 내부의 반목과 분열, 부정과 부패로 인해 민심이 이반하여 스스로 멸망을 자초한 경우가 많았다. 고대 로마제국의 멸망, 대한제국, 중화민국(장개석 정부), 남베트남, 필리핀의 마르코스 정부, 소련연방공화국 등이 대표적인 사례가 될 것이다. 1945년 8월 15일 광복을 맞았지만 정치 지도자들 간의 정치적 이념 갈등과 권력 투쟁으로 통일 대한민국의 꿈은 사라졌다. 1950년 북괴의 남침으로 종족상잔의 남북전쟁이 일어났고 이는 300만 명의 사상자와 1,000만 이산가족을 만들어 낸 세계사에서 가장 많은 희생자를 낸 전쟁으로 기록되고 있다.

38선이 휴전선으로 바뀐 지 60년 동안 남북한의 대결은 지금도 진행되고 있다. 남남 갈등은 우파와 좌파, 보수와 진보의 대결이 이어져 혼란이 극에 달하고 있다 일명 친북을 넘어선 종북 좌파가 상존하고 있다. 북한의 3대 세습 독재 정권을 흠모하면서 북한 인권에 대해서는 귀와 눈을 감는다. 그래도 북한이 좋단다. 대한민국의 정통성과 헌법 가치를 부정하며 국가 시책을 방해하는 집단 세력이 백일하에 드러날 것 같다. 이에 동조하는 사이비 종교 지도자, 이에 맹종하는 철부지 자칭 지식인들, 이들은 항상 자유와 민주주의를 위해 투쟁을 한단다.

50년 동안 허기진 배를 움켜지고 산업화 민주화를 이룩한 대한민국! 세계인들의 부러움을 사고 있는 대한민국 국민이다. 한국전쟁을 승리로 이끌어 준 16개 참전국, 5개 의료지원국, 39개 물품지원국, 당시 UN 회원국의 절반 이상의 65개국이 대한민국을 살려 줬다. 이런 우리의 자랑스러운 조국을 부정하고 한국전쟁이 북침이며 천안함 폭침도 자작극이라고 우겨대는 종북 세력은 북한으로 갈 생각이 없어 보인다. 선진국으로 가는 길목을 막고 있는 세력은 역사 속으로 사라질 때가 왔는가 보다. 국가 멸망시켜 주는 교훈을 잊지 말자. 국운만은 좋은 대한민국이다.

9월이 오면

2013. 08. 31.

들에다 바람을 풀어 주세요. 타오르는 불볕 태양은 이제 황금빛으로 바꿔 주시고 거둬들일 것이 없어도 삶을 아프게 하지 마소서. 그동안 사랑 없이 산 사람이나 사랑으로 산 사람이나 공평하게 시간을 나눠 주시고 풍요로운 들녘처럼 생각도 여물게 하소서. 9월이 오면 인생은 늘 즐겁지는 않으나 그렇다고 슬픔뿐이 아니라는 걸 알게 하시고 가벼운 구름처럼 살게 하소서. 고독과 방황의 날이 온다 해도 사랑으로 살면 된다 했으니 따가운 햇살과 고요히 지나는 바람으로 달콤한 삶과 향기를 더해 아름다운 생이 되게 하소서. 진실로 어둔 밤하늘, 빛나는 별빛과 같이 들길에 핀 풀꽃처럼 마음에 쌓여 두는 욕심을 비워 두시고 참으로 행복하게만 하소서.

지루한 폭염이 자연의 섭리 앞에 서서히 사라지려 합니다. 자연은 우리의 인내심을 시험하려 그런가 봅니다. 불볕더위가 오곡 백화의 결실을 만들어 주고 있다는 사실을 잊어버린 우리의 우매함을 탓하고 있는지 모릅니다. 무더위 짜증은 참을 수 있지만 각박해져 가는 살림살이가 걱정이네요. 그래도 희망까지 버려서는 안 되지요. 더 어려웠던 시절도 있었다는 사실을 기억하면서 우리 자신을 가꿔 나가기를 기원합니다.

희생 없는 종교

2013. 09. 11.

20세기 인도의 위대한 지도자 '마하트마 간디'는 나라가 망할 때 나타나는 7가지 징조를 들었다.

1)원칙 없는 정치

2) 노동 없는 富

3) 양심 없는 쾌락

4) 인격 없는 교육

5) 도덕성 없는 상업

6) 인간성 없는 과학

7) 희생 없는 종교

지금 우리나라에서 벌어지고 있는 현상들이 이 7가지 중 몇 가지가 되지 않을까 마음에 걸린다. 정치권은 정치광장인 국회를 패대기치고 야당은 서울시청 앞 광장에서 정치하고 있다. 여당은 이를 외면하고 청와대만 바라보고 있다. 대통령만 노심초사 바쁜 일정을 국내외서 소화 하고 있지만 이를 정치권에서는 외면한다. 정부나 정치인이 국민을 걱정하지 못하고 국민이 이들을 걱정하고 있다.

또한 가장 앞장서 국민을 보듬어 보아야 할 종교계를 들여다 보면 종파 간 갈등은 물론 내부 권력투쟁으로 많은 국민들로부터 지탄을 받고 있다. 천주교 내에서 일부 성직자 수도자들이 정치에 개입, 신자들을 혼란케 하고 있다. 그들이 40년 동안 주장하는 정의는 무엇인가? 천주교회를 분열시키고 정치에 앞장서 국익을 훼손하는 행동은 자제해야 한다. 신부와 수도자의 본분은 사목과 기도이다. 3대 세습이 이어지면서 남한을 적화하려는 북한, 인류의 보평적 가치인 인권이 존재하지 않는 북한을 흠모하고 종북에 앞장서고 있는 자칭 목자들을 평신도들이 걱정하고 있는 현실이 안타깝기만 하다.

바로 간디가 지적한 희생 없는 종교로 추락되지 않기를 바란다. 이제 이를 바로잡기 위해 평신도들이 대한민국 수호천주교인 모임을 발족하고 있다. 위대한 대한민국을 지켜야 한다. 지도자는 가장 애국자이어야 한다. 원칙의 정치, 희생의 종교가 구국의 길임을 반추해본다.

독일로 간 청춘

2013. 09. 19.

오늘 지난 8월 3일 오후 4시(현지 시간) 독일 보훔 시 루르콩

그레스홀에서 열린 수교 130주년, 파독 50주년 기념 〈열린 음악회〉 재방을 시청했다. 1963년 광부 128명, 간호사 128명이 낯선 당시 서독에 파견된다. 파견 인원은 1976년까지 광부 8,000여 명, 간호사 및 간호조무사 1만 1,000명에 달한다. 당시 우리의 국민소득은 1인당 100달러에 불과했고 미국의 무상원조도 중단된 상태였다. 박정희 대통령이 미국을 방문하여 차관을 요청했으나 거절당했다. 파견 광부와 간호사의 월급을 담보로 얻은 3,000만 달러의 차관을 종잣돈으로 1차 경제개발 5개년 계획이 추진된다. 막장 1,000미터의 지하 갱도에서 석탄가루와 땀으로 범벅이 된 얼굴, 숨 막히는 작업장, 시신 앞에서 밤을 지새운 어린 간호사들은 조국 근대화의 역군이며 청춘을 희생한 진정한 애국자다.

박정희 대통령 내외분은 1964년 12월 초 리브케 대통령의 전용기를 얻어 타시고 서독을 방문, 그들과 부둥켜안고 눈물을 나눈다. 대통령이 부족해서 이런 고생을 한다고 위로한다. 한 편의 역사 드라마가 펼쳐진다.

1965년 수출 1억 불을 달성한다. 이를 기념하여 무역의 날이 생긴다. 1967년 리브케 대통령이 한국을 답방한다. 지금 대한민국은 국민소득 2만 불, 수출 5,000억 불을 넘겨 세계경제 10대 강국이다. 독일 전역에서 모인 3,000여 명의 방청객, 우리 최고의 출연자들이 그들을 울리고 위로한다. 눈물과 웃음이 교차되며 상기된 방청객들이 본인들의 희생을 뒤로하고 조국 대한민국을 자랑스럽게 생각하는 모습이다.

방송 시청 중 나의 눈가도 벌게졌다. 이렇게 이룩한 대한민국이다. 최근에 정치가 실종되고 국민들이 분열되어 싸우는 모습, 정치, 경제, 사회에서 벌어지는 현상을 보면서 50년 전의 전설은 사라지는 것은 아닌지 걱정이다. 세계가 부러워하는 대한민국은 파독 광부와 간호사들의 피땀으로 이룩했다. 허기진 배를 움켜쥐고 산업화와 민주화를 이룩한 애국 국민이 있어 가능했다는 사실을 잊으려 하는가? 답해 보시라. 과거 역사는 현재의 교훈이며 현재는 미래의 거울이라 한다. 대한민국의 정통성을 지키고 역사의 교훈을 배우는 국민이 되어야 하겠다. 국민 모두가 힘을 합쳐 더 위대한 대한민국을 만들어야 하겠다. KBS 제작진, 출연자분들에게 심심한 감사를 드린다.

이태석 신부를 잊고 계신가요?

2013. 09. 20.

우리를 감동케 한 아프리카 오지, 남수단에서 기도와 눈물과 땀으로 점철된 삶을 살다가 2010년 1월 14일 49세에 대장암으로 선종한 이태석 신부. 그는 인제의대를 졸업한 의사로 40에 신학대학을 졸업하고 사제 서품을 받았다. 그러고는 오랜 내전과 가난으로 황폐해지고 콜레라, 말라리아, 한센병 등이 번진 세계에서 가장 위험한 나라이자 희망이 없는 나라로 알려진 남수단의 오지 톤즈 마을에 병원을 열고 학교를 세웠으며 브라스 밴드도 만들어 주민들에게 꿈과 희망을 심어 줬다.

선종 다음 달 2월 현지에서 톤즈 브라스 밴드가 마을을 행진하는 모습이 방영되었으며 KBS TV에서 제작한 그의 일대기를 영화관에서 상영했다. 그가 발족한 수단어린이장학회는 현재 후원인이 3,000명에 달하고 있다. 전능하시다는 하느님께서는 할 일이 많은 천사 신부를 무심하게 왜 그리도 급하게 불렀는지 알다가도 모를 일이다.

한 분의 신부이자 의사인 이태석 신부가 오지 나라 작은 마을에서 베푼 희생과 봉사는 우리에게 그리고 세계인에게 교훈을 던져 준다. 지금 국내 일부 신부들이 사목과 기도는 물론 희생과 봉사를 외면하고 이념 투사, 정치 신부로 전락한 신부들은 지금 이태석 신부를 어떻게 평가하고 있을까? 20세기의 위대한 지도자 간디가 말한 희생 없는 종교가 나라를 망하게 할 수 있다는 무서운 경구를 생각해 봐야 할 것 같다.

무책임의 극치

2013. 09. 29.

최근 감사원장, 검찰총장에 이어 보건복지부 장관이 일방적으로 사의를 밝히고 자리를 떠나고 있다. 이는 중차대한 정부 최고 고위 공직자의 무책임의 극치이다. 등교를 무단 거부하는 불량 학생의 행태에 비유해도 지나치지 않은 사건이다. 근 50년 직장 생활을 한 필자도 이런 일은 경험하지 못했다. 비록 시간제 사원이라도 그 직을 떠날 때에는 상사나 상급자를 통해 언제 제가 그만두니 후임자를 구하라는 사전 예고를 하곤 한다. 아르바이트 사원만도 못한 무책임의 극치, 최고 공직자의 도덕성과 직업 윤리성을 찾아보기 어려운 전대미문의 사태다. 사의를 표명하고 사표수리 여부가 결정되지 않은 상황에서 국정의 책임을 팽개친 저들은 국민의 이름으로 규탄과 심판을 받아야 마땅하다. 어찌 이런 일이 벌어지고 있는지? 우리 국민들은 배신감에 사로잡히고 있다. 고위 공직자의 국민과 임명권자에 대한 최소한의 예의와 절차, 책임, 도덕과 윤리를 지켜야 할 것이다. 우리 고위 공직자의 수준이 이 정도면 대한민국의 장래가 암울해진다.

어떻게 처신해야 하는가를 두고 다산 정약용 선생이 쓰신 『목민심서』의 일독을 권유해 본다. 몹쓸 사람들! 매스컴에서도 얼굴을 비추지 말라.

가을엔 이런 편지를 받고 싶다

2013. 09. 30.

가을에 받는 편지엔 말린 낙엽이 하나쯤은 들어 있었으면 좋겠다. 그 말린 낙엽의 향기 뒤로 사랑하는 이의 체취가 함께 배달되면 좋겠다. 한 줄을 써도 그리움이요, 편지지 열 장을 빼곡히 채워도 그리움이라면 아예 백지로 보내오는 편지여도 좋겠다. 다른 사람들에겐 백지 한 장이겠지만 내 눈에는 그리움이 흘러넘치는 마법 같은 편지. 그 편지지 위로 보내온 이의 얼굴을 떠올리다가 주체할 수 없는 그리움에 눈물을 쏟게 되어도 가을엔 그리운 사람으로부터 편지 한 통 날아들면 정말 행복하겠다.

거짓말

2013. 10. 06.

세상이 어수선한 이유는 거짓말이 난무하기 때문이다. 특히 고위 정치인, 공직자, 사회 지도층의 거짓말이 정의를 왜곡하고 법치를 위협하며 신뢰를 붕괴시키고 있다. 수사기관이나 법정에서의 허위진술, 증언, 위계에 의한 공무 집행 방해 등이 대표적인 거짓말이다. 거짓말로 법망을 피하려는 지도층의 행태가 법적·도덕적으로 지탄받아야 한다. 성경의 10계명 중에도 8번째 거짓 증언을 하지 마라, 고 기록되어 있다. 미국의 클린턴 전 대통령이 르윈스키 사건을 두고 거짓 진술로 인해 탄핵 직전까지 갔던 사례를 반면교사 삼아야 한다. 최근에 벌어지고 있는 정당대표의 뇌물 수수 사건, 남북 정상회담 대화록 사건, 전 검찰총장 혼외 아들 사건, 정치권 특히 국회에서의 허위 폭로, 비방, 막말 등에 대한 진실 공방도 그 당사자 중 한 사람의 거짓말로 인하여 정치·사회적으로 혼란이 야기되고 있는 것이다.

2500년 전 공자(孔子)의 제자 자공(子貢)이 그의 스승에게 나라를 다스리는 데 필수 요건을 묻는다. 공자는 족병, 족식, 족신을 말하며 그중에서도 족신, 즉 신뢰(믿음)를 제일의 덕목으로 가르쳤다. 거짓을 버리고 진실을 말하면 용서받고 그의 용기를 높이 평가받으련만, 거짓의 반복으로 명예의 치명타는 물론 자멸의 길을 택하게 되는 안타까운 일이 비일비재하다. 거짓이 진실로, 허위가 사실로 바뀌는 사회가 정의로운 사회, 법치국가가 될 것이다.

선진국의 조건

2013. 10. 10.

어떤 국가가 선진국인가를 평가하는 명확한 기준은 없다. 우선 국민총생산(GDP), 즉 국부를 기준으로 할 수 있다. 국부라면 중동 산유국들이 선진국인가? 그렇지 않다. 선진국은 국가 경쟁력이 기준일 수 있다. 그보다는 정부의 도덕성, 국민의 성실성은 물론 국가의 정통성, 문화 수준, 국민의 준법정신이 큰 기준이 된다.

2050 국가란 화두가 오르내리고 있다. 인구 5억 1,000만 이상, 국민소득 2만 달러 이상의 국가를 일컫는다. 이에 해당하는 국가는 미국, 독일, 일본, 영국, 프랑스, 이탈리아 그리고 대한민국이다. 경제력으로 세계 7대 강국이다. 그렇다면 우리나라는 과연 선진국인가? 자문해 본다. 정치의 후진성, 부정부패, 비리로 몸살을 앓고 있는 국가다. 법은 존재하나 법 위에 무법과 떼법이 엄연히 존재한다. 매 맞는 경찰, 수사기관의 수사에

불응하며 묵비권으로 신변을 보호하는 고위 지도층, 불법과 탈법이 난무하고 국가사업에 반대하는 전문 시민 단체 및 종교 단체의 불법행위가 방치되는 모습이 대한민국의 실상이다.

지난 8일, 미국 워싱턴 의사당 앞에서 하원의 이민법 개정 통과를 촉구하는 시위에 참가해 농성을 벌였던 집권 민주당 소속 연방 하원의원 8명이 도로 점거와 공무 집행 방해 등의 혐의로 경찰에게 수갑이 채워져 체포되었다는 기사가 실렸다. 그중에는 22선 의원도 포함되었단다. 국회의사당에서 최루탄을 터트려도 종북 행위를 해도 부정선거로 당선돼도 금배지 달고 큰소리치는 국가가 선진국일 수는 없다. 투명한 사회, 정직한 국민, 솔선수범하는 지도자, 비리가 없는 사회, 준법 국가, 준법 국민이 선진국 여부의 기준이 될 것이다. 부정 비리가 발본색원되고 엄정한 법질서가 확립될 때 경제 강국이자 선진국 반열에 올라갈 것이다. 선진국으로 가는 길이 험하다 해도 가야 할 길이다.

가을의 중턱에서

2013. 10. 12.

폭염, 전력난, 열대야로 잠을 설쳤던 여름이 가고 벌써 가을의 중턱에 와 있다. 가을의 전령, 작은 국화송이들이 눈앞에 다가서고 있다. 문득 서정주 시인의 「국화 옆에서」라는 시가 생각난다. 한 송이의 국화꽃을 피우기 위해 봄부터 소쩍새는 그렇게 울었나 보다. 한 송이의 국화꽃을 피우기 위해 천둥은 먹구름 속에서 또 그렇게 울었나 보다. 소쩍새는 국화를 피우기 위해 그렇게 울었고, 산비둘기는 구절초를 피우기 위해 얼마나 구슬프게 울었든지, 해맑은 구절초의 모습이 비둘기를 닮아 언제 봐도 애수에 젖은 것처럼 보인다.

한 송이 국화, 구절초도 피기 위한 이런 어려운 과정을 거치거늘 지금 우리는 5000년 동안의 외침과 가난, 고통을 벗어나기 위해 얼마나 많은 피와 눈물 그리고 땀을 흘렸던가? 지금 대한민국은 세계 10대 경제 대국의 기적을 이뤄 냈다. 지금 우리는 가난해서 고통스럽기보다 부유해서 겪는 갈등, 반목, 탐욕의 굴레에서 벗어나지 못하고 있는지도 모른다. 각종 부정과 비리가 뉴스거리가 되고 부모 자식 간에 돈과 제산 때문에 천륜을 저버리는 사태가 일어나고 있다. 가난하지만 작은 것도 서로 나누고 정답게 그리고 인간답게 살았던 우리 아니었던가? 진정한 행복은 돈이나 재산, 권력이 아니라는 것을 알게 해 줬으면 좋겠다. 서로 돕고 양보하며 갖은 것을 나누며 목청을 낮추고 경청하는 겸손의 자세가 우리 사회를 보다 아름답게 만들 것 같다.

오늘도 고향 동창들과 남산 둘레길을 돌면서 나 자신의 지난

긴 세월을 돌아봤다. 길지 않을 여생을 생각해 보는 값진 시간이었다. 한 송이 국화꽃과 구절초(대한민국)를 피우기 위해 우리는 소쩍새가 되고 천둥이 되고 비둘기가 되어야 하겠다.

리콴유의 부패 척결 이야기

2013. 10. 18.

아시아에서 공산주의가 퍼진 가장 큰 이유는 공산당은 깨끗하다는 환상이었다. 아시아 공산주의자들의 청렴함을 상징한 인물이 중국의 모택동과 월남의 호지명이었다. 반면 장개석 군대는 부패의 대명사가 되었다.

리콴유(李光耀)가 싱가포르를 청렴한 나라로 만들어야겠다고 결심한 가장 큰 이유도 여기에서 나왔다. 공산주의자들과 대결하여 이기려면 그는 부패 문제를 해결하지 않으면 안 된다고 생각했다. 그는 싱가포르의 중국계 젊은이들이 장개석 정부의 부패에 분노하고 모택동 군대의 청렴함에 끌려 친공산주의로 넘어가는 것을 보고 놀랐다. 1959년에 리콴유 일파가 싱가포르 시의회에 진출했을 때 그들은 반부패의 상징으로 하얀 셔츠를 입었다. 싱가포르엔 영국 식민지 행정 기구에서 만든 부패조사국(CPIB)이 있었다. 리콴유는 이 기구에 반부패 척결의 전권을 맡겼다. 부패 혐의자 및 그 가족의 은행 기록을 열람할 수 있는 권한을 주고 부패를 입증할 수 있는 증거 범위를 넓혔다. 1960년에 법원은 자신의 월급에 비해서 지나친 호화 생활을 하는 것 자체를 부패의 증거로 인정하기 시작했다. 리콴유는 자신의 친구나 장관들에 대한 수사를 막기는커녕 장려했다.

1986년에 국가개발장관 테칭완이 수뢰 혐의로 조사를 받게 되었다. 테칭완은 무고하다며 리콴유 수상을 독대하고 싶어 했다. 리콴유는 수사가 끝날 때까지는 만나지 않겠다고 거절했다. 그 며칠 후 테 장관은 유서를 남기고 자살했다. 유서에는 이렇게 쓰여 있었다. '명예를 존중하는 동양의 신사로서 나는 나의 잘못에 대해 가장 비싼 대가를 지불해야 한다고 생각합니다.' 유족들은 문상 온 이 수상에게 고인의 명예를 위해서 부검만은 하지 않도록 해 달라고 부탁했다. 이 수상은 부검을 하지 않으려면 자연사를 했다는 의사의 진단서가 있어야 한다고 대답했다. 의사는 테 장관이 독약을 먹고 자살했다는 소견서를 냈다. 이 수상은 고위 공직자들이 기업체 임원들보다 월급을 적게 받으면 유혹에 노출된다고 판단, 공무원들의 월급을 민간 수준까지 올리는 데 힘썼다. 그렇게 해서 최고의 엘리트 인재가 공직 사회로 들어와 지금의 싱가포르를 만들어 낸 첨병이 되었다.

1965년에 독립한 반세기가 채 되지 않은 싱가포르! 전 세계 최고의 청렴 국가, 청정 사회, 서울만 한 면적의 도시국가, 인구 530만(외국인 200만 포함) 1인당 국민소득 5만 달러, 첨단기술, 금융, 유통, 관광, 의료, 물류의 허브인 싱가포르 성공 스토리는 부정부패 척결에서 출발한 엄격한 법치와 법 집행의 근간이다. 지금 우리 대한민국은 정치, 경제, 사회 등에 부정부패, 비리가 만연해 있다. 깨끗한 정부, 바른 사회, 정직한 공직자, 올바른 교육, 투명한 경영, 준법의 국민이 될 때 국민 통합도 통일 준비도 가능하지 않을까? 돈 들지 않고 정부의 의지와 국민의 의식 혁신만으로도 가능할 것이다.

가곡의 밤

2013. 10. 20.

오늘 오후 예술의전당 콘서트홀에서 '조영남 가곡의 밤' 공연을 아내와 함께 관람했다. 조영남의 구수하고 순박한 모습에 어울리는 가곡들인 이별의 노래, 선구자, 향수, 별은 빛나건만, 지금 등 여러 곡은 물론이고 밤페라 박정희, 스타킹 테너 김승일의 출연으로 힘찬 박수를 얻어 냈다. 스칼라오페라합창단의 장엄하고 단아한 연주가 멋을 만들어 내고 있었다.

나는 음치지만 자칭 청락가(聽樂家)다. 나는 한때 틈틈이 클래식 음악을 즐기고 긴장과 스트레스를 해소하곤 했다. 음악은 작곡가와 한 노래를 사이에 두고 시공을 초월하여 대화를 나눌 수 있는 예술이다. 최근에는 심리적 방법으로 정신 안정을 이루려는 음악 요법도 개발되고 있다. 베토벤의 최후, 최대 교향곡인 합창의 장엄한 곡 중에서 울려 퍼지는 환희의 송가와 경쾌한 리듬의 행진곡은 삶의 의욕을 솟아오르게 해 좋아한다.

클래식 음악은 수십, 수백 년이라는 긴 세월 동안 많은 사람에게 사랑받아 온 생명력이 긴 음악이다. 팝이나 유행가와 같이 세월의 흐름에 쉽게 변하며 즉흥적인 대중문화에 열광하는 신세대들에게도 새로운 세계를 상상케 하는 클래식 음악을 권하고 싶다. 최근 나이나 계절 탓인지 우리의 가곡이 좋아진다. 목련화, 동심초, 비목, 선구자, 수선화, 보리밭 등 옛날에 배우고 듣던 가곡이 새롭다.

며칠 전에는 같이 근무한 정우성 상무가 낯익은 가곡 CD를 줘 듣고 있다. 가곡은 유명한 시에 곡을 붙인 음악이어서 명작사와 가수가 잘 조화된 음악이다. 우리 사회의 당면한 건전한 사회는 문화적 배경을 갖출 때 가능해질 것이다.

세계은행 김용 총재

2013. 10. 25.

한국계 미국인 김용 총재는 1959년생(만 53세)으로 5세에 치과의사인 아버지를 따라 미국으로 이민, 브라운 대학을 졸업하고 하버드 대학교 대학원에서 의학 박사와 인류학 박사 학위를 받고, 아시아인으로서 최초로 아이비리그의 다트머스대학교 총장으로 선출, 2009년부터 7월 1일부터 2012년 6월 30일까지 총장을 역임했다. 그는 개발도상국 결핵 환자 치료 공로자이기도 하다. 2012년 4월, 미국 오바마 대통령의 지명을 받아 세계은행 12대 총재로 선출되어 동년 7월부터 총재직을 수행하고 있다.

세계은행은 국제통화기금(IMF)과 세계무역기구(WTO)와 함께 3대 국제경제기구이다. 객관적으로는 경제와 금융에 전문성이 없는 그를 세계은행 총재로 지명한 오바마 대통령, 그를 선출한 회원국 위원들! 우리 상식으로 이해하기 어렵다. 우리나라에 비금융인을 한국은행 총재로 임명이 가능할까?

지금 새 정부 출범 이후 인사들의 면면을 보면 아직도 후진국 냄새가 물씬 난다. 애국심, 전문성, 카리스마, 리더십, 통섭력, 청렴성, 고매한 인격과 품격 등을 요구하고 있지만 그저 그런 분들로 평가되는가 보다. 김용 총재와 같은 분들도 있으련만 찾지 못하고 있는지 모른다.

인사 발굴의 새로운 패러다임 전환을 제안해 본다. 반기문 UN 사무총장, 김용 세계은행 총재는 대한민국의 자존심이며 국력의 상징이다. 정치가 실종되고 국민이 분열되고 경제가 매우 어렵다. 이를 슬기롭게 극복해야 한다. 국민이 단합하지 못해 나라를 잃고 국민이 종으로 전락한 참담한 역사를 잊고 있는가? 생각하는 국민이어야 한다.

세계화 시대

2013. 10. 29.

우리는 21세기를 세계화 시대라고 말한다. 세계화는 국경 없는(boundaryless) 지구촌(global village) 시대를 의미한다. 국가는 존재하나 경제 국경은 없는 지구촌 단일 시장을 말한다. 전 세계가 단일 시장이며 세계인이 우리의 고객이다. 내국시장에 한정했던 과거가 아닌 국경을 초월하여 상품과 서비스 그리고 상호 투자와 재화가 거래된다.

우리는 1965년 수출 1억 달러를 달성한 후 2012년 수출 5000억 달러, 수입 5000억 달러를 달성하여 무역 1조 달러를 달성한 세계 7대 무역 대국이다. 이는 1970년대 이후 철강, 자동차, 중화학, 전자제품 등에 투자와 연구 개발에 힘 얻은 바는 물론이고 세계화에 의한 시장 개방과 시장의 광역화가 큰 영향을 줬다. 무역쿼터제도는 수출한 양에 비례하여 자국 상품 수입을 의무화하는 제도도 상당 기간 지속되었다.

지난 27일 오후 박근혜 대통령은 서울 잠실야구장에서 열린 한국시리즈 3차전에 앞서 시구를 하셨다. 대통령은 운동장을 가득 메운 팬들 앞에서의 시구는 국민과의 친근하고 신선한 대화의 한 장면이었다. SNS와 일부 누리꾼뿐만 아니라 야당 정치인들이 대통령이 신은 신발이 일본 브랜드 아식스 운동화였다고 비난하는 사람도 있는가 보다. 아직도 세계화 시대에 역행하는 무지한 사람들이 경제를 논하고 이를 비판하는 현실이 안타까운 일이다. 국적이나 브랜드를 불문하고 선택하는 것은 세계화 시대를 살아가는 지혜이다. 세계화는 국경 없는 시장 개방과 무한 경쟁을 의미한다. 개방과 경쟁이 우리의 생존 전략이다.

대한민국호는 순항하고 있는가?

2013. 11. 21.

국민들이 나라를 크게 걱정하고 있다. 새 정부가 출범한 지 9개월을 맞고 있지만 고위 공직자 자리를 채우지 못하고 있어 행정공백상태에 있는가 하면 국회는 민생을 외면하고 여야 쌈박질에 연일 허송세월하고 있다. 존재의미를 상실한 국회, 차라리 "국회는 없었으면 좋겠다"는 국민이 다수를 차지하고 있다는 사실을 모르고 있는 국회의원님들! 조선조 멸망을 자초한 사색당쟁의 재판을 보는듯해 예감이 섬찟하다. 내외의 경제환경은 불확실성이 고조되고 투자가 위축되고 성장동력도, 기업체력도 쇠잔해 가고 있다. 정치실종, 북한의 위협, 일본의 군국주의 회귀, 내부갈등, 친북좌파들의 준동 등 불안이 고조되고 경제민주화와 복지문제는 당초 본 취지를 이탈, 역기능이 우려되고 있다. 경제활성화 없이 경제민주화도 복지도 없다는 기본개념도 정립되지 못하고 있다. 규제 철폐 없이 경제활성화는 요원하다는 사실을 알면서 구호로 끝내 가고 있다. 대통령의 규제철폐 지시도 외면당하고 있다. 정부와 국회가 기득권을 내려놓으려 하지 않기 때문이다. 네거티브시스템(하지 말아야 할 것 외에는 다 할 수 있는 제도) 도입 없이는 소기의 목적을 달성할 수 없다. 변화와 혁신은 세계화시대의 생존 전략이다. 언제나 정치인들이 철이 들까? 촌부의 부질없는 걱정을 해본다. 지도자는 가장 애국자이어야 한다.

이름 바꾼 종북사제단

2013. 11. 23.

7, 80년대 정의구현 사제단은 '종북사제단'으로 이름을 바꾼 지 오래다. KAL기 폭파범 김현희가 가짜라고 주장한 이래 광우병 반대 촛불집회, 평택 미군기지 반대, 제주 해군기지 반대, 천안함 폭침이 북한소행이 아니며 북한의 연평도 폭격의 정당성을 주장하고, 최근 밀양송전탑 건설 반대에 이어 현 정권 퇴진 및 박근혜 대통령 사퇴를 요구하는 시국미사를 열고 있다. 사제의 의무는 사목과 기도, 희생이련만 이를 팽개치고 국가사업 반대에 앞장서 정치신부, 이념투사, 종북신부로 전락한 이들에게 우리 평신도들은 예우와 존경을 철회한 지 오래다. 북한동포의 참상과 인권에는 눈을 감고 입을 다물면서 북한이 좋단다. 그러면서 북한으로 월북은 미루고 있다. 북한에 불법 잠입한 신부들도 북한에 머물지 않고 귀환하고 있다. 정말 해괴한 현상이다.

종교단체는 다양한 생각과 정치적 신념을 가진 신자들로 구성되어 있다. 사목을 담당하고 있는 신부, 목사, 스님은 민감한 정치편향일 경우 종교 내의 반목을 유도할 수 있다. 20세기의 위대한 지도자 인도의 간디는 희생 없는 종교는 나라를 망하게 하는 요인이고 일갈했다. 남베트남의 멸망에 앞장섰던 종교인들의 활동을 반면교사로 삼아야 한다. 내일도 태양은 뜰 것이다. 일요일 미사에 참여하여 저 가련한 신부들을 위해 기도하련다. 평신도가 사제를 걱정하고 국민이 정치권을 걱정하는 참담한 현실! 그래도 국운만은 좋다니 자위해 본다.

천주교의 평신도 역할

2013. 11. 26.

제2차 바티칸공의회(1962~1965)는 교회의 생활양식을 결정적으로 바꿔 놓는 계기가 되었다. 교회는 이 공의회를 통해 안으로는 자기 자신을 개혁하고, 밖으로 다른 그리스도교회들과 일치를 이루는 일을 더욱 진지하게 추구하면서 세상과의 관계를 새로이 정립하는 일에 투신하게 되었다. 이 공의회는 세상을 구원하기 위해 시대의 징표를 읽고 세상 중심적으로 교회를 바라보며 세상에 교회 자신을 적응시키는 거대한 작업을 착수한 것이다. 공의회는 이러한 작업은 평신도가 능동적으로 참여하지 않고서는 결코 제대로 해낼 수 없다는 점을 분명히 인식하며 바로 평신도의 역할은 사도직 소명임을 강조하고 있다.

평신도는 사제에게 순명의 의무도 없는 특권을 갖고 있다. 최근 사제들이 정치에 민감한 사안에 대해 종북 투사로 변신하여 국가의 정통성을 부정하고 국가 안보를 위협하는 막말로 사제의 품위와 품격을 스스로 추락시키며 교회와 신자들은 물론 국론까지 분열시키는 안타까운 일이 벌어져 평신도들이 교회와 사제를 걱정하고 있다. 대한민국을 사수하는 평신도 모임이 발기되어 현재 정의구현사제들의 일탈 행위를 규탄하고 있다. 공의회가 평신도에게 기대하는 임무를 수행하는 것이다. 교회 내부를 보면 천주교 신자 수가 540만, 교무금 봉헌 신자는 40% 정도이며 냉담자가 증가하는 원인을 살펴봐야 한다. 사제들의 사목과 기도, 봉사와 희생을 외면하며 변화, 시대정신에 부응하지 못하고 영성 생활을 외면한 결과이다. 물량적으로 팽창해 가는 교회가 아니라 교회와 신자들의 일치를 위한 헌신, 가난한 이웃을 보듬으며 교회와 구원의 보편성이 이뤄질 때, 북한의 참상과 인권에 적극 동참할 때, 정교 분리의 헌법 정신에 투철하고 성직자의 본분을 되찾을 때 제2차 공의회의 결정을 실천하는 것이며 하느님의 뜻대로 관리하며 하느님의 나라를 추구할 사명을 다하는 것이다. 평신도들이 사제들을 걱정하는 서글픈 현실이 하느님의 섭리로 극복되기를 기도해 본다.

넬슨 만델라 서거가 남긴 교훈

2013. 12. 06.

지난 5일 남아공 전 대통령 만델라가 95세로 서거했다. 그는 흑백 인종격리 정책에 항거 투쟁 하다가 27년간 감옥에서 보낸 세계적인 인권운동가로 인간의 존엄과 자유와 평화를 위해 평생을 바친 위대한 인물이다. 그가 1993년 노벨 평화상을 수상하고 이듬해 흑인 대통령으로 당선, 재임 중 흑인 탄압 백인 보복을 철저히 금지해 용서와 화해로 국민을 통합한 걸출한 인물이다. 과거 조선조에서 사색당파로 삼족을 멸하고 부관참시의 보복 정치와 건국 후 역대 대통령 죽이기에 나선 우리의 현실이 너무 참담함을 느끼게 한다.

성경을 통해 용서를 가르치는 일부 사제들조차 과거 용서를 외면하며 국론과 교회의 분열에 앞장서고 있다. 철없는 사제들은 만델라가 준 교훈을 외면하면 안 된다. 지금 국내외적으로 예측할 수 없는 위협에 당면한 우리는 만델라가 남긴 교훈, 용서와 화해 그리고 단합을 실천해야 한다.

만델라의 추모의 물결이 세계에 퍼지고 있다. 당장 정치가 복원되고 민생 정치로 회귀하며 국민 모두는 물론 종교 지도자가 국민 통합에 앞장서야 한다. 우리는 언제까지 분열하고 보복하며 하나로 뭉치는 데 소일해야 하나? 위대한 만델라 남아공 전 대통령의 명복을 빈다.

언어의 순화

2013. 12. 11.

국회는 민의의 전당이며 국회의원은 국민을 대표하는 헌법기관이며 모든 특권의 수혜자다. 그동안 국회의사당에서는 의원들의 공중 부양, 최루탄 투척, 물컵 투척, 멱살잡이, 머리채 싸움, 막말, 독설, 험담, 악담이 난무하고 있었다. 물과 말은 한 번 버리고 내뱉으면 다시 쓸어 담을 수 없어 조심을 당부해 왔다. 촌철살인(寸鐵殺人)은 말 한마디로 사람을 죽일 수도 감동을 줄 수도 있다는 사자성어로 인용되고 있다. 말은 개인의 인격 구현이다. 사람의 됨됨이를 판단하는 기준이다. 잘못 선출된 풋내기 의원, 존재감을 나타내려는 정당 최고의원의 이탈 행위, 특히 조상이나 부모를 모독하는 말은 우리 전통사회에서는 해선 안 되는 금도이기도 하다. 국회의원은 개인의 품위와 품격은 물론 국민을 대표하는 무한 의무를 이행할 책임이 있다. 오죽하면 점잖은 전직 총리께서 국회 해산을 언급했을까? 국민의 90%가 찬성하는 현실을 주목해야 한다.

우리 대한민국이 어떤 나라인가? 5000년 동안 외침에 시달리고 가난의 역경에서 허기진 배를 움켜지고 잘살아 보자고 외쳤던 함성으로 지금 세계 7대 무역 대국으로, 10대 경제 대국으로 세계인의 주목을 받고 있다. 우리 국민의 피땀 그리고 눈물의 결정체가 아닌가? 조선조의 멸망은 사색당쟁의 결과물임을 교과서에서 배운 우리가 아닌가? 일본의 사과 요구 이전에 우리가 서로 용서하고 화합하며 단결하지 않고는 통일도 요원하고 지금 전개되는 동북아 패권에서의 생존도 불가능할 것이다. 급변하는 국내외 정세를 외면하고 정쟁에 몰두하는 여야 정당의 각성을 촉구한다. 정말 국회는 없었으면 좋겠다는 생각은 나만의 생각은 아닌 것 같다. 정치 지도자는 가장 애국자여야 한다.

미 항공 관제사 파업이 남긴 교훈

2013. 12. 14.

1981년 1월 20일에 취임한 레이건 전 대통령은 경제 상황이 악화되는 가운데 불법 파업으로 중대한 시련에 직면한다. 같은 해 8월 3일 미국 공공 노조에 속한 항공관제사 1만 3,000명이 1만 달러 임금 인상과 주당 노동시간(40시간)의 8시간 단축,

퇴직연금의 우대 등을 요구하면서 파업에 돌입했다. 이 파업으로 미국민이 불편을 겪으면서 레이건은 당시 국정 장악 능력을 의심받는 지경에 몰렸다. 그러나 레이건은 이에 단호히 대처해 위기를 모면했다. 그는 당시 법 규정을 들어 관제사의 파업을 불법으로 선언, 8월 4일 48시간 내에 전원 직무복귀 명령을 내린다. 대통령 특명에 불복하는 관제사들을 파면하고 평생 복직할 수 없게 하겠다고 예고했다. 결국 1,650명만이 복귀했으며 복귀하지 않은 1만 1,350명은 당일자로 파면했다. 이 사건은 70년대 미국 산업의 발전에 걸림돌이었던 강경 불법 노동운동이 국민의 신뢰를 잃는 계기가 되었으며, 레이건은 정부 정책에 대한 국민적 지지와 신뢰를 높여 성공한 대통령으로 평가받았고 연임하는 데 성공했다. 불법에 대한 정부의 단호한 조치는 미국식 자유민주주의 국가의 핵심적인 존재 가치다. 해고된 노동자 1만 1,000여 명은 원래의 직장뿐 아니라 미국 내 어느 곳에서도 취업할 수 없었다.

우리나라에서 벌어지는 불법 시위, 불법 파업의 끝은 어디인가? 생각해 본다. 법과 원칙이 바로 세우는 일이 시급한 국가 과제다.

대한민국의 국기(國基)는 튼튼합니다

2013. 12. 25.

국내외적으로 불확실성이 고조되고 북한의 위협과 국내의 정치·사회 갈등이 심각합니다. 정치가 실종되고 여야의 극심한 대립의 끝이 보이지 않습니다. 서울 한복판에 위치한 광장은 연일 필사라는 머리띠를 맨 시위꾼들이 차지하고 있습니다. 정부를 불신하고 법과 원칙이 무시되고 당사자들 간에 대화가 없어진 지도, 역지사지(易地思之)의 단어를 잊은 지도 오랩니다. 성탄과 연말을 맞아 공동 모금과 구세군 자선냄비가 뜨거워지고 흐뭇한 사건들이 매스컴에 오르내리고 있네요. 돌 반지 등 금붙이는 물론이고 얄팍해진 국민들의 지갑이 열려 기증이 이루어지고 있으며 신원불명의 1억 원 수표가 명동과 신월동 냄비에 넣어져 있네요. 공동 모금 온도계의 눈금도 올라가고 있습니다.

저도 고향 면사무소와 지금 사는 동사무소에 작은 성금을 매년 보냅니다. 정말로 눈시울이 붉어집니다. 이 착한 국민들을 왜 외면합니까? 5000년 동안 외침과 가난을 겪은 한 많은 민족입니다. 그래도 우리 조상들은 두레와 품앗이로 서로 돕고 이웃끼리 나눔으로 같이 더불어 살아온 민족입니다. 통일이 임박했다는 반가운 소식도 들려옵니다 통일 비용 걱정 마세요. 우리 국민들이 감당할 수 있습니다. 일제강점기, 한국전쟁, 서독 파견 광부, 간호사, 열사의 중동 진출, 월남전 참전, 산업화, 민주화 성취, IMF 위기 극복, 1조 달러 무역 강국, 기적의 대한민국이 자랑스럽습니다. 우수한 국민이 국력입니다. 정치만 잘해 준다면 훌륭한 대한민국을 이룩할 수 있을 것 같습니다. 국기는 튼튼합니다.

2014년

안전을 다시 생각하자

청마의 해, 갑오년 새해

2014. 01. 03.

청마(靑馬)의 해, 갑오년(甲午年) 새해를 맞았습니다. 지난 한 해도 예외 없이 다사다난했던 해로 역사는 기록할 것입니다. 정치가 실종되고, 갈등과 분열이 고조되고, 민생은 뒷전으로 밀려 있고 국회는 해를 넘겨 예산안을 통과시키는 2년 연속 드라마가 방영되었습니다. 이 참담한 정치 현실에 국민들은 실망과 비애를 느낍니다. 특히 정치권은 물론이고 사회에 범람하는 망언, 폭언, 비난, 비방의 막말들이 우리의 가슴을 아프게 했습니다.

금년은 말(馬)의 해입니다. 청마처럼 힘차게 달리는 한 해가 되고 좋은 말, 고운 말을 쓰는 말(言語)의 해가 되면 좋겠습니다. 말 한마디로 천 냥 빚을 갚을 수 있습니다. 입조심 말조심 하는 사려 깊은 한 해가 되기를 기원합니다.

개망신의 뜻을 아십니까?

2014. 01. 12.

오늘 주일 미사에 주임 신부님 각론 중 막말에 대해 언급이 있었다. 막말의 난무로 사회가 혼란하고 화합의 저해 요인이 되고 있다. 막말은 한 개인의 인격 평가와 신뢰도의 잣대가 된다. 막말의 내용은 비난, 비판, 험담, 폭언, 악담 등이 있다. 이로 인하여 상대방에게 큰 상처를 준다. 낯선 이가 나타났을 때 개는 짖는다. 자존심 상한다고 개에게 물리력을 가한다면 개는 이를 향해 달려들어 급기야는 상처를 입게 되어 망신을 당한다. 이를 '개망신'이라 한단다. 지금까지 이 뜻을 잘 몰랐던 자신의 무지를 탓해 본다.

막말에 대해 언어 순화를 이란에서 언급한 바 있다. 잘못 대응하면 개망신당할 수도 있겠다. 촌철살인(寸鐵殺人), 촌철활인(寸鐵活人)의 교훈을 잊어서는 안 된다. 말로서 말 많으니 말을 말까 하노라 시조 한 구절이 생각난다.

세상은 모두 변화한다

2014. 01. 18.

삼성이 대학 변화에 앞장서고 있다. 삼성 그룹 창업자인 이병철 회장께서는 인재를 가장 중히 여긴 분이며, 현 이건희 회장께서는 변화를 주도해 오늘의 삼성을 대한민국의 상징이자 세계 최고의 일류 기업 반열에 올려놓았다. 마누라와 자식을 빼놓고 다 버리라는 프랑크푸르트 선언, 변화하지 않으면 생존할 수 없다는 화두와 인재가 지금의 삼성을 만들어 냈다. 금년 신년사에도 변화 혁신을 강조하셨다. 이제 무엇을 더 버리고 변화해야 한다는 것일까? 현재의 모든 삼성 사업, 현재에 안주하려는 안일한 행동과 사고의 혁파를 강조하신 내용이 아닐까?

최근 삼성은 새로운 신입사원 채용 방법을 내놓았다. 대학 학장, 총장 추천서 위주로 채용하겠다는 내용이다. 수십 년 동안 역대 정권의 교육 당국이 대학 교육 정상화 정책을 내놓았으나 결과는 제로였다. 대학은 학문의 전당이며, 전문성은 물론 인성 위주의 교육을 통하여 국가와 사회에 기여할 수 있는 인재 양성을 교육 목표로 해야 함에도 이를 도외시해 왔다. 삼성은 충실하게 대학 교육을 마친 정상적인 인재를 채용하겠다는 의지를 비춘 것이라 판단된다. 교육 당국의 구호로 끝난 대학 교육의 정상화에 일대 전환을 기대해 본다. 이제 삼성은 기업의 성공에 머물지 않고 사회의 변화와 개혁을 주도하고 있다. 세상은 모두 변화한다. 변하지 않는 것은 변화한다는 사실이다.

시급한 복지

2014. 01. 26.

우리의 5000년 역사는 외침과 가난의 역사다. 고대사를 거슬러 갈 필요 없이 일제강점기 35년, 한국전쟁으로 국토와 가정이 폐허가 되어 가난의 질곡에서 헤매던 참담한 대한민국이었다. 미국을 위시한 외국의 원조로 연명했던 우리 국민이 허기진 배를 움켜쥐는 동안에도 하면 된다는 신념을 심어 준 국가 지도자가 있었고, 그 결과 국민이 힘을 합쳐 기적의 세계 10대 경제 대국으로 등극했다.

현재 국민 복지 정책이 우선순위에 올라 있다. 금년 7월부터 65세 이상의 거의 모든 어르신에게 20만 원의 기초 연금을 지급한단다. 복지 수요가 확대되면서 정부 재정을 걱정하는 목소리도 많이 들려온다. 기초 연금, 무상 급식, 무상교육을 누가 마다할 것인가? 이보다 더 시급한 난제들이 존재하고 있다는 사실을 간과해선 안 된다. 우리 국민이 굶주리는 부끄러운 현실을 해결하는 것이 복지의 급선무가 아닐까? 이를 해결할 수 있는 식량을 정부는 충분히 보유하고 있다. 우선 거창한 복지를 말하기 전에 끼니를 걱정하는 가난한 이들, 쪽방촌 무의탁 노인들, 병고에 시달리는 환자, 소년 소녀 가장 등 시급한 현안들을 잘 챙겨 보는 생활 복지가 시급한 복지가 아닐까? 통일의 대박을 준비하기 위해서라도 우선적으로 우리 국민들의 체력을 강화해야 한다. 체력은 국력이다.

김수환 추기경 선종 5주기

2014. 01. 29.

어제저녁 KBS 공개홀에서 김수환 추기경 5주기 추모 〈열린 음악회〉 녹화 방송에 참석했다. 김 추기경 연구소가 주최하고, 바보의 나눔 재단과 문광부가 후원한 〈열린 음악회〉는 추모의 경건함과 그분을 기리는 1,700여 명의 방청 인파로 홀을 뜨겁게 달궜다. 새로 서임되신 염수정 추기경님의 인사와 김 추기경님에 대한 추모의 말씀에 열띤 환호와 박수가 이어졌다. 이어 등장한 황수경 아나운서의 진행으로 방송이 진행되었다. 의정부시립합창단과 임형주, 소향, 장혜진, 바다, 주현미, TEN 임산, B1A4, 송창식, 기타리스트 함춘호 등 최고의 출연진이 장내를 사로잡았다. 김 추기경님의 애창곡 〈애모〉를 장혜진이 열창하여 관중의 합창을 이끌어 내기도 했다. 전 출연자와 방청객 모두가 〈사랑으로〉를 합창하며 막을 내렸다.

김수환 추기경! 고맙습니다. 서로 사랑하세요, 를 남긴 이 시대의 큰 어른이시며 감사와 사랑, 나눔, 용서와 배려, 정직과 성실을 가르쳐 주고 스스로는 바보임을 자처하신 겸손과 소박의 이웃 할아버지, 가난한 이들을 찾아 손잡아 위로하신 인간 사랑의 실천자, 정치적 혼란기에는 민주화를 위해 행동하신 민주주의 신봉자, 종교를 떠나 우리 모두에게 너무나 커다란 나무 그늘이 되어 주셨던 그분이 더욱 그리워진다.

웃어른 없이 상생과 통합은 없고, 대결과 분열로 길을 잃은 양들을 보살펴 주실 목자가 그리워진다. 걱정스러운 작금의 현실을 김 추기경님은 저 하늘나라에서 어떻게 보고 얼마나 걱정하고 계실까? 그분의 신앙, 영성을 이어 받고 실천하는 것이 보답이 아닐까 생각해 본다.

통일은 대박이다

2014. 02. 04.

박근혜 대통령은 신년사에서 '통일은 대박'이라는 신선한 통일론에 이어 1월 25일 다보스포럼 개막 연설에서 "남북한 통일은 우리나라뿐만 아니라 동북아 주변국, 즉 중국, 러시아, 일본에게도 대박이 될 것"이라고 일갈하여 통일의 필요성과 협력을 당부하여 관심을 이끌어 냈다.

설 연휴 중에 국내 최고 통일전문가이며 경제학자인 신창민 교수의 저서 『통일은 대박이다』를 읽었다. 그는 '통일에 대한 국민적 공감대 형성의 중요성을 강조하고 통일이 멀리 있는 게 아니라 가까이 다가오고 있다'며 '경제협력을 통해 북한 주민들의 민심을 가져오는 노력을 과감하게 지속적으로 해야 한다'고 말했다. 통일에 대한 오해와 역대 정권의 통일 정책에 대한 평가는 물론 향후 세부 계획을 제시하고 있다고도 했다. 그동안 기피당하고 정략에 이용당한 통일 논의의 시작을 알리는 저자의 심층 분석에 공감을 같이했다. 부담해야 할 통일 비용보다 통일로부터 얻게 되는 막대한 이득을 계량화하고, 통일 10년간의 정책을 세부적으로 제시하고 있다. 독일 통일을 반면교사로 삼아야 함을 빼놓지 않고 있다.

통일은 무력이 아닌 경제력으로 가능해진다. 통일은 북한이 잘살게 하고 남한이 더 부강해지는 윈-윈 전략이다. 현실은 통일은 외면하고 실상을 외면한다. 차제에 통일에 대한 국민과 정책 담당자들의 획기적인 통일 패러다임의 전환이 꼭 필요할 것 같다. 짧은 지면으로 저자의 저서 내용을 잘못 전달하지 않을까 걱정이 된다.

안전

2014. 02. 19.

성수대교 및 삼풍백화점 붕괴 사건, 독립기념관, 화성 유치원, 숭례문 화재, 최근 잇따른 기름 해양유출 사건에 이어 엊그제 경주 마우나리조트 붕괴 등 크고 작은 사건으로 수백 명 또는 수십 명의 인명 피해는 물론 막대한 재산의 손실이 생겼다. 이러한 사고가 발생할 때마다 안전 불감증을 거론하고 인재(人災)가 원인이라 한다. 10대 경제 대국답지 않게 내부를 들여다보면 짜임새가 없고 불안과 불안정이 내재되어 있다. 안전에 대한 대책은 일회성으로 끝나고 근본적인 대책은 저 멀리 있다. 건설 현장을 보면 주위 환경이 정돈되어 있지 않다. 자재와 공기구 건설 쓰레기가 혼재되어 있어 작업을 방해하고 있다.

또한 협업이 없다. 목공, 미장공, 배관공, 전공 등이 서로 순서를 무시하고 자기 일만 한다. 미장공이 매끈하게 발라 놓은 자리를 배관공과 전공이 쳐부수고, 배관과 전선을 시공한다. 건물은 각종 공정의 협업으로 이뤄지는 종합 예술품이다. 건축에 표준 기술이 있어야 함에도 기술 미달, 자격 미달공이 투입되어 시공의 균형을 잃게 하고 있다. 원청업체와 하청업체 간의 문제가 이를 부추기고 있다. 신규 건물이나 주거용 건물에 입주하면 물이 새고 칠이 벗어지고 각종 기계 기구의 작동이 원활치 못하다. 마지막으로 영점(零點)의 마무리 작업을 등한시한다. 대충해 버리는 고질적인 습관이 우리 국민성의 단면을 보여 주고 있다.

각종 사고는 예고가 없다. 강원 영동 및 경북 북부 폭설의 피해가 매일 보도되고 있음에도 경주리조트 강당 붕괴 등에 대한 대비는 없었단다. 사고가 발생하면 책임자 처벌이나 보상에만 매달리는 사건 처리 방법도 바꿔야 한다. 근본 원인을 찾아내어 다시는 반복되지 않는 근본 대책을 강구함이 급선무다. 폭설 폭풍에도 나무 위에 지어진 까치집은 붕괴되지 않고 있다. 까치집만도 못한 건축물이 부끄럽기만 하다.

사치스러운 복지 정책

2014. 03. 01.

세계경제 10위권, 대한민국의 국정 과제가 복지 정책이다. 복지는 국민의 행복추구권이고 삶의 질을 고도화하며 더불어 살아갈 공동체를 만들어 가는 것이다. 지금 복지의 내용은 기초 연금, 무상교육, 무상 급식, 무상 의료, 반값등록금 등 무상이 대종을 이루고 있다. 경제와 복지는 동전의 양면과 같아 감당하기 어려운 복지는 경제를 파탄시킬 수 있는 외국의 사례를 반면교사로 삼아야 한다. 복지는 절대 필요한 사람에게 필요한 시기에 꼭 필요한 만큼 혜택을 줘야 하며 누수 없이 반드시 전달되어야 한다. 복지는 굶는 사람이 없어야 하며 무의탁 쪽방촌 노인, 병고에 시달리는 환자, 소년 소녀 가장 등 소외 계층을 돌보는 것이다.

지난 26일, 서울 송파구 박씨 세 모녀의 반지하방에서 동반자살 사건은 큰 충격이 아닐 수 없다. 사치스러운 복지 정책의 내면을 되돌아봐야 하는 시급한 문제이다. 자살을 감행하면서 70만 원의 집세와 공과금을 남겨 놓고 집주인에게 미안하다, 적은 유서는 우리의 마음을 아프게 한다. 죽음 앞에서도 책임과 의무를 다하고 세상을 떠난 세 모녀가 남긴 교훈을 우리는 어떻게 평가해야 할까? 생활 복지에 더 가까이 다가서야 하며 정보를 강화해 사각지대를 찾아내고 찾아가는 복지로의 전환이 시급하다. 복지사의 부족, 격무 해결을 위해 동·면사무소 내의 통·반장을 연결하는 새로운 복지 네트워크 구성도 제안해 본다.

사치 복지에서 생활 복지로의 전환을 기대해 본다. 탁상공론이 아닌 현장 행정, 정쟁으로 허송세월하는 국회의원님들의 각성을 촉구한다.

통합과 타협

2014. 03. 09.

우리 사회는 지금 갈등과 분열로 국론이 갈라지고 국력이 소모되고 있다. 타협은 일방 또는 쌍방의 양보를 전제로 한다. 양보 없이 타협은 불가능하다. 통합은 각자의 소리를 내면서 하나로 만들어 내는 것을 말한다. 수십 개의 악기가 제 소리를 내면서 지휘자의 몸과 손짓 그리고 작은 지휘봉으로 조화를 이뤄 하나로 일치를 이뤄 내는 오케스트라를 의미한다. 심포니는 작곡가와 한 노래를 사이에 두고 시공을 초월해 대화를 나누는 예술이다. 타협은 영구성이 보장되지 않는다. 일방이 양보를 철회하면 결과는 무효화된다. 영구적인 것은 오케스트라와 같은 통합이다. 각자의 목소리를 하나로 만들어 내는 지휘자의 역할이 중요하다.

정치권은 여야로 분열되어 사사건건 대립으로 정치가 실종되고 세대, 계층, 지역, 빈부, 노사, 이익 단체 간 대립이 국정 수행을 가로막고 국가 발전을 저해하고 있다. 통합은커녕 타협의 길도 요원해 보인다. 통합과 타협은 소통이 전제되어야 한다. 부통지통(不通之痛), 통지부통(通之不痛)이라 했다. 통하지 않으면 아픔이며 통하면 아프지 않다, 라는 말이다. 국회는 춘래불사춘(春來不似春)이다.

내일부터 의사 협회가 불쌍한 국민의 생명을 담보로 파업을 한단다. 최고의 지성인이며 점잖은 의사 선생님들이 정부와 타협을 거부하고 거리로 나오는 모습이 어쩐지 개운치 않다. 지금 우리 사회에 심포니 단원, 오케스트라 지휘자는 정말 없는가?

선진국의 문턱

2014. 03. 29.

대한민국은 10대 경제·7대 무역 대국의 반열에 오르며 세계가 부러워하는 국가가 되었다. 선진국의 조건은 국민총생산 등 부의 물량으로 결정되지 않는다. 청렴도, 도덕성, 법과 원칙의 정립, 자유와 인권, 평등의 보장 등의 잣대로 결정된다.

지금 우리는 선진국의 문턱에서 방황하고 있다. 각종 부정부패, 비리가 사회를 혼란시키고 있다. 감독, 감사, 심판 기능도 제대로 작동하지 않고 있다. 여야의 이전투구가 국가 발전의 발목을 잡고 있으며 법원과 검찰에 대한 불신도 비등하고 있다. 허모 씨에 대한 황제 노역. 간첩혐의자 유 모 씨에 대한 수사와 재판 과정이 명쾌하지 못하다. 군수 비리, 한수원 비리는 안보와 국민의 생명과 직결된 국사범이다. 6.4 지방선거를 앞두고 공정한 경쟁으로 지방 목민관을 선출할지 걱정이다. 여당의 상향식 공천, 야당의 무공천이 소기의 목적을 달성할 수 있을까? 갖은 방법으로 국회의원들의 수상한 손길이 감지되고 있단다. 현실에 안주하고 매사를 부정적 시각으로 세상을 보는 패러다임의 전환이 시급하다.

통일이 대박임은 누구도 부정할 수 없는 국가와 국민의 엄숙한 과제다. 국론을 하나로 만들어야 한다. 정치인과 공직자가 가장 애국자여야 하는 나라, 법과 원칙이 바로 서는 사회, 투명한 사회, 공정한 경쟁, 더불어 사는 복지국가를 이룩할 때 선진국의 문턱을 넘어설 수 있을 것이다.

사순 시기의 묵상

2014. 03. 30.

사순 시기(四旬時期)는 3월 5일 '재의 수요일'부터 성목요일(4월 10일) 주님의 만찬 저녁 미사 전까지 예수부활대축일을 준비하는 회개와 기도의 시기를 말한다. 이 기간 중 수요일과 금요일은 금식재와 금육재는 물론이고 금욕도 실천해야 한다. 교회와 신자는 예수 부활의 기쁨을 맞이하기 위해 희생과 극기를 실천하고, 수난의 길에 동참하고, 수난과 죽음을 묵상하며 예수부활대축일을 준비하는 기간이다. 신자들이 경건한 마음과 묵상을 통해 자기 성찰과 죽음의 의미를 생각해 보는 시기이기도 하다. 프란체스코 교황께서는 복음 선포에 관한 권고(복음의 기쁨)에서 영적 세속성은 안 되며 분열로 인한 상처를 용서와 화해로 치유하기를 권고하고 있으시다. 얼마 전 염수정 추기경께서도 사제들에게 세상이 변하면 생각과 행동도 변해야 한다고 일부 사제들의 일탈 행위에 대해 경고성 말씀을 하셨다. 사제와 수도자 및 성직자는 복음(하느님 말씀)을 전하며 기도와 사목이 본연의 임무이다.

지방 순회 미사에서 박창신 신부는 북한의 연평도 폭격을 정당시하고 지난 27일에는 해외 순방 중인 대통령에게 똥 누고 밑도 닦지 않고 비행기 타고 도망가 냄새를 풍기고 다닌다는 막말을 퍼붓고 있다. 이 경건할 사순 시기에 박 신부의 막말은 시정잡배들도 해선 안 될 말이 아닌가? 신부이기를 이미 포기한 박창신 씨는 제의를 벗고 정치권이나 시민운동가로 변신해야 마땅하다고 생각하는데 천주교 신자분들의 생각은 어떠한가?

사제는 화해와 용서를 통해 분열을 치유하고, 가정과 사회의 통합을 위해 기도하고, 사목에 최선을 다해야 한다. 제2차 바티칸공의회는 교회의 중심은 평신도임을 강조하고 있다. 교회는 다양한 신자로 구성되어 있어 편파적인 이념이나 정치적 편향성 각론 등은 교회 분열을 자초하는 위험성을 내포하고 있다. 오늘 사순제 4주일 미사에 다녀와서 깊은 묵상을 해 봤다.

6.4 지방선거의 명암

2014. 04. 03.

2개월로 다가온 6.4 지방선거 예비 후보들의 활약이 대단하다. 새누리당은 공천을 했고, 새정치민주연합은 무공천으로 무소속 후보 난립 현상이 예상된다. 나는 공천으로 갔어야 한다고 생각한다. 정치는 현실이기 때문이다. 새누리당의 공천 규칙은 1) 당원 50퍼센트+일반 국민 직접선거 또는 일반 여론조사 50퍼센트, 2) 100퍼센트 일반 국민 여론조사 중 하나로 결정하는가 보다. 이를 상향식 공천이란다. 지역 국회의원의 입김을 막고 지역주민에게 공천권을 준다는 취지이다.

그러나 약삭빠른 의원님들이 이미 자기 지지자들을 대거 입당시켜 놓고 보이지 않는 손으로 공천을 좌지우지하고 있다는 볼멘소리가 들려온다. 공천 심사의 공정성이 확보되지 않을 때 국민들의 저항은 필연적이다. 좋은 목민관을 뽑기 위해서는 후보자의 자질, 전문성, 도덕성은 물론 당에 대한 충성도가 검증되어야 한다. 선거 때마다 나타나는 철새들은 우선 퇴출(cut-off)시켜야 한다. 제도와 운영의 묘미가 잘 어우러져야 한다.

최근 벌어진 향판 제도가 본래의 목적에서 일탈하는 모습은 우리를 슬프게 한다. 투명성과 공정성이 확립되어야 한다. 여야가 이번 6.4 지방선거를 역대 가장 공정하고 공명하게 치러 대한민국의 정치 선진화를 이룩하는 기회가 되기를 기대해 본다.

한심한 국회

2014. 04. 04.

오늘 국회에서는 북한 것으로 밝혀진 무인 비행기의 추락 사고에 대한 대정부 질의가 있었다. 북한 무인 비행기의 청와대 및 서해 도서 촬영에 대해 국가 안보의 허점을 질책하고 추궁하며 대책을 묻는 것은 당연한 국회의원의 의무요, 권한이다. 각종 사고가 날 때마다 예방의 허술함은 국민을 불안케 하고 있다. 항상 예산 타령으로 원인을 돌리는 습관은 시정되어야 한다. 국방은 국민의 생명과 재산 보호를 위한 국가 제일의 명제다. 모든 예산의 1순위는 국방 예산이어야 한다. 오늘 국회 대정부 질의에 앞서 국회는 우리 영토를 불법 침입한 북한의 만행을 규탄하고 그에 상응하는 군사적 조치를 취하도록 엄히 주문했어야 했다. 하기야 북한 인권법이 장기간 국회에서 잠자는데 국회가 북한 규탄까지 할 리 있겠는가? 의문을 던져 본다. 국가 안보에는 여야가 있을 수 없다. 국론을 하나로 합치고 국방에 만전을 기해야 한다.

지방선거 공천

2014. 04. 09.

지난 대선에 여야는 2014년부터 치러지는 지방선거에 무공천하기로 공약을 내세웠다. 공약의 배경은 그동안 지방선거의 공천에서 오는 폐단인 지역 국회의원들의 전횡을 막고 지역주민의 뜻에 따른, 즉 지역주민에 의한 지역 일꾼을 뽑자는 취지와 목적이었다. 새누리당은 공천을 새정치민주연합은 무공천을 실시하겠다고 했는데 새정치민주연합도 공천 쪽으로 선회하는가 보다. 공천이든 무공천이든 지방선거는 상향식인 민의가 100퍼센트 반영되어 후보를 선출해야 한다. 그러나 새누리당의 지방기초단체장 상향식 공천이 제대로 이뤄지지 않고 있다. 지역 국회의원들의 보이지 않는 손에 의해 룰이 결정되고 무늬만 상향식 공천이 이뤄진다는 볼멘소리가 들려오고 있다. 여야 중앙당 차원에서 공정한 룰 적용은 물론이고 지역민에게 공천권 부여 여부를 철저히 관리해야 한다. 새정치민주연합도 소속 의원님들의 공천권 행사를 위한 것이 아니기를 기대해 본다. 아무리 좋은 제도가 있다 한들 공정성이 확보되지 않으면 실효성은 기대하기 어렵다. 후진성의 늪에 머문 정치 선진화가 이번 6.4 지방선거를 통해 이뤄지면 좋겠다.

이미자 노래 55주년 콘서트

2014. 04. 12.

오늘 세종문화회관 대극장에서 열린 가수 이미자 씨의 노래 55주년 기념 음악회에 아내와 함께 다녀왔다. 이미자 씨는 1959년 〈열아홉 순정〉으로 가요계에 데뷔, 어느덧 반세기를 넘겨 지금까지 발표한 음반은 총 560장이고 발표한 곡은 2,069곡이다. 엘리제의 여왕의 자리를 지켜온 국민 가수이며 1990년 기네스북에 등재된, 국가의 소중한 자산이다.

70세 중반을 바라보는 그가 오늘 부른 20여 곡은 지난 우리의 역사요, 삶이며, 이야기였다. 그의 변하지 않은 혼이 담긴 단아한 비음과 가성을 섞어 고음과 성량 등을 하나로 만들어 낸 가창력은 물론 꾸밈없는 자태, 그 수많은 곡의 천재적 암기력, 그의 55년의 노래는 우리 현대사를 노래로 표현한 교과서이기도 하다. 우리 국민의 희로애락을 노래로 알려 주고 우리를 웃기고 울린 애환을 이끌어 낸 가수요, 노래다. 순간마다 가요 1, 2세대 선배들의 노래까지 불러 세대의 가교 역할까지 했다. 클래식, 팝, 트로트 등 음악은 시공을 초월해 우리 한국인을 하나로 통섭시키는 매개체다. 2시간 동안의 이미자 씨의 열창에 3,000여 명의 방청객들은 박수와 환호로 그를 마음껏 축하해 줬다. 그의 노래를 들으며 눈물이 나곤 했다. 같은 세대의 지난날을 회상케 했기 때문일 것이다.

짧은 순간 진행에 참여한 김동건 방송인은 이미자 씨의 100주년 기념 콘서트를 약속하고 오늘 방청객들에게는 무료 초청장을 보낸단다. 영원한 열아홉 순정의 가수로 100주년 기념 음악과 열기를 기원하며 오늘의 음악회의 감상문을 남긴다.

안전을 다시 생각하자

2014. 04. 17.

지난 2월 19일 필자는 본란에 안전에 대해 글을 올린 바 있다. 바로 경주 리조텔 붕괴 사고 직후였다. 사고가 발생할 때마다 안전 불감증을 거론하고 인재(人災)가 원인이라 한다. 사고가 발생하면 우왕좌왕하는 모습은 변함이 없다. 안전에 대한 대책은 일회성으로 끝내고 근본적인 대책이 없다.

이번 세월호 사건에서도 승선 인원, 구출자, 사망자, 실종자조차 제대로 파악되지 못하는 한심함을 나타내고 있다. 우리는 주변의 크고 작은 사건과 사고의 지뢰밭 위에서 살고 있다. 북한의 전쟁 위협은 물론이고 각종 시설물에서 오는 위험과 항공기, 소·대형 선박, 각종 차량 운행, 대형 건축물 내의 전기, 가스, 수도 등의 안전사고가 항상 도사리고 있다. 사고가 발생하면 보상이나 책임자 처벌로 매듭짓고 만다. 정치인들이 사고 현장에 모여 들어 얼굴 찍기에 바쁜 모습은 그만했으면 한다. 똑바로 정치를 해야 한다. 이래선 안 된다. 근본적인 대책이 수립되고 시스템이 항시 가동되어 사전 예방은 물론이고 사고 발생 시 시스템에 의해 처리되어야 한다.

안전은 국민의 생명과 재산을 보호하는 국가의 책임이며 의무다. 박 대통령의 직접 사고 현장 방문과 진도 강당에 모인 가족 위문은 사고 수습에 큰 힘이 될 것이다. 세월호 사고로 유명을 달리한 분들의 명복을 빌고 실종자들이 생환·구출되기를 기도하며 가족에게도 위로를 보낸다. 구출 작전에 투입된 분들의 노고에 경의를 드린다. 대충해 버리는 고질적인 국민성을 버리지 않는 한 선진국의 진입은 요원할 것이다.

민망한 부활절

2014. 04. 20.

어제 저녁, 가족과 함께 방배동 소재 까리따스수녀원을 찾아 부활 전야 미사에 참여했다. 사순절과 성3일을 지내고 오늘 예수 부활의 기쁨을 축하하는 축일이다. 지금 세월호 침몰로 29명이 사망하고 선내에는 273명의 생사조차 모르는 이들이 있다.

신부님은 미사 각론에서 이들의 명복을 빌고 실종자의 생환을 위해 기도하며 전능하신 주님의 은총을 간절히 간청하셨다.

사고 원인을 놓고 검·경 합동수사팀이 관련자를 구속하고 근본 원인을 찾아내려 한다. 근본 원인은 무엇일까? 적당주의, 대충주의, 이기주의, 물질만능주의, 탐욕주의, 법과 원칙 무시주의, 분파 분열 주의 등 이루 헤아릴 수 없는 원인을 생각해 본다. 이제 다시 기본으로 돌아가 0점에서 출발해야 한다. 기초 교육부터 기본법과 질서 확립, 제도 개혁, 정치 개혁, 공직자의 전문성 확립 없이 사건과 사고의 재발 방지는 담보할 수 없다. 우리 자신은 아집과 탐욕, 배타와 이기의 오염된 옷을 벗어던지고 알몸의 자신을 되돌아봐야 할 것 같다. 내 탓이지 남의 탓이 아니다.

민망한 부활절에 특히 희생된 어린 학생들을 위해 우리의 잘못을 회개하며 묵상과 기도를 하고 있다. 전능하신 주님, 저들에게 은총을 내려 주십시오.

씁쓸한 주일 미사

2014. 05. 04.

오늘 주일 미사에 참여했다. 성가와 기도, 독서와 신부님의 복음 낭독에 이어 각론, 성체를 모시는 예절에 이어 신자들의 기도 등으로 미사를 마친다. 5월 첫 주일은 죽음 문화의 위험성을 깨우치고 인간의 존엄과 생명의 참된 가치를 되새기게 하는 생명 주일이기도 하다.

지금 우리는 진도 앞바다에서의 세월호 침몰로 발생한 302명의 희생자와 실종자의 참상에 직면해 오늘 현재 100여만 명의 국민이 눈물로 참배에 동참하고 있다. 4월 16일 사고 이후 천주교는 눈을 감고 입을 열지 않고 있다. 서울교구에서 발행하는 주보 어느 곳에서도 한 줄의 애도의 글을 찾아볼 수 없을뿐더러 미사 시간에 신부의 각론에서도 한마디의 애도와 기도를 청하지 않고 있다. 성경은 사랑을 실천하고 가난하고 불쌍한 자의 돌봄을 가르치고 있다. 하느님으로부터 받은 인간생명의 존중을 가장 큰 가치로 여기고 있다. 새월호 참상을 외면하고 희생자를 위한 기도조차 인색한 성직자들은 지금 어디에 계십니까? 500만 신자 중 50퍼센트 이상이 교회를 떠나 냉담자로 전락하는 현실을 알고 있습니까? 생활 신앙의 중요성을 무시하고 신부와 수도자들의 권위 의식은 평신도들을 교회 밖으로 내밀고 있다. 미사 중 신부 각론은 성경 읽는 한계에 머물고, 성경과 교리 연구에 소홀함을 드러내고 있다. 교회가 물적 팽창에 매몰되어 사업화되어 가는 현상에 국민들은 눈살을 찌푸리며 큰 걱정을 하고 있다.

20세기 위대한 지도자 인도의 마하트마 간디는 "희생 없는 신앙”을 국가 멸망의 원인 중 하나로 경고한 바 있다. 한국 천주교의 일대 각성을 촉구하며 지금이라도 세월호 희생자의 영혼을 위해 기도하고 유가족을 위로하는 데 앞장서시라. 선조들의 순교 정신을 이어받고 생명의 중요성과 참평화를 위해 기도해 보자. 씁쓸한 주일이 왠지 머릿속에서 감돌고 있다.

세월호 사고 처리방안 제안

2014. 05. 10.

이제 남은 건 실종자 수습이다. 희생자와 유가족에 대한 정신적 물질적 보상을 어떤 방법으로 어떻게 할 것인가? 또한 단원고 생존 학생들과 가족에 대해서는 어떤 조치가 필요한가를 생각해 봐야 할 것이다. 몇 가지를 제안해 본다.

1) 사고 발생 관련 회사 및 책임자는 물론이고 감독 기관의 책임자에 대한 철저한 수사로 민·형사상 엄한 책임을 물어야 하며, 향후 국가 개조 차원에서 정부 조직과 인사 쇄신을 단행해 국민의 신뢰를 회복케 한다. 2) 청와대에 세월호 사고 수습 전담팀을 둬 일정 기간 운영한다. 3) 희생자와 유가족에게는 정부 예산으로 국민이 납득하고 만족할 정도 이상의 선보상을 한다. 각종 모금, 기탁금은 별개로 한다. 4) 생존 귀환 단원고 2학년

생에게는 정부 부담으로 정신적 치료 및 가정 지원 방안을 조속히 수립한다. 5) 교육부는 대학 진학에 대한 특별 전형 등의 입학 특혜 방안을 수립한다. 6) 안산 지역과 진도 지역을 재난 지역으로 지정하고 단원고에 대한 특별 지원 방안을 강구한다. 모든 조치는 체계적이고 신속하고 면밀하게 추진한다.

참스승의 진면목

2014. 05. 16.

지금 우리 사회는 선생은 있으나 스승이 없다는 한탄 섞인 소리가 자주 들리곤 한다. 세월호 참사 한 달이 지난 오늘, 교육부가 구조된 단원고 2학년 학생 등에게 확인한 내용으로 작성한 단원고 사망·실종 교사(12명) 현황 보고서에 따르면 교사들은 사고가 발생하자 3, 4층에 있던 학생들에게 탈출하라고 외치며 출구 쪽으로 떠밀고, 입고 있던 구명조끼를 제자에게 벗어 주면서 스스로는 물에 찬 선박 안팎에서 사망하거나 실종되었다고 학생들이 증언했단다. 살신성인의 거룩한 정신이 우리에게는 희망이 있음을 보여 주고 있다.

그러나 참교육을 표방하면서 출발한 색 바랜 전교조는 정치집단으로 변신한 지 오래이며 희생자 위로나 현지 봉사활동조차 외면하고 정치 시위에 여념이 없다. 얼빠진 교사들은 괴담과 유언비어를 퍼뜨리며 사회 혼란에 한몫을 하고 있다. 선생이기를 포기한 부끄러운 교사들이 지금도 교단에 서 있음은 용서할 수 없다. 제자들을 구출하고 희생되신 선생님들, 살아 나와 양심을 이기지 못하고 자살을 택한 교감선생님에게 무엇이라도 답해 보시라.

좋은 선생님 아래 좋은 제자가 탄생한다. 이 어려운 시대에 참스승이 절실히 요구되고 있음은 우리 모두의 간절한 바람일 것이다. 남은 실종자의 수습이 빨리 끝나고 사고 원인 규명과 사고 수습 후속 조치가 조속히 이뤄지기를 바란다. 사고 희생자분들의 명복과 유가족분들에게 심심한 위로를 드린다.

재계의 반성

2014. 05. 21.

5월 20일 전국경제인연합회장, 대한상공회의소회장 등 경제 다섯 단체장은 국민 성금 모금에 기업이 앞장서기로 결정했다고 말했다. 안전한 나라 만들기를 위한 모금 운동 이전에 수많은 인명과 재산 피해의 원인이 부실 공사, 부실 경영, 감독관청의 부실 감독, 감시, 감사 등이었다는 것은 부정할 수 없는 사실이다. 경영의 투명성에 눈을 감고 준법 경영의 치외법권화, 무절제한 탐욕, 각종 비리에 자유롭지 못했다. 재계를 대표하는 경제 단체는 지금이라도 국민으로부터 사랑받는 기업상을 만들기 위한 실천 방안을 제시해야 한다. 50년 동안 산업화에 앞장서 세계 10대 경제 대국으로 만들어 놓은 재계의 공로를 세계가 그리고 국민이 높이 평가하고 있다. 선진국형 존경받는 기업으로 거듭나야 할 때다. 통렬한 반성과 새로운 결의가 모금 운동 이상으로 중요함을 알아야겠다.

한국방송공사(KBS)의 존재 이유

2014. 05. 25.

KBS는 한국방송공사법에 의해 설립된 공영방송 회사이다. 자칭 국민의 방송이며 국민의 시청료(2,400원)로 운영된다고 자랑하며 두 개의 TV 채널과 라디오를 운영하고 있다. 서울 외 전국 19개의 지역국(지역총국), 전체 5000명의 임직원으로 구성된 조직이며 약 60퍼센트가 연봉 1억 원을 받고 있다고 알려져 있다. 언론 고시라는 별칭으로 입사한 최고의 엘리트들이 모인 곳이기도 하다.

이런 KBS가 최근 10여 년간 낙하산 인사 운운하며 사장, 임원, 노조 간 갈등으로 이전투구의 볼썽사나운 모습을 보이고 있다. 사장 퇴진을 주장하며 찬반 투표가 진행되고 있고, 이 과정에서 본연의 업무를 일탈해 방송 업무가 마비되어 수신료를 납부하고 시청을 보장받아야 할 국민은 안중에서 떠난 지 오래다. 공영방송의 본분과 직분을 망각한 KBS의 존재 이유가 무엇인가? 반문해 본다. KBS가 없다고 과연 국민이 불편할까? 불편할 이유도 없을 뿐만 아니라 각종 뉴스 기타 정보는 기존 방송매체와 인터넷 등 여러 매체에서 더 신속하게 받아 보고 있다. 차제에 국민의 관심에서 멀어져 가는 KBS를 정리하는 방안을 국민들의 손에 넘기시라. 싸움질에 익숙한 공영방송, 거대한 조직과 인원을 정리 정돈하는 과감한 구조 조정, 이도 불가능하다면 민방 전환 등 특단의 조치가 있어야 한다. 국민의 방송이 국민으로부터 불신을 받는다면 존재 가치와 이유는 전무한 것 아닌가? 국민의 시청료로 운영되는 국민의 방송은 우리 국민이 주인이다. 국민의 무관심을 틈타 저들의 횡포가 가속화되고 있다는 사실을 간과해선 안 된다. 왜 국민 여러분은 귀를 막고 입을 닫고 있나? 한심한 KBS를 국민의 심판대에 올려놓아야 한다.

예수님의 명판결

2014. 05. 29.

율법학자들과 바리사이 사람들이 간음하다 잡혀 온 여자를 끌고 와 군중의 한가운데 세워 놓고 예수께 물었다. "모세 율법에는 이런 여자는 돌을 던져 죽이라고 명했는데 스승님의 생각은 어떠하십니까?" 예수는 땅에 무엇인가를 쓰시고 일어나 "너희 중에 죄 없는 자가 먼저 저 여인을 돌로 쳐라"라 하신다. 이에 모인 군중은 양심의 가책을 받아 스스로 사라졌다. 예수께서는 그 여인에게 "너를 단죄한 자들이 없으니 나도 단죄하지 않겠다. 돌아가서 다시 죄를 짓지 마라"고 말씀하셨다.

공직 후보자 중 국회 청문회 통과가 그리 쉽지 않은가 보다. 지금의 잣대로 예단하면 통과될 사람이 있을까 싶다. 청문회는 대상자의 과거 삶의 여정과 자질 그리고 향후 비전을 듣고 의심스러운 점을 묻는 과정이다. 청문회가 열리기도 전에 정당정치인 손에 심판과 판결을 끝내곤 한다. 참 한심스러운 일이다. 국민의 심판의 기회를 박탈한 저분들이 돌로 쳐 내리곤 한다. 죄 없는 자는 저 여인을 돌로 쳐라. 이 시대의 바리사이파들이여! 2,000년 전 예수님의 명판결을 양심에 호소해 보시라(요한복음 8장 3절~11절).

국가 개조론

2014. 05. 30.

세월호 참사 사고의 충격이 희생자와 가족뿐만 아니라 국가 위기로의 위험 수위까지 치닫고 있다. 대통령의 사과 발표에 이어 정부 조직, 인사 쇄신을 넘어 국가 개조론까지 대두되고 있다. 개혁의 윗단계가 개조일 것이다.

개혁과 개조가 얼마나 어려운 것인가를 역사가 알고 있다. 800여 년 전 세계를 제패한 몽골제국의 칭기즈칸이 세상을 떠난 후 후계자 오고타이(몽골태종)가 명재상 예뤼추차이에게 아버지가 이룩한 대제국을 개혁할 수 있는 방법을 제시하기를 명한다. 이의 대답은 다음과 같다. 한 가지 이로운 일을 시작하는 것은 한 가지 해로운 일을 줄이는 것만 못하고, 한 가지 일을 만들어 내는 것은 한 가지 일을 줄이는 것만 같지 못하다. 즉 지난날의 폐단을 줄이는 것이 현명한 답일 것이다.

그런가 하면 청나라 4대 황제인 강희제는 17세기 이후 세계적인 강국을 이룩해 그의 리더십을 높이 평가받고 있다. 그는 능력 있는 자를 가까이 두고 백성들의 세금을 낮춰 주며 백성들의 마음을 하나로 묶고 위태로움이 생기기 전에 나라를 보호하며 혼란이 있기 전에 잘 다스리고 관대함과 엄격함의 조화를 이뤄 나라를 위한 계책을 세워야 한다는 유서를 남겼다. 다른 나라의 예에 앞서 조선왕조의 성군으로 역사가 추앙하는 세종대왕은 재위 32년 동안 영의정 황희, 좌의정 맹사성 외 정인지, 김종서, 신숙주, 성삼문, 장영실 등 어질고 능력 있는 신하를 20여 년 이상 옆에 두고 강희제 황제의 고유상유보다 200년 전에 그 모든 것을 실천한 성군이다. 인재를 발굴하는 세종의 식견과 안목이 돋보인다.

개혁과 개조는 기본을 바로 세우는 것이다. 법치 이상으로 덕치가 중요하다고 한다. 국가를 바로 세우는 데 여야가 따로 있을 수 없다. 물량적으로 몸집만 키워서는 선진 국가를 세울 수 없다. 똑바른 국민이 똑바른 국가, 국격 있는 나라를 세울 수 있다. 차제에 우리 모두 국격 있는 대한민국을 만드는 데 동참해야겠다. 영원한 대한민국이어야 한다.

개혁의 선결 과제

2014. 06. 14.

기업은 90년대 초부터 세계화·개방화의 생존 전략으로 경영혁신을 꾸준히 추진해 세계 10대 경제 대국의 반열에 올려놓는 큰 성과를 얻었다. 시장 개방에 적극 대처하기 위해 위기를 공유하고 기업 환경과 고객의 욕구 변화, 경쟁사의 동향을 면밀히 분석하고 자사의 내부 핵심 역량 강화는 물론, 조직 구성원의 사고 혁신 강도를 최적화해 왔다. 지금까지 해 온 관행과 방법을 탈피하고 개혁의 필요성과 방법, 목표에 대한 공유가 없다면 목표 달성에 절대적으로 필요한 행동과 실천은 이뤄지지 않는다. 바로 말해 패러다임의 전환이 절대적 필요충분조건이다. 패러다임은 세상을 보는 투시경, 즉 세상을 보는 방식을 말한다. 시카고 대학의 토마스 쿤 교수는 그의 명저『과학혁명의 구조』에서 패러다임 전환의 중요성을 강조하고 있다. 세월호 사건 이후 정부도 국가 개조의 필요성을 강조하고 있다. 국가 개조, 개혁 없이 이대로는 안 된다는 공감대는 형성되어 있다. 문제는 방법, 즉 패러다임의 전환이다. 국민은 물론 대통령, 장관, 고위 공직자, 관료, 정치인, 여론을 주도하는 언론인의 사고와 행동의 변화가 절실하다. 특히 여야 정치인들이 모여 있는 국가가 변하지 않고는 절대 불가능하다는 결론은 내려져 있다. 지도자의 식견과 안목은 물론이고 점만 보고 선을, 나무만 보고 숲을 못 보는 근시안, 부정과 비판에는 능숙하지만 긍정에는 서투른 우리 자신들 되돌아봐야겠다. 개조와 개혁은 강열한 패러다임의 전환을 통해 가능해진다. 역사는 패러다임 시프트의 반복일 것이다.

신의 섭리

2014. 06. 19.

종교마다 신을 하느님, 하나님, 부처님 등으로 부르곤 한다. 종교를 떠나 우리는 시련과 역경은 최고를 만들어 낸다고 말하곤 한다. 최고가 탄생되는 여정에는 언제나 최악의 시련과 역경이 맞물려 있으며 큰일을 하려는 사람에게 신은 먼저 시련과 역경을 경험하게 하신다. 그 앞에서 어떤 자세와 태도를 갖는지 그리고 시련과 역경을 어떻게 극복하는지를 유심히 지켜보고 신은 그 사람에게 의미심장한 기회를 선물로 준다. 신이 주신 시련과 역경을 극복하기 위해 신의 뜻을 헤아리고 회개와 속죄를 하며 시련과 역경을 통해 얻은 교훈을 실천할 때 그는 성공할 수 있다.

우리 역사의 일부가 하나님의 뜻이라고 말한 총리 후보자가 곤혹을 치르고 있다. 시련과 역경은 우리에게 고통만을 제공하는 것이 아니라 큰 영광을 주기 위한 신의 섭리라고 긍정적으로 판단하면 어떨까 생각해 본다. 내가 살아온 여정에도 이런 일이 반복되기도 했다. 사랑이신 하느님은 항상 우리 편에 서 계신다고 믿고 있다. 아멘.

한국전쟁 소사

2014. 06. 24.

64년 전인 1950년 6월 25일 새벽 4시, 북한 인민군은 지상군 18만 명, 항공기 200여 대, 대포 400여 개, 탱크 240여 대로 무장 남침을 감행해 300만 명의 사상자와 1,000만의 이산가족, 엄청난 재산 피해로 국토를 초토화시켰다. 이는 동족상잔의 비극적인 전쟁이었으며 한국군을 포함해 UN 참전 16개국과 의료지원국 5개국, 물자 지원국 39개국 등 60개국—당시 90여 UN 회원국의 60퍼센트—이 한국전에 직간접적으로 참전했다. 3년 1개월 전쟁 중 한국군을 포함해 UN 참전국군인 18만 명의 전사자, 55만 명의 부상자, 2만 8,000명의 실종자, 1만 4,000명의 포로를 발생시킨 세계사에 가장 많은 희생자를 기록한 참혹한 전쟁으로 기록되어 있다. 포성이 멈춘 지 61년을 넘긴 지금도 전쟁의 상흔은 남아 155마일 휴전선의 철조망은 무심하게도 한민족을 남북으로 갈라놓고 있으며, 더 길고 깊게 둘러쳐진 남북한 사람들의 마음속 철조망은 제거될 조짐이 전혀 보이지 않고 있다. 정말 답답한 일이다.

60여 년 동안 북한은 국내는 물론 해외에서도 크고 작은 도발을 끊임없이 자행해 오고 있다. 1958년 2월 15일 KNA기 납북 사건, 1968년 1월 21일 무장공비 청와대 습격 사건, 동년 1월

23일 미 정보함 푸에블로호 납치 사건, 1970년 6월 22일 국립 현충문 폭파 사건, 1974년 8월 15일 육영수 영부인 피살 사건, 1983년 10월 9일 미얀마 아웅산 테러 폭파 사건(우리 정부 장·차관 등 고위 공직자 16명 사망), 1987년 11월 29일 115명이 희생된 KAL858기 폭파 사건, 1999년 연평 해전, 2002년 서해 교전, 2007년 7월 21일 금강산 관광객 박왕자 피살 사건, 2010년 3월 26일 백령도 인근 해상에서 천안함 폭침으로 46명의 장병 순국 사건 등의 만행을 일삼고 있다. 북한 인민의 삶은 아랑곳하지 않고 핵 개발로 대한민국뿐만 아니라 미국을 위시한 동맹국을 위협하고 있다. 더욱 한심스러운 일은 남북한이 나뉘어져 한 형제가 총부리를 겨누는 비극도 참기 어려운데 남한 사람들끼리 힘을 합치지 못하고 분열과 반목, 대결과 투쟁으로 국력을 소모하는 작태가 우리를 슬프게 하고 있다는 것이다.

지금도 6.25는 남침이 아니라고, 천안함 폭침도 북한 소행이 아니라고 강변하는 자칭 지식인, 친북 좌파 정치집단이 우리와 함께 살고 있다는 엄연한 사실을 보라. 북한을 대변하고 유언비어를 날조, 재생산해 국론을 분열시키고 남남 갈등을 조장하는 세력이 활개치고 있다. 우리는 전쟁의 폐허에서 굶주림과 추위를 견뎌 내면서 산업화를 이뤄 나라를 세계 10대 경제 대국 반열에 올려놓았다. 위대한 대한민국이다. 힘을 하나로 모으고 국부를 더욱 튼튼히 하며 국격을 한층 높이고 멀지 않은 날 통일될 때 헐벗고 굶주린 북한 동포들을 따뜻하게 맞을 준비를 해야 한다.

64년 전 나는 시골 초등학교 6년생이었다. 지난 64년은 나를 70대 후반으로 밀쳐내고 말았다. 세월은 하염없이 흘러가고 있다. 상기하자 6.25 구호가 떠오른다. 위대한 대한민국이여, 영원하라.

비겁한 조·중·동

2014. 06. 25.

문창극 총리 후보에 대한 KBS의 보도에 대하여 조·중·동은 입을 닫고 문 후보 검증에 부정적인 기사를 내보냈다. 여야 국회 반응이 국민 여론이라고 강변하며 총리 후보의 사퇴를 주장해 왔다.

하지만 언론은 선동 여론에 편승하기보다는 언론 본연의 정당성, 객관성, 중립성을 지켜 독자들의 공감을 얻어 내야 한다. 역사와 전통을 자랑하는 조·중·동이 국민으로부터 사랑받아 온 것은 그래도 정론의 언론이기 때문이었다. 조·중·동은 지난 주중부터 보수층의 긍정 반응을 엿듣고 18일에 '뇌물 전과자가 청문회 주재하나(《중앙일보》 김진 논설위원)', '광우병 선동 빰치는 KBS 문창극 보도(《동아일보》 김순덕 논설실장)', '함석헌을 문창극처럼 편집하면(《동아일보》 송평인 칼럼)', 'KBS 문창극 보도, 저널리즘의 기본 원칙 지켰는가?(《중앙일보》 사설)', '문창극 사퇴로 우리가 잃은 것(《중앙일보》 이하경 논설주간)' 등을 게재했다.

여론은 시시비비를 가려 독자의 알 권리를 보장해야 한다. 《중앙일보》 출신 주필이 총리 후보로 지명되어 타 언론사들의 시샘 싸움으로 번진 게 아닐까? 배고픔은 참지만 배 아픔은 못 참는 나쁜 근성은 아닐 것이다. 언론다운 언론, 언론인다운 언론인, 무기보다 무서운 펜이 국민 앞에 나와 주기를 기대해 본다. 언론은 여론을 호도하고 유언비어를 만들어 내 국익을 해치고 국론을 분열시킨 과거를 참회하고 반성해야 한다.

국회 청문회 대상 후보자의 자질

2014. 07. 09.

국회 청문회법 도입 이후 국회 청문 현장을 방송을 통해 보곤 한다. 청문회 대상 후보는 후보에 지명되면서부터 청문회장에 서기까지 20일 정도 검증을 받아야 한다. 각종 언론기관과 시민 단체는 물론이고 국민들도 후보에 대해 검증을 한다. 그중에는 후보에 대한 진실이 왜곡되는 경우도 있어 청문회 개최 전 후보 사퇴, 후보 지명 철회 사태가 발생한 예도 있다.

현행 청문회 제도에 대한 문제점도 대두되고 있다. 후보자는 청문회를 통해 각종 의혹을 해명하고 후보자의 자질을 검증받고 비전을 제시하는 유일한 공간이며 시간이다. 국회의원들의 선입견과 당리당략으로 낙마자를 사전에 정해 놓고 청문회에 임하는 자세는 시정되어야 한다. 후보들의 청문회에 임하는 사전 준비 부족은 물론 전문성 빈곤, 질문에 대한 동문서답, 답변 회피, 당당하지 못한 태도 등 실소와 실망에 한심함을 보이고 있다. 대한민국을 이끌어 갈 총리, 장관 등 청문회 대상자 중 이렇게 인물이 없는가? 낯 뜨거운 장면을 보면서 앞날이 걱정된다.

거짓 증언

2014. 07. 16.

최근 국회 청문회장에서나 법정에서 거짓 증언 때문에 장관 후보가 낙마하고 법정 위증으로 처벌받는 사례가 발생하고 있다. 성경은 하느님은 시나이산 위에서 모세를 통해 인간에게 지키기를 명한 열 가지 계명(십계명)을 기록해 놓고 있다. 『탈출기』 20장 16절, 23장 1절, 『신명기』 5장 20절에는 이웃에게 불리한 거짓 증언을 하지 못하도록 되어 있다. 헛소문을 퍼뜨려

서는 안 된다, 악인과 손잡고 거짓 증인이 되어서는 안 된다 등 거짓 비방에 대한 경고를 하고 있다.

당사자는 물론이고 매스컴을 통해 근거 없는 거짓 비방들이 여론을 호도하고 국론을 분열하는 사례는 국익은 물론 당사자의 인격과 명예를 훼손하는 결과를 초래한다. 고위 공직자가 되겠다는 분들이 거짓 증언을 하고 법정에서 악인과 손잡는 행위는 십계명과 현행 실정법 위반이다.

투명 사회를 위해 내부 고발을 유도하고 있다. 그러나 허위 사실로 내부 고발을 하는 공직자가 있다면 이는 조직의 위계질서 파기와 공직자의 의무를 저버리는 행위이다. 정의로운 사회는 거짓이 없는 투명하고 명랑한 사회이다.

대한민국은 세월호 축소판인가?

2014. 07. 23.

지난 4월 16일, 진도 앞바다에서 침몰한 세월호로 탑승객 478명 중 174명이 구조되고 304명이 사망 또는 실종되었다. 그리고 현재 10명의 시신을 찾지 못하고 있다.

동 사고의 원인은 기업과 감독관청의 유착에 의한 불법 증축은 물론이고 불법 운항, 제반 관리 부재, 해운사의 탐욕, 선장,

선원의 규정 무시, 무책임 여기에 해양수산수부와 해안 경찰의 안전 불감증, 허술한 구조 능력 상실 등으로 일어난 대표적인 인재 사고다.

세월호 사고 발생 100일을 맞고 있다. 실종자 수색에서 보여준 당국의 허둥대는 모습과 사고 원인을 밝히는 방안도 오리무중이다. 진실을 찾기에 앞서 여야는 정치 논리로 시간을 허비하고 있다. 희생자들의 추모객은 100만을 넘어 국장급 추모객을 넘어섰다. 희생자들을 위한 추모 성금도 1,000억 원 이상을 모금했다. 지금 우리는 서글픈 현상을 보고 있다. 사고 원인과 책임 소재조차 밝혀내지 못하고 있다. 국회야 기대할 곳이 못 됨을 알고 있지만 수사 당국도 100일 동안 손 놓고 있다. 서울과 광화문 광장은 연일 진상 규명과 정부 규탄 대회만 개최하고 있다.

구원파 본산인 안성 금수원은 신도들이 모여 연일 정부 책임론을 제기하고 있다. 세월호 소유 기업인 청해진해운의 비리 원조로 지목된 구원파 교주인 유병언 씨의 시신은 발견 40일 만에 신원이 밝혀졌다. 검찰과 경찰의 공조의 삐걱거림이 어제오늘의 일은 아니지만 이 중차대한 사건을 이렇게 처리할 수 있겠는가? 수사의 기본인 문제의식의 부재, 허술한 초동수사가 빚은 난맥상이 드러나고 있다.

국민은 정부를 불신하고 검경에 대한 신뢰를 버리고 있다. 법과 원칙이 무시되고 사고가 발생하면 국회는 조사위원회, 진상 위원회, 특별검사제 도입 등을 재빨리 들고 일어난다. 무익한 헛소리로 일관하는 국회의 한심함을 여전히 보여 준다.

미국에서 발생한 2001년 9.11일 사태에 대해 의회 여야 조사단은 두 가지를 결정했다. 1) 사고에 대해 일체 책임을 묻지 않는다. 2) 철저한 진상 규명을 한다. 우리는 사고가 발생하면 진상 규명에 앞서 책임자 처벌은 물론 대통령 퇴진까지 요구한다. 먼저 원인 규명에 따라 책임 소재를 규명하고 책임자를 색출해 처벌해야 하는 것이 순서가 아닐까? 아직도 선진국으로 가기에는 때 이른 대한민국! 정부의 확고한 법과 원칙을 기반으로 한 강한 정부, 국민으로부터 사랑과 신뢰를 되찾기 위한 노력과 공직자의 무한 책임 수행, 기업의 윤리 경영, 국민의 수준 높은 의식 변화가 국가 혁신의 길이 아닐까? 생각해 본다.

참어른이 없는 우리 사회

2014 . 07. 28.

우리 사회의 가장 걱정스러운 문제는 법과 원칙이 실종되고 분열과 갈등으로 사회 혼란이 극에 달해 있다는 데 있다. 여의도 국회는 민의의 전당이 아닌 정쟁의 전당으로 변모한 지 오래이며 정부마저 불신의 골이 깊어만 간다. 사건 사고만 나면 원인 규명은 광화문, 시청, 청계천 광장 시위대가 판단하는 독점 재판장이 되곤 한다. 그런가 하면 국민 여론을 한데 모아야 할 언론은 오히려 진실을 왜곡하는 데 앞장서고 있다. 헐벗고 고통받는 가장 약한 자의 편에서야 할 종교계의 실상을 들여다보면 내부 분열, 갈등이 국민의 눈살을 찌푸리게 하고 양적 팽창에 혈안이 되어 가고 있다.

엊그제 4대 종교 지도자들이 내란음모 혐의로 항소심 재판이 진행 중인 이석기 의원 등에 대해 선처탄원서를 제출했단다. 이는 우리 사회의 존경의 대상인 종교 지도자들의 신중함을 저버린 경솔한 행동이 아닐까? 죄는 미워도 사람은 미워해선 안 된다는 성경의 말씀을 곡해해선 안 된다. 정교분리 원칙을 지키고 법의 심판을 존중해야 한다. 종교계 지도자라면 북한 종교와 인권과 탈북자들에 대해 목소리를 내고 행동하며 어려운 이웃에게 손을 내미는 일이 본분일 것이다. 이 시대의 참어른이 없다는 사실에 자괴감을 갖는 것은 나만의 생각일까? 정치, 경제, 사회, 문화 등 모든 분야에 참어른이 있었으면 좋겠다.

변화와 혁신은 생존 조건

2014. 07. 31.

2,500년 전 그리스 철학자 헤라클레스는 "세상은 모두 변화한다. 다만 변화하지 않는 것은 변화한다는 사실이다"라고 말했다. 인류 역사는 변화의 역사다. 변화를 주도하고 변화에 적응하는 국가나 기업은 물론 개인 생존의 법칙이다. 적자생존의 엄연한 원리를 말한다. 대통령께서 국가 혁신을 주장하고 기업도 강도 높은 혁신을 추진하고 있다. 1992년 삼성 이건희 회장의 프랑크푸르트 선언—"마누라와 자식을 빼놓고 다 바꿔라"—이 오늘의 삼성을 이룩한 혁신의 출발이었다. 개혁의 요체는 제도의 변혁 이전에 의식의 변화와 낡은 관행을 타파하고 행동양식을 혁신하는 것임을 간과해선 안 된다. 이번 7.30 국회의원 보궐선거의 결과는 변화와 혁신의 결과물이다. 변화를 주도하지 못하고 정부 공격이나 세월호 사건으로 표를 모으려는 구태와 공천의 잡음은 물론이고 거물급 공천에 식상한 민의를 외면하고 불필요한 네거티브 남발이 안타까운 참패의 원인이지 않을까? 변화의 파도는 우리의 상상을 초월하고 있다는 사실을 인식해야 한다. 국민들은 과거의 인물로는 세상을 변화시킬 수 없다는데 구태 정치 지도자는 이를 모르고 있다. 왜? 스스로가 변하지 못했기 때문이다. 국제적으로 동북아에서 미·일·중·러

의 각축전, 북한의 도발, 미묘한 한·미·일 관계 등은 물론이고 국내적으로 정치 실종, 리더십과 소통 부재, 부정 비리, 탐욕, 분열과 갈등, 심각한 경제 현안에 대하여 국민이 힘을 합쳐 변화와 혁신을 이루지 않으면 생존이 불가능하다는 결론에 모두가 공감하고 동참할 것 같다.

행정은 최대의 서비스산업

2014. 08. 02.

“행정은 최대의 서비스산업이다.” 1989년 8만 인구의 일본 소도시 이즈모의 시장으로 취임한 이와쿠니 데쓴도가 쓴 『지방의 도전』에 나오는 말이다. 그는 30년간 화려한 국제금융인의 길을 마감하고 시장에 당선 후 본격적인 행정개혁을 시작했다. 그 결과 1991년에 일본능률협회가 선정한 우수기업 중 소니, 혼다, 도요다 등 아홉 개의 회사 가운데 이즈모 시가 최우수기업으로 선정되었다. 그는 행정은 최대의 서비스임을 강조하고 시민을 위해 연중무휴 행정 서비스를 제공했다. 일례로 전화로 요청한 서류를 일요일에 쇼핑센터에서 찾을 수 있도록 하는 등 신속과 친절한 행정 서비스를 제도적으로 실천하고, 지방공무원의 의식 개혁 없이는 지방화 시대를 맞이할 수 없다며 자신들이 하는 행정이 말단 행정이 아니고 첨단 행정이란 사실을 명심해야 한다고 말했다.

손과 발을 사용해 땀과 눈물을 흘리면서 깨닫지 않으면 안 된다. 이것이 지방공무원의 태도가 되어야 한다. 지방행정은 소비자 본위라는 사실을 공무원 개개인들이 인식하는 것이 우선이다. 최근 우리나라도 국가 혁신이 화두가 되고 혁신 없이 이대로는 안 된다는 것에 공감하고 있다. 어제 새누리당 김무성 대표가 페이스북을 통해 혁신안 제안을 요청했다. 혁신 주체가 먼저 혁신해야 한다는 답을 올렸다. 대통령, 국회의원, 지방단체장, 지방의원 및 공직자가 먼저 변화하고 혁신의 전도사가 되어야 한다. 국방은 이스라엘을, 경제와 행정은 싱가포르를 배우라고 권하고 싶다. 서울만 한 면적, 520만 인구, 5만 불 국민소득, 세계 최강의 국가를 만들어 낸 이들은 싱가포르의 공무원임을 자타가 인정하고 있다. 문득 20여 년 전 이와쿠니 시장의 "행정은 서비스다"란 말이 떠오르는 이유가 있는 듯하다.

대한민국은 의회 전제국인가?

2014. 08. 10.

대한민국 헌법 1조는 '대한민국은 민주공화국이다. 대한민국의 주권은 국민에게 있고 모든 권력은 국민으로부터 나온다'라고 명기되어 있다.

지금 대한민국은 민주공화국이 아닌 의회(국회) 전제국이 아닌가 하는 의구심을 갖게 한다. 왜, 전제주의는 특정한 개인이나 계급 또는 소수집단이 국가의 모든 권력을 장악해 어떤 제한 없이 행사하는 권력 구조를 말하기 때문이다. 국회는 국민의 대표 기관이며 입법권을 가지고 있다. 우리 국회는 입법을 외면하고 민의의 전당이 아닌 여야 정쟁의 전당으로 바뀐 지 오래다. 사건만 발생하면 각종 위원회를 구성한다. 특검을 한다. 야단법석이다. 각종 법률이 국회에서 잠자고 있어 정부는 정책 추진에 손을 놓고 있다. 툭하면 국회가 수사권 기소권을 갖겠다고 주장한다. 민주공화정은 주권재민과 삼권분립이 근간이다. 지금 대한민국은 국회 전제 국가로 변이되어 가고 있다. 국회가 삼권은 물론 국민주권까지 장악하려 한다. 여야 정당이 혁신을 하겠단다. 혁신은 혁신 능력이 있어야 가능하다. 과연 그런 능력이 있는지 검증해 보시라. 헌법 1조를 명심하고 실천하는 국회였으면 좋겠다.

프란치스코 교황이 남기신 메시지

2014. 08. 18.

13억 양(신자)의 목자이신 프란치스코 교황께서 4박 5일 한국 방문을 마치고 귀국길에 오르셨다. 5일 동안 각종 행사(아시아청년대회, 시복식, 서소문, 솔뫼, 해미성지, 꽃동네, 평화와 화해를 위한 명동성당 미사 등)에 운집한 수백만 명의 신자는 물론이고 온 국민이 환영하고 환호하며 감격했다. 평소 낮은 자세와 청빈을 솔선수범하시던 교황께서는 방한 기간 동안 힘없고 가난한 이들, 상처받고 고통받는 이들의 손을 손수 잡아 주고 더 없는 위로를 주시곤 했다. 우리에게는 평화와 화해, 소통과 관용을 주문하시고 사회 지도층에게는 권력과 탐욕, 부정과 타락의 부당함을 지적하시고, 성직자와 수도자들의 위선도 꾸짖으시며 가난한 자를 돌보고 가난한 교회가 되어야 한다고 일침도 놓으셨다. 평화는 전쟁 없는 상태가 아니라 정의의 결과라고 정의하셨다. 청년들에게는 깨어 있으라, 희망을 가지며 사회 참여를 강조하셨다. 방탄이 없는 작은 차를 타고 지나시면서 어린이들과 소외받은 이들에게 각별한 관심을 보이시고 꽃동네에서 장애인과 버려진 어린이들을 어루만져 주신 교황님의 섬세하시고 멋진 모습도 우리 모두의 가슴에 각인되었다.

나는 생각한다. 우리는 교황님을 통해서만 감격하며 반성하고 자기 성찰의 기회를 가져야 하는가? 말 한마디와 작은 행동에 감격하고 환호하는, 이렇게 순박한 국민을 어루만져 주고 눈물을 닦아 줄 걸출한 지도자는 없는가? 분단의 아픔을 극복하고, 사회 전반에 전염된 분열과 갈등을 치유하고, 화해를 통해 우리 모두가 하나 되어 민족 통일을 이루는 것이 우리의 명제이며 교황의 메시지에 화답하는 것이다. 교황을 보낸 우리는 환호의 기쁨을 허탈감으로 변하게 하지 말아야겠다. 국민에게 감동과 감격을 주는 지도층, 서로 용서하고 화해하는 국민이 되도록 노력하자.

롯데 그룹 창업자 신격호 회장

2014. 08. 30.

신격호 회장께서는 1922년 울산시 울주군 삼남면 두기리에서 출생, 1941년 19세 때 일본으로 건너가 우유 및 신문을 배달하는 등 어려운 여건을 거치며 기어코 껌 생산 사업까지 시작했다. 이후 큰 사업가로 성장해 일본에서 번 자금을 국내에 반입했고 1967년, 롯데제과 창업을 시작으로 롯데호텔, 롯데백화점, 롯데마트 등 우리나라 호텔과 유통 사업 발전을 선도해 왔다. 2014년 4월 현재 자산 40조, 45개 계열사, 종업원

5만 명을 거느리는 국내 유수 기업이다. 현재 잠실벌은 555미터 123층 제2 롯데월드 개장을 기다리고 있다. 며칠 전 지난해 낙상으로 수술받았던 신 회장께서 이곳을 둘러보고 안전을 당부했으며, 지난 5월에는 요양 병원 화재를 안타깝게 여기며 최고의 요양 병원 건설을 지시했다는 기사가 올라왔다. 그는 고향 울주군에 수백억 원을 기탁해 군민 복지 기금을 마련했고 1971년부터 매년 5월에 울주군 둔기리 호수가 잔치를 열어 고향에 보은 잔치를 열어 오고 있단다.

외국에서 어린 시절 고생을 무릅쓰고 이룩한 자본을 조국의 경제 건설에 투자하고 서비스산업 발전에 기여한 신 회장님의 업적이 국민 앞에 크게 부각되지 않은 아쉬움이 문득 생각난다. 사업 보국을 실천하는 기업가들의 공로를 잊어서는 안 된다. 제2 롯데월드의 조속한 개장을 통해 경제 활성화는 물론 대기 중인 수천 명의 일자리도 마련되고 최고의 요양 병원이 조속히 건립되어 노령화 시대 질병으로 고생하시는 지난날의 발전의 역군들에게도 도움이 되기를 기대해 본다. 본인과는 일면식도 없는 92세의 신 회장님의 장수 건강을 기원한다.

5.16 군사혁명 전야 역사

2014. 08. 31.

1956년 대통령 선거에 민주당 신익희 후보가 병사하고 1960년 3월 15일 정부통령 선거 직전에는 조병옥 후보 역시 병사하는, 정치사에 2중 불행이 이어졌다. 자유당은 각종 부정선거로 대통령 이승만, 부통령 이기붕을 당선시켰다. 자유당 일당 독재와 3.15 부정선거는 4월 19일 전국 대학생과 고교생까지 참여하게 했고 당시 경무대(대통령 관저)의 발포로 많은 사생자가 발생했다. 결국 이승만 대통령이 4월 26일, 하야하고 하와이로 망명함으로써 자유당 정권은 종말되었다.

1960년 7월 29일, 5대 총선으로 국회 양원인 민의원과 참의원 선거로 민주당이 집권했다. 대통령 윤보선, 국무총리 장면을 선출해 내각제 체제가 탄생했다. 당시 민주당 내에는 구파(윤보선 중심)와 신파(장면 중심) 간에 분열과 갈등으로 정국 혼란이 계속되었다. 반면 자유당 독재 정권을 붕괴시킨 이후 자유의 욕구가 팽배되어 연일 정치인, 학생, 시민 단체, 노동자뿐만 아니라 창녀들까지 시위에 참가하며 학생들이 국회에 난입하고 북한 학생과 회담하겠다고 38선으로 가자고 외치는 등 사회 혼란은 극에 달했다. 무능한 정부, 당쟁에 함몰된 정치권, 국민의 지나친 욕구 등은 종말이 예측하게 했다. 신정부 출발 9개월 만인 1961년 5.16일 군부가 일어나 정부와 국회를 해산하고 모든 권력을 장악해 군부 통치가 시작되었다. 당시 윤보선 대통령은 올 것이 왔다는 말을 남기기도 했다.

작금의 사태를 보면 5.16 전야 현상을 보는 듯하다. 정치가 실종되고 국회 존재감도 국민이 잊은 지 오래다. 국회의원들이 국회를 떠나 광화문 광장에서 단식, 시위에 여념이 없다. 노동조합원은 직장이 아닌 광화문에서 모이고, 시민 단체, 종교 단체의 무대 역시 광화문 광장이다. 사건 사고만 나면 정부의 장관, 대통령 책임을 외치며 물러나란다. 사건 사고의 원인을 철저히 밝히고 책임을 묻는 것은 당연하며 각종 부정부패의 만연으로 정부에 대한 신뢰를 잃고 있는 것도 사실이다. 위대한 대한민국을 지키는 것은 국민의 본분이며 의무이다. 내일 정기국회가 개원된단다. 국회는 국민의 대표 기관이자 입법기관이며 국정통제권을 갖고 있는 헌법기관이다. 민생에 시달리는 국민은 내일을 주시하고 있다는 사실을 명심할 것이다. 국회 무용론의 대두는 어쩐지 불길한 생각이 든다. 필자는 대학 재학 시절 4.19와 5.16을 체험한 사람이기에 지난 역사를 되돌아보고 싶은 마음의 일단을 올린다.

민주주의의 위기

2014. 09. 04.

민주주의의 핵심은 국민이 선출해 구성한 의회(국회)이다. 국회는 국민의 대표 기관이며 입법기관이며 국정통제권(국정감사, 예산심의, 결산, 행정, 사법부 인사 승인 등)을 가진 막중한 헌법기관이다. 헌법 제3장 46조는 의원의 직무, 지위의 남용 금지 사항을 명기해 놓고 있다. 특히 청렴 의무를 강조하고 있다.

지금 국회는 국민의 대표 기관임을 포기한 지 오래다. 청렴 의무는커녕 부정 비리의 장사꾼으로 변질했다고 눈치 빠른 국민은 알고 있다. 국회의 고유 권한인 입법권을 포기하고 광화문 광장으로 민생 현장으로 발길을 내딛고 있다. 여야 의원은 대립과 정쟁으로 국회를 파행으로 이끌어 가고 있다. 정기국회도 내동댕이치고 정치 기관차는 외길로 달린다. 세월호법이 국정을 마비시키고 있다. 세월호 사고가 대한민국의 운명을 좌우하고 있다. 동북아 정세가 조선조 말기 현상을 재현하고 있다. 경제의 전망은 그리 밝지 않고 특히 민생 경제는 바닥에 와 있다. 지금도 쪽방촌에서 질병에 시름하고 세 끼를 채우지 못하는 극빈자가 수두룩하다. 호화스러운 복지의 사각지대를 눈여겨봐야 한다. 국가의 흥망성쇠는 외침이 아니라 국가정체성 상실, 정치권 분열, 내부 갈등, 부정부패 등 내부 요인이었음을 역사는 기록해 놓고 있다.

21세기 대한민국호는 지금 어디로 항해하는가? 제발 국회의원은 늦었지만 국회의사당으로 복귀해야 한다. 광화문 광장은 시위꾼들의 전용 장소가 아닌 시민들이 즐기는 흥겨운 만남의 광장으로 돌려줘야 한다. 5.16 전야를 반복하면 올 것이 올 것이다. 민심은 천심이다. 국민을 무서워하는 국회의원님들의 각성을 촉구한다. 촌부의 말 한마디다.

DMZ 철원 안보 관광

2014. 09. 07.

오늘 가족과 함께 DMZ(비무장지대) 열차로 철원 안보 관광을 다녀왔다. 노동당사, 백골부대 멸공OP 금강산천길, 월정리역, 백마고지 전적지 등을 최전방인 남방 한계선에서 볼 수 있었다. 특히 백마고지 탈환을 위해 25회를 뺏고 뺏기는 치열한 전투에서 순국한 장병들이 있어 철원을 남한이 차지했다. 개성을 북한에 넘겨준 애석함이 안타까웠다.

월정리역에 멈춰선 기차, 64년이라는 세월이 철마의 원형 모습을 잊게 했다. 월정리역에서 북한의 평강역까지 20킬로란다. 이곳에서 가까이 보이는 DMZ가 박 대통령이 말씀하신 평화공원 후보지란다. 최근 병영 내 사고가 문제를 낳고 있지만 그곳에 근무하는 장병들은 자긍심과 애국심으로 최전방을 지키고 있었다. 후방근무로 50년 전 병역을 마친 나로서는 감회가 새로웠다. 두 동강이 난 한반도 통일은 7억 1,000만 민족의 절대 절명의 염원이다.

서부 지중해, 대서양 크루즈 성지순례

2014. 09. 22.

10만 3,000톤, 3,470명을 태울 수 있는 코스타 포츄나호로 11박 12일 일정의 성지순례 길을 다녀왔습니다. 성지(聖地)는 그 자체가 거룩한 땅이 아니라 하느님을 만날 수 있고 거룩한 사람들이 살았고 그들의 족적이 남아 있는 땅이기에 우리에게 거룩하게 살라고 가르쳐 준 장소입니다. 순례길의 종착지는 하느님입니다. 이탈리아 사보나 항에 도착, 500년에 걸쳐 건축된 밀라노 두오모, 성당의 화려함에 아찔함을 느꼈습니다. 레오나르도 다빈치의 〈최후의 만찬〉이 성당 벽면에 그려져 있습니다. 고딕 성당으로 로마 성 베드로 성당 다음가는 성당입니다. 나폴레옹이 이태리 출신임을 처음 알았습니다.

대서양 연안에 있는 모로코의 카사블랑카, 단어 자체만으로도 왠지 모를 낭만과 애잔함이 깃들어 있는 도시, 영화 이름 때문은 아닐 성싶습니다. 리바트는 고대 로마의 식민지로 건설되었고 회교와 유대교 문화가 혼재해 있는 행정 중심 수도입니다. 유럽의 남서쪽 끝에 위치한 해양 국가 포르투갈은 브라질을 오랜 기간 정복, 지배한 나라로 한반도 반 이하의 면적, 1억 1,000만 인구의 국가이며 수도는 리스본입니다. 포르투갈 중부의 작은 마을 파티마, 이번 순례길에 꼭 찾아보고픈 성모 발현지입니다. 1917년 1차 대전 중에 러시아에서 볼셰비키 혁명이 일어나 국제 정세가 혼돈과 고통을 겪은 시기에 성모 마리아가 이곳에 7번 발현해 묵주기도와 러시아를 위해 기도를 당부한 성지입니다. 성모 발현 100주년이 되는 해인 2017년 남북한의 통일을 기원하는 기도를 올렸습니다.

이제 스페인으로 가 보시죠. 남부 해안 도시 말라가. 254년 공사 기간을 거쳐 건립한 말라가 대성당, 르네상스와 바로크 양식의 성당, 인간의 능력은 어디까지인지 모르겠다는 생각을 했습니다. 우리에게 알려진 파블로 피카소가 이곳에서 태어나 프랑스에서 활동했습니다. 이 입체파 화가의 생가는 메르세드 광장에 있습니다. 수도 마드리드에서 남서쪽으로 약 540킬로미터 떨어진 세비야는 플라멩코의 본고장으로 콜럼버스가 아메리카 항해를 떠난 곳이기도 합니다. 그의 무덤과 기념탑이 이곳에 있습니다. 스페인 최대 성당이자 유럽의 3대 성당의 하나인 세비야 대성당. 콜럼버스가 신대륙에서 가져온 금 1.5톤으로 만든 성모마리아의 품에 안긴 예수상은 이 모험이 가져온 부를 상징적으로 보여 주고 있습니다. 지중해 연안에 있는 발렌시아, 오렌지 생산과 스페인 정통 요리 파에야(Paella)로 중식을 즐겼습니다.

19일에 하선해 버스로 바르셀로나에 도착해 스페인 출신 세계적인 건축가 안토니오 가우디가 설계한 성당을 찾았습니다. 1926년 77세로 사망한 그의 100주기인 2026년에 준공될 예정이랍니다. 공사 기간이 144년이 된다는 말입니다.

1992년 바르셀로나 올림픽 10만 명을 수용할 수 있는 경기장, 몬주익 언덕 난코스에는 일본 선수 모리시타 고이치를 제치고 마라톤 금메달리스트가 된 22세 황영조의 기념비가 세워져 있습니다. 조병화 시인의 축시에는 동방의 조용한 대한민국 경기도로 표기되어 있습니다. 비록 경기도가 주간했다지만 대한민국으로 표기했으면 하는 아쉬움이 있습니다. 스페인 동북부 카탈루냐 주 723미터 지점에 있는 산타마리아 데몬세라트 대수도원, 1023년 이수도원을 설립했다니 1,000년의 역사. 이 높은 곳에 돌과 각종 장치 장식품을 어떻게 올려 건설했을까? 상상하기조차 불가능함을 느낍니다. 하느님의 섭리와 신앙심의 종합 예술 합작품입니다.

순례길에 기도와 성찰의 시간을 가졌습니다. 나는 누구인가? 자화상을 되돌아보는 시간이었습니다. 순례 성지는 회교 문화와 기독교 문화가 어우러져 양립하는 융합 문화의 산물인 듯합니다. 짧은 시간이었지만 순례국들의 역사 공부도 좀 했습니다. 순례 중에 은퇴 신부님이 동행해 주셔서 미사도 5번 올렸습니다. 그간 엉터리 신자임을 회개해 보는 시간이었습니다. 아내는 크루즈 여행이 힘들지 않고 좋았답니다. 이번이 마지막 여행이 될 것이랍니다. 마지막? 나이를 생각해서 동감했습니다. 순례국들도 경제가 어렵고 부정부패에 국민들이 분노하고 있었습니다. 오나가나 불경기, 부패가 국민을 괴롭히고 있습니다. 타국의 불황은 우리 경제에 어려움을 주는 일입니다.

한마디 말

2014. 09. 29.

성경에서 예수님은 자주 비유를 하거나 제자들이나 백성의 원로들에게 질문을 자주 하신다.

마태오복음 21장 28~32절(28일 복음)에는 한 아버지와 두 아들이 나온다. 아버지는 맏아들에게 "오늘 포도밭에 가서 일해라" 하고 이르고 맏아들은 "싫습니다" 하고 대답하나 나중에 생각을 바꿔 일하러 나간다. 아버지는 둘째 아들에게도 같은 말을 한다. 이에 둘째 아들은 "가겠습니다, 아버지!" 하고 대답하나 일하러 가지는 않는다. 성경은 이 가운데 누가 아버지의 뜻을 실천했는지를 넌지시 묻는다.

성경에는 사일로(Silo)라는 단어가 가끔 등장한다. 담을 쌓는 조직에서 혁신을 죽이는 제1인자를 말한다. 능력과 호감의 선호도에 대해 캐나다 토론토 대학 티치아나 카시아로 교수는 "유능한 또라이보다 호감 가는 바보가 낫다. 무능한 또라이보다 능력도 인간성도 뛰어난 사람이 낫다"고 말했다. 능력도 있고 호감 가는 사람이 당연히 선호 대상이지만 조직에서는 능력보다 호감도가 높은 이가 평가를 받고 있다는 결론이다. 조직뿐만 아니라 개인 간에도 남에게 호감을 주는 사람이 있는가 하면 불쾌감과 불편을 주는 사람이 있다. 특히 최근에 정치권에서 벌어지는 막말들이 국민에게 호감을 잃고 불쾌감을 주고 있다는 사실을 알아야 한다. 촌철살인(寸鐵殺人), 촌철활인(寸鐵活人)을 명심하자.

세상을 바꾼 세 개의 사과

2014. 10. 10.

세 개의 사과가 생각난다. 아담과 이브를 유혹한 에덴동산의 사과, 만유인력을 찾아낸 뉴턴의 사과 그리고 2011년 10월 5일에 세상을 바꿔 놓고 세상을 떠난 스티브 잡스가 만든 회사명 애플.

스티브 잡스의 메시지, 일, 돈, 사랑, 죽음이 떠오른다. 1) 진정으로 만족하는 유일한 길은 당신이 위대한 일이라고 믿는 일을 하는 것이다. 사랑하는 사람을 찾듯이 사랑하는 일을 찾아라. 2) 살다 보니 돈은 중요하지 않더라. 오늘 정말 멋진 일을 했다고 말할 수 있는 것이 중요하다. 3) 다른 사람의 삶을 사느라 한정된 시간을 낭비하지 마라. 중요한 것은 당신의 마음과 직관을 따르는 용기를 내는 것이다. 4) 실패의 위험을 감수하는 사람만이 진짜 예술가다. 늘 갈망하고 우직하게 나아가라. 5) 언젠가 죽는다는 사실을 기억하라. 그러면 당신은 정말로 잃을 게 없다.

스티브 잡스는 미혼모에게서 태어나 불량 생활을 하면서 대학을 중퇴하고 삼류로 세상을 출발한 괴팍한 창조자다. 잡스가 아이맥, 아이팟, 아이패드에 이어 애플 2로 PC 시장을 개척하고, 다시 아이패드, 아이폰으로 포스트 PC 시장을 만들었다. 청바지와 검은색 티셔츠로도 멋지게 살다 간 스티브 잡스다. 세계인들이 그의 죽음을 안타까워한 것은 그가 '다르게 생각하기(Think Different)'라는 새로운 복음을 전파했기 때문일 것이다. 세상을 바꿀 네 번째 사과는 언제 나타날까?

지구 종말론의 현실화

2014. 10. 14.

최근 서울시 박원순 시장의 동성애 합법화 발언이 언론에 보도되어 큰 충격을 주고 있다. 오늘 언론 보도에 의하면 가톨릭이 죄악시해 온 동성애, 동거, 이혼 등에 대해 세계주교대의원회의(주교 시노드)가 유연하고 포용적인 입장을 담은 중간 보고서를 13일에 발표했단다. 19일에 최종 보고서를 내놓을 예정이란다.

남녀 간의 사랑은 대부분 결혼을 전제로 이뤄지고 있다. 결혼은 하느님의 창조 사업을 인간을 통해 대행케 하는 위대한 거사다. 구약성경을 보면 하느님은 인류 창조 시에 남녀를 만들어 놓으시고 좋아하셨다. 동성애의 인정은 하느님의 창조 사업을 부정하고 역행하는 행위이며, 가톨릭 신앙의 근간을 뒤집는 반인륜적, 반가톨릭적 행위이다. 또한 하느님을 부정하는 천인공노할 행위이다. 결혼을 금지하는 성직자들 간의 동성애를 현실화하겠다는 숨은 발상은 아니리라 생각한다.

2,000여 년을 지켜온 가톨릭의 위기를 자초하고 지구 종말을 예고하는 주교 시노스의 사려 깊은 결정을 기대해 본다. 가톨릭이 동성애를 인정하고 싶으면 먼저 성직자들의 결혼을 인정하는 방안을 강구하는 것이 어떨까? 동성애? 말세가 다가왔다는 서글픈 생각이 난다.

선진국으로 가는 길

2014. 10. 20.

대한민국은 1인당 국민소득 3만 달러, 무역규모 1조 달러를 달성하여 세계 10대 경제 대국의 위치에 와 있다. 3050(국민소득 3만 달러, 인구 5천만 명)의 7번째 국가 반열에 오를 것으로 예상되고 있어 물량적으로는 선진국 반열 진입에 와 있다. 선진국의 조건은 단순히 물량만을 기준으로 하고 있지 않다는 사실을 간과해선 안 된다. 예를 들면 부자 나라인 사우디아라비아, 쿠웨이트가 선진국으로 평가 받지 못하고 있다는 사실이다. 선진국의 조건은 경제력은 물론 정부의 청렴성, 국민의 도덕성, 성실성, 준법성은 물론 국가경쟁력 수준 등이 평가의 대상이다.

그렇다면 우리는 과연 선진국의 조건을 충족하고 있는가? 역대 정권의 도덕성이 도마에 오르고 부정부패, 비리가 난무하며 각종 대형 사건과 사고가 꼬리를 물고 있다. 우리 국민의 준법성, 성실성과 정부의 관리시스템 부재, 부정 비리의 산물로 그 원인을 찾을 수 있다. 사건 사고만 나면 정부책임, 나아가서 대통령 책임까지 거론된다. 나 자신의 책임이란 말은 찾아보기 어렵다. 선진국은 국민의 책임을 다하는 국가를 말하고 법과 원칙을 지키는 국민을 말한다. 기초질서 지키기부터 생활화하고 가정과 학교, 사회교육을 강화해야 하겠다.

여야 정치권의 화두가 혁신이며 정부도 개혁과 혁신을 외치고 있다. 개혁과 혁신의 전제는 주체들의 스스로의 개혁과 혁신 없이는 공염불에 머물고 만다. 선진국이 되기 위해서는 국민의 의식전환 즉 새로운 패러다임 전환 없이는 불가능하다는 사실을 알아야 한다. 역사는 패러다임 시프트의 반복이다. 6개월 전 세월호 사고, 17일 발생한 판교테크노밸리 환풍구 사고가 주는 교훈이 안전한 대한민국, 행복한 사회를 만드는 교훈이 되기를 기대해 본다. 선진국의 길은 가깝고도 먼 길이 아닐까? 그래도 가야 한다.

현대사를 다시 쓴 박정희 대통령

2014. 10. 26.

우리의 5000년 역사는 가난과 외침, 분열과 정쟁으로 점철된 역사다. 900여 회의 외침, 105년 전 나라를 빼앗겨 35년간 일제가 강점한 것은 치욕의 극치이며, 1945년 해방을 맞고도 민족이 하나로 합치지 못한 결과는 6.25의 민족상잔으로 300만 사상자와 1,000만 이산가족, 전 국토의 폐허를 갖고 왔다. 길고긴 가난은 끝날 줄 모르고 초근목피로 연명해 온 가련한 민족이었다.

5.16 군사혁명과 유신 체제에 대한 평가는 다를 수 있다. 다만 박정희 대통령은 국가를 바로 세우고, 국민에게 희망과 자신감을 갖게 하며, 구라파에서 200여 년 전 일으킨 산업혁명을 대한민국에서 일으킨, 현대사에서 가장 위대한 지도자로 평가받고 있다. 재임 18년 동안 부정부패를 척결해 깨끗한 국가를 만들고, 의식 개혁과 농어촌 소득 증대의 목표를 달성한 새마을운동, 튼튼한 자주국방, 무역 진흥, 고속도로 건설, 제철, 중화학공업, 조선, 건설, 방위 사업, 해외 건설 진출, 월남 파병 등 종횡의 그의 발자취는 오직 애국과 애족의 연속이었으며 그의 무대는 현장이었다.

세계적인 미래학자 엘빈 토플러는 민주화란 산업화 후가 아니면 불가능하다고 말한 바 있다. 한국적 민주주의는 애국 독재를 의미하는지도 모른다. 지금 대한민국은 10대 경제 대국, 7대 무역 강국의 반열에 올라 있다. 위대한 지도자의 리더십, 국민의 피와 눈물 그리고 땀의 결정체다. 북한의 핵 도발, 남남 갈등과 종북 세력도 우리의 위협 대상이다. 여의도 국회는 정쟁의 장으로, 각종 부정부패가 국민의 분노를 자아내게 하고 있다. 오늘이 박정희 대통령 서거 35주년 기일이다. 동작동 국립현충원 지하에 계신 그는 지금 우리에게 무슨 말씀을 하시고 싶을까? 국방을 튼튼히 하고 정쟁을 끝내고 경제를 살려 국민 잘살게 하라고 하시겠지요. 그의 명복을 빈다.

필자는 일제강점기 초등학교 입학, 6학년 한국전쟁, 대학 시절 4.19 데모 참가, 5.16 군사혁명, 33개월 군대 생활, 32년의 직장 생활, 15년의 소기업 경영을 거쳤다. 그때를 떠올리노라면 나의 작은 파노라마가 펼쳐지곤 한다.

생존 전략

2014. 11. 02.

자연은 인간의 영원한 스승입니다. 적색, 황색, 갈색으로 변한 단풍잎이 낙엽으로 변해 땅에 뒹굴고 있습니다. 날씨가 추워지면서 뿌리에서 수분과 영양분을 차단해 활동을 멈추게 되면 엽록소가 파괴되고 자기 분해를 통해 색이 변해 단풍이 되고 잎이 말라 낙엽이 됩니다. 생존을 위한 월동 준비를 철저히 합니다. 정말 자연의 섭리와 신비에 고개가 숙여집니다. 자기 것을 버려야 생존한다는 엄연한 교훈입니다. 겨울 강추위를 견뎌 새봄에 움이 트고 꽃을 피우기 위해 모든 것을 다 내려놓는 나무의 결단이 위대해 보입니다.

필사직생의 성웅 이순신 장군의 명언의 의미가 떠오릅니다. 사회가 혼란스럽고 위기에 두려움을 갖게 되는 이유 중 하나는 지나친 탐욕과 자기희생 부족은 물론 기득권을 포기하지 않기 때문입니다. 자신을 내려놓지 않으면 영원히 생존이 불가능하다는 것에 기반한 생존 전략은 국가나 기업 그리고 개인의 공통의 전략이 될 것입니다. 우리 인간에게 보편적 평등은 죽음입니다. 인생 단풍잎이 된 나 자신의 죽음을 묵상하고 언젠가 들어갈 상상의 관 속에 미리 들어가 보려 합니다. 생각과 행동의 변화 없이 생존은 불가능한 시대에 살고 있습니다. 변화는 위대한 생존 조건입니다. 정부와 국회가 개혁과 혁신을 추진한답니다. 전제는 기득권을 내려놓는 것이며 개혁과 혁신의 주체가 먼저 변화하라라고 권고하고 싶습니다. 만추의 11월 한 달 동안 월동 준비를 착실히 해야겠습니다. 여러분의 건승을 기원합니다.

세상에 공짜는 없다

2014. 11. 08.

우리가 누리는 자유와 평화 그리고 부와 건강은 인류의 끊임없는 투쟁으로 쟁취한 산물이다. 워싱턴 D.C 한국전쟁 기념공원에 적힌 'Freedom is not free(자유는 공짜가 아니다)'는 기념비 내용의 일부이다. 1950년 6월 25일, 한국전쟁이 발발하자 미국은 연인원 198만 명을 한국전에 참전시켰고 그중 5만 4,246명이 전사했다. 부상자는 46만 8,659명이었다. 즉 한국이 자유를 누릴 수 있게 된 것은 이들의 값진 희생의 대가이며 공짜가 아니라는 것이다.

영원한 우방! 미국은 대한민국의 존재 가치로 재평가되어야 한다. 그동안 정치권이 앞다퉈 국민을 현혹시켰던 무상 복지가 도마 위에 올라 있다. 무상 급식, 무상 보육, 무상교육 등 무상 복지 시리즈의 재앙은 이미 예고된 사건이다. 국가 재정을 외면하고 선별적 복지가 아닌 보편적 복지가 가져올 필연적 결과였기 때문이다.

2011년 오세훈 서울시장이 무상 급식에 대한 주민 투표로 시장직을 떠났다. 공짜로 주겠다는 급식을 반대할 시민은 없기 때문이다. 무상 복지 시리즈는 여야의 선거 경쟁의 산물이며 공짜에 익숙한 국민들은 재원 부족이라는 불편한 진실과 허상을 이제야 알게 되었다. 복지는 필요한 사람에게 필요한 때에 필요한 만큼 누수 없이 정확하게 전달되어야 한다. 최근 남유럽 국가들의 재정 파탄을 타산지석으로 삼지 않으면 재정은 거덜 나고 국민은 복지병으로 사망할 수 있다. 정권에 미련 두지 말고 국가 백년대계를 위해 새해 안에 복지 재조정에 나서야 한다. 복지에는 공짜가 없다(welfare is no free)는 사실을 이제라도 알기를 바란다. 참된 지도자는 애국자여야 한다.

한국 경제의 견인차, 서비스산업

2014. 11. 12.

한·미, 한·칠레 FTA 체결에 이어 중국과의 타결, 호주와의 협상으로 우리는 광활한 경제 영토를 갖게 되었다. 이는 세계화·개방화에 선제적 전략으로 높이 평가받을 일이다. 경제와 무역 규모로 세계 10대 경제 대국의 반열에 올라 있으나 국내 경제는 가계 부채 증가, 실업률 상승, 구매력 감소 등 디플레이션 현상을 맞고 있다. 우리나라 서비스산업은 GDP 대비 58퍼센트, 고용 70퍼센트 비중을 차지하는 중요한 산업이다. 서비스산업은 관광, 의료, 교육, 금융, 물류, 정보 통신 기술 등 지식 기반 서비스업, 한류, 스포츠, 디자인, 컨설팅 등 다양한 분야를 포함하고 있다. 중국의 13억 인구, 외환 보유 40조의 매력은 물론이고 미국 등 상대국들의 서비스산업의 강점을 흡수할 수 있는 영역은 서비스산업뿐이다. 싱가포르의 아시아 교육 허브, 태국의 의료 시장 개방 및 영리법인 허용, 두바이의 관광, 물류, 금융 등 지식산업 육성으로 중동 지역의 비즈니스 및 관광 메카로 부상하는 사례를 타산지석으로 삼아야 한다.

지금 우리는 각종 규제로 서비스산업 진입을 막고 투자 유치도 막혀 있다. 안국동 인근 6성급 호텔 건립이 각종 규제에 묶여 있는 것은 서비스산업의 중요성에 대한 인식 부족과 호텔에 대한 당국과 시민의 구태적 의식에서 오는 한심한 사례이다. 재화의 한계, 부존자원 부족과 제조업의 치열한 경쟁을 극복하고 서비스산업 발전에 힘을 모아야 한다. 수려한 국토, 완벽한 SOC, IT강국, 5000년 역사문화유산, 지정학적 위치 등은 서비스산업 발전의 기반이다.

경제가 매우 어렵다고 일본의 잃어버린 20년의 재판을 우려하고 있다. 국민을 잘살게 하는 일이라면 무엇이든 한다는 사고의 전환이 필요하다. "경제야, 바보들(It is economics, stupid)." 전 미국 대통령 빌 클린턴의 말이 생각난다.

박수 칠 때 떠나라

2014. 11. 17.

노자 도덕경 44장은 지족(知足)의 처세 방법을 가르치고 있다. "知足이면 不辱하고 知止면 不殆하여 可以長久니라." 욕망을 눌러 스스로 만족함을 알면 욕되지 않고, 자기 분수와 능력의 한계에 머물 줄 알면 위태롭지 않고 오래 편안할 수 있다는 내용이다.

장기간 권력과 부를 누리면서 물러날 때에 과감히 포기하지 못해 불행한 사태를 맞는 경우가 있으며 동서고금의 역사는 이를 기록해 놓고 있다. 해가 저물 때까지 기다리지 말라. 남이 등 돌리는 모습을 보기 전에 자기 스스로 등을 먼저 돌려야 한다. 지혜로운 마주는 경주마를 은퇴시킬 때를 안다. 경주 중에 쓰러져 모두의 비웃음을 사기 전에 늠름한 모습을 보이는 것이 훨씬 낫다.

미인은 거울에 자신의 늙은 모습을 비춰지지 않도록 너무 늦기 전에 거울을 깨버린단다. 서울시장을 역임하고 충북지사 민선 2기를 마친 동문 이원종 지사가 3선(당선 확실 예상) 불출마를 선언하며 정계를 떠나는 신선한 충격에 모두가 아쉬워하는 분위기 중에도 본인이 보낸 "知止不殆."라며 축하를 보낸 일화가 있다. 박수칠 때 떠난 유일한 분 중 한 분이며 현재 대통령직속 지역발전위원장직을 수행하고 계시다. 수단 방법을 가리지 않고 자신의 능력을 외면하고 권력욕에 심취한 정치인, 공직자, 돈 많은 부자들도 한 번쯤 되돌아보아야 할 교훈이 아닐까? 생각해본다. 박수칠 때 떠나라.

최후의 심판

2014. 11. 23.

성경은 인간이 죽은 후 천당과 지옥행을 예언하고 있습니다.

마태오복음 25장 31~46절은 우리 주변에 헐벗고, 배고프고, 옥에 갇히고, 병들고, 나그네가 된 이들을 예수님과 동일시하면서 이들에게 잘해 준 것이 나에게 해 준 것이다. 이들 가운데 한 사람에게 해 주지 않은 것이 나에게 해 주지 않은 것이다. 그들은 영원한 벌을 받는 곳으로 가고 의인들은 영원한 생명을 누리는 곳으로 갈 것이다 하고 말합니다.

루가복음서 12장 16~21절에서도 하느님이 부자를 어리석다고 꾸짖으신 비유가 있습니다. 자신만을 위해 재산을 모으지 않고 주님 앞에 부유한 자가 되기 위해 선한 이웃과 가진 것을 나누며 살아갈 것을 당부하고 있습니다. 예수님은 탈렌트의 비유(루가복음 19장 11~27절)에서 돈 버는 것을 장려하고 칭찬합니다. 부자를 경멸하지 않고 정당한 부를 높이 평가하고 가난한 자들을 위해 베풀라는 자유경제의 신봉자이며 복지사회 구현의 선각자입니다. 나는, 우리는, 지금 보잘것없는 이웃을 위해 무엇을 했으며 하는지 묵상해 보는 시간이어야겠습니다.

연말을 앞두고 사랑의 온도탑이 세워질 것입니다. 하느님 나라의 백성이 될 자격의 기준이자 어렵고 어려운 사람들에 대한 사랑의 실천의 방안이 지금 논하는 복지입니다. 지난 2월 송파구 석촌동 세 모녀 자살 사건 이후에도 여러 곳에서 생활고에 시름하고 자살하는 사건이 발생하고 있습니다. 무상급식, 무상교육, 기초 연금 등 이들에게는 사치스러운 구호일 것입니다. 거창한 복지가 국가를 파탄의 길로 내모는 역기능을 생각해 보는 지혜가 필요합니다.

참복지는 꼭 필요한 사람에게 필요한 때에 필요한 것을 정확히 전달되는 것입니다. 나라 곳간에 쌓여 있는 넘치는 쌀만이라도 굶주리는 저들에게 전달되는 작은 복지라도 실천되기를 기대해 봅니다.

공직자의 윤리

2014. 12. 06.

공직자윤리법 제9조 및 동법 시행령 제16~22조에 공직자는 부정한 재산증식 방지, 공무 집행의 공정성 확보, 국민의 봉사자로서 공직윤리 확보 등 청렴의 의무와 공정성, 공직자의 윤리준수를 의무화하고 있다. 공자의 맥을 따르는 유교의 근본은 五倫이고 정치적 목적으로 만들어진 것이 三綱이다. 삼강은 군신(君臣)과 부자(父子)와 부부(夫婦)간의 섬김의 근본을 명시하고 오륜은 군신(君臣), 부자(父子), 부부(夫婦), 장유(長幼), 붕우(朋友)간에 지켜야 할 도리 즉 도덕적 지침이다.

윤리는 사람으로서 마땅히 지키거나 행해야 할 도리나 규범을 말한다. 법과 규범은 외적 규제를 말하고 도덕과 윤리는 내적 규제로 작동하곤 한다. 건국 이후 공직자의 윤리 준수는커녕 부정, 비리의 적폐가 국민의 지탄의 대상이었으며 불공정행위를 일삼는 것은 물론 공복(公僕)이 아닌 국민 위에 군림하는 상전의 위치에 존재해 왔다. 지금도 일부 고위공직자는 같은 아파트 내에서도 이웃 간에 소통은커녕 인사조차 외면하며 항상 높으신 분으로 살고 있어 '싸가지'로 치부하고 있다.

공직자의 윤리는 이웃의 리더로 겸손의 자세가 아닐까? 최근의 국가적 과제가 개혁과 혁신이다. 개혁의 주체가 공직자이어야 하지만 개혁의 대상이 공직자라고 많은 국민은 생각하고 있다. 참담하고 슬픈 현상이 아닐 수 없다. 최근 며칠 지상에 회자되고 있는 청와대 문건 내용과 유출, 그리고 퇴임 고위공직자들의 언행과 행동을 보면 그들의 국가관, 애국과 충성심을 찾아보기 어렵다. 2,500년 동안 내려온 삼강오륜이 무색해진다.

인성교육은 사람의 됨됨이를 가르치는 것이다. 고교시절 읽었던 춘원 이광수 선생의 소설 『마의 태자』에서는 의리 없는 친구보다 의리 있는 원수가 낫다며 의리를 강조했다. 의리는 인간이 지켜야 할 최고의 덕목이 아닐까? 생각해 본다.

비서(秘書)

2014. 12. 10.

비서는 상사의 최측근자로 중요 업무를 원활하게 수행할 수 있도록 상사를 보좌하는 역할을 담당하는 사람을 말한다. 비서학 개론은 비서의 자질과 역할을 설명해 놓고 있다. 민첩성, 정확성, 적극성, 분별력, 기획능력과 융통성은 물론 책임감 등을 자질로 보고 있다. 특히 비서는 상사와 스태프는 물론 구성원과의 커뮤니케이션 역할의 정점에 있는 사람이다. 비서는 문자 그대로 비밀을 준수할 의무를 지고 있는 사람이며 국가관과 애국심, 충성심이 투철한 사람이어야 한다.

최근 청와대 비서실의 문건 작성 및 유출로 정국이 혼란에 빠져있다. 이는 비서의 기본인 자질과 역할을 망각한 일탈 행위이다. 청와대 비서실장을 비롯해 비서관은 대통령과 소통하고 대면 보고할 수 있는 제도와 분위기가 마련되어야 한다. 미국에서는 장관을 SECRETARY라 호칭하고 있다. 대통령의 비서라는 의미이다. 어제 대통령께서 국무위원의 언행은 사적인 것이 아니다라고 언급하신 것도 이와 맥을 같이하고 있다고 본다. 정확한 정보 수집 및 보고, 상사의 시시 이행 등 중개역할을 통해 훌륭한 상사를 만드는 비서가 있어야 한다. 상사는 그런 비서를 발굴, 중용해야 한다. 정부, 국회, 사법부는 물론 공공기관, 기업체에도 비서의 역할이 중차대하다.

상사와 비서와의 소통 없는 조직은 민주적일 수 없다. 조선조 목숨을 걸고 임금께 상소하고 진언한 선비정신을 조선왕조실록은 기록해 놓고 있다. 위대한 우리 조상들의 정신을 이어받은 대한민국이다.

기업문화

2014. 12. 12.

정부의 심판관은 국민이며 기업의 심판관은 고객(소비자)이다. 민주국가에서 국민은 선거를 통해 정권을 교체하고 시시비비를 가려 직·간접적으로 정부를 여론이라는 이름으로 비판하기도 한다. 그래서 민심을 천심이라고 한다. 국민의 힘을 이길 수 있는 집단이나 개인도 존재할 수 없다. 그런가 하면 기업의 생사여탈권은 고객이 가지고 있다. 고객 없는 기업은 생존할 수 없다. 고객은 기업의 심판관이기 때문이다. 기업은 고객 만족을 위해 홍보광고 등을 동원하고 제품의 품질과 가격, 서비스 등 마케팅 전략을 극대화하고 이를 핵심역량화하기 위해 최선을 다하고 있다. 고객은 상품의 만족도 이상으로 기업 이미지에 민감하다. 기업의 최고경영자와 임직원들의 일거수일투족에 고객들의 환호와 질타가 쏟아진다.

최근 모 항공사의 땅콩 회항 사건은 기업 이미지에 큰 타격을 주고 있으며 금전적으로 계산할 수 없는 손실을 초래하고 있다. 기업에는 구성원들이 오랜 기간 공유해 온 아이덴티티와 가치. 즉 기업문화가 있다. 기업문화는 기업과 고객을 연결하는 매체이다. 기업은 자본주의 사회의 꽃이다. 기업의 역할이 어느 때보다 중차대하다. 기업은 고객인 국민에 대한 봉사자요, 군림자가 아니다. 더욱 겸손하며 고객은 왕임을 새삼 되새겨야 한다. 국민의 질타를 수용하고 더욱 발전하는 모습을 보여야 한다. 일부 기업인들의 잘못을 기업 전체를 매도하거나 반기업정서로 확산하여서도 안 된다. 경제 발전을 선도하고 세계 10대 경제 대국 위상을 만들어 놓은 것도, 지금 불황을 극복해야 할 무거운 책무도 기업에게 있다. 국민으로부터 사랑받고 국민이 사랑하는 많은 기업이 우리의 미래이다. 기업은 21세기형 새로운 기업문화를 만들어 나가야 한다.

시장의 주권은 소비자에게 있다

2014. 12. 15.

3년 전 정부와 지자체는 경제민주화, 경제 활성화 정책의 일환으로 유통산업발전법의 대형상점 규제 관련 조항에 따라 대규모 점포와 기업형 슈퍼마켓(SSM)에 대해 월 1~2일 의무휴업일 지정 및 영업시간 제한을 시행토록 했다. 또한, 재래시장과 중소상인 보호라는 명분을 내세웠다. 당시 오랜 기간 유통업에 종사한 본인은 시장을 외면한 탁상공론의 산물이라고 지적한 바 있다.

지난 12일 서울고법은 대형상점 영업규제가 위법이라는 판결을 내렸다. 법원의 대형상점 개념과 정의 문제 이전에 이로 인한 소비자의 선택권 제한과 불편은 물론 대형상점 상품의 70% 이상이 중소기업 제품과 농수축산물임을 간과한 시장을 왜곡한 포퓰리즘적 법개정이었다는 사실이 증명되었다.

재래시장 활성화에 3조 이상을 정부가 투자했지만, 결과는 없다는 통계가 나왔다. 이로 인한 소비자의 불편, 중소기업의 매출감소와 고용감소, 소비부진 등의 역효과를 초래했다. 시장은 애덤 스미스의 이론에 의해서가 아니라 소비자가 절대적 선택권을 가지고 있다는 사실을 잊어서는 안 된다. 정부의 화두는 경제 활성화와 규제개혁이다. 시장의 메커니즘을 알아야 하고 각종 인허가 개혁 없이 규제는 반복된다. 대형상점 영업규제가 최종심에서 어떻게 판결 나든 이미 시장의 주권자인 소비자의 판결은 내려졌다고 생각한다. 시장은 법을 지배하고 있기 때문이다.

헌법재판소 통진당 해산 결정 내용

2014. 12. 20.

12월 19일 헌법재판소는 9명의 재판관 중 8명이 찬성, 1명이 반대하며 정당 해산 결정과 의원직 상실을 결정했다.

[이유]

북한식 사회주의 실현을 목적으로 하는 위헌 정당에 해당한다.

헌법상 민주적 기본 질서에 위배한 정당으로 해산 외 다른 대안이 없다.

의원직 유지는 위헌 정당이 계속 존속하는 것과 같다. 정당 해산의 실효성을 확보하기 위해서이다.

의원직 상실은 위헌정당해산제도의 본질로부터 인정되는 기본적 효력이다.

[효력]

즉시 해산 효력 발생

의원직(지역 및 비례대표) 상실

잔여 재산 국고환수

성탄

2014. 12. 25.

어제저녁 예년과 같이 방배동 소재 까리따스 수녀원에서 아내와 함께 성탄전야 미사에 참여했습니다. 가장 비천하게 그리고 가장 낮은 곳에서 태어나신 예수님의 탄생 의미를 묵상했습니다. 세상을 변화시킨 단초가 된 한 여인, 걱정을 평생 지고 사신 성모마리아의 고통과 인내. 믿음으로 예수 탄생과 새로운 세상을 창조한 역사를 이뤘습니다. 미사를 주관하신 신부님은 강론을 통해 우리 모두에게 예수 탄생의 의미인 사랑과 용서 그리고 화해를 제안하시며 겸손함이 성탄이라고 말씀하셨습니다. 비천하게 그리고 낮게 세상에 오셨다가 우리 인간의 죄를 대신하여 비참하게 돌아가신 예수님의 길을 따르는 것이 참 신앙인입니다. 그러나 나는, 우리는 참 신앙인의 길을 걸어왔는가? 참회의 시간이었습니다. 가장 보잘것없는 이에게 해주는 것이 나에게 해주는 것이다. 네가 할 수만 있다면 도와야 할 이에게 선행을 거절하지 마라. 성경 한 구절을 묵상합니다. 성탄 축하하고 새해 순함의 상징인 양의 해에는 서로 싸우지 않는 순한 사회가 되기를 기원합니다.

국제시장

2014. 12. 29.

오늘 저녁에 아내와 함께 인기 영화 〈국제시장〉을 관람했다. 한국전쟁 당시인 1950년 12월 중공군의 개입으로 함흥·흥남 지역이 고립되자 통역사 미 10군단을 설득한 통역사 현봉학 박사와 1군단장 김백일 장군의 애국적인 헌신이 돋보이는 영화였다. 수십만 톤의 무기와 군수물자를 버리고 수만 명을 승선 탈출케 한 우방 미군의 결단에서부터 군과 민간인의 처절한 철수 상황과 황정민(윤덕수 역) 가족과 피난민의 처참한 탈출 장면. 승선을 못한 여동생을 찾기 위해 배에서 내리며 "이제 네가 가장이다"라는 아버지 윤진규의 간절한 부탁을 실천코자 그리고 가족 생계를 위해 덕수는 파독 광부로서 지하 갱도에서 사투를 벌이고 외화 벌이를 위해 월남 파견 시 베트콩의 공격으로 다리 부상까지 입게 되는 등 파란만장한 삶을 살아낸다. 파독 간호사 출신의 아내 영자는 당신 속에 당신은 없다고 푸념한다. 덕수는 내 자식들이 이런 고통을 겪지 않는 것이 다행이라고 스스로를 위로한다. 흥남 부두에서 헤어진 여동생, 미국에 입양되어 LA에 거주하는 막순이를 1980년 초 KBS가 주관한 이산가족 상봉 행사를 통해 만나는데 이때 많은 관객이 눈물을 흘렸다.

사람 사는 냄새가 물씬 나는 국제시장. 한국전쟁 시 피난민들의 애환이 듬뿍 담긴 부산 국제시장. 피난민의 보금자리였던 국제시장이 그립기만 하다. 한국전쟁 당시 나는 초등학교 6학년이었으니 윤덕수는 나보다 5, 6세 아래가 아닌가? 우리 세대(부모)의 피땀 그리고 눈물로 이룩한 대한민국임을 재인식케 했다. 이 영화는 대한민국의 최근세사의 한 장이다. 여야 정치인들의 관람을 권유하며 애국이 무엇인가를 생각해 보는 시간을 가져 보시라. 이를 정치적 시각으로 판단하는 것은 역사를 민망케 하는 것이다.

대한민국호의 항해일지

2014. 12. 31.

2014년 5,000만 명이 승선한 대한민국호는 1월 1일 출항하여 365일 먼 항해 길을 거처 오늘 12월 31일 목적지에 도착하고 있습니다. 항해 길은 폭풍과 거센 파도로 힘이 들었습니다. 선장도 기관사, 사무장과 사무원들도 힘들었다고 푸념을 쏟아냅니다. 5,000만 승객들이 집단 멀미에 고통이 심했다는 불만이 고조되어 폭발 직전에 와있습니다. 정말 다사다난한 해였습니다. 각종 대형사고가 꼬리를 물고 일어났습니다. 안전 불감증과 시스템 부재는 물론 직업윤리 실종이 원인이라 합니다. 정치권은 대결과 갈등으로 국민을 멀리하고 한 해를 허송세월 지냈습니다. 국정을 선도해야 할 국회가 국가 발전의 발목을 잡고 있어 국회 무용론이 대두된 지 오래입니다. 경제는 장기 불황으로 국민의 삶을 쪼들리게 하고 있습니다. 남북관계가 얼어붙었고 남남 이념 갈등이 계속되고 있습니다. 국민을 잘살게 하겠다는 복지는 국가재정을 위협하고 역기능이 사방에서 표출되고 있습니다. 창조경제와 경제민주화의 중간 결과도 보이지 않습니다. 규제개혁은 현실과 현장에서 멀리 있는 탁상 공론장에 머물러 있어 효험이 보이지 않습니다. 소통이 막혀있다고 볼멘소리가 여기저기서 들려옵니다. 상의하달, 하의상달이 잘 이루어져야 발전합니다. 대통령만 소통하라고 합니다. 청와대 비서실, 국무위원, 국회의원들도 소통에 나서야 합니다.

이래선 안 됩니다. 2015년 대한민국호는 순항해야 합니다. 선체를 점검하고 바꿀 것은 바꾸고 고칠 것은 고치며 내부 인테리어도 새 단장을 해야 합니다. 선장 선원도 교체하고 재교육도 해야 합니다. 운명을 같이한 승선한 국민이 힘을 합치고 순항을 위해 협조해야 합니다. 나만 살려고 하지 말고 같이 살려는 지혜를 발휘해야 합니다. 불만만 털어놓지 말고 해결책을 내놓아야 합니다. 선진 국민은 투철한 국가관으로 무장되고 애국심이 투철합니다. 법과 정의를 존중하고 룰을 지킵니다. 리더는 정직하고 공정하며 솔선수범하고 희생하고 책임을 다합니다. 훌륭한 리더를 만들고 리더를 따릅니다. 막말하지 않고 서로를 존중하며 약자를 배려합니다. 정치는 정(正)입니다. 국익 앞에는 여야가 없습니다. 법과 원칙이 바로 서야 합니다. 선진국민은 겸손하고 분수를 지킵니다. 국가의 멸망 원인은 부정부패 때문이었다고 세계사는 기록해 놓고 있습니다.

2015년 대한민국호가 험난 파도도 폭풍도 이겨내어 5,000만 국민 승객이 안전하게 목적지를 향해 항해하기를 기원합니다. 우리는 운명을 같이한 승선자입니다. 새해는 을미 양의 해입니다. 순한 동물의 상징이며 우리에게 고기와 양유와 양모 등을 제공하고 있는 고마운 동물의 해입니다. 우리가 모두 건강하시고 행복하시기를 기원합니다.

2015년

위기를 모르는 것이 최대 위기다

부부가 최고야

2015. 01. 03.

인기 드라마 '국제시장'에 이어 '임아 저 강을 건너지 마오'를 관람했다.

76년 동안의 영원한 연인! 강원도 작은 강이 흐르는 한적한 시골 마을에서 98세의 조병만 할아버지, 89세의 강계열 할머니의 한평생 로맨스를 엮은 다큐 영화다. 봄, 여름, 가을, 겨울 사계절에 백발 노부부가 펼치는 천진난만의 장난기 연출로 웃음을 자아내기도 하고 노부부의 일상 살림살이를 생생하게 연출하고 있다.

6남매를 길러 객지에 내보낸 부모는 늘 자식 걱정이다. 아버지 생일날에 와서 형제간에 싸우는 모습을 본 노부부는 말없이 한숨만 쉬곤 한다. 할아버지의 숨 가쁜 기침에 가래 내받기에 답답함을 느끼게 한다. 자식들이 진작 병원이라도 모셔야 하는데? 할머니의 주선으로 병원에 입원한다. 운명의 시간에 딸이 아버지를 부르며 울고 있다. 큰아들이 "아버지! 저희들이 잘하겠습니다."라고 뒤늦게 울부짖는다. 이 시대의 자식들의 형식적인 효심에 나는 어떠했는가? 반성해본다.

할아버지를 저세상에 보낸 외짝 할머니의 사부(思夫)의 처절한 독백이 눈시울을 적신다. 자식 소용없다는 주변의 이야기가 실감나기도 한다. 그래도 자식은 있어야 할 존재다. 아내는 훌쩍거리며 부부밖에 없다고 말한다. 이 영화를 통해 부부의 사랑, 자식들이 부모를 한번 되돌아보는 교훈이 되었으면 좋겠다. 고령화 사회에 노인 문제가 사회문제로 대두되고 있다.

신년 음악회

2015. 01. 08.

오늘 저녁에 아내와 함께 '세상, 함께 즐기자 – 여민동락(與民同樂)'이라는 이름의 세종문화회관 신년 음악회에 다녀왔다. 서울시국악관현악단(단장 황준연)과 서울시유스오케스트라단(단장 김지환), 서울시무용단(단장 예인동)이 어우러져 얼씨구야, 두레하이라이트, 신내림 등을 연주하는 색다른 관현악 하모니였다. 특히 우리 고유의 타악기가 특색을 보였다. 우리의 정서를 가장 잘 표현하는 우리 시대의 가인이자 소리꾼 장사익은 나와 같은 고향 홍성 출신이어서 남다른 감회를 느끼게 했다. 46세에 국악계에 입문해 최고의 소리꾼으로 평가받고 있는 장사익은 60대 중반이라는 나이를 무색케 한 열정과 고음으로 창의 진수를 뽐내고 흥겨운 어깨춤으로 관객을 흥으로 몰아 놓았다. 이에 박수 파도가 이어졌다. 7~8곡 중 나의 애청(愛聽)곡인 〈찔레꽃〉〈봄날은 간다〉가 나의 흥기를 자극했다.

농악에 맞춘 풍물놀이, 사물놀이에 이어 중요무형문화재 박동매 외 3인이 남도창, 방아타령, 둥당애타령, 강강술래를 선보였다. 우리 민족의 노래인 아리랑이 객석의 합창을 이끌어 내고 출연진 모두의 인사로 막을 내렸다.

예쁜 아이들 합창단이 오늘의 노래 외에 사회 활동에도 앞장서고 있단다. 아름다운 어린이들이다. 다사다난했던 갑오년을 보내고 2015년 을미년에는 세종문화회관 3,000석을 채운 오늘 신년 음악회처럼 신바람 나고 흥겹고 국민 모두가 어우러져 국가가 융성하고 국민이 편안했으면 하는 바람이다.

아름다운 만남

2015. 01. 17.

인생은 만남의 역사다. 한평생 누구와의 만남이 있었느냐에 따라 운명이 결정되기도 한다.

나는 이 세상에 태어나서 부모와 형제들의 만남, 나의 인생 제2기인 나의 아내와의 만남으로 자녀들과 며느리 그리고 귀여운 손자 손녀들과의 만남에 이어 이웃과의 만남, 학교에 입학해 스승과 동창 그리고 사회에 진출해 동료, 후배, 상사, 사회인들을 만났다.

그중에서도 나에게는 잊을 수 없는 만남이 있었다. 중·고교, 대학 시절 좋은 분들의 도움으로 가난을 극복하고 학업을 마칠 수 있었다. 군에 입대해 33개월 동안 사병인 나를 보살펴 주시고 지도해 주신 고(故)이민우 육군중장(전 국방차관)님은 내가 한화 그룹에 입사한 후 결혼 전 1년 동안 그분 댁에서 숙식을 제공해 주셨다.

32년 동안 한화에서 대표이사장, 부회장으로 일할 수 있게 해 주신 선대 김종희 회장님, 현 김승연 회장님과의 만남과 배려 역시 어찌 잊을 수 있겠는가? 대학 졸업 후 회사 측의 배려로 직장 생활을 하면서 석·박사 과정을 마칠 수 있었다.

또한 모교에서 강사, 겸임 교수, 초빙교수로 5년간 모교 강단에서 강의했다. 이런 멋진 영광은 모교 교수님의 배려였다. 내가 태어나고 자란 고향인 은하면, 13년간 명예 면장을 위촉해 주신 역대 홍성군수님들 덕분에 고향에 대한 관심과 작은 봉사의 기회도 가질 수 있는 행운을 잊을 수 없다.

정말 나는 인덕만은 타고난 사람이다. 1998년에 IMF라는 파도를 딛고 부도난 청주백화점을 인수했다. 위기는 기회라고 했다. 인수 4년 만에 정상화를 이뤘다. 대학 동기이며 57년 동안 우정을 나눠 온 막역지우이며 모교 발전에 1등 공신인 한용교(주 원지 회장 및 한용교 장학재단 이사장) 회장과의 이야기이다. 2002년 회사는 10억의 단기자금이 필요했다. 친구 간에 돈거래는 금물임을 주장해 온 내가 얼굴에 철판 깔고 거절을 각오하고 10일간 10억 차용을 요청했다. 그런데 즉석에서 OK란다. 식은땀이 나고 눈물이 났다. 참 고마운 친구다.

나는 7일 만에 상환하고 제주도에서 부부 동반으로 골프 후 술 한잔하며 "한 회장, 반대로 한 회장이 10억 차용 요청했으면 나는 안 해 줬을 거야." 하고 말했다. 가 회장도 나처럼 했을 거란다. 한 회장은 2004년 모교에서 명예 법학박사 학위를 받았다. 나는 박사 가운을 선물하려고 제작사를 방문했다. 가운은 학교 측에서 제공한단다. 허탕이다. 작년 봄 기지를 발휘해 양복 한 벌 같이해 입자는 나의 권유가 이뤄진 일이었다. 지난 가을부터 한 회장이 양복 한 벌 같이 해 입잔다. 여러 번 사양했는데 월요일 양복 맞추러 간다. 한용교 회장은 봉사하기 위해 태어난 사람이다. 장학금 쾌척, 각종 기부. 전임 총장 장례비용전액 부담. 각종 모임비용 부담, 동창 모임선물 희사 등 종횡의 그의 발자취가 여러 곳에 남아 있고 그의 발길의 끝은 알 수 없다.

이 시대의 화두인 베풂과 배려를 몸소 실천하는 한용교 회장에게 아낌없는 신의 가호가 있을 것이다. 지금의 내가 있기까지 주위의 선후배, 동료, 친구가 나의 버팀목이었다. 70대 후반에 서 있는 나는 새로운 만남보다 지금까지 만난 분들을 다시 생각하는 시간을 가져야겠다. 이분들이 있어 나는 행복했고 지금도 행복하다. 감사 또 감사할 뿐이다. 반가운 분들에게 행운을 전하고 싶다.

잊힌 선행

2015. 01. 24.

1983년, 한화 그룹에서 인수한 부도난 포장 전문 업체인 ㈜ 삼진알미늄의 대표이사로 부임했다. 자산 부채 등을 정리하고 정상화의 기틀을 마련한 후 김승연 회장(당시 31세)께 종합 보고를 드리는 시간이었다. 전 사주인 박 회장의 주택은 혜화동 로터리 인근 2층 가옥이었으며 선산은 청평가도 당시 상명여대 연수원 인근 임야 3,000평 정도였다. 무슨 용기 발로였는지 회장께 이 두 부동산을 되돌려주면 좋겠다고 건의했다. 회장님은 보고를 마친 자리에서 좋은 생각이라고 쾌히 승인하셨다.

직보·면전 소통이 중요하다. 옛날 수첩을 정리하다 이 내용을 발견했다. 오해도 받을 수 있는 자산 문제를 제기한 40대 중반의 용기도 자화자찬할 일이지만 이를 즉석에서 승인하신 김승연 회장님의 따뜻한 기업가 정신이 새로워진다. 경제 대국을 이루는 데 앞장섰던 기업에 대한 높은 평가를 잊어서는 안 된다. 작금의 대기업에 대한 부정적인 국민 정서도 정제되어야 하지 않을까 생각한다.

김수환 추기경 선종 6주년

2015. 02. 04.

오늘 저녁 8시 김수환 추기경 선종 6주년(2009년 2월 16일) 추모 음악회가 예술의전당콘서트홀에서 열려 가족과 함께 다녀왔습니다. 본인이 참여하고 있는 가톨릭대학교 김수환 추기경 연구소가 주최하고 평화방송. 평화신문이 주관했습니다. 우리 사회에 사랑과 나눔의 씨앗을 뿌리시고 실천하시고 가난하고 약한 이들을 찾아 돌보시고 민주화에 앞장서신 김 추기경님을 그리워하는 사람들이 자리를 같이했습니다. 이 시대에 참 어른이었으며 스스로를 바보라고? 우리는 천치도 안 될 성싶습니다.

최근에 우리 사회는 혼란과 반목으로 몸살을 앓고 있습니다. 이를 포용과 통합, 조정하며 가르치고 치유할 어른이 없답니다. 역대 대통령, 삼부요인, 국회의원, 장관, 장군님들. 어른 노릇 못 하고 있다고 국민의 비난 대상이 되고 있습니다. 이 시대에 참 어른이 그리워집니다. 종교가 세속화. 정치화. 기업화되어 간다고 걱정하고 있습니다. 김 추기경님은 나눌 것이 없다면 함께 울어주는 것만으로도 그들에게 밥이 될 수 있다고 말씀하셨습니다. 하늘나라에서 서로 사랑하고 감사하며 나누고 정직하게 살라고 당부하고 기도하시리라 믿습니다. 김 추기경님의 명복을 빕니다.

기업은 2류, 정부는 3류, 정치는 4류

2015. 02. 09.

“기업은 2류, 정부는 3류, 정치는 4류.” 20년 전인 1995년에 북경에서 삼성 이건희 회장이 한 말이다. 20년이 지난 지금 정치는 몇 등급으로 승급했을까? 여론조사 기관은 여야에 대한 지지율이 2~30퍼센트대에 머물러 있다고 발표한 바 있다. 국민이 정치를 외면하고 신뢰를 보내지 않고 있다는 증거다.

여야 공히 정쟁과 정파 싸움에 매몰되어 국가와 국민을 아랑곳하지 않고 있다. 국가 안보와 민생을 챙기고 합리적인 대안을 내놓고 선의 경쟁을 해야 할 여야 정치인은 보이지 않는다. 여당은 친박·비박으로 나뉘어 쌈질하고, 대통령과 정부 공격거리만 찾고 있다. 야당도 친노·비노로 갈라져 당대표로 선출된 문재인 대표의 길도 험난할 것이란다. 전직 대통령 묘소 참배가 대단한 일이 된 대한민국이다.

조건은 있지만 정부와 전면전을 선포한 야당대표의 속 좁은 생각이 마음에 걸린다. 야당은 대안 정당으로 성숙되고 국민을 감동케 하는 정책을 제시하고 여당과 정부에 협력할 것은 적극적으로 협조하고 반대할 것은 대안으로 반대하시라. 분열과 갈등으로 국론이 나뉘고 북한은 매일 핵으로 우리를 위협하고 있다. 국민들은 불안하고 고된 생활에 지쳐 있다. 정치가 이를 해결해 주고 정치인들이 국민의 마음을 보듬어 줄 때 정치가 1~2류가 되지 않을까?

걸출한 정치 지도자가 그리워진다. 우리 모두가 마음의 문을 열고 소통하고 협력하며 상생의 길을 찾아 위대한 대한민국을 만들면 좋겠다는 생각은 나만은 아닐 성싶다.

일주일 사이에 일어난 일

2015. 03. 07.

일주일간 외국에 다녀왔습니다. 그사이 국내에서 일어난 일이 많네요.

3월 1일, 대통령께서 중동 순방길에 올라 활발하게 경제외교 활동을 펼치고 계십니다. 7, 80년대 열사의 중동 건설 현장에 진출, 활약한 대가가 산업화를 앞당긴 값진 국가들입니다. 건설, 오일, 무역뿐만 아니라 이제 이슬람 국가들과의 금융 유대를 강화할 것 같습니다.

3월 3일에는 일명 김영란법이 3년 만에 국회를 통과했네요. 내용은 입법 취지와는 달리 평등 원칙에 위배된다고 변협은 헌법소원심판청구를 제출했네요. 법은 원칙이 바르고 적용 범위가 명확해야 합니다. 자세한 내용은 모르지만 누더기 입법으로 보입니다.

3월 5일에는 민화협 주최 조찬회에 참석한 주한미국 마크 리퍼트 대사가 김기종으로부터 피습을 당하는 어처구니없는 사건이 발생했습니다. 다행히 생명에는 지장이 없으며 빠르게 회복중이랍니다. 조속한 쾌유를 기원합니다. 반인륜적 테러 행위이며 전권 대사는 상대국의 국가와 국가원수의 지위에 있는 분입니다. 반미, 종북주의자들, 수백 개의 불순한 위장 시민 단체들에 대한 특별한 조치가 불가피합니다.

최저임금을 올려야 한다고 여당은 공감하고 야당은 환영한답니다. 이미 대기업, 중견기업은 최저임금 인상을 적용하고 있습니다. 소기업, 자영업자들은 현행 시간당 5,580원도 힘겨워 비정규직, 시간제 사원을 내보내고 있습니다. 임금은 지불 능력도 무시해선 안 됩니다. 최저임금 이하를 받고서 일하고 싶은 사람도 많다는 현실도 고려할 필요가 있지 않을까 생각해 봅니다.

대학의 변화

2015. 03. 12.

20년 전인 1994년 11월 21일, 본인은 중앙일보에 '시급한 대학의 변화'라는 칼럼을 기고한 바 있다. 내용의 요점은 학문의 근친혼으로 인해 교수의 문호 개방과 학문의 경쟁이 봉쇄되고 있다는 것을 언급했다. 세계 최고의 명문 하버드 대학도 본교 출신 교수가 20퍼센트 미만이라는 사실을 언급하기도 했다.

대학은 학문과 지성의 전당이라고 한다. 지금 우리의 현실을 되돌아보면 변화와 혁신에는 눈을 감고 350여 개 대학이 치열한 경쟁을 외면하고 현실에 안주하고 있다. 대학 분규가 끊일 줄 모르고 각종 비리도 예외가 아니며 끼리끼리 선후배가 진을 치고 있다. 학위도 남발하다 보니 논문 표절 시비가 끊이지 않고 있다. 논문 작성자는 물론이고 지도 교수의 책임도 피할 수 없다. 최근에는 신입생 오리엔테이션에서 술로 인해 사망 사건이 발생하기도 했고, 여학생에 대한 성희롱 사건 등 불미스러운 사건이 수시로 발생하고 있다. 수련회의 목적은 사전 학교생활을 위한 교육이며 적응력을 지도하는 것이다. 수련회는 수십 대의 버스를 동원해 저 멀리 가야 하는가? 수련이 아닌 술먹이는 행태를 벗어나 학교 강당에서도 가능하지 않을까 생각해 본다.

그런가 하면 석·박사 과정 또는 논문 심사 후 지도 교수와 학생이 술판을 벌이는 것도 자제해야 한다. 아들딸들이 미국 유학 시 지도 교수를 식사에 초대한 바 있으나 항상 정중히 거절한 미국 대학교수들이었다. 미국의 국력은 대학이라고 말하고 있다. 그 많은 노벨상 수상자를 한 사람도 탄생시키지 못한 한국의 대학이다. 10여 년 후면 대학 정원 60만, 진학 학생은 40만 이 된단다. 글로벌 경쟁은 차치하고 요원한 대학의 구조 조정과 학문의 경쟁에 일대 변화가 시급한 과제가 아닐까?

대학의 경영 혁신, 경쟁력 강화가 생존 조건일 것이다. 변화의 파고를 예측하는 것이 존재 가치가 될 것이다.

염치

2015. 03. 15.

염치(廉恥)는 부끄럼을 아는 마음을 말한다. 자신의 잘못을 반성하지 않고 잘못에 대해 부끄럼을 모르는 국가나 개인이 있다. 36년 동안 우리 조국을 강점하고 반인륜적 행위를 한 것에 대해 반성은커녕 이를 왜곡하는 일본, 기습 남침으로 300만 명의 사상자와 1,000만 명의 이산가족을 만들어 낸 북한은 지속적인 각종 도발에 이어 핵과 미사일로 우리에게 위협을 계속하고 있다. 일본과 북한이 세계적 몰염치의 극치일 것이다.

사죄는 반성을 의미한다. 최근 한국을 대표하는 정·관계, 재계 고위층들의 범죄행위 그리고 가벼운 처벌과 사면 복권으로 국회나 공직자로 복귀한 이들의 행태를 보면 반성은커녕 당당함에 놀라지 않을 수 없다. 사면, 복권을 받았다 해도 범한 죄가 없어지는 것이 아니라는 사실을 망각하고 있다. 최근 전직 검찰총장의 혼외자식 문제에 대해 본인의 반성은 물론 진실에 대해 입을 다물고 있다. 또한 골프장 캐디 성희롱 사건에 연루된 전직 국회의장이 모 대학 석좌교수로 임명되었단다. 석좌교수는 학문적 업적을 이룬 석학을 말한다. 본인의 몰염치와 학교 당국의 처사도 몰염치의 극치가 아닐까? 지도자가 지켜야 할 최소한의 양심과 도덕, 지도자는 염치를 알아야 하지 않을까? 사죄와 반성은 큰 용기이다. 지도자의 최소한의 덕목은 염치를 아는 것이다. 최소한, 최소한 말이다.

싱가포르 국부 리콴유 전 총리 서거

2015. 03. 23.

지난 17일 '싱가포르 찬가'라는 글을 올리면서 리콴유 전 총리의 업적을 기술한 바 있습니다. 영국 캠브리지 대학에서 법학을 전공한 후 변호사로 귀국한 그는 1959년 초대 자치정부의 총리로 취임했습니다. 1965년 말레이시아에서 분리 독립 이후부터 1990년까지 총리를 맡으면서 부패 없는 청정 국가, 싱가포르를 만들어 낸 국부이기도 합니다.

세계인들에게 존경의 대상으로 추앙받는 리콴유 전 총리가

92세로 오늘 타계하셨습니다. 서울만 한 국토이지만 경제 영토는 서울의 수십 배를 만들어 낸, 우리가 본받아야 할 위대한 국가 경영인이자 정치인을 잃었습니다.

평소 개인적으로 존경하고 그의 자서전은 가장 감명 깊게 읽은 책 중의 한 권이었습니다. 리콴유 전 총리의 명복을 빕니다.

대한민국의 어머니

2015. 03. 26.

오늘의 대한민국이 존재하기까지 최고의 공로자는 우리의 어머니들이시다. 오랜 가난을 극복하기 위해 집안 살림을 도맡아 해 오며 가사와 육아는 물론이고 자식 교육을 위해 희생을 마다하지 않은 대한의 어머니들이시다. 어머니! 불러만 봐도 목이 메고 눈물이 글썽이는 사랑의 대명사가 어머니가 아닌가? 50~60년 전만 해도 교육은커녕 문밖출입도 자유롭지 못한 나라가 여성 대통령까지 배출해 냈다. 한강의 기적 이상의 새로운 기적이다.

오늘이 천안함 폭침 5주기가 되는 날이다. 북한의 어뢰가 천안함을 공격해 46명의 장병과 한준호 준위가 순직했다. 천안함도 두 동강 난 천인공노할 만행이었다. 지금도 생생하다. 고(故)

민평기 상사의 어머니, 충남 부여 출신 윤청자 할머니는 유족 보상금 1억 원과 국민 성금 9,100만 원을 신형 무기 구입에 써 달라고 선뜻 내놓으시고, 아들 모교인 부여고교에 후배들을 위한 장학금도 기탁하셨다. 이러한 시골 할머니의 애국정신을 어찌 잊을 수 있겠는가? 각종 방산 비리에 연루되어 두 해군참모총장이 구속되는 참담한 현실을 보면서 천안함 폭침, 연평 해전, 백련도 피폭 등으로 유명을 달리한 영령들에게 이 부끄럼을 무엇으로 변명할 수 있겠는가? 윤청자 할머니는 천안함 폭침이 북한 소행이 아니라고 주장한 그들에게도 따끔하게 정신 차리라고 일갈하셨다.

진정한 애국자는 누구인가? 대한의 어머니 윤청자 할머니의 모습이 눈앞에서 멀어지지 않는 것은 나만은 아닐 성싶다. 부패하고 부국강병을 소홀할 때 국가는 멸망한다고 역사는 똑똑히 기록해 놓고 있다. 국민과 함께 순국한 희생 장병들의 명복을 빈다.

야스쿠니신사, 제주 4.3 추모 평화공원

2015. 04. 03.

일본 도쿄 소재 야스쿠니신사는 당초 1869년 도쿄 초혼사로 창건되었다가 1879년 국가를 위해 순국한 자를 기념하기 위해 개정되었다. 그러나 개정 이후 2차 세계대전 중 동아시아 및 태평양 연안 국가를 상대로 침략 전쟁을 주도한 전쟁 범죄자(전범)를 신으로 추모하고 있어, 한국, 중국 등 피해국들은 일본 총리의 참배를 반대하고 있으며 이는 외교 문제로까지 번지고 있다.

제주 4.3 사태는 1948년 4월 3일, 정부 수립에 반대한 남로당 좌익 세력들의 봉기를 진압하기 위해 무력 충돌과 진압 과정에서 양민이 희생당한 사건으로, 그동안 진상 규명과 희생자들과 유족들의 명예 회복을 위한 특별법을 제정·공포하고 국가 추념일로 지정되었다. 다만 지금도 평화공원에는 폭동 주동자들인 남로당 좌익 세력들의 부적격 위패가 있으며 이들까지 추모받고 있다는 사실에 대한 반대와 재심 논란이 제기되고 있어 개운치 않은 평화공원이 되고 있다.

오늘 4.3 사건 67주년 추념식에서 이완구 총리는 4.3의 아픔은 "현대사의 비극이다"라는 추념사를 낭독했다. 광복 이후 남북 분단, 민족 갈등에 이어 동족상잔의 한국전쟁으로 300만 명의 희생자와 1,000만 이산가족을 만들어 내고, 지금도 동족끼리 65년 동안 총을 맞대고 있는 참담한 현실을 타개할 방안도 없어 보인다. 일본 야스쿠니신사, 제주 4.3 평화공원은 역사의 진실이 되고 왜곡되지 않는 부끄럼 없는 추모의 상소가 되어야 하며, 우리 대통령도 4.3 제주평화공원 추모식에 떳떳하게 참배할 수 있어야 할 것이다.

국회의원 정수 논란

2015. 04. 06.

정치 개혁이 국회에서 논의 중이다. 눈길을 끄는 부분은 의원 수 문제다. 심상정 의원이 360명으로 늘리자고 주장하더니 오늘 문재인 대표는 400명으로 늘리자고 했다는 TV 자막이 올라와 있다. 미국의 하원의원은 435명이다. 미국 수준에 맞추자는 논리 비약인 모양이다.

국가를 위해 하는 것 없는 국회 무용론이 대두되는 것도 숨길 수 없는 사실인데 국민은 이 문제를 어떻게 생각할까? 이왕이면 과감히 1,000명으로 늘려 국회의원 하고 싶은 사람 다하도록 하자.

개혁이 아닌 개악이 엿보인다. 국민을 외면한 민망스럽고 염치없는 작태의 극치이다. 참담하고 나라가 걱정스럽고 국민이 가련하기만 하다. 국회의원 양반님들 제발 정신 좀 차리시지요.

도덕적 장애인

2015. 04. 20.

오늘은 1981년부터 국가의 법정 기념일로 정한 장애인의 날이다. 선천적·후천적으로 신체 및 정신적인 능력의 불안정으로 인해 일상 또는 사회생활에 필요한 것을 스스로 전부 혹은 부분적으로 확보할 수 없는 사람을 장애인이라 정의하고 있다. (UN이 정한 권리선언) 우리 민족은 70년 동안 국토가 둘로 갈라진 장애 국토의 장애 국민으로 살고 있다. 즉 약 250만 명의 장애인이 살고 있는 것이다.

정부와 지자체, 복지 단체 및 사회단체가 장애인의 능력 개발과 생활수준을 확보할 수 있도록 의료, 교육, 직업 재활, 생활 지원 등을 전개하고 있다. 그러나 우리 사회에는 이러한 신체적·정신적 장애인보다 도덕적 장애인이 많이 있다는 데 심각성이 대두되고 있다. 더 심각한 건 이들을 치유할 재활 대책이 전무하다는 데 있다. 도덕적 장애인의 유형은 정·관계, 금융계, 교육계 등의 부정 비리를 일삼는 공직자형 장애인, 시류에 편승하고 기업 윤리를 외면하고 부정한 수단 방법을 총동원해 횡령, 착복한 검은 돈으로 재벌 되고 정치인도 되고 장학, 복지 사업 사회를 위해 착한 일 한다고 거드름 피우는 기업가형 장애인이 있다. 이들의 공통점은 도덕성의 상실, 후안무치의 극치를 보여 준다는 것이다. 이러한 도덕적 장애인들을 치유 또는 제거하는 게 시급한 작금의 현실이 일반 장애인에 대한 관심 이상으로 심각하다는 사실을 직시해야 할 것 같다.

별건 수사의 오해

2015. 04. 23.

별건(別件) 수사는 특정 범죄 혐의를 밝혀내는 과정에서 이와는 관련 없는 사안을 조사하면서 수집된 증거나 정황 등을 이용해 원래 목적의 피의자의 범죄 혐의를 밝혀내는 수사 방식을 말한다. 이런 수사 방식을 표적 수사, 먼지털이식 수사라고 비난해 왔다. 지금 검찰은 이런 방식으로 수사하지 않고 범죄 혐의자를 압박해 당초 목적 범죄를 찾아내는 구태식 수사를 지양하고 있다. 대부분 큰 사건의 피의자는 변호사가 입회해 수사의 불이익을 방어하고 있다. 최근 성완종 회장의 해외 자원개발 수사 과정에서 별건 수사에 대한 정치권이나 일부 법률가들의 의견이 있다. 자원개발 수사 과정에서 나타난 피의자의 횡령, 배임, 금품 수수, 정치자금법 위반 등 범죄 사실이 밝혀지면 당초 자원개발 비리수사와 별건 수사라고 수사를 중단할 수는 없다. 특정 범죄 수사 과정에서 범죄 혐의자의 추가적인 범행에 대한 증거를 찾을 경우에 수사를 확대하는 것은 문제가 될 수 없다는 사실을 알아야 한다. 수사기관은 고소, 고발 인지사건 수사에 성역 없이 수사를 하는 것이 원칙이다. 법률가들이 특정 사건에 대해 별건수사 운운하는 것은 지나친 법의 언어에 매몰된 이유가 아닐까 생각해 본다.

언어의 선택

2015. 05. 09.

새정치민주연합 최고위원회들 간에 재보선 패배의 후유증으로 국민들의 눈살을 찌푸리게 하는 막말이 오가고 있다. 이 과정에서 공갈이라는 단어가 등장했는데 이 용어의 정의를 밝혀 본다.

공갈은 재물이나 재산상의 이익을 취득할 목적으로 타인을 협박하는 행위를 말한다. 형법 350조 공갈죄는 타인을 협박해 불법적으로 자신이 재산상의 이익을 획득하거나 제3자로 하여금 재물의 교부를 받게 하거나 재산상의 이익을 취득하게 함으로써 성립하는 범죄를 말하고 있다. 정 모 최고위원이 공갈 운운한 것은 용어 선택의 오류이다.

국회의원들의 막말도 문제이지만 용어 선택은 지적 수준을 평가받는다는 사실을 알아야 한다.

스승의 날

2015. 05. 15.

오늘 5월 15일 스승의 날이다. 스승의 은혜를 되새기며 보답하고 스승은 스승의 길과 교육자의 책임을 다짐하는 날이다. 각급 학교에선 스승님을 위한 행사가 열리고 있을 것이다. 그런데 스승의 날을 맞이하여 학부모 출입이 봉쇄되고 전화도 받지 않고 휴교하는 등 진풍경이 벌어지고 있다. 촌지 사건으로 선생님과 학부모 관계가 단절된 것이 이유이다.

그간 교육현장은 황폐화되고 불신의 대명사가 되었다. 어린이집에 CCTV 설치 의무화가 법제화되었다. 이유를 막론하고 교사를 못 믿겠다는 한심한 증거이다. 학교 폭력이 심화되고 교사의 폭력과 막말도 어제오늘 이야기가 아니다. 초등학교 교문 앞에 경찰관이 배치되어 있다는 안내문이 붙어 있다. 교육자가 노동자로 바뀌고 학교와 학생을 뒤로하고 붉은 머리띠를 매기도 하고 삭발로 시위 현장에 등장하는 민망스런 사태도 발생하고 있다.

교권 확립도 매우 중요하다. 교사 노릇 하기 힘들다고 조기퇴직 신청자도 급증하고 있다. 학교는 있지만 교육은 없고 선생은 있지만 참 스승이 없다는 탄식의 소리도 끝이지 않고 있다. 아침 방송에는 학생 10명 중 8명은 선생님을 존경하지 않는다는 설문결과의 보도가 있었다. 2개월 전이나 미원장(이나미 심리 분석 연구원)은 동아일보에 존경할 것 없는 교수, 배울 것 없는 대학이란 한탄스런 글을 올려 읽은 바 있다. 교육현장이 혼란스럽다.

그래도 곳곳에 희생과 봉사, 제자 사랑으로 참스승의 길을 걸으시고 제자들로부터 존경을 받고 계신 분들이 많으시다. 교육은 국가 백년대계라고 입을 모으고 있지만 백년하청이다. 교육은 국력이다. 선진국은 교육 강국을 말한다. 대한민국의 교육열은 오바마 대통령이 부러워한 대목?이지만 내실과 내용은 어쩐지 그렇다. 개혁 중 교육개혁이 순위 1위가 되어야 하겠다. 교육계의 고질적인 부정비리 척결, 교육환경 개선, 교육계의 자율성 보장, 교육자의 자질을 높이고 교육계에 대한 신뢰를 회복해야 한다. 가정교육, 학교 교육, 사회교육이 삼위일체가 될 때 교육 강국이 될 것이다.

부부의 날

2015. 05. 21.

5월은 기념하는 날이 유난히 많습니다. 1일은 근로자의 날, 5

일은 어린이날, 8일은 어버이날, 15일은 스승의 날, 18일은 광주 민주화 기념일이며 성년의 날, 21일 오늘은 부부의 날, 25일은 석가탄신일입니다.

오늘 부부의 날은 2007년 국회 의결로 정한 법정 기념일입니다. 부부관계의 소중함을 새롭게 하는 목적으로 정하였으며 둘(2)이 하나(1) 된다는 21일로 정했답니다. 부부는 가정의 기본 단위이며 가정의 기둥입니다. 행복한 가정을 위한 부부 십계명도 있습니다. 부부는 사랑이라는 매체로 하나가 된 존재입니다. 부부 십계명과 성경 고린도서한 13장 사랑 편에 부부의 길이 요약되었습니다.

부부생활의 성공은 그리 녹록하지 않습니다. 세상을 사랑하는 것보다 부부 사랑이 더 어렵답니다. 부부생활의 큰 덕목은, 진실한 것, 참는 것, 믿는 것, 비교하지 않는 것, 교만하지 않은 것 등 실천하기 그리 쉽지 않은 것으로 요약하고 있습니다. 부부 만족도 조사에서 남성은 72%, 여성 64%, 다행히 합격선을 넘어 위안이 되네요. 나의 만족도는 평균치를 훨씬 넘긴 후한 점수를 주고 있습니다. 아내한테는 묻지 않았습니다. 무일푼으로 출발해 49년간 건강하게 근검절약으로 집 장만하고 2남 1녀 낳아 미국 유학 보내 박사 되어 교수 되고 착한 며느리 맞아 예쁜 손자 손녀 거느리고 살고 있으니 이만하면 만족이고 자랑할 만하지요?. 돈과 권력이 무슨 소용 있냐고? 우리 부부는 자기만족으로 살고 있답니다. 성공한 부부생활이 인생 성공이 아닐까? 부부의 날을 맞아 좋은 부부가 되어 행복한 가정, 밝은 사회가 되기를 기원합니다.

공안의 정의

2015. 05. 22.

역사가 국민을 분열시키고 있다. 한 나라의 역사 공유는 국민 합의와 통합의 기초가 된다. 국민이 역사를 공유하지 못할 때 국민은 분열하고 갈등에 휩싸이곤 한다. 해방 전후 공간에서 분열로 인해 조국 통일을 이룩하지 못한 통한의 역사가 민족상잔의 한국전쟁의 원인이었다. 한국전쟁이 남침이냐, 북침이냐로 60년간 논쟁을 벌였고 최근 공개된 소련의 비밀문서로 남침이었음이 밝혀졌지만 지금도 논쟁의 여지는 남아 있다.

2008년 광복절은 광복 63주년, 정부 수립 60주년 기념일이었다. 당시 야당은 1919년 4월 13일 상해 임시정부 수립일이 건국기념일이라고 불참하고 백범 기념관에서 기념식을 가졌다. 대한민국의 생일도 모르는 한심한 일이 벌어졌다. 국가(정부)는 영토와 국민 그리고 주권의 3요소로 성립된다는 상식을 알면 건국일은 1948년 8월 15일이 맞다. 제주 4.3 평화공원 기념관도 공산 폭도들과 군경, 양민이 합사한 관계로 올바른 기념식이 열리지 못하고 있다. 지난 5.18 광주민주화 기념식도 정부 공식 기념식과 시민 주관 기념식이 따로 열렸으며 공식기념식장에서도 임의 행진곡의 제창, 합창 문제로 양분된 기념식이 되었다. 신임 총리 청문회를 앞두고 야당은 공안 정국을 우려하고 부정부패, 비리 척결에 대한 공세도 펼칠 모양이다.

공안의 정의는 공공질서 확립과 국민의 안녕이며 부정부패 척결은 대한민국을 바로 세우는 일이다. 여야가 의견을 달리할 수 없는 큰 명제의 하나다. 국민이 힘을 합칠 때 나라가 융성하고 통일 대박도 앞당겨질 것이다. 국익에 관한 한 여야는 물론 너와 내가 따로 없다. 올바른 역사를 공유할 때 국민은 하나가 될 것이다.

대한민국, 대통령하기 힘들다

2015. 06. 07.

사건사고만 나면 대통령에 대한 비난이 쏟아진다. 사고 현장에 나타나란다. 이번 메르스 발병 사태에도 감염 환자가 입원한 병원에 나타나란다.

지난 금요일, TV조선에 박지원 의원이 출연해 대통령의 건강은 국가의 건강이며 안보의 한 축이기에 그런 주장에 반대하고,

감기 증상이 있는 청와대 비서실 요원의 대통령 접근도 불가케 하는 것이 당연하다고 말했다. 대통령 비서실장을 역임한 박 의원님 말씀에 공감했다. 만약 전쟁이 발발하면 대통령이 무장하고 전쟁터에 나가라는 주장인지 묻고 싶다. 물론 늦장 대응에 대한 비난은 피할 수 없다. 사건 사고는 언제든지 발생할 수 있다. 선제적인 조치. 신속한 대응력은 사고 수습의 필수조건이다. 대통령을 잘 모시는 것도 국민의 도리요, 의무이다.

가뭄 대책이 시급하다

2015. 06. 07.

세월호 사고로 14개월 동안의 혼란, 국회 여야의 장기 대치에 이어 메르스 사태로 혼돈을 거듭하고 있다. 지금 위의 사태보다 심각한 것은 장기 가뭄이다. 농작물이 타들어 가고 파종도 실기하고 있으며 식수난도 우려되고 있다. 정부나 정치권은 이에 대한 대책은커녕 논의도 없다. 공직자들의 안일무사가 국민의 신뢰를 잃고 국민들을 불안케 한다. 한 사건에 매달리기보다 복합적이고 다각적인 현안 문제를 찾아 해결해야 한다. 현안 문제를 모르는 것이 위기를 자초한다. 창조 경제 이상으로 창조 정치, 창조 행정이 시급하다.

국회의 관련 상임위, 농림수산식품부는 가뭄 실상을 모르고 있는가 보다. 우선 전국적인 가뭄 실태 조사를 실시하고 조속히 대책을 세우시라. 우자는 당해 봐야 안다는 말을 상기해 보시라. 하도 답답해서이다.

한국전쟁 65주년

2015. 06. 24.

내일은 한국전쟁 65주년이 되는 날입니다. 이미 여러 번 6.25에 대한 글을 올린 바 있습니다. 당시 제가 초등학교 6학년이었으니 여전히 생생합니다.

한국전쟁은 세계 전쟁사에 가장 혹독한 참상의 전쟁으로 기록되고 있습니다. 16개국 참전 연인원은 194만 7,087명입니다. 이 중 미국이 178만 9,000명이며 이어 영국이 5만 6,000명입니다. 전사 실종자는 5만 876명 그중 미군은 4만 6,770명입니다. 한국군 전사자는 13만 7,899명, 실종·포로자는 3만 2,838명입니다(국방부 군사편찬연구소 제공). 남북한 사상자는 200만 명이고 이산가족은 1,000만 명입니다. 즉 남북한이 초토화된 처참한 동족상잔의 전쟁이었습니다.

지금도 종전이 아닌 휴전으로 남북한 동족이 총 뿌리를 겨누고 있습니다. 북한은 핵으로 우리를 위협하고 잦은 도발을 강행하고 있습니다. 언제 전쟁이 터질지 누구도 가늠할 수 없습니다. 대한민국에서는 친북 좌파들이 북한이 좋다고 외치고, 정부를 공격하고, 분열과 갈등을 만들어 내고 있습니다. 그러면서 북한으로 갈 생각은 하지 않는 해괴한 현상이 발생하고 있습니다. 정말 이해하기 어렵고 답답합니다.

부산 소재 UN 평화기념공원에서는 오늘 UN전몰용사추모잎사귀회(회장 문상임) 주최로 매년 추모 헌화와 다례제를 거행합니다. 저도 참석은 못하지만 작은 지원을 해 오고 있습니다. 그곳은 참전국 전사자들의 명단과 위패가 모셔져 있으며 미국 등은 유해를 본국으로 모셔 갔습니다. 지금도 몇 천의 유해가 묘지에 안장되어 있으며 이곳 추모공원은 UN이 관리하고 있습니다. 아름다운 꽃과 나무숲만 아니라 묘역도 잘 단장되어 영령의 추모공원으로 손색이 없습니다. 시간이 되시면 자녀분들과 함께 방문해 보십시오. 관광은 물론 국가관 정립과 역사공부도 될 듯합니다. 참전 16개국, 의료지원국 5개국, 물자 지원국 39개국이 우리의 든든한 혈맹입니다. 당시 UN 회원국 60퍼센트 이상이 참전했습니다. 우리는 이들을 상대로 외교전을 펼치고, 이들 국가에 도움을 주는 국가로 거듭나야 합니다. 통일대박이 곧 이뤄질 것으로 확신합니다.

국회법 개정안 사실상 폐기

2015. 07. 07.

박 대통령이 거부권을 행사한 국회법이 국회 본회의에서 새누리당의 표결 불참으로 사실상 폐기되었다. 그동안 대통령의 거부권의 위헌 여부가 논란되었지만 국회의 입법권과 대통령의 거부권은 헌법에 보장되어 있는 권한으로 합법적인 권한이다. 문제는 지난달 29일 공무원연금법 개정을 통과시키면서 세월호특별법 시행령의 개정 근거법인 국회법 98조2항(3)의 개정이었다. 내용은 시행령이 국회법에 반할 경우 국회는 이를 수정·변경할 수 있고 이를 처리한 후 결과를 국회에 보고해야 한다, 라는 법이 강제 규정으로 행정부의 입법권(시행령 및 시행규칙 등 제정)인 헌법 제75. 95조에 반하기 때문에 위헌이라고 대통령이 거부권을 행사한 사건이다. 문제의 본질은 세월호특별법 시행령이 야당의 구미에 맞지 않아 반대하고 여당이 위헌 여부는 물론 개정 저의를 제대로 파악치 않고 법 통과에 합세한 것이다. 그러면서 국회 재의에는 불참해 법안 폐기를 주도한 이율배반의 행동을 했다. 이러한 사태에 대해 당대표, 원내대표는 물론 입법에 찬성한 의원들의 책임도 막중하고 특히 당대표와 원내대표는 책임을 져야 마땅하다. 유승민 대표는 어제 법안 폐기 후 입법 및 폐기 과정에 대해 깊은 사과와 사퇴를 결행했어야 했다. 유 원내대표는 사즉생, 책임지는 정치인의 모습이 본인을 더욱 성숙케 한다는 사실을 잊은 것 같아 아쉽기만 하다.

진퇴를 분명히 하는 걸출한 지도자가 그립기만 하다. 한심한 정당, 국회, 정치인이 언제 국민의 눈길을 끌 수 있을까?

그리스 깜짝 탐방

2015. 07. 09.

그리스는 약 7,000년의 역사를 가지고 있는 인류 문명의 원천지이며 민주주의 발생지이다. 2,500년 전 소크라테스, 플라톤, 아리스토텔레스 등 유명한 철학자를 배출한 국가이며 세계를 지배한 알렉산더 대왕도 그리스 출신이다. 남북한의 약 6/10 면적, 1,000만 인구, 아테네가 수도다. 한때 국민소득 5만 달러의 세계 최고로 부유한 국가이기도 했다.

1975년 군사정권 이후 민주화의 축배에 도취되어 공무원 노조와 결탁한 좌파 정권은 갖은 포퓰리즘 정책을 남발해 2010년 그리스 위기 도래 직전 공무원 연금의 소득 대체율은 96퍼센트, 퇴직해도 은퇴 전 월급을 그대로 받게 되다 보니 2008년 정부 재정 적자의 50퍼센트를 연금 지출이 차지했으며 공공 부문은 부패의 온상이며 지하경제, 부패, 탈세가 만연되었다.

좌파 포퓰리즘의 주인공인 알렉시스 치프라스가 금년 1월 총선에 승리 총리로 취임했다. 그는 2,800억 유로의 빚 탕감, 긴축정책 중단, 최저임금 인상, 부자 증세, EU 탈퇴 협박을 하면서 지난 6일 국민투표로 빚 탕감 요구, 긴축정책 반대, EU 탈퇴 등 국민 찬성을 이끌어 냈다.

EU 채권국과 IMF가 그리스의 국가 운명을 결정할 시간이 임박했다. 디폴트(국가 부도)의 오명이 기다리고 있다. 개인이나 국가가 빚내서 즐기는 향연은 독배라는 사실이 강 건너 불이 아니라 우리의 현실일 수 있다는 교훈을 잊어서는 아니 될 것이다. 원칙 없는 정치, 부정과 부패, 포퓰리즘의 정책은 국민을 병들게 하고 국가 멸망의 원인임을 다시 깨달아야겠다.

세월호 추모 노란 리본

2015. 07. 08.

세월호 추모 노란 리본을 15개월 동안 달고 계신 분들이 대단함을 알게 하고 있다. 이분들의 효심이야 얼마나 크고 깊을까? 이분들은 아마 최소한 3년 동안은 돌아가신 부모님 곁에서 슬픔을 나누었을 거다. 나는 부모님 돌아가신 후 삼우제 지내고 상장을 내려놓은 불효를 범했다는 생각이 든다.

나의 살아온 길

2015. 07. 21.

새마을운동 연수원 초청으로 새마을 지도자 350명을 대상으로 70분간 특강을 했다.

초등(당시는 공립국민)학교 입학한 해 8월에 광복이 되었으니 광복 70주년은 나의 인생 70년 사이기도 하다. 초등학교 6학년 한국전쟁이 발발하고 대학 3학년 4.19혁명, 이듬해 5.16 군사혁명, 다음 해 대학을 졸업하고 군에 입대해 33개월 복무를 마치고 65년 한화 그룹에 입사해 32년 동안 11개 계열사를 넘나들며 마지막 한화 갤러리아 대표 이사장, 부회장을 역임하고 98년 청주 소재 부실 부도 기업을 인수하고 경영 정상화를 이룩, 이윽고 서울의 대기업에 매각하고 지금은 평택에서 작은 회사를 운영하고 있다.

50년 동안 직장 생활을 하는 행운아다. 중·고교 시절 배고픔도 고단함도 참아 가며 왕복 24킬로미터 통학 길에서 청춘의 꿈을 되살리고 대학에 진학해 4년 동안 가정교사로 숙식비와 일부 학비도 보탰던 행운은 물론 인덕만은 타고났다. 직장 재임 중 대학원석, 박사 학위를 받고 모교에서 강사, 겸임교수, 초빙교수 역임하고 충청대 명예교수로 위촉받는 행운도 갖고 있다. 1966년에 결혼해 2남 1녀 낳아 외국 유학 보내 박사 되고 교수 되어 착한 며느리 맞아 예쁜 손자 손녀 두고 내년이면 결혼 50주년 맞는다. 50년 동안 가난도 이기고 집안 건사하며 남편 자식 뒷바라지 등 일만 하고 살아온 아내의 내공에 그저 고맙기만 하다. 항상 매사에 감사할 뿐이다.

이만하면 잘살지 않았나 하고 자위하고 있다. 5000년 우리 역사는 외침과 가난의 역사였다. 1963년 서독 광부 파견, 66년 간호사 파견, 64년 월남 파병, 73년 중동 건설현장 진출, 70년 부국 운동이며 정신 운동인 새마을운동으로 농촌이 변하고, 71년 통일벼 개발로 74년 쌀 자급자족의 해가 되었다. 가난의 역사를 청산하고 68년경에는 고속도로 개통, 72년 경부고속도로 개통, 제철소·조선·중화학 공장 건설로 1977년 수출 100억 불을 이루고, 2013년 5,000억 불을 달성 해 세계 무역 8대 대국의 반열에 올라있고, 1960년 1인당 국민소득 80달러에서 작년 2만 8,000달러로 세계 13위 경제 대국에 올라 있다. 한국전 참화를 극복한 기적의 대한민국이다. 1997년 IMF 외환 위기도 자조 정신으로 조기 극복한 국가다.

오늘 이룩한 조국 근대화. 부국을 이룬 것은 위대한 지도자 박정희 대통령의 혜안과 통치력과 국민들의 피와 눈물 그리고 땀의 결정체다. 근면, 자조, 협동의 새마을 3대 운동이 큰 몫을 했으며 지금 이 운동은 동남아, 아프리카, 남미 등 저개발 국가에서 도입의 물결이 퍼지고 있다. 이제 새 새마을운동인 봉사, 나눔, 배려 운동이 대한민국 선진화에 크게 기여할 것이며 200만 새마을 회원 및 지도자분들에게 역할을 부탁드렸다. 위대한 대한민국의 과제인 통일도 새마을운동으로 이뤄질 것이다. 우리조국은 더 발전하고 통일도 머지않아 이뤄질 것으로 기대하고 확신한다. 나는 2017년이 통일이 되는 해가 될 것이라고 말했다. 정직과 겸손을 실천하려고 노력하고 가훈으로 남기며 소박하게 살아온 보통 사람의 살아온 길이 이분들에게 작은 감동과 공감을 줬으면 하는 마음이다.

왕복시외버스를 타다

2015. 07. 30.

최근에는 평택 본사를 가기 위해 왕복 시외버스를 이용하고 있다. 왕복 2시간으로 시간단축은 물론 교통비도 9000원으로 경제적여서 좋다. 냉방도 잘되어 폭염주의보도 무관하다. 전용 차로로 달린다. 특권이 이렇게 좋다는 생각을 한다. 가끔 특권의 유혹이 새치기를 시도케 하는가 보다. 앞자리에 앉아 전용 차로로 쌩쌩 달리는 양편 버스가 나를 즐겁게 한다. 왕복 차도는 승용차로 주차장을 방불케 하고 있다. 지금 시간 오후 3시 반인데 휴가행렬인가 보다. 부자는 작은 차를 타고 그렇지 않은 사람은 큰 차를 탄다.

윤리적 자본주의

2015. 07. 31.

조국의 독립과 산업화, 민주화를 위해 수많은 국민들이 목숨을 바쳤다. 목숨을 바치는 사람은 수없이 많았고 지금도 외부의 안보위협을 받을 때 목숨을 바치겠다는 국민들이 많지만 재산, 그중에도 돈을 내놓았거나 내놓겠다는 사람은 그리 많지 않았다. 결국은 목숨보다 재산이 중요하다는 결론인가 보다.

재벌가들의 세습적으로 이루어지는 형제난을 보면 물보다 피가, 피보다 돈이 진하며 효심보다 돈이 중요함을 느끼게 한다. 자본주의의 기본원리는 윤리라고 교과서는 기술해 놓고 있다. 미국 자본주의의 기본은 청교도사상이란다. 천민자본주의에서 언제나 벗어나 국민으로부터 사랑받는 기업으로 변신할까? 생각해 본다.

제주해군기지(금년 말 완공)

2015. 08. 01.

제주해군기지는 2007년 노무현 대통령의 결정에 따라 건설을 시작한 이래 각종 반대 시위로 공사기간 5년이 지연되어 국방부는 시공 건설업체에 273억 원을 배상키로 결정했다. 반면 국방부는 공사를 반대한 개인, 시민단체 및 종교단체에 구상권을 행사하기로 했다. 당연히 엄한 배상책임은 물론 국가안보를 위한 군사시설 공사를 방해한 이들에겐 국가보안법 및 형법상 업무방해죄의 형사책임도 엄히 물어야 한다. 특히 천주교 신부들이 야외미사라는 종교행사의 이름으로 공사를 방해하고 일부 신부들은 중장비 위에서 고공시위, 중기차량 밑에 누워 시정잡배와 같은 행동으로 방해한 일급 방해꾼들이다. 이들 신부들은 사건, 사고만 나면 현장에 긴급 출동하여 수습은커녕 반정부시위를 주도하고 갈등을 부추기는 일등 데모꾼으로 변신해 왔다. 일명 정의구현사제들은 반정부, 국민 갈등과 분열에 앞장서 온 지 40년이다. 민주화에 공헌해온 작은 공로마저 스스로 상쇄시켜 왔다.

마태복음 18장 21~22절에서 예수께서는 잘못한 이들에게 일곱 번이 아니라 일곱 번씩 일흔 번이라도 용서해야 한다고 말씀하신다. 정의구현사제들은 4, 50년 전 군사정권을 수순이 비난하고 반정부의 중심에서 벗어나지 못하고 있다. 예수님의 가르침인 용서를 모르는 한심한 철밥통이다. 사제는 기도와 사목으로 그리고 사랑으로 복음을 실천할 것을 서언한 분들이다. 가끔 이런 신부들 때문에 교회를 떠나는 신자들도 많다는 사실을 알아야 한다. 사제의 본분을 지키는 것이 시급하다. 바티칸 2차공의회는 신자의 사제에게 순명의 의무를 제외한 것으로 안다. 종교가 정치에 개입할 때 종교와 신자가 분열하는 역기능을 잊어서는 안 된다. 제주해군기지가 완공되면 군항으로 국방에 큰 역할뿐 아니라 민항으로 산업 발전에 기여할 것이 기대된다. 이를 모르는 한심한 신부님! 용서해 주세요.

知止와 知足의 교훈

2015. 08. 05.

중지할 줄 알고 만족할 줄 알아야 한다는 말이다. 중국 전한 때 역사가 사마천은 130여 권의 방대한 역사서인 『사기(史記)』를 기원전 91년에 완성했다. 그 내용 중 아래와 같은 교훈적인 문장을 소개해 본다.

欲而不知止. 失其所以欲. 有而不知足 失其所以有(욕심을 중지할

줄 모르면 바라던 것까지도 잃고, 가진 것에 만족할 줄 모르면 자기가 가진 것까지도 잃는다)

노자 도덕경 44장에도 知止 不殆(중지할 줄 알면 위태로움이 없다)를 기록해 놓고 있다.

권력과 재물에 대한 탐욕의 전쟁으로 국가가 멸망하고 개인이 파멸하는 사례를 역사는 정확히 기록해놓고 있으며 성인들과 역사가들은 이를 경계하라는 경고를 2000여 년 전 이래로 반복적으로 한 바 있으나 우리 인간들은 이런 교훈에는 귀를 막고 실천을 외면하고 있다. 조선조 500년의 권력투쟁에 매몰되어 나라와 백성을 외면한 결과는 임진란과 병자란에 이어 일제강점, 남북분단 등 치욕의 역사를 만들어 냈다. 광복 70년에도 정쟁은 국력을 소진케 하고 재벌들의 친족 간 혈투가 세습화되고 있어 천민자본주의의 오명을 남기고 있다. 이 모든 것은 탐욕이 원인이다. 권력과 재물은 특정인의 전유물이 아닌 국민, 그리고 공공성을 가지고 있다는 사실을 알아야 할 것 같다. 선진국은 이렇게 하지 않는 국가이다.

우리 것을 소중히 하고 자긍심을 갖자

2015. 08. 06.

대통령께서 휴가 중 읽으신 『한국인만 모르는 다른 대한민국』(저자 임마누엘 페스트라이쉬) 일독을 권하고 싶다. 우리의 전통에 빛나는 역사에 대한 긍지를 갖지 못하고 역사 인식에 소홀하며 이를 폄훼하거나 불신으로 당당함을 보여주는 데 인색했다는 느낌이다. 저자는 50여 년간 이룩한 기적에 감탄하며 우리의 문화와 전통성을 높이 평가하고 있다. 한국의 정체성을 강조하고 국가브랜드 가치를 높여 존재감을 알릴 것을 조언하고 있다. 1장~6장으로 분류하여 우리가 간과한 내용을 기술하고 있다.

한편 부끄럼은 물론 우리만 모르고 있는 대한민국에 감탄하지 않을 수 없다. 우리는 자신을 너무 모르고 있다는 생각을 했다. 저자는 아시아에서 등장한 또 다른 1등 국가는 바로 한국이라고 강조해주고 있다. 2040년 세계 1위 국가가 된다는 예언도 있기도 하지만 다시 한번 확인하고 있다. 우리 것을 소중히 하고 자긍심을 갖고 미래를 긍정적으로 내다보는 사고의 전환이 필요하다. 통일은 대박이다.

박기춘 의원 체포동의와 구속

2015. 08. 13.

검찰이 요구한 체포동의안이 국회에서 가결됐다. 국회의원은 국회의 가결이 있어야 체포할 수 있는 특권(국회의원불체포특권)을 가지고 있다. 체포를 할 수 있지만 구속은 검찰의 구속영장 청구 시 법원의 영장 실질 심사 등의 절차를 거쳐 구속여부를 법원이 결정한다. 체포동의가 바로 구속이라는 오해를 설명하는 내용이다.

8월 마지막 날에

2015. 08. 31.

유난히 무더웠던 8월은 뜻깊은 광복 70주년으로 지난 70년을 되돌아보게 했다. 외침과 가난의 역사를 극복하고, 한국전쟁의 폐허 속에서 국민의 피와 땀, 그리고 눈물로 이룩한 산업화와 민주화로 세계 10대 경제대국 반열에 올라선 기적의 대한민국이다.

작년에 발생한 세월호 사고, 금년 5월에 발생한 메르스 사태로 국론이 분열하고 경제가 추락하는 충격을 받아 왔다. 다행히 메리스 사태가 거의 진정되어 외국 관광객이 예전 수준으로 되돌아오고 경기도 되살아나고 있단다. 지난 4일 비무장지대 남측에서 발생한 북한군의 목함지뢰 폭발로 우리 군의 하재헌 하사, 김정원 하사가 두 다리에 참담한 부상을 입었다. 병상에서 당장 일선에 복귀해서 저들을 박살내겠다는 늠름한 모습이 머릿속에서 기시지 않는다. 그런가 하면 사건 발생 후 전역을 연기하고 전쟁에 대비한 86명의 영웅들이 있다. 정말 눈물이 난다. 국가가 어려울 때 하나로 힘을 모으는 일이 진정한 애국이다.

이들이 있어 우리는 행복하다. 3일간 43시간 남북고위급 마라톤 회의로 25일 남북합의서를 작성하여 전운이 감돌았던 한반도에 화해와 신뢰의 서광이 보인다. 이는 북한의 한미 통합화력에 대응 능력에 한계를 보임과 동시에 우리 정부의 일관된 대북정책은 물론 일치단결한 국민과 군의 결연한 혈기의 결과라고 생각한다. 아무리 강조해도 부족함이 없는 국가안보는 우리 국민의 생존이다. 9월 초 대통령께서 중국 전승절에 참가하신다. 한반도 통일을 앞당기는 외교의 큰 축이 될 것으로 기대한다. 풍성한 9월을 맞이하여 국민이 하나 되고 서로 협력하고 나눔을 같이하는 멋진 달이 되었으면 좋겠습니다.

조국 통일이 가까이 오고 있다

2015. 09. 05.

최근에 국내외적으로 통일의 징후가 나타나고 있다. 원칙을 고수한 정부의 대북 정책과 강력한 한미 연합작전 훈련이 북한의 대화 제안을 이끌었고, 그렇게 열린 남북고위 회담으로 사과와 대화의 물고를 터놓았다. 북한의 목함 지뢰 폭발로 부상을 입은 하재원 하사, 김정원 하사의 늠름한 모습, 전쟁에 대비하고자 전역을 연기한 86명의 병사가 진정한 애국 영웅들이다.

대통령께서 중국 전승기념일에 참가하시어 남북한 평화통일에 중국의 역할에 기여하는 계기가 마련될 것으로 본다. 4일 상해 임시정부청사 재개관식에 참석하시어 진정한 광복은 평화통일임을 거듭 강조하셨다. 충칭을 출발해 33일간의 험난한 3,000킬로미터 광복의 길, 항일의 길, 96년 전 우리 선열들이 광복을 향해 달렸던 길이기도 하다. 이곳을 달려온 한·중 청년 20명이 상해 임시청사에 함께했다.

우리 젊은이들의 애국 행보는 계속 이어질 것이다. 이들이 진정한 통일 첨병이다. 통일은 우리 국민 모두가 하나 되고 통일 의지가 충만할 때 이뤄진다는 사실을 알아야 한다. 통일은 대박이다.

국회의 변화는 없다

2015. 09. 09.

범법 행위로 구속된 국회의원이 상임위원장직을 그대로 유지하고 감옥에 있다. 성폭행 혐의로 물의를 빚은 국회의원을 징계로 퇴출하지 않고 자진 사퇴하란다. 자진 사퇴를 거부하는 의원님도 철면피의 극치다. 각 상임위원회에서 재벌 총수 증인채택 문제로 볼썽사나운 고성과 몸싸움이 연례행사로 벌어진다.

국회는 정부 감독 권한을 갖고 있다. 먼저 기업 관련 부처장관을 불러 기업 관련 사항을 묻는 것을 우선해야 한다. 기업 지배 구조, 부정 비리, 금융 등에 대해서는 공정거래위, 법무부, 금감원 등이 먼저 설명을 해야 한다. 국감장에서 기업 총수에게 무엇을 묻고 어떤 답을 했는지 알고 있다. 호통치고 묻고 답변도 안 듣기도 하는 등 한심한 사례도 있었다. 국감 기간 중 기업 총수 증인 채택이 여의도 암시장설까지 회자되고 있다. 법도, 윤리도, 도덕도 없고 염치조차 없는 부끄러운 국회의원님들, 이분들이 국민의 대표란다.

내년 총선은 여야 국회의원 100퍼센트 교체해야 한다는 최대 명제와 명분을 만들어 놓았다. 현명한 국민의 선택이 기다리고 있다. 정치만 잘해 주면 국가는 발전할 수 있는데 말이다.

세 가지 위험

2015. 09. 18.

BC 120년 한나라 유안(劉安)의 『회남자(淮南子)』 「인간훈(人間訓)」에 있는 말을 소개하고자 한다.

天下有三危, 少德而多寵, 一危也.
才下而位高, 二危也,
身無大功而受厚祿, 三危也.

세상에는 세 가지 위험한 것이 있다. 덕이 모자람에도 총애를 받는 것이 첫 번째 위험이요, 재능이 낮음에도 지위가 높은 것이 두 번째 위험이요, 스스로 공이 없는데도 후한 봉록을 받는 것이 세 번째 위험이다. 위정자가 나라를 다스림에 있어 인사의 기준은 덕과 재능이 뛰어난 사람을 찾아 적소에 임명하는 것이며, 공직을 맡은 사람은 덕을 쌓고 재능을 기르며 분수를 알고 맡겨진 책무를 성실히 수행해 국가 사회에 이바지해야 한다는 당위성을 말한 내용이다.

지금 우리 사회는 적재적소 즉 정 위치에 사람들이 앉아 있는지? 자기 자리가 분수에 맞는지? 또한 최선을 다하는지? 정치인, 공직자는 물론이고 사회 각계에서 활동하는 우리 모두가 자신을 되돌아보는 시간이면 좋겠다.

제3차 시설운영위원회

2015. 09. 23.

2015년 3차 시설운영위원회를 합정종합사회복지관 2층 회의실에서 개최하였습니다.

늘 저희 복지관에 대해 칭찬을 아끼지 않는 메트로패밀리의 가갑손 회장님과 평택시의 복지정책에 큰 역할을 하시는 김동숙 과장님, 행사로 인하여 바쁘신 중에 참석해 주신 구세군합정노인복지센터의 이재오 센터장님, 늘 봉사의 손길을 주시는 루디아봉사회의 이명애 회장님께 심심한 감사의 말씀을 전합니다.

저희 복지관은 3개월 동안 쉬지 않고 달려와서 그 성과를 보고할 수 있게 되어 기쁩니다. 비록 직원의 수는 적지만 정말 열심히 일하였고 그 성과가 보이고 있습니다. 이제 남은 3개월도 더욱 열과 성을 다하여 평택시민을 섬기는 데 최선을 다하겠습니다. 저희를 늘 지지해주시는 운영위원님들과 후원자님들 또한 분 한 분 소중한 자원봉사원님들께 칭찬받는 사회복지기관이 되도록 더욱 노력하겠습니다. 감사합니다.

일본 기업 '교세라'의 창업자 이나모리 가즈오는 누구인가?

2015. 09. 28.

이나모리 가즈오는 일본에서 가장 존경받는, 살아 있는 경영의 신으로 불리고 있다. 마쓰시다 고노스케(파나소닉 창업자), 혼다 소이치로(혼다창업자)와 함께 일본의 3대 기업가이며 한국인이 가장 좋아하는 기업인이다. 교세라는 교토에 본사를 두고 있으며 업종은 전자기기, 정보기기(휴대폰 등), 태양광 시스템(태양전지 등), 세라믹 관련 기기 제조 회사이며 2010년 파산한 일본항공(JAL)의 경영을 맡아 13개월 만에 흑자로 전환한 경영의 달인이다. 그의 부인은 동경대 농생물학과를 졸업한 육종학자이며 씨 없는 수박을 개발한 한국인 우장춘 박사의 4녀인 아사코다.

그의 저서 중 특히 『불타는 투혼』은 불황기에 최고 경영자의 경영 철학은 기본에 충실하는 것이며, 불황을 극복하고자 하는 강한 의지를 주문한다. 경영자는 격투기를 할 때와 같은 투혼이 필요하며 전 임직원과의 유대 강화와 비용 절감, 영업력 강화, 신제품 개발 등을 강조하고 있다. 지금 우리 기업들의 불황 대체에 좋은 교훈이 되지 않을까 생각해 본다.

블랙 프라이데이의 명암

2015. 10. 06.

경제 침체와 내수 부진 극복을 위해 미국의 11월 마지막 주 금요일의 블랙 프라이데이를 따라 실시한 행사는 바람직하다. 다만 값비싼 가전제품이나 명품이 참여하지 않은 아쉬움이 있다. 할인율은 40~50퍼센트이며 백화점 매출은 25퍼센트 상승했단다. 한국의 유통업체의 상품은 자기상품(Private Brand)이 10퍼센트 미만이며 주로 입점 업체의 수수료 매장으로 구성되어 있다. 수수료율은 30퍼센트 이상이다. 이번 행사에서 구매자의 할인 혜택은 유통업체가 아닌 입점 업체의 부담으로, 생색은 업체가 내고 있다. 또한 할인 행사로 인한 매출 상승의 효과는 업체가 얻고 입점 업체는 할인 금액의 부담을 고스란히 안고 있다. 대형 할인 행사 시에는 입점 업체에 대한 수수료를 할인율 이상으로 면제해 줘야 마땅하다. 제조업체나 유통업체가 아닌 입점 업체의 희생으로 인한 소비 진작은 내수 활성화의 근본 대책일 수 없다. 대형 할인 행사가 지속되는 한 입점 업체는 생존의 위협을 받을 게 뻔하다는 사실을 당국이나 유통업체가 알아야 한다. 협업과 공생에 대형 유통업체가 앞장서는 모범을 보일 때가 지금이 아닐까?

북해도에서 본 한국

2015. 10. 23.

아내와 함께 북해도를 3박 4일 다녀왔다. 북해도는 원주민 아이누족이 살던 곳이었으나 1800년대 후반에 러시아가 탐낸다는 것을 알아차린 일본이 1869년 홋카이도로 개칭, 자국 영토화해 삿포로에 1886도청 청사인 아카렌가(붉은 벽돌 250만 개로 신축) 청사를 완공했다. 남한의 1/2 면적이며 인구 500만, 농수축산물 낙농산지다.

오타루, 조잔케이, 토야에 들렀다. 토야에는 1944년 용암 분출로 300미터, 300도의 소화신산이 만들어져 지금도 짙은 연기를 뿜어내고 있다. 앞에는 총면적 79킬로평방미터, 둘레 43킬로미터, 수심 137미터의 토야호수에서 유람 관광을 했다. 노보리벳츠를 거쳐 인구 190만의 북해도 도청 소재인 삿포로에서 하나관광에서 운영하는 현대식 이비스호텔에서 1박 했다.

북해도는 노란 단풍이 절정이며 온천을 즐길 수 있다. 낙농

제품인 우유. 요구르트와 삿포로 맥주, 의약식품, 일본 3대 명과 중 하나인 백색연인 제과점이 관광코스이다. 일본 사람들은 작은 장소를 관광 명소화하는 특성이 있다. 영토에 대한 욕심은 북해도, 오키나와를 일본국화했다. 우리도 만주, 대마도는 한국 영토화할 수 있었다. 일본에 대한 나쁜 감정이야 말할 것도 없지만 일본에 갈 때마다 저들의 친절, 정직성, 남을 배려하고 검소한 생활 등 수준 높은 문화를 배워야 한다는 생각을 한다. 특히 불량 식품은 제로의 전통을 가지고 있다. 영토 야욕으로 멸망하기도 했지만 그들은 70년 동안 세계 2~3위 국가를 만들어 냈다. 저들을 보면 소름이 끼치기도 한다. 가까우면서 먼 나라. 일본과의 관계 정립이 향후 과제다. 우리는 지금 변화무쌍한 현실, 예측 불확실한 미래를 외면하고, 조선조 말처럼 당쟁으로 허송세월하고 있으니 답답하다. 힘을 하나로 합쳐야 한다.

물은 생명이다

2015. 11. 03.

물은 생명의 근원이며 인류와 계속 공존하고 인류문화의 기반이다. 물 있는 곳에 생명이 잉태되고 있다. 고로 예로부터 치산 치수가 국가의 큰 정책사업이었다. 최근에 장기 가뭄으로 농수는 물론 식수까지 위협 받고 있다. 옛 조상들은 냇물이나 강물이 식수였고 관장으로 농수와 우물물을 공급했다. 지금 전국적으로 호수와 댐 건설로 농수와 수돗물이 공급되고 있다. 수돗물의 역사는 107년이 되었다. 1907년 조선조 고종황제 때, 3개월간의 가뭄으로 한양시민들이 식수난은 물론 오염된 물로 인한 질병으로 고통을 겪게 된다. 이에 당시 조선에 와 있는 수도시설 기술자인 미국인 콜브란(Collbran)과 보스토위치(Bostowich)를 통해 1908년 수도관이 설치된다. 지금의 뚝도정수센터의 효시이다. 한강물을 취수장을 거처 착수장으로 보내 약품으로 소독하고 응집지, 여과지를 거처 정수장에서 수도관을 통해 아리수 식수를 공급하고 있다.

한편 1990년대 낙동강 페놀사태, 부산 수돗물 오염 사태 이후 수돗물은 안전한가?라는 국민적 의구심을 불러일으켰다. 대법원은 당시 생수 시판을 금지한 보사부장관 고시가 깨끗한 물을 마실 수 있는 국민 행복권을 침해한다는 위헌판결을 1994년 3월 8일 내려 생수 시판이 시작된다. 생수업자들이 전국의 수맥을 뒤지며 땅의 동맥을 끊게 되어 지하수 고갈, 지반붕괴 등 자연 파괴도 심각하다,

물의 오염은 질병 노출을, 물의 고갈은 생명 단축을 의미한다. 다행히 정부는 수돗물을 안심하게 마실 수 있도록 제반 조치를 시행하고 정수기 보급으로 보다 깨끗한 식수를 마실 수 있

어 다행이다. 지금 가뭄 대책으로 4대강 본류물을 공급키 위해 지천사업, 지방 하천 사업을 추진해야 한다. 야당은 댐의 바닥이 보이고 농작물이 타들어 가는 식수난의 모습을 외면하고 예산배정을 반대한단다, 11억 7천 평방미터의 4대강 본류물은 이명박 대통령의 물이 아닌 대한민국의 물이다. 물은 생명이다.

국회의원은 진실하고 애국적이어야

2015. 11. 11.

지난 10일 박 대통령께서는 청와대에서 국무회의를 주재하면서 내년 총선에서 진실한 사람을 뽑아야 한다는 총선심판론을 제기했다. 야당은 선거 개입이라는 논평을 내고 있다. 진실한 사람을 뽑아야 한다는 것은 대통령뿐만 아니라 여야의원은 물론 국민의 바람이다. 한 달 전 여론조사기관은 19대 국회 평가에서 42점(낙제 퇴출점수)을 주었으며 82%의 국민이 국회가 잘못하고 있다는 생각한다는 발표를 하였다. 유독 19대 국회는 여야가 정쟁과 정파 싸움, 욕설과 막말로 마치 조폭들의 모임을 방불케 해왔다. 민생을 외면하고 국민을 도외시하고 있는 대표적인 국회로 헌정사에 기록될 것이다. 위험한 국회 무용론이 대두되고 있다는 사실을 국회의원들만 모르고 있다.

국민이 선출한 국회의원은 국민의 권리와 이익을 위하여 헌신해야 할 의무가 있다. 현재 국회에 계류 중인 민생, 경제 관련법안의 통과가 시급하다. 대통령께서 수차례 법안 통과를 당부함은 당연하다. 또한 국회의원은 진실한 사람을 뽑아야 한다는 원론적인 언급에 여야가 환영하고 진실하고 애국적인 사람을 내년 총선에 공천하고 국민의 심판을 받으면 된다. 하등의 몽니를 부릴 이유가 없다.

2500년 전 孔子의 제자 子貢이 정치를 묻자 공자는 "政은 正"이라고 답한다. 국민들은 거짓되고 바르지 않고 애국을 모르는 사람을 척결하고 진실되고 바르고 애국적인 사람을 내년 총선에서 뽑아 국민이 바라는 국회가 되기를 학수고대하고 있다.

대형마트 출점 규제

2015. 11. 13.

어제 국회는 시급한 민생, 경제관련법(경제활성화법, 노동개혁 관련 5개 법안, 한중FTA 비준안 등)은 외면하고 대형마트 출점 규제를 5년 연장하는 내용의 유통산업발전법을 통과시켰다. 내용은 2010년 시행하고 일몰일이 23일이다. 전통시장을 보호한다는 취지로 전통시장 인근 1km 이내에 대형마트나 기업형 슈퍼마켓을 신설치 못하게 하는 조치이다.

지난 5년 동안 전통시장 현대화에 많은 예산을 투입했지만 결과는 별로였다는 평가이다. 반면에 대형유통업체의 출점제한 및 강제휴무제로 매출, 일자리가 감소하며 내수침체 가중과 동업체의 취급상품의 70%가 중소기업 제품으로 중소기업에도 큰 타격을 주고 있다는 사실도 모르고 있다. 시장경제의 기본인 경쟁과 소비자의 선택권을 무시하는 반시장행위이다. 시장의 공정함과 고객을 무서워해야 한다. 내년 총선에 시장 상인들의 표를 의식한 대표적인 포퓰리즘이다.

관광진흥법과 서비스산업발전 기본법은 3년 이상 국회에서 잠자고 있다. 표 앞에는 여야가 한통속이 되고 당리당략으로 선거구 획정도 시한인 오늘을 넘기는 국회가 되는가 보다. 정말 XX사람들이다. 이래선 안 된다. 국회가 존재가치를 상실하고 국민의 안중에서 떠난 지는 오래다. 서비스업에 종사하고 있는 사람의 단견이 아닐까? 생각해 본다.

무법과 불법의 대한민국

2015. 11. 14.

오늘 오후 2시부터 시청, 광화문 광장에서 민주노총 외 50여 개 단체가 주관한 10여만 명의 시위대와 경찰이 대치해 교통이 마비되고 마치 전쟁을 방불케 하는 광경이 텔레비전에서 방영되고 있다. 적법한 시위는 법이 보장하고 있지만 불법 시위는 법과 원칙에 따라 처리되어야 한다. 공권력이 무력화되고 쇠파이프로 경찰 차량을 부수고 폴리스 라인을 공격하며 경찰관을 마구 때려 부상을 입히는 무법천지가 된 대한민국이다. 시위대들이 과연 대한민국 국민인가, 아니면 거대한 폭력배이거나 파리를 무차별 총기 난사로 수백 명의 사상자를 발생케 한 국제적 테러 집단인가?

2013년 미국에서 집시법 위반으로 22선의 하원의원인 찰스 랭글이 경찰에 체포되고 작년 집 앞 눈을 안 치운 케리 국무장관에게 50달러 벌금을 내린 미국경찰이다. 미국에서 제일 무서운 기관이 경찰관이다. 교통 단속 중 정지를 무시하거나 정지 시 손을 운전대에 올려놓지 않으면 발포도 불사한다.

여야 정치권이 뒷짐 지고 소통과 설득에도 손을 놓고 이를 부추기는 인상을 주고 있다. 14일 5대 부처장관의 공동성명도 공염불이 되었으며 허약한 공권력에 국민은 불안하고 의지할 곳을 모르고 있다. 대한민국의 피히테는 없는가 보다. 시위는 강력한 의사 전달의 수단으로 합법적이고 평화적이어야 국민의 지지를 받을 수 있다. 정권 퇴진. 헌재와 대법원 심판으로 해산된 통진당 해산 무효 및 이석기 석방 등 정치적 시위는 국민이 외면한다는 사실을 알아야 한다. 오늘 시위에 지지를 보낼 국민은 한 사람도 없다. 어떤 이유이든 불법은 강력히 응징하고 폭력은 절대 용납해선 안 된다. 법과 원칙이 바로 서는 선진 대한민국이 되어야 한다.

현자, 지자, 우자

2015. 11. 17.

현자는 듣기만 해도 알고, 지자는 봐야 알고, 우자는 당해봐야 안다. 1990년대 초반 강원도 농촌 출신 모 의원이 우루과이라운드회의(GATT, 보호무역 철폐 등)에 다녀와서 농업개방의 불가피성에 대한 이야기한 국회 발언으로 기억된다. 우자들은 당해 봐야 안다. 추가해서 깡패들은 망해 봐야 안다. 명언이 아닌가? 생각난다.

예술의전당 콘서트홀 연주회

2015. 11. 21.

오늘 연주자의 가족 초청으로 오전 11시부터 13시까지 예술의전당 콘서트홀에서 열린 음악회에 아내와 함께 다녀왔다. 수원시립교향악단 지휘자이며 한국예술종합학교 교수인 세계적인 피아니스트 김대진 지휘자와 예술의전당 페스티벌 오케스트라 연주로, 1부는 차이콥스키 바이올린 협주곡 D장조op.35, 김대진 지휘자의 따님인 세계적인 바이올리니스트 김화라 협연으로 진행되었으며, 2부는 프로코피예프 교향곡 제5번 B장조 op.100이 연주되었다. 두 작곡가는 19세기~20세기 러시아가 배출한 세계적인 낭만주의 작곡가이다.

1부에서 지휘자와 바이올린 연주자, 부녀의 앙상블이 인상적이었다. 지휘자의 오른손에 쥔 30센티의 지휘봉과 왼손의 무언의 신호가 관현악기들이 각각 제소리를 내면서도 하나의 화음으로 승화시키는 오케스트라의 진면목을 보여 주는 의미가 새롭기만 하다. 음악은 작곡가와 한 노래를 사이에 두고 시공을 초월해 대화를 나눌 수 있는 예술이다. 나와 같은 음악의 문외한도 클래식 음악은 언제 들어도 지루함이 없어 좋아진다. 몇십 년 몇백 년이라는 긴 세월 동안 수많은 사람에게 사랑을 받아 온 생명력이 긴 음악이다.

즉흥적인 대중문화에 열광하는 신세대들에게도 새로운 세계를 상상케 하는 클래식 음악을 권하고 싶다. 미래학자들은 21세기는 정치나 경제보다 문화 예술이 사회를 지배하는 시대가 될 것이라고 예고하고 있다. 김대진 지휘자, 그의 따님 김화라의 바이올린 연주가 머릿속에 계속 감돌고 있다. 대한민국의 국민 모두가 오케스트라 단원이 되었으면 좋겠다는 생각을 갖게 한다. 각자 목소리를 하나로 만드는 오케스트라 말이다.

변화를 외면하고 있는 교육부와 대학

2015. 11. 25.

필자는 21년 전 1994년 11월 21일 중앙일보 칼럼에 〈시급한 대학의 변화〉라는 제하의 글을 올린 바 있다. 내용은 교육의 이념과 목표가 불분명하고 입시제도, 교과과정, 졸업제도, 재정문제 등 산적한 과제의 해결이 구호가 끝이고 대학의 고질적인 학문의 근친혼으로 교수의 문호개방과 학문의 경쟁이 봉쇄된 것으로 인해 후진성을 탈피치 못하고 있어 세계화시대에 부응치 못하고 있다는 내용이었다.

20년이 지난 지금 교육개혁에 대한 글을 다시 쓰고 있다. 역대 정부가 교육개혁을 꾸준히 외쳐 왔지만 백년하청이라는 것이 일반적인 평가이다. 현 정부의 4대 개혁 중 교육개혁이 포함되어 있다. 우선 교육부는 예나 지금이나 변화와 개혁에는 눈을 감고 있으며 영혼조차 사라져 있다. 역사교과서 문제도 검정이냐, 국정이냐에 대한 신념과 방안은 물론 시원한 설명도 없다. 만연된 사립대학의 부정비리에는 손을 놓고 있으며 교육부 마피아들이 각급 대학의 총장직을 차지하고 있다. 대학 내부를 들어가 보면 재단비리, 입시비리, 교수채용비리, 논문표절, 논문대필, 학위남발 등의 문제가 끊일 줄 모르고 있다. 어제는 전국 50여 개 대학 200여 명 교수들이 표지갈이(남의 책 표지만 바꿔 재출간)에 연루되어 검찰 조사를 받는 학문 사기극의 극치가 지상파에 보도되었다. 교수의 재임용을 위해 논문사기, 제자의 논문 공저, 표절 등 학자적 양심을 팔고 있으며 자기 제자 심기 등의 학문의 근친혼으로 끼리 끼리 조직을 형성하여 외부 수혈 봉쇄로 학문경쟁이 외면당하고 있다.

수백 개의 대학이 백화점식 교육에 머물러 있고 핵심역량은 찾아볼 수 없다. 가끔 대학특강을 할 때 이 대학이 잘하고 있는 것이 무엇이냐고 물어보면 다 잘한단다. 세계적인 명문 대학으로 평가 받고 있는 미국의 하버드대학의 교수구성 비율 중 본교출신이 20% 미만이라는 사실을 모르고 있다.

교육부와 대학은 교육제도의 과감한 개혁과 확실한 목표설정 등을 통해 명실상부한 학문의 전당으로 거듭나야 한다. 교수는 깊은 연구와 학문의 전도사가 되어야 한다. 외국 대학의 노벨 수상자의 면면을 보면 70대 후반의 노학자들이다. 연구를 외면하고 정년 퇴임 후 연금에 안주하고 있는 우리 대학 교수들이 비참해 보인다. 논문사기로 노벨상이 아닌 형무소에서 벌을 받아야 하는 처참한 현실에 교육 문외한인 필자가 왜 흥분하는지 자신도 모르겠다. 대학은 지식의 산실로 지덕을 겸비한 전인(全人)을 배출해야 한다. 10년 후면 대학 입시 지원자가 40만으로 축소되어 문을 닫는 대학이 속출하게 될 것으로 예상하고 있다. 교육은 국가 백년대계이다. 미국의 국력은 대학이다. 기적은 변화와 개혁의 결과물이다. 변화가 생존전략이며 생존 조건임을 모르면 생존이 불가능하다는 진리를 알아야 한다.

한국전립선관리협회 20주년 기념회

2015. 11. 27.

오늘 저녁 한국전립선관리협회 20주년 기념 및 협회장 권성원 박사 저서『아버지 눈물』출판기념회에 참석했다.

동 협회는 20년 동안 전국 농어촌 산간벽지 32개 지역의 7만 명 노년 배뇨장애 환자들에게 인술과 의술로 무장한 의료봉사를 해온 100여 명의 의사, 간호사 및 최신 의료장비, 100여 명의 수호천사 봉사자로 구성된 단체이다. 특히 권성원 박사는 비뇨기 의학계의 최고 권위자로 나와는 40여 년 지기 친구이자 협회 후원사와 후원자이기도 하다.

어려운 여건에서도 노년들의 배뇨장애(인간 하수도) 해결에 노력을 쏟아붓는 전립선 전도사 권성원 박사의 열정에 감탄과 경의를 보내고 있다. 작년에는 나의 고향 홍성의 고령 어르신들 760명에 대하여 검진과 치료 봉사도 해준 고마운 협회이자 권 박사이다. 고령화 시대를 맞아 배뇨장애가 급증하고 전립선암 발생률이 최고라는 통계이다. 한국의 슈바이처인 고마운 분들이다.

또한 3년 전에 『아버지 마음』 출간으로 우리들의 심금을 울린 저서에 이어 오늘 『아버지 눈물』 출판 기념식도 겸했다. 협회지에 실린 권 박사의 글 모음집이며 환자와 나눈 대화, 아버지들이 자식에게 보낸 눈물의 이야기이다. 작가 수준의 글재주까지 겸비한 자칭 '칼잽이 명의'이다. 각계 각층의 후원사와 후원자들이 함께 보낸 큰 축하의 밤이였다.

기업 하기 힘든 대한민국

2015. 12. 03.

세계화는 국경 없는 시장을 의미하고 경쟁의 대상은 지구촌 국가들이다. 역대 정권이 규제개혁, 규제혁파를 외쳐 왔지만 결과는 예나 지금이나 변함이 없다고 업계는 볼멘소리를 내고 있다. 경제 활성화법 중 하나인 관광진흥법이 국회에 상정한 지 1150일 만인 어제 늦은 저녁에 누더기가 된 법안으로 국회를 통과했다고 한다. 내용은 서울, 경기지역으로 제한하고 학교 75미터 밖 유해시설이 없고 객실 100실 이상의 비즈니스급 이상으로 5년 한시로 호텔건립이 가능한 법이란다. 국가 발전에 한사코 발목 잡는 국회의 존재가치가 무엇일까? 한심한 사람들이다.

필자는 지난 5월 7일 국회의원님들의 관광호텔에 대한 인식, 제하의 글을 올린 바 있다. 호텔을 잠만 자는 여관이나 불륜의 장소로 인식하고 있는 의원님들, 자신이 그런 곳으로 이용하고 있다는 반증이 아니기를 바란다는 내용이었다. 서비스산업은 일자리 창출의 최고의 산실이며 글로벌 시대의 관광호텔은 내·외국의 비즈니스맨, 외교관, 관광객, 각종 회의 등에 있어 최고의 장소로 필수적 시설임에도 국회는 이에 눈을 감고 있다.

MICE(meeting, incentives, conventions, exhibitions) 산업이 세계적으로 각광을 받고 있다는 사실을 국회의원들만 모르고 있다. 돈 되는 일이라면 문을 활짝 열어 놓고 있는 나라가 부강한 국가이며 관광호텔이 호황인 나라가 경제가 잘나가는 국가이다. 세계적인 교통, 관광, 유통, 물류, 금융, 교육의 허브인 서울 면적만한 적도 아래의 섬나라, 도시 국가인 싱가포르는 8년 전에 외국인 전용 공창제도 도입 및 마리나베이 카지노 허가 등 종횡의 경제정책을 도입하고 있다. 인구 530만 그중 외국인 200만, 외국인 유학생 8만 명, 국민소득 5만 달러의 청정 법치의 국가이다.

세계는 지금 치열한 경제전쟁에 몰입하고 있다. 법과 원칙을 바로 세우고 규제개혁은 네거티브 시스템(최소의 금지 사항 외는 다 할 수 있는 제도) 도입으로 각종 규제를 확 풀어 외국자본 유치하고 내국 기업 활동 강화하고 일자리 만들어 실업자 줄이고 신바람 나는 대한민국 만들면 좋겠다.

19대 국회의원님들이 여의도를 떠날 날이 머지않았다. 떠날 때가 중요하다는 것도 모르는가 봐 서글프기도 하다. 20대는 다른 좋은 국회의원을 선출할 권리를 국민들이 제대로 행사한다면 대한민국도 번영할 것 같다는 생각을 하고 싶다.

위기를 모르는 것이 최대 위기다

2015. 12. 08.

최근에 중국 경제성장 둔화, 중동 산유국의 오일 가격 하락 및 미국 금리인상 예상은 물론 국가부채 700조, 가계 부채 1,200조의 위협과 복지 포퓰리즘, 노사 갈등, 수출 감소와 경기 침체, 공급 과잉에 따른 디플레가 예상되고 있다. 정부가 강력히 요청하는 노동 개혁 5개 법안과 경제 활성화 2개 법안이 여야의 대립으로 9일 시한에 처리될지 관심사다.

경제 쓰나미를 무서워해야 한다. 경제는 선제적으로 대응하고 못하면 회복은 불가능하다. 1997년 IMF 사태의 쓰라린 경험을 반면교사로 삼아야 함에도 이를 정치권만 모르고 있다. 지금 1997년 전야를 방불케 하는 징후에 대한 선제적인 대책을 강구해야 한다.

벌써 연말을 맞아 대기업들은 구조 조정, 인력 감축에 나서고 있다. 기업이 훨씬 눈치가 빠르다. 글로벌 시대의 경제는 국내가 아닌 외풍이 언제 불어올지 모른다는 사실을 알아야 한다. 위기를 모르는 것이 최대 위기이고 우자(愚者)는 당해 봐야 안다는 사실을 또 소개해 본다.

무개념 사람들

2015. 12. 16.

무개념이라는 단어는 생소하다. 사전에서 보면 개념(생각, 일반적인 지식)이 없음을 의미한다. 개념이 없다 하면 상식적이지 않거나 덜떨어진, 버릇이 없거나 멍청하고 상대방에게 피해를 주는 행동을 말한다. 무개념 사람들은 이런 범주에 속하는 사람을 말할 것이다.

우리 사회를 돌아보면 무개념 사람들을 많이 볼 수 있다. 10년 전 개똥녀 사건도 빼놓을 수 없다. 대중목욕탕이나 스포츠센터 욕실에서 자기가 사용한 수건이나 운동복을 자리에 놓고 나가는 배짱 큰 분들, 같은 아파트 엘리베이터에서 눈도장도 외면하는 콧대 높은 분들, 항공권, 호텔, 식당 등 각종 모임에 예약부도 내는 양심 불량자들. 출근길에 보면 근무시간에 건물 밖에서 삼삼오오 모여 담배 피우고 커피 즐기는 한가한 직장인들, 대중음식점에서 옆 사람은 아랑곳하지 않고 떠들어 대는 웅변가들, 국회의사당서 오물 투척, 최루탄 투척, 해머 등장, 공중 부양, 쌍소리, 막말로 유명세를 타신 분들, 4년 동안 허송세월하고 내년 총선에도 출마하겠다는 뻔뻔스러운 19대 의원님들, 지방선거구에 연말 국가 예산 몇천억 따 왔다고 플랜카드를 거리에 걸어 놓은 염치없는 의원님들, 부정 비리에 연루되어 검찰청이나 법원에 등단한 고위 공직자들, 돈 많은 부자들, 남의 책 표지갈이로 자기 저서, 논문화한 200여 명의 대학 교수님, 동창들 끼리끼리 뭉쳐 외부 수혈을 거부하고 학문 근친혼 일삼고 재단 비리 등 각종 비리 온상인 얼룩진 개혁의 대상인 한심한 교육계. 이루 헤아릴 수 없는 무개념 사람들이 언제나 개념을 가질까? 그래도 통일기금 모금 참여자나 단체가 많아져서 좋고 자선냄비도 채워지고 이웃돕기 사랑의 시계 온도탑도 높아질 것이다. 피와 눈물 그리고 땀으로 이룩한 세계가 인정한 기적의 국가, 대한민국이 자랑스럽다. 정치인들은 싸움질 멈추고, 새로운 개념으로 분열과 갈등을 치유하고, 힘을 하나로 모아 국내외적으로 예상되는 위기를 극복해 희망찬 새해를 맞이하면 좋겠다.

협상의 기술

2015. 12. 29.

국제적인 외교 협상은 쌍방이 만족할 수 없는 경우가 비일비재하다. 협상은 주고받는 것이다. 이것이 협상기술이다.

한일외무장관의 위안부 문제 타결에 대해 긍정과 비판이 있다. 그동안 역대 정권은 일본 측에게 사죄와 반성을 강력히 요구해 왔다. 박 대통령의 강력한 요구에 일본 아베 총리가 이를 수용했다. 일본 언론 보도는 믿고 우리 정부의 발표는 못 믿는 해괴한 사태가 벌어지고 있다. 법적 책임 문제가 거론된다. 불법행위에 대한 배상이냐, 아님 보상이냐의 문제 제기도 야기될 수 있다. 구체적으로 누구에게 어떤 법적 책임을 물어야 한다는 내용도 없다. 위안부에 대한 불법행위로 아베 총리, 아니면 어느 특정인에게 형사책임을 물어야 한다는 것인지? 이해하기 어렵다. 전 역대 정권에서 사죄나 사과도 못 받아낸 정치인들이 과연 이번 협상에 대하여 비판할 자격이 있는지 반문하고 싶다. 비판하기 전에 대안과 보완 의견을 내놓으시라.

문제만 생기면 즉각 반대에 바쁜 사람들이 갈등과 분열로 정부의 발목을 잡고 국력을 쇠잔케 하고 있다. 평생 반대 전문가들의 정서도 걱정된다. 바보들은 항상 남의 탓만 한다. 미래를 향한 엄존하고 있는 현실과 국익에 어떤 선택과 결단을 내려야 해야 하는가?는 역사가 판단할 것이다. 글로벌 시대에 과거에 매달려 미래를 등한시하면 외톨이도 될 수 있다. 외교의 기본은 물론 유연성과 탄력성. 그리고 포괄성이 지배하는 기술이다.

한 해가 하염없이 지나가고 있습니다

2015. 12. 31.

연말 날씨도 추워졌습니다. 이 추움은 날씨 탓만은 아닐 성싶습니다. 생산, 소비, 투자가 부진하고 대기업과 공공기업들이 구조 조정으로 중장년 임직원을 감축하고 있습니다. 정부가 일자리 창출을 외치지만 결과는 별수 없습니다. 국내적으로 가계부채 1,200조, 정부·공공 부채는 1,000조에 육박하는 등 경제 예측을 어렵게 하고 있으며, 국제적으로 미국, 중국 등 경제 대국들의 저성장, 미국의 금리인상, 중동 산유국의 오일 가격 추락, IS 테러 등 외적 여건도 그리 녹록치 않아 전문가들은 내년 경제 전망에 대해 우려하고 있습니다.

이런 때일수록 국민이 하나 되고 정치를 바로 해야 하는데 국회는 기능을 상실한 식물 국회로, 4류 정치의 틀을 벗어나지 못하는 서글픈 현상에 국민이 걱정함을 그들만 모르는가 봅니다. 금년은 성완종 사건, 메르스 사태, 북한의 목함 지뢰 폭발 및 폭격 사건, 40년 만의 가뭄. 민주노총 폭력 집회 사건 등으로 다사다난한 해로 기록되고 있습니다. 우리 국민들은 통일 나눔펀드에 100만 명이 가입해 2,200억을 넘겼으며, 구세군 자선냄비 모금액도 70억 달성이 이뤄질 것이며 불우이웃돕기 성금도 모이고 있답니다. 이 모든 것이 국민의 애국 운동이며 저력입니다. 내년 한 해가 어렵다 해도 능히 극복할 것입니다. 우리 대한민국의 국기는 튼튼합니다.

일 년 동안 페북을 통해 저의 넋두리를 들어 주신 페친들께 감사드립니다, 두서없는 글로 언짢으신 분들도 계시리라 생각합니다. 좋은 글로 격려를 해 주신 분들께도 감사를 드립니다. 새해는 가깝고 먼 이웃들을 더 생각하며 열심히 살도록 노력하겠습니다. 새해 건안하시고 축복 많이 받으시기를 기원합니다. HAPPY NEW YEAR.

2016년

한국인만 모르는 대한민국

대한민국을 생각한다

2016. 01. 06.

가난과 외침으로 얼룩진 우리의 역사를 극복하고 산업화와 민주화를 반세기 만에 이룩하여 세계 10대 경제 대국, 무역 7대 강국의 반열에 올라있다. 세계가 기적의 국가라고 부러워하는 대한민국이다. 이 정도면 자긍심도 자부심도 가질만한 나라이다. 그런데 왜? 우리는 지금 분열과 갈등, 불만과 비판으로 타협과 협력을 외면하고 서로 헐뜯고 비방에 열을 올리고 있는가? 우선 정치권이 여야가 반목하고 당내 정파 싸움으로 정치가 실종되고 국회가 파산했다. 가난할 때는 콩 한 알도 나누어 먹던 착하고 인심 좋은 우리 국민이 살 만하니 형제간, 지역간, 계층 간, 여야 간 싸움에 정신이 없다. 역대 대통령의 치적은 나 몰라라 하고 과오 찾기 바쁘다. 세월호 사건도 메르스 사태도 대통령 책임이라 하고 퇴진을 주장한다. 부부싸움 하고도 대통령에게 책임지라 할 듯하다. 국민이 선출한 대통령에게 막말을 하고 시위꾼들은 대통령 퇴진을 외치며 청와대 돌진을 시도한다. 친북좌파들은 북한이 좋다면서 북한으로 갈 생각은 없는가 보다.

2001년 미국에서 발생한 9.11테러 사태에 4,000여 명이 사망하고 소방관만도 343명이 순직했다. 지난해 11월 파리에서 발생한 IS 테러로 127명이 사망하고 80명이 중경상을 입었다. 미국이나 불란서에서 대통령에게 책임지라는 소리를 듣지 못했다. 책임 이전에 수습과 재발 방지가 우선인 선진 국민의 의젓한 모습일 것이다. 65년 한일 협정도, 지난 연말 위안부에 대한 한일 협상도 여야 정쟁 거리가 되고 있다. 일본 언론 보도는 믿고 우리 정부의 발표는 안 믿는 한심한 친일 군상들이 나타났다. 야당은 이번 협상이 무효이며 100억 국민 모금 운동을 제안하기도 한다. 진작 왜 못 하고 이제서야 기발한? 아이디어를 내놓았을까?

자기들이 집권했을 때는 사죄나 반성도, 배상이든 보상이든 하나도 받아 내지 못한 주역들이 현 정부를 악의적으로 공격한다. 미진한 부분은 보완토록 힘을 합치면 된다. 경부고속도로 건설 반대에 앞장섰던 전직 대통령, 도롱뇽 사건, 제주 해군기지 반대, FTA 반대 등 반대꾼들은 모두를 반대만 하고 있는 대한민국이다. 국회의원 지역구 획정, 5대 법안도 여야 정쟁으로 국회에서 잠자다 질식사했다. 최근에는 흙수저, 금, 은수저 논란으로 국민을 분열시키고 사다리는 있는데 이를 거쳐 오르려는 열정은 마다하고 사다리 탓만 한다. 우리 세대는 모두가 흙수저 물고 태어나서 피와 땀 그리고 눈물로 사다리 타고 올라갔다. 만사가 나만 옳고 남은 그르단다.

정말 나쁜 사람들이 많다. 역지사지는 모르고 있다. 평등은 법 앞에 평등을 말한다. 기회의 평등, 인류의 보편가치의 평등을 말한다. 자유민주주의, 자본주의 시장경제의 기본을 오해해선 안 된다. 평등을 주장하기 전에 차별하지 않기가 시급하지 않을까? 조선조의 멸망은 외침의 원인보다 당쟁에 함몰되어 국제 정세에는 눈을 감았기 때문이었다고 역사는 기록해 놓고 있다.

선진국의 조건은 물량이 아닌 정치의 선진화 국민의 의식 수준으로 결정된다는 사실을 알아야 한다. 힘을 하나로 합쳐 국민이 하나가 될 때 더욱 부강하고 남북통일도 가능할 것이다. 한 치 앞이 보이지 않는 세계의 움직임을 눈을 부릅뜨고 내다보아야 하고 변화 혁신이 생존조건임을 알이야 한다.

식당 이용법(테이블매너)

2016. 01. 23.

우리 국민들이 외식이 보편화되면서 외식 산업이 발전하고 있다. 이에 따라 식당 이용법과 매너를 외면하면 실수를 범할 수 있으며 개인의 품위 손상도 가져올 수 있다. 고급 식당에서는 정장이나 품위 있는 캐주얼이어야 하며 등산복 등 착용자에게 출입을 제한하는 식당도 있으며 정장을 빌려주는 식당도 있다. 고급 식당의 품위 유지를 위함이다.

1) 식탁 위의 음료(물, 주류 등)는 오른편에 놓인 것이 본인 것이며 빵, 야채는 왼편 것이다. 간단히 좌빵, 우수로 기억하면 좋다. 라운드 테이블에서 실수하는 경우가 있다. 식탁 위의 포크, 나이프는 오른편 것은 오른편 순서로 왼편 것은 왼편 순서로 사용한다. 커피잔 앞 스푼과 포크는 후식용으로 사용한다.

2) 뷔페(buffet)식당 이용법:

뷔페식당은 여러 가지 음식을 준비해 놓고 손님들이 스스로 선택하여(self service) 먹도록 한 식당을 말한다.

뷔페식당에서는 양은 조금씩 자주 여러 번 음식을 선택하여 먹는 것을 원칙으로 한다. 첫째는 야채, 생선 등 찬 음식 순서로 시작하여 다음 더운 음식 순으로 먹어야 한다. 마지막으로 과일, 케이크, 커피 등 후식을 즐긴다. 양은 적게, 빈도는 많게 해도 무방하다. 접시에 음식을 남기는 것을 조심해야 한다. 음식물 쓰레기 줄이는 운동에도 동참하는 것이다. 테이블 위에 놓여있는 냅킨은 앞치마로 사용한다. 이것으로 얼굴을 닦는 것은 실례가 된다. 입술만 예쁘게 살짝 닦는 데 사용하면 매력적이다. 운동선수들이 단체로 주문할 때에는 난감할 경우도 생길 것이지요. 싹쓸이? 단체로 식사를 할 때는 옆 사람들에게 피해가 없도록 배려해야 한다. 매너는 인격의 구현이다. 제 일 강 기초 예절 공부했습니다.

국방은 이스라엘, 경제는 싱가포르를 배우자

2016. 02. 14.

해외에 흩어져 있던 유태인들이 1948년 건국한 이스라엘은 아시아 서남부 지중해 연안에 위치해 있다. 주변에는 이집트, 시리아, 레바논, 요르단과 접경하는 사막과 고원의 천박한 국토, 면적은 한반도의 10퍼센트지만 인구 830만 명, 1인당 GDP는 3만 2,000달러인 세계 최강의 국방력을 가진 작은 국가다. 수차례 중동전쟁에서 승리해 주변국들이 감히 넘보지 못하는 국가이며, 전쟁 발발 시에는 해외 거주 민족들이 스스로 참전하는 무서운 민족이다. 세계경제를 장악하는 이스라엘 유태인 민족이다. 미국을 위시한 우방국들의 반대에도 불구하고 자존을 위해 핵을 보유한 국가이기도 하다. 세계 최고의 정보기관인 모사드가 이스라엘을 굳건히 지키고 있다. 주변의 강대국 사이에서 생존하기 위해 절대 우위의 국방력, 과학기술, 국민의 애국심으로 무장한 이스라엘을 지금이라도 배워야 할 대한민국이다.

반면 경제는 싱가포르를 배우자. 싱가포르는 말레이시아 연방에서 1965년 분리 독립한 적도 아래에 위치한 섬나라이자 도시국가로 면적은 서울보다 약간 크고 제주도의 1/3이다. 인구 540만 명(외국인 200만 명)으로 1인당 GDP 6만 달러의 거대한 경제 대국이다. 세계적인 무역, 금융, 물류, 관광, 교육, 의료 등의 허브다. 엄격한 법치의 나라, 돈 되는 일이라면 무엇이라도 해내는 나라, 10년 전 외국인 전용 공창제도까지 도입한 국가. 최근에는 마리나베이를 개발해 57층 2,500객실을 보유한 샌즈호텔과 세계적인 카지노를 유치한 세계적인 종합 리조트의 명성으로 관광객이 모여들고 있다. 무역 규모는 8,000억 달러, 정치와 경제가 안정된 동남아뿐만 아니라 세계적인 경제대국, 부러운 작지만 큰 국가인 싱가포르를 배우고 싶다.

우울한 과거 역사를 탓하기에 앞서 우리 스스로 국방과 경제력을 키우기 위해 재점검하자.

최저임금제

2016. 03. 18.

국가가 근로자의 생활 안정을 위해 임금의 최저 수준 이상의 임금을 지급토록 법으로 강제하는 제도이며 이에 결정된 임금을 최저임금이라 한다. 1인 이상의 근로자를 사용하는 사업 또는 사업장에 적용되며 위반 시 처벌을 받는다. 최저임금은 노동자의 생활 안정을 위한 노동 복지 실현이다. 반면에 사용자인 기업은 비용으로 경쟁력 악화와 지불 능력 등을 감안하고 경제성장율, 생산성도 감안해야 하는 동전의 양면성을 갖고 있다.

우리나라는 1988년부터 도입·시행되고 있으며 금년 최저임금은 시급 6,030원이다. 야당은 2020년까지 단계적으로 1만 원으로 인상한다는 발표를 내놓고 있다.

최저임금 인상의 역기능도 보살펴야 한다. 최저임금 인상도 정치 포퓰리즘의 대상이 되어서는 아니 된다. 최저임금 시행으로 임금 근로자의 생활 안정에 도움이 되고 있지만 중소기업·자영업자가 감당하지 못한다면 교각살우도 될 수 있다.

60세 정년 연장, 저성장에 따른 청년 실업이 사회문제로 대두되고 있다. 최저임금 이하를 받고서도 일하겠다는 근로자 구제 대책(예외 대상 확대 등)도 생각해 본다. 고용이 최고의 복지다. 산업혁명 이후 지식 정보화 시대를 거쳐 도래될 AI 시대에 노동의 종말도 예상해 봄 직하다.

4류 정치의 오명

2016. 03. 26.

20년 전 1995년 북경에서 삼성 그룹 이건희 회장께서는 기업은 2류, 정부는 3류, 정치는 4류라는 어록을 남긴 바 있다. 20년이 지난 지금 정치는 4류 오명을 벗어났는가?

4.13 총선을 앞두고 여야 정당의 공천 파동은 정치를 5류로

전락시키고 말았다. 여야 정당 중 어느 하나도 정책 제시를 하지 않았다. 정파 싸움의 전리품으로 후보가 결정되어 어제 등록을 마감했다. 여당은 싸움질로 선거구 3곳을 공천하지 않는 초유의 사태로 후보자의 피선거권을 박탈했다. 야당인 더민주당은 비례대표 선정 과정에서 중앙위와 김종인 대표 간에 분란으로 볼썽사나운 모습을 보여 줬다. 국가 안보가 위중하고 불투명한 경제 상황에는 눈을 감고, 국민은 안중에도 없고, 당쟁·정파 싸움에 매몰되어 마치 조선조의 4색 당쟁을 방불케 하고 있다. 더럽고 추잡한 정치에 국민들은 정치를 외면하고, 이번 선거투표장에 나갈 것인가를 고민하고 있다는 사실을 저들만 모르고 있다. 여당의 옥새 파동, 야당의 당대표의 사퇴 논쟁 등 참다운 정치 지도자 부재현상은 불쌍한 우리 국민을 슬프게 하고 있다.

정치는 국토를 지키고 국민의 생명과 재산을 지키기 위해 존재한다. 애국을 팽개치고 국회의원이라는 직업을 얻기 위해 피나는 싸움을 하는 저 훌륭한 분들에게 한 표를 행사해야 할까? 우리 대한민국은 국민의 피땀, 눈물로 이룩한 위대한 국가다. 당신들이 국익을 위해 기여한 것은 하나도 없다. 제발 정신 좀 차리시라. 북한은 매일 방사포와 미사일로 우리를 위협하고, 청년 실업자 150만 명이 거리를 방황하고, 생활고에 시달려 독거 노령층은 자살하고 있다. 우리의 경제의 중추 역할을 해 온 중화학공업은 구조 조정 중에 있다. 이 엄연한 사실을 외면하는 4류 정치는 언제나 철이 들까? 나만의 걱정거리는 아닐 성싶다.

여야 심판론

2016. 03. 29.

여야가 총선 선대위 출범식을 가졌다. 새누리당은 야당의 민생 외면 심판을, 더민주당은 여당의 경제 실정 심판을, 국민의당은 오만한 여당과 무능한 더민주당 심판을 주장하고 있다.

과연 여·야당에게 심판을 주장할 자격 유무가 있는지 묻고 싶다. '죄 없는 자가 저 간음한 여인을 돌로 쳐라(요한복음. 8. 1~11)'의 성경 구절은 저들을 향하고 있다. 최악의 19대 국회. 입법을 팽개치고 싸움질로 허송세월한 최소한의 염치도 없는 저들이 국민 앞에 석고대죄 없이 누가 누구를 심판하겠다는 것인지 알 수 없다. 당신들이 아닌 국민들이 엄히 심판할 것이다.

이 정도의 얼굴 두께가 있어야 정치꾼이 될 수 있다는 것은 알겠다. 북한의 방사포, 미사일 발사 등 최고의 위협 속에서 총선을 치를 수 있을까? 불길한 징조도 있는 엄중한 시기에 안보는 무관심. 경제는 네 탓. 오직 당선에만 혈안이 되어 있다. 정말 이래도 되는 것인지 알다가도 모를 일이다. 나라 걱정, 국민 걱정은 잊은 지 오래다.

저들을 심판할 묘수를 찾아 주실 걸출한 인물 없는지요. 답답해서 호소해 봅니다.

맥아더 장군과 청춘

2016. 04. 02.

맥아더가 몇 살 때 한국전에 참가했는지 아세요? 1880년생인 그가 1950년 한국전쟁에 참전했을 때의 나이는 만 70세. 맥아더가 집무실 벽에 붙여놓고 즐겨 읽은 시 '청춘'이란 시를 보내 드립니다.

〈청춘〉

–새무엘 얼만–

청춘은

인생의 어떤 시절이 아니라 마음의 상태이다.

그것은 장밋빛 볼, 붉은 입술 그리고 유연한 관절의 문제가 아니다;

그것은 의지와 상상력의 우수성, 감성적 활력의 문제이다.

청춘이란
인생의 깊은 샘의 신선함이다.
청춘은 욕망의 소심함을 넘는
용기의 타고난 우월감,
안이를 넘는 모험심을 의미한다.

청춘은 때때로 이십 세의 청년보다
육십 세의 노인에게 존재한다.
단지 연령의 숫자로
늙었다고 말할 수 없다.
우리는 황폐해진 우리의
이상에 의해 늙게 되는 것이다.

세월은 피부를 주름지게 하지만 열정을 버리는 것은
영혼을 주름지게 한다.
고뇌, 공포, 자기 불신은
마음을 굴복시키고
흙 속으로 영혼을 되돌아가게 한다.

육십이든 열여섯이든
모든 인간의 마음속에는
경이로운 것에 대한 매혹,

다음의 무언가에 대한 아이들과 같은
끊임없는 욕망,
삶의 유희 속의 환희가 존재한다.

그대와 나의 마음의 중심 거기에는
안테나가 있으니;
아름다움, 희망, 희열, 용기와 인간과 신으로부터
힘의 메시지를 받는 한.
그대의 젊음은 오래 지속되리라.
안테나가 내려지고
그대의 영혼이 냉소의 눈과
비관의 얼음으로 덮이면,
이십 세 일지라도 늙은 것이다.

그러나 그대가
안테나를 올리고,
낙관주의의 물결을 잡는다면
그대 팔십 세 일지라도
청춘으로 죽을 수 있으리라.

여유당

2016. 04. 04.

어제저녁 집안 동생 가도현 대표(도향엔터테인먼트)가 운영하는 대학로 1관 도향아트홀에서 호남 4인방이 출연한 〈이리오 SHow〉 청춘남녀로 200석을 메운 개그쇼를 집안 세 부부가 관람하고 가 대표가 안내한 낙원동 소재 식당 '여유당'에서 식사와 여흥을 즐겼다. 50대 후반 부부가 운영하는 작은 식당이지만 부인의 피아노, 남편의 기타연주 및 노래, 그리고 손수 그린 그림이 공간을 메우고 있다. 남편이 주방장이기도 한 화가이며 음악가이다. 그의 연주에 맞춰 즉석 노래방이 개설되어 남녀 순으로 2곡 이상을 불러보는 흥겨운 자리였다. 나도 오랜만에 '칠갑산', '소양강 처녀'의 2곡을 부르고 아내는 그의 애창곡 '마포종점' 등 3곡을 불러 큰 박수를 받았다. 조촐한 식사, 그림과 음악이 어울려진 문화공간의 진수를 느낀 즐거운 시간이었다.

진리는 무엇인가?

2016. 04. 16.

영국 작가 프랜시스 베이컨은 진리(truth)는 확고한 신념이나 도덕적 중심이 없는 권력자라고 언급한 바 있다. 고대 로마 시대 하느님의 아들, 성자인 예수를 고발한 유태인들과 예수의 제자 유다가 몇 푼의 돈을 받고 그를 팔아넘겨 당시 유태인 지역을 관장하고 있던 본디오 빌라도에게 처형할 것을 강권해 빌라도가 십자가형을 집행하는 역사적인 사건이 기록되어 있다. 하느님도 처형하라고 외쳤던 유태인, 우매한 국민들. 빌라도는 많은 후회를 남겼다고 한다.

또한 간음한 여인 사건. 간음한 저 여인을 돌로 쳐 죽이라는 바리사이파인들의 요청에 예수는 "죄 없는 자가 돌로 쳐라"고 말했다. 인간이 인간을 심판할 수는 없다. 진리에 대해 국민은 우매한 경우가 비일비재하다.

이번 4.13 총선 결과에 대해 여야 정당은 일희일비해선 안 될 것 같다. 진리에 대해 국민은 또다시 오판할 수 있다. 진리는 권력자이기 때문이다. 국가와 국민을 위한 성숙한 국회를 기대해도 될까?

국회선진화법

2016. 04. 16.

세계 민주국가에서 유례를 찾아볼 수 없는, 대한민국에만 존재하는 국회 후진화법인 일명 선진화법은 민주주의의 기본인 다수결의 원칙을 무시한 반민주 악법이다. 현 여당인 새누리당이 제2당이 되었으니 개정의 필요성에 적극적일 리 없겠고 더민주당은 이 법으로 19대 국회에서 즐겼기 때문에 개정 명분을 찾기는 어려워졌다. 현재 동 법은 헌법재판소에 위헌 심판이 진행되고 있어 머지않아 위헌 여부가 결정될 것이다. 국회가 아닌 헌재가 현명하게 판단할 것이니 국회는 입 다물고 지켜보시라.

도덕경 44장

2016. 04. 18.

나의 서울 사무실에는, 내가 좋아하는 도덕경 44장의 글로 우촌 박상현 고교 동문의 글씨가 걸려 있다. '지지불태', 멈출 줄 알면 위태로움이 없다는 뜻이다. 해가 질 때까지 결코 기다리지 마라. 지혜로운 자는 권력자가 그가 떠나기 전에 먼저 자리를 떠난다. 진정한 미인은 거울이 거칠고 메마른 주름살을 비춰 줄 때까지 기다리지 않는다. 자신의 모습이 가장 아름다울 때 스스로 거울을 깨뜨린다. 사람은 적당한 때 머물고 있는 그 자리에 자취를 감출 줄 알아야 한다. 지지불태. 지지불패. 기억할 명언이 아닐까?

현대 문화계의 거목, 신봉승 선생 타계

2016. 04. 20.

소설가, 극작가, 역사학자로 국민의 사랑을 받아 오신 신 선생님이 타계하셨습니다. 『조선왕조 500년』, 『한명회』, 『조선도 몰랐던 조선』 등 수많은 작품을 남기셨습니다. 5년 전에 읽은 『국가란 무엇인가』 서문에 써 놓은 문구가 생각납니다. '지금 우리 곁에 국가는 없고 정당만 있으며 국가는 없고 기업만 있으며 학교에도 국가는 없고 입시만 있습니다. 정당이나 기업 이익보다 우선해야만 국가의 미래가 밝고 삶의 격이 있습니다.'

국가관이 확립되었을 때 나라는 흥하고 국가관이 무너지면 나라가 망했다는 작금의 우리 현실을 걱정하시는 유훈이 아닐까 생각게 합니다. 신봉승 선생님의 명복을 정중히 빕니다.

다시 만날 날을 기약하며

2016. 04. 28.

오늘 홍성고교 11회 동기 57명이 지난 2월 내포 신도시(충남 도청 소재지)로 옮긴 모교를 방문해 기념식수도 하고 교장선생님으로부터 현황 설명도 청취했다. 최첨단 시설은 물론 270명을 수용하는 기숙사, 780명을 수용하는 식당, 비대를 갖춘 화장실, 이 외에 체육관, 도서관, 열람실 등나무랄 것 없이 개교한 모교가 자랑스럽다.

우리가 다닌 구홍성고는 개교 75주년으로 마감했다. 이전과 동시에 남녀공학으로 변신했다. 변혁의 시대가 낳은 산물이다. 일제강점기에 초등학교 입학, 6학년에 6.25 전란을 겪으며 중·고교 시절에 대한 회환이 깊어지기도 했다.

283명의 졸업 동기 중 130여 명이 타계했단다. 격동기 동기들의 연령차가 5년 이상인 원인도 있다. 서울, 대전, 홍성 현지 동문들이 모여 즐거운 시간을 가졌다. 오늘 모임이 졸업 60년을 뒤로하는 일몰제 결정으로 마지막 공식 모임이다. 10년 후에 다시 만날 것을 다짐하며 헤어졌다. 모교 사랑, 우정은 변할 수 없다.

정신 잃은 정치권

2016. 04. 29.

4.13 총선 결과를 여야 정당은 아전인수 격으로 평가하고 있다. 국민의 준엄한 국회 심판을 저들만 모르고 있다. 총선 2주를 지내며 19대 남은 임기의 유종의 미를 외면하고 정권 재창출, 정권 교체, 대선 후보, 국회 장악 등에 여념이 없다.

엉터리 여론조사 기관은 대통령 후보 지지도 여론조사를 당장 멈추시라. 지금 그렇게 한가한가? 선거 기간 중·이후에도 여야는 위중한 안보와 불안한 경제에는 눈을 감았고 지금도 무관심이다. 북한은 연일 육지와 바다에서 미사일 발사와 휴전선에 배치한 수백 개의 방사포, 임박한 5차 핵실험 등으로 남한을 최고조로 위협하고 언제 미사일. 방사 포탄이 날아올지 모르는 현실을 저들만 모르고 있다. 예산의 10퍼센트를 국방비로 사용하는 대한민국이 북한과의 비대칭 전력에서 열세란다. 한심한 작태다.

정치권에게 묻는다. 내년 대선을 무난히 치를 수 있다는 확신과 보장이 있는가? 북한의 자체 붕괴, 북한의 전쟁 도발, 한미의 선제공격 등 비전문가인 본인은 몇 개의 시나리오, 즉 전쟁 통일 등을 염두에 두고 있는데 여러분의 생각은 어떠한가? 국가의 멸망은 외침이 아닌 내부 분열이라고 역사는 분명히 기록해 놓고 있다. 정치권, 언론, 시민 단체는 정부 비판, 대통령 때리기에 여념이 없다. 이래선 국력이 쇠잔하고 경제, 사회 혼란만 가중된다. 잃은 정신 되찾아 국론 통일하고 대북 안보를 철저히 하시라. 국민의 마음은 언제든지 변할 준비가 되어 있다. 일희일비 말고 국민 무서운 줄 알며 국회의원님들 정신 차리시라는 국민의 외마디 소리를 들으시라. 위기를 모르는 것이 가장 큰 위기다.

와인 매너에 대해

2016. 05. 05.

식사 자리에 와인이 일반화되어 있다. 몇 가지 와인 상식을 알아본다.

1. 식사 중 와인 선택: 일반적으로 스테이크와 같은 고기 요리에는 레드 와인이 어울리며. 어패류나 생선 요리에는 화이트 와인이 잘 맞는다.

2. 와인 테이블 매너: 모임 주최자나 주인이 먼저 시음한다. 와인을 따를 때 잔을 들지 않는다. 와인은 비우지 않은 상태에서 잔을 채우므로 마지막 잔을 제외하고는 완전히 비우지 않는다. 본인의 와인 잔을 타인에게 돌리지 않는다. 립 부분을 닦아

가며 마신다.

3. 와인 산지, 포도 종류, 와인 종류, 생산 연도, 가격, 기후, 토양 등은 전문가에게 맡기도록 하자.

새누리당과 정부의 무기력

2016. 05. 07.

4.13 총선 참패 후유증에 허우적거리는 모습을 보면 그간 지지를 보냈던 자신이 초라해진다. 대통령의 이란 방문 성과에 대한 평가는 물론이고 후속 조치에도 손을 놓고 있다.

옥시 파동 책임에 자유롭지 못한 당정은 손을 놓고 있다. 대통령 소통 운운하지 말고 자발적이고 선제적으로 국정 수행에 앞장서시라. 국회와 정부는 옥시 파동 대책위원회, 당정협의회 등 긴급한 조치가 이뤄져야 함에도 손을 놓고 있다. 피해 가족이 항의차 영국 본사까지 방문하고 있으나 정부의 역할은 보이지 않는다. 옥시 판매 즉시 중단, 진상 규명, 사후 대책이 시급하다. 총선 참패에 정신까지 잃었나 보다.

호랑이한테 물려도 정신만 차리면 산다. 다행히 민주당이 국회대책위원회를 구성해 진상 규명에 나섰다다. 국회 제1당의 면모를 보이고 있다. 사건 사고에 적극 대응하고 재발 방지에 최선을 다해 국민을 안심케 하는 것이 정치가 아닐까?

봄날은 간다

2016. 05. 11.

모 국회의원이 뜬금없이 부른 노래 제목이 아닙니다. 봄에 피었던 개나리, 목련, 벚꽃, 진달래, 철쭉, 영산홍이 지고 잎과 줄기로 변해 초록빛으로 가로수와 산들을 채우고 있네요. 자연은 한 치의 오차도, 거짓도 없이 사계절을 만들어 줍니다. 아름다움은 한순간인가 봅니다. 미인단명이라 했던가요. 부귀영화는 일장춘몽이라 했고 화무십일홍, 권불십년이라 가르쳤건만 우매한 우리는 이를 모르고 돈과 권력의 유혹에 빠져 패가망신하는 일들이 매스컴을 장식하고 있네요. 당사자들이 늦게 후회한들 회복 불능 상태이니 어찌하면 좋겠습니까?

봄날은 하염없이 지나가고 여름을 재촉하고 있습니다. 무더위 폭우, 폭풍, 질병에 대비하고 북한의 위험한 불장난도 철저히 빈틈없이 대비할 제1호 목차입니다. 정치권이 크게 변해 국민을 안심케 해 줘야 합니다.

국민들의 삶이 많이 어렵습니다. 힘을 하나로 모아 위대한 대한민국을 만들어 우리의 소원인 조국 통일을 이뤄야 합니다.

하루는 지루한데 1년은 빨리 간다는 사람들의 푸념도 들립니다. 여름, 가을, 겨울이 오면 한 해가 갑니다. 아, 봄날은 간다.

임을 위한 행진곡

2016. 05. 17.

5.18 기념일에 〈임을 위한 행진곡〉을 두고 기념곡 지정과 제창에 대한 보훈처 결정에 여야가 불만을 표시하고 있다. 보훈처는 각종 기념일에 기념곡 지정은 물론이고 애국가도 지정곡이 아니며 새로운 국론 분열의 소지가 있어 제창이 아닌 합창으로 결정했단다. 보훈처의 결정이 타당하다는 여론이 압도적이란다. 정신 잃은 새누리당은 재고를, 야당은 보훈처장 해임 촉구안을 내겠단다. 보훈처장은 국무위원이 아니기에 국회 해임결의 대상이 아니다.

19대 국회 마지막 회기가 19일인데 계류 중인 법안 처리는 팽개치고 기념곡 문제에 왈가왈부하는, 변하지 않는 국회 모습에 우리도 곧 분노의 정치가 전개될 것을 저들만 모르고 있다. 한심하고 한가한 국회의 존재 가치는 무엇인가? 다시 의문이 간다.

아듀, 19대 국회

2016. 05. 19.

말도 많고 탈도 많았던 19대 국회가 오늘 본회의를 끝으로 역사 속으로 사라지고 있다. 비생선적 식물 국회, 후안무치, 무노동 고임금 직업인, 막말, 싸움질, 흡사 조폭들의 모임, 고유 권한인 입법기관이기를 포기한 유령 단체, 국민 위에 군림한 군주, 막중한 경제와 안보를 철저히 외면한 정신 잃은 일명 국회의원, 대다수 국민들이 없으면 좋겠다는 국회, 국회 무용론에도 자진 사퇴하는 의원이 없는 염치없는 국회. 생각할수록 부아가 치민다.

이들의 50퍼센트 이상이 20대 국회의원이라니 이를 어쩌나? 앞이 뻔히 보인다. 국가 운명이 걱정이다. 그래도 천심이 이들을 심판할 것이다. 지긋지긋한 19대 국회. 아듀. 굿바이. 인사도 민망하다.

노병들의 바람

2016. 05. 20.

오늘도 중·고등 동문들과 남산 둘레길을 돌고 왔다. 오늘의 화제는 '내년에 어떤 대선 후보가 나타날까'였다. 미국의 트럼프 후보. 필리핀 대통령 당선자 로드리고 두테르테. 브라질 대통령 당선자 자이르 볼소나루 등의 분노 정치의 역류가 대한민국 대선 판에 불어올 가능성이 있다는 의견이 많았다.

내년 대선 후보는 지금 언론에 오르내리는 정치인이 절대 아닌 최소한 다음과 같은 새로운 인물이 나타날 것으로 내다봤다. 1. 부정부패 척결, 2. 친북 세력 척결, 3. 대통령 임기 4년 중임제 개헌, 4. 국회의원 선거 중선구제 도입, 국회의원 정수 100명으로 축소, 5. 지방단체장, 교육감 임명제 도입 및 지방 의회 의원 선거 폐지, 6. 내년 남북통일에 대한 확고한 시나리오 제시, 7. 대한민국 정통성, 헌법적 가치 제고, 한국사 바로 잡기 등을 실천할 새로운 인물이 탄생해 세계 으뜸 새로운 대한민국을 만들 것이며 하늘은 그런 후보를 보낼 것으로 노병들은 바람이자 확신을 했다. 그런 걸출한 인물을 찾아보자.

리더는 희망을 파는 사람

2016. 05. 23.

리더는 관리자가 아니라 변화와 혁신을 주도하는 사람입니다. 리더는 희망을 파는 사람이며, 내가 잘하는 것이 아니라 남을 잘하게 만드는 사람입니다. 방향을 제시하고 사람들이 가지고 있는 역량을 최대한 발휘하도록 도움을 주는 것이 리더의 역할이라 합니다.

나폴레옹은 지도자는 '희망을 파는 상인'이라고 했습니다. 상인은 물건을 파는 것을 생계의 수단으로 삼는 사람들입니다. 그렇다면 리더의 생계 수단은 구성원들에게 희망을 파는 것이라 할 수 있겠습니다.

이 어려운 시대에 정치, 경제, 사회, 문화 등 지도자의 리더십을 극대화해 국가의 고객인 국민에게 희망을 팔아야겠습니다.

상시 청문회법

2016. 05. 23.

지난 19일, 19대 마지막 회기에 통과시킨 일명 상시 청문회법에 대해 본란에 이미 언급한 바 있다. 국회를 마비시킨 국회 선진화법에 이어 정부 기능까지 마비시킬 상시 청문회법에 대한 대통령 거부권 행사 여부에 대해 여야의 반응이 엇갈리고 있다. 그동안의 국회 청문회는 대표적인 국회 갑질 행위로 국민 뇌리에 박혀 있다. 20대 국회도 그렇지 않으리라는 보장은 전혀 없어 보이는 고로 대통령은 이송된 동법을 19대 국회 임기 말인 29일까지 거부권을 행사하면 재의결 불가능으로 동법은 자동 폐기되고, 20대 국회는 재의결이 아닌 재상정을 해야 한다. 노동 관련 4대 법의 자동 폐기와 다름이 없다. 협치와 대통령의 고유 권한인 거부권 행사는 별개 문제이다.

안전사고

2016. 06. 02.

안전사고는 부주의, 감독 부재, 안전 불감증, 매뉴얼 부재 또는 매뉴얼 불준수 등이 원인으로 발생하는 사고로 인명과 재산상의 피해는 물론이고 사회적 비용 부담도 막중하다. 멀게는 20년 전에 246명의 사상자를 낸 대구 지하철역 사고, 2014년 1월에 판교 테크노밸리 환풍기 붕괴 사고, 동년 4월 세월호 침몰 사고, 2016년 성수역, 강남역, 구의역 스크린도어 정비공사가 망한 지 나흘 만에 남양주 지하철 공사장 붕괴 및 가스 폭발로 17명의 사상자가 발생했다. 사고 발생 후 안전대책을 쏟아내지만 사고는 연속한다. 공사 원청 업체와 하청 업체 간의 문제는 어제오늘의 문제가 아니다. 물론 안전 불감증과 작업자의 주의 의무, 감독 부재가 큰 원인의 하나다.

적당주의, 대충주의, 빨리빨리도 빼놓을 수 없다. 매뉴얼이 없는 것도, 지키지 않는 것도 문제다. 기술자는 많은데 기술은 없다. 철저한 직업의식, 사명감이 요구된다. 사고는 예고 없이 찾아온다. 지하철 구의역 스크린도어 수리공 19세 김 모 군을 사망케 한 가해자는 우리 사회다. 가련한 그의 명복을 빈다. 선진국, 선진사회는 저발생 사고 국가요, 사회가 아닐까?

유승민 의원의 강연

2016. 06. 03.

유 의원은 지난 31일, 나의 모교인 성균관대학교 법학관에서 학생 100여 명을 대상으로 강연을 했단다. 언론 보도에 의하면 그가 자주 언급하는 대한민국 헌법 1조를 거론하며 공화정을 설명하고, 국민은 불평등하며 계급 대물림, 정의가 실현되지 않고 유전무죄, 무전유죄 등 일련의 정운호사건 등에 대한 변호사들의 불법을 지적하며 법과 제도, 재벌이 반개혁적·반시장적이며 진정한 시장경제가 아니라고 말했다. 그러고는 선거로 권력을 다 잡아먹는다며 뜬금없이 작심한 듯 5.16은 군사 쿠데타임을 강변했다.

왜 5.16을 거론했을까? 대통령을 향한 푸념인가 보다. 헌법의 가치를 지키는 것이 보수란다. 대한민국의 헌법 가치는 자유민주주의, 시장경제다. 이념을 뛰어넘는 귀한 가치다. 헌법 가치 지킴은 보수만의 전유물이 아니다. 유 의원이 국회의원인지, 자신을 아는지 의심이 간다. 권력, 계급의 대표적 세습 당사자요, 불체포권 등 초법적 각종 특권을 누리고 있는 국회의원이시다. 집권당 원내대표 시절 국회법 98조 2항(3) 개정으로 국회 권력 강화를 시도한 분으로 대통령 거부권 행사로 파기되고 원내대표직에서 물러났다. 유 의원께서는 헌법 1조 2항의 국민권력 위에 군림하는, 국민이 강하게 비판하는 국회의원이다. 과연 헌법 1조를 언급할 위치에 있는가? 평등에 대한 개념 정립이 모호하고 미진하다. 법의 평등에 예외적 신분인 국회의원임을 모르고 있으시다. 선거직인 유 의원을 포함한 모든 분의 권력 독점, 남용에 유 의원은 예외인가? 사회적 시장경제는 우리 헌법 가치에 부합되는가? 국회의원이 아닌 연사였으면 그런 대루 수긍했겠다.

남의 티눈은 보지만 정작 자기 눈의 들보는 못 보는 현상에 마음이 짠하다. 학생들에게 선동, 부정, 비판이 아닌 긍정과 꿈과 희망을 주는 성숙한 지도자의 강연을 기대해 본다.

스위스의 위대한 선택

2016. 06. 07.

지난 5일 스위스에서 모든 국민에게 조건 없이 매달 성인에게(한화) 300만 원, 미성년자에게는 78만 원을 주는 기본소득지급안을 두고 국민투표를 진행한 결과 유권자 78퍼센트가 반대(중간발표)했다고 한다. 퍼 주기식 포퓰리즘 정책에 스위스 국민 대다수는 반대 의사를 밝히고 있단다. 13만 명의 서명만 받으면 국민투표 요건이 된단다. 이에 스위스노동조합연맹과 스위스의회도 반대하고 있단다.

나라를 거덜 나게 하는 정책에 반대하는 스위스국민들의 투철한 국가관이 부럽다. 공짜라면 독약도 마다하지 않고 표를 얻기 위해서 무상 복지 타령하는 우리 정치권이 타산지석으로 삼아야 한다. 과연 우리나라에서 국민투표를 행한다면 반대로 부결시킬 수 있을까? 이는 종로 한복판에 호랑이 보는 것보다 어려울 것이다.

스위스는 영세중립국으로 우리 한반도의 1/5 면적에 인구

800만 명, 1인당 국민소득 8만 달러로 세계 19위 부자 국가다. 현명한 국민이 위대한 국가를 만든다.

20대 국회 개원

2016. 06. 13.

오늘 20대 국회는 개원식에서 국회법 24조에 따라 정세균 국회의장의 선창으로 300명 의원이 아래 내용으로 선서를 했다. "나는 헌법을 준수하고 국민의 자유와 복리의 증진 및 조국의 평화 통일을 위해 노력하며, 국가 이익을 우선으로 하여 국회의원의 직무를 양심에 따라 성실히 수행할 것을 국민 앞에 엄숙히 선서합니다." 1948년 제헌국회 이후 20대 국회까지 국회의원들은 위와 같은 내용을 국민 앞에 선서했다. 과연 역대 국회는 어느 정도 선서 내용을 준수했을까? 국민은 후해야 20~30점도 주지 않았을 것이다. 20대 국회에 한 번 더 속는 심정으로 기대해 본다.

국회의장의 개원사에 이어 대통령의 개원 연설이 있었다. 공히 국가 위기 상황을 강조하고 국민의 단합, 정부와 국회의 협력이 강조되었다. 협치로 현안 문제가 해결되어 국민으로부터 신뢰받고 더욱 발전하는 대한민국을 기대해 본다. 대통령 연설에는 5~6회 박수가 있었다. 국가원수 요 행정부 수반인 대통령은 국회의 손님이다. 박수를 치지 않는 속 좁은 의원들의 모습에 초반부터 씁쓸함을 느끼게 했다. 자기 집에 찾아온 손님을 기쁘게 환영하는 것은 지켜야 할 예절이다. 협치 운운하기 전에 예절부터 배우는 국회가 되시라.

헌법개정

2016. 06. 15.

지난 13일 20대 국회 개원일에 정세균 의장이 개원사에서 헌법개정을 언급 후 각 당 대표들이 현행 헌법개정을 주장하고 있다. 현행헌법은 1988년 제9차 개정헌법이다. 헌법개정 절차를 알아본다.

1. 헌법개정안 발의: 국회 재적의원 과반수 또는 대통령
2. 공고: 대통령이 20일 이상 공고
3. 의결: 공고일로부터 60일 이내 국회 재적의원 2/3 이상 찬성
4. 국민투표: 국회 의결 30일 이내
5. 개정확정: 국회의원 선거권자 과반수 투표와 투표자 과반

수 찬성

6. 공포: 대통령은 즉시

* 헌법개정의 국회 의결과 국민투표에 선거권자 과반수투표 가능할까? 국민투표율 50%?가 관건이다. 글쎄네요.

평택 주한 미군기지 이전

2016. 06. 17.

며칠 전 평택 미군기지 이전 지역을 돌아봤다. 아래는 관련 자료다.

1. 기지명: K-6 캠프험프리스
2. 위치: 평택시 팽성읍 안정리 일원
3. 면적: 약1488만 제곱미터(약 450만 평)
4. 건물 배치: 총 513개 동(병원 5개, 주택 82개, 복지 시설 89개, 본부 및 행정시설 89개, 교육 시설 5개, 정비 시설 33개 등)
5. 이전 군부대: 한미 연합사, 미8군 기지, UN사령부 외 군부대
6. 주둔 인원: 약 13만 명(주한 미군 4만 5000명, 관련 종사원 8만

5000명)

7. 사업 예산: 약 10조(한미 공동 부담)
8. 기타 시설: 비행장, 골프장, 훈련장, 철도 시설, 체육 시설, 기타

한미 동맹의 상징인 미군기지를 돌아보면서 우리 안보가 더욱 굳건함을 실감했다. 고마운 우방 미국을 생각했다.

국가 기능 고장

2016. 06. 19.

최근에 발생하는 사건을 보면 국가 기능 마비를 실감케 한다. 국가의 감독, 감사, 심판, 감시, 기능이 제대로 작동될 때 청렴 국가, 건전한 사회가 형성된다. 입법·사법·행정의 3부는 상호 견제 기능을 갖고 있으며 특히 국회는 행정부를 감독·감사하는 행사권을 갖고 있다. 정부는 자체 외 산하기관 감독권을 갖고 있으며 감사원과 각 부처의 감사관은 감사권을 행사하고 있다. 사법기관은 심판권과 심판 기능을 행사한다. 언론은 사회의 제반 기능이 제대로 작동하는지 철저하게 감시할 책임이 있다.

지금 우리 사회는 위의 네 가지 기능이 마비 상태에 빠져 있다. 2중 3중의 기능이 작동하면 사건 사고는 예방이 가능할 수 있게 되어 있다. 최근에 발생한 이적 행위인 방산 비리. 네이처 리퍼블릭, 대우조선, 롯데, 법조 비리 사건 등의 내면을 보면 감독, 감사, 심판, 감시 기능의 마비가 불러온 결과임을 알 수 있다. 이러한 기능이 제대로 작동하지 않고 고장 난 상태에선 반복적으로 사건 사고가 필연적으로 발생할 것이다.

부정 비리가 극에 달해 국민이 분노하고 실의에 빠져 언제 어떻게 폭발할지 모를 지경에 와 있다. 정치인, 정부 고위층 재계 오너 및 고위층, 사회 지도층 특히 언론인들만 모르고 있다. 정말 한탄스러운 일이다. 부정부패는 물론 사회 분열이 국가 멸망의 원인이라고 역사는 기록해 놓고 있다. 멀리는 로마제국. 가까이는 조선조, 중화민국, 필리핀, 월남, 남미 국가 등이다.

동남권 신공항 후보지 결정 무산(백지화)

2016. 06. 21.

신공항 후보지로 부산 가덕도냐, 경남 밀양이냐? 결정이 백지화되었다. 지자체장, 정치인들이 국론분열과 지역갈등에 앞장서고 부산시장은 시장직 사퇴와 민란까지 거론하고 시민을 선동하고 시민을 동원 삭발 시위까지 벌였다. 정말 어처구니없는 한심한 사태이다. 정치인들이 시민을 선동하고 국책사업을 지역 이기주의, 인기 영합에 함몰시키고 오직 국익은 없고 분파와 분열만 남겨 놓았다. 신공항 결정으로 지역갈등의 후폭풍을 피하고 제3 선택으로 신공항 후보 백지화를 최선의 방안으로 결정한 것이 다행이다. 개인적으로도 김해공항 확장안을 지지하고 있다. 부산시장의 향후 행보를 주시해 보자. 국책사업 추진은 포기할 수밖에 없는 경지에 와 있다. 정말 나쁜 사람들 때문이다. 내년 대선후보들의 또 다른 메뉴로 등장할 것이 뻔하다. 해외 업체에 지불한 용역료가 아깝기만 하다. 국민이 불쌍하다.

집단 입국한 북한 식당 종업원 사건

2016. 06. 22.

지난 4월, 중국 내 북한 식당을 탈출해 집단 입국한 북한 종업원 12명에 대해 민변 측이 요구한 인신 보호소송(인신구제)이 서울중앙지방법원에서 진행되고 있다. 우선 민변이 이런 해괴한 소송을 제기한 이유가 납득하기 어렵다. 또한 민변이 제출한 북한 가족의 위임장 진위 여부가 확인되어야 한다. 변호사 선임 시 위임장은 당사자가 아니면 아니 된다. 북한 가족임을 증명하는 객관적인 서류는 물론이고 본인을 증명하는 제반 서류인 인감증명서 등은 필수적이다.

탈북자 및 가족의 신변 보호를 위해 공개 법정 출석은 불가하며 비공개 장소에서도 묵비권 행사는 그들에게 주어진 권리이다. 민변 측이 제기한 소송은 진행 불능으로 기각 또는 각하되는 것이 맞다.

탈북자의 인신 보호의 중요함을 아는 민변은 북한민의 인권 및 강제 납북자, 포로 국군의 송환을 위해 노력하는 모습도 국민에게 보여 주시라. 민주 사회를 위한 변호사 모임의 역할을 기대해 본다.

권력의 사유화

2016. 06. 26.

국민은 선거를 통해 대표자를 선출해 정부나 의회를 구성하고 정책 등 제반 문제를 처리토록 위임하는 일명 대의 민주주의를 채택하고 있다. 국민이 고유 권한을 정부나 의회 의원에게 위임한 것이다. 이들은 국민 권한 수임자이기 때문에 위임자의 뜻과 위임 범위 내에서 권력을 행사할 의무가 있으며 그렇게 해야 한다.

최근 정부나 국회의원들의 행태를 보면 수임한 권력을 완전 사유화하고 있다. 정당들의 패권주의, 이기주의는 말할 것도 없다. 의원들의 권력 남용은 극에 달해 있다. 서 모 의원은 비서를 오빠와 딸로 채우고, 월급을 정치 후원금에 충당케 하는 등 독점 가족 주식회사 체제로 운영하고 있다. 서 의원뿐인가? 대부분 의원이 그리하는 것이 관례란다. 청문회장에서 논문 표절 문제로 호통 친 그도 석사 논문 표절 문제가 도마 위에 올라 있다. 내가 하면 로맨스, 남이 하면 불륜의 대표자들. 남의 눈의 티를 보면서 자기 눈의 들보는 보기를 마다하는 양심도, 염치도 없는 권력의 독점 사유자들에게서 위임을 철회할 때가 왔다.

권력의 사유화가 민주주의 위기를 자초하고 국민들의 분노를 자아내고 국력을 쇠잔케 하는 원인이다. 대의 민주주의의 근본을 바로 세워야 한다.

앨빈 토플러

2016. 07. 02.

금세기 최고의 미래학자 앨빈 토플러가 지난달 27일, 향년 88세로 별세했다. 그의 저서인 『미래의 충격』, 『제3의 물결』,

『권력이동』이 나의 서재에 보관되어 있다.

1990년대 변화의 파고가 밀려올 때 그의 저서는 학자뿐만 아니라 기업인의 필독서였다. 변화의 속도에 큰 충격을 받은 우리에게 『미래의 충격』은 브레이크를 걸어 줬다. 그는 또 제1 물결인 농업혁명, 제2 물결인 산업혁명에 이어 제3 물결인 지식정보사회 혁명을 예견하고 90년대 초 그의 저서 『권력이동』을 통해 신·구 문명의 충돌을 어떻게 완화시키며, 권력이 지식으로 이동하고 지식이 진정한 수단이 될 것이라는 적중한 전망을 내놓기도 했다. 부도 무주공산인 미래로 이동할 것이며 우리 앞에 성큼 다가온 제4 물결의 파도에 적응해야 생존이 가능할 것이다. 한국에 대해서도 혁신을 제시하고 지식기반 경제를 권고하기도 했다.

1990년대 유통 CEO 시절 그의 저서를 통해 변화와 혁신을 실천하려고 노력했던 감회가 새롭다. 세상은 변화한다. 다만 변화하지 않는 것은 변화한다는 사실이다. 앨빈 토플러의 명복을 정중히 빈다.

북한 핵 도발

2016. 07. 10.

1991년 12월 31일 남북한 비핵화 공동 선언을 발표하고 이듬해 2월 19일 발효되었다. 북한은 1993년 3월 12일 핵확산금지조약(NPT)을 탈퇴하고 20여 년 동안 핵 개발을 추진하여 이제 핵보유국의 지위를 갖게 되었다. 한 · 미는 이를 인정하기를 꺼려 왔지만, 현실은 유일한 핵보유국이다.

최근 북한은 핵탄두 미사일 발사 등으로 한반도뿐만 아니라 미국까지 위협하고 있다. 다급한 한·미 양국은 한반도에 사드 배치를 결정하여 발표했다. 사드 배치에 중·러는 크게 반발하고 두 야당도 반대하고 있다. 중·러의 반대는 예상한 일이지만 야당의 반대는 이해하기 어렵다. 야당은 사드 배치 반대 이전에 북핵에 대한 강력한 비난과 핵 포기를 주장했어야 한다. 북한의 핵미사일은 대한민국의 존립을 위협하는 우리의 생존문제이다. 우리는 진작 NPT 탈퇴를 선언하고 핵 보유를 추진했어야 했다. 만시지탄이 있지만 사드 배치가 아닌 핵 개발로 대처하여야 하고 사드가 아닌 선제타격 전략을 수립해야 한다. 사드배치는 내년에 완성한단다. 내년까지 북한이 참아 준다는 보장이 있는가? 전쟁은 시간 싸움이다. 국방은 여·야도 없고 적과 동지도 없다. 우리의 운명은 우리의 몫이다. 정신 차리지 않으면 국가의 존립이 위태롭다.

대한민국호의 항해

2016. 07. 13.

2008년 MBC 〈PD수첩〉 '미국산 소고기 광우병에 과연 안전한가?'로 100만 명이 시청 앞 광장에서 3개월 동안 촛불 시위로 몸살을 앓았다. 광우병 괴담이 정권을 휘저어 놓았으나 현재 국민들은 미국산 소고기를 즐겨 먹고 있다.

2014년 4월 16일 발생한 세월호 사고 이후 2년 3개월 동안 광화문 광장에서 시위가 계속되고 지금도 시위대의 천막은 초라한 모습으로 남아 있다. 잔상규명위원회 활동 결과는 오리무중이다. 최근 사드의 한반도 배치 발표 이후 정치권이 찬반으로 나뉘고, 지역정치인들이 삭발 등 반대 시위에 나서고 있다. 국가 안위. 국민의 생명을 지키기 위해 북한 핵미사일을 방어하기 위한 조치도 반대한다. 이는 북한의 핵미사일 발사로 나라가 멸망해도, 국민이 몰살당해도 좋다는 논리인가? 북한의 4차 핵실험, 각종 미사일 발사에는 침묵하고 이를 규탄하는 국회 결의는 물론이고 규탄 대회도 없었다. 삭발한 놈도 없다. 정말 나쁜 사람들이다. 갈등과 분열은 북핵보다 더 위험하다. 북핵을 폐기하면 사드는 무용지물로 당장 제거될 것이다.

국방은 국민의 생명과 재산을 보호하기 위한 절대적 가치다. 시위로 찬반을 결정할 사안이 아님을 확실히 알아야 한다.

TK 시대 종언

2016. 07. 14.

TK는 정부 수립 이후 지금까지 한국의 정치, 경제, 사회, 문화 등 전반에 걸쳐 이를 주도하고 정치의 중심을 이끌어 왔으며 각종 혜택을 누려오기도 했다. 특히 이명박 정권. 현 박근혜 정권 탄생의 공로자이기도 하다. 지난 4.13 총선에서의 새누리당 패배의 원인도 이곳에 있었다. 국회의원, 지방단체장, 의원 선거에서 박근혜 대통령을 등에 업고 당선된 사람들이다.

그런데 지금 남부 신공항 문제, 사드 배치 문제 등 국책 사업, 국방 안보에 반대에 앞장서고 있다. 지역 국회의원, 지자체장, 지역민들이 반대에 앞장서고 삭발, 혈서, 시위를 하고 있다. 자중지난. 볼썽사납고 꼴불견의 대표급이다. 보수의 텃밭을 자칭한 TK의 몰락은 예상을 넘어섰다.

개인의 출세에는 친박, 국가 안보, 국책 사업. 지역 이기주의에는 반박이다. 대통령 레임덕을 부추기는 TK의 종언 예고편이 상영되고 있다. 춘원 이광수의 소설『마의태자』에서 '신의 없는 친구보다 신의 있는 원수가 낫다'는 구절이 생각난다. TK 양반들 신의를 지키시라.

한국인만 모르는 대한민국

2016. 07. 15.

하버드대 박사, 임마누엘 페스트라이쉬(한국명 이만열)는 미국 태생으로 예일대와 동경대에서 석사, 하버드대에서 동아시아 언어문화학 박사 학위를 취득하고 현재는 경희대학교 국제대학 교수로 재직하고 있다. 부인은 한국인 이승은 씨이다. 그는 많은 주제를 열거하며 한국의 역사와 전통, 문화를 높이 평가하며 지난 60년 동안 이룩한 정치, 경제, 사회, 문화 등에서 손색없는 세계적인 선진국이며 한국인의 잠재력으로 아시아에서 1등 국가는 중국이 아닌 한국이다, 라고 주장한다.『한국인만 몰랐던 더 큰 대한민국』이라는 책을 펴내기도 했다.

우리는 지난 60년 동안 이룩한 발전에 긍지를 갖지 못하고, 서로 비난하고 분열하고 자괴하며 폄훼하는 일에 익숙했다. 부끄럼을 느꼈다. 저자는 한국의 미래, 우리 스스로가 개척할 노하우를 제공하고 있다. 통일도 과거의 역사 속에서 찾으라고 가르쳐 주고 있다. 미래 한국의 비전을 제시하면서 G20 사무국을 한국에 설치하잔다. 한국인만 모르는 다른 대한민국이 아닌 위대한 대한민국임을 우리 스스로 체감할 때 아시아의 1등 국가로 등장될 것이다.

무법천지 대한민국

2016. 07. 15.

사드 배치 설득차 성주를 방문한 황교안 국무총리가 성주군청 앞에서 물병과 계란 세례를 받고 6시간 이상 차량에서 감금을 당하는 사태가 발생했다. 법치국가에서 용납될 수 없는 무법·불법의 극치다. 공권력 무력화의 반증이다.

경북경찰청은 국무총리의 공무 집행을 보호할 막중한 경비 업무를 이행치 못한 책임을 져야 하고 난동 폭력 시위자들을 색출해 폭행, 공무 집행 방해 및 감금죄로 엄중 처벌해야 한다. 성주 군수는 폭동 주동 수괴로 즉시 체포해 의법 조치해야 한다.

적법한 평화적인 시위는 보장받아 마땅하지만 불법, 폭력, 난동 시위는 발본색원해야 한다. 괴담에 부화뇌동하고 국가 안보 정책에 반대하는 이적 행위는 용인할 수 없다. 새누리당 TK 지역 출신 국회의원들의 선동도 책임이 가볍지 않다. 2008년 미국산 소고기 광우병 괴담이 반복되는 건 아닌가 걱정이다.

대한민국이 정상 국가인가?

2016. 07. 17.

2002년 6월, 제2연평해전에서 전사한 한상국 중사의 전사확인서 및 상사추서장이 지난 15일 그의 부인에게 전달되었단다. 만 14년 1개월 만이다. 대한민국이 정상 국가인지 모르겠다. 이미 한 중사의 충남 광천 모교는 흉상을 제막했다. 미국은 6.25 참전 전사자 유골을 북한에 막대한 자금을 지불하고 발굴해 본국에 송환했고 그중 한국군 유골도 찾아 미국에서 한국으로 보내 줬다. 북한 퍼 주기에 열을 올릴 때 남북 정상회담, 실무 회담 등에서 전사자 유골, 국군 포로, 강제 납북자 송환 문제를 거론한 적은 전연 없었다. 국가를 위해 목숨을 바친 전쟁 영웅에 대한 국가의 책임을 다할 때 국민은 목숨을 홀연히 바친다. 국민의 애국심은 정상적인 국가가 존재할 때 발휘된다. 제2한국전이 발발할 때 전쟁터에 국민의 몇 퍼센트가 자진 참전할까? 여론조사도 있었다. 국가는 국민을 위해 존재하며 국가의 존재 가치이기도 하다.

정신 잃은 국민, 국가 경영에 손을 놓고 허둥지둥, 대충, 적당히 지내고 있는 공직자들. 정신 차리지 않으면 작금의 엄중한 대내외 위기를 극복하기 어렵다. 국가정상화가 시급하다. 정신 바짝 차려야 한다.

사드 괴담

2016. 07. 20.

2008년 미국산 소고기 광우병 괴담으로 3개월간 100만 명이 서울시청 광장에서 시위를 벌였다. 당시 유모차부대까지 동원된 웃지 못할 사태가 지금도 뇌리에 생생하다. 8년이 지난 현재 광우병 발생은 전연 없으며 한국이 미국산 소고기 수입 3위 국가이며 국민들이 즐겨먹고 있다. 화가 치밀다가 웃음도 난다. 괴담에 익숙하고 과학과 논리에 둔감한 후진성 국민임을 자인하는 사례이다.

지금 성주 사스 배치에 괴담으로 반대 폭동이 나고 총리가 6시간 반 감금되는 사태가 발생 했다. 레이더의 전자파가 인체뿐만 아니라 참외농사도 망친단다. 100~150미터 밖에서는 전연 무해하고 괌 기지에서 측정한 내용도 공개했으나 그것도 못 믿겠단다.

전자파는 무서워하면서 북한의 핵미사일은 두려워하지 않는 대담성에 놀라지 않을 수 없다. 국가는 국민의 생존과 번영을 책임지고 있다. 생존은 안보이며 번영은 경제이다. 야당은 대중국경제 영향을 들먹인다. 핵폭탄으로 죽는 것보다 차라리 굶어죽을 각오를 하는 편이 정상이다. 안보는 어떤 이유에서도 포기할 수 없는 우리의 생존 가치이다. 국가를 지킴은 여야도 지역도 없다. 국민이 하나 되어 위대한 대한민국을 지켜야 한다.

죄 없는 자가 간음한 저 여인을 돌로 쳐라

2016. 07. 23

"죄 없는 자가 간음한 저 여인을 돌로 처라."(요한복음8.7)

20대 국회 개원 이후에도 정치권은 여·야 간은 물론 각 당내에서 쌈박질에 여념이 없다. 계파갈등, 녹음파일 공개 등으로 이전투구 하는 여당, 사드배치 문제의 찬반, 진 검사장, 우수석 문제로 여·야 공방이 계속되고 있다. 진 검사장은 구속되어 법의 심판 절차가 진행되고 있으며 청와대 우수석도 범법행위가 있다면 법의 심판은 물론 임명권자인 대통령께서 처리할 문제다.

일간신문들은 우수석 파헤치기에 지면이 모자랄 지경이다.

독자들에게 웃음과 희망을 주는 기사 개발에도 노력해 보시라. 시급한 안보와 경제문제는 외면하고 정쟁으로 사회 혼란을 자초하고 있는 정치권 청산 없이 우리의 미래는 없어 보인다. 지난 정권에서 중한 범죄로 법의 심판을 받은 자들이 뻔뻔스럽게도 더 날뛰고 있다. 그대들이여 자기반성과 통회 그리고 고백 없이 남을 비난하고 비판할 수 있는가? 정치인들이여, 죄 없는 자가 있으면 당신들이 저 여인을 돌로 쳐 보시라.

2,000년 전이나 지금이나

2016. 07. 24

2,000년 전 예수 수난사에 나오는 성경구절이다.(서울주보 '말씀의 이삭'에 올린 글 중 일부 인용)

예수님의 제자 베드로가 닭이 울기 전에 예수님을 세 번 부인한다. 유다는 몇 푼의 돈을 받고 예수님을 팔아넘긴다. 예수님이 예루살렘에 들어올 때 "높은 데서 호산나! 주님의 이름으로 오시는 분 찬미 받으소서."라고 환호하면서 예수님을 찬양하던 군중들은 예수님이 사형 선고를 받기 전 "십자가에 못 박으시오!"라고 외쳐 댑니다. 사람들은 이렇게 상황에 따라 배반하고 있습니다.

2,000년이 지난 지금도 정치, 경제, 사회 전반에 걸쳐 배반과 배신이 반복되고 있습니다. 특히 정치권에서는 자기 이익에 따라 배신을 밥 먹듯 합니다. 대통령을 보좌했던 전직 장관, 비서관들이 당을 옮기고 친정 공격수로 변신하는 추태를 감행합니다. 새누리당 국회의원, 지방자치단체장들이 신공항, 사드배치 문제에 접근하는 모습을 보면 예수를 배반한 베드로, 유다, 이스라엘 군중과 다름이 없습니다. 박근혜 대통령 덕분에 당 살려내고 공천 받아 국회의원, 지자체장에 당선되어 명예와 영화를 얻은 누리꾼들이 이제 본인은 절대 친박이 아니라고 강변하고 있습니다. 도의도 신의도 의리도 없습니다. 의리 없는 친구보다 의리 있는 원수가 낫다고 춘원 이광수 작 '마의태자'에 그리 써 놓았습니다.

이들은 오래지 않아 하느님과 국민의 심판을 받을 것입니다. 민심은 천심이며 우리 국민은 현명합니다.

김영란법에 대한 언론 반응

2016. 07. 29.

부정, 부패, 비리가 대한민국의 존립을 위협하고 부패 공화국이라는 누명을 쓴 지 오래다. 이대로는 아니 된다는 국민들의 요구가 김영란법을 만들어 냈다. 미국은 이미 공직자들이 이런 법을 적용받고 있다. 더치페이 문화 정착을 선도했다.

언론이 일명 김영란법에 대해 많은 문제점을 지적하고 있다. 내용은 일부 열외된 조항 삭제와 법 시행으로 유통업, 외식업, 농축수산업의 충격을 지적하지만 언론인과 사립학교 임·교직원이 포함된 것에 대한 몽니도 있는 듯하다. 언론 자유 위축, 사립학교의 자율성 저해를 우려하지만 과연 그럴까? 언론 자유가 왜 위축될까? 정론 언론의 위상? 언론은 과연 공정한가? 언론사도 색깔로 갈라져 있는 게 사실이며 편파 기사로 독자들의 눈총을 받고 있다. 출판물에 의한 명예 훼손으로 피해를 받아 언론중재위나 사법부에 민·형사 고소 고발 사건도 수없이 많이 당했다.

사립학교의 부정 비리는 어제오늘의 문제가 아니다. 재단 비리는 수십 년간 이어온 대표급 복마전이다. 뿐만 아니라 교수들의 학위 부정 심사, 논문 표절, 제자 논문 갈취, 석·박사 제자들로부터 향응, 골프 접대, 강의 암매, 연구비 부정 수령, 교수

채용 비리, 학생 선발 비리 등 만신창이 된 학원 비리를 발본색원하지 않고는 교육 정상화는 불가능한 지경에 와 있음을 저들만 모르고 있다.

완벽한 법과 운영에 문제가 있는 것도 현실이다. 법의 근본 목적에 부합되고 법의 가치가 존중되고 사익보다 공익 우선이면 타당성이 있는 것이다. 시행하면서 문제점이 발견되면 개정도 가능할 것이다. 시행도 해 보지 않고 문제만 제기하고 개정을 운운하는 것은 법의 안정성을 해치고 입법 취지를 퇴색케 할 수 있다.

왜 이 법이 제정되고 헌재가 합헌 결정을 했는가? 해당 당사자들이 반성하고 부정부패가 국가 멸망의 원인이라고 기록된 역사를 배우는 기회가 되어야 한다.

탕평비(蕩平碑)

2016. 08. 02.

조선조는 사색 당파 싸움으로 국가는 없고 당쟁만 존재한 국가였다. 임진왜란의 전화로 전국은 물론 한양이 초토화되고 궁궐과 종묘까지 불타 피난에서 돌아온 선조도 머물 곳조차 없었다. 병자호란 때 삼전도에서 인조가 세 번 절하고 아홉 번 머리를 부딪치는 삼배구고두로 청 태종 앞에 항복했던 삼전도 굴욕을 어찌 잊겠는가? 35년의 일제 강점기를 지나 광복을 맞았지만 골육상잔인 6.25 한국전쟁으로 300만 명의 사상자와 재산 피해, 1.000만 이산가족을 만들어 내고 66년이 지난 지금도 남북한 같은 민족이 핵과 미사일로 예고 없는 전쟁 전야 상황이다.

국내 정치는 어김없이 당파 싸움으로 날 새는 줄도 모르고 있다. 국가위기가 다가온 줄조차 모르고 북핵 위협에는 무감각, 무대응, 사드배치 반대 등 국가 안보는 나몰라라라 하고 있다. 나라가 힘이 없어지고 분열과 파쟁, 부정부패로 국력이 쇠진되어 국민이 나라를 걱정하고 있다.

오죽하면 조선조 영조는 조선조의 병폐였던 4색 당파를 척결하기 위해 당파를 초월하여 인재를 등용하는 탕평책을 실시하였다. 탕평비는 1742년 영조가 이러한 탕평책의 실시를 알리기 위해 어필(御筆)로 써서 유학의 본산이며 관학의 최고학부인 성균관(현 성균관대학교) 정문 입구 반수교(지금은 복개되어 있음) 앞에 세운 비다.

탕평비의 원문은 周而弗比 乃君子之公心.比而弗周 寔小人之私意이다(해석: 두루 사귀고 패거리 짓지 않는 것은 군자의 바른 마음이고 패거리 짓고 두루 사귀지 않는 것은 소인의 사사로운 뜻이다) 274년 전 탕평비를 전국 곳곳에 세워 당파, 계파 싸움을 중지케 하는 현대판 탕평비를 세워 나라를 바로 세워야 할 것 같다.

대한민국은 주권국가인가?

2016. 08. 04.

북한의 핵미사일 방어용 사드 배치 문제로 성주 지역민들의 반대는 이해한다지만 정치권이 벌 떼처럼 일어나 반대 여론에 불을 붙이고 있다. 제2의 광우병 괴담의 아바타다. 국민의당 더불어민주당 의원들이 현지를 방문해 사드 반대 선동에 동참하고, 더불어민주당 초선의원 6명이 오는 8일 중국을 방문해 공산당 관계자, 베이징대 교수들을 알현한단다. 대학교수, 전직 통일부장관까지 《중국인민일보》에 사드 반대 관련 글을 투고하는 등 한심한 작태를 연출하고 있다.

조선이 500년 동안 중국에 조공을 바쳐 왔던 굴욕의 역사를 잊고 있나? 한심한 저들은 사드 배치가 북한 핵미사일 방어용으로 핵심인 북핵 제거 주장에는 입을 다물고 한·중 경제 악영향 운운하는 사대적 발상에 앞장서고 있다. 전자파는 무서워하면서 북한 핵미사일은 무서워하지 않는 대담성? 중국의 경제제재를 핑계 삼아 중국 입맛에 맞추려는 이들의 정체는 무엇인가? 과연 대한민국은 주권국가이며 주권 국민인가? 국가의 정체성과 국가관이 확립될 때 국가는 흥한다는 사실을 깨달아야 한다. 안보는 여야도 지역도 없는 대한민국의 생존 가치다. 지도자는 가장 애국자여야 한다.

한화그룹 김승연 회장 자당 문상

2016. 08. 12.

오늘 오전 어제 별세하신 김승연 회장 모친 강태영 여사 빈소를 찾아 문상하고 고인의 명복을 빌었다. 1972년 국민회의 대의원 선거에서 창업주 고 김종희 회장께서 전국 최고득점으로 1위를 하신 바 있다. 당시 과장 신분으로 선거에 크게 기여했다고 가회동 자택초청을 받고 내외분으로부터 칭찬을 받은 기억. 1991년 한화유통사장 재임 시 어려웠던 회사를 맡은 본인에게 강 여사님은 사장 소신껏 멋있게 하라시며 자주 격려해 주신 어른이시다. 특히 잡다한 업무비 사용하지 말라시며 업무추진비를 여러 차례 보조해 주셨던 사모님, 강 여사님을 잊을 수 없다.

과감한 구조조정. 비용절감, 근검절약 등 경영쇄신을 실천하라는 간접적 교훈을 주신 분이시며 95년 경영 정상화를 이룬 밑거름을 마련해 주신 분이시다. 이런 일들을 혼자만의 비밀로 간직해 왔지만 이제 추모의 기록으로 남기고 싶어진다. 강 여사님은 그룹사 경영에 참여하시지 않으셨지만 임직원에 대하여 비교적 소상히 알고 계시고 관심도 갖고 계신 어른이셨다. 지상을 통해 소개된 바와 같이 조용한 내조, 아단(강 여사님의 아호)재단을 통해 인재양성, 문화 발전에 기여하시고 젊은 아드님 김승연 회장의 자당님이자 스승이기도 하셨다. 32년 봉직했던 한화그룹이 일취월장 발전하는 모습에 자긍심을 갖게 된다. 친정이 잘 살아야 시집간 딸들이 든든하고 힘이 생긴단다. 삼가 아단 강태영 여사님의 명복을 정중히 빕니다.

백목련

2016. 08. 15.

오늘 오후 국립극장 해오름극장에서 순국 42주기 육영수 영부인 추모공연 뮤지컬 〈백목련〉을 아내와 함께 관람했다. 42년 전 오늘 바로 그 자리에서 열린 광복절 행사에서 조총련 소속 문세광의 4발의 흉탄에 우리 국민의 어머니요, 대한민국의 국모께서 순국하셨다. 재임 12년 동안 청와대의 야당. 민정어사셨던 영부인께서는 가난하고 소외된 사람들의 손을 잡아 주시고 같이 눈물을 나눈 실화를 드라마틱한 콘서트로 선보이며 1,500명의 관객으로 하여금 추모의 정과 눈물을 자아내게 했다. 백목련의 자태, 단아한 모습을 공연을 통해 다시 고육영수 영부인을 뵐 수 있었다.

삼가 고인의 명복을 빕니다. 관람표를 마련해 주신 출판계를 선도하는 행복에너지 권선복 대표님께 감사드립니다.

오드리 헵번의 명언

2016. 08. 21.

대학 시절 오드리 헵번 주연의 〈로마의 휴일〉은 인기 영화였다. 최근에도 가끔 〈티파니에서 아침을〉과 함께 텔레비전에서 방영해 주고 있다. 오드리 헵번은 미국 할리우드 파라마운트 스튜디오를 풍미했고 아카데미 여우주연상을 수상했으며 유니세프 대사로 에티오피아, 방글라데시, 소말리아에서 불우 아동을 위해 봉사 등 인류애를 실천한, 미모에 합당한 아름다운 인생을 산 명배우였다. 그런 그가 딸에게 남긴 명언을 얼마 전 친구가 보내줘 소개한다.

1. 아름다운 입술을 갖고 싶으면 친절한 말을 해라.
2. 사랑스러운 눈을 갖고 싶으면 좋은 점을 봐라.
3. 날씬한 몸매를 갖고 싶으면 너의 음식을 배고픈 사람과 나눠라.
4. 아름다운 자세를 갖고 싶으면 결코 너 혼자 걷고 있지 않

음을 명심하라.

23년 전 타계한 미모의 오드리 헵번. 그의 아름다운 봉사 활동을 기억하고 싶다.

웨더 마케팅

2016. 08. 25.

고객의 욕구나 기호, 선택을 변화시키는 큰 요인으로 전통적인 마케팅 활동 외에 날씨가 큰 비중을 차지하게 되면서 웨더마케팅 도입이 활발해지고 있다. 날씨는 어느 특정 기업에 국한되지 않고 모든 기업과 밀접한 관계를 갖게 되어, 기상 예측은 기업의 성패를 판가름하는 중요한 요인이 되고 있다.

금년 여름, 장기간 35도를 넘나드는 무더위로 냉방 기기와 빙과류, 음료수 특히 생수 판매가 최고의 실적을 올렸단다. 시원한 백화점, 영화관도 최고의 호황을 누렸다. 혹한의 겨울철은 난방기구나 의류 판매가 성업을 이루게 되지만 지구 온난화 현상은 의류업계에 큰 타격을 준다. 태풍이나 해양오염은 생선과 어패류의 가격 상승을 일으키며 장마철이 지속되면 음료수와 야외 장비업계는 타격을 받게 된다. 일요일이나 공휴일 오전에 비나 눈이 내려 고객의 외출을 막아 놓고 오후에 날씨가 개면 유통업체는 매출을 초과 달성한다. 우리나라에서도 4계절이 불분명할 정도로 가뭄과 무더위, 온난화 및 아열대 현상 등 기상 이변이 발생하고 있다. 이에 생활 스타일 변화가 초래되고 있다.

기업의 마케팅 전략의 변화가 시급하다. 이제 기업들은 정확한 기상 예측에 의한 경영계획을 수립하기 위해 국내외 기상정보 수집에 많은 노력을 경주하고 있다. 인공위성과 위성통신 시대에도 정확성이 떨어지는 기상예보에 국민들은 분통을 터뜨리고 있다. 정확한 기상예보는 웨더 마케팅에 있어서 중요한 경영 자산이다.

복지병(福祉病)

2016. 09. 02.

민주주의의 요람이요 수많은 세계적인 철학자를 배출한 지성국가, 세계적인 관광명소인 지중해연안 국가인 그리스는 작년 국가부도로 파산국가로 전락했다. 어제 브라질 3선인 지우마 호세프 대통령이 의회에서 탄핵당했다. 브라질뿐만 아니라 중

남미국가들의 좌파정권이 원유를 향유하면서 복지를 퍼주다가 원유가 하락으로 인한 경제침체와 일부 지도층의 부패로 국민들의 불만이 터져 나온 결과이다.

복지는 국민의 삶의 질을 높이고 행복하게 살아가기 위한 정책을 말한다. 복지는 동전의 양면성을 갖고 있다. 복지는 감당할 예산의 뒷받침 없이 정치인들의 포퓰리즘의 전용물이 될 때 국가를 거덜나게 하는 복지병에 걸리게 된다. 내년도 예산 400조 중 복지예산이 57조란다. 정부와 지자체가 각종 복지수당을 경쟁적으로 지급하고 있다. 받아서 마다할 국민은 한 사람도 없다. 이것이 약이 될지 독이 지나쳐 국가존망의 원인이 될지? 복지병으로 국가 파산을 맞은 국가들을 반면교사로 삼아야 한다. 복지정책의 재검토는 물론 부패근절로 국민의 신뢰를 회복하는 것이 급선무이다. 지도자는 가장 애국자이어야 한다.

대통령 해외 순방과 국내 정치

2016. 09. 02.

박 대통령께서는 오늘부터 9일까지 해외 순방길이시다. 3일에는 러시아 블라디보스토크에서 푸틴 러시아 대통령과 만나며, 이어 중국 항저우에서 열리는 G20 정상회의 참석에 맞춰 중국 시진핑 주석과 정상회담을 가질 예정이란다. 박 대통령은 7~8일 라오스에서 개최될 아세안 정상회의에서 미국 오바마, 일본 아베와도 양자 회담을 가질 예정이다. 특히 이번 회담에서 사드 배치는 북한 핵미사일 방어를 위한 불가피성을 피력하며 북핵 제거 시 사드 배치의 불필요성을 언급할 것이다. 중국과 러시아에게 사드 배치의 원인 제거가 이뤄지지 않을 시 사드 배치는 불가피함을 당당히 주장하며, 공을 중국과 러시아에 넘기는 호기가 될 것이다.

북한 핵미사일은 남한의 생존을 위협함에도 국내에선 야당과 배치 예정 지역민들이 반대에 나서고 있으며 어제 국회의장께서는 정기국회 개회사에서 사드 배치 반대에 동조하는 듯한 발언으로 국회가 파행되었다. 대통령께서 사드 배치 문제로 관련국들과 외교전을 전개하는 시점에 국내 정치권에서 직간접적으로 반대에 나서는 것은 대통령의 외교를 방해하고 제 얼굴에 침을 뱉는 행위다. 외교는 국민의 단합된 힘의 뒷받침 없이는 불가능하다. 국가 안보는 여야도 지역도 있어서는 안 된다. 국론 분열이 나라를 망친 지난날의 역사를 반추해 봐야 한다. 위기를 모르는 것이 가장 큰 위기다.

국민을 팔지 말라

2016. 09. 04.

국회의원은 국민을 대표하는 헌법기관이다. 역대 국회는 정쟁, 당리, 당략, 분열, 분파에 매몰되고 의사당은 쌈박질 장소가 된 지 오래다. 오물투척, 최루탄 발사, 밤샘 의사당 점거농성 등 볼썽사나운 역사를 만들어낸 풍수지리적으로 흉지인 여의도 의사당을 국민들은 외면하고 국회무용론을 계속 제기하고 있다. 국회의원들은 자기 필요시에는 국민을 대변한단다.

엊그제 정세균 국회의장은 정기국회 개원사에서 사드배치 반대성 발언으로 20대 정기 국회를 파행케 하고 의사봉을 내려놓은 부끄러운 의장이 되었다. 그러면서 정 의장도 사드배치 반대는 국민의 뜻을 대변 했단다.국민의 뜻, 의견을 의장 단독으로 판단하는가 보다. 사드배치 찬성은 50~60퍼센트, 반대가 30퍼센트대라는 여론조사 결과란다. 툭하면 아전인수 격으로 국민을 팔고 있다. 국회의원은 국민을 팔지 말고 국민을 사는 행동을 해야 한다.

한·중 정상의 사드 회담의 명암

2016. 09. 05.

오늘 중국 항저우 회담에서 시진핑 주석은 사드 배치 반대를, 박 대통령은 북핵이 한·중 관계의 도전 요인이며 사드 배치는 북한의 핵 위협에 대한 자위적 방어라는 사실을 강조하면서 사드 배치 결정 번복이 없음을 피력했다. 대통령께서 사드 배치의 불가피성을 피력하며 외교 무대에서 활동하는 시기에 국내에선 후보지 주민과 야당의 반대로 안보 불안이 깊어지고 있다.

문제는 한·중이 아닌 우리 내부의 안보 불감증이 아닐까? 우리 헌법 37조 2항은 국민의 자유와 권리(기본권)도 국가의 안전보장, 질서 유지 또는 공공복리를 위해 제한할 수 있음을 명시하고 있음에도 정치권이나 헌법학자들, 그 누구도 헌법 규정에 따라 사드 배치가 특정 지역이나 정치권의 찬반의 대상이 될 수 없다는 논리 제기도 없고 입을 다물고 있다. 국민의 생명과 재산, 영토의 명운이 걸려 있는 중차대한 문제에 둔감한 대한민국이 아닌가? 임진왜란, 병자호란, 한일 합방, 한국전쟁, 전란의 역사도 참화도 잊은 것 같다.

당해 봐야 아는 우매한 국민 노릇을 반복해선 미래가 없다. 국민이 각성하고 정치인이 정신 차려야 산다.

꽃동네 설립 40주년 기념행사

2016. 09. 08.

오늘 충북 음성군 맹동면 소재 꽃동네 설립 40주년 기념행사에 다녀왔습니다. 40년 전 오웅진 신부님이 당시 황무지인 이곳에 꽃동네를 설립하고, 배고픈 사람, 헐벗은 사람, 병든 사람, 오갈 곳 없는 사람을 모아 이들을 보살펴 주고 죽은 이를 장례해 주고 장애인들을 몸소 보살펴 온 지 40년을 맞았습니다. 국내에는 가평 꽃동네, 해외에는 미국, 필리핀, 방글라데시, 우간다, 인도, 캐나다, 중국, 인도네시아 등 꽃동네는 세계로 확산되고 있습니다. 대한민국의 복지 역사의 실질적인 효시이며 참사랑을 실천하셨으며 사회복지 대학을 설립해 사회 복지 전문 인재를 양성하는 등 하느님의 섭리가 아니면 이룰 수 없는 기적을 이뤘습니다. 정부 세금으로 수당 주는 복지가 아니고 보편적 복지도 아닌 선별적 복지, 회원 동참으로 가능함을 보여 준 꽃동네를 타산지석으로 삼아도 좋을 듯합니다.

오늘 40주년 기념사업으로 꽃동네 낙원에 수천 봉안시설을 마련해 꽃동네 가족 및 무연고 사망자들을 모신답니다. 2014년 8월 16일, 프란치스코 교황님께서 방문하시어 격려를 해 주신 곳이기도 합니다. 전국 각지에서 수백 명이 무여 기념 미사와 행사를 가졌습니다. 90년대 2회에 걸쳐 우리 회사 임직원들이 뜻있는 봉사활동도 한 바 있습니다.

오 신부님을 오랜만에 뵙고 환담도 나눠 뜻있는 방문이었습니다. 얻어먹을 힘만도 하느님의 은총이다, 꽃동네 앞 간판. 가장 보잘것없는 작은 이에게 해 준 것이 나에게 해 준 것이다, 라는 복음 말씀을 생각하며 귀가했습니다.

대통령 추석 선물

2016. 09. 09.

박 대통령께서 관계 인사, 소외계층 등 9,000여 명에게 추석 선물(여주 햅쌀, 장흥 육포, 경산 대추)을 보내셨단다. 지난 7일, 우리 아들도 선물과 추석 인사 카드를 받아 나한테 가지고 왔다. 명절 때마다 받아 가문의 영광으로 생각하고 있다. 추석 아침 대통령님 햅쌀로 식사를 하기도 했다.

추석 선물 못 받았다고 투덜대는 국회의원(사실은 배달 지연), 거절, 반품하는 국회의원의 조급성과 김영란법을 미리 실천하려는 속좁은 의원들을 보면서 이들이 국민을 대표할 자질이 있는지 걱정이 든다. 흡사 조선조 멸망 전야가 아닌가? 불길한 생각까지 갖게 한다.

국가원수인 대통령의 선물까지도 정파적 판단으로 이러쿵저러쿵 뒷소리를 내는 것에 왠지 씁쓸하다. 더럽고 치졸한 정치권을 정화할 방법은 영원히 없는가? 좋든 싫든 대통령께서 보내신 선물은 감사히 받아야 마땅하며, 맺은 인연은 중시되어야 사람 사는 멋이 아닐까?

베를린 심포니 오케스트라 내한 공연

2016. 09. 11.

오늘 오후 5시 예술의전당 콘서트홀에서 베를린 심포니 오케스트라 내한 공연을 아내와 함께 감상했다. 1952년에 창립해 세계적인 명성을 가진 곳으로 2005년에 이어 두 번째 공연이란다. 공연 곡은 〈프로메데스의 창조물 서곡 C장조 작품 43(바이올린, 첼로, 피아노)〉, 〈삼중협주곡 C장조 작품 56〉, 〈교향곡 제7번 A장조 작품 92〉이었다. 지휘자는 한국인 오충근이며 첼로 협연자는 여미혜, 친구 따님이어서 특별한 관심을 가졌다. 지휘자의 오른손에 든 30센티 지휘봉과 왼손의 다섯 손가락으로 관현악기의 하모니를 만들어 낸다. 교향곡 제7번의 박진감 넘치는 환희와 낭만이 충만한 연주는 방청객의 우레와 같은 박수를 불러냈다. 공식 공연이 끝났으나 방청석의 박수가 2곡이 앙코르를 받아 냈다.

나와 같은 음치, 청악가도 가끔 클래식 음악을 들으면 마음이 편해지곤 한다. 클래식 음악은 수십 년, 수백 년 동안 수많은 사람으로부터 사랑을 받아 온 생명력이 긴 음악이다. 언제 들어도 지루감이 없어 좋다. 음악은 작곡가와 한 노래를 사이에 두고 시공을 초월해 대화를 나눌 수 있는 예술이다. 오케스트라와 같이 우리 사회도 지휘자의 지휘봉 아래 하나로 단합하고 하모니를 이루는 고향곡이 메아리치면 좋겠다.

인구론과 저출산

2016. 09. 14.

영국의 고전파 경제학자 맬서스(1766-1834)는 그의 저서 『인구론』에서 생산은 산술급수적으로 증가하고, 인구는 기하급수적으로 증가하는 점을 들어 인류의 위기를 걱정했다.

지금 세계 인구는 70억이며 세계 인구 증가는 지속되고 있다. 우리나라는 1970년대 저출산 운동을 전개한 바 있으나 40년이 지난 지금 우리의 출산율은 1.2로 OECD 국가 중 최하위에 있단다. 출산 장려 정책으로 출산장려금, 다자녀 가정 지원 등 10년간 100조 이상의 예산을 투입하고 있지만 효과는 별로다.

결혼 기피, 만혼, 청년 실업, 여성의 사회 진출에 따른 후속 대책 미비, 양육비, 사교육비 부담 등이 원인으로 알려져 있다. 저출산, 고령화 사회로 생산 인구 감소와 복지 비용 부담이 향후 경제에 큰 걸림돌이 될 것으로 국가의 인구 정책의 대전환이 요구되고 있다. 인구의 증가도 감소도 걱정거리다. 인구도 국력이다.

북한의 추석

2016. 09. 15.

공산주의는 지상낙원을 꿈꾸며 가꾼 이념이다. 그러나 지난 70년간 역사의 실험으로 확실하게 실패로 증명되었다. 소련연방과 동구권 국가들이 붕괴되고, 중국은 탈공산국가로 가고 있다. 금년 들어 쿠바도 손을 들었다. 유일하게 이 지구상에 하나의 공산 독재국가가 존재하고 있다. 북한이다.

북한은 조선조의 왕조 국가로 완전 회귀해 이미 3대 세습의 틀을 완성했다. 백성은 착취의 대상으로 전락되고, 삶은 초근목피도 불가능한 사막으로 변하고, 백성은 기근으로 DNA가 난장이로 변했다. 모든 것을 포기하고 핵무기에 집중해 승부를 걸고 있다. 위협용, 자폭용으로 아니면 너 죽고 나 죽자는 심보의 벼랑 끝 전술을 구사하고 있다. 그들을 편드는 남한의 종북 세력이 북한이 믿는 도끼다. 이들이 있는 한 북한은 변하지 않을 것 같다.

며칠 전 큰 수해로 수백 명의 사망자와 실종자가 발생하고 수많은 수재민의 끼니도 막막해졌다. 아직 남한의 종북파들은 북한 지원에는 무반응이다. 오늘 추석에 북한 주민들은 김정은 원수의 송편 하사라도 있었는지 궁금하기만 하다.

북한의 운명은 핵으로는 절대 유지가 불가하며 북한 인민의 인내도 한계가 있을 것이다. 2017년을 주시한다는 나의 예견도 빗나가지 않을 것 같다. 불쌍한 것들을 생각해 본다.

남해안 일주 여행

2016. 09. 24.

19일부터 3박 4일 일정으로 하나관광(내나라여행)이 안내한 남해안 일주 여행을 아내와 다녀왔다. 서울에서 출발하여 지리산(구례) 천년 고찰인 천은사를 둘러보고, 무공해 산채 정식으로 점심을 했다. 그러고는 순천으로 이동, 여의도 면적에 맞먹는 드넓은 갈대밭과 세계 4대 자연 습지를 둘러봤다. 이후 여수로 이동하여 오감을 자극하는 여수의 해물 한상 차림으로 저녁 식사 후 히든베이 호텔에 도착해 아름다운 바다를 내다보며 사우나로 피로감을 풀었다. 호텔 조식 후 아름다운 해변을 따라 해양 레일바이크를 타며 잠시 동심으로 돌아가기도 했다. 동백으로 뒤덮인 아름다운 오동도. 기암절벽과 하얀 등대가 인근 엑스포장의 경치와 어우러져 한 폭의 그림이 되고 있다.

일품 장어구이로 점심식사 후 여수를 뒤로하고 남해대교를 건너 보물섬 남해로 갔다. 이순신 장군의 최후를 간직한 이락사. 전망대에서 이순신 장군의 마지막 격전지인 노량해전을 본다. 그날의 이야기가 들리는 듯하다. 안보가 위중한 지금 이순신 장군의 순국 정신을 다시 생각케 했다. 독일마을 원예예술촌을 둘러봤다. 특히 독일마을전시관에 1963년 파독 광부와 간호사의 피땀 흘리는 갱도, 병원 등의 모형이 생생히 전시되어 수출, 산업화의 역사를 뒤돌아보는 시간이 되었다. 힐튼남해 리조트에 도착, 갈비찜 석식을 하고 한려해상을 내려다봤다. 조식 후 남해와 삼천포를 연결하는 3.2킬로미터의 연육교—섬과 섬을 잇는 다리—를 바라봤다. 한려해상과 다도해의 풍경이 조화를 이루고 있다.

한국의 나폴리 통영시로 이동해서 한려수도 케이블카로 전망대에 올라 통영항과 이순신 장군의 첫 승전지 한산 대첩지를 조망했다. 오후에 거제도에서는 맹종죽 죽림욕을 즐겼다. 거제

출발, 한려수도와의 끝자락 거제도와 부산을 잇는 거가대교. 4.5 킬로미터의 사장교 구간과 3. 7킬로미터 해저터널로 구성된 한국을 대표하는 우리 기술로 건설한 연륙교란다. 해운대 웨스턴 조선 호텔에 도착, 사우나에서 피로를 풀고 해운대 해수욕장을 바라보이는 바에서 이태리산 생맥주를 즐겼다. 아침에 인근 동백섬을 돌아보려 했으나 가랑비가 내려 취소했다.

마지막 날인 24일, 순천 송광사를 들렀다. 합천 해인사와 더불어 3대 삼보 사찰로 알려진 양산 통도사를 돌아보고 언양에서 대한민국 10대 음식으로 등록된 언양불고기로 점심하고 서울로 향했다. 오후 6시에 귀가했다. 여행 기간에 크고 부자 나라인 대한민국임을 재발견했다. 4통 8달 교통 등 큰 사회 간접자본 투자가 이뤄졌으며 지방의 관광자원, 지역 명품 개발, 지방고유 음식 등도 상당한 수준이었다. 지방자치제 도입이 일익을 담당한 것으로 평가했다. 내수 경기 진작을 위해 국내 관광을 권유하고 싶다.

대전의 명소

2016. 09. 25.

어제 대전시 중구에 설치된 한국의 성씨를 알라는 뿌리공원에서 우리 중시조(소주 가 씨) 2층 1효 유래 추모 조각비 제막식과 추모 제례에 100여 종친과 함께 참여했다. 이곳에는 현재 220여 성씨들의 유래 조각비가 설치되어 명소로 자리매김을 하고 있다.

씨족의 뿌리를 알리고 뿌리를 튼튼히 하는 우리의 조상 숭배와 가족 문화를 세계적인 역사학자 토인비가 극찬한 바 있다. 향후 유네스코 문화유산 등재도 추진한다고 한다. 대전의 명소로 손색이 없어 보인다.

김영란 메뉴

2016. 09. 27.

오늘 방문객과 함께 인근 일식당을 찾았다. 식당 메뉴판에 김영란 메뉴가 등장했다 가격은 2만 8,900원이다. 3만 원 미만의 아이디어 메뉴다. 그러나 맥주 한 병 마시면 초과 금액이 된다.

내일부터 시행되지만 좀 비싼 식당은 찬바람이 불고 있단다. 우선 업주는 물론이고 종업원들의 걱정이 이만저만이 아니란다. 식당 문을 닫거나 업태 변경이 가속화될 듯하다.

일명 김영란법이 부정 비리 근절에 큰 몫을 기대하고 있지만 경제에 미치는 악영향도 생각 이상일 것 같다. 특히 농수산업,

유통, 물류, 호텔, 골프장, 요식업 등 서비스산업에 타격이 클 것이다. 부정 비리가 가져다준 사회적 비용을 상쇄하고 건전하고 투명한 사회를 기대해 본다. 선진국들의 더치페이 문화도 우리 사회에 정착될 것이다. 동시에 교각살우의 우도 범하지 않으면 좋겠다.

파업 공화국

2016. 09. 30.

지난 26일부터 여당대표의 단식과 의원들의 국정감사 불참으로 국회가 파업 상태에 빠져 있다. 현대자동차 노조 파업에 이어 29일 민주노총, 한국노총 공공연맹 노조가 여의도에만 3만 6,000여 명이 모여 성과연봉제 반대 시위를 하고, 철도 노조도 이를 반대하는 파업 중에 있다. 지금 북한은 핵미사일로 우리를 협박·위협하는 등 안보가 백척간두에 있으며, 경제는 해운 조선사들의 부실이 가져올 결과를 예측하지 못하는 상황이다. 이러한 긴박한 때에 대다수 국민 특히 국회의원이나 노동자들은 나 몰라라 하고 있다. 사드 배치 반대, 정부의 4대 개혁 반대, 대통령 및 정부 공격, 입법 포기, 식물, 정쟁 국회, 반대와 파업에 이골이 난 대한민국이다. 근거 없는 괴담에 열광하며 분쟁,

분열, 파업 공화국이 되어 가고 있다.

4색 당쟁이 조선조를 멸망케 하고 국방은 입으로만 손을 놓고 있다. 한국전쟁을 자초해 수도 서울을 3일 만에 포기한 치욕. 민주주의가 정쟁에 매몰되어 5.16 군사쿠데타를 불러왔고 우물 안 개구리식 국가 경제 운영으로 IMF 사태 유발, 허구적인 남북 대화와 북한에 수천억 원 퍼 주기가 핵 개발을 지원한 교훈도 잊고 있는 한심한 대한민국의 내일은 암담하기만 하다. 혹시 5.16, IMF 전야를 방불케 하고 있지는 않나 하는 생각이 기우이기를 바라고 있다. 그러나 정치 파업, 노조 파업, 정쟁은 대한민국을 파산시키려는 행동임이 틀림없다. 위기를 모르는 것이 가장 큰 위기다. 국민이 단결하고 정치만 잘해 주면 좋겠다. 아! 이를 어쩌나? 구국의 국민들이 궐기할 때가 오고 있다는 엄중한 현실을 무시해선 아니 될 것이다.

격세지감의 쌀

2016. 10. 07.

우리의 역사는 가난과 외침으로 점철된 역사다. 해방 전후, 한국전쟁 전후의 가난, 배고픔이 나의 뇌리에도 생생하다.

1960년대 후반 직장에서조차 수, 토요일은 분식의 날로 제정되고, 학교에서는 도시락 검사, 쥐잡기 운동 등 절미 운동을 벌이곤 했다. 1969년 당시 박정희 대통령은 농촌진흥청 허문회, 김인환 박사에게 통일벼 개발을 지시했다. 그리고 1971년 통일벼 개발에 성공했고 1972년 생산에 이어 1974년에 드디어 쌀 자급자족을 이룩했다.

2000년대에 들어와 쌀 소비 감소는 생산 과잉으로 이어졌고, 이는 농민과 정부에게 즐거운 고민거리가 되었다. 통계에 의하면 1인당 쌀 소비량은 연간 70킬로 미만이란다. 연간 총소비량은 350만 톤이다. 금년 생산 예상량은 420만 톤이며, 현재고량 175만 톤. 추수 후에는 200만 톤을 초과해 적정 비축량인 72만 톤의 3배 물량이 될 예정이다. 생산 과잉과 WTO 합의 의무 수입 40만 톤도 재고의 증가 요인이 된다.

이미 밥맛이 없다고 통일벼가 외면당한 지 오래다. 배은망덕한 국민이 되었다. 개선책으로 절대농지 축소, 정부구매제도, 직불금 개선 등이 거론되고 있다. 쌀의 혁명, 격세지감을 느끼게 한다. 이렇게 쌀을 천덕꾸러기로 만들면 천벌을 받는다. 통일을 대비해 비용을 감수하고 적정 비축량을 늘려야 한다. 북한 인구 2,300만. 그들의 쌀 소비량은 100킬로를 상회할 것으로 예상되고 있다. 연간 200만 톤 이상이 소요된다. 정부의 정책은 장기적인 안목에서 검토되어야 하고 통일 대비를 게을리해선 아니 된다. 식량은 안보다.

문재인 전 대표의 대선 출사표

2016. 10. 07.

어제 한국프레스센터에서 그의 싱크탱크 '정책공간 국민 성장'의 창립 준비 행사가 있었다. 싱크탱크소장, 자문위원장, 상임고문은 낯익고 기존 메뉴에 자주 오르내린 아날로그 시대분들이어서 창의성과 참신성 면에서 기대하기에는 글쎄인 듯했다.

정계, 학계 인사 등 600여 명이 모였고 연말까지 1,000명으로 확대한단다. 양적 세과시가 아니라 질적 싱크 역할을 할 인재들이 모여야 한다. 특히 학계 인사들이 정치판에 기웃거리는 모습이 왠지 씁쓸하다. 폴리페서라는 신조어가 회자되고 있기도 하다. 문 전 대표는 연설문에서 국민 성장을 내세우며 대개조, 대청소 주장에 이어 정권 교체와 경제 교체를 주장했다. 과문의 탓인지는 모르지만(국민 성장도 그러하지만) 경제 교체란 단어를 들어 본 적이 없으며 문헌도 본 적이 없다. 문재인 전 대표의 저명한 싱크탱크 인사들이 만들어 낸 신경제 용어인가 보다.

경제 교체가 무엇을 의미하는지 이해하기 어렵다. 용어 차별화를 시도하려는가 보다. 재벌 개혁, 각종 복지 정책이 주를 이루고 있으나 구체적이고 신선한 대안에는 미흡하다. 대선 출사표에 시급하고 중대한 안보 정책을 비중 있게 내놓지 않는 것은 큰 실책이며 가장 큰 오류다. 야당의 대북관, 불투명한 안보

정책이 정권 교체에 가장 큰 걸림돌이 될 것이다.

북한의 핵미사일 위협에 대한 확고한 안보 정책을 제시해야 한다. 김종인 전 대표도 비전의 빈곤, 방법 제시에 쓴소리를 하셨다. 내년 대선에 참신하고 국민에게 꿈과 희망을 주고 새로운 패러다임 전환을 주도할 걸출한 인물은 없는 걸까? 답답하기는 나만은 아닐 성싶다. 지금 선을 보이는 여야 잠룡들은 그저 그런 구태 인물들로 국민의 호감도에 멀리 있어 보인다. 좋고 멋진 대통령감 없습니까?

죽은 자에 대한 예우

2016. 10. 08.

죽음은 순국, 병사, 사고사 등으로 분류할 수 있다. 그중에도 나라를 위해 목숨을 바친 군인, 애국지사에 대해 국가가 어떤 대우를 하고 있는가?를 뒤돌아보아야 한다. 6.25전쟁 이후 지금까지 수십만 명의 전사자와 순직자가 국립현충원에 모셔져 있으나 적정한 대우는 미흡한 것으로 보인다. 2010년 3월 26일 북한의 폭침으로 46명의 장병이 백령도 앞바다에 묻혔다. 상당 기간 북한의 폭침을 부정한 정치권, 시민단체의 주장이 지속되는 비참한 사태도 있었다.

순국한 장병 중 한 분인 민평기 상사의 어머니, 윤청자 여사는 보상금 1억여 원을 무기 구입에 써 달라고 쾌척하고 민 상사의 모교인 부여고교에 장학금도 내놓았다. 장한 아들이요, 장한 어머니이시다. 지난달 말 동해에서 대잠수함 훈련 중 순직한 해군 헬기 조종사 3인이 영결식을 마치고 대전현충원에 안장되었다. 영결식에 다녀온 예비역 해군 김혁수 준장이 SNS를 통해 국가를 위해 순국한 이에 대하여는 무관심하면서 시위현장에서 죽은 이에게는 정치권과 수많은 시민 단체의 조문행렬에 섭섭함을 토로했다. 정신 잃은 지 오랜 정치인들, 시민단체의 행태를 보면 저들이 왜 존재하는지? 모르겠다. 그러면서 그는 유가족 어느 누구도 소리 내서 우는 이도 없고 사고원인 요구나 해군에 떼를 쓰지도 않았다고 전했다.

지금도 2014년 4월 16일에 일어난 해상 교통사고인 세월호 추모 천막이 광화문광장에 상존하고 노란 리본 상장을 달고 다니는 높으신 분들도 많다. 죽음의 당사자에 대한 추모를 탓할 이유는 없다. 나라를 위해 전사한 이나 순직자가 정당한 대우를 받아야 나라꼴이 바로 서는 것이다. 미국은 6.25참전 포로를 북한에 돈을 주고 귀환시키고 실종자 시신도 발굴, 고국으로 모셔 갔다. 부산 UN추모공원에 안장된 시신도 모두 고국으로 이장했다. 이 정도 되어야 국가다운 국가가 아닐까 생각해 본다. 국가의 존재 이유는 국토와 국민의 생명과 재산을 지키는 것이다.

우리는 북한에 수천억 원을 퍼주고 역대 대통령들이 정상회담도 했지만 국군포로, 강제납북자 송환요구도 못 한 못난 대통령들을 역사가 엄중히 심판해야 마땅하다. 이런 대통령들을 기리고 추종하는 정당이나 시민 단체는 역사적 이적죄의 공동정범이 맞다.

언제까지 당하기만 할 것인가?

2016. 10. 10.

1999년 6월 15일, 2002년 6월 29일, 2차에 걸쳐 북한은 북방한계선 남쪽 연평도 인근을 기습 침범했다. 2차 연평해전에서 해군함정 참수리 357호가 침몰하고 윤영하 소령 등 6명이 전사하고 18명이 부상했다. 2010년 3월 26일 제2함대 소속 천안함이 북한잠수정의 어뢰 공격으로 침몰되고 46명이 전사했다. 2015년 8월 4일 북한은 DMZ 남쪽에 목함지뢰를 매설하여 이의 폭발로 부사관 2명이 중상을 입었다 .지난 10월 8일 북방한계선을 넘은 고기잡이 중국어선이 해경 경비정을 침몰시키는 사건이 발생했다.

해경 경비정이 민간 어선 공격으로 침몰하는 비참한 사건은 세계 어느 나라에 있단 말인가? KAL기 폭파사건, 아웅산테러, 그 이전 청와대 기습사건, 공비남침사건 등 이루 헤아릴 수 없는 북한의 도발을 받아왔지만 이에 대하여 우리는 손을 놓고 어떤 보복 조치를 취한 적이 없다.

국가는 국토를 지키고 국민의 생명과 재산을 보호하기 위해 존립한다. 북한은 핵과 미사일로 대한민국뿐만 아니라 미국까지 위협하고 있다. 언제까지 우리는 당하기만 할 것인가? 북한 도발에 레드라인을 정하고 이를 어겼을 때 경고 없이 즉각 무력으로 응징하겠다는 것을 국민에게 확인시켜 주어야 할 것이 아닌가? 답해보시라.

전쟁을 두려워하면 패망한다

2016. 10. 12.

조선조 시대 1592년 임진왜란 시 일본군은 28일 만에 한양을 점령하고, 1598년 정유재란 38년 후인 1636년 12월 9일에는 청나라군이 침략한 일명 병자호란은 압록강을 넘은 지 5일 만에 한양 근처까지 진입했다. 1637년 1월 30일 인조는 남한산성에서 내려와 삼전도에서 청 태종 앞에서 삼배 구고두례를 행하는 치욕을 당하며 항복하고 청국의 속국으로 전락했다. 뿐만 아니라 세자와 수십만 명의 백성이 청나라에 끌려갔다.

1950년 6월 25일, 북한군의 기습 남침은 3일 만에 서울을 점령했다. 국방은 예나 지금이나 준비되어 있지 않다. 전쟁을 두려워하거나 죽음을 각오치 않고 준비치 않으면 패망한다는 것을 역사가 증명하고 있다. 북한은 20년 동안 핵미사일 개발로 우리와 미국을 위협하고 있으며, 언제 한반도에 전쟁 발발이 있을지 그 누구도 예측을 못하는 엄중한 현실에 있다. 지금 우리는 정신을 차리지 못하고 있다.

안보에 대해 분열하고 갑론을박 하면서 허둥대고 있다. 임란 전야나 조선조 말 징후가 아닌가 염려된다. 대북전에 만반의 준비는 되어 있는지 다시 점검하고 확고한 국방 태세를 갖춰야 한다. 안보에는 여야도 너와 나도 없어야 한다. 내부 분열은 외침보다 더 무섭고 국가 멸망의 원인이다. 과거 치욕의 전쟁 참상의 교훈을 반면교사로 삼아야 한다.

송민순 전 외교통상부 장관 회고록

2016. 10. 15.

2007년 11월 UN의 북한 인권결의안 표결을 앞두고 북한 김정일 정권에 물어본 뒤 최종 기권 결정을 했다고 송 전 장관은 회고록에서 언급했단다. 당시 문재인 비서실장이 김만복 국정원장의 제안에 따라 남북 채널을 통해 북한 입장을 확인한 후 기권을 했다는 내용이다.

그동안 친북 행태를 수없이 봐 왔지만 송 장관의 회고록 내용은 당시 정권 관계자들의 친북 행동을 넘어 북한이 남한 정권 상위에서 지배해 온 사례 중 하나다. 북한 주도로 남북한 통일을 추진하려는 이적 행위이며 이런 관련자들은 세작무리다. 2012년 문재인 씨의 대통령 낙선은 국민의 구국의 결단으로 평가될 것이다. 역사는 필연코 진실을 찾아 기록하고 있다. 야당들의 금강산 관광 중단, 개성 공단 폐쇄, 사드 반대도 북한한테 물어본 결과인가? 이들은 국민 앞에 석고대죄하고 정치를 떠나 스스로 월북해 북한 김정은에게 충성하는 것이 현명하고 당당한 행동이 아닐까?

세상에 공짜는 없다

2016. 10. 22.

박원순 시장이 시립대생에게 등록금 전액 면제를 제안했으나 학생들의 반대로 유보했다고 한다. 무상등록금 찬반 설문 조사 결과, 반대 64퍼센트, 찬성 28퍼센트였다. 2012년부터 도입한 반값 등록금은 학교 재정난으로 학교 시설 열악, 교육질 저하 등의 역기능이 속출하고 있어 학교 당국자와 학생들의 불만이 속출하고 있단다. 박원순 서울시장은 중앙 정부의 반대에도 불구하고 청년 수당 100만 원을 지급하는 등 복지 포퓰리즘의 대표자가 되고 있다. 복지가 서유럽 국가를 멸망케 한 사례를 반면교사로 삼아야 한다. 선출직 국회의원, 시장, 군수들이 국민 세금으로 표 매입하는 포퓰리즘은 국가 재정 파탄을 자초하는 행위이다. 선거직 공직자는 계륵이 아닐까?

스위스는 연초 연금 10퍼센트 인상안을 발표했고 지난 6월 1인당 한화 300만 원 지급안이 국민투표에서 부결했다. 스위스는 15만 명의 청원이 있으면 국민투표에 부의한다. 스위스 국민들은 다음 세대를 위해 당장의 수혜를 거부하고 있다. 우리 국민은 이를 거부할까?

서울시립대 학생들은 박원순 시장의 포퓰리즘적 시정에 쐐기를 박았다. 박 시장보다 미래를 위해 선견지명이 있는 든든한 시립대생들, 한국의 스위스 국민이다. 박 시장은 국민 혈세로 표 장사를 중단해야 한다. 특히 대통령을 꿈꾸는 박 시장이 언제까지 무상 복지 포퓰리즘으로 나라를 거덜 낼지 걱정이다. 복지는 달콤하지만 결과는 쓰다는 것을, 공짜 유혹은 독이라는 사실을 깨달아야 한다. 세상에는 공짜는 절대 없다.

대한민국호는 어데로 가고 있나?

2016. 10. 25

안보, 정치, 민생이 방향을 잃고 있다. 북핵의 위협에도 안일하다. 경제성장동력이 떨어지고 기업의 활력도 쇠잔하고 수출감소와 내수침체가 이어지고 있다. 비정규직이 700만, 청년 실업자 100만 명 중 4년제 대졸자가 30만 명을 상회하고 있다. 대기업, 공기업 노조는 연일 광장에 모여 투쟁에 여념이 없다. 2년을 넘긴 세월호 사건.백남기 사건이 해결의 기미가 보이지 않고 사회혼란의 중심에 있다. 송민순 전 장관의 회고록 파문도 끝이 없다. 국회는 개점휴업 중에도 정쟁은 끊일 줄 모른다. 20대국회 입법 실적은 제로란다. 국정감사는 여야 쌈박질로 끝났다. 예산국회도 뻔히 보인다. 나라를 좀먹는 분열, 대결, 혼란, 음해, 공격, 저주가 조선조 말 5.16 전야를 방불케 하고 있다. 정론언론도 보이지 않고 정쟁 부추기에 한몫을 하고 있다. 정말 나만의 걱정인가 보다.

대통령의 개헌 제안에 200명 의원이 동의하면서도 개헌 본질을 외면하고 정쟁거리 재생산에 열을 올리고 있다. 최순실, 우병우 의혹 덮기, 대권관련 꼼수, 진정성 논란 등 말이 많다. 최순실 씨의 국정개입 논란에 대해 대통령 사과가 있었지만 미르, K스포츠 재단 문제 등으로 정치권이 요동칠 것이다. 새누리당 국회의원들이 대통령 레임덕 조성에 앞장서고 친박이 아니라고 등 돌리기 경쟁이 벌어지고 있다. 의리 없는 더러운 싹아지들이 심판 받아야 한다.

대통령이 남은 임기 동안 식물 대통령이 되는 경우 대한민국호는 어데로 갈까? 늦었다고 생각할 때가 빠른 때란다. 당, 정, 청이 진솔하게 사실을 밝히고 법과 원칙에 따라 처리하고 국민이 감동할 과감한 쇄신을 해야 한다. 대통령의 결단이 위기를 극복하는 길이다. 생즉사요. 사즉생이다. 이대로 대한민국호가 침몰 할 수는 없다. 대한민국이 어떤 나라인데, 이대로는 아니 된다.

영웅은 난세에 나타난다

2016. 10. 27.

지금 대한민국이 영혼조차 잃어버리고 국가 운명이 백척간두에 서 있다. 대통령이 최순실이라는 개인의 국정농단 개입에 대하여 공식적으로 대국민 사과문을 발표하고 정치권 특히 야당과 일부 언론, 시민단체들이 대통령 탄핵, 특검, 하야를 주장하고 여당, 정부, 청와대는 특단의 대책도 내놓지 못하고 무정부 사태를 만들려는 위기에 있다. 북한의 핵과 미사일 위협에 따른 막중한 안보는 뒷전으로 물러서 있고 1997년 IMF 전야를 방불케 하는 경제위기도 실감치 못하고 허둥대고 있다. 정치권은 여야 모두가 분열과 갈등으로 정치가 실종되고 식물국회로 전락한 지 오래지만 어느 누구도 걱정은커녕 즐기고 있으며 대통령 공격에 몰두하고 있다. 위상과 수준이 부끄러울 정도로 추락의 길을 가고 있다. 이것이 세계 경제 10위권 국가의 참모습이다.

대통령의 실정에 강력한 비판은 물론 시정촉구는 민주국가의 국민의 권리이다. 역대 대통령 죽이기에 이골이 난 정치인과 국민이다. 대통령의 공은 높이 평가하고 과는 시정하고 재발하지 않도록 노력하며 부끄러운 일들은 덮어 주는 아량도 있어야 한다. 며느리 바람 났다고 동네방네 떠드는 콩가루 집안이 되어서도 아니 된다

간음한 저 여인에게 돌만 던지고 자기는 죄가 없단다. 정말 나쁜 사람들이다. 내년 대선을 앞두고 염치없이 여야 정치권 잠룡들이 기웃거리는 처량한 모습이 보인다. 제3지대 영역에 기웃거리는 정치인도 보이기 시작했다. 이합집산으로 무대를 만들려는가 보다. 제3지대의 무대는 매력이 있어 보인다. 그러

나 지금 당신들은 명배우가 되기는 어렵다. 그 누구이어야 하는가? 저들만 모르고 있다.

작금에 벌어지고 있는 현상에 호된 매질을 할 수 있는 사람, 안보에 투철한 국가관은 필수 중의 필수, 민생을 챙기고 국민에게 꿈과 희망, 그리고 자신감을 줄 수 있는 걸출한 카리스마가 있는 사람, 지금 벌어지고 있는 혼돈의 정치쓰나미를 말끔히 청산할 수 있는 신선하고 참신한 사람, 무능한 정부 여당, 불투명한 정체성과 정치혼란을 조성하는 야당을 청산할 수 있는 투철한 사명감이 있는 사람, 흙 속에 묻혀있는 보물을 찾아 나서야 한다. 외침과 가난으로 점철된 5천 년 역사를 청산하고 반 토막 대한민국은 평범한 국민들의 피와 눈물 그리고 땀으로 이룩한 거룩한 긍지의 국가이다. 이대로 대한민국의 망국병에 시달리고 죽어갈 수는 억울해서도 아니 된다. 어떤 국가인데 말이다.

동서고금을 통해 영웅은 난세에 나타났다. 조선조 이순신 장군이 나타났고 현대사를 다시 쓴 박정희 대통령도 난세의 영웅이었다. 지금 우리의 난세는 영웅을 배출키 위한 산고로 보면 된다. 대한민국을 구해낼 영웅의 출산일도 머지않은 것 같다. 국민들이여 정신 잃은 정치꾼들, 이를 부추기는 사이비 언론, 좌편에 삐딱한 무리들의 혹세우민 놀음에 현혹치 말고 대한민국 지키기에 과감히 나서야 한다.

미국 37대 대통령 리처드 닉슨 탄핵

2016. 10. 28.

최근 야당대표가 닉슨 대통령 탄핵을 인용하면서 생뚱맞게 박 대통령 탄핵을 주장하고 나섰다. 닉슨 대통령 탄핵 내용은 1972년 6월 재선을 위해 워싱턴 소재 워터게이트 건물에 있는 민주당 선거사무소에 도청 장치를 설치해 선거 전략 도청을 시도하려다 들통이 나고, 범인들이 체포되고 대통령이 배후로 연루되었으나 이를 부인한 사건이다. 이는 1974년 8월 미 하원 사법위원회에서 대통령 탄핵 가결로 닉슨이 사임한 일명 워터게이트 사건이다. 닉슨이 범인들과의 대화 내용 테이프에 기록된 내용을 숨기며 거짓말한 것이 탄핵의 사유였다.

도청, 은폐, 거짓말. 박 대통령은 최순실 사건에 즉시 이를 인정하고 대국민 사과문을 발표했다. 이 사건을 옹호할 이유도 없는 사람이지만 거짓말로 탄핵받은 닉슨 대통령과 연계함은 지나친 비약이다. 이 사건을 인정하고 사과한 박 대통령을 닉슨 탄핵을 인용하면서 탄핵해야 한다는 주장은 어불성설이란 말이다. 다른 이유를 들어 탄핵이든 하야를 주장함은 별건이다.

최고 정치 지도자들의 엉터리 상식, 인용, 국민을 현혹케 할 왜곡된 주장은 시정되어야 한다.

예수의 명 심판

2016. 10. 29.

율법학자들과 바리사이 사람들이 예수를 시험하기 위해 현장에서 간음한 여인을 데려와 예수에게 말한다. "모세 율법에 따라 돌로 쳐 죽여야 한다." 예수는 한참 생각한 후 말한다. "너희들 중에서 죄 없는 자가 먼저 돌로 쳐라."(요한복음 8.3~11) 그들은 돌을 놓고 사라졌다. 예수는 간음한 여인을 불러 다시는 죄를 범하지 말라고 타이르고 돌려보냈다.

지금 대한민국의 많은 율법학자, 바리사이인들이 간음한 여인(최순실사건 관련)인 대통령을 돌로 치라고 하고 있다. 여야 정치인, 언론인들이 아우성을 치고 2008년 광우병 사태를 방불케 하는 청계천 광장에 남녀노소, 어린 애기까지 돌을 들고 모여 외쳐 대고 있다. 저들은 죄 없는 자들인가 보다.

죄 없는 자가 돌로 쳐 보시라. 남의 티눈은 보면서 자기 눈의 들보는 못 보고 자기 죄는 가리고 남의 죄를 단죄할 수 있는가? 죄 없는 자가 저 여인을 돌로 쳐 보시라.

스산한 10월의 마지막 밤

2016. 10. 31.

오늘은 현 시국만큼이나 날씨도 스산하다. 10월 마지막 날 보내기가 아쉬운지 인색한 아침 빗방울을 보냈다. 만추를 알리는 노란 낙엽이 보도 위에 쌓이고 있다. 지난 그 무덥던 여름을 잊게 하려는가 보다. 자연의 질서는 한 치의 오차도 허락치 않고 있다. 닥쳐 올 추운 겨울에 생존하기 위해 봄, 여름에 입었던 아름다운 옷을 벗어 던지고 있다. 자신을 버려야 산다는 교훈을 모르는 우리 인간을 원망하고 있다. 자연은 정직하기도 하다. 10월 마지막 날 저녁이다.

가수 이용의 '10월의 마지막 밤', '잊혀진 계절' 두 곡의 가을 명곡을 들었다. 어쩐지 가슴이 찡하기도 하다.

새누리당을 해산해야 한다

2016. 10. 31.

지난 4.13 총선후보 결정 과정에서 보여준 추태로 인하여 참패의 고배를 마시고도 진박, 친박, 비박, 친이 등으로 분열하고 정파 싸움에 여념이 없이 반년을 넘겼다. 정부의 사드배치에도 새누리당 본산인 TK의원들이 반대에 앞장서고 송민순 전 장관의 회고록에 의한 문재인 통북사건도 진상규명도 외면하고 정치화의 기회도 실기했다. 최순실 사건 이전에도 청와대 참모진의 전횡에 대하여 침묵해 오던 당이 최순실 사건이 터지자 책임은커녕 과감한 쇄신제안도, 반성도 없고 의리도 저버리고 대통령 멀리하기에 앞다투고 있다.

대통령 식물화 시도인 거국중립내각 제안을 하는가 하면 오늘은 비박계 의원들이 당 대표, 지도부 사퇴를 주장하고 있다. 계파를 넘어 당이 힘을 모아 위중한 국가위기를 돌파하려는 의지와 노력을 외면하고 있는 이름뿐인 집권 여당인 새누리당은 해산해야 하고 해산될 것 같다. 이것이 현 시국을 수습하는 길이기도 하다. 새누리당을 지지해온 사람의 진심 어린 생각이다.

조선일보 사장님께

2016. 10. 29.

창간 후 96년 동안 항일, 광복, 반공, 민주화, 경제, 사회, 문화, 국민 생활 등에 기여해 오신 귀하와 귀사의 노고에 경의를 드립니다. 본인은 1956년 고교 2학년 시절부터 60년 동안 귀지를 구독한 애독자의 한 사람입니다. 아침 6시에 기상하면 제일 먼저 만나는 신문이 《조선일보》였습니다.

본인이 애독하는 이유는 귀지의 역사 속에서 국가와 국민을 위해 정론지로 큰 역할을 해 왔고 칼럼, 사설, 기사 내용을 통해 취득한 정보·지식이 저의 생활에 크게 기여했기 때문이었습니다.

그러나 언제부터인가 귀지로부터 편파, 왜곡 기사, 정치 중립에 벗어나 정론 언론이기를 포기한 느낌을 받아 왔습니다. 몇 달 전 귀지 송희영 주필의 비리 의혹에 대해 해명은 물론이고 진솔한 사과조차 간과했습니다. 최근에는 현 정국에 대한 귀지의 편향적이고 선동성 보도, 여야, 정치권에 대한 왜곡, 편파 비판 무엇보다 송민순 전 장관의 회고록 내용 중 중대한 UN 인권법 찬반에 대해서는 침묵해 오던 귀지는 국정 농단에 연루된 최순실 사건에는 연일 전 지면을 할애하고 다분히 감정적인 기사로 일관하고 있습니다. 대통령 때리기에 전 지면을 할애하고 있습니다.

정론 언론의 대표로 국민의 사랑을 받아 온 조선일보가 독자들에게 실망을 주는 이유는 무엇입니까? 지금 대한민국은 북한의 핵 위협과 경제 추락, 정치 실종, 대통령 통치 문제 등으로 최대의 위기에 봉착하고 있습니다. 위기를 모르는 것이 큰 위기입니다. 언론이 바른 비판에 앞장서고 국민의 힘을 하나로 모아야 하는 역할을 해야 함에도 이를 수수방관하고 분열과 혼란을 부추기고 있습니다. 대한민국은 국민의 피와 눈물 그리고 땀으로 이룩한 거룩한 국가입니다. 이렇게 무너질 수 없는 위대한 조국입니다.

결론을 말씀드립니다. 10월 31일부로 60년간 애독해 왔던 귀지 조선일보 구독을 종료합니다. 귀사의 무궁한 발전과 정론언론으로 새롭게 태어나 국가에 헌신하고 국민으로부터 사랑받는 《조선일보》가 되기를 기원합니다.

내년 대선의 단편소설

2016. 11. 01.

여당인 새누리당은 사드 배치와 관련하여 북핵 위협에 대한 안보를 강조하고 국민의 67퍼센트 찬성을 받아 냈다. 대선에서 사드 배치 찬반을 핫이슈로 만들어 놓고 이어 대통령의 헌법 개정 제안에 대한 찬반의 이분법으로 대선 전략 선점을 시도했다.

야당은 우병우 수석 등 청와대 인사 문제를 지속적으로 문제화하면서 대통령 공격과 여당 내분을 유도하고, 대선용 최순실 사건은 내년 중반 이후에 터뜨려 이회창 후보 아들 병역 문제 재판을 시도할 계획이었으나 송민순 전 장관 회고록 내용

중 문재인 씨 관련 통북 사건이 터지자 더민주당 문재인 씨의 국가관에 대한 국민의 의구심이 비등하고 종북 낙인으로 치명타를 받았다. 이를 덮기 위해 불가피하게 아껴 뒀던 최순실 사건을 언론사와 합작으로 터뜨렸다. 최순실 사건은 여야 모두의 선거 전략에 치명타를 준 사건이다.

여당의 개헌 선점이 무산되고 야당의 숨겨 놓은 최순실 사건의 조기 등장으로 전략 차질로 당황하고 있다. 정계가 요동치는 현 정국의 타개안으로 거국 중립내각론, 책임 총리론이 거론되고 있다. 최순실 씨의 검찰 수사의 향방 등 복잡하고 예측 불가능한 사태가 도사리고 있다. 최순실 사건 수사는 철저히 파헤쳐 각종 의혹을 밝혀야 한다.

벌써 언론 재판이 확정 판결까지 내놓고 있다. 그러나 결과는 이름난 잔치 먹을 것 없는 형국이 될 수도 있다. 《조선일보》, 《중앙일보》의 과장, 허위 오보로 독자들의 분노와 구독 중단이 이어지고 있어 슬며시 꼬리를 내리고 있다. 청계, 광화문 광장의 촛불 시위, 대학의 시국 선언 등에 대한 국민들의 평가도 눈여겨봐야 한다. 2008년 광우병 괴담 시위의 반복이 되지 않기를 바란다.

"문제는 경제야, 바보들." 전 미국 클린턴 대통령의 명언을 기억해야 한다. 북한의 핵 위협에 따른 예측 불허의 사태가 정치권을 강타할 수 있는 큰 변수가 될 수 있어 여야 대선 전략에 고민을 줄 수 있다. 최순실 사건의 검찰 수사 결과에 대해 야당은 무조건 수용치 않을 것이니 특검으로 그리고 특별 검사는 야당 추천 인사를 수용하면 된다.

이 혼란을 부추기지 말고 이성을 찾아 안보와 경제를 잘 챙기고 국민들도 일상생활로 돌아가야 한다. 위대한 대한민국을 수호해야 한다. 정치 문외한의 작은 소설에 과민할 필요는 없다. 소설이니까.

국민은 현명하다

2016. 11. 03.

대한민국이 최순실 국정농단 사건으로 정치, 경제, 사회 등 모두가 블랙홀에 빠져있어 국가의 명운이 백척간두에 서 있다. 여당인 새누리당은 친박, 비박으로 갈라져 머리 터지게 쌈박질하고 도의도 의리도 저버리고 대통령 공격과 비판에 앞다투고 있으며 대통령을 보좌했던 참모, 현직 장관들조차 대통령 비판에 앞장서고 있다. 저 자들을 보면서 대통령의 인사는 비판을 받고도 남겠다는 생각이 든다.

야당은 사건의 엄정한 수사에는 관심도 없고 오직 대통령 탄핵, 하야를 강도 높게 주장하고 있다. 새로 지명한 김병준 국무총리 후보의 국회 인준 불가를 강도 높게 주장하고 있어 국정 혼란 수습이 불투명하다. 최순실 게이트의 국면이 멀어지고 총리 및 새로운 내각 임명 문제가 정치권의 새로운 투쟁의 대상이 될 것 같다. 북한은 2~3일 내에 탄도미사일 발사 징후가 있어 보인단다. 경제는 수출. 내수가 부진하고 성장동력도 쇠진 상태이며 비정규직 7백만 명, 1백만 실업자 중 3십만 명이 4년제 대졸자다.

국가 존립의 필수 조건은 안보와 민생이다. 지금 국가존립의 조건이 위협받고 있으나 이를 걱정하는 정치인과 국민은 보이지 않고 있다. 흡사 5.16전야, IMF전야의 불길한 징조는 나만의 생각은 아닐성 싶다. 지도자는 가장 애국자이어야 한다. 대통령의 탄핵, 하야는 헌정 중단을 의미하고 이로 인한 혼란은 예측을 불허하고 있다. 이를 수습할 방안을 여야 정치인이 내놓아야 한다. 물론 대통령의 진솔한 사과와 하야에 버금가는 대책을 선제적으로 사즉생의 각오로 제시해야 한다. 여야 자칭 대권 잠룡들의 시정 잡배 식 선동 주동자화의 꼼수를 알 만한 국민은 알고 있다. 대통령 공격과 국민선동에 앞장서기보다 국가위기를 극복하기 위해 국정 안정에 나서야 한다.

정치는 배이고 국민은 물이란다. 물은 배를 띄우기도 하지만 뒤엎기도 한다. 성난 국민들의 분노도 국가가 위태롭다고 판단할 때 구국의 길에 나설 것이다. 역풍을 조심하고 두려움을 알아야 한다. 국민은 현명하기 때문이다. 국민은 무서운 존재임을 알아야 한다. 이대로 대한민국이 무너질 수 없다.

정국의 향배

2016. 11. 04.

대통령께서 지난달 25일, 거듭 사과를 하셨다. 그러나 야당과 언론은 대통령 사과에 대해 다시 비판에 나섰다. 비판의 끝은 보이지 않고 있다. 더민주당 추미애 대표는 김병준 총리 지명자의 지명 철회와 대통령 퇴진을 강력히 주장하고 있다. 이와 같은 무차별 공격은 부메랑으로 돌아와 치명타를 맞을 수 있다. 과유불급의 교훈도 잊어서는 안 된다. 당대표의 정제되고 품의 있는 발언으로 국민의 지지를 받아야 당이 살아난다. 이래 가지고는 수권 정당의 길은 멀고 멀어진다.

여당인 새누리당도 당 지도부 퇴진 문제 등 분열, 갈등에 매몰되고 결국은 당 해산의 수순을 밟게 될 것이다. 현 정국 수습에는 여·야당 모두가 무관심이다. 정말 참담하다. 아마 김병준 지명자의 청문회 통과는 불발되고 스스로 사퇴할 것이다. 이런 사태에 야당에 뭇매질이 쏟아질 것으로 새로운 국면 전환이 초래되어 정권 교체의 꿈까지도 사라질 것이다. 김병준 지명자를 당대표로 영입까지 하려던 국민의당대표인 박지원 의원이 거품을 내면서 반대 비판에 나서는 이유가 무엇일까? 자기가 지명되지 못한 분풀이인가?

여야 합의 추천 인사는 누구이며 그를 총리로 지명하자는 야당의 주장이 성사될까? 야당이 주장하는 대통령의 새누리당 탈당이 어떤 명분으로 언제 실행될까? 새누리당은 박 대통령의 분신이기도 하기 때문에 새누리당 해체 전에는 그리 쉽게 탈당 결심을 하지 않을 것이다. 총리 임명은 후보자 찾기로 허송세월하여 5~6개월 후에도 가능할지 가늠하기 어렵다. 세월호 사건으로 사의를 표명한 정홍원 총리 후임 임명의 재판이 될 것 같다. 황교안 총리는 자의 반 타의 반으로 오랜 기간 총리직을 수행할 것 같아 거국 중립내각 탄생도 물 건너갈 것이다. 야당의 신임 총리 인준 반대가 낳은 결과의 하나다.

끝이 보이지 않는 정치 혼란과 경제 추락, 내년 대선의 블랙홀 등이 국민의 불만 분출로 새로운 정치 양상이 벌어질 수도 있다. 특히 간과할 수 없는 북한의 자체 붕괴, 핵 위협, 도발, 한미 선제공격 등이 내년 한반도의 먹구름으로 남한의 불확실성을 가중시킬 수 있다는 것을 유념해야 한다. 대선을 평온하게 치를 수 있어야 한다. 정신 차리지 않으면 불행은 예고 없이 찾아온다. 지금이 바로 국민이 바라는 새로운 지도자가 나타날 호기다.

배처간두의 국가 위기를 인식하고 이를 극복하기 위해 정치인, 언론, 사회단체 모두의 정쟁과 분열을 종식시킬 담대성, 과

단성, 투철한 사명감을 가지고 헌법 가치인 자유민주주의 신봉자이자 친북 좌파를 괴멸시킬 한국의 두테르테, 기존 멍청이 잠룡이 아닌 지도자가 나타날 것이다. 대한민국이 당신들 맘대로 무너질 수 없다는 사실은 명백하다.

국민을 팔지 말라

2016. 11. 09.

정치권은 자기들의 주장이 궁색할 때 국민을 팔아 합리화하려 든다. 대통령께서는 최순실 사건으로 두 번 대국민 사과를 하고 김병준 총리지명철회를 전제로 국회에서 여야 합의로 총리 추천하면 수용하겠다는 바, 야당은 김 지명자 청문회, 국회 총리추천을 반대하고 있다. 이것이 국민의 뜻이란다. 국민은 항상 정치 상품이 되고 있다. 언론의 여론조사가 엉터리임을 미국 대선 예상에서 미국이나 한국 언론이 증명했다. 한국 언론은 힐러리 당선율 93%라고 어처구니없는 예언을 내놓았다. 당신들! 구차한 변명이라도 해보시라. 박 대통령 지지도 여론조사도 믿을 수 없다는 것도 마찬가지이다. 언론이 왜곡, 허위, 편파 보도에 앞장서 국론분열 일등 공신이며 정론 언론이기를 포기하고 반성은커녕 부끄러운 줄도 모르고 있기 때문에 신문 구독 중지, TV시청 거부가 이어지는 이유다. 야당은 12일 시민 시위를 통해 대통령 하야를 이끌어 내려고 시도하는가 보다. 국민을 또 팔려 한다. 지금 미국 대통령 선거결과가 한국의 안보, 경제에 미칠 영향은 물론 정국 혼란에 따른 안보, 민생은 국민의 안중에서 저 멀리 있다. 어떤 이유든 헌정 중단은 대한민국에 걷잡을 수 없는 불행을 자초할 것이다. 국민들이 싸구려 정치상품 되기를 강력히 거부해야 한다. 대한민국 국민은 싸구려 짝퉁 모방품이 아닌 세계적인 명품 국민이다.

야당의 수권 가능한가?

2016. 11. 11.

일명 최순실 게이트로 정치, 경제, 사회의 모든 기능이 마비되고 안보와 민생은 단어조차 사라진 지 오래다.

현직 대통령의 퇴임, 하야를 촉구하는 대규모 집회가 내일 시청 앞 광장에서 열린다. 그동안의 집회는 시민단체와 시민들이 자발적으로 참여했으나 내일은 야3당의 국회의원들은 물론 당원 동원령까지 내렸단다. 국회의원이 국회에서 국정 논의를 포기하고 장외로 뛰쳐나오는 모습은 최후의 선택으로 향후 정국의 향배는 그 누구도 예측을 불허하고 있다. 대통령의 불법행위에 대하여는 헌법이 정한 탄핵절차에 따른 처리를 외면하고 장외 집회를 통해 퇴임, 하야를 강제하는 행위는 초헌법적 불법행위이며 전 당대표 문재인 씨는 대통령이 국군통수권, 비상계엄권까지 이양하라는 탈헌법적 주장을 내놓고 있다.

야당은 작금의 사태를 정권 탈취의 기회로 삼으려는 전략이라면 수권 정당이기를 스스로 포기하는 자살 행위가 될 것이다. 지금 야당은 지리멸렬한 새누리당을 대신하여 정국 안정 대안을 내놓고 국민의 지지를 받을 절호의 기회를 놓치고 있다. 지금 야당의 수권능력 유무의 시험대에 서 있다는 사실을 알아야 한다.

기회는 나는 새와 같다. 날아가기 전에 잡아야 한다. 성난 민심은 하루아침에 역풍으로 돌변하는 가변성을 갖고 있다. 내일 시청 앞 광장 집회가 평화롭게 진행되기를 기대해 본다. 대통령의 실정을 바로 잡고 이를 교훈 삼아 새로운 대한민국을 탄생시키는 기회로 삼아야 한다. 교각살우, 빈대 잡기 위해 초가삼간 태우는 우를 범하지 말하야 하지 않을까? 망하라 해도 절대 망할 수 없고 망해서도 아니 되는 영원한 대한민국이다.

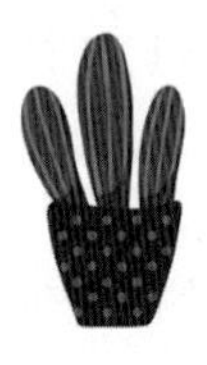

소주 가씨 시조 봉행 참례

2016. 11. 13.

우리 소주 가씨 사당(서산시 태안군 남면 적돌길 415 소재) 충효정문 전경 및 명정현판입니다. 매년 음력 10월 14일 거행하고 있는 2충 1효 중시조 3세 대제 봉행에 참례했습니다.

사우와정문은 임란, 정유재란 시 명나라 군으로 2차에 걸쳐 3대가 참전, 2대 선조가 순국하시고 3세 침께서 조선에 귀화한 후 당시 안동부사 권순의 따님을 아내로 맞아 태안반도에 정착하였습니다. 명정현판은 기록상 숭정기원후 신해 3월로 숙종 때(1671년 추정) 하사받았으며 철종 2년(1851년)에는 충효정문 및 사우숭의사가 하사되었으며 1988년 8월 30일 숭의사가 충청남도 지방문화재 제300호로 지정되어 오늘에 이르고 있습니다. 매년 경향 갹지의 많은 종친들이 모여 대제봉향을 마치고 친교의 시간을 갖습니다. 조상의 음덕으로 우리 씨족이 번창하고 보람된 일을 하고 있다고 생각하면서 귀경했습니다.

영수회담 철회

2016. 11. 14.

추미애 더민주당 대표의 제의로 대통령과의 영수회담이 내일 오후 3시 열릴 예정이었으나 당내 반발로 철회했단다. 다른 야당의 반발도 원인인가 보다. 추 대표는 사전에 당내 협의는 물론 국민의당, 정의당과도 협의를 하지 않은 이유는 무엇일까? 추 대표는 회담에서 12일 시민 집회에서 나타난 민의를 전달하며 사퇴, 하야를 강력히 주장하여 정치 주도권을 선점하려는 미숙한 의도와 이번 기회에 섣부른 자기 정치를 시도하려는 뜻도 있지 않을까?

대통령 불통을 비난해온 야당도 불통에 휩싸이고 있다. 회담 철회로 당과 추 대표의 위상 손상은 물론 스타일도 실추되었다. 여당이나 야당이 정파에 매몰되어 현 정국 수습에는 한계가 있어 보인다. 야당이 대통령 퇴진, 하야를 주장하고 있지만 대통령의 하야 결단도 두려워하고 있다. 60일 내 대선결과는 물론 국회 탄핵 결의, 헌재결의, 역풍 우려 등 자신이 없기 때문이다. 우선 일명 실세 총리 추천 지명, 청문회 통과 등 수개월이 소요될 공산이 크다. 지금 검찰 수사중인 최순실 관련 수사가 특검으로 넘어갈 모양이다. 정국의 혼란, 안보, 민생 등 산적한 현안 문제를 정치권이 힘을 모아 조속히 해결해 주기를 바랄 뿐이다.

필사즉생

2016. 11. 15.

필생즉사, 필사즉생. 이순신 장군이 1597년 9월 정유재란 시 명량해전에서 남은 12척의 전함으로 왜군을 대패시키기 전에 하신 명언이다. “반드시 살려고 하면 죽을 것이요, 죽고자 하면 살 것이다.” 죽을 각오로 최선을 다하자는 결기의 최후에 남긴 말씀을 우리는 최악의 상황에서 교훈으로 삼고 있다.

지금 정국은 최순실 사건으로 걷잡을 수 없는 혼란에 휩싸여 있다. 대통령 퇴진, 하야, 탄핵, 특검 등이 거론되고 있지만 정국 안정 대안에는 여야 정치인 모두 나 몰라라 하고 있으며, 혼란을 즐기고 정권 쟁취의 기회로 삼기에 나서고 있다. 모든 것은 헌법과 법률 절차에 따라 처리되어야 할 것이다. 대통령도, 여야 정치인도, 국민도 죽어야 한다.

필사즉생의 처절한 각오 없이 대한민국은 죽을 수도 있다. 아직도 12척, 아니 수천 척의 전함은 대한민국의 구조선으로 대기하고 있다. 냉정을 되찾고 힘을 하나로 합쳐야 한다. 필사즉생이다.

박주선 국회부의장

2016. 11. 16.

어제 오후 5시 40분에 TV조선에 출연한 박주선 국회부의장은 현 난국은 헌법과 법률에 따라 해결되어야 하며 어떠한 이유에든 헌정이 중단되어서는 아니 된다고 말했다. 또한 문재인 씨의 대통령 퇴진 운동을 비판하며 그는 권력을 통째로 먹으려 한다고 비판했다. 그리고 여야 정치권이 현 정국 수습에 나서야 한다고 이야기하며 여당인 새누리당이 분열하고 야당이 정치권력 쟁취의 기회로 삼아 거리 시위를 부추기는 현 사태 해결 방안을 제시했다. 박주선 부의장의 합리적이고 애국적인 신선한 발언에 박수를 보낸다.

그는 기회가 되면 국가와 국민을 위해 큰일을 하겠단다. 그런 기회가 그분에게 주어지기를 기대해 본다. 네 번 구속에 네 번 무죄를 받은 기록 보유자이다. 사법시험 수석합격자. 김대중 대통령 재임 중 청와대 법무비서관(현 민정수석)을 역임한 국민의당 소속 국회 의원이시다. 박부의장의 건승을 빈다.

2,000년 전 역사의 반복

2016. 11. 17.

2,000년 전 예수가 예루살렘에 입성할 때 군중들은 호산나를 반복하며 "이스라엘 임금님은 복되시다"라고 환호성을 외치며 환영했다. 하지만 그의 제자 유다가 몇 푼의 돈을 받고 예수를 팔아 넘기고 베드로는 나는 예수를 모른다고 모든 것을 부인한다. 당시 로마 시대 유대지역 총독인 빌라도의 심문 결과 아무 죄가 없다고 판단했으나 군중들은 십자가에 못 박으라고 외쳐댄다. 결국 빌라도는 정치적 반역죄로 예수를 처형한다. 예수를 하느님의 아들이라 하며 그 전능함을 추앙했던 군중과 그의 제자마저 등을 돌려 십자가에서 처절한 죽음을 당했던 예수의 수난을 복음서에 기록해 놓고 있다.

우리의 역사에서도 많은 예수 수난을 방불케 하는 사건이 반복되고 있다. 최근 최순실 국정농단 사태를 보면서 대통령의 제자들이 대통령 퇴진, 하야, 탈당을 외쳐대고 있다. 예수의 죽음을 지켜보고 시신을 수습한 마리아 막달레나도 보이지 않는다. 대통령을 누님이라 부르던 호위무사들도 어디론가 사라졌다. 대통령 지역 순시 때마다 모여들어 대통령의 손을 잡고 박수치며 환호하던 국민들은 보이지 않고 선거 때 공천 주고 지원 유세로 당선된 국회의원은 유다와 베드로가 되었으며 그를 대통령으로 만들어준 1,590만 국민들은 대통령을 십자가에 매달아 처형하란다.

세계 첫 번째 여성 대통령의 아름답고 우아한 자태도 최순실이 만들어낸 작품이란다.아! 이것이 세상사인 것을 나도 속았고 국민도 속았다. 대통령의 최순실 관련 사태를 추호도 비호할 생각은 없지만 어쩜 2,000년 전 역사의 반복을 보는 듯해 많은 상념에 잠기게 한다. 역사는 언제까지 이렇게 반복될까? 걱정이 앞선다.

청와대 사람들

2016. 11. 19.

페이스북(청와대 홈페이지)에 청와대 비서실이 〈이것이 팩트다〉라는 몇 가지 해명기사를 올다. 아직도 청와대 사람들이 제정신인지 묻고 싶다. 지금 섣부른 해명할 때인가? 유구무언도 지나칠 마당에 해명기사를 올린 청와대 비서실은 대통령을 제대로 모시지 못해 발생한 사태의 장본인이 아닌가? 청와대 사람들이 변하지 않고 지금 이 사람들로는 대통령직 유지가 어렵겠다. 좋은 사람 없습니까?

만추의 일요일

2016. 11. 20.

내가 사는 아파트 앞 나목이 혼란한 정국과 같이 초라하게 보입니다. 풍성했던 나뭇잎, 꽃들이 사라지고 보도 위에 낙엽이 뒹굴고 있습니다. 필사즉생, 다 버려야 산다는 자연의 섭리에서 교훈을 찾지 않는 우매한 인간을 무척이나 원망하고 있습니다. 수필가 이효석 선생의 '낙엽을 태우며'의 감상적인 글이 떠오릅니다. 낙엽은 나무의 눈물인가 봅니다. 이제 보던 신문 구독도 줄이고 티비 시청도 마다하니 한가한 시간을 갖게 되어 독서, 음악 감상, 잡글쓰기 등 여유 있는 시간이 생겨 좋습니다.

저녁에는 아내와 함께 예술의전당 콘서트홀에서 열린 피아니스트 거장 김대진 교수의 피아노 독주 연주를 감상했습니다. 연주곡은 피아노 소나타 17번 TEMPEST(폭풍), 26번 LES ADIEUX(고별), 14번 MOON LIGHT(월광), 23번 APPASSIONNATA(열정), 네 곡이었습니다. 1800년대를 풍미했던 베토벤의 심포니곡은 자주 감상했습니다만 피아노 소나타 작품은 오랜만입니다. 2,000여 명의 청중은 한 사람의 숨소리도 없이 열광했으며 앵콜 박수로 월광곡 소나타 2번 연주를 이끌어 냈습니다. 만추의 일요일, 어수선한 세상사를 잠시 잊는 값진 하루였습니다. 감사합니다.

떠날 때는 말없이

2016. 11. 21.

새누리당 일부 비박계 의원, 전·현직 도지사 등(김무성, 유승민, 나경원, 김용태, 오세훈, 김문수, 남경필, 원희룡)이 곧 탈당을 한단다. 중이 절 싫으면 중이 떠나면 되는데 어떤 미련이 있어서 아니면 잡아 주기를 바라서 떠난다, 하는가? 대통령이 퇴진, 하야, 검찰 조사, 특검, 국정조사 등 국민들의 압박에 서 있다. 대통령을 지지에 앞장서고 환호했던 당신들이 아니었던가?

예루살렘 군중들이 예수를 십자가에 못 박아 죽이라고 외쳤던 그들이 아닌가? 단물 다 빨아먹고 떠나려 하고 흡사 세월호 이준석 선장처럼 승선객 구조는 나 몰라라 하고 팬티 바람에 먼저 탈출한 사건과 유사한 새누리당의 꼴을 보면 참담하고 이런 당을 지지했던 자신이 부끄럽기만 하다.

어려울 때면 힘을 모아야 하고 책임도 같이 져야 하거늘 책임회피, 의리도 없는 당신들. 떠나려면 말없이 떠나라. 집 나간 사람 잘되는 법 없는 것이 세상 이치가 아닌가? 당을 떠나기 전 국민 앞에 석고대죄하는 것이 먼저다. 나도 속고 국민도 속았다.

경제를 챙기자

2016. 11. 23.

최순실게이트의 광풍이 대한민국을 강타하고 있다. 대통령 퇴진, 하야를 외치는 국민의 높은 소리로 매주 토요일 수십만 명이 광화문 광장을 메우고 여의도 국회의원들이 특검법을 만들었고 국정조사도 예정되어 있다. 특검 법안이 국회를 통과하여 국무회의를 거쳐 대통령이 재가했다. 이제 국회가 탄핵소추를 발의하여 결의하는 절차를 행하면 된다. 검찰의 수사로 1차 관련자들을 기소했고 특검법에 따라 특검이 진행될 것이다.

이제 특검, 국정조사를 지켜보면서 팽개쳐진 막중한 안보와 민생경제를 챙기는 데 여야 정치권은 물론 국민들이 힘을 모아야 한다. 국내외적으로 경제위기 징후가 보인다고 전문가들이 내다보고 있다. 경제는 한번 무너지면 회복이 불가능하다. 역대 정권과 재벌들 간의 근친상간의 역정을 단절하는 계기가 되어야 한다. 밉다고 재벌 단죄는 자칫 교각살우의 우도 범할 수 있고 IMF전야의 사태 반복이 될 수도 있다. 며느리 바람났다고 동네방네 떠들어 대는 콩가루 집안. 콩가루 국가로 전락해선 안 된다. 헌법과 법률에 따라 처리되고 이성과 냉정을 찾아야 하겠다

시청 앞 광장은 시민의 스케이트장으로. 광화문 광장은 역사

와 관광의 명소로 되돌려 주자. 국가 위기 시에는 국민이 분연히 일어나 힘을 합쳐 위기를 극복한 자랑스런 애국 국민이며 위대한 대한민국이다. 경제가 위험하다.

대통령 탄핵 가능할까?

2016. 11. 23.

대통령 탄핵안이 국회를 통과하기가 그리 쉽지 않을 것 같다. 새누리당 전 대표 김무성 의원이 뜬금없이 대선 불출마를 선언하며 합리적 보수 탄생의 밀알이 되고, 탄핵 발의에 앞장서겠단다. 여당인 새누리당은 친박 비박 간 싸움질, 당대표 퇴진 등에 정신을 잃고 있으며 야 3당은 정당 유불리로 탄핵소추안도 마련치 못하고 우왕좌왕하고 있다. 국회 의결, 헌재 결정으로 대통령이 탄핵되면 60일 이내에 대통령을 선출하고 당선자는 현행 헌법에 따라 임기 5년이 된다. 이런 상황을 잘 아는 여야 정당이 선뜻 탄핵소추안을 내고 의결할 용기가 있을까? 다른 대안은 없을까?

아버지 잘못했다고 4형제(여야 4당)가 합세해 아버지 몰아내고 감옥도 보내자는 콩가루 집안, 콩가루 국가의 패륜아들. 이것이 우리의 자화상이요, 현실이다. 흡사 모 재벌 형제난을 자체적으로 해결치 못하고 법정으로 끌고 간 사태나 다름없다.

권력과 돈 앞에선 혈육도, 상하도, 동지도 없는 추잡한 세상이다. 광화문 광장의 간음한 저 여인을 돌로 치라는 민의도 외면당하고 퇴색될 것 같다. 정치는 없고 정쟁만 존재하는 대한민국. 우리 국민은 이제 여야 정당 해산하고 국회 해산을 외쳐야 할 것 같다.

소문난 잔치에 먹을 것 없고 떡 줄 놈은 생각지 않는데 김칫국 먼저 마신다는 말이 맞을 성싶다. 자칭 대선 잠룡은 도롱뇽도 못될 것이며 한국의 트럼프나 두테르테 탄생의 산고가 도래될 것이다.

야당 대표의 처신

2016. 11. 25.

더불어민주당은 국회 1당으로 잠재적 수권 정당이다. 최순실게이트로 대통령 퇴진, 하야를 주장하는 토요집회에 수십만 명이 모인다. 여기에 국회는 대통령 탄핵소추 절차와 특검, 국정조사도 진행할 것이다.

이러한 위중한 시기에 추미애 대표는 헌법과 법률에 따른 조치를 외면하고 광화문에서 대통령 하야, 퇴진에 앞장서고 있다. 야당 대표의 대통령 단독 면담 요청, 몇 시간 후 철회. 비상계엄선포 정보 유포, 청와대 식수공급 중단, 대통령 미용비 2천억 지출 등의 허위, 선동 발언을 쏟아 내고 있다. 야당대표의 발언은 잠재 집권능력의 시험대이기도 하다. 시급한 안보와 민생을 챙기고 난국 수습 방안을 제시하여 국민의 지지와 사랑을 받을 호기를 스스로 포기하고 있다. 문재인 전 대표는 대통령의 국군통수권 및 계엄 선포권 이양을 주장하는 등 대통령 후보였던 정치인답지 못한 발언으로 위상을 실추시키고 마치 대통령 당선인 듯한 헛소리를 쏟아 내고 있다. 신중치 못한 행동에 국민들이 눈을 돌리고 집권이 불가능한 정당이라는 평가를 내리고 있다는 사실조차 그들만 모르고 있다.

민주당의 집권 능력 저평가를 자초한 추 대표와 문 씨의 책임은 적지 않음을 자신과 당이 알아야 한다. 주변사람들은 아름답던 추 대표의 인상이 당 대표 이후 추하게 변했다고 말하는 이들이 많다. 인상은 심상의 표상이다. 2,000년 전 그리스의 역사학자이며 로마사 20권의 저자 디오니시우스는 국가를 멸망케 하는 방법은 선동자에게 권력을 맡기는 것이라는 명언을 남겼다.

정치지도자는 정제된 말을 하고 가장 애국자이어야 한다. 잠재 수권 정당답게 말하고 행동 해야 한다. 현재론 수권은 불가능할 것이다. 공부하고 신선한 비전을 제시하고 국민을 두려워하는 정당으로 거듭나기를 바란다. 민초의 조언이다.

루비콘강을 건너자

2016. 11. 26.

로마제국은 기원전 753년 로물루스가 건국하고 서기 476년에 멸망할 때까지 1,000년을 이어온 세계 최장수 국가다. 마키아벨리, 종교개혁자 루터의 사상 배경은 물론이고 알렉산더대왕, 율리우스 카이사르(줄리어스 시저), 아우구스투스 같은 걸출한 인물과 더불어 혼돈과 실패에 대한 꾸준한 개혁을 강력히 시행한 결과가 최장수 국가를 유지한 비결이었다고 역사는 기록해 놓고 있다.

기원전 49년 카이사르는 이미 원로원의 최종 권고를 받은 자로 루비콘강을 건너 로마로 진격하느냐, 원로원에 붙잡혀 처형을 당하느냐의 기로에서 제13군단을 이끌고 루비콘강 앞에서 여기를 넘으면 인간 세계의 비참함, 넘지 않으면 이 몸이 파멸이라는 고뇌의 순간 현실을 외면치 않고 무시하지도 않으면서 루비콘강을 건넜다. 이후 공화정을 청산하고 국가 형태를 바꾸고 그가 그렸던 개혁의 시나리오에 따라 황제가 통치하는 제정을 세워 새로운 로마 500년을 이어 왔다.

1000년 역사의 로마제국도 결국 외침이 아닌 내부 분열과 부패로 멸망하고 말았다는 역사의 사실이 주는 교훈을 잊을 수 없다는 우리 대한민국이 아닌가? 비장한 각오로 루비콘강을 건너야겠다.

장수하는 리더(지도자)들의 공통점 3가지

2016. 11. 27.

미불유초 선극유종(靡不有初 鮮克有終): 시작은 누구나 잘하지만 끝을 좋게 마무리하는 사람은 드물다 – 시경

▼ 철학(가치관)을 가진 리더인가?: 리더는 '왜 해야 하는지', '어떤 나라(기업)를 만들고 싶은지', '어떤 리더로 기억되고 싶은지', '나는 어떤 사람(리더)인가, 우리는 무엇을 파는가, 고객(국민)에게 어떤 가치를 주는가'를 성찰해야….

▼ 카멜레온처럼 변신하는 용기(변신력)를 가졌는가?

▼ 자기 자신을 비춰줄 거울을 갖고 있는가?(성찰력): 지속 가능한 리더는 피드백 받는 것을 제도화하고 있어….(김성회 박사)

중국 시진핑(習近平) 국가주석이 항일전쟁 승리 70주년 기념식

(2015.9.3)에서 한 연설문 중에서 발췌했다.

"시작은 쉽게 할 수 있으나 끝을 맺기는 어렵다(靡不有初 鮮克有終·미불유초 선극유종). 끝맺음을 위해서는 한 세대, 또 그다음 세대가 끊임없이 노력해야 한다. 중화민족이 지난 5000년간 찬란한 문명 역사를 이어왔듯이 우리(중화민족)는 반드시 더 찬란한 내일을 만들어 나갈 것이다. '정의의 승리, 평화의 승리, 인민의 승리'를 역사의 대진리로 삼고 다 함께 전진하자."

#시경 #미불유초선극유종 #시진핑 #항일전쟁승리70주년 #Xijinping #리더 #지도자 #Leader

광화문 광장의 민심

2016. 11. 27.

5차에 걸쳐 수백만 명이 광화문 광장에 모여 최순실 국정 농단에 연루된 박 대통령 퇴진·하야를 주장했다. 현재 검찰과 언론이 제기하고 광화문 광장에서 분출한 민심은 최순실이 대통령을 좌지우지한 국정 농단이 사실로 밝혀지고 있다. 대통령은 결단을 조속히 내려야 한다. 검찰 조사, 특검, 국정 조사, 탄핵 추진으로 사실 여부가 밝혀지겠지만 이로서 국정이 마비되고 안보와 경제는 예측 불허의 늪에 빠져 제2의 IMF 사태를 초래할 수 있다는 사실을 간과할 수 없다.

외신은 추한 한국을 소개하고 있다. 국격이 추락하고 흡사 패망 전 월남 현상이라고까지 언급하고 있다. 광화문 광장에는 자칭 야당 잠룡들이 혼란을 부추기는 극단적인 발언을 쏟아 내고 당장 그들이 대통령이라도 된 듯한 꼴볼견의 행동을 취하고 있다. 떡 줄 놈은 생각지도 않는데 김칫국 마시고 있다. 지금 민심은 대통령 하야를 외치고 있지만 정치, 경제, 사회 등 전반적인 부정, 부조리, 불평 등에 대한 특단의 개혁의 외침이다. 국회는 입법을 통해 국정을 이끌고 예산 편성, 심의, 국정조사 등으로 행정부를 견제할 책임이 있다.

여야 싸움질로 허송세월한 역대 국회는 오늘의 사태에 책임을 져야 마땅함에도 함구하고 후안무치로 대통령 하야, 탄핵에 앞장서고 정권 쟁취의 기회로 삼고 있다. 광화문 쓰나미는 여의도까지 휩쓸어 대통령 하야든 탄핵이든 동시에 국회 해산, 기성 정치인 전원 퇴출도 이뤄 내야 한다. 차제에 권력 구조 개혁, 부정부패 척결, 권력과 재벌의 동침 등 혁명적 국가 개조를 국민의 힘으로 이뤄 내야 한다. 한국의 두테르테. 트럼프는 언제 나타날까? 기대해 본다. 안보와 민생은 대한민국의 제1의 최고의 가치임을 잊어서는 아니 된다.

꼼수와 묘수의 대결

2016. 11. 30.

박 대통령은 29일 담화를 통하여 여야 정치권이 논의하여 국정의 혼란과 공백을 최소화하고 안정되게 정권을 이행할 방안을 만들어주면 그 일정과 법절차에 따라 대통령직에서 물러나겠다고 밝혔다. 대통령은 개헌과 탄핵 중단을 조건으로 삼지도 않았다. 다만 대통령직에서 물러날 방법을 국민을 대표하는 국회에서 처방해 달라고 공을 국회에 넘겼다. 야당은 퇴진 민심과 탄핵 물타기 꼼수라고 즉각 반발하고 대통령 지지 세력들은 대통령의 절묘한 묘수라고 평가하고 있다. 국회는 어떻든 처방전을 내놓아야 하는데 의사들의 진단이 서로 달라 최종 처방전이 나오기는 어려운 것 같다.

합법적 절차는 국회 탄핵과 헌법개정을 통한 임기 단축, 두 가지이다. 야당이 당장 탄핵을 발의하겠다지만 국회 탄핵 통과는 물론 헌재 결정도 자신할 수 없다는 고민에 빠져있다. 여당도 당 대표 퇴진 여부에 시끌하고 대통령 조기 퇴진 방안에 마땅한 처방 찾기에 허둥대고 있다. 꼼수와 묘수 싸움에 승자가 보이지 않고 있다. 그렇다면 공을 다시 대통령에게 넘길 수 있다.

그때 게임 종료 호루라기를 불 수 있다. 이렇게 되면 대혼란의 책임은 국회가 져야 하고 광화문 민심은 국회 해산, 의원 사퇴 등 예측 불허의 사태도 예상될 수 있다. 국회의 여야가 대통령의 질서 있는 조기 퇴진 처방전을 내놓아 파국을 피하고 국정을 안정시켜야 한다.

새누리당 최후의 역할

2016. 12. 02.

새누리당 의원들이 만장일치로 대통령 퇴진 일정을 내년 4월로 합의했단다. 7일까지 답을 하란다. 청와대가 받아들이지 않으면 탄핵에 참여하는가 보다. 대통령의 조기 퇴진은 여야합의 조건이다. 그렇다면 새누리당은 야당과의 합의에 노력하고 야당이 합의치 않으면 탄핵을 불참하겠다는 단호한 메시지를 야당에 보내야 한다. 새누리당은 대통령 조기 퇴진에 공동책임을 져야 함에도 강 건너 불 보듯 하고 있다. 대통령의 질서 있는 퇴진을 위해 국민 앞에 부끄럼을 줄이는 마지막 결기 있는 행동을 보여야 한다. 두고 볼 일이다.

문득 윈스턴 처칠 생각

2016. 12. 03.

오늘도 중·고교 동창들과 남산 둘레길을 돌고 집에 왔다. 세상 돌아가는 모습을 보니 자신도 공황상태에 빠진 것 같다.

전에 읽은 영국의 대정치가이자 위대한 문인인 윈스턴 처칠의 자서전이 떠오른다. 육군사관학교를 졸업하고 종군기자로 많은 전쟁에 참전하고, 사지에서 구사일생으로 살아나기도 한 인물. 오랫동안 내공을 쌓고 각부 장관을 거쳐 60대 중반 1940년 수상이 되어 재임 10년 동안 2차 세계대전 시 조국을 구한 영웅으로 노벨 문학상을 수상하기도 했다. 역사적인 인물로 추앙받고 있다. 많은 비난이 끊이지 않았던 처칠은 1965년 90세로 파란만장의 생애를 마쳤다. 그는 정적들과 죽어서까지 자리를 같이하고 싶지 않다고 국립묘지 안장을 거부하고 고향에 묻혔다.

의회에서의 일화 하나를 소개한다. 바지의 지퍼가 열려 있다는 한 여성 의원의 항의에 "죽은 새는 새장 문을 열어 놓아도 날아가지 않습니다"라고 말했다고 한다. 그의 기발한 유머에 심술궂은 초상화가 오버랩된다. 최고 지도자의 역정과 내공이 위대한 영웅을 만든다는 생각을 하게 한다. 우리도 역사적 위대한 영웅을 기리고 영웅을 만들어 내야겠다.

대통령 탄핵

2016. 12. 04.

야3당이 박 대통령 탄핵안을 발의하고 오늘 새누리당 비박계가 중심이 된 비상시국 회의에서 여야합의가 없을 경우 탄핵표결에 참여하기로 결정했단다. 야당의 탄핵안은 헌법과 법률위반행위 9개 항목 외 제3자 뇌물죄, 비밀누설혐의, 세월호참사대응실패 등이다. 야당의 합의는 불가하고 새누리당이 탄핵가결 여부의 키를 넘겨받았다. 지금 상황은 국회 통과가 예상된다. 아마 탄핵 가결일인 9일 이전 대통령의 탄핵에 대한 입장을 소상히 밝히게 될 것이다. 탄핵이 가결되면 대통령직이 정지되기 때문에 유일한 시간은 9일 이전이다. 대통령의 새로운 제안. 탄핵 사유 및 그간의 의혹에 대한 해명. 언론과의 질의응답도 가능할 것이다. 탄핵결의에도 큰 변수가 될 수 있을 것이다. 국회 탄핵 결정 후 정국의 또 다른 변수는 물론 여야 정치권의 불확실성도 예상키 어렵다. 국정조사, 특검에 이어 헌재의 최종심판 과정에서 헌법이 보장하고 있는 현직 대통령의 불소추권 등에 의한 기각으로 시간 단축도 필요하다. 그렇지 않을 경우 복잡한 법리 다툼으로 상당한 시간이 소요될 것이다.

내년 상반기 내에 종결된다는 보장도 없어 보인다. 여야가 합의하여 질서 있는 퇴진이 이루어지지 않으면 크게 후회를 할 것으로 생각한다. 이번 대통령 탄핵 사건이 여야 정당과 국회의원까지 삼켜 버리는 블랙홀이 될 수 있다. 안심은 절대 금물이다. 정치 문외한의 촉감이다. 정치는 감정이 아닌 실리를 위한 타협이 중요하고 국정안정이 시급하다. 대통령 퇴진 민심이 여의도 상륙작전을 준비하고 있다는 사실을 국회의원들만 모르고 있다. 혁명에 버금가는 정치개혁을 차제에 이루지 못하면 우리의 희망은 없다.

대통령 탄핵 가결될까?

2016. 12. 05.

야3당 및 새누리당 비박계 의원들이 탄핵소추안에 찬성하면 가결된다. 다만 자유투표인 경우 여당 의원과 야당 의원 100% 찬성이 가능할까? 여·야당 의원 4~5명이(야당 포함) 반대표를 던져 탄핵이 부결되는 경우에는 애꿎게도 새누리당이 독박을 쓰고 뭇매를 맞을 각오를 해야 할 것이다. 야당 의원 중 반대표도 나올 가능성이 있다고 보고 있는데 여러분 생각은?

탄핵 부결 시에는 여야 정당의 운명은 종말을 맞게 될 것이다. 이것이 정치개혁의 출발이 되고, 광화문 민심은 여의도 국회의사당을 강타할 것이며 정국 혼란은 예상을 초월할 것이다.

9일 탄핵소추안 표결 전에 여·야당과 대통령의 현명한 판단으로 파국만은 면해야 할 것이다. "순간이 운명을 결정한다"는 모 기업의 홍보용 캐치프레이즈가 아니다.

대통령의 최후 선택

2016. 12. 06.

오늘 오후 대통령은 이정현 당대표와 정진석 원내대표와 회동을 가졌단다. 대통령께서는 그동안 여야가 합의해 일정을 정해 주면 임기 내 퇴진을 수용하고 책임 총리 추천도 제안했으나 국회는 이를 거부하고 당장 퇴진을 요구하며 광화문 광장 민심에 동참해 왔다. 동시에 세 야당 및 새누리당 비박 의원들이 탄핵소추안을 발의해 9일 의결 예정이다.

당초에는 질서 있는 퇴진과 책임 총리 추천을 수용하려던 야당이 광화문 민심의 영향으로 태도를 바꿨다. 오늘 대통령은 헌법과 법률에 운명을 맡기기로 했단다. 지금 선택할 수 있는 방법이 없을 뿐더러 그런 결단에 동의한다. 탄핵과 헌재 심판을 겸허하게 기다려야 한다.

문재인 씨는 탄핵 결의 후에도 즉각 퇴진하란다. 대선 잠룡 중 한 사람이 이런 반헌법적, 시민 시위를 부추기는 발언에 비애를 느끼게 한다. 당장 대통령 하야하면 60일 내 대통령 선거에 본인이 당선에 유리할 것을 염두에 둔 김칫국 먼저 마시는 발언이다. 대통령의 최후 선택에 왈가왈부하는 것은 혼란을 부추길 수 있다.

국회 청문회 관전

2016. 12. 06.

재벌 총수 9명을 상대로 한 최순실 국정농단 사건에 대한 청문회를 잠시 시청했다. 예나 지금이나 국회청문회는 백년하청이다. 미르, K스포츠재단 출연에 강압 여부를 예, 아니요로 답하란다. 전경련 해체에 대한 찬성 여부와 함께 광화문 광장 시위 참가자는 손들어 보란다. 초등학생 모아 놓고 하는 유치한 짓거리 같다. 묻는 선생이나 손드는 학생이나 워쩜 그리 같을까? 검찰이나 경찰의 피의자 조사도 지금 그렇게는 안 하고 있다. 역대 정권의 동일 전과자 후예 출신 의원들의 이런 청문회를 보면서 나의 낯이 뜨거워진다. 대통령의 창조경제, 문화융성 정책에 국민들이 호응했고 이를 뒷받침할 재단에 출연한 재벌들에게 강요나 대가성을 인정하란다. 재벌 회장들과 대통령 독대는 경제 실상을 파악하고 정책에 협력을 부탁하는 순수한 자리도 될 수 있다. 혹시 그렇다 해도 인정하면 실정법상 뇌물죄가 성립한다는 상식을 아는 분들이다. 어느 의원은 기업을 홀대하는 질의로 기업 이미지를 훼손하고 인격 모독성 발언도 여전터라. 기업주는 밉다 해도 기업을 미워하거나 홀대해선 국익에 반하는 행위이다. 청문회는 문자 그대로 묻고 답하는 것이다. 질문하고 답도 듣지 않는 구태 청문회는 의원들의 놀이마당으로 전락한 지 오래다.

국회청문회, 탄핵소추안 국회의결, 헌재심판, 특검수사 등으로 최순실 국정농단 내용과 대통령의 범법 여부 등이 헌법과 법률에 따라 밝혀져야 한다. 동시에 불안한 안보와 민생에 전념해야 하겠다.

합정종합사회복지관

2016. 12. 07.

오늘 평택시 합정종합사회복지관 2016년 제4차시설운영위원회 위원장으로 회의를 주관했다. 세상이 혼란스럽지만 우리 복지관은 김동국 관장과 스태프 그리고 300명의 자원봉사자들의 헌신적인 노력으로 목표를 달성했다는 보고를 받아 노고를 치하하고 위로를 했다. 다만 150명의 장애인 활동지원 사업에 최저임금 인상에 따른 정부지원 예산 부족으로 중단 위기에 놓여 있다는 보고도 있어 보편적 복지와 복지 수요 확대에 따른 부작용이 나타나고 있다는 생각을 했다.

합정복지관은 구세군복지재단 소속으로 정부의 복지 사업을 수탁 운영하는 모범적인 복지관이다. 정치적 혼란은 안보와 민생이 외면당하고 복지를 외쳤던 정치인, 행정부는 보이지 않고 있다. 어렵지만 지혜를 모아 내년도 사업 계획도 면밀히 세워 줄 것을 당부했다.

대통령의 7시간

2016. 12. 09.

세월호 당일 대통령의 7시간이 오늘 탄핵소추 사유 중 하나란다. 그동안 대통령 7시간은 정 모 씨와 같이 있었다는 설, 굿판설, 성형수술설 등이 등장했으나 사실이 아님이 밝혀지자 이제 머리 손질 90분 문제를 구차하게 제기하고 있다. 당초는 대통령의 스캔들을 제기할 불순한 의도를 조작하려고 언론이 앞장서고 광화문광장에서 야당, 여당 비박계 의원들이 동참한 치졸한 사건으로 탄핵 결의, 헌재 심판을 앞두고 있다. 대통령의 국정 실정은 비판받아야 마땅하지만 국가원수의 사생활을 왜곡, 침소봉대함은 온당치 않다. 7시간이 왜 그리 문제일까?

선거구민의 배신행위

2016. 12. 21.

새누리당 탈당 의원들은 선거구민의 의견수렴 없이 탈당은 선거구민의 배신행위임을 알아야 한다. 표 달라고 애원할 때를 잊고 떠날 때는 말 없이 떠난다? 그러는 안 된다. 들쥐의 어미와 새끼, 기러기 떼 근성을 못 버리는 정치 떼거지들을 청산해야 한다. 헌재에서 대통령 탄핵이 결정되면 새누리당은 공동정범이 되기 때문에 탈당이 면죄부가 될 수 없다.

석고대죄하고 의원직을 사퇴하시라. 129명 의원 중 1명도 사퇴자가 없다? 국회의원이 좋긴 좋은가 보다. 정치 세상이 이렇게 추잡해선 안 되지. 더럽고 참담하다. 믿을 놈 없다는 말이 맞는가 보다.

2017년

인사가 만사다

오늘의 명언

2017. 01. 08.

국가멸망의 7가지 악덕.

1. 원칙 없는 정치
2. 도덕성 없는 경제
3. 노동 없는 부
4. 인격 없는 교육
5. 인간성 없는 과학
6. 윤리 없는 쾌락
7. 희생과 헌신 없는 종교

위의 내용은 인도의 민족지도자. 건국의 아버지 '마하트마 간디'의 경고문입니다. 지금 우리가 되새겨야 할 교훈이 아닐까? 생각게 한다.

오늘의 명언

2017. 01. 09.

1. 아름다운 입술을 갖고 싶으면 친절한 말을 해라.
2. 사랑스러운 눈을 갖고 싶으면 좋은 점을 봐라.
3. 날씬한 몸매를 갖고 싶으면 너의 음식을 배고픈 사람과 나누어라.
4. 아름다운 자세를 갖고 싶으면 너 혼자 걷고 있지 않음을 명심해라.

♡ 위의 명언은 '로마의 휴일', '티파니에서 아침을' 등 명화 주연, 미국 할리우드 파라마운트 스튜디오를 풍미했고 여우주연상 수상, 유니세프 대사로 아프리카에서 인류애를 실천한 미모의 배우 '오드리 헵번'이 그의 딸에게 전한 말입니다.

오늘의 명언

2017. 01. 13.

天下有三危

1. 少德而多寵, 一危也.

2. 才下而位高, 二危也.

2. 身無大功而受厚祿, 三危也.

세 가지 위험: 세상에는 세 가지 위험한 것이 있다. 덕이 모자란 터에 총애를 많이 받는 것. 재능이 낮은 터에 자리가 높은 것. 스스로 공이 없는데도 후한 봉록을 받는 것.

위정자가 나라를 다스림에 주는 교훈입니다.

(출처: 漢. 劉安의 '회남자 인간훈' 중에서)

후진국에 머무는 대한민국

2017. 01. 20.

최순실 국정 농단 사건으로 국회가 대통령 탄핵소추를 결의

해 대통령을 청와대에 유폐시키고 국정 감사, 검찰 수사, 특검 수사, 헌재의 탄핵 재판 등이 진행되고 있다. 전·현직 고위 공직자와 기타 관련자, 대기업 오너들이 구속되고 피의자로 수사를 받고 있다. 특검은 매일 구속영장 청구에 열을 올리고 매우 바쁘다. 이로써 대한민국이 부패 국가의 오명을 국내외에 확인시켜 주는 결과를 가져왔다.

대한민국의 대표 기업, 삼성 그룹의 최고경영자 이재용 부회장 구속 문제가 세계의 톱뉴스가 되고 온 국민의 눈을 끌어모았다. 촛불 집회와 태극기 집회가 연일 전국에서 열려 국론 분열이 가속화되고 있다. 한·미·일 공조, 북한의 핵미사일 위협, 중국의 사드 반대 등 주변 정세도 녹록치 않다. 헌재의 탄핵 결정이 자칫 대한민국의 존재 여부를 결정할 것이라는 협박이 대기하고 있다.

사법부의 결정도 정파 논리로 혹독한 매를 맞고 있다. 법치국가이기를 포기한 대한민국호는 세월호가 되어 가고 있다. 선장과 선원은 자기 살려고 먼저 탈출하고, 승선자들은 법과 질서도 없이 아비규환이다. 안보도 민생도 나 몰라라 하고 대선 잠룡, 도롱뇽들은 전국을 휘저으며 헛소리만 외쳐 대고 있다. 며느리 바람 났다고 동네방네 돌며 떠들어 대는 콩가루 집안, 콩가루 국가.

부끄러운 것은 우선 덮고 조용히 수습해야지, 이게 뭡니까? 국가의 멸망사는 외침이 아닌 내부 분열이 원인이라고 기록해 놓고 있다.

고령의 김기춘 전 실장, 현직 조윤선 장관 구속

2017. 01. 21.

법원이 하루 전 삼성 이재용 부회장 구속영장 기각에 대해 판사를 무자비하게 비난하고 삼성 장학생, 향후 상성 법무실장을 운운하기까지 했다. 그러니 이런 법원에 대한 비난을 잠재우기 위해서라도 두 사람의 구속이 불가피할 것으로 예측했다.

법원은 왜곡된 여론까지 살펴 판단해야 하니 그들의 고민도 이해가 된다. 북한의 김정은의 고모부 처형 및 고위 측근 숙청을 비난하고 두려워했는데 최근 특검의 칼날도 두렵기는 같은 것 같다. 조선조 때 부관참시도 행했던 무서운 민족의 DNA는 숨길 수 없는가 보다.

다음 특검이 신청한 영장은 대상이 누구든 기각될 공산이 크다. 형평성을 유지해야 하기 때문이다. 무서운 공포의 한반도에 살기가 두렵기만 하다. 젊었으면 이민도 생각하건만 이도 가능치 않으니 한숨만 쉬고 있다. 아~ 대한민국이여!

평창 동계올림픽 개최?

2017. 01. 22.

내년 2월에 개최될 평창 동계올림픽은 전 세계 체육인의 축제이며 개최국의 위상과 국위를 높이는 기회다. 이를 주관할 조윤선 문체부장관이 블랙리스트 작성 혐의로 19일 구속되어 장관직 사의를 밝혀 수리했다.

지금 대한민국은 비민주적 부패 공화국, 연일 시위로 무질서, 갈등과 분열이 최고조에 달해 있고 북핵 미사일 위협으로 불안한 국가로 세계에 널리 알려져 있다. 과연 올림픽 개최가 가능할까? 개최해야 하나? 이런 나라 모습을 보여야 하나? 보러 올까? 성질나는 대로라면 모두 치워 버리고 싶다.

국가를 외면하고 대통령, 고위 공직자 죽이기, 재벌 해체를 위해 가장 부패한 국회가 앞장서고, 검찰이 칼질하고 헌재가 나라의 운명을 결정할 시간을 쥐고 있다. 대한민국호는 어디로 가고 있나? 나도 국민도 모른다. 정말 참담하고 서글프다. 이를 어쩌나. 위기를 모르는 것이 최대의 위기다.

자연법의 승리

2017. 01. 22.

자연법은 자유, 평등, 인권 등 인간이 태어나면서 향유할 수 있는 천부의 권리를 기본으로 한 불표현, 불제정, 형이상학적 법을 말한다. 실정법의 역사는 길다. BC 2000여 년 전 제정한 바빌로니아법전, 이후 BC 1760년 세계 최초 법전이라 부르는 함무라비 법전, BC 753년에 제정된 로마법 이후 각국은 법을 제정·시행하고 있다. 법은 사회질서 확립과 개인의 자유와 인권 보장에 크게 기여했다. 한편 법은 통치자의 통치 수단으로 이용되거나 악용되기도 하고 국민의 제반 권리를 제한하는 등 법 정신을 위배해 이에 반항하는 시위와 혁명을 유발하는 사태가 발생하기도 한다.

우리나라도 헌법 정신이 훼손되고 헌정 중단 사태도 경험했다. 국회 입법의 남발, 입법권의 권위 상실, 법 집행의 공정성, 법관의 자질 문제, 법의 언어에 매몰된 유연성 상실. 인권 탄압 등 부작용이 자주 거론되고 있다.

본인의 재학 중 발생한 1960년 4.19 학생 혁명 시, 당시 고대 교수시며 모교 법철학 강의를 하셨던 법학자요, 교육자이신 고이항녕 교수는 '4.19는 실정법에 대한 자연법의 승리다'라는 칼럼을 쓰셨다. 실정법이 정당하고 합법적으로 집행되지 않을 때 실정법은 자연법에 패자가 될 수 있다는 교훈이다.

지금 우리는 법과 원칙을 지키고 있나? 법의 집행은 민주적이며 공정한가? 자문해 보는 기회가 되면 좋겠다.

오늘의 명언

2017. 01. 23.

上善若水(상선약수)

최상의 선은 물과 같다. 물은 생명의 원천이며 겸손과 다툼이 없음(不爭)의 상징이다. 물은 위에서 아래로 흐르고 더러운 것을 정화시키며 방해물도 마다치 않고 때와 장소, 그리고 환경도 개의치 않으며 묵묵히 흘러 저 넓은 바다를 만든다. 겸손, 유유자적, 극기를 가르쳐주는 교훈이다.(출처: 노자『도덕경』8장)

오늘의 명언

2017. 01. 24.

지옥행 대상자

1. 탐욕과 분노자.

2. 기만행위자

3. 살인자, 중상모략자

4. 노름으로 재산탕진자

5. 고리대금업자

6. 혼음동성애자

7. 탐관오리

8. 은인과 조국 배반자

* 교만, 질투, 분노, 나태, 인색, 탐욕, 배신은 지옥행 대상자 라네요.(출처: 단테『신곡』지옥 편)

오늘의 명언

2017. 01. 25.

1. 돈을 잃어버리는 것은 아무것도 잃어버리는 것이 아니다.
2. 용기를 잃어버리는 것은 인생의 많은 것을 잃어버리는 것이다.
3. 그러나 명예와 신용을 잃어버리는 것은 전부를 잃어버리는 것이다.(* 출처~2013년 작고하신 안병욱 교수의 저서『인생론』)

막가파가 지배하는 대한민국

2017. 01. 25.

동방예의지국인 대한민국이 사라진 지 오래다. 특히 국민의 대표기관이며 대표자인 국회의원의 막말은 어제오늘의 문제가 아니다. 유명 누드화에 박근혜 대통령의 얼굴을 합성한 대통령성 모독 사진이 신성한 국회의사당에 전시되었다. 마네가 통곡할 것이다. 민주당 표창원 의원이 주최자의 한 사람이란다. 그는 경찰대 교수 출신 초선이다. 인간이기조차 포기한 사람이다. 그러면서 사과는커녕, 표현의 자유로 둔갑시키고 있다. 저질의 초 대표급 막가파이다. 막가파, 쌍놈들이 지배하고 있는 대한민국이 처량하다. 당장 국회의원직을 박탈해야 한다.

대한민국호의 항해길

2017. 01. 27.

지금 우리 대한민국의 운명은 백척간두에 서 있다. 대통령 탄핵 사건으로 촛불과 태극기로 국민과 국론이 양분되고 엄중한 대통령탄핵 소추를 결정해 놓고 탄핵 사유에 대한 증거를 찾기 위해 국회 청문회, 검찰 조사, 법원의 재판, 특검 조사, 헌재의 심판이 진행 중이다. 절차상 탄핵 사유의 유무를 결정 후 국회의 탄핵소추를 결의해야 함에도 이를 무시했다. 사형집행 후 판결문 작성을 위해 증거를 찾으려고 호들갑을 떠는 행태와 같다.

대통령 탄핵은 당시 새누리당 소속의원들이 만들어낸 흉측한 작품이다. 대통령 탄핵으로 대통령과 대한민국이 유폐되어 국정이 마비되고 국론이 양분되며 북핵 미사일도, 미국, 중국, 일본 등 국제관계도 나 몰라라 하는 사태에 와 있다. 여야 양쪽에서 깜도 안 되는 대선 잠룡, 도룡뇽들이 국가와 국민을 외면하고 헛소리만 외쳐 대고 있다. 이들이 대통령이 된다면 우리들은 지구를 떠나야 할 것이다.

여당이었던 새누리당이 둘, 셋으로 갈라져 반목하고 그중 62명의 대통령탄핵 소추에 찬성하는 배신자들이 중심이 되어 바르고 따뜻하다는 소도 웃을 바른당?을 창당하는 추태를 벌였다. 이들은 새누리당 시절 대통령과 사진 한 장 찍고 싶어 안달하며 선거의 여왕 박근혜를 등에 업고 금배지를 달고 특권을 누려온 사람들이다. 당원 시절 쓴소리는커녕 한마디 건의도 없던 못난 무리들이 석고대죄는커녕 일말의 반성과 사과도 없이 의리를 배반하고 대통령에게 칼을 휘둘러 대는 망나니로 변신했다. 이들을 이 난국의 원흉으로 역사는 기록해 놓을 것이다.

헌재의 탄핵기각, 인용 결정의 후폭풍을 어찌 감당할까? 국론을 하나로 통일할 지도자도 보이지 않는다. 위기를 모르는 것이 최대의 위기이다. 촌노의 걱정이다.

오늘의 명언

2017. 01. 31.

積善之家 必有餘慶. 積不善之家 必유餘殃.(적선지가 필유여경. 적불선지가 필유여앙)

선행을 쌓은 집안은 반드시 경사스러운 일이 될 것이고, 선하지 않은 행실을 쌓은 집안은 반드시 재앙이 있게 될 것이다.(출처: 주역, 곤괘 문언 전)

이웃사촌

2017. 02. 10.

먼 친척보다 가까운 이웃이 낫다는 말이 있다. 내가 1987년 서초동 1482-1 서초동 현대빌라로 이사해 8년을 살면서 사업하시는 이석우 회장 댁과 옆집 이웃을 하게 되었다. 그분 내외는 이북에서 월남하신 분으로 친척이 별로 없는 분이시다. 당시 현대빌라는 마당이 있고 옆집과는 작은 사철나무의 낮은 담장이 있었다. 시간이 지나면서 우리와 그분 댁과는 자주 만나고 집에서, 밖에서 식사도 자주 하곤 하며 여름철 저녁에는 뜰에 나와 차를 마시고 담소를 나누면서 우정이 두터워졌다.

누가 제안했는지? 우리는 담장을 없애기로 하여 두 집 마당을 합쳐 넓은 정원을 갖게 되었다. 세월이 흘러 우리는 가까운 곳으로 이사를 했지만, 우정은 계속 유지해 왔다. 몇 년 전에 이 회장께서 돌아가시고 부인께서도 치매로 고생하시고 있어 안타까움을 느끼고 있다. 두 아들 중 큰아드님은 성대 공대 교수로, 작은아드님은 사업을 착실하게 하고 있다. 이진원 사장이다. 지금도 우리 아들들과 대를 이어 우정을 나누고 있으며 가끔 나에게도 사업에 대한 자문을 요청하기도 한다. 크게 도움을 주지 못하지만 기쁘게 생각하고 있다. 두 가족 간의 우정을 잊지 못하고 좋은 추억으로 간직하고 있다.

좋은 이웃은 행복의 하나다. 전국이 아파트 숲을 이뤄 옆집과의 왕래가 두절되고 엘리베이터에서 마주쳐도 목례도 없는 살벌한 이웃이 되고 있다. 나는 남녀노소를 가리지 않고 먼저 인사하며 슬며시 인사 캠페인을 벌이고 있다. 위급할 시, 기타 도움이 필요할 때에는 든든한 이웃사촌이 있어야 하지 않을까?

정세균 국회의장의 무책임, 무능력

2017. 02. 11.

지금 대한민국의 운명이 백척간두에 서 있다. 대통령탄핵은 국회 소추 결의로 헌재 심판 중에 있다. 국회가 만들어낸 대통령 탄핵문제로 국론이 분열되고 광화문 촛불집회와 대한문 태극기 집회가 탄핵결과에 승복치 않겠다는 것을 천명하고 있다. 여야 정치인이 부추기고 대선전에 이용하고 있다. 오늘은 더불어민주당 의원 전원에게 촛불집회 참가동원령까지 내렸단다.

헌재의 결정은 헌법과 법률에 따라 공정하게 판결하고 국민은 이에 승복해야 함에도 야당 대선후보인 문재인 씨는 탄핵이 기각되면 혁명이 일어날 것이라고 헌재를 겁박하고 있다. 탄핵이 인용되도 혁명이 일어나지 않는다는 보장도 없다. 탄핵결과는 국가의 운명에 치명타를 줄 수 있다. 국회는 국민의 대표기관이며 민의의 전당이며 이의 수장은 정세균 의장이다. 탄핵소추 결의 2개월이 경과했다. 그간 국가가 탄핵 위기에 처해 있음에도 국회의 존재도 보이지 않고 국회의장도 어떤 조치도 반응도 없다. 여야당 대표와 위기 극복을 위해 회담조차 없다. 여야 정치권 및 국민에게 간절한 호소문 한 장도 없다. 중립을 지킬 의무도 잊고 친정집 챙기기에 바쁘십니까,

지금의 위기를 모르고 있는 것이 최대의 위기라는 사실을 모

르고 있다. 대통령의 직무가 정지되고 총리가 직무대행, 헌재 소장도 직무대행 중이다. 대한민국이 직무 중지 상태이다. 국회의장의 무책임, 무능의 극치가 가져올 사태는 그 누구도 예측하기 어렵다. 고 이만섭 국회의장이라면 이렇게 하시지는 않았을 것이다. 정 의장님! 지금 어데 계십니까? 세균감염으로 병원에 입원중이십니까? 국민들이 찾고 있습니다.

배고픔을 아시나요

2017. 02. 13.

우리의 5천 년 역사는 외침과 가난의 역사였다. 950여 회의 외침, 초근목피로 연명해 왔던 우리 국민이었다. 나는 광복의 해 1945년 4월에 시골 농촌 초등학교에 입학했고 6학년에 6.25 한국전쟁이 발발하여 초등교시절 몇 달간씩 일제, 인공시대를 거치며 추위와 배고픔을 이겨내고 전쟁 중 중학교를, 정전 후 고교를 거치고 대학진학, 재학 중 4.19와 5.16을 맞고 졸업 후 군에 입대, 33개월 복무 후 사회에 진출하여 지금에 이르고 있다. 지금도 잊지 못할 일은 배고픔이다.

점심 도시락도 어렵던 어린 시절이 생각난다. 직장 생활 시

1969년 수·토 양일 분식의 날, 학교에서는 잡곡 도시락 검사, 쥐 잡기 운동 등 절미운동이 벌어지기도 했다. 가난을 극복하기 위해 당시 박정희 대통령께서 1969년 농촌진흥청 허문회, 김인환 박사에게 신품종 벼 개발을 지시하여 71년 통일벼 개발이 성공한다. 기존의 쌀 수확량의 2~3배를 생산하여 1974년 식량(쌀) 자급자족에 성공한다. 이후 산업화가 성공하여 나라가 부강해지고 국민들의 생활이 향상된다.

1990년대 이후 통일벼 쌀은 밥맛이 없다고 밥상에서 퇴출되고 맛있는 지금의 새로운 쌀이 등장한다. 인구감소와 빵, 면류 등 대체 식단으로 쌀이 남아돌아 농민 보호 차원에서 직불금 제도가 도입되고 절대농지 폐지도 거론된다. 보관료도 문제란다. 격세지감의 즐거운 비명을 지르고 있다. 작년 쌀 생산량은 430만 톤, 국민 1인당 쌀 소비량은 70㎏ 이하로 전체 소비량은 350만 톤 이하다. 남는 쌀은 80만 톤 중 가공식품 소비량을 제외하고도 5~60만 톤이 남아돌고 이월 재고를 감안하면 100만 톤 이상을 보유하고 있다.

허기진 배를 움켜쥐고 잘살아 보세를 외치고 토요일, 일요일, 퇴근 시간도 모르고 일했던 우직한 우리들의 세대. 독일, 중동, 월남에서 피와 눈물 그리고 땀으로 세계 10대 경제 대국을 이룩한 기적의 대한민국이다. 지금 살 만하니 분열하고 갈등하고 쌈박질에 여념이 없는 현실이 참담하다. 북한은 어제노 란도미사일을 발사하여 우리를 위협하고 있다. 핵 포기하고 남아도는 쌀을 지원 받아 배고픈 국민 먹여주고 통일 이루는 지혜를 발휘하기를 기대해 본다. 배고픔은 배고팠던 사람만이 안다. 올해가 광복 72주년. 내가 생생히 기억하고 있는 72년 여정이 한국 현대사의 일부일 수 있다.

금년에 통일된다

2017. 02. 21.

2017년 한반도가 통일될 것이라는 글을 페이스북에 올린 바 있다. 2014년 9월 서남부 유럽 여행 당시 포르투갈 성모 발현의 성지인 파티마에서 성모님께 깊은 기도를 올렸다.

금년이 성모 발현 100주년이 되는 해다. 북한은 휴전 후 60년 동안 지속적으로 도발해 왔고, 2000년대 이후 핵과 미사일로 우리와 우방을 위협하고 내부적으로는 숙청을 지속해 왔다. 지난 13일에는 이복형인 김정남의 독살도 감행했다. 북한의 자체 붕괴, 미국 트럼프 대통령의 북한 선제공격도 시간문제라고 보고 있다. 지금 국내 분열과 종북 좌파들의 행태를 정리하는 방안은 북한 정권의 괴멸이다.

1990년 독일 통일도 예상치 않게 이뤄졌다. 이 혼란은 위대한 대한민국을 재탄생시키기 위한 시련이다. 꿈을 버리지 말자. 금년에 통일된다.

헌법과 법률에 따라야 한다

2017. 02. 21.

헌재의 탄핵 심판을 두고 재판관들의 결정 이전에 SNS에서 결정 내용이 떠돌고 있다. 재판관들의 성향에 따라 4:4 기각, 6:2 인용 등 터무니없고 허무맹랑한 일이 벌어지고 있다. 이유가 어떻든 간에 헌재에 대한 불신, 소추인과 피소추인 측은 물론이고 국민들도 양분되고 있으며 정치권은 대선에 이용하고 있다. 탄핵 심판의 결과는 예상치 못한 핵폭탄급의 국가 위기를 자초할 수 있다. 헌재는 재판관들의 성향에 따른 심판이 아닌 헌법과 법률에 따라, 교황 선출 방식으로 기각이든 인용이든 만장일치의 심판을 기대해 본다.

박 대통령 취임 4주년

2017. 02. 25.

오늘이 18대 박근혜 대통령 취임 4주년 되는 날이다. 33년 만에 청와대에 귀환한 날이기도 하다. 대통령은 79일 동안 청와대 관저에 유폐되어 있다. 국회 탄핵 가결 전 임기 내 사퇴 제안도 무시되고, 광화문 촛불 집회는 하야를 주장하고 있다. 헌재 심판 중에도 하야, 탄핵 인용을 주장하고 있다. 그런가 하면 여야 정치권에서는 탄핵 심판 선고 전 사퇴가 거론되고 있다. 국론 분열, 사회 혼란을 자초한 당사자들이 탄핵 선고를 앞두고 국민을 또다시 혼란케 하고 있다. 지금 대통령의 자진 사퇴는 촛불에 굴복하는 모양새가 되어 명분이 없으며, 애국태극 집회 연대의 주장에도 반하는 진퇴양난에 있다.

대통령께서는 지금 어떤 생각을 하고 계실까? 탄핵 기각으로 대통령직 복귀냐, 인용으로 장엄한 순교를 하느냐, 선택이 남아 있다. 중대한 결정은 기본과 원칙에 의해야 한다는 역사의 교훈을 타산지석으로 삼아야 한다. 탄핵 결과의 후폭풍이 큰 걱정이다.

대통령 탄핵소추위 권성동 위원장 생각

2017. 02. 27.

권 위원장은 새누리당 강릉 출신 국회의원이며 법사위원장이다. 지난해 12월 9일 박 대통령 탄핵 결의를 주도하고 헌재에 소추해 소추위원장이다. 그는 새누리당을 탈당해 신당인 바른정당에 소속해 있다.

박 대통령은 그의 이혼모이기도 하다. 그동안에도 이혼모를 호적에서 제적해야 한다고 주장해 왔고 오늘 오후 2시 헌재 최후 변론을 한단다. 정치에서는 도덕 윤리가 없다지만 인간적으로 자기 부모를 내쫓는 데 앞장서는 모습은 왠지 부도덕함이 느껴지고 씁쓸하다.

권 위원장은 오늘 헌재 법정 최후 변론에서 양심적으로 떳떳할까? 개인적으로는 패륜적인 행위이다. 선거 시 박 대통령과 같이한 사진 한 장을 보면서 정치판의 모습을 엿볼 수 있었다. 최소한 권 의원이 소추위원장만은 거절했어야 한다는 아쉬움이 있다. 춘원 이광수 소설『마의태자』에 적힌 '의리 없는 친구보다 의리 있는 원수가 낫다'는 구절이 떠오른다.

권 위원장님. 최후 변론에 임하면서 개인적인 심정도 언급해 주시리라 생각합니다. 탄핵 결과의 후폭풍이 겁이 납니다. 이를 어찌 감당하시렵니까?

세상이 하 수상하다

2017. 03. 01.

'세상이 하 수상하다.'

조선조 인조 때 병자호란 당시 척화파인 문신 김상헌이 청국으로 끌려가면서 남긴 아래 시조 내용 중 한 문장이다.

가노라 삼각산(三角山)아, 다시 보자 한강수(漢江水)야
고국산천(故國山川)을 떠나고자 하랴마는
시절(時節)이 하 수상(殊常)하니 올동말동하여라.

하 수상은 매우 어지럽다는 뜻이다.

당시 처참하고 처량한 세태를 엿볼 수 있는 시조다.

사드 배치는 북한 핵미사일 방어용

2017. 03. 07.

한반도에 사드를 배치할 장소 결정이 마무리되었다. 이미 미군은 사드 관련 장비가 도착해 상반기 중 배치를 완료할 것으

로 보인다. 그동안 중국은 중국에 진출한 한국 기업에 대한 보복과 한국 여행까지도 금지하는 등 치졸한 짓거리를 감행하고 있다.

북한은 2월 12일 신형 북극성 탄도미사일 발사에 이어 3월 6일 아침에 동해상으로 탄도미사일 4발을 동시 다발적으로 발사하는 무력시위를 감행했다. 북한의 핵미사일 방어용인 사드 배치 명분이 확인되고 있으나 중국의 반대와 국내 야당의 반대 특히 대권 후보인 문재인 씨는 반대 이유를 명확히 밝히지 않고 북한의 핵미사일 도발에는 눈을 감고 각종 지원 및 대화를 주장하고 사드 문제는 다음 정권으로 넘기란다.

다음 대통령이 당선되면 무효화시키겠다고 솔직히 말하시라. 문재인 씨의 국가관은 무엇인지 도저히 알 수 없다. 금년 대통령 선거는 보수 우파냐, 종북 좌파냐의 싸움이다. 사드 배치 찬반으로 당락이 결정 날 것이다. 안보는 국민의 생명이기 때문에 지켜야 할 최고의 가치다.

대통령 7시간

2017. 03. 08.

2015년 4월 16일 세월호 사고 당일 대통령 7시간에 대하여 동침설, 굿판설, 성형수술설 등이 2년 동안 국민의 입에 회자되었다.

90일 동안 특검이 수사하고 어제 박영수 특검은 7시간 의혹을 확인할 수 없다는 발표를 했다. 확인할 수 없다가 아니라 사실이 아니다라고 발표해야 맞다. 2년 동안 대통령 7시간 의혹이 탄핵 사유의 하나로 금명 간 헌재 판결을 기다리고 있다. 국가원수 이전에 여성에 대한 폭력적 모욕은 대한민국의 수준을 가늠하는 부끄러운 사건이다. 현직 표창원 국회의원은 박 대통령 누드화를 국회의원회관에 전시하고 표현의 자유라는 낯 두꺼운 변명을 일갈했다. 어쩌다 동방예의국가가 한순간 쌍놈국가. 막가파 국민으로 급조되었는지? 한심하고 비통하다.

대통령 파면 헌재 판결문

2017. 03. 16.

법관은 판결로 말한다고 한다. 헌재 판결문에 대해 많은 비판이 쏟아지고 있다. 재판에서 가장 중요한 것은 증거와 피고인의 고의 유무, 공정한 재판 진행 과정이다. 이번 헌재는 소추인 측의 소추 결의 형식과 절차를 외면하고 피소추인 측 변호사의 변론을 충분히 들어 주기는커녕 감정적 불쾌감을 노정하기도 했다. 신속성과 공정성을 강조한 헌재는 공정성은 뒤로 내려놓고 벼락치기 판결, 신속성만 이루었다.

공무원 임명권 남용, 언론의 자유 침해, 생명권 보호 의무 위반은 증거 불충분, 사법적 판단 대상이 아니라고 판단하고 뇌물죄는 다루지도 않고 최순실 국정 개입과 권한 남용 1개 사유로 최 씨의 이익을 위한 대통령의 지위와 권한 남용, 두 재단 설립으로 최 씨가 이 재단을 장악케 하고 사익 추구를 도왔고 출현사의 재산권 침해, 경영권 방해 등 헌법과 관련법을 위반하고 국민의 신임을 배반했으며 헌법수호 의지가 없으므로 파면한다. 이것이 판결요지다.

헌법 84조 현직 대통령 형사 불소추권을 무시하고 검찰, 특검 수사에 응하지 않고 청와대 압수수색을 방해했다는 내용을 담았다. 검찰 조사와 압수수색 불응은 합법적임에도 불구하고 이도 법 위반으로 보았다. 대통령의 헌법 수호 의지 판단, 국민의 신임 등 근거 없이 추상적이고 임의적으로 판단했다. 대통령의 의지? 어떤 국민의 신임인가? 최 씨에 대한 검찰 공소장 내용을 확인 없이 복사본으로 탄핵 심판에 인용한 것은 큰 오류 중 하나다. 재판에서 가장 중요시하는 증거재판주의와 자유심증주의의 조화 구현도 도외시했다. 증거는 진실, 자유심증은 재판관의 양심과 판단 능력이다.

대통령 탄핵 심판뿐만 아니라 일반재판도 충분한 당사자의 변론, 방어권을 보장하여야 하며 판결 시한을 특정 재판관 임기 내로 하겠다는 전제로 졸속과 불실을 자초한 탄핵 심판이다 심리부진·법 적용의 오류로 헌재는 책임을 면치 못할 것이다.

비법조인조차 헌재 판결문을 조목조목 비판하고 있다. 법의 해석에도 만장일치는 가능치 않다. 재판은 법과 양심에 따라 심판한다. 대통령 파면을 법과 양심 100% 일치·8/0 가결은 헌정사는 물론 역사의 오점으로 남을 것이다. 8인 재판관들의 해명이 있을까? 판사는 판결로 말한다고 하겠지요. 거짓이 아닌 진실을 말해야 한다.

그만 멈추어라

2017. 03. 16.

대통령 탄핵 사건으로 국론이 두 갈래로 갈라져 5개월 이상 촛불과 태극기의 대결은 헌재의 파면 결정으로 제1막이 내렸다. 박 대통령은 사망하고 호적도 정리됐다. 헌재 결정에 승복은 청와대에서 나옴으로 실행되었고 남은 진실 규명은 계류 중인 검찰 수사와 법원판결로 밝히겠다는 뜻으로 보면 된다. 검찰이 21일 소환 통보를 했다. 파면 후에도 말이 많다. 청와대에서 왜 빨리 안 나오느냐?고 아우성치고 서울법대 조국 교수는 하룻밤 방값을 내야 한다고 주장도 하고 당장 구속도 하란다.

그래도 1,600만 명의 지지를 받아 당선된 전직 대통령이다. 죄는 미워하되 사람은 미워하지 말라는 말이 무색하다. 최소한의 예의와 도리는 있어야 한다. 대통령 소환일에 포토라인에 세우는 모습을 세계만방에 알리기 위해 중앙지검 입구에 카메라 설치대가 벌써 마련되었단다.

며느리 바람났다고 동네방네 떠들어대는 콩가루 집안, 콩가루 국가로 전락하는 모습이 처량하고 안타깝다. 국가 원로, 정치지도자도 있으련만 그만 멈추고 용서하고 힘을 하나로 합치자는 사람은 보이지 않는다. 조선조 4색 당쟁 시 부관참시를 강행했던 DNA가 이어지고 있나? 소름이 끼치고 있다.

정치권은 이런 사태 수습에는 나 몰라라 하고 정권 잡기에 여념이 없다. 당신들이 대통령 되고 나면 국민들의 돌팔매질을 면할 자신은 있는가? 인과응보라는 진리는 살아 있다. 끝은 어디인가? 이제 제발 그만 멈추자. 신물이 난다.

성균관 대성전 문묘에 모신 성현

2017. 03. 17.

1. 공자의 그외 제자 四聖,顔子.曾子.子思.孟子

2. 18현: 신라(최치원, 설총), 고려(안향, 정몽주), 조선(김굉필, 정여

창, 조광조, 이언적, 이황, 김인후, 성혼, 이이, 조헌, 송시열, 송준길, 김장생, 김집, 박세채)

비고: 성균관에서는 매년 춘추 석존제를 올리고 신입생, 졸업생들이 고유례를 올린다. 지방향교에서도 이분들을 모시고 같은 행사를 하고 있다.

淸富思想

2013. 03. 19.

과거 조선조 시대에는 淸貧을 강조했다. 황희정승의 청빈이 그 시대의 덕목이었다. 500년 전 시대의 잣대로 지금을 재단해선 안 된다. 작금의 시대는 세계화 시대이다. 경쟁과 효율이 지배하는 자본주의 시장경제를 거부할 수 없다.

정치, 경제, 사회 지도자들이 현직에서나 퇴임 후에서 해야 할 사회적 과제들이 산적해 있다. 국가와 사회로부터 얻은 경험과 지식은 나 자신의 독점소유권이 아닌 국가 소유의 지적 재산권이다. 얼마 전에 퇴임한 김 모 중앙선관위원장의 사생활이 언론에 보도되어 신선한 충격을 주고 있다. 전관예우로 몸살을 앓고 있는 시기에 큰 뉴스거리인 건만은 틀림없다. 부인이 운영하는 편의점에서 물건을 나르는 일이 보기에 좋았다. 한편 전 대법관이며 중앙선관위 위원장이 해야 할 일이 개인 사업을 떠나 더 큰 국가와 사회를 위해 해야 할 일이 이것으로 제한된다는 점에 아쉬움을 느낀다. 파트타임 일자리를 뺏는 결과를 초래해선 안 된다. 더 큰 일을 구상해보시기를 기대해 본다. 깨끗한 부의 창출, 淸富 사상이 정착되고 부자가 존경받는 사회가 되기를 기대해 본다.

법과 언론은 정의로운가?

2017. 03. 19.

민주국가에서 법과 언론은 권력의 독주와 전횡을 막는 제도적 장치이다. 죽은 권력이 아닌 살아 있는 권력에 대한 제동장치로서 법과 언론이 제 기능을 수행해야 법과 언론이 정의로운 존재가 되는 것이다. 그러나 우리의 법과 언론은 산 권력 편에서서 죽은 권력을 탄핵하고 소추하며 재판해왔다. 시체에 대한 심판을 부관참시라고 한다. 죽은 권력을 법의 심판에 올리는 것이 현대판 부관참시이다. 죽은 권력을 난도질하는 것이 정의일까? 살아 있는 권력에 바른 소리를 하고 바른 재판을 하는 것이 법과 언론이 해야 할 기본임에도 살아 있는 권력의 시녀 노릇 하다가 죽은 권력이 되면 새 권력에 아첨하고 기대며 부관참시에 앞장서는 법과 언론은 과거가 아닌 지금도 못된 버릇을 자행하고 있다. 국민이 법과 언론을 불신할 때 국가의 정체성이 훼손되고 사회 혼란은 불가피하다.

법과 언론은 과연 정의롭고 법을 집행하는 사람들과 언론인들은 정의로운 존재인가?

스스로 판단해야 할 것 같다. 법과 언론은 정의로운가? 다시 반문해 본다.

劉備(유비)의 생각

2017. 03. 21.

유비는 중국 삼국시대 촉한의 제1대 황제입니다. 삼국지의 어느 대목이 생각납니다.

유비가 장마로 불어난 냇물을 어렵게 건너갑니다. 반쯤 건넜을 무렵 뒤쪽에서 어떤 노인이 힘들게 소리칩니다. 자기를 도와달랍니다. 착한 유비는 다시 돌아가 노인을 업고 개울을 건넙니다. 거의 다 건널 무렵 노인은 숲속에 보따리를 놓고 왔다고 사정을 말합니다. 유비는 제자리로 다시 건너갑니다. 숲속을 뒤지던 노인은 아마도 보따리는 집에 놓고 온 것 같답니다.

늙으면 정신이 오락가락한다고 미안해합니다. 그래도 싫은 내색 없이 노인을 업고 냇물을 다시 건너드립니다. 노인이 묻습니다. "왜 한마디 불평이 없느냐?" 유비가 대답합니다. "왔다 갔다 한 노력이 아까워 다시 건너 드렸습니다." 노인이 한마디 합니다. "노력한 것을 떠들어 대지 말게!" 유비가 대답합니다. "애쓰고 노력한 것은 자꾸 잊으려 합니다. 그래야 또다시 새로운 노력을 하게 될 터니까요!"

요즘 유비 생각이 많이 납니다.

매천야록

2017. 03. 22.

『매천야록(梅泉野錄)』은 매천(黃玹)이 조선조 말 개화와 망국의 역사를 기록한 역사서다. 1864년(고종 원년)부터 1910년(순조 4년)까지 47년간의 역사를 편년제로 서술한 역사책으로, 6권 7책으로 된 허경진 씨의 번역본이다.

이 시기 조선은 외세의 침략과 개화와 척사와 갈등 속에서 망국의 길을 걸어가고 있었다. 황현은 이러한 시대를 살면서 민족의 존망을 걱정하며 당대 지식인으로 역사를 기록했다. 대원군의 정치와 명성황후와의 반목, 민씨들의 부정부패와 가렴주구, 외세의 침입과 민족의 항거, 개화, 동학의 봉기와 의병의 투쟁, 고종과 순종의 무능력, 지배층과 외세에 시달린 민중의 수난, 강제적인 을사조약, 한일 합방까지 숨 가쁜 역사를 기록해 놓은 역사서다.

황현은 융희 4년 1910년 4월 3일 군청에서 합병령이 발표되자 그날 밤 아편을 먹고 이튿날 운명했다. 그는 시 네 수를 남겼다. 그 시의 뜻은 다음과 같다. '마지막 시에서 내 일찍이 나라를 버티는데 서가래 하나 놓은 공도 없고 겨우 인을 이뤘을 뿐 충을 이루지 못했구나. 나라가 망했는데 자결하는 한 사람이라도 있어야 하지 않는가?' 그의 비장한 순국 정신과 지금 대한민국에서 전개되는 정치 현실이 어쩜 조선조, 한말의 재판이 아닌가? 기우이기를 바란다.

롯데월드타워

2017. 03. 29.

1. 개요

1) 규모: 높이 555미터. 지하 6층 지상 123층.

2) 연면적 80만 5,872제곱미터.(축구장 115개 규모)

3) 대지 면적 8만 7183 제곱미터

4) 착공일: 2010년 11월

5) 개장일: 2017년 4월 3일 예정

6) 타워 무게: 75만 톤

7) 투자금: 4조 2,000억 원

2. 타워건축

내부구성 및 경제효과: 롯데월드타워는 세계에서 다섯 번째로 높다. 공사 기간 중 연인원 500만 명이 투입되었고 철골 5만 톤, 콘크리트 22만 제곱미터, 레미콘 40여만 대가 동원되었다. 규모 9 강진에도 안전함. 승강기 61대 중 19대가 대피용으로 정전 시 비상 발전기로 전원 공급함. 순간 초속 80미터 강풍에 안전함. 층별로 금융센터, 메디컬센터, 피트니스 센터 등 복합서비스시설. 프라임 오피스, 업무와 사교, 거주와 휴식, 6성급 호텔 서비스를 제공하는 레지던스. 최고 높이와 최고급 호텔이 들어선다. 전망대인 서울 스카이에서 서울 전역은 물론 인천 앞바다, 송도 신도시, 아산만, 당진제철소까지도 관망할 수 있단다.

공사 기간 중 일평균 3,500여 명이 투입돼 고용 창출 효과를 거두었고 향후 취업 유발 인원도 2만 명을 상회할 것이며 창출되는 경제효과는 한 해 10조 원으로 추산하고 있으며 한국의 관광산업을 선도하는 계기가 될 것으로 전망하고 있다. 건축허

가단계서부터 공사 중 우여곡절이 많았지만 이를 극복하고 공사를 마무리하고 전관을 오픈하는 한국의 랜드마크 '롯데월드타워'의 개장을 축하하며 미래의 먹거리 서비스 산업 발전에 크게 기여할 것으로 기대해 본다. 외국에서 돈 벌어 국내투자로 산업화에 기여한 애국 롯데그룹의 영원한 발전을 기원한다.

남아공 넬슨 만델라 대통령을 생각한다

2017. 04. 02.

남아프리카 공화국은 815년 영국 식민지배에서 1961년 독립했다. 만델라는 최초의 흑인변호사이며 인권운동가로 감옥생활 27년을 했지만, 인간의 존엄과 긍지를 지키며 미래에 대한 희망을 잃지 않고 갈등과 대립보다 화해와 포용, 용서를 실천한 분으로 1993년 노벨 평화상을 수상하고 이듬해인 1994년 대통령에 당선, 1999년 임기를 마쳤다. 남아공뿐 아니라 세계의 정신적 지주로 존경받고 2013년 12월 5일 95세로 타계했다. 27년 감옥 생활을 끝내고 정적도 용서하고 화합과 평화를 이끈 만델라. 지금 우리의 정치 현실을 보면서 문득 걸출한 '넬슨 만델라'가 생각난다. 한국의 만델라는 언제 나타날 수 있을까? 기대해도 될까?

평택 통신

2017. 04. 03.

섬성전자는 경기도 평택 고덕산업단 내 총 283만 제곱미터 규모의 삼성단지 중 79만 제곱미터에 첨단 반도체 1기를 건설 중인 바 금년 내 완공 가동 예정이란다. 15조 원을 투자하고 남은 부지도 추가 투자 활용 계획이란다. 15만 명 고용, 40조 경제 효과가 유발될 것으로 예상한다.

삼성전자는 국내 경기 기흥·화성, 미국 오스틴, 중국 시안에 반도체 생산 벨트를 이뤄 운영하고 있다. 이번 평택 사업장 건립으로 기흥, 화성, 평택으로 이어지는 세계 최대 규모의 최첨단 반도체 클러스터를 구축해 세계 반도체 산업 메카로서의 입지를 더욱 공고히 하게 될 전망이며 평택 사업장이 삼성 반도체의 미래의 핵심적 역할을 하게 될 것이다.

금년 들어 수출 실적 증가는 반도체, 디스플레이, 휴대폰이 효자 노릇을 했단다. 30년 전 반도체 생산계획을 추진한 삼성 창업주 호암 이병철 회장의 혜안과 추진력에 감탄하지 않을 수 없다. 당시 삼성은 반도체 때문에 망한 것이라는 반대도 비등했다. 10대 경제, 7대 무역 대국의 1등 공신, 대기업 창업자들, 국민의 피와 눈물 그리고 땀을 어찌 잊을 수 있겠는가?

비정규직, 청년 실업 대책은 창업·기업 활성화다. 기업 죽이기,

옥죄기를 멈춰야 기업이 산다. 기업이 살아야 나라가 산다.

장학금 전달식

2017. 04. 03.

오늘 오후 17시, 모교 법학관에서 장학금 전달식을 가졌습니다. 학업 성적은 우수한데 가정 형편이 그리 넉넉지 않은 학생이 대상으로, 선발을 학교에 위임한 결과 로스쿨 1학년생인 박성용 학생이 선정되었습니다. 이 학생에게 입학금과 등록금 전액을 전달하는 행사를 성대히 가졌습니다.

본인의 기탁한 1억 1,000만 원을 기본 기금으로 매년 1~2명에게 장학금을 지급하고, 추가로 기금을 증액할 계획입니다. 한용교 장학금 전달식을 함께한 후 교수, 행정실 직원, 장학금 수령자와 맛있는 저녁을 같이했습니다. 작은 베풂이지만 기분이 좋습니다.

대선 후보들의 현충원 참배

2017. 04. 05.

각 정당 대선 후보들이 현충원, 봉하마을 전직 대통령의 묘소를 찾아 분향하고 참배하고 있다. 평소에는 자기들 입맛에 맞는 대통령에게만 참배했던 저들이 국민 통합을 부르짖으며 참배에 바쁘다. 국민 통합보다 한 표라도 더 얻으려는 얄팍한 심리를 눈치 빠른 국민들은 알고 있다.

대통령 되겠다는 지도자들이 이래선 안 된다. 대선 선거철만 참배받고 평소에는 비판의 대상이며 존경은커녕 욕이나 먹지 않으면 다행인 전직 대통령님들! 하늘나라에서 어떤 말씀을 하고 있을까? 정파 논리로 참배가 나뉘는 대한민국의 속 좁은 대선 후보님들 자격 있나?

인과응보의 진리는 변함없다는 사실을 기억하시라.

미래의 쌀, 탄소섬유 개발

2017. 04. 07.

오늘 오전, 모교인 성균관대학교 수원 자연캠퍼스를 방문해 탄소섬유 관련 교수님들을 만나 향후 기술 지원, 기타 산학 협력 방안을 협의했다. 유지범 부총장님, 이준영 공대학장님, 서종환 교수님, 남재도 교수님 등 이 분야의 전문 학자분들의 기술 자문이 기대되었다. 대학 내에 있는 공동 기기원의 활용은 물론이고 특허, 금융 등에 관한 정보도 누적되어 있다. 나노연구센터 내 최신 3D 장비가 눈길을 모았다.

당사 ㈜대환에너지는 탄소섬유 연구 개발을 통해 건축용 탄소섬유 발열보드, 농업용 시설하우스 지중난방용 제품, 발열매트, 찜질방용 보드, 방한의류, 장신구 제품에 제공되는 소재생산 전문 기업이다. 에너지 효율. 안전성, 기능성 등 복합 대체 소재로 각광받을 것으로 기대하고 있다. 안성 공장에는 탄소사, 코팅 제조기, 발열보드 생산 기계, 재직기 등 시설과 관련 특허 및 ISO9001, 14001 인증을 획득해 객관적인 신뢰와 제품의 우월성으로 고객 만족에 노력하고 있다.

탄소섬유는 21세기 자본의 큰 축으로 국민의 삶의 질 향상에 기여하는 미래의 쌀로 고객으로부터 사랑받는 기업으로 성장할 것으로 확신하고 있다. 많은 지도 편달을 부탁드립니다.

인사가 만사다

2017. 04. 08.

인사는 정부나 기업에서 사람을 적재적소에 배치하는 것을 말한다. 최근에 발생한 대통령 탄핵 사건을 보면서 법적 문제 외에 청와대 참모진들의 행태에서 인사의 오류를 실감했다.

BC200년 전 중국 삼국시대 촉한의 제1대 황제 유비는 관우와 장비와 형제 결의인 도원결의를 맺고 삼고초려로 제갈량을 맞아 통일을 이룩했다. 길이 멀어야 말의 힘을 알 수 있고, 시간이 오래 지나야 사람의 마음을 알 수 있고, 천리마는 험한 곳을 달릴 수 있지만 밭을 가는 데는 소만 못하고, 견고한 수레는 무거운 것을 실을 수 있지만 강을 건너는 데는 배만 못하다는 중국 속담이 있다. 인재를 적재적소에 배치해야 능력을 발휘할 수 있다는 교훈이 아닐까? 인사는 만사다.

빌려 쓰는 인생

2017. 04. 08.

지금 내가 가지고 있는 모든 것들은 정말 내 것이 아닙니다.

살아 있는 동안 잠시 빌려 쓸 뿐입니다. 죽을 때 가지고 가지 못합니다. 나라고 하는 이 몸도 내 몸이 아닙니다. 이승을 하직할 때는 버리고 떠난다는 사실은 우리 모두가 다 아는 사실입니다. 내 것이라고는 영혼과 업보뿐입니다. 영원히 가지고 가는 유일한 나의 재산입니다. 부귀와 권세와 명예도 잠시 빌린 것에 불과합니다. 빌려 쓰는 것이니 언젠가 되돌려 주어야 합니다. 너무 많이 가지려고 욕심 부리다 모두 잃을 수도 있습니다. 마음 비워두면 채워집니다.

– 가갑손 저 '좋은 글 모음집' 중에서

자유한국당 대선 후보

2017. 04. 09.

지난 5일 한국당은 홍준표 지사를 19대 대선 후보로 확정했다. 홍 후보는 전략과 전술은 없고 전투만 있다. 집토끼 잡기에 앞서 산토끼인 바른당과 합당, 연대 구걸에 나서고 있다. 박 대통령 탄핵 찬성과 실정 비판에 열을 올리고 상대당 후보인 문재인, 안철수, 유승민 후보에는 우호적이며 애국태극 집회에는 냉담하다.

대선 출정식을 앞두고 선대위 구성도 궁금하다. 모두를 안을 기미도 보이지 않고 분열을 자극하고 있다. 어제 방송에 나경원 의원이 첫 번째로 홍 후보를 홍보하는 모습을 보고 기가 차더라. 국민 마음을 그렇게 모르나? 바른당과 연대 특사로 선택한 나경원 의원은 누구인가? 박 대통령 탄핵 주역이며 바른당으로 가야 할 대상이다. 국민, 특히 태극 집회에서 피공격 대상 중 한 사람이다. 이유야 어떻든 많은 탄핵 반대 국민은 탄핵소추의결에 찬성한 전 새누리당 의원 62명을 배신자로 주홍글씨를 써 놓고 있다. 이들이 새누리당 파괴자요, 대통령 탄핵 주범이다.

홍 후보는 대선 후보 전후 발언에 일관성이 없고 정제된 말, 품의 있는 행동도 요구되고 있다. 그가 끝까지 완주할 수 있을까도 관심사다.

강한 개인을 넘어 강한 대한민국을 만들겠다는 열정. 균형감각, 책임감 그리고 새로운 비전을 제시하고 국민을 감동케 할 전략을 제시해야 한다. 사분오열된 보수 우파를 하나로 합치고 추운 겨울 대한문 광장에서 태극기를 들고 애국가와 탄핵 반대를 외쳐 댄 수백만 명의 함성을 담을 저수지를 만들지 않고는 대선 승리가 없다는 준엄한 명령을 수습할 것이다.

지금 대한민국의 시계는 정지된 지 오래이며 동북아 정세에도 외톨이 신세이다. 나라 걱정하는 후보는 보이지 않고 권력 쟁취에만 함몰되어 국민은 서글프다. 대한민국은 국민의 피와 눈물 그리고 땀으로 이룩한, 망할 수도 망해서는 더욱 아니 되는 영원히 존재할 거룩한 조국이다.

하도 처량해 무명의 노객이 한밤중에 글을 남긴다.

동작동 현충원 참배

2017. 04. 09.

오늘 오후, 아내와 함께 작년에 이어 현충원을 찾았다. 60년대 초 군 복무 시 모셨던 이민우 장군(육군 중장, 전 국방부차관)과 박정희 대통령 내외분 묘소를 참배했다. 본인은 이 장군 수행병으로 댁에서 출퇴근하고 제대 후 그리고 한화 입사하고 나서도 결혼하기 1년 전까지 이 장군 댁에 머물렀다. 나에게는 배려해 주신 은인이시며 청렴, 덕장으로 잊을 수 없는 내외분이시다.

박 대통령 내외분 묘소를 찾아 분향 참배했다. 산업화로 국민을 잘살게 하고 민주주의의 기반을 구축한 박 대통령님. 탄핵받고 영오의 따님, 박근혜 대통령을 생각하니 가슴이 뭉클했다. 대선 후보들의 조화가 놓여 있는데 좀 거시기하더라. 나는 대선 후보가 아니어서 다른 대통령 묘소 참배는 생략했다.

이곳 현충원에는 국군장병, 국가유공자 165,000위 중 무명용사 7,000위, 납골당, 위패봉안관에 104,000위, 54,000위가 묘역에 묘비와 함께 안장되어 있다. 벚꽃, 목련, 개나리가 만개해 호국 영령들을 위로하고 명복을 빌고 있다. 유가족. 일반 시민들이 현충원을 찾고 있다.

부활절을 생각하며

2017. 04. 10.

오는 16일(일요일)이 예수그리스도가 십자가에 매달려 돌아가신 후 3일 만에 부활하신 날이다. 군중들의 대대적인 환호를 받으며 예루살렘에 입성한 예수님은 재판에 회부되어 사형선고를 받는다. 당시 예수님의 제자인 유다는 예수를 팔아넘기고, 베드로는 심문 과정에서 "나는 예수를 알지 못하오." 하며 모든 것을 부인하고, 이에 환호했던 군중들은 예수를 십자가에 매달아 죽이라고 외쳐 댄다. 빌라도는 예수님을 처형한다. 예수님은 십자가에 못 박힘을 당하시며 고통 중에 "주여 나를 버리십니까?" 절규한다. 그것을 보신 하느님은 얼마나 마음이 아프셨을까?

죄를 지고 속죄양의 길을 가야 하는 고난의 의미와 예수님의 고통을 넘어 부활의 영광을 바라보며 부활절을 생각케 한다. 지금 대한민국에서 2,000년 전 사건이 재연되는 것은 우연일까?

박 대통령 탄핵에 앞장섰던 전 새누리당 출신 62명. 청와대 참모진 및 정부 장차관, 검찰, 법원, 헌재재판관, 촛불 시민. 모두가 예루살렘 군중들이고, 유다요, 베드로가 아닌가? 박 대통령은 지금 구치소 독방에서 "하느님! 나를 버리십니까?" 하고 외치고 있으며 속죄양으로 부활의 영광을 기대하고 있을까? 비유가 부적절할지 모르지만 어쩜 범사가 예나 지금이나 같구나 하는 생각이 든다.

경영자는 시계를 만드는 사람

2017. 04. 13.

경영자는 시간을 알려 주는 사람이 아니라 시계를 만드는 사람이다. 한 번만 시간을 알려 주는 사람보다는 그가 죽은 후에도 계속 시간을 가르쳐 줄 수 있는 시계를 만드는 사람이 훨씬 가치 있는 일을 하는 사람이다. 뛰어난 아이디어를 가졌거나 카리스마적인 지도자가 되는 것은 시간을 알려 주는 것이고 한 개인의 일생이나 제품의 라이프 사이클을 넘어 오랫동안 번창할 수 있는 기업을 만드는 것은 시계를 만드는 것이다.

짐 콜린스의 책 『Built to Last』에 나오는 구절을 인용했다.

한국당의 생각

2017. 04. 13.

오늘 저녁 한국당 최고위 국회의원에게 홍준표 후보가 태극 집회의 탄핵 반대 및 자유민주주의 사수 참가자들의 지지를 받을 대책을 건의했다. 그는 태극 집회는 박근혜 지지자들의 모임이어서 별 관심이 없다는 듯이 말했다. 하도 어이가 없고 강추위에도 11번 참석한 본인은 참담했다. 지지율이 10퍼센트 이하인 한국당 고위직 의원이 저런 옹졸한 생각을 가지고 선방키는 무망하다.

후보 등록일인 15~16일 전 10퍼센트의 지지율 확보도 어려운 처지에 오만에 싸인 한국당의 앞날이 뻔해 보인다. 오만은 선거 필패의 원인이다. 백묘, 흑묘를 가리지 않고 민의를 큰 저수지에 담아도 부족한데 태극 집회 참가자들을 박근혜 지지 세력으로 매도하는 저들은 어디서 표를 얻으려는지 모르겠다.

도움 주려다 무안만 당했다. 순수하게 참가했던 우리가 위로는커녕 외면당하는 꼴이 부끄럽다. 병신들의 집합소, 한국당? 지지도 유보하련다. 홍 후보의 앞날을 기다려 보겠다.

사고 발생보다 수습이 중요하다

2017. 04. 14.

유나이티드 항공사의 초과 승객 하차 과정에서 승객의 상해 사건이 발생했다. 사건 발생 시 항공사 CEO는 자사의 잘못은 없으며 제반규정에 따라 조치했다고 발표했다.

그 후 승객은 물론 언론이 뭇매를 때리자 잘못을 시인, 사과하고 전 승객에게 요금 환불도 약속하면서 수습에 나섰다. 항공사의 시스템도 문제이지만 고객은 왕이라는 개념을 잊고 국내 항공 독점에서 나온 오만과 즉시 진정 어린 사과 실기로 인한 사건이 걷잡을 수 없는 사태를 초래한 예로 반면교사로 삼아야 할 것 같다.

고개를 숙이면 부딪치지 않는다. 그리고 사건은 다반사로 발생한다. 사고 수습이 사건 자체보다 중요하다는 교훈을 배워야 할 것 같다는 생각을 해 본다.

경영자 시대

2017. 04. 15.

경영자는 전문 직업인이며 본질은 책임, 즉 매니지먼트란 실체적인 직능, 규범, 과제다. 이 직능과 규범을 실천하고 수행하는 전문적 직업인이다. 매니지먼트의 본질은 아는 것이 아니라 행하는 것이며 논리가 아니라 성과이며 유일한 권위는 업적이다. 기업 윤리 정립, 투명성, 계속기업의 유지·발전이 경영자의 책임이다. 기업의 운명은 경영자의 경영 사고에 달려 있으며 또한 경영자의 그릇에 따라 성장도 결정된다.

경영자의 그릇은 쉬지 않고 새로운 경영 기법과 이론을 익히고, 현장 경험을 중시함은 물론이고 고객과 변화를 생각해야 한다. 이는 기업의 생존 조건이며 새로운 문화를 선점함으로써 폭넓고 튼튼한 그릇이 된다. 기업은 경영자의 그릇의 크기만큼 큰다. 기업이 곧 인간 경영자다. 21세기는 경영자 시대다.

순서가 있다

2017. 04. 15.

보수 단일화 태극기 집회에 홍준표 후보 부인이 참석해 서경석 목사에게 겨우내 고생했다고 말하고 단일화를 요청했단다. 홍 후보가 태극기 집회에 나와 석고대죄해도 받아들일지 모르는데 말이다.

그동안 홍 후보는 태극 집회에 얼굴도 내밀지 않고 동 집회는 박근혜 지지 세력이라고 몰아붙였다. 그런데 이제 급하니 부인을 내보낸 것이다. 보수 우파가 힘을 합해야 하지만 순서가 있다. 홍 후보는 대통령 탄핵을 적극 지지하고 박근혜는 춘향이 아니고 향단이라고 했던 자다. 신새누리당 탄생도, 후보 단일화 실기도 한국당과 홍 후보의 책임이다.

6개월 동안 탄핵 반대, 자유민주주의 사수 태극 집회를 잊어서는 아니 된다. 오늘 집회도 두 곳에서 따로 열었고 태극 집회 주관자들이 사분오열되어 상호 비방하는 볼썽사나운 모습에 순수한 집회 참가자들이 불쌍하다. 추운 겨울 11번 집회에 참가한 것이 후회스럽다. 보수 우파 단일화는 요원해 보이고 불가능할 듯하다. 보수는 분열로 망한다는 말이 맞는 것 같다.

봄과 꽃, 권세와 이익

2017. 04. 16.

꽃이 한 송이만 피었다면 이는 봄이 아니다. 온갖 꽃이 함께 피어야 봄이다. 만약 세상에 오직 한 가지 꽃만 있다면 그 꽃이 아무리 아름다워도 단조로울 것이다. 권세와 이익의 사귐은 오래가지 못하며, 형세로써 사귀는 자는 형세가 기울게 되면 사귐은 끝이 난다. 이익으로 사귀는 자는 이익이 다하게 되면 주위에 사람도 흩어지게 된다. 세상이 변해도 진리는 변하지 않는다.

언론은 사회적 목탁이어야 한다

2017. 04. 19.

우리 현대사에서 언론이 국민으로부터 불신을 받고 신문, 잡지 절독, 라디오, 텔레비전 시청 거부 운동으로 번진 것은 처음 있는 일이다. 정부의 3부는 감독, 감사, 감시, 조사, 심판 기능을 갖고 있으며 언론은 사회적 감시 기능이 본연의 역할이다. 언론은 사실을 진실되게 정확히 국민에게 알려야 한다.

오늘의 언론 현상은 사실의 왜곡, 오도, 과장, 편파 보도로 국민의 건전한 생각을 호도하고 있다. 그런가 하면 언론이 권력기관화해 제2의 권력으로 군림하고 있다. 언론의 자유, 국민의 사실과 진실의 알권리 보장이 민주국가 수준의 바로미터이다.

2,000년 전 그리스 역사학자이며 『로마서』 20권 집필자인 디오니시오스는 선동자에게 권력을 맡기는 것이 국가 멸망의 원인이라고 갈파했다. 언론이 선동자로, 권력자로 존재할 때 국가의 운명이 위태로워진다는 사실을 알아야 한다. 사실, 진실 보도, 정론 직필로 국민으로부터 사랑받는 언론으로 거듭나기를 기대해 본다.

사회 공헌자가 우대받는 사회

2017. 04. 21.

전 수원교차로 대표가 설립한 구원장학재단에 주식 90퍼센트 평가액 180억 및 현금 15억 원을 출연해 6년 동안 700여 명에게 장학금을 지급해 온 황필상 이사장께 100억 증여세, 미납 가산세 40억에 대한 증여세 부과 처분 취소 소송에서 7년 4개월 만에 대법원은 동 부과는 부당하다는 판결을 했단다. 증여 상속세법은 자산가들의 편법 상속 방지를 위한 법이다. 그러나 법을 천편일률적으로 적용해 선의의 기부행위까지 막는 결과를 자초했다. 기부하고 조세 범인이 될 뻔한 황이사장님이다.

법의 언어에 정직함도 지켜야 하지만 법의 정의와 법 운용의 폭넓은 탄력성, 융통성도 필요하다. 현행 세법을 대폭 수정해 사회 공헌 공급을 수용하는 계기가 되었으면 좋겠다.

세계적인 작곡가 안내

2017. 04. 22.

스페인 아랑후에즈 출신 작곡가 호아킨 로드리고(Joaquin J. Rodrigo)는 전 세계인의 애호 음악 중 하나인 아랑후에즈 협주곡(Concierto de Aranjuez)을 작곡했다. 로드리고(1901-1999)는 세 살 때 디프테리아를 앓아 실명했지만, 음악에 대한 사랑과 관심으로 점자 타자로 악보 작업 등 많은 역경을 극복한 위대한 작곡가이다. 26세 때 파리 유학 시절 만난 터키 출신 피아니스트 빅토리아 캄희를 만나 결혼한다. 그는 매일 신문을 읽어주며 그를 움직이는 힘이요 영감이었다.

로드리고는 신혼여행으로 고향 아랑후에즈를 여행한 도시의 추억과 당시 첫 아이를 유산으로 잃은 캄희를 위로하는 마음으로 이 곡을 작곡했다고 술회했다. 로드리고의 음악은 시정이 넘치고 스페인 무곡풍 리듬과 기타 독주가 오케스트라의 아련한 향수를 느끼게 한다. 이 작품은 20세기 가장 많이 편곡된 클래식 음악으로 약 50여 종의 편곡 음악이 발표되었다. 두 사람은 71년간을 함께 아름다운 사랑을 했고 아랑후에즈는 세계적인 명소가 되었다.

아랑후에즈 협주곡은 곡 제목은 몰라도 일반인의 귀에 익숙한 곡이다. 그의 작품 10곡이 담긴 CD와 해설서를 한화유통에서 같이 근무했던 정우성 상무가 주어 오늘 감상했다. 클래식 음악은 작곡가와 한 노래를 사이에 두고 시공을 초월하여 대화를 나눌 수 있는 예술이다. 클래식 음악은 언제 들어도 싫증 없어 좋다.

'고통은 정화를 위한 하나의 과정이다. 고통은 인간을 더욱 선하게 만들고 고통을 많이 받은 사람일수록 기뻐할 줄 안다. 나는 이 아름답고 심오한 역설이 어떤 종교나 철학보다도 더 가치가 있다고 생각한다.' -로드리고의 글-

경제 공동체

2017. 04. 23.

회원국 간 금융·재정 등 경제적인 분야에서 공동 정책을 수행하고 상품, 서비스 등 생산 요소의 자유로운 이동은 물론이고 공동 조세 정책과 단일 화폐의 사용 등 경제정책 통합과 정치적 연합 발전을 도모하기 위해 1993년에 출발한 유럽연합(EU)은 대표적인 경제 공동체다.

최근 검찰은 박 대통령과 최순실을 경제 공동체로 공소장에 기재·기소해 재판이 진행 중에 있다. 경제 공동체가 성립하기 위해서는 두 당사자의 자산 부채의 공동 귀속 및 수입, 지출의 공동 관리는 물론 조세 공동 부담, 상품, 서비스, 기타의 공동 거래 여부가 확인되어야 한다. 단순하고 일시적인 상품과 서비스 제공으로 경제 공동체로 규정할 수는 없다. 현행법은 사유재산과 부부재산 별산제를 인정하고 어떤 경우에도 경제 공동체를 인정치 않는 사유재산을 인정하는 자유경제 체제 국가다. 공동 경제체 문제제기는 처음 있는 낯선 용어다. 박·최의 공동 경제체 성립이 가능할까? 두고 볼 일이다.

아리랑

2017. 04. 25.

아리랑은 한민족의 가장 대표적인 민요다. 역사적으로 여러 세대를 거치면서 우리 민족의 애환이 담겨져 있는 고유 민족의 애창곡이지만 언제부터 불렸는지는 정확히 알 수 없다. 아리랑 제목으로 전승되는 민요는 60여 종, 3,600여 곡에 이른다. 대표적으로 강원도 정선아리랑, 호남의 진도아리랑, 경상도의 밀양아리랑, 경기도의 경기아리랑 등으로 내려오고 있다. 아리랑은 세계에서 가장 아름다운 곡 1위로 선정되기도 하고 뉴욕필하모니오케스트라에서 연주하기도 했다.

아리랑의 '아리'의 뜻은 '고운'이고 '랑'은 '님'이다. 아리가 고대 한국에서 곱다, 아름답다의 뜻으로 쓰인 흔적은 아리따운에서 찾아볼 수 있다. 몽골에서 '아리'는 아직도 고운, 곱다의 뜻으로 사용되고 있단다. 그러니 아리랑의 첫째 뜻은 고운 님, 둘째는 그리운 님의 뜻을 담고 있다.

1926년 나운규가 직접 시나리오를 쓰고 주연과 감독까지 맡았던 〈아리랑〉에서 주제가로 불리면서 알려지기 시작했다. 아리랑은 1953년 7월 27일 정전협정 조인식, 1991년 일본 지바에서 열린 제41회 세계탁구선수권대회에서 남북한 단일팀 참가 시, 2002년 월드컵 때도 응원가로 울려 퍼졌다. 아리랑은 우리 고유의 창으로 민족의 애환과 정서가 듬뿍 담겨 있는 우리 민족의 애창곡이다.

일자리 창출

2017. 04. 26.

청년 실업자 100만 명 중 대졸자는 50만 명, 비정규직은 700만 명으로 일자리 창출이 시급한 과제다. 대선 후보들은 2020년까지 최저임금을 시간당 1만 원으로 인상하겠다는 달콤한 포퓰리즘적인 공약에 이어 공공 일자리 81만 개 창출, 기초 연금 인상, 사병 급여 인상, 중소기업 임금 보전, 임금 체불과 열정 페이 근절 등 국민 세금으로 청년 일자리를 만들어 내겠단다.

일자리는 후보들이 만들어 내는 것이 아니라 기업이 만들어 낸다. 수년간 각종 규제 철폐로 외국자본 유치, 노동 개혁, 노동의 유연성 확보, 서비스산업 발전을 요구했으나 정부나 국회는 나 몰라라 해 왔다.

대선, 총선 때가 되면 현실과 동떨어진 한 표를 사기 위한 진통제로 불쌍한 청년들을 유혹하고 있다. 기업하기 좋은 풍토 만들어 주면 기업은 스스로 일자리 만들어 간다. 기업주 구속하고 검찰, 법원 오라 가라 하면 기업 정리 하고 편하게 살려

한다. 존경받는 기업, 보호받는 기업이 일자리 보고이다.

양심은 최고의 법정이다

2017. 04. 28.

백과사전상 양심은 사물의 가치를 변별하고 자기의 행위에 대해 옳고 그름과 선악의 판단을 내리는 도덕적 의식이다. 기독교에서는 양심을 신이 원하는 질서에 대한 의식이자 이 질서가 훼손된 것에 대한 죄의식으로 이해한다.

양심의 가책은 수백 년 동안 교회가 사람들을 지배하는 데 사용해 온 최고의 도구였다. 독일 철학자 칸트는 양심은 인간 내면에 있는 법정에 대한 의식으로 이해했다. 양심은 인간의 이성에서 이끌어 냈다. 양심은 최고의 법정이라 했다.

우리 헌법 103조는 법관은 헌법과 법률에 의해 그 양심에 따라 독립해 심판한다. 양심은 개인과 사회, 국가의 지킴이다. 양심은 자연법과 실정법 이전의 초월적 상위법이며 최고의 법정이다. 양심을 팔면 영혼을 버리는 것이다. 양심의 저울추가 균형을 잃을 때 사회 혼란이 야기되고 비양심적인 행동이 양심 법정을 무력화한다. 양심은 최고의 법정이며 최종 심판관이다.

박 대통령 탄신 100주년

2017. 05. 01.

오늘 아내와 함께 상암동에 소재한 박정희 대통령 기념 도서관을 방문했다. 가는 날이 장날이라 더니 매주 월요일이 휴관이다.

금년이 박 대통령 탄신 100주년 해다. 2년 반 만에 420킬로미터, 왕복 4차선 완전 개통한 1970년 7월 7일 경부고속도로, 국토의 동맥, 산업화 1등 공신. 야당 대표들의 반대를 무릅쓰고 개통한 경부고속도로 안내 현수막이 새로운 감회를 갖게 하고 있다. 정치 지도자의 혜안, 실천력, 애국심이 그리워진다. 지도자는 포퓰리즘으로 국민을 유혹하는 사람이 아니라 가장 애국자여야 한다.

바른정당 의원 탈당

2017. 05. 02.

바른정당 의원 13명이 탈당을 선언했다. 박 대통령 탄핵을 주도하고 새누리당을 탈당한 후 귀태, 배신 정당, 바른당을 창당한 거룩한 의원님들이다. 그중에는 추상같았던 탄핵소추위원장, 청문회 위원장, 청문회 스타들이 포함되어 있어 왠지 거시기하다. 정치 철새들의 대표급이 탄생했다.

얼굴이 이 정도 두꺼워야 하고 염치도 몰라야 정치하는가 보다. 자유한국당 입당이 아니라 정계 은퇴를 해야 마땅하다. 단 한 의원도 정계 은퇴 선언이 없다는 것이 우리를 절망케 하고 있다. 한국당 입당을 주장도 해서도 아니 되고, 입당 승인도 말고, 지난 죄에 대해 국민 앞에 먼저 석고대죄하고, 백의종군 후 홍 후보가 당선된다면 그 후에 국민의 뜻에 따라 결정하기를 기다려야 한다. 불쌍한 돌아온 탕아를 위해 기도할 뿐이다.

법률 용어 적격성

2017. 05. 03.

박근혜 대통령의 탄핵 및 특검, 검찰 수사에서 인용되는 법률 용어의 오류가 한두 가지가 아니다.

1. 헌재 심판에서 박 대통령을 파면한다, 의 결정은 탄핵을 인용한다, 가 맞다.
2. 특검에서 말한 '박 대통령과 최순실은 경제공동체이다'는 경제공동체의 정의와 내용의 무지에서 오는 오류다.

3. 공모(共謨)는 공동 모의의 준말로 두 사람 이상이 어떤 불법적인 행위를 하기로 합의하는 뜻이다. 박 대통령과 최순실 국정 농단 사건, 문광부 블랙리스트 작성 등에 대통령이 청와대 참모들과 공모했다고 검찰이 기소해 재판이 진행 중이다. 대통령이 어떤 사안에 대해 협의 결정하는 행위는 대통령 고유 권한이며 통치행위이다. 불법을 모의했다는 주장은 대통령을 파렴치한 범죄자를 전제로 한 가당치도 않은 적용 용어다.
4. 법조인들은 법률 전문가들이다, 법률 용어 적용은 사안에 따라 정당성, 적절성, 적격성을 갖춰야 하고 고지식한 법언어에 지나치게 얽매어선 아니 된다. 법의 선진화도 시급한 과제다.

5월 8일

2017. 05. 08.

오늘은 어버이날이며 적십자의 날이다. 1910년에 한 미국 여성이 돌아가신 어머니를 잊지 못해 교회에서 흰 카네이션을 나눠 준 것이 계기가 되어 1914년 윌슨 대통령이 5월 둘째 주 일요일을 어머니날로 정했다. 우리나라는 1956년 5월 8일을 어머니날로 정하고 1973년에 어버이날로 바꾸었다.

세계적십자의 날은 1946년 5월 8일, 스위스 출신 사회사업가인 앙리 뒤낭의 태어난 날로 정했다. 뒤낭은 중립적 구호 조직의 필요성을 주장하고 1895년에 인도주의, 평등주의, 중립성, 독립, 보편성 등을 원칙으로 적십자를 창설, 1901년 노벨평화상을 수상했다.

어버이날이라고 아들, 며느리가 점심도 사고 손자 손녀들로부터 카네이션도 받았다. 식당도 어버이날 행사로 손님이 제법 차 있다. 이미 세상을 떠나신 부모님에게 당시 어머니날에 해드린 것이 없다. 불효막심을 후회한들 무엇하나? 그래도 자식 걱정 안 하시도록 노력했던 것으로 위안해 본다.

세월호 추모 노란 리본을 3년 이상 달고 계신 분들, 일부 대선 후보들, 오늘 어버이날에 그분들의 효심이 얼마나 컸을까 가히 짐작이 간다. 핵가족 시대 어버이날의 운명은 어떻게 변할까?

'우리'라는 행복

2017. 05. 11.

말하고 생각할 때마다 따스함이 느껴지는 단어가 하나 있습니다. 다른 사람들과 이야기를 나누다 이 단어가 입에서 나올 때면 나는 왠지 그 사람과 한층 더 가까워진 듯한 느낌에 푸근해집니다.

나는 나, 너라고 시작되는 말에서보다 우리로 시작되는 말에 더 많은 애정을 느낍니다. 그 누구도 이 세상에서 혼자 힘으로 살아갈 수 없다는 생각 때문입니다. 사람은 근본적으로 어깨와 어깨끼리, 가슴과 가슴끼리 맞대고 살아야 하는 존재라는 생각 때문입니다. 그렇게 서로가 서로를 위하는 마음으로 살아가는 세상은 얼마나 아름답습니까? 이 세상에서 나와 전혀 상관없는 남은 존재하지 않는다는 생각으로 살아간다면 세상은 지금보다 더 맑고 아름다워지리라 믿어 봅니다. 나는 잘 알고 있습니다. '나', '너'라는 삭막한 말에 비한다면 '우리'라는 말이 얼마나 감격스럽고 눈물겨운지를….(좋은 글 중에서)

정치적, 사회적, 경제적 갈등, 지역, 계층, 세대, 성별 간 갈등과 차별이 좀처럼 치유되지 않고 있습니다. 나는 나, 너는 너, 로 우리라는 단어조차 듣기 어렵습니다. 국내외적으로 어려움에 처해 있습니다, 우리끼리 힘을 합하지 않으면 생존도 어렵습니다.

열차 내 화장실

2017. 05. 12.

일본에서 최초로 철도가 개통된 것은 1872년 동경과 요코하마 사이였다. 처음에 서민들은 달리는 열차의 속도에 놀라 땅바닥에 엎드렸다가 지나간 다음에야 일어서기도 했다. 열차 운임이 비싸 고급 공무원 출장비로 타거나 회사 중역이 주로 이용했다(우리나라 최초의 철도는 1899년 9월에 개통한 경인철도이다). 그런데 당시 손님 중에 소변을 참지 못해 열차 창문을 열고 일을 치르려다 철도원에 적발되어 법정에까지 가고 결국 엄청난 벌금을 낸 적이 있었다. 이는 1873년 4월 15일 《동경일일신문》이 보도한 내용이다. 그 이후에도 창문 방뇨 사건은 그치지 않았다.

객차 내에 화장실이 설치된 것은 1889년부터였다. 인간과 화장실은 동거하는 필수적 시설이다. 화장실 문화가 선진국의 대명사다. 고속도로 휴게소, 대형 건물. 주유소에 화장실 시설이 잘되어 큰 불편이 없어 좋다.

김치의 현주소

2017. 05. 13.

김치는 우리나라의 대표적인 전통음식이다. 김치의 기원은 2000년 전 상고 시대로 거슬러 올라가며 16세기 말 고추가 이 땅에 들어와 채소에 고추와 젓갈을 양념하는 제조법이 개발되면서 획기적인 전환점을 맞게 되었다.

김치의 주종인 통배추 김치는 19세기 말 육종 재배법이 개발되어 결구배추가 생산된 이후 만들어져 오늘에 이르고 있다. 60년대부터 시작한 산업화로 인구 이동, 주거 양식의 변화 등이 급속히 진행되면서 각 지방의 전통 김치가 널리 교류되고, 70년대 이후에는 김치가 공장에서 대량 생산되어 시장 판매와 해외 수출이 본격화되었다. 최근에 해외 이민 확대, 유학생 증가, 해외여행 대중화로 세계 각국에 불고기와 김치를 주요 메뉴로 하는 한인 식당이 자리를 잡으면서 외국인들도 선호하게 되었다.

김치의 국제 소비량이 증가되면서 일본산, 중국산 김치가 재빠르게 국제 시장을 주름잡고 김치의 국적을 왜곡시키고 있다. 현재 시중 식당에는 중국산 김치가 판을 치고 있다. 김치의 종주국의 위상을 되찾는 것도 시급한 과제다.

지구상에는 수많은 명품이 있지만 우리나라가 자신 있게 내세울 수 있는 명품은 거의 없다. 한화유통 재임 중 김치 연구소를 개설, 김치의 연구 개발과 재료 선택과 절임, 숙성, 포장, 저장, 판매 등 전 과정을 과학적으로 표준화해 한화 명품, 한국 명품, 세계 명품 김치를 만들려는 시도를 한 적이 있다. 애석하게 도중하차 했지만!

명품은 장인의 혼이 담겨 있어야 하고 꾸준한 연구 개발, 국가의 전폭적인 지원이 요구된다. 우리 국가를 대표하는 한국의 명품은 언제 탄생할까?

넬슨 만델라, 생각

2017. 05. 14.

넬슨 만델라는 아프리카대륙 최남단에 위치한 남아프리카 공화국 최초의 흑인 대통령이었다.

남아공은 17세기 네덜란드인의 이주 및 1815년 영국식민지로 백인 통치가 시작되었다. 만델라는 백인 통치, 인종주의 정책반대 등 흑인 인권운동가로 활약해 1964년 종신형을 받고 27년간 복역하고 1990년 2월 석방되었다. 그는 세계 인권운동의 상징적 존재가 되었으며 1993년 노벨 평화상을 수상하고 1994년 최초의 흑인 대통령에 당선되어 350년에 걸친 인종분규를 종식시켰다.

그는 오랜 복역에 대한 보복을 뒤로하고 백인 정부와 협상 타협하고 인권주의자답게 용서와 화합을 실천했다. 1995년, 2001년 두 차례 한국을 방문했으며 2013년 12월 5일 향년 95세로 파란만장의 생을 마감했다.

인권변호사 출신 문재인 대통령께서는 적폐 청산을 강력히 추진할 것이며 적폐는 부정부패, 비리가 핵심이다. 혹시 적폐 청산이 정치보복으로 이어진다면 국민 화합과 협치를 통한 국정 운영에 걸림돌이 될 수 있다. 작은 흑인 넬슨 만델라 대통령이 유독 크게 보인다.

문재인 대통령 탄생

2017. 05. 14.

문재인 대통령 탄생의 공신록에 누구를 올릴까? 1등 공신은 구새누리당 출신 박근혜 탄핵소추 의결에 찬성한 62명 의원이다. 이들의 탄핵 찬성이 없었다면 5월 9일 대선 보궐선거는 없었다. 문 대통령 당선은 더불어민주당의 공로가 아니다. 문 대통령께서는 1등 공신들을 잊어서는 아니 되고 그분들에게도 합당한 예우를 할 것이다. 특히 김무성, 유승민, 김성태, 권선동, 장재원 의원 등을 공신록에 올려 역사에 오래 보존해야 한다. 그들이 분당, 바른당을 창당해 유승민 대선 후보를 내놓고 선거 막판에 13명이 자한당에 복귀해 자한당의 정체성까지 흔들었다. 이도 문 후보를 돕는 결과였다. 공신들에게는 적기에 보훈이 내려질 것으로 예견된다. 국제사회나 정치계도 영원한 적과 동지는 없다고 역사는 기록해 놓았으며 알려 주고 있다.

새로 출발한 문재인 정부가 국민으로부터 지지와 사랑받는 정부가 되기를 기대해 본다.

소는 잃어도 외양간은 잘 고쳐야 한다

2017. 05. 26.

정치인들의 포퓰리즘은 어제오늘의 이야기가 아닙니다. 달콤한 인기술로 국민을 현혹하고 국가 예산을 자기 호주머니 돈으로 생각하여 퍼주기로 망한 그 좋은 그리스는 파산을 자초했습니다. 10년 전 극동의 작지만 아름다운 대한민국도 IMF라는 소도둑한테 나라가 거덜 났습니다. 국민들이 허리띠를 졸라매고 외양간을 고친 덕에 세계 10대 경제 대국으로 굴기했습니다.

박근혜 대통령이 탄핵되어 보궐선거로 문재인정부가 탄생햇습니다. 협치와 통합을 강조하면서 적폐 청산에 올인하는 모습이 보입니다. 혹시 적폐 청산이 정치보복이 되어서는 협치와 통합은 불가능합니다. 용서는 큰 용기입니다.

지금 국가의 큰 과제는 안보와 경제입니다. 북한이 핵 탄도미사일을 연속 쏴대고 있습니다. 안보는 사느냐? 죽느냐의 문제입니다. 경제는 먹고 사는 문제입니다. 1993년 미국 대선전에서 빌 클린턴 후보는 "문제는 경제야, 바보들"이라고 외쳤습니다. 재임 10년에 경제가 최고 호황을 맞습니다. 문 대통령께서 일자리 창출대책으로 공공기관 직원 수를 늘리고 비정규직을 정규직으로 전환하며 추경에 10조 원, 누리과정 예산 전액 정부 부담, 기초연금인상, 최저임금인상, 아동수당도입, 쌀 직불금 인상, 사병봉급 인상, 국방예산 매년 8% 인상 등 국민들 기대가 커 보입니다. 문제는 쓸 돈이 마련되어야 합니다. 경제 성장의 과실이 쓸 돈입니다. 먼저 쓸 돈을 마련해야 합니다. 일거리를 만들어야 일자리가 생깁니다. 일자리를 만들면 소비가 진작되어 생산이 늘어 선순환이 이루어진다는 주장도 있습니다. 어떻든 달콤한 인기술은 경계해야 합니다.

재정 건전성 확보는 기본입니다. 미국과 일본은 양적 완화를 통하여 성장 동력을 찾았습니다. 통화정책도 손볼 때가 되었습니다. 적폐 청산 중 하나가 각종 규제 철폐입니다. 서비스산업 활성화는 시급한 과제입니다. 지하경제 350조(추산)를 지상으로 올려놓아야 합니다. 오래전에 일명 고해성사법 제정을 주장한 바 있습니다 가계부채 1360조도 큰 문제의 하나입니다. 성장 없는 퍼주기는 제2의 그리스, 남미국가들의 재판이 될 수 있습니다. 외양간은 고치고 봐야 합니다.

스승의 날, 오욕의 역사

2017. 05. 14.

1963년 5월 26일을 스승의 날로 정해 사은 행사를 행했으나 1965년부터 세종대왕 탄신일인 5월 15일로 변경했다. 1973년에는 정부의 서정쇄신 방침에 따라 스승의 날이 폐지되기도 했다. 1982년에 다시 부활되어 스승 은혜에 감사의 뜻으로 카네이션을 달아 드리는 행사도 해 왔다.

2015년 부정 청탁 및 금품 수수의 금지에 관한 법률, 일명 김영란법 시행으로 원칙적으로 카네이션을 스승에게 달아 드리는 것도 금지되었다. 그동안 학내에서 치맛바람이 난무하고 학부모와 교사 간 금품 수수, 대학에서의 교수와 제자 간 학점과 논문, 학위 관련 비리가 도마 위에 오르내리기도 해 왔다. 군사부일체가 무색해지고 교정이 황폐화되어 제자도 스승도 없는 삭막하고 처량한 공간으로 변했다. 스승의 날의 오욕의 역사? 스승에게 꽃 한 송이 전달하는 것도 금지하는 법률이 존재하는 대한민국이 슬프기만 하다. 이 모든 것은 우리가 뿌린 씨앗의 발아이다. 교육은 국가의 백년대계라고 하지만 교육계의 변화는 제자리에 머문 지 오래다. 선생은 많지만 참된 스승은 없다고 한탄하고 있으며 대학은 400개에 달해 있으나 학문의 전당은 없단다. 교육개혁은 역대 정부의 과제였지만 공염불로 끝났다. 교육이 국력이다.

인사 청문회

2017. 05. 27.

1787년 미국 헌법 제정 의회에서 도입하고, 우리나라는 2000년 6월에 16대 국회에서 인사 청문회법을 제정·시행하고 있다. 인사 청문회는 대통령이 임명한 행정부의 고위 공직자의 자질과 능력을 검증받는 제도로 국회가 행정부를 견제하는 제도적 장치다. 인사 청문회 도입 이후 역대 정권은 대상자 청문회로 당사자는 물론 정부가 홍역을 치렀고 총리 지명자는 도중 자진 사퇴, 국회 불통과로 낙마 등 역경의 청문회 역사가 있었다. 자질과 업무 수행 능력보다 도덕적 흠결이 문제였다.

문재인 정부 출범 전 문 대통령 후보는 5대 비리 공직자 배제 원칙인 위장 전입, 세금 탈루, 병역 면탈, 부동산 투기, 논문 표절을 제시했다. 이번 총리 지명자 및 장관 후보자 청문회 대상자들이 5대 원칙에 해당된단다. 문 대통령께서는 새로운 출구 전략이 없어 보인다.

취임 20일도 안 된 상황에서 대국민 사과로 돌파할 경우 정치적 부담과 후유증은 예측을 불허할 수 있다. 원칙이 무너지면 정권의 정체성이 훼손되고 신뢰가 무너진다. 공자는 족식, 족병, 족신 중 족신, 신뢰를 가장 중시해야 한다는 가르침을 알려 줬고, 간디는 원칙 없는 정치는 국가 멸망의 원인이라고 경고했다. 읍참마속의 역사도 있다. 대를 위해 소를 과감히 버리는 지혜와 원칙을 지키는 초유의 대통령으로 문재인 정부의 성공의 길이 되기를 기대하고 있다.

북한 도발 심상치 않다

2017. 05. 30.

금년 들어 북한은 9차례. 새 정부 들어 3차례 장·중·단거리 탄도미사일을 발사하고 있다. 이는 새 정부의 대북 정책을 탐색하고 북미 대화 압박 및 한미 공조를 와해시키고 문 정부의 대북 지원을 가속화 시키려는 전략의 일환일 것이다. 이러한 상황에서 정부는 대책은커녕 강경한 비난도 없다.

이스라엘 군사 전문가는 단거리 탄도미사일은 남한을 겨냥한 것이라는 논평을 내놓고 있다. 협상이든 전쟁이든 강한 국방력의 뒷받침은 필수다. 주변 강대국 중동 안에서 생존 번영하는 핵으로 무장한 이스라엘을 시급히 배워야 한다.

한·미·일 공조 타령으로 허송세월하고 한미 연합훈련 시위로 안심하는 순간 김정은은 우리가 상상할 수 없는 탈선을 감행할 수 있다. 안일무사. 위기를 모르는 것이 최대 위기다. 전쟁을 두려워하는 국가는 멸망했다. 임진왜란, 한일 합방, 한국전쟁의 뼈아픈 교훈을 잊어선 아니 된다. 범에 물려가도 정신만 차리면 산다.

우리들의 대한민국

2017. 05. 31.

한림대학교 총장을 역임하고 현재 서강대학교 명예교수이며 신아시아연구소장이신 이상우 교수가 2006년에 발간한 저서명이다. 그는 서문 '우리는 지금 어디에 서 있는가?'에서 우리 사회는 방향을 잃고 헤매고 있다. 급하게 밀어닥치는 나라 안팎의 새로운 조류에 어떻게 대응할지 몰라 우왕좌왕하고 있다. 새로운 사회에 참여하는 젊은이들은 극도의 사상적 혼란을 겪고 이를 내버려 두면 나라 자체가 해체되는 비극을 맞게 된다고 이야기한다. 이 책은 총 2부로 구성되어 제1부에는 우리에 대한 자아 인식을 다루고 둘째 장에서는 우리 대한민국의 건국 이후 지금의 현주소를 다루었고 앞길을 모색하면서 기본과제를 나열했다, 마치는 글에서 대한민국의 자유민주주의가 나라 안팎으로부터 도전받고 있다. 기본에 충실하고 순리대로 풀어 가야 한다고 주장하고 있다. 지난 27일 이 교수의 문화일보 인터뷰 기사를 읽었다.

10년 전에 걱정했던 내용이 반복되고 있다. 건국 70년의 위대한 대한민국을 되풀이하고 우리 사회의 시민 정신 부재 상황을 지적하고 공동체 의식을 이끌 새 정치의 필요성, 스스로 지킬 안보 능력 확보, 통일원칙을 세워 분열을 막아야 한다고 이야기한다. 새 체제의 시작을 위해 무엇을 할 것인가? 새 정부의 과제는 무엇인가? 통일 문제로 갈라진 국론을 하나로 합하고 통일원칙을 확립할 것을 제안하며 특히 문 정부의 안보 라인 인사를 걱정하고 미국의 코리아패싱 유발을 걱정하고 있다.

이 교수는 많은 저서 중 초등학교 때부터 70년간 쓴 일기록인『살며 지켜본 대한민국 70년사』를 기억에 남는 귀중한 저서로 생각하고 있다…. 10년 전에 썼던 저서 내용과 이번 인터뷰 내용을 읽으면서 물량적으로 성장했지만 국민 의식, 정치의 후진성, 지도자의 담대한 변화추구도 기대 이하이며 앞으로 산적한 우리가 풀어야 할 현안들을 제시한 이상우 교수의 지론에 귀를 기울여 봐야 하겠다는 생각을 했다

개혁은 혁명보다 어렵다

2017. 06. 05.

문재인 정부 출범 25일을 맞고 있다. 그동안 무수한 정책을 내놓았다. 일자리 창출을 위해 공공 일자리 81만 개를 만들고, 인천공항을 방문해 비정규직을 정규직화하기로 약속했다. 공기업, 대기업의 비정규직 철폐를 언급했고 추경 10조 요청, 국방 예산 인상, 최저임금, 각종 수당 인상, 검찰, 법원 개혁, 사드 문제, 원전 공사 중단, 4대 강 방류, 보 철거, 대북 지원, 남북 대화 재개, 개성 공단 확장, 금강산 관광 재개 검토 등 기억하기조차도 어렵다. 역대 정권도 초기 개혁을 추진했지만 소리만 요란했다.

국정기획자문위원회(위원장 김진표)는 현실을 세심히 파악하고 속도를 조절해 보시라. 진정한 협치, 정국 안정, 당면한 극심한 가뭄, AI, 조류인플루엔자 대책, 한미 협력, 경제성장 동력 확보, 재정 건전성도 소홀할 수 없다. 과속은 사고의 원인이다. 개혁은 혁명보다 어렵다는 사실을 알아야 한다.

유방과 항우, 몽골 오고타이 황제

2017. 06. 05.

기원전 200년 전 유방과 항우는 많은 전투를 벌였고 항상 항우가 이겼다. 그러나 두 나라(한과 초)의 전쟁은 유방의 승리로 끝났다. 항우는 전쟁 승리 후 관리하는 데서 실패해 지역 국민들의 반발을 샀기 때문이다. 유방은 전공을 부하에게 돌리고 천하 통일의 공은 물론 적재적소 원칙, 능력 있는 사람을 기용해 믿고 일을 맡겼다. 항우는 전투에서 이기고 전쟁에서는 졌다. 중국 통일 왕으로 진은 15년, 한은 400년을 지탱하고 중국 왕조의 전형을 이뤘다.

지도자의 자질이 나라의 운명을 좌우한다는 교훈이다. 몽골제국 제2대 황제 오고타이는 명재상 예리추이에게 칭기즈칸 사후 대제국 개혁 방법을 지시한다. 재상은 새로운 일을 만드는 것보다 지난날의 폐단을 줄이는 것이 현명한 일이라고 건의한다.

정권이 바뀌면 전 정권의 공 지우기에 바쁘고 새로운 개혁 추진에 열공한다. 500년 전 조선조 중종 시 정암 조광조의 개혁 실패도 조급성, 과격성에 있었다. 역사는 미래의 정확한 교과서다.

잊혀진 질문

2017. 06. 15.

삼성 그룹 창업자이신 이병철 회장께서는 1987년에 타계하기 전 절두산 성당 박희봉 신부께 24개의 질문서를 보내고 답을 받지 못하고 세상을 떠나셨다.

질문 내용 중 중요한 것을 소개하면 다음과 같다.

1. 신의 존재를 어떻게 증명할 수 있나? 신은 왜 자신의 존재를 똑똑히 드러내 보이지 않는가?
2. 신은 우주만물의 창조주라는데 무엇으로 증명할 수 있는가?
3. 생물학자들은 인간은 오랜 진화 과정의 산물이라 하는데, 신의 인간 창조와 어떻게 다른가? 인간이나 생물도 진화의 산물 아닌가?
4. 언젠가 생명의 합성 무병장수의 시대도 가능할 것 같다. 이처럼 과학이 끝없이 발달하면 신의 존재도 부인되는 것이 아닌가?
5. 신은 인간을 사랑했다면 왜 고통과 죽음을 줬는가?
6. 신은 왜 악인을 만들었는가? 히틀러나 스탈린 또는 갖가지 흉악범들
7. 예수는 우리의 죄를 대신 속죄하기 위해 죽었다는데 우리의 죄란 무엇인가? 왜 우리로 하여금 죄를 짓게 내버려 두

었는가?

기타. 종교란 무엇인가? 왜 인간에게 필요한가?

‘영혼이란 무엇인가?’ 등에 대해 차동엽 신부는 『잊혀진 질문』을 통해 답문을 조심스럽게 내놓았다. 평생 종교를 갖지 않았던 이 회장께서 고달픈 인생들의 흉금을 대변하는 물음들이며 생의 밑바닥을 흐르는 거부할 수 없는 물음들이다. 저자는 우리가 처한 삶의 자리에서 가장 절박한 이 물음들의 답을 탐사하는 도전에 임하기로 했다. 일독을 권한다.

국민이 세일 상품인가?

2017. 06. 21.

우리나라 헌법 1조 2항에 주권재민, 대한민국의 주인은 국민임을 명기해 놓고 있다.

정치권은 항상 국민을 팔고 있다. 그것도 세일 상품화로 전락한 지 오래다. 국회도 툭하면 국민의 뜻이라고 외쳐 대고 있으며 며칠 전 외교부장관 임명에 국회 청문회 통과가 불발되었지만 대통령은 국민의 뜻이라고 임명했다.

국회의원은 국민의 대표 기관이라는 정의와 충돌한다. 지난

3월 10일 최고 사법기관인 헌재는 박 대통령 파면 선고문에서 국민의 신임을 배반한 것으로 헌법 수호의 과정에서 용납될 수 없는 범법 행위로 봤다. 헌재는 헌법과 법률의 위반 여부를 심판하면 족하다. 굳이 사족을 붙이고 국민을 파는 이유를 모르겠다. 언론도 국민 여론을 발표하고 있다. 어느 국민의 뜻인지? 아리송하다.

국민은 정치권의 상품으로 매도될 수 없는 진정한 대한민국의 주인이다. 국민을 파는 매장의 전면 폐쇄가 시급하다.

6.25 한국전쟁

2017. 06. 25.

67년 전 오늘 6월 25일 일요일 새벽 4시 북한군의 불법 남침으로 전 국토가 폐허가 되었으며 3백만 사상자와 1000만 이산가족, 한국군 전사자 137,899, 실종 포로 32,838명, UN 16개국 참전 연인원 1,947,087명(미군 1,789,000), UN군 전사, 실종자 50,876명(미군 46,770명) 수십만 명의 부상자. 세계 전사에 가장 많은 희생자를 낸 전쟁으로 기록하고 있다.(국방부 군사편찬연구소 제공)

67년이 지난 지금 휴전이라는 잠재적 전쟁 상황에 있으며 북한은 핵과 미사일로 우리를 위협하고 잦은 도발을 감행하고 있다. 워싱턴D.C 엘링턴 국립묘지 한편에 위치한 한국전 참전 기념비에는 “자유는 공짜가 아니다, 잘 알지도 못하고 한번 만나보지 못한 사람들을 위해 공산군에 맞서 싸웠다”고 기록해 놓고 있다. 한국전에서는 미 8군 사령관 워커 장군이 순직하고 미국 장성 아들 142명(8군 사령관 밴 플리트, 아이젠하워 대통령 포함)이 참전, 35명이 전사했다. 참전 16개국, 의료지원국 5개국, 물자지원국 39개국이 우리의 든든한 혈맹이다. 당시 유엔회원국의 60% 이상이 참전했다.

언제 전쟁이 재발할지 모르는 남북한 대치는 물론 남남갈등이 고조되고 있다. 사드 배치문제가 최고의 현안으로 등장하고 어제 시민단체의 사드 반대 집회와 미 대사관 주변 시위가 이어졌다. 좀 지나면 미군 철수도 거론치 않을까? 사드 반대 집회가 아닌 미국에 대한 감사집회, 미 대사관 감사시위를 해야 했고 북한 규탄 집회를 가졌어야 마땅했다. 미국은 우리의 구국과 경제개발, 민주화를 이룩하게 한 혈맹이 아닌가? 세계의 지도자이며 영국의 명재상 윈스턴 처칠은 A nation that forget its past has no future(역사를 잊은 민족에게는 미래는 없다)라고 일갈한 바 있다.

우리는 6.25전쟁이 명백한 남침이라는 사실이 소련 공식문서로 확인된 바 있음에도 많은 이들이 지금도 남침, 북침의 의미에 혼돈을 느끼고 헤매는 한심한 작태를 노정하고 있다. 한미 동맹도 한일 관계도 앞이 불투명하다, 일본에게는 정권마다 사죄, 배상을 요구하고 있다. 이번 정부는 사죄, 배상 요구를 거부할 시 단교?라는 최후의 카드도 사용할 단호한 대일 정책을 강구할 수 있는지 묻고 싶다.

어쩐지 불길한 한말의 역사의 재판이 머릿속에 감돌고 있다. 제발 제정신 좀 차리자. 5,000년의 역사를 외침과 가난으로 점철한 불쌍한 조국에서 국민의 피와 땀 그리고 눈물로 이룩한 위대한 대한민국, 영원히 지켜 후손에게 물려주어야 할 대한민국이 아닌가? 생각하는 국민이어야 하겠다. 67년 전 나는 초등학교 6년생이었다. 감회가 새로워 넋두리를 한가 보다.

문재인 정부 출범 50일

2017. 06. 30.

새 정부 출범 50일이다. 아직 조각이 이뤄지지 않고 구정권 각료와 합숙하고 있다. 신임 장관 지명 후보자들이 5대 위법 사항 대상자들로 국회 청문회 벽을 넘기가 어려워 보인다. 청와대 국정기획 위원회와 대통령은 많은 정책을 발표하고 있다 추경 10조 편성, 국회 통과 요청, 비정규직의 정규직화, 공공기업 81만 개 일자리 만들기, 인천공항 비정규직 정규직화 약속, 공무원 증원, 사병 봉급 인상 최저임금 1만 원 인상, 기초 연금 인상, 공무원 및 공공 부문 블라인드 채용 방식 도입, 지역 인재 30퍼센트 할당제 도입, 4대 강 감사 지시, 국정교과서 폐기, 성과연봉제 폐지, 고리원전 1호기 영구 정지, 특목고, 외고 폐지, 4대 강 6개 보문 개방 및 보 철거, 원전 5, 6호기 공사 중단, 대북 지원 추진, 사드 설치 환경영향 평가 진행 등 폐지.

폐기도 많고 각종 인상안이 쏟아져 정신이 없다. 민주노총이 정부를 향해 빚 갚으라고 독촉하면서 비정규직 철폐. 미 대사관 주변에서 사드 반대 시위를 하고, 학교 비정규직 직원들이 학교 급식 업무를 팽개치고 광화문 광장에서 2일째 비정규직 정규직화, 처우 개선, 임금 인상 요구 시위를 감행하고 있다. 좀 기다려야 할 사항이 아닐까? 정부도 시민 단체도 속도를 조절치 않으면 과속 사고가 발생한다는 사실을 깨달아야겠다. 과속은 사고의 원인이다.

있는 자리 흩트리기

2017. 07. 04.

『있는 자리 흩트리기』. 판잣집 소년가장, 고졸 신화, 청년들의 멘토, 상고 출신 은행원, 야간대학 출신, 행정고시, 입법고시 양과 동시 합격, 당시 경제기획원 관료로 서울대 행정대학원 석사, 미국 명문 미시간대학 석·박사 학위 취득, 기획재경부국장, 예산실장, 재경부차관, 총리실 국무조정실장을 끝으로 자진 사의하고 얼마 후 아주대 총장으로 2년 재임 중 경제부총리로 발탁된 김동연 씨의 자서전적 저서명이다. 고진감래의 표상. 그는 유쾌한 반란을 주도하며 자기가 하고 싶은 일, 할 일을 찾고 직접 체험했다. 절실함, 도전, 즐거움, 끈기를 실천하고 권장하고 소박함과 겸손까지 갖춘 모범생이다. 고단한 삶을 극복하면서 많은 꿈을 실현한 김 부총리께서는 우리, 특히 젊은이들의 표상이다.

저서 내용 중에 최근 대중의 분노는 패자부활전 없는 승자가 독식하는 경쟁판, 가진 자들만의 리그, 기득권 카르텔, 부와 사회적 지위의 대물림, 양극화, 불평등, 불공정 사회구조와 거버넌스의 문제 때문이라 제시하고 있다. 그는 대학총장 재임 중 파란학기, 애프터유 프로그램, 아주희망SOC프로그램 등 창의 중심 대학의 도약을 실천해 좋은 반향을 일으켰다.

개인과 국가 사회를 위한 변화를 주도하고 실천한 김 부총리에게 대한민국을 높은 단계로 승화시키는 새로운 버킷리스트를 기대해도 될 것 같다. 일면식도 없지만 전 총리께서도 높이 평가하고 있음을 들은 바 있다. 저서를 통해 많은 공감과 감명을 받아 소감을 올림에 혹시 누가 되지 않을까 걱정이다. 가난하게 태어난 것은 본인 잘못이 아니지만 죽을 때 가난한 것은 본인 책임이라는 빌 게이츠의 명언이 생각난다.

역사적 영웅을 만들자

2017. 07. 13.

미래창조과학부의 우정사업본부가 박정희 전 대통령 탄생 100주년 기념우표 발행을 두고 지난해 5월 만장일치로 찬성 의결한 동일 위원들이 번복 철회 결정을 했다고 한다. 낯 뜨겁고 창피감마저 느껴진다. 정권 입맛에 맞추는 행태가 서글퍼진다. 중국 문화혁명을 주도했던 마오쩌둥은 그를 지지했던 젊은 홍위병으로 하여금 많은 학자와 정적을 숙청하고, 역사와 문헌을 파괴하고, 문자까지 말살하고, 덩샤오핑도 내몰았던 반역의 대표였다. 1976년 사망 이후 후계자들은 북경 천안문 광장에 그의 대형 초상화를 걸어 놓고 그를 기리고 있다.

역대 대통령의 공과를 평가할 수 있다. 우리는 역대 대통령의 과만 들어 올려 반역사적 인물로 폄하하고 있다. 역대 정권은 적폐 청산이란 이름으로 전임 대통령들을 죽이기에 바쁘다. 과는 묻어 두고 공을 드높이는 역사를 만들지 못하면 희망이 없다. 며느리 바람났다고 동네방네 떠들어 대는 콩가루 집안. 콩가루 국가는 언제쯤 면해질까? 정신 좀 차리자.

마키아벨리의 군주론에서

2017. 07. 14.

그는『위기의 정치학』에서 잠복해 있는 위기의 대처로 사태에 대한 파악 역량과 정치적 지혜를 말하면서 질병(열병)의 비유를 들어 설명했다. 그 병은 초기에는 치료하기는 쉬우나 진단하기가 어려우며 초기에 발견하여 적절히 치료하지 않으면 시간이 흐름에 따라서 치료하기가 어려워진다.

국가를 통치하는 일도 마찬가지이다. 정치적 문제를 일찍 인지해야 하고 무조건적 개입이 능사가 아니며 심사숙고와 속도 조절이 필요하다고 조언했다. 1532년에 출간한『군주론』의 일독을 권해 봅니다.

역사를 바꿔 놓은 프랑스의 드골

2017. 07. 15.

세계 1, 2차 세계대전에 참전한 샤를 드골은 생시르 육군사관학교 출신으로 '프랑스의 위대함과 영광을 회복하는 것이 나에게 부과된 사명이다'라고 그는 회고록에서 썼다. 1차 대전 시 포로가 되기도 하는 비운의 드골은 연합군의 승리로 전승국이 되었고, 제2차 세계대전에서 독일에 점령당하는 수모를 당하고, 영국 망명 시 4년간 망명 정부를 이끌며 승전국의 위치를 확보하기도 했다. '위대한 프랑스의 재건은 고난과 영광의 기록이다. 위대함이 없는 프랑스는 프랑스일 수 없다'라며 강한 조국애를 표현하기도 한 드골의 일생은 프랑스를 오늘의 강대국으로 재건하는 데 유형무형의 큰 바탕이 되었다.

국방부장관 겸 총리를 역임하고 1959년부터 10년간 대통령직을 수행했다. 그는 1966년 나토를 탈퇴하고 국가 안보를 독자적으로 확보하기 위해서는 핵무기를 보유해야 한다고 주장해 핵 보유국이 되었다. 드골은 정치성이 없는 정치인이었으며 미·소 두 강대국의 첨예한 대립 속에서도 한쪽에 안주치 않고 프랑스 중심 국가를 만들기에 노력했다. 그는 떠날 때를 알았기 때문에 국민들의 존경을 받았고 그는 말년에 '나는 세상이 온통 종말로만 치달을 때 그것에 대항해 조국 프랑스를 굳건히 세우고자 노력해 왔다. 내가 실패한 것일까? 그것은 후세 사람들만이 평가할 수 있을 것이다'라는 말을 남겼다. 1970년 11월 9일 전시와 평화시를 통해 보여 준 고귀하고 영웅적이고 엄격한 인물답지 않게 조용히 최후를 맞이했다. 유언에 따라 가족장으로 아주 간소하게 치러졌고 묘비에 아무런 수식어도 새기지 않고 다음과 같은 아주 간단한 표지가 있을 뿐이다. '샤를 드골(1890~1970)'

역사를 바꾼 세계적인 인물 중 한 사람, 군복을 즐겨 입었던 키 큰 드골, 오직 프랑스만을 위한 위대한 프랑스의 영웅. 위기에 영웅을 부르고 태어난다. 현대사에 사는 우리에게는 군인다운 군인. 정치인다운 정치인. 조국의 운명에 헌신하는 이런 걸출한 영웅은 언제 나타날까?

민주주의는 선거와 표결이다

2017. 07. 17.

민주국가의 근간은 공정한 선거를 통해 대의정치를 실현하고, 토론을 통해 의견을 수렴하며, 표결로 최종 결정을 내린다. 이것이 민주주의며 민주 절차이다. 국민의 대표 기관인 국회 결의가 당리당략에 매몰되어 국민을 외면하고 날치기 통과 등 반칙,

불법 사례가 비일비재하다. 그런가 하면 최고 사법기관인 헌재의 대통령 탄핵 심판에 재판관 전원이 만장일치(8:0)로 탄핵 인용이 아닌 파면을 결정했다. 전 박정희 대통령 탄생 100주년 기념우표 발행 결정 1년 후 같은 심사위원들이 철회를 결정하고 원전 5, 6호기 가동 중단 결정도 16:1로 결정했다.

토론과 심사의 과정 없이 국가의 중대사를 결정하는 모습이 한심하고 결정에 참여한 분들의 상식이 의문시된다. 이분들은 떳떳타고 생각할까? 아직도 후진국의 탈을 못 벗어나는 모습이 처량하고 한심함은 나만의 생각일까?

안중근 의사를 생각하며

2017. 07. 19.

어제 18일 김황식 전 총리께서 안중근 의사 숭모회 이사장에 취임하셨다. 안중근 의사와 다른 순국 애국지사들조차 우리 국민이 잊고 있지 않나 하는 노파심이 생긴다.

안중근 의사는 1879년 황해도에서 탄생하고 독립운동가, 교육자, 의병장으로 조국의 독립을 위해 순국했다. 1909년 10월 26일 당시 31세. 안 의사는 만주 하얼빈에서 조선 침략의 원흉, 동양평화 파괴자, 초대 한국통감과 일본 내각수상을 역임한 이토 히로부미(이등방문)를 권총 세 발로 명중, 사살하고 1910년 2월 14일, 사형 언도를 받고 동년 3월 26일 여순감옥 형장에서 순국했다. 옥중에서 자서전, 동양평화론을 집필했다.

사형선고를 받은 안 의사의 어머니 조마리아는 의로운 일을 하고 받은 형이니 비겁하게 삶을 구걸하지 말고 떳떳하게 죽는 것이 어미에 대한 효도인 줄 알라고 말했다. '항소를 한다면 이는 일제에 목숨을 구걸하는 것이다'라는 항소 포기 주문과 함께 수의를 전달한 어머니시다.

순국 107년이 지난 현재까지 안 의사의 시신을 찾지 못하는 안타까움과 결례를 범하고 있다. 김황식 이사장께서도 시신 발굴의 시급함을 언급하고 계시다. 우리 학생들에게 역사를 바르게 가르쳐야 한다. 역사를 알고 순국선열을 추모하는 일은 국민의 사명이다.

국민이 사분오열 되고 정치, 사회가 혼란한 지금 순국선열들은 우리에게 어떤 주문을 하고 있을까? 국가와 국민이 할 일을 도외시하고 이전투구에 바쁜 우리가 최소한의 염치라도 있어야겠다. 영국의 명재상 처칠은 역사를 잊는 민족은 미래가 없다는 명언을 남겼다. 남산자락에 위치한 안중근 의사 기념관 방문을 권해 본다.

몽골 명재상 '예뤼추차이'의 충고

2017. 07. 20.

800년 동안 세계를 제패한 몽골제국 칭기스칸의 후계자 오고타이(몽골 태종)의 명재상 '예뤼추차이'는 개혁 방법으로 한 가지 이로운 일을 시작하는 것은 한 가지 해로운 일을 줄이는 것만 못하고 한 가지 일을 만들어 내는 것은 한 가지 일을 줄이는 것만 못하다는 명 제안을 제시했다. 거창한 100대 국정 과제보다 국민의 의견을 수렴하고 지난날의 폐단을 줄이고 쉬운 것부터 고쳐 나가는 일에 열중해야 할 것이다. 과속은 사고의 원인이다.

연회의 이모저모

2017. 07. 22.

경제, 사회, 문화가 발전하고 글로벌 시대 도래로 축하, 환영, 위로, 학술 등 각종 모임인 연회가 개최된다. 큰 연회는 만찬이 추가된다. 만찬 전에 스탠딩 칵테일 시간을 갖게 되며, 자유롭게 인사를 나누고 명함을 교환하며 새로운 손님들과도 상견례를 갖게 된다.

이때 난감하게도 초청을 받았으나 아는 인사가 없거나 본인이 적극적으로 만나기를 회피하는 사람이 있다. 그런 경우 한쪽 구석에 서 있는 사람을 wall person(벽에 기대어 있는 사람)이라 한다. 특히 국제회의에는 언어가 불가능할 시 불가피하게 wall person이 되곤 한다. 정찬 시에는 일반적으로 지정석이 마련된다. 이때에도 최소한 좌석 양편 인사와 대화를 나누고 진행자로부터 건배 제의, 인사 말씀 요청을 받는 것은 큰 행운이다.

물론 복장, 테이블 매너와 에티켓을 지키는 것은 본인의 인격을 나타내는 중요한 일이다. 정중하고 예의 바른 매너가 중요하다. 세계화 시대를 맞아 새로운 문화에 적응하는 것도 중요한 일이 아닐까?

백년하청, 대한민국 국회와 국회의원

2017. 07. 26.

내년이 건국 70년. 국회 개원 70년이다. 국회의원은 국민의 대표 기관이며 각종 특권과 특혜를 보장받고 있다. 국회의사당은 신성한 민의의 전당이다

그동안 국회는 당리당략의 싸움질 전당이 되었으며 욕설, 막

말은 물론이고 오물, 최루탄 투척, 함마, 멱살잡이, 의장석 점거, 날치기 통과 등 이루 거론하기도 부끄러운 국회의 진면목을 보아 왔다.

엊그제 위안부 피해자 고김군자 할머니 빈소에서 송영길, 손혜원 의원 외 10여 명이 엄지척하며 웃고 있는 기념사진을 봤다. 장례식장은 정중히 고인을 추모하며 명복을 비는 자리다. 시시대고 웃으며 기념 촬영하는 것은 언어도단이다. 최소한의 예의도 모르는 철딱서니 없는 국민의 대표이기를 포기한 행위로 비난받아야 마땅하다. 국민의 사랑과 존경을 받는 국회의원은 언제 탄생할까? 모든 것은 우리 국민의 책임이다.

입 하나 줄이기 시대

2017. 07. 26.

일제강점기와 한국전쟁 이후 1950~60년대 가난에 허덕이고 다출산으로 살기 어려웠던 시절, 시골 농촌 총각 처녀들은 도시 공장이나 가정부(당시는 식모라 칭함)로 숙식을 빼면 보수가 없는 상태로 일한 적이 있다. 입 하나(식구) 줄이는 대책의 일환이었다. 대한민국은 그들의 피와 눈물 그리고 땀으로 이룩한 국가다.

세계적인 부유국 그리스, 남미 브라질, 베네수엘라, 칠레가 공무원 늘려 최고 대우를 해 주고 복지로 흥청망청 쓰다 나라가 거덜 난 이후 뒤늦게 공무원 감축과 복지 수혜 줄이기에 바쁘단다. 가계나 기업, 정부도 돈 벌기보다 씀씀이를 늘리면 재정적자에 부채가 늘어 당대뿐만 아니라 후손들이 살기 어렵다. 성장의 과실이 유일한 비용 지불 능력이며 복지의 원천이다.

벌어 놓은 돈 아낀 자는 부자 되고 뿌린 자는 망한다. 벌기 어렵던 시절 입 하나 줄이기의 촌부의 현명했던 생각이 부질없이 떠오른다.

'한비자'가 주목 받고 있다

2017. 07. 27.

한비자는 2,000여 년 전 중국의 춘추전국시대에 활약한 천재적인 사상가로 그의 저서 『한비자』는 그가 진시황에게 제출한 부국강병책 등 통치 기술의 지침서이다. 한비자는 인의와 도덕을 근본적으로 믿지 않고 인간은 그 본성이 악해서 이욕에 따라서만 움직이고 상을 좋아하고 벌을 두려워하기 때문에 법으로 지배해야 한다고 주장했다. 한비자의 법사상의 영향은 제갈공명이 받아 그의 문경지교 마속을 울며 목을 베었다는 읍참마속의 고사로 유명하다. 공명은 선행에 대하여는 극히 칭찬하고 나쁜 행위에 대하여서는 사소한 일이라도 용서치 않음으로써 권위와 덕망을 지녔다. 인간이 서로 의심하고 상대방을 쓰러뜨려 생존을 다투던 전국시대 말기에 강자의 정치이론을 만들어낸 업적에서 현대에 살고 있는 우리들에게 배움이 있을 것 같다.

아마추어의 대북 정책

2017. 07. 28.

문 정부는 방미 및 G20 정상회담을 통해 대북 정책의 방향을 못 잡고 개성 공단 2,000만 평 확장, 금강산 관광 재개, 남북 군사회담, 적십자회담 개최 제의, 휴전선에서의 비방 중단을 제안하고 20일 이전 북한의 무응답에 정전협정 64주년이 되는 27일까지는 회답이 있을 것으로 기대했으나 북한은 무응답으로 일관하고 있다. 그런가 하면 정전협정일에 미사일 발사 증후가 있다는 정보도 예측도 빗나갔다. 중국은 북한과의 혈맹임을 재확인했고 미국은 북한 제재 강화 법안을 통과시켰다.

미국과 중국이 우리 외교를 불신하고 있다. 대북 정책의 엇박자와 사드 배치, 전작권 환수 문제 등 한국 외교의 시험대에 서 있다. 한·미·일 공조를 강화하고 강력한 대북 제재에 동참하는 외교의 기본을 바로 세우며 강한 국방을 추진해야 한다. 북한은 절대로 핵 포기를 하지 않을 것이다. 미국은 북한의 핵미사일 위협을 좌시치 않을 것이며 강력한 제재 이후에 미국의 선택은 무엇일까? 답은 불문가지이다.

아마추어식 감상적인 외교는 금물이다. 전쟁을 두려워하는 국가는 멸망했다, 고 역사는 기록해 놓고 있다. 정신 좀 차리시라. 비전문가의 상식을 말하고 있다.

국민 개세제를 도입하자

2017. 08. 02.

소득 있는 곳에 세금 있다는 원칙이 있으며 납세의무는 국민의 4대 의무로 헌법에 명기되어 있다. 근로소득세 면세자는 46%이다. 단 1만 원이라도 납부하여 국민의 자긍심도 갖게 하자. 최근 정부와 여당은 대기업, 초고소득층에 대한 증세를, 야당인 자유한국당은 담뱃세 인하 등 서민감세를 들고 나왔다. 한편 정부는 기업의 사내 유보금 과세를 만지작거리고 있다. 사내유보금은 현금이 아니라는 회계의 상식도 모르는 한심함을 나타내고 있다. 한반도의 위기조차 감지치 못하고 세금 걷어 이곳저곳에 뿌리려는 정책의 후유증을 그리스. 브라질. 베네수엘라의 교훈으로 알았으면 하겠다. 가계, 기업, 정부도 긴축, 절약이 기본이다. 돈을 모으는 자는 흥하고 뿌리는 자는 망한다. 위기를 모르는 것이 최대의 위기이다.

갑질 논란

2017. 08. 03.

프랜차이즈 가맹주의 갑질 논란에 이어 대기업 총수의 운전직원에 대한 폭언, 폭행 문제로 수사가 이뤄지고 사회문제로 비화하고 있다. 그런가 하면 이인호 이사장의 조부 친일 문제가 언론에 오르내리고 육군 제2작전 사령관 박창주 대장 부부의 공관병에 대한 갑질 논란으로 군 인권 센터의 조사가 진행되고 박 대장은 전역 신청을 했단다. 위와 같은 갑질 행위가 근절되어야 하고 이를 옹호할 생각은 추호도 없다. 다만 지난 역사를 되돌아보면 역대 대통령들의 공은 뒤로하고 과를 가지고 죽여 왔고 민족의 독립운동가들도 역사가 제대로 평가해 주지 못해 왔다. 독립투사, 역대 대통령, 기업주, 육군대장도 나라의 큰 자산이다. 며느리 바람났다고 동네방네 떠들어 대는 집안을 콩가루 집안이라 한다. 법과 원칙에 따라 처리하면 된다. 이를 인민재판식 여론 몰이로 가는 사회는 건전한 사회가 아니다. 위대한 국민은 위대한 인물을 만들어 낸다.

군내의 공관병

2017. 08. 06.

나는 60년대 초반 육군본보 군수참모부장(그 후 5군단장, 국방차관 역임) 당번병(당시는 수행병)으로 근무한 바 있다. 당시 그분의 숙소에서 숙식을 같이한 영외 근무병이었다. 나의 임무는 출퇴근, 각종 행사 준비 등이었으며 퇴근 후 연락 업무도 맡기도 했다. 시간 나면 취업준비 공부도 했으며 가사도 도와 드리고 고교학생 공부도 도와주었다. 그분 내외분은 한 가족처럼 식사도 같이 하도록 배려해 주셨고 제대 후, 직장 취업 후에도 결혼 전까지 그분 댁에서 출퇴근 하라셨다. 공짜 숙식 제공 받고 1년 후 결혼하여 그 댁을 떠났다. 1965년 이후 52년 동안 두 분(이 장군은 타계) 생신, 설, 추석 명절에 작은 선물을 보내 드리며 사모님을 찾아뵙고 있다.

최근 모 작전사령관 공관병에 대한 부부의 갑질 논란을 언론이 대서특필하고 있다. 안타까운 일이다. 내가 모셨던 이 장군님 내외분 같은 분들도 많다는 미담을 알리고 싶다. 사적인 업무 여부를 어떻게 구분한단 말인가? 상호배려, 사랑, 감사 속에는 공사가 없다. 잊지 못할 나의 인생의 은인으로 존경과 감사를 드린다.

박 대통령 탄핵과 이재용 부회장 구형

2017. 08. 08.

1. 헌재는 지난 3월 10일 박 대통령 탄핵사유로 국민주권 위반, 법치주의 위반과 국민의 신임을 배반하고 헌법수호 의지가 없음을 내세웠다.
2. 어제 특검은 이재용 부회장 징역 12년 구형 사유로 전형적인 정경 유착에 따른 부패 범죄로 국민주권의 원칙과 경제민주화라는 헌법적 가치를 크게 훼손하여 엄벌해야 한다고 이야기했다.

* 두 사건이 죄형법정주의에 따른 구체적인 범죄 사실을 적시하기보다 헌법수호 및 가치 문제 등 추상적인 헌법위반 범죄로 제기된 공통점에 특별히 관심 사항으로 등장된다.

이스라엘의 생존 전략

2017. 08. 09.

북한은 핵미사일로 미국과 대한민국을 위협하고 있다. 아시아, 유럽, 아프리카 교차점에 위치한 강원도 크기의 작은 이스라엘의 생존 전략은 핵보유와 강력한 국방력, 외침을 절대 용납치 않겠다는 국민 결전 의지이다. 북한은 동북아의 제2의 이스라엘의 위치를 확보하고 있다. 북한은 핵미사일로 미국 본토를 공격하고 서울 불바다를 만들겠다고 호언하고 있다. 미국 트럼프 대통령은 북은 화염과 분노에 직면할 것이며 미국의 전문기관은 예방 전쟁을 예견하고 있다.

대화나 제재로 북한이 핵을 포기할 것이라는 망상을 버려야 한다. 전자파는 무섭고 북한의 핵은 두려워하지 않는 한심한 대한민국 국민이다. 한반도의 안보 예칙이 불투명한 상황이나 정부는 위기가 아니란다. 희망 사항과 현실은 다르다. 즉시 사드배치는 물론 전술핵 도입, 핵무장으로 북한의 핵인질에서 탈피하는 것이 당면 과제이다. 위기관리를 철저히 하고 만반의 대책을 강구해야 한다. 전쟁을 두려워하는 국가는 멸망한다.

핵을 두려워하지 않는 대한민국

2017. 08. 12.

미국은 1945년 8월 6일 일본 히로시마, 9일 나가사키 두 곳에 원자폭탄을 투하해 항복을 받아냈다. 당시 일본은 핵을 모르고 있었다. 그 피해상황을 알고 있는 일본, 원폭을 만들어 전쟁을 승리로 이끈 미국은 핵을 알고 두려움을 알고 있다. 특히 일본과 미국은 북핵의 위협에 민감하다.

대한민국은 핵을 모르고 있다. 무지가 힘인가 보다. 안이한 정부 정신 차리시라. 죽고 사는 문제 아닌가?

면세점(duty free shop)

2017. 08. 14.

면세점은 외국 관광객들에게 세금을 면제해 주어 자국 상품 선전, 매출증대를 목적으로 개설된 점포를 말한다.

일본은 한 도시에 수십 개의 면세점이 있다.드럭스토어(잡화점)에서도 면세물품을 팔고 있다. 면세물품은 자국 생산품인 지역 특산물, 공예품, 가공식품, 보조식품, 공산품 등이 대중을 이루고 있다. 세계적인 외국산 명품은 찾아 볼 수 없다. 일본관광공사가 관할하고 있다.

우리의 면세점은 세계 명품 거래소이다. 기껏 국내제품은 인삼공사 제품, 화장품이 유일할 뿐이다. 면세점은 재벌들의 각축장이 되어 있고 세계적인 명품점화가 되어 있다. 외국인 대상이 아니라 내국인 해외여행객의 명품구입 매장으로 변한 지 오래다. 관할관청은 관세청이다. 면세점 선정도 관세청에서 주관한다. 한국관광공사는 뒤로 물러서 있다.

한국을 방문하는 외국인을 위한 면세점의 선정, 상품개발, 마케팅, 운영 등 전반적인 패러다임 전환이 시급하다.

살충제 계란 대란

2017. 08. 21.

살충제 계란 사태로 전국을 뒤흔들고 수백만 개의 살충 계란을 폐기하고 축산 농가를 폐사 상태로 만들어 놓고 오늘 식약처는 뻔뻔스럽게도 살충제 계란의 경우 성인은 매일 126개, 1~2살짜리는 24개까지 먹어도 문제없다고 발표했다. 이미 의사협회도 이를 인정한 바 있다. 그렇다면 폐기한 계란 농가에 대해 정부는 배상과 보상은 물론 그 책임도 져야 한다. 문제만 발생하면 근본 원인을 찾고 대안을 찾기 전에 호들갑을 떠는 냄비 근성이 한심하다. 제2의 광우병 소고기 괴담의 전철을 밟고 있는 정부와 여당은 책임을 전가하기에 바쁘다. 이번 사태도 전 정권에 책임이 있다는 헛소리까지 늬까리고 있다. 국회에 출석한 식약처장은 전문성은 물론 상식도 없는 사람이 국민의 건강과 식품, 의약품 안전 책임자란다. 통합과 탕평인사가 이래선 아니 된다.

살충제

2017. 08. 22.

62년 초 겨울 군입대 시 방한복과 내복이 지급되었다. 세탁되지 않은 군복에는 이가 기어 나오고 있었으며 바로 선임병은 아래 위 내복 안 몸속에 DDT를 살포해 주었으며 취침 점호 전 이 잡이 시간이 있었다. DDT 덕분과 이 잡이 시간으로 수면을 지킬 수 있었던 시절이 아스라이 생각난다.

최근에 문제가 된 살충제 계란 사건이 5~60년 전 군에서 이 박멸용으로 쓰던 DDT라는 사실을 새롭게 알게 되었다. 자료에 의하면 DDT는 유기염소 계열의 살충 농약으로 스위스의 여성화학자 '파울뮐러'가 개발하여 노벨상까지 수상했다. 살충에 기여도 했으나 생태계와 인간에 해를 끼치기도 한 주범이 되어 현재는 판매 금지되었단다.

농축산계에서 계란뿐만 아니라 농축산물 생산에 살충제 사용은 불가피한 것으로 알고 있다. 현재 가정에서도 파리, 모기 박멸용 살충제를 사용하고 있다. 차제에 살충제, 농약 등 사용 지침이 마련되어 의약, 식품안전에 만전을 기하는 계기가 되기를.

법의 지배(rule of law)

2017. 08. 24.

법의 지배 원리는 자의적 전제권력이 아닌 정규의 법의 절대적 우위, 모든 사람은 신분에 관계없이 누구나 법에 복종하여야 하며 법 앞의 평등, 법률과 판례를 통하여 인권에 관한 헌법상의 일반원칙의 존중을 내용으로 한다. 법의 존재 이유는 다중에 대한 린치 같은 사적 제재를 막고 냉정하고 공정한 공적 제재를 가하는 것이다. 법의 지배는 영국에서 성립되었으며 미국에 계수되어 헌법의 기본권 선언과 보장, 입법권의 헌법에의 구속 등 법의 지배원리를 확립했다. 다른 의미로는 국가권력의 행사에 대한 법적 통제를 도모하는 법치주의를 말하며 민주국가의 기본원리이다.

사법부는 이를 실현하는 기관이다. 검찰의 기소권, 재판부의 3심 제도가 법의 지배, 법치를 실현하고 있다. 법원 최종심에 대하여 당사자는 물론 관련 정치권에서 왈가왈부하는 것은 법치와 법의 지배를 부정하는 반민주적 위험한 발상이다. 그들이 다름 아닌 법을 전공하고 사법부 출신 정치 지도자들이다. 한편 새로운 증거가 있을 때는 사법 절차에 따라 재심 청구도 가능토록 제도화되어 있다. 대법원 전원 합의제 선고가 사법부 적폐라는 주장은 가당치 않다. 2,500년 전 그리스 철학자 소크라테스는 악법도 법이라 했다. 정치 지도자와 민주시민의 법의식의 대전환이 시급한 과제이다.

예방 제1시대

2017. 08. 27.

저출산, 100세 장수 시대를 맞고 있다. 어린이, 노인 건강문제가 복지사회의 큰 문제로 대두 되고 국민건강보험 운영의 전환이 요구되고 있다. 내년부터 초등학생 대상 무료 독감 주사에 이어 중고교 학생에 확대한단다. 65세 이상 노인에게 독감 및 통풍 예방주사를 무료제공하고 있다.

일본은 각종 건강 기능 보조식품이 발달하고 효능도 월등하다.이런 기능 식품을 65세 이상 노인에게 무료로 제공하고 있단다. 사전 예방 정책의 일환이다. 고령자의 사전 예방과 건강 유지와 입원에 따른 병원비 부담을 줄이는 1석2조 효과가 있다. 독감주사뿐만 아니라 각종 필수 예방 주사를 확대하고 노인질병 예방에 예산 투입은 장기적으로 건강을 유지하고 국가 예산을 아끼는 정책일 것이다. 국가안보, 국민건강, 각종 사고 예방을 위한 정책의 전환을 기대해 본다.

특혜와 책임

2017. 08. 31.

『특혜와 책임』. 대표 지성, 연세대학교 송복 명예교수의 저서명이다. 그는 서문에서 60년대 이후 30년은 물리력에 의한 역사의 동력에 기초해 산업화를 성취했으나 90년대 민주화 시대 첫 30년, 우리의 역사의 동력은 무엇인가? 라는 질문에 이제 역사의 동력은 바로 노블레스 오블리주, 라고 말하고 있다. 노블레스 오블리주는 특혜받는 사람들의 책임이다. 특혜는 책임을 수반한다고 정의하고 있다. 책임은 1) 희생이며 목숨을 바치는 희생이다. 전쟁 발발 시 또는 심각한 안보 위기 시 내 목숨을 내놓는 것이다. 2) 기득권을 내려놓는 희생이다. 나라가 어려울 때 내가 가진 기득권을 미련 없이 내려놓는 것이다. 3) 배려와 양보, 헌신의 희생이다. 지위 고하를 막론하고 언제나 겸손하고 이해관계를 떠나 남을 돕고 남을 위하는 것이다. 일반 국민이 그렇게 하라는 것이 아니라 특혜받은 사람, 특혜받고 있는 사람은 반드시 그렇게 해야 한다는 것이다.

노블레스 오블리주는 어느 나라든 그 나라 상층의 형태이며 이를 가짐으로 상류사회를 형성한다. 그런데 지금 우리는 상층은 있는데 상류사회가 없고, 고위층은 있는데 노블레스 오블리주가 없다. 그 전형적인 예가 고위 정치인(국회의원), 고위 관료, 고위법조인이다. 그들이 물러나고 나면 ㅇㅇ피아, 가 그들의 이름 뒤에 붙는다. 노블레스 오블리주와는 정반대되는 마피아라는 것이다.

정말 우리 상층은 노블레스 오블리주가 없는 천민 상층으로 내내 지속해 갈 것인가, 아니면 새로운 역사의 동력으로 노블레스 오블리주를 가질 것인가? 송 교수는 우리의 역사 속에서도 영국이나 미국 등 선진국 이상으로 노블레스 오블리주를 실천한 민족이기에 반드시 새롭게 발현될 것임을 예단하고 있다.

특혜와 책임, 노블레스 오블리주를 실천하는 새로운 역사동력을 만드는 데 국력을 집중해야겠다.

단체 급식

2017. 09. 06.

정부는 대기업, 중견 기업이 단체 급식을 독과점하고 있다고 조사를 검토한단다. 직장에서 단체 급식은 임직원의 복리후생의 일환으로 시행하고 있으며 급식은 품질과 위생. 가격을 우선시한다. 정부는 급식 시장의 통계만 보고 이를 규제할 모양이다. 외식산업은 자본과 인력, 전문성, 운영 노하우 등 복합적인 사업이다.

최저임금 인상, 인력 공급, 식재료 가격 인상, 정부의 규제 등으로 탈 급식 사업이 예상된다. 단체 급식 대란도 예상된다. 걱정거리는 쉴 새 없다. 당장 중소기업에 개방한다 해도 기존 대기업, 중견기업을 대체하기는 불가능할 것이다. 우선 정부청사 식당 운영을 중소기업체에 맡겨 보시라. 시장과 소비자를 이기는 정책을 도입해야 한다. 소상공인. 자영업자 보호를 위한다는 정책으로 단체 급식 폐지가 거론될 것이다. 대기업 때리기도 앞뒤를 가려 하시라. 탁상공론이 아닌 현실을 잘 살펴야 한다. 단체 급식 아무나 못 한다. 현장을 체험한 경험담이다.

의리

2017. 09. 08.

의리와 인정은 동양인들의 마음 깊숙이 뿌리를 내리고 있는 가치관이다. 의리에 따라 죽고 산다는 말은 동양에선 있을 수 있는 가치관이다.

그 의리는 지금 우리 사회에 얼마나 남아 있는가? 자로 잴 수는 없지만 분명히 무너지고 있는 것 같다. 각종 사건과 사고, 범죄의 원인을 두둔하는 이야기가 아니다. 이들은 사회적으로 지탄받아 마땅한 범죄요, 부도덕이다. 그러나 그 범죄와 부도덕이 반드시 밀고와 같은 방법으로 고발되거나 의리 배반으로 이어지는 것도 바람직하지 않다는 것이다. 한동안 한솥밥을 먹으며 같은 목적을 가지고 일해 온 사람들이 자신의 직장을 매질하고 상사와 동료를 욕되게 하는 것은 정의라는 이름으로 용서받을 수 있을까? 일본의 이야기지만 직장의 상사가 책임진 일에 마음의 갈등을 못 이겨 자살까지 하는 일들을 일본 신문에서 가끔 보곤 한다.

비리를 참고 볼 수는 없지만 그것을 빌미 삼아 사리를 탐하고 자신의 죄를 면피하려는 비정에 분개하게 된다는 말이다. 논어의 헌문 편에 공자의 제자 자로가 인간 완성에 관해 묻자 공자는 견리사의 덕목을 가르쳐 줬다. 이를 보면 의를 생각하고, 위태로움을 보면 생명을 바칠 줄 알고, 묵은 약속이라도 지난날 자기가 한 말을 잊지 않고 실천한다면 그것이 인간 완성이다.

군자만의 세상은 아니지만 의리와 인정이라도 지키는 사회라면 삶은 한층 더 보람되지 않을까?

조재연 대법관 취임 축하 모임

2017. 09. 09.

어제 저녁 모교 600주년 기념관 내에 있는 faculty club에서 열린 동문 조재연 대법관 취임 축하 모임에 참석했다. 법대, 로스쿨 동창회가 주최하고 역대 회장, 고문, 총장, 로스쿨 교수 등 50여 명이 참석했다. 조 대법관은 이미 상선약수를 교훈으로 삼아 정의롭고 바른 판결을 다짐한 바 있다. 어제 인사말을 통해 모교의 건학 이념인 수기치인, 교시인 인의예지를 지켜 훌륭한 대법관이 되겠다고 다짐했다.

그의 인품과 지난 생활을 통해 훌륭한 최고 법관으로 사법부의 신뢰를 회복하고 판결로 답하기를 기대하고 있다.

토머스 제퍼슨

2017. 09. 10.

토머스 제퍼슨은 미국의 제3대 대통령으로 재선을 했다. 그는 미국의 정치가, 교육자, 철학자이며 1776년 7월 4일 독립선언문 기초의원이었다. 명문 버지니아 대학의 설립자이기도 하다. 특히 미국 자유 언론 사상의 토대를 제공한 대통령이다. 그는 신문 없는 정부를 가져야 할지, 정부 없는 신문을 가져야 할지를 두고 "나는 주저 없이 후자, 즉 정부 없는 신문을 선택할 것이다"라는 명언을 남겼다. 여기에서 신문은 언론을 말하고 있으며 언론은 정부의 간섭에서 보호되어야 한다는 것을 강조한 것이다.

약 250년 전 미국의 위대한 건국의 아버지들의 뒤를 이어 온 정치 지도자들이 있어 미국은 세계 제1의 국가로 등극했다. 걸출하고 국민으로부터 사랑받고 정치, 경제, 철학, 교육 등 학문적 전문성도 겸비한 지도자가 그리운 대한민국. 정부도 언론도 같이 가졌으면 좋겠다.

대북한 핵 대책

2017. 09. 11.

지난 8일, 미국 NBC 방송은 도널드 트럼프 행정부가 한국 내 전술 핵 재배치와 한·일 독자 핵무장 허용을 검토하고 있다고 보도했다. 북한의 6차 핵실험 직후 중국에 미국은 한·일의 자체 핵무장 추진을 막지 않겠다고 이미 밝힌 바 있다. 한·미 국방장관 회의 후 송영무 국방부장관도 전술 핵 논의가 있었음을 언급한 바 있으나 청와대는 이를 부인했다.

오늘 국회 대정부 질문에서 여야 의원들의 전술 핵 재배치 질문에 국무총리와 청와대는 한반도의 비핵화 정책은 변함이 없으며 전술 핵 재배치도 검토한 바 없다고 반대 의견을 내놓고 있다. 현지 시간 내일 11일, UN 안보리 결의안 표결이 있겠지만 북핵 포기를 이끌어 낼 방안은 별수일 것이다. 미국 정부와 의회에서도 한국의 전술 핵 재배치 논의가 본격화하고 있으며 한국의 정치권은 물론 국민 60퍼센트 이상이 찬성하고 있다. 북한의 계속적인 핵실험, 핵미사일 발사가 지속되는 경우 전술 핵 재배치가 아닌 한·일 핵 무장뿐만 아니라 대만까지도 핵무장으로 중국을 압박할 가능성도 있다. 중국의 북한 핵 해결 여부가 동북아 핵무장 도미노 현상도 초래할 것으로 예견된다. 북한은 핵 포기는 절대 없다는 전제하에 대책을 세워야 할 것이다. 비전문가의 의견이다.

성심노인복지센터 재정비 준공식

2017. 09. 12.

오늘 오후 서초동 소재 구립 서초 성심노인복지센터 재정비(리모델링) 준공식에 동 복지센터 운영위원장으로 참석했다. 이곳에는 54명의 치매 및 거동이 불편한 노인들이 입소되어 있으며 까리따스수녀원에서 위탁 운영하고 있다. 수녀님들의 정성과 봉사로 입소분들이 집보다 좋다 하신다. 특히 서초구청 조은희 청장님의 배려로 새 단장되어 최신 시설로 변했다 노인복지 수요에 부응치 못하는 요양시설 부족이 해결할 문제이다.

번개팅

2017. 09. 14.

오늘 페북 친구로 인연을 맺은 김현주 박사(서강대 교수 역임. 현재 최달용 국제특허법률사무소 자문역)의 저서 『일본 사회와 법』을 받기로 약속되어 방문했다. 최달용 대표 변리사, 동문 이영진 고법부장판사, 동문 박기억 변호사도 함께해 점심하고 최 대표의 사무실에 전시한 소장품 자료관을 관람했다. 수천 점을 수집한 보관함에 놀랐다. 그곳에서 우리의 생활 발전사를 한눈에 볼 수 있었다. 김 박사는 우리 모교에서 법률 일본어 강의도 하시어 이 판사, 박 변호사는 그의 제자가 된다. 김 박사는 일본 전문가로 일본 문화와 법을 연구하는 학자이시다. 오늘 번개팅이 참 좋았다. 페북을 통한 친구의 인연이 소중하다. 다음에는 내가 번개팅을 주선하련다.

걸출한 지도자

2017. 09. 16

오늘도 남산 둘레길을 돌고 왔다.

많은 사람들이 남산을 찾았다. 저 멀리 도봉산, 북악산, 인왕산이 보이고 높은 빌딩의 숲 아래 1,000만 명이 살고 있다. 북한의 핵미사일도 두려워하지 않는 담대한 국민이다. 70년 동안 국민의 피와 땀 그리고 눈물로 이룩한 거룩한 대한민국이다. 조선조 사색당쟁은 임진란, 병자의 난을 초래하고 수많은 인재가 사약으로 사라지고 부관참시도 마다치 않은 잔악함에 이어 주변 강대국의 먹이 사슬이 되어 조국과 민족이 없어지는 한일 합방, 무방비와 큰소리 안보로 자초한 6.25 한국전쟁의 교훈을 잊어서는 아니 된다. 과거를 들먹이지 말고 서로 용서하고 국민이 하나 되어 미래로 같이 나갔으면 좋겠다. 이것이 큰 정치요. 걸출한 지도자가 아닐까?

한국의 집

2017. 09. 17.

오늘 오후 중구 필동 소재 한국의 집에서 한국의 전통혼례식으로 거행한 결혼식에 아내와 함께 참석했다. 주인공은 일본 가고시마 시 도사야 리조트에서 근무하는 신랑 오훈섭, 신부 에미(일본인)였다. 식전 행사로 사물놀이, 전통 가무와 국악 연주 후에 초례상 앞에서 신랑, 신부가 전통 의관을 갖춰 주례가 주관하는 혼례식을 오랜만에 봤다.

한국의 집은 중구 필동에 위치하고 있으며 조선조 세종시 집현전 학자이며 사육신의 한 분이신 박팽년 사저 터에 자리 잡은 복합 전통 문화공간이다. 내·외국인들에게 한국의 전통문화를 홍보하기 위해 지어졌으며 전통 음식, 전통 공연, 전통 체험, 전통 혼례 등 전통문화 보존과 보급을 목적으로 한국문화

재단에서 운영하고 있다.

최고위직 직무 대행 시대

2017. 09. 18.

1. 이승만 대통령 하야 후 허정 총리의 대통령 권한 대행.
2. 1979년 박정희 대통령의 서거로 당시 최규하 국무총리가 대통령 직무 대행을 거쳐 대통령에 당선되었다.
3. 지난해 12월 9일 박근혜 대통령이 국회 탄핵소추 결의로 직무가 정지되고 헌재의 탄핵 인용 후 대통령 선출일 금년 5월 9일까지 5개월간 황교안 국무총리가 대통령 권한 대행을 했다.
4. 이정미 헌재소장 대행의 임기 만료로 김이수 헌법재판관이 소장 직무 대행 중 헌재소장으로 임명되었으나 지난 17일 국회인준이 부결되어 계속 직무 대행 중이다.
5. 대법원장으로 김명수 춘천지방법원장이 임명되었으나 본회의 인준이 불투명하단다. 대통령께서 사법부 수장의 장기 공백이라는 초유의 사태가 벌어지지 않게 해 주기 바란다고 호소했다.

대통령 탄핵으로 5개월 국가 원수 공백도 경험한 대한민국이 아닌가? 국민은 헌재소장, 대법원장 공백쯤은 관심이 없는가 보다. 국민이 바라는 헌재소장, 대법원장은 없나 보다. 중국 삼국시대 촉한의 제1대 황제 유비가 삼고초려로 제갈공명을 기용한 고사도 있지 않은가? 훌륭한 인재는 차고 넘친다는 사실을 모르는가? 널리 찾아보시라. 인사가 만사다.

고질적인 대충주의

2017. 09. 22.

매년 반복되는 대형 참사와 각종 부패 비리는 안전해야 할 사회구조가 대충을 수반한 결과로 나타나고 있다. 법의 허점이 있다는 것을 알면서도 보완하는 조치를 취한 것이 없고, 공직자의 부패 비리 구조가 만연되었다는 것을 알면서도 특별한 주의를 기울였다는 큰 흔적도 보이지 않는다.

이러한 것들도 대충주의가 원조이다. 3년 전 세월호 참사, 각종 부패 비리도 정부의 감사, 감독, 감시 기능 특히 가장 중요한 인사 검증 등 안전하고 정의로운 사회구조가 대충을 수반한 결과이다. 이러한 현상이 정치·사회 혼란으로 계속 나타나고 있다. 이 사회를 대충주의로 멍들게 하는 근본적이고 구조적인 문제를 정부나 사회가 합심해 고치려 나설 중대한 시점임을 지적하지 않을 수가 없다. 한두 가지 시행착오를 통해 열 가지 교훈을 얻으려는 전향적 자세가 없고서는 이 사회가 사고와 부패의 탁류를 벗어나 발전할 길은 막히고 말 것이다.

지금까지 반복된 대책들이 모두 효과를 거두지 못한 것을 반성하고 더 이상 대충주의의 타성이 발붙일 수 없도록 할 것이다. 일회성으로 남발하는 정부 당국의 면피성 엄포를 지양하고 적폐 청산의 명목으로 정치 보복이나 기업 옥죄기도 미래를 향한 밝은 정책이 아니다. 지도자는 가장 애국자여야 한다. 개혁은 혁명보다 어렵다.

합정종합사회복지관 3분기 운영위원회의

2017. 09. 27.

오늘 오전11시에 평택소재 구세군복지재단 합정종합사회복지관 3분기 운영위원회의를 주재했다. 동 복지관을 몇 차례 소개 한 바 있다. 동 복지관은 230명을 대상으로 노인무료급식소를 운영하며 저소득 재가노인, 결식아동 식사 배달, 아동 방과 후 공부방, 이주민관련 교육, 성인 문해교육, 사회복지 공동모금운동, 관내 기업과의 협력지원 등 다양한 사업을 전개하는 문자 그대로 모범적인 종합복지관이다. 봉사자 250여 명이 활동하고 있다. 이번 주말에는 송편나누기, 11월 김장 나누기 사업 등이 계획되어 있다는 보고이다. 고령화사회에 노인복지문제가 크게 대두되고 있다. 아직도 우리 주변에 복지 사각지대가 많음이 현실이다. 복지병으로 거덜 난 국가도 반면교사로 삼아야 한다.

급식지원에 위생을 각별히 챙길 것을 당부했다. 운영위원 및 복지관 스탭들과 점심을 같이하고 오후에 회사업무 마치고 상경했다. 합정복지관 김동국 관장 같은 분이 있어 복지사회가 앞당겨질 것이다.

천만장학회

2017. 09. 28.

오늘 지상을 통해 천만장학회가 알려졌다. 삼천리그룹 창업주 고이장균 회장의 장남인 이천득 부사장. 35세에 타계하기 전 동생 현 이만득 회장과 공동으로 '천' 자와 '만' 자 한 글자씩을 가져와 이름 지은 장학재단이란다. 30년간 2,000명을 지원했고 그의 모교인 홍익대는 이천득 기념관을 개관하고 추모식을 가졌단다.

나는 창업주 이장균 회장과는 전경련 국제경영원 동문 모임에서 만나 오랜 시간 자주 뵈었다. 그 덕분에 이 회장님의 삶을 알 수 있었다. 이 회장님은 함경도에서 남하해 친구 유 회장과 동업으로 에너지사업에 성공한 분이다. 피난 시 한 방에서 두 부부가 동거했다는 말씀을 하셨다. 당시 삼천리 석탄 사업을, 현재는 가스 산업을 공동 경영한 형제애를 발휘했으며 지금도 이 씨와 유 씨가 공동 경영을 하고 있을 것으로 생각한다. 이 회장님은 소탈하시고 검소하신 분으로 집에도 자주 초청하시곤 하셨다. 피를 나눈 형제가 아닌 친구 동업자의 미담이 자식대로 이어져 세상을 밝게 하는 천만장학회, 무궁한 발전을 기원하고 싶다. 이장균 회장님, 이만득 부사장님의 명복을 빈다.

10일간의 연휴

2017. 09. 29.

5000년 역사에 10일간의 휴일은 최초일 것 같다. 토요일 휴무와 추석연휴, 한글날에 이어 정부의 10월 2일 임시휴일까지 지정해 만들어졌기 때문이다. 장기휴일로 피곤에 지친 국민들의 건강회복은 물론 내수경기 부양에도 일조케 한다는 취지도 담겨 있다. 벌써 1백여만 명이 해외로 나갈 계획이란다.

기업은 일거리가 있어도 인건비 부담으로 불가피 하게 휴무해야 한다. 자영업자의 볼멘소리도 요란하다. 쓸 돈은 많은데 시간이 없어 못 쓰는 국민이 많은가 보다. 북핵위기, 유엔과 미국의 북한제재로 언제 전쟁이 발발할지 모르지만 전쟁은 없다는 대한민국 정부, 태평한 국민이다. 전쟁은 있어서는 안 된다. 그러나 이상과 현실은 다르기도 하다.

세계경제포럼에서 한국의 경쟁력은 10년 전 11위에서 26위로 추락했다는 발표가 있다. 10대 경제대국, 7대 무역강국에 안주하다 이렇게 됐나 보다. 놀기 좋아하기보다 일하기 좋아하는 국민, 일 많이 할 수 있는 국가가 일등국가이다. 지금도 전국 각지에 무의탁 독거노인, 소년 소녀 가장들, 끼니를 거르는 국민이 상존하고 있다는 현실을 외면하고 있다. 장기간 연휴는 그들에겐 고통일지 모른다. 정부는 그들을 위한 배려도 있어야 한다. 암튼 안전하고 행복한 연휴가 되기를 기원합니다.

오늘의 실향민

2017. 09. 30.

오늘도 고향 동창들과 남산 둘레길을 돌았다. 10일간의 연휴는 서울시민들을 고향으로, 국내여행, 해외여행으로 내보내 남산길도 한가하다. 우리들은 고향에 아직 못 가고 여행 계획도 없는 오늘의 실향민이다. 3천만 명의 민족 대이동은 금년 추석에 최고를 기록할 것이다.

고향은 내가 태어나고 조상이 계신 곳이다.고향을 찾고 귀소 본능을 간직하고 살고 있는 자랑스런 배달민족이다. 세계적인 역사학자 토인비는 한국의 가족 제도를 높이 평가한 바 있다. 급속한 핵가족화가 이런 전통을 이어 간다는 보장은 없다. 북한의 핵미사일도 무서워하지 않는 담대한 대한민국 국민이다. 위기를 모르는 것이 가장 큰 위기라는 사실을 잊어서는 아니 된다.

즐거운 한가위명절, 긴 연휴가 국민충전의 기회가 되기를 기원한다.

추석 성묘

2017. 10. 01.

오늘 오전 안성 소재 천주교 안성추모공원에 계신 부모님 산소를 가족과 함께 성묘했다. 올 때마다 많은 회환이 있다. 어쩌다 아버지께서는 희생에 대한 보답도 못 받으시고 60세에 세상을 떠나셨을까? 어머니께는 볼 한 번 제대로 비벼 드리지 못하고 그 흔한 사랑한다는 말에 인색했던 자신을 나무래 본다. 이곳에는 수천 기의 묘소와 납골당이 있다.

제반 관리를 수원교구 관리사무소에서 무료로 제공해 주고 있다. 이곳에는 우리 부부의 유택도 마련되어 있어 머지않아 부모님 곁으로 갈 것이다. 이곳에 안장되어 있는 수많은 육체와 영혼. 부와 권력 등 어떤 이력도 묘비에 기록이 없다. 세상에서 가장 평등한 대우를 받고 있는 분들이다.

지상, 천상의 낙원이 이곳인지 모른다. 성묘객들이 많이 모여 온다. 고이 잠드소서.

내 무덤 내가 팠다

2017. 10. 03.

『내 무덤 내가 팠다』. 휴일 중 읽은 저서명이다. 저자 노송은 고대 경제학과 곽상경 명예 교수의 아호이다. 476페이지의 장편 다큐멘터리다. 주인공 한용구, 이신애 부부의 생의 역정을 써 놓았다. 대학 동기 S 그룹 비서실에 근무하는 권영필과의 우정이 계속된다. 명문 대학을 졸업하고 재벌 회사에 입사해 승승장구한 한용구의 가족사와 IMF 사태의 실상. 퇴사 후 중소기업에 취업하고 큰 꿈을 갖고 출발한 자동차 부품 납품회사 운영 등에 실패하고 삶을 찾아 헤매는 안타까운 사연. 특히 모든 희생과 정성으로 뒷받침한 외아들 정무의 조기 미국 유학 생활. 사업에 실패하고 결혼한 아들을 방문하고자 싼 항공권을 예약했으나 집 살 돈 가져오지 않으면 오지 말라는 아들의 말에 충격을 받는다. 전세금도 경매에 날리고 귀농의 가평에서 기구한 인생을 마감한다.

저자는 한국의 교육 제도와 현실을 구체적으로 지적하고 IMF 파고의 현장을 생생히 나열하고 중소기업, 특히 납품 업체의 실상을 설명하고 있다. 모든 것이 내 무덤 내가 팠다, 는 실증을 소개한다. 자기 무덤을 몰래 만들어 놓고 자신을 찾지 말라는 유서 한 장 남겨 놓고 말기 암, 시한부 인생을 자살로 비참하게 생을 마감한 한용구의 일생을 허무함이라 한다. 저자는 경제학자이며 한국의 교육을 말한다.

강화도 탐방

2017. 10. 05.

우리 부부, 큰아들, 며느리와 함께 강화도를 다녀왔다. 튼튼한 육교로 연결되어 섬임을 잊게 한다. 마니산 아래 남서쪽 길게 펼쳐진 유명한 갯벌이다. 천연자연기념물 419호로 지정되었다. 각종 철새들, 물고기, 파충류, 패류가 서식하고 있다.

썰물과 밀물이 생명을 보듬고 있다. 강화도는 국내에서 다섯 번째로 큰 섬이며 총 15개의 섬이 있다. 역사적으로 고려조 몽골의 침입 시, 임진왜란 시 임시 수도가 되기도 한 치욕의 역사가 있는 곳이며 병인양요, 신미양요 등으로 개항의 역사를 만든 곳이기도 하다. 유명한 맛집 '편가네'에서 점심 맛있게 먹고 귀가했다.

긴 연휴에 가까운 국내 관광지를 찾아보는 것도 현명할 것 같다.

남한산성

2017. 10. 07.

오늘 오후 영화 〈남한산성〉을 관람했다.

1636년 12월 9일, 청나라는 12만의 군대를 동원해 조선을 침범한다. 압록강을 건너 5일 만에 한양 인근까지 도달하고 인조 왕과 군신들이 남한산성으로 피신한다. 성내에서 김상헌을 중심으로 전쟁을 주장한 척화파와 최명길을 중심으로 한 외교로 해결하자는 주화파 간에 격론이 벌어지고, 인조는 한때 척화파를 따라 전쟁 격문을 내리기도 한다. 1만 2,000여 군대.

추운 겨울. 군 식량도 확보되지 않은 조선군은 대적에 실패한다. 최명길은 죽음보다 치욕을 선택할 것을 간청하고 왕의 친서를 갖고 청 태종 홍타이지를 알현한다. 청 태종의 조건대로 인조는 신하 복장으로 청 태종 앞에서 삼전도의 치욕적인 삼배 구고두례를 행한다. 소현 세자, 봉림 대군, 세자빈 강 씨가 인질로 심양으로 끌려가 9년 만에 환국한다. 47일 전쟁. 50만 명이 인질로 끌려갔다는 자막으로 영화는 끝났다.

갑론을박의 분열. 현실에 우왕좌왕하고 결단력도 없는 허약한 임금, 국가의 운명이다. 안보와 외교의 무지의 결과이다. 무방비로 국토가 폐허되고 수백만의 사상자를 낸 임진란의 교훈도 잊고 병자호란을 맞은 조선조는 이후에도 사색당쟁으로 조선조 멸망을 자초했다. 안보는 죽고 사는 문제이며 경제는 먹고사는 문제이다. 지금 대한민국의 운명은 북한의 핵과 미사일 위협으로 백척간두에 서 있다. 위기를 모르는 것이 가장 큰 위기임을 알아야겠다.

안보와 경제 심상치 않다

2017. 10. 08.

북한의 핵실험, 미사일 발사 등으로 UN안보리 제재와 미국 트럼프 대통령의 거친 발언은 한반도의 전운을 실감케 하고 있다. 설상가상으로 미국정부는 한미 FTA 폐기압박을 가하며 전면적 재협상과 삼성, LG세탁기, 태양광패널에 safe guad(긴급 수입 규제 제한조치)를 발동하려 한다. 당당한 대응을 외치던 정부가 협상에 합의했으나 특별한 대책은 없어 보인다. 2011년 체결 당시 협정반대, 파기를 주장했던 현 여당인 민주당의 역할도 한계에 있으며 정당성을 찾을 명분이 옹색해 보인다. 반면에 중국의 사드보복으로 중국 진출 우리기업들이 철수를 서두르고 있으며 한국산 상품 구매도 제한하고 중국 관객이 한국관광을 중지하고 있다. IMF 이후 미, 중, 일 등과 체결한 통화 스와프 기일이 도래하고 있는 중국 측의 연장 여부도 관심사다.

안보와 경제는 국가 존립의 중요한 두 축이다. 글로벌시대에 군사, 경제동맹은 생존의 조건이며 전략이다. 여야 정치권이 힘을 합치고 정부의 치밀한 대책으로 이 난국을 극복해야 한다. 위기불감증, 안일무사가 국가를 멸망케 한 과거 역사를 반면교사로 삼아야 한다. 위기를 모르는 것이 최대 위기이다.

평창 동계올림픽 초비상

2017. 10. 11.

넉 달도 채 남지 않은 평창 동계올림픽 입장권 판매가 30퍼센트에 머물고 있으며 내년 3월 9일부터 18일까지 열리는 패럴림픽(장애인올림픽)에 대한 관심도가 최악 수준이란다. 북핵, 사드 보복 악재로 중·동남아 국가의 예약 취소가 이어지고, 후원·협찬금 등 기업들의 참여도 저조하단다. 최문순 강원지사의 하소연이 언론에 보도되었다.

올림픽은 세계인의 축제이며 개최국의 국력을 선양하고 최첨단 기술을 알리고 관광산업을 업그레이드하는 기회다. 평창올림픽의 실패는 국가의 위상 추락의 결과를 가져오며 재정적 부담을 안게 된다. 그동안 기업들의 기부, 후원, 협찬으로 구속되고 감사, 조사받아 기업이 혼줄 난 사태가 가져온 결과도 한몫을 하는가 보다. 최순실 게이트의 후유증이기도 하다. 교각살우의 교훈도 잊어서는 아니 되겠다. 기업을 신바람 나게 하는 정책도 절대 필요하다. 미국에서 가장 존경받는 사람은 돈 많이 버는 기업인이다. 정부도, 기업인도 패러다임 전환의 계기가 되었으면 좋겠다. 범국가적으로 평창 올림픽 성공을 위해 힘을 모아야겠다.

장관이 될 사람과 되지 않아야 할 사람

2017. 10. 13.

본인의 저서 『변화와 고객은 기업의 생존조건』(2006년. 뒷목출판사)에 올린 글입니다. 2,200여 년 전 중국의 전한 말 劉向이 편찬한 교훈적인 설화집인 『설원(說苑)』은 '六正'을 소개하고 있습니다. 훌륭한 장관의 여섯 가지 조건입니다.

1. 聖臣: 국가위기를 미리 예측하고 미연에 방지할 줄 아는 장관
2. 良臣: 마음을 비우고 스스로의 계획을 소신 있게 진언하며 윗사람의 잘못된 판단을 잡아 줄 수 있는 장관
3. 忠臣: 평소 성실하고 유능한 부하를 많이 거느려 옳은 판단을 할 수 있는 장관
4. 智臣: 사리를 분별하고 위기를 기회로 만들어가는 지혜로운 장관
5. 貞臣: 법을 존중하고 뇌물을 사양하고 생활이 검소한 장관
6. 直臣: 세상이 혼란할 때 아첨하지 않고 바른말을 하는 장관

반대로 『설원』은 장관자리에 앉혀서는 안 될 사람도 지적하고 있다.

1. 공사를 분별 못 하고 지연, 혈연, 학연을 잘 따지고 주변정세를 호도하는 사람.(具臣, 구신)
2. 윗사람 비위 맞추기에 바쁘고 결과에 책임지지 않는 사람(諛臣, 유신)
3. 겉으로는 그렇지 않은 듯 자기 위장을 잘하고 정실인사 등 간교를 부리는 사람(奸臣, 간신)
4. 자신의 부정을 감추고 거짓말을 잘하는 위선자(讒臣, 참신)
5. 권력형 부정 축재자(賊臣, 적신)
6. 윗사람을 불의에 빠뜨리고 나라를 망할 지경으로 만드는 사람(亡國臣, 망국신)

이런 사람들을 六邪(육사)라고 했다.

건국 70년이 박두하고 있다. 역대 정권은 六正을 찾아 장관시키고 六邪를 멀리했는지 역사를 찾아보고 지금은 어떤 사람이 장관에 발탁되어 있는지? 자문해 보는 기회였으면 좋겠다.

남산 둘레길에서

2017. 10. 14.

1. 장충단비는 서울 전철 3호선 동대입구역 9번 출구 앞에 있다. 1900년 고종의 명에 의하여 1895년 을미사변으로 순국한 명성황후와 궁내부대신 이경직. 시위대장 홍계훈 등을 기리고 제사를 지내기 위해 장충단을 건립하고 장충단비를 세웠다. 1910년 한일합방으로 단은 폐지되고 비는 찾아 지금의 신라호텔 자리에 있었으나 1969년 현 위치로 옮겨졌다. '장충단'의 3글자는 당시 황태자인 순종황제의 친필이며 뒷면에 적힌 단의 내력은 민영환 국부부장의 친필이다.

2. 남산 둘레길에서 동행친구들과 국화, 백일홍, 구절초 화단 앞에 스마일을 하고 있다. 소쩍새의 울음소리와 구슬피 울어 댔던 산비둘기는 국화와 구절초를 피게 했다. 가을인가 보다. 세상이 하 수상하지만 그래도 지구는 돌고 있다.

생각나는 성경 구절

2017. 10. 15.

너희가 무엇이든 땅에서 매면 하늘에도 매여 있을 것이며 땅에서 풀면 하늘에서도 풀려 있을 것이다(마태오복음 18장 18절).

이 땅에서 용서하고 정화하라는 엄중한 경구가 아닐까? 성경은 7번이 아니라 그의 10배인 77번을 용서하란다. 지금은 보복보다 용서할 때가 아닐까?

전략핵무기(strategic nuclear weapon)와 전술핵무기(tactical nuclear weapon)

2017. 10. 15.

전략핵무기는 적의 광범위한 지역을 파괴할 목적으로 사정거리 6,000km 이상의 미사일인 ICBM과 전략폭격기인 B. 1B 등에 실은 핵탄두나 수소폭탄을 의미한다. 전술핵무기는 좁은 범위의 전선에서 적을 공격하는 데 사용하는 전투기에 탑재한 폭탄, 사정거리 500km 이하의 미사일로 발사할 수 있는 핵탄두, 핵지뢰 등을 포함한다. 지금 북핵 대응 방안으로 거론하고 있

는 핵무기는 전술핵무기 도입을 말하고 있는 것이다.(비전문가의 상식 설명임)

결혼 51주년

2017. 10. 16.

오늘이 나의 결혼 51주년을 맞는 날이다. 매년 오늘은 아내에게 결혼 기념 편지를 보낸다. 아래는 편지 요약 내용이다.

당신을 만나 참 좋았다

오늘은 유독 눈시울이 붉어집니다. 당신의 희생적인 내조에 고마움과 세월이 빨리 흘러갔다는 아쉬움 때문인가 봅니다. 결혼 전 1년 연애 기간 동안 소공동 짜장면집, 다방에서 사랑을 나눴던 시절도 떠오릅니다. 하월곡동에서의 신혼 생활, 한남동, 압구정동, 서초동을 거쳐 분당, 죽전 그리고 서울로의 귀향들이 우리의 인생 파노라마입니다. 자식들의 유학비를 조달코자 주소지를 옮긴 현대판 맹모삼천지교를 실천케 했습니다. 정말 잘한 결정이었습니다. 아들, 딸 박사, 교수 만들고 착한 며느리 맞아 손자, 손녀들 주변에 성을 만들어 놓은 것이 큰 자산입니다.

51년 동안 앞만 보고 달렸던 시간들이 주마등처럼 떠오릅니다. 별

취미도 없이 추억도 만들지 못했으나 당신과 같이 건강히 살아온 것이 제일 큰 추억입니다. 그래도 바르게 떳떳하게 살려고 노력했습니다. 많은 십자가를 지고 골고다 언덕을 오르기도 했습니다. 열심히 살았습니다. 후회도 없습니다. 이만 하면 잘 살았습니다.

우리 가정의 수호천사 전청자 여사님! 가정의 대소사 건사하고 남편, 자식들 위해 희생했습니다. 유난히 무더웠던 여름이 가고 소쩍새와 산비둘기 울음소리로 남산 둘레길에도 국화와 구절초가 활짝 피었습니다. 단풍이 지고 나면 겨울이 옵니다. 나는 이미 겨울에 와 있습니다. 어쩐지 마음이 찡합니다.

내년 오늘에도 편지 보낼게요. 당신을 만나 참 좋았습니다.

2017년 10월 16일

남편이 보내는 글

교육이 보이지 않는다

2017. 10. 20.

스위스 태생의 페스탈로치(1746~1827년)는 교육자요 사상가이며 교육의 성자였다. 그는 사랑의 교육자로서 이렇게 말했다. "사랑이 교육의 본질이며 방법은 사랑에서 자연히 나온다, 교육은 인간의 근본력을 기르는 것이며 인간 정신의 내면력을 양성하는 것이다." 그는 세 가지를 말하고 있다. 첫째는 정신력, 둘째는 심정력(도덕력), 셋째는 기술력이다. 그는 이것을 상징적으로 표현하기 위해 머리와 가슴과 손이라 했다. 머리는 학문과 지식을 상징하고, 가슴은 도덕과 양심을, 손은 기술과 노동을 말한다. 머리와 가슴과 손, 지식과 양심과 기술, 이 세 가지 요소가 균형적 발전과 조화적 성장을 이루고 인간성의 완성이 곧 교육의 목표이다.

머리만 발달하고 가슴과 손이 빈약한 사람, 손만 발달하고 가슴과 머리가 빈약한 사람, 가슴만 발달하고 머리와 손이 빈약한 사람 그것이 모두 불구적 인간이다. 그는 이 세 가지를 갖춘 사람다운 사람을 만드는 인간 학교를 강조했다. 이 세 요소는 가치 질서가 있어야 한다고 역설했다. 그는 가슴이 가장 위에 있고 그다음이 머리와 손이며, 도덕이 지식과 기술 상위에 있다고 했다.

우리는 매일매일 자기를 조각하면서 살아간다. 산다는 것은 내가 나의 생명과 행복, 성격을 만드는 인간 조각의 예술이다. 교육은 국가 백년대계라고 하지만 지금 그 구호조차 없어진 지 오래다. 교육부가 보이지 않고 학교는 있으나 교육은 없고 선생은 많은데 참스승은 안 보인다. 문 정부의 로드맵에 교육은 없는가 보다. 교육은 국가 백년대계이다.

자유한국당의 운명

2017. 10. 21.

작년 4월 총선 대패 이후 인명진, 류석춘 혁신위원장은 혁신은커녕 당을 최고의 혼란으로 이끌어 왔다. 대선에 참패한 홍준표 씨가 정계 은퇴는커녕 당대표로 선출된 이후 당을 제대로 이끌지 못하고 야당 대표의 권위와 품격, 포용력, 리더십도 상실하고 반목을 반복해 오고 있다. 어제 당윤리위는 박근혜 대통령 및 서청원, 최경환에게 탈당 권유를 의결했다. 이유는 당 몰락의 책임이란다.

박 대통령 탄핵은 한국당, 바른당 전신인 새누리당 소속 의원 62명의 탄핵소추 의결에 찬성, 헌재의 파면 의결로 대통령직이 상실되는 결과로 이어졌고 새누리당은 당 해체에 이어 귀태인 자한당, 바른당이 탄생하고, 두 당 후보로 홍준표, 유승민이 대선에 출마해 예상대로 대패했다. 홍준표 대표는 당 몰락 책임을 박 대통령과 친박계에게 묻고 있다. 박 대통령과 친박계가 아닌 전 새누리당의 책임은 나 몰라라 하고 있다. 무책임의 극

치이다

박 대통령 탄핵소추 의결에 찬성하고 자한당에 잔류한 의원 출당 권유가 우선이 아닐까? 글쎄? 그 책임을 그들에게만 물을 수 있을까? 책임 소재와 명분이 명확해야 한다. 한심한 한국당의 운명과 존재 가치와 명분은 무엇일까? 스스로 판단할 때가 아닐까? 제 무덤은 자기 스스로 판다. 한국당의 운명은 끝자락에 와 있다. 정치 문외한의 생각이다.

연꽃처럼 살고 소금이 되라

2017. 10. 24.

건국 이후 각 정권의 오명은 부정부패가 아닐까? 현 정부도 적폐청산의 칼을 뽑았으나 결과는 두고 볼 일이다.

옛 성현들은 세상을 살아가는 데 연꽃처럼 살아가라고 가르쳤다. 연꽃은 더러운 흙탕물에서 자라지만 그 더러움에 물들지 않고 아름다운 꽃을 피운다. 부패 속에 있으면서 부패하지 않고 혼탁 속에 있으면서 물들지 않는 것이 연꽃. 연꽃처럼 살아야 한다.

소금은 절대로 썩지 않는다. 소금 자체도 썩지 않지만 부패를 방지하는 작용을 한다. 스스로 썩지 않기 때문에 썩는 것을 막아 낼 수 있는 정신이 소금이다. 현대인들이 삶의 방향 감각을 잃고 허둥대고 있다. 이를 잡아줄 지도자나 스승이 없다. 정치가 실종되고 사회가 혼탁하다. 10대 경제대국의 뒤안길, 복지정부에 외면당하고 있는 국민이 예상외로 많다. 부정부패, 비리의 온상은 입법, 사법, 행정의 삼부에도 예외가 없다. 적폐청산은 부정부패 근절에 두어야 하고 그 이름이 정치 보복이나 새로운 적폐를 만들어선 아니 된다. 주체가 연꽃이 되고 소금이어야 한다.

한국당의 미래

2017. 11. 03.

오늘 홍준표 한국당 대표는 전 박근혜 대통령을 법적 절차에 의하지 않고 직권으로 강제 제명했다. 얼마 전 홍 대표는 한국당 몰락은 박근혜 대통령과 친박들의 책임이라 했다. 한국당, 바른당 전신인 새누리당 소속 국회의원 62명의 탄핵소추 결의 찬성과 헌재 파면심판으로 대통령이 대통령직에서 물러나고 새누리당은 몰락했다는 사실을 알면서도 이를 간과했다. 홍 대표는 새로운 범 보수당으로 새로 출발하고 내년 지방선거에 이어 총선, 대선에서 국민의 지지를 기대하고 있다.

그의 포부가 가능할 것으로 내다보는 사람은 홍 대표뿐일 것이다. 박근혜 출당이 한국당에 도움이 된다는 망상은 홍 대표만의 희망일 것이다. 부모가 잘못했다고 호적에서 제적하는 호로자식의 행패에 비유하고 현대판 '부관참시'라는 국민이 많다는 사실을 그들만 모르고 있다. 친박을 몰아내고 배신자들의 집합소인 바른당 의원을 영입하는 후속 조치가 기다리고 있다. 친박을 출당시키면서 홍 대표도 대표직에서 물러나는 것이 최대의 올바른 혁신이다. 두 분의 혁신위원장은 존재 의미도 없을 뿐 당을 혼란에 빠뜨린 한심한 일등 공신이다. 한국당의 운명은 스스로 판 무덤에 묻힐 것으로 내다보고 있는 정치 비전문가의 생각이다.

국가 주권

2017. 11. 04.

주권은 국가 최고의 의사 결정권이며 대외적으로는 자주 독립성을 말한다. 현대국가 성립 이후 자국의 주권은 강한 국방력이나 전쟁으로 지켜져 왔다. 주권을 대화나 협상으로 지킨 사례는 동서고금을 통해 존재치 않고 있다. 전쟁 패배의 결과는 주권 상실이었으며 외침에 대한 항복은 주권 포기였다. 임진란, 병자의 난, 한일합방, 6.25 한국전쟁의 역사를 체험한 우리들이 아닌가? 전쟁을 두려워하는 민족은 멸망했다고 역사는 기록해 놓고 있다.

국가는 국민의 주권과 생명, 재산을 지키기 위해 존재하고 정체성의 가치이다. 협상은 힘의 우위가 전제되어야 성공할 수 있다. 힘의 우위가 없는 협상은 굴욕, 종속의 결과뿐이라는 사실을 간과해선 아니 된다.

영화'남한산성'과 '조선조 멸망사', '6.25한국전쟁'이 주는 역사가 머리에서 떠오르는 이유가 있어 보인다. 국방외교, 경제는국민이 죽고 사는 문제이며 국가 존립 가치이며 조건이다. 북한핵은 대한민국의 존재 여부를 판가름 할 수 있는 최대의 위협임을 알아야 한다. 범에 물려 가도 정신만 차리면 산다는 속담이라도 기억했으면 좋겠다.

미·일 밀월 시대

2017. 11. 05.

1941년 12월 7일 일본은 미국 하와이 진주만을 기습 공격해 미국 전함 5척 침몰, 3척 파손, 5,000명의 사상자를 발생시켰다.

이로 인해 미국은 유럽과 태평양 전쟁에 참가하는 계기가 되고 드디어 미국은 1945년 8월 6일 히로시마, 8월 9일 나가사키에 원폭을 투하해 수십만 명의 사상자와 건물 90퍼센트가 파기되고 일본 천황이 항복함으로써 2차 세계대전은 끝이 났다. 극동 사령관 맥아더 장군은 신이었던 천황을 일반인으로 격하시키고 군과 재벌을 해체하고 일본국을 통치했다.

1950년 한국전쟁이 발발하자 일본은 미국을 대신해 군수 지원에 나서면서 미국의 우방 대열에 동참한다. 이후 일본은 미국의 유일한 우방국이자 미·일 동맹국의 지위를 확보하고 패전 60년 후 세계경제 B2 국가의 반열에 올라 있다. 세계 최강의 미국의 유일한 우방국 일본이다. 미국 트럼프 대통령의 아시아 첫 순방길에 오늘 일본에 도착, 아베 총리와 골프를 치고 방금 만찬을 즐겼을 것이다. 정상회담 의제가 북핵과 경제협력 문제이다. 북핵 문제도 미국이나 당사국인 한국이 아닌 일본이 해결의 주역을 맡을 것이다.

원폭으로 수십만 국민이 죽고 국토를 폐허시킨 미국과 과거를 전연 거론치 않는 일본 정부. 국익을 위해서는 극도의 수치심도 감수하며 현실을 수용하는 일본 국민들이 얄밉기도 하다. 우리 대한민국이라면 그리했을까? 약자는 강자 앞에서 국익을 위해 실익을 추구하는 실사구시도 현명한 판단이다.

힘을 길러 미래를 준비하는 일본이 부럽다. 우리 정부는 위안부 문제 하나 제대로 풀지 못하고 대일 외교도 교착 상태가 지속되고 있다. 미국과 중국과의 균형 외교를 추진한단다. 양다리 외교가 자칫 둘을 잃을까? 걱정이 기우이기를 바란다. 주권국가의 위상에 걸맞은 새로운 국방 외교 정책을 추진해야 한다.

법조인의 시련

2017. 11. 08.

최고의 지성으로 평가받아야 할 법조인들이 큰 시련을 겪고 있는 것은 어제 오늘이 아니다. 정치검사, 정치판사, 사건 알선 변호사 등 많은 오명이 회자 되고 있다. 정말 딱한 일이다. 같은 솥밥을 먹었던 변호사, 검사가 억울하다고 자살하는 사태가 발생해 큰 충격을 주고 있다. 법조인의 자성과 제도의 바꿈 없이 백년하청일 것이다. 법해석과 적용의 한계를 극복하며 법의 언어에 고지식하게 따르는 법률전문가가 아니라 실용적인 지혜와 절제력, 자비심을 가지고 법을 포괄적이고 유용하게 적용할 수 있는 고결한 인품의 소유자로 다양성의 사회를 선도하며 적응하는 법조인을 이 시대가 요구하고 있다는 사실을 기억해야 한다.

실정법의 지체성으로 인해 급변해 가는 현실과의 괴리가 불가피함을 인지하며 법의 적용과 판단에 고민해야 한다. 국가 최고의 심판기능을 담당하고 있는 사법부가 국민의 신뢰와 사랑을 받는 기관으로 거듭나기를 바란다.

세종대왕

2017. 11. 09.

역사는 삼국시대, 고려, 조선조까지 약 2100년 동안 가장 위대한 임금으로 세종대왕을 기록해 놓고 있다. 그의 선대 태종은 영광된 다음 시대를 열기 위해 상상을 초월한 사전 작업을 시작한다. 우선 처남 네 명에게 사약을 내려 죽게 하고, 사돈인 세종의 장인인 심온까지 스스로 목숨을 끊게 했다. 또 자신의 분신이요 친구인 이숙번까지 귀향을 보낸 후 세종에게 양위하고 자신은 상왕의 자리로 물러났다. 후대를 위한 자기희생이라지만 인정도 눈물도 없는 기막힌 용단이 아닐 수 없다. 위대한 세종 시대는 태종에 의해 정지되고 기초를 마련한 것이다. 역사는 우연히 만들어질 수 없다는 교훈이 아닐까? 주변 사람들이 역사의 발목을 잡아 역사를 왜곡시키고 있음을 경계해야겠다.

용서

2017. 11. 10.

심리학자 프레드 러스킨은 용서의 힘에 대해 이렇게 설명했다. 쉽게 용서할 줄 아는 사람은 병에 잘 걸리지 않는다. 적개심을 품고 용서를 꺼리는 사람은 혈압, 근육 긴장, 면역 반응에 부정적인 변화가 일어난다. 자신에게 해를 끼친 상태를 용서하려는 사람은 심혈관, 근육, 신경조직의 문제가 즉각적으로 개선된다. 용서할 줄 아는 사람은 스트레스가 적고 스트레스로 인한 신체 증상이 적게 나타난다.

역대 정권은 용서하지 않아 각종 질병으로 국가 발전 저해병이 나타나고 있다. 남아공 만델라 대통령은 27년간 옥고를 치르고 용서와 화해로 350년 지속된 인종차별을 종식했다. 예수는 7번이 아니라 그의 10배를 용서하라고 했다. 용서는 담대한 용기요, 인간 승리다. 올해가 가기 전 나를 아프게 했던 모든 것을 용서하고 떠나보내자. 세상이 어지러워서인지 나도 어지럽다. 용서 부족병인가 보다.

문민정부(김영삼) 대통령의 통치

2017. 11. 12

5년 동안 역사 바로 세우기, 사정, 신종 적폐 청산으로 전직 두 대통령과 관련자들과 재벌 총수들을 구속하고 군벌인 하나회도 해산하고 감사원, 국세청을 동원하여 감사, 조사하는 등 야단법석이었다. 국내 정치가 사정 바람으로 날아가고 정치 혼란이 계속되고 일본을 향해 뜬금없이 버르장머리를 고쳐 주겠다던 김영삼 대통령 때 국가 부도인 IMF 사태를 맞아 국가 운명이 백척간두에 있었다. 소통령인 아들이 부정비리로 재임 중 구속되는 아이러니도 있었다.

정치는 감정이 아닌 이성과 철학, 전문성, 절제된 고매한 인품과 국제 감각을 겸비한 힘을 바탕으로 안보와 경제를 국정제일로 삼아야 한다는 교훈을 남겼다. 조선조 5백 년 동안 4색 당쟁으로 수많은 무고한 인재를 잃고 국제정세에는 눈을 감아 임란과 병자의 난을 맞고 최후에 한일합방으로 국가와 민족을 상실했다. 안보나 민생을 돌보지 않아 멸망을 자초한 불운의 역사를 가지고 있다. 25년이 지났건만 문 정부는 또다시 적폐 청산에 올인하고 있다.

적폐의 끝은 언제일까? 적폐를 예방하는 시스템의 전환이 시급하다. 과거 역사를 잊는 민족은 미래가 없고 전쟁을 두려워한 민족은 모두 멸망했다고 역사는 기록해 놓고 있다. 힘의 뒷받침 없는 평화는 없다는 방한한 트럼프 대통령의 고언을 기억해야 한다. 과거보다 미래를 향해 나아가야 한다. 미래는 희망이기 때문이다.

에티켓(etiquette)과 매너(manner)

2017. 11. 16.

개인이나 단체 및 국가 간 교류가 빈번해지는 현대 사회에선 에티켓과 매너를 알고 지키는 것은 매우 중요하다.

정중하고 품격있는 언어 구사는 백미이다. 특히 외국 국빈 방문 시 의전의 중요성은 아무리 강조해도 부족함이 없다. 대통령을 모시고 각종 회의에 참석 시 대통령의 오른편에 차상위자가, 왼편에 차차상위자가 모시는 것이 맞다. 예를 들면 총리(부총리)께서 오른편에, 비서실장이 왼편에서 모셔야 한다. 같은 장관급이라 해도 조선조는 정품과 종품을 구분했다. 국무위원(육조)은 정품서열, 청와대 비서(승정원)는 종품 서열로 국무위원인 장관이 상위 서열이다.

식사 시 테이블 매너도 중요하다. 음료수 및 주류는 오른편, 빵류는 왼편 것이 본인 것이다(좌빵우수). 진열된 나이프류, 스푼

류는 오른편 것은 오른편 순으로, 왼편 것은 왼편 순으로 사용한다. 냅킨으로 얼굴을 닦아서는 아니 되고 식사 시 입술의 루즈 지우듯이 살짝 예쁘게 사용한다. 스프나 음식을 먹을 때 소리를 내는 것을 삼가야 한다.

고급식당은 예약이 기본이며 의상에도 신경을 써야 하며 오픈식당에서는 옆 테이블 손님을 배려해 낮은 소리로 대화를 나누어야 한다. 의전은 외교의 성패를 좌우하고 청와대, 정부부처, 관련기관, 기업도 에티켓, 매너를 익히는 것은 중요하다. 특히 식사 시 음식과 주류 등에 대한 전문적 지식은 본인의 교양과 품위를 알리기도 한다. 에티켓의 용어는 프랑스 궁중 출입의 티켓이 어원이란다. 양반 노릇 하기도 그리 만만치 않다.

포항 강진

2017. 11. 17.

지난 15일 오후 2시 30분에 포항 북쪽 9킬로미터 지역에서 발생한 5.4도 지진은 부상자 63명, 시설피해 1,347건, 이재민 1,400여 명, 피해 금액은 수백억 원으로 추산되고 있다. 자원봉사자들, 해병대 군인들이 동원되어 사고 수습에 나서고 있다. 재난지역 선포와 함께 중앙정부와 지방정부에서 복구비 지원을 하고있다. 건물, 주택, 아파트가 폭격을 맞은 양 처참히 붕괴되었다.이로 인해 16일 예정된 대입 수능 시험이 1주일 연기되어 58만 수험생이 충격을 받고 있다.

총리와 행안부, 국토부장관께서 현장을 답사하고 대책 강구에 노력하셨다. 대통령께서 직접 현장을 방문하시어 현황을 파악하고 피해주민을 위로하고 자원봉사자들을 격려해 주셨으면 큰 위로가 되었을 것이다. 국회에 오래 쌓여 있는 재난 관련법은 언제까지 머물 것인가? 국회는 쌈박질 멈추고 재난방지법 제정하고 민생 챙기고 여야의원들도 탁상공론 멈추고 지진 현장에 내려가 보시라. 국민 모두가 힘을 모아 포항 지진 복구에 나서야 하겠다.

늦가을의 남산 둘레길

2017. 11. 18.

으악새 슬피 울어 찾아왔던 가을이 서서히 저물어 만추가 아닌 초동의 계절이네요. 남풍으로 보내준 봄, 뜨거운 태양이 만들어주었던 무성한 꽃과 나뭇잎, 소쩍새와 산비둘기의 울음소리로 피었던 그 아름답던 국화와 구절초도 자취를 감추고 울긋불긋했던 저들은 처량한 나목으로 삭풍을 견디어낼 준비를 완료했네요. 사즉생, 버려야 산다는 교훈, 자연의 섭리를 우매한 우리들에게 가르치고 있습니다.

영하의 날씨, 오늘도 완전 무장하고 우리 고향 친구들이 모여 남산 둘레길을 돌고 남산 케이블카 출발지 아래 단골집 산채비빔밥집에서 막걸리와 함께 식사하고 내달 초에 송년 모임도 약속하고 귀가했다. 아! 세월은 하염없이 흘러가고 있다.

일등 국가(선진국)의 조건

2017. 11. 20.

1. 공정한 룰이 지배한다.
2. 공권력(제복)이 존경 받는다.
3. 리더를 인정한다.
4. 약자를 배려한다.
5. 생명을 존중한다.
6. 말을 아낀다.(막말)
7. 실패에서 배운다.
8. 법과 정의가 살아 있다.
9. 더불어 살려고 노력한다.
10. 개성을 존중한다.

♡ 대한민국은 일등국가인가? 아니면 몇 등 국가일까? 10등, 50등, 100등. 나도 모르겠다.

강한 국가 지도자상

2018. 11. 23.

16대 노무현 대통령은 진보좌파연대의 지지로 당선되었지만 그들의 반대를 뒤로하고 한미동맹 강화. 한미자유무역협정 체결(FTA), 제주강정마을 해군기지 추진. 이라크 파병 결정 등 국익 우선 정책을 추진했다. 그의 논리적인 열변이 생생하다. 불행하게도 친인척 부정비리로 2009년 5월 23일 자살한 대통령이다.

1981년 2월 취임한 미국의 레이건 대통령은 항공관제사 파업에 전원 해고 조치하고 경제침체 부활을 이끈 레이거노믹스를 시행했다. 1979년 영국총리로 취임한 대처! 노조. 복지병을 과감히 치유하고 대처리즘을 이끈 명재상으로 평가받고 있다. 국가 지도자는 국가의 정체성을 지키고 인기에 연연치 않고 법과 원칙을 지켜야 한다. 우리의 현실을 직시하고 강한 대한민국을 만드는 타산지석이 되었으면 좋겠다.

내일도 태양은 뜰 것이다

2017. 11. 25.

오늘도 고향 친구들과 함께 남산 둘레길 돌고 라이스와인을 반주로 비빔밥 먹고 귀가했다. 저 상봉에 있는 방송 안테나가 제 구실도 못 하고 있어 불쌍해 보인다. 푸르고 푸르렀던 남산 위에 저 소나무도 황량하고 스산하다. 11시가 되니 눈이 내린다. 아 겨울인가 봐. 내일도 태양은 또다시 뜰 것이다.

일본주식회사

2017. 11. 27.

1972년 미국의 상무부가 낸 종합 보고서 〈일본-정부와 산업계의 관계〉는 일본주식회사의 구조를 설명했다. 일본 문화와 전통은 서구의 자본주의 제도와 산업화를 가져오게 한 프로테스탄트 윤리와 비슷한 자질을 가지고 있다. 근면하고 저축, 투자하기를 즐겨하는 능력, 투자는 해외에서 도입한 새 기술을 실현시켰다. 높은 생산성 등 요인만이 아니라 정부와 산업계의 밀접한 협조관계인 '일본주식회사'를 크게 거론했다. 일본주식회사는 정부가 본사이며 기업이 지점이며 국민이 주주이다. 지점은 본사의 명령대로 움직이는 것이 아니기 때문에 오히려 하나의 복합기업과 같은 것이다.

일본 정부는 시장경제 원리를 추구하면서도 일본경제의 자립적인 고도성장을 위해 목표 산업을 설정하고 특정 산업을 보호, 육성, 지원한다. 지원은 정부 독단이 아니라 산업계, 학계, 금융계 전문가 등과 충분히 협의하여 국민적 컨센서스가 이루어진다. 즉 정부와 산업계가 공동경영자와 같은 관계가 설정된다. 산업은 일본주식회사라고 불리는 복합기업의 한 구성단위인 법인사업부이며 정부는 일본주식회사의 경영 간부이다. 정부는 제반 자원을 자유로이 동원하고 통합, 조정하여 최대의 수익 창출에 매진한다. 외국 사람들에게는 일본 전체가 하나의 주식회사로 보이는 것이다.

1945년 패망 후 30~40년 만에 세계2, 3위 경제대국 반열에 올라선 것은 일본주식회사, 이코노믹 애니멀들의 공로로 평가받고 있다. 때 늦었지만 우리는 한국주식회 설립도 검토해야 할 것 같다. 정부와 기업 간에 협력은커녕 적대 관계요, 역대 정권마다 사정 대상, 적폐 대상이 되고 있는 서글픈 현실이다. 기업가 정신을 망각하고 각종 부패, 비리의 늪에서 헤매고 있다. 정부와 기업의 협력 없이 밀려오는 파고를 극복키는 요원하다. 한국주식회사가 답이다.

북핵 위협 대응책

2017. 11. 29.

북한이 문 정부 출발 후 11번째 미사일을 발사했다. 오늘 새벽 발사한 미사일은 대륙간 탄도 미사일(ICBM)로 추정하고 있다. 정부는 북한이 오판으로 인해 핵으로 우리를 위협하는 일도. 미국의 선제타격도 막아 한반도에서 전쟁은 막아야 한다는 원론을 유지하고 있다. 우리가 무엇으로 어떻게 막아야 한다는 구체적인 대책과 방안은 없다. 전쟁은 어떤 경우에도 있어서는 안 된다는 우리의 주장을 담보할 상황은 보이지 않고 있다. 북한의 핵 포기는 절대 없을 것이며 미국이 북한 핵탄두 미사일 위협에 언제까지 인내할 것인가? 위협의 농도에 따라 미국은 선제타격도 배제하지 않을 것이다. 우리의 희망 사항인 북한의 핵개발 중단, 핵 포기, 미국의 선제타격에 대한 우리의 선택은 무엇일까? 대화, 평화는 우리의 희망일뿐 가능성은 없어 보인다. 국가의 운명이 걱정이다.

자유한국당 인물들

2017. 12. 06.

새누리당 국회의원 62명이 지난해 12월 9일 박 대통령 탄핵 결의에 찬성하여 직무가 정지되고 금년 3월 10일 헌재의 파면 심판으로 대통령직을 상실했다.

새누리당은 자유한국당과 바른당으로 쪼개어지고 얼마 전 바른당 소속 일부 의원들이 한국당에 입당했다. 홍준표 전 경남 지사가 대통령후보가 되어 낙선하고도 당대표로 등극하고 박 대통령 탄핵 일등공로자이며 새누리당 해체를 주도하고 바른당으로 갔다 돌아온 장재원 의원이 수석대변인이 되고 김성태 의원이 원내대표에 출마한단다. 문재인 정권 탄생의 공로자이기도 한 저들이 하루아침에 한국당의 큰 인물이 되었다.

내년 지방선거에서 혹독한 국민심판, 완패가 기다리고 있음을 저들만 모르고 있다. 보수 대통합, 정권 재창출 등 헛소리 끝내고 남은 임기 동안 세비 잘 챙겨 노후대비 잘 하시라. 귀태인 한국당의 운명을 두고 보련다.

사기업, 개인사업장에 임금보조 해주는 대한민국

2017. 12. 07.

2018년부터 소상공인, 영세중소기업 지원대책 일환으로 30인 미만 사업장의 최저임금을 받는 근로자들에게 월 13만을 지원한단다. 국회의원들이 국민의 혈세를 이렇게 쓰라고 통과시켰다. 그들의 정체는 무엇이며 국가 체제에 대한 도전이다.

사기업, 개인사업장에 정부가 임금을 지원하는 국가는 자유시장 경제체제를 지향하는 국가 중 대한민국이 유일한 국가이다. 향후 후유증도 예상되고 있다. 피수혜자의 생활 향상, 국가재정의 건전성. 두 마리 토끼도 잡아야 한다. 약이 되고 독이 되어서는 아니 된다. 그리스, 남미국가들의 복지 포퓰리즘의 결과도 반면교사로 삼아야 한다.

합정종합복지관 명예위원장

2017. 12. 08.

지난 6일 합정종합복지관(평택 소재) 운영위원장 6년을 마치고 공로패도 받고 명예위원장 위촉 받고 김동국 관장님, 운영위원님들과 기념 촬영을 했습니다. 전국에서 최고의 복지를 실천하는 복지관입니다. 자원봉사자 250명이 활동하고 있습니다. 합정종합복지관의 발전을 기원합니다. 감사합니다.

대통령 하기 어렵다

2017. 12. 23.

각종 사고 발생하면 대통령 책임이란다. 세월호 해상사고로 대통령이 탄핵되고, 낚시 배 전복 사고, 포항 지진 사고, 제천 화재 사고 등 모든 사고를 국가 책임이라고 배상하고 대통령, 국무총리, 행안부 장관이 사고 현장에 나가 현황을 파악하고 유가족을 위로하고 사후 대안을 약속해야 한다. 희생자와 유족을 위로함은 당연하다. 다만 지방 도지사 책임하에 수습하고, 정부는 재발 방지 대책, 시스템 재설정 등에 노력을 해야 한다.

각종 대소사고 발생 시 계속 대통령께서 친정할 것인가? 2001년 미국 뉴욕 맨해튼 무역센터 테러 사건, 일명 9.11 사태 시 3,800명, 소방관도 343명이 사망했다. 당시 미국 국민은 책임지라는 주장도 없었고 책임진 사람도 없었다. 부부싸움 하고서 대통령 책임지라는 주장도 나올 듯하다. 대통령의 권한과

의무는 헌법과 법률에 명기되어 있다.

대통령 스스로 판단해야 한다. 이래 가지고 대통령 하겠는가? 내 무덤 내가 파선 아니 된다. 대통령하기 어렵겠다.

2017년을 보내면서

2017. 12. 31.

한 해가 하염없이 지나간다. 유독 다사다난했던 한 해였다. 헌정 사상 최초로 대통령이 탄핵되고 구속되었으며, 촛불과 태극기 민심으로 양분되고, 갈등과 분열로 몸살을 앓고 있던 한 해. 형법에 없는 국정 농단죄가 신설되고 묵시적 청탁이란 신조 용어가 등장했다. 정치가 실종되고 사회의 목탁인 언론이 국민들로부터 외면당하고 사법부도 신뢰를 잃고 있다. 북한의 핵 위협에 속수무책인 우리다. 북한은 절대 핵 포기는 안 할 것이다. 한·미·일 공조도 틈이 가고 있지 않나? 걱정이다. 국방, 외교는 국가의 생존 조건이다.

강한 국방력 바탕 위에 외교가 가능하다. 19세기 말 교훈을 잊어서는 아니 된다. 역사를 잊는 민족은 멸망했다고 역사는 기록해 놓고 있다. 내년은 대한민국 건국 70년이 되는 해다.

70년 동안 국민의 피땀, 눈물 그리고 위대한 지도자의 지도력으로 이룩한 위대한 자랑스러운 대한민국이다. 정치만 잘해 준다면 미래가 있다. 정권만 바뀌면 사정, 정치 보복, 적폐 청산 등으로 국력이 쇠진되고 보복이 보복을 낳고 반복되는 조선조 사색당쟁을 방불케 하고 있다.

이제 우리는 용서를 해야 한다. 예수는 7번이 아니라 77번을 용서하라 했다. 남아공 만델라 대통령은 27년 감옥에서 나와 보복을 마다하고 용서와 화합을 실천했다. 도덕을 중시하고 정의로운 사회, 서로 믿고 정직하고 투명한 대한민국이 되었으면 좋겠다. 훌륭한 인재를 발굴해 적재적소에 배치해야 한다.

근친혼은 우성 탄생이 불가능하다. 만사가 사람이다. 국민에게 희망을 주는 정치를 해 주시라. 지도자는 가장 애국자여야 한다. 내년 초로 박두한 평창 올림픽 성공을 위해 최선을 다해야 한다. 올림픽 실패는 대한민국의 실패다. 1년 동안 격려를 보내 주시고 지도 편달을 해 주신 페친분들에게 감사를 드린다.

새해 건승을 기원합니다. 감사합니다.

2018년

안보와 경제

천주교 신자 허수

2018. 01. 07.

한국의 천주교 교인은 500만 명으로 공식 발표된 바 있다. 그러나 오늘 우리 본당 주보 발표에 의하면 교우의 의무이며 책임인 2017년 교무금 납부 현황은 책정 세대수 46퍼센트, 세대 납부율 44퍼센트이다. 뿐만 아니라 주일 미사 참여율도 50퍼센트 미만이다. 신자의 의무인 교무금 납부, 주일 미사 참여율을 감안하면 진성 신자 수는 200만 명으로 추산된다.

여러 가지 이유가 있겠지만 성직자들의 정치적 편향성도 한몫을 하고 있다. 정의구현사제단의 정치투쟁, 신부·수녀들의 정치 시위 참가, 정치 편향된 미사 강론 등에 많은 신자가 성당과 미사를 외면하는 이유도 크다.

교회는 다양한 이념과 사고를 가진 신자들의 공동체이다. 이를 간과함은 신자들을 교회 밖으로 내모는 처사이다. 신부는 사목과 기도, 사랑으로 신자들을 돌봐야 한다. 예수님은 7번이 아니라 77번을 용서하라 하셨다. 정의구현사제단은 용서를 모르는 정치꾼 신부이며 좌편향된 주교, 신부들은 광야에 헤매는 어린양들을 구원할 목자임을 잊고 있다.

종교개혁 500년을 맞고 있다. 지금 교회는 가난치 않고 호화스럽다. 교회 성직자는 특권화되고 교회가 상업화되어 있다고 비난받고 있다. 희생과 헌신 없는 종교는 국가 멸망의 원인이라고 세계적인 성자 인도의 간디는 말했다. 교회가 바로 서야 나라가 바르게 간다. 종교 지도자들이여! 인간 구원의 등불을 밝히시라.

바른당?

2018. 01. 08.

대통령 탄핵소추에 찬성한 후 탈당해 가칭 개혁 보수당 창당을 추진한 의원들이 오늘 새로운 당명을 바른당으로 발표했네요. 기존 정의당명과 같네요. 개혁, 보수는 어디다 집어던졌는지요? 바른 분들이 모여야 바른 정치할 수 있는데 과연 저분들이 바른 정치 가능할까요? 당명도 글쎄네요. 큰 그릇을 만들어 놓아야 큰 것을 담지요. 친목회 이름 같네요. 작명소라도 찾아가 보시지요. 이게 뭡니까?

참외에 검은 줄 그려 놓는다고 수박 되나요? 당의 정체성도 불투명하고 보수인지 진보인지? 우인지 좌인지, 안보, 대북, 대미 등 외교, 민생 경제정책은? 자유민주주의를 표방하는지? 바른 보수당이라면 약칭은 바보당이 될 것이네요. 바보들이 만는 당이니까, 바보당이 어울릴 것 같지요? 세월호 이준석 선장.

생즉사를 모르고 자기만 살려고 먼저 도망쳐 나온 그의 행동이 자꾸 떠오르는 이유가 무엇일까요?

정신 차리시라. 새누리당 전·현직 국회의원들은 탄핵 정국에 대해 먼저 국민 앞에 석고대죄해야 합니다. 바보들은 항상 남의 탓만 하고 있습니다. 보수는 분열로 망한다는 정치 언어가 있지요. 정치 문외한의 충고입니다. 임신 10개월째 어머니의 산고가 얼마나 중요한가를 망각하고 우선 출생신고만 해 놓는 꼴입니다. 어떤 아이를 낳고 어떻게 키울까요? 두고 볼 일이긴 하지만 왠지 씁쓸하네요. 여러분 생각은 어떠하신지요? 퀘스천 마크가 왜 이렇게 많을까요? 저도 모르겠네요.

최저임금법

2018. 01. 09.

작년 정부는 금년 최저임금을 16,5% 인상인 7,530원(시급)으로 인상하고 2020년에는 10,000원으로 인상키로 발표했다. 본인은 45년 전 1973년 석사 논문으로 '최저임금법에 관한 고찰'로 학위를 받았다. 당시는 지금과는 경제적, 사회적 상황이 달랐다. 서론을 요약하면 아래와 같다.

1. 정의: 최저임금제란 법적 강제력으로 임금의 최저한을 규제하고 그 이하의 임금 지불을 하지 못하도록 강제하는 것을 말하며 이 경우의 제도를 최저임금제, 결정된 임금을 최저임금이라 한다.

2. 최저임금제 시행 문제점.

1) 임금 상승으로 기업수익 저하로 고용 수요 감소.

2) 산업화 미완성 상태하의 과잉인구와 방대한 실업 내지 불완전 취업을 위한 경제개발과 산업발전이 선결되어야 한다.

3) 저임금 노동자의 생활 확보를 기본목표로 하는 최저임금제실시는 저임금 부문의 비중이 높고 임금 수준이 지나치게 낮은 상태에서 일거에 임금의 대폭 인상은 전체 국민경제에 영향을 준다.

4) 수출 의존도가 높은 우리나라의 국제 경쟁력을 약화시킨다.

5) 최저임금제실시는 중소, 영세기업의 도산 위험성이 있다.

6) 기업의 지불 능력의 원칙이 고려되어야 한다.

7) 전국, 전 산업의 최저임금제실시는 국가 경제 발전단계에서 역효과 발생이 우려된다.

3. 최저임금제 도입 필요성.

1) 저임금 노동자의 임금 격차 시정.
2) 저임금에 따른 노사분규의 경제 발전에 중대한 저해 요인 제거.
3) 저임금의 부작용 현상 방지 및 산업 경제적 차원에서 최저임금제 도입.
4) 경제적인 측면에서 노동력의 재생산을 확보하고 생산성의 지속적인 향상과 노동자의 구매력증가, 유효 수요의 확대로 경기 순환을 촉진시키고 저임금을 둘러싼 기업 간의 불공정 경쟁 방지가 가능하다.
5) ILO(세계 노동기구) 가입을 위한 조건인 최저임금제 도입이 필요하다.

비고:

1) 당시는 근로기준법 34조에 의하여 논의되었으나 1986년 12월 최저임금법이 제정되고 1988년 시행되고 있다. ILO는 1992년에 가입했다.
2) 최저임금은 노사 간 동전의 양면과 같고 경제적 사회적 측면에서 고려할 부문이 많다. 적정 임금의 기준을 정함도 그리 쉽지 않다.
3) 최저임금의 과도한 인상의 역기능과 적용 기준도 탄력적으로 운영하며 대상자의 예외의 폭도 확대할 필요가 있다.
4) 4차 산업 시대를 맞아 고용과 임금문제도 전향적으로 검

토해야 한다.

5) 45년 전에 짧은 지식으로 쓴 '최저임금법에 관한 고찰'을 읽으면서 지금 논란이 되고 있는 최저임금 문제를 다시 생각케 한다.

고객과 시장

2018. 01. 09.

기업의 생존 조건은 고객과 시장이다. 고객은 기업의 감시자이며 심판관이다. 시장은 수요와 공급을 조절하는 기능과 역할을 담당하고 있다. 고객이 외면하면 기업은 도산한다. 시장이 제 역할을 못하면 공급과 수요의 언밸런스로 가격의 등귀 현상과 상품 품귀 현상이 발생한다. 기업은 고객 만족이 아닌 고객 감동, 감격을 위해 최선을 해야 생존이 가능하다.

정부의 고객은 국민이다. 국민 만족도가 정부 지지도이다. 최근 정부 정책의 일관성이 문제다. 최저인금 인상의 역풍, 한일 위안부 합의 파기, 재협상 문제의 원점 회기, 부동산 보유세 문제, 시민 단체 경력자 채용 우대 유보, 한미 자유무역협정 문제, 유치원·어린이집 방과 후 영어 교육 금지 철회 등이 국민의 신뢰를 잃는 정책이다. 시장을 이기는 정부도 기업도 없다는 엄연한 사실을 잊어서는 아니 된다.

정부 정책 결정은 고도의 전문성, 경륜을 필요로 한다. 일시적 포퓰리즘의 수명은 길지 않다. 글로벌 시대. 4차 산업혁명 시대에 걸맞은 인재를 발굴, 재배치해야 한다. 고객과 시장에 친화적인 정부, 기업이어야 한다.

김동연 부총리님께

2018. 01. 16.

문재인 정부 출범과 함께 경제부총리로 임명함에 축하는 물론 큰 기대를 했습니다. 부총리님의 저서『있는 자리 흩트리기』를 읽고 감명 받은 바도 있습니다. 취임 반 년을 넘기면서 경제정책이 혼란에 빠져 있습니다. 에너지정책, 최저임금 인상문제, 비정규직 정규직 전환, 조세정책, 부동산정책, 실업고용 문제, 가상화폐 문제 등이 부처 간 이견으로 현실과의 괴리가 멀리 있습니다. 당, 정, 청이 엇박자도 계속되고 있습니다.

국민이 신뢰를 잃어 가고 있습니다. 인기 없는 언론도 경제를 매우 걱정하고 있습니다. 이제 부총리께서 책임 있게 소신차게 주도하시어 당면한 불확실한 경제 문제를 해결하시기를 바랍니다. 경제는 경제 논리로 풀어야 합니다. 시장을 이기는 기업도,

정부도 없습니다. 시장을 두려워해야 합니다. 경제는 심리라고 합니다. 신뢰를 얻어야 합니다. "문제는 경제야. 바보들?" 미국 전 대통령 클린턴의 말입니다. 기업인 혼내주고, 세무 · 공정위 조사, 검찰소환, 압수수색 등으로 기업인들이 좌불안석에 놓여있습니다. 기업인들이 안심하고 신바람 나야 합니다. 잘못은 고치고 기업 친화적 정책을 펴야 합니다.

기업을 옥죄고 발전을 가로막고 있는 각종 규제를 속 시원하게 풀어 주셔야 합니다. 20년 전 국가 부도 사태였던 IMF의 혹독한 교훈을 잊어서는 안 됩니다. 홀로 살 수 없는 글로벌시대, 미·일 등 우방국과의 협력이 절대 필요합니다. 사즉생. 있는 자리 흩트리지 마시기를 촌부가 부탁드립니다.

시장과 현실

2018. 01. 20.

정부의 소득 주도 성장 정책의 일환으로 금년 최저임금을 16.4퍼센트 인상한 시급 7,530원이 적용되었다. 최저임금 인상의 역풍은 영세 중소 자영업자의 폐업, 실업, 고용 감소, 노동시간 단축 등으로 이어지기에 1인당 13만 원 지원의 부작용과 이에 대한 반발이 있다.

대통령 정책실장, 농식품부장관, 경제수석이 현장을 방문해 최저임금 인상 대책을 홍보하려 했으나 점주, 종업원들을 설득치 못하고 현실을 모른다는 훈계만 듣고 왔단다. 장사에는 박사가 없다. 임금 인상보다 일자리를 늘리는 정책이 시급하다. 정책 시행 전에 충분한 연구, 현장, 현실을 살펴보는 것이 순서이다. 뭐 그리 급해서 충분한 검토 없이 정책을 결정하고 시행 발표하며 허둥대는지 모르겠다. 원전 폐쇄, 공사 중단 등도 같은 사례다.

정책은 시험대가 될 수 없다. 본인은 모든 답은 시장과 현장에 있다고 주장해 왔다. 시장을 이기는 기업도, 정부도 없다. 정책 결정은 탁상공론이 아닌 현장과 현실을 면밀히 먼저 살펴야 한다. 답은 현장에 있다.

새해 기도

2018. 01. 25.

레바논 태생 칼릴 지브란(1883~1931)의 시입니다. 소유가 아닌 빈 마음으로 사랑하게 하소서. 받아서 채워지는 가슴보다 줘서 비워 주는 가슴이게 하소서. 지금까지 해 왔던 내 사랑에 티끌이 있었다면 용서하시고, 앞으로 해 나갈 내 사랑은 맑게 흐르는 강물이게 하소서. 위선보다 진실을 위해 나를 다듬어 나갈 수 있는 지혜를 주시고, 바람에 떨구는 한 잎의 꽃잎일지라도 한없이 품어 안을 깊고 넓은 바다의 마음으로 살게 하소서. 바람 앞에 쓰러지는 육체로 살지라도 선 앞에 강해지는 내가 되게 하소서. 크신 임이시여! 그리 살게 하소서. 철저한 고독으로 살지라도 사랑 앞에 깨어지고 낮아지는 항상 겸허하게 살게 하소서. 크신 임이시여!

청년 일자리 해결은 국가 존재 이유

2018. 01. 26.

어제 문 대통령은 일자리 점검 회의에서 각 부처가 일자리 문제 해결에 최우선 순위를 두고 있는 것으로 보이지 않는다고 질타하고 특단의 대책을 주문했단다. 그럴 것이 청년 실업률이 9.9퍼센트, 잠재 실업률은 30퍼센트를 상회하고 있다. 정부 예산 19조를 투입했으나 별 효과는 없어 보인다.

최저임금 인상의 역풍은 중소기업, 자영업자의 폐업, 고용 감축, 근무시간 단축, 서비스업태의 무인화 확대 등으로 이어지고 있다. 비정규직의 정규직화, 근로시간 단축도 한몫을 하고 있다. 대통령께서는 민간과 시장이 일자리 만든다는 고정관념이 일자리

대책을 가로막고 있다신다. 과연 그럴까? 일자리는 대통령과 각부 장관의 의지보다 기업과 시장이 만들고 있으며 그리해야 한다.

또한 각부 장관들이 일자리 만드는 정책의 빈곤, 전문성과 열정, 노력 부족도 심각하다. 소득 주도 경제 이상으로 성장 주도 경제를 뒤로할 수 없다.

성장이 일자리를 만든다. 시장과 현실을 내다보는 혜안을 기대해 본다. 청년들에게 꿈과 희망을 주는 일자리 마련은 국가 존재 가치이며 이유다.

오늘의 명언

2018. 01. 31.

전쟁에 패한 국가는 일어서지만 비겁하게 굴복하면 영원히 망한다. 평화는 적과의 타협으로 얻어지는 것이 아니라 전쟁 불사 결의를 통해 지켜지는 것이다. (윈스턴 처칠)

전쟁을 두려워한 민족은 멸망했다. (로마인 이야기)

경제와 경영

2018. 02. 06.

경제가 이론이라면 경영은 실무를 뜻한다. 소득 주도 성장이냐, 성장 주도 성장이냐는 이론 즉 닭이 먼저냐, 계란이 먼저냐의 경제 이론이다.

최저임금 인상은 근로자의 삶의 질 향상에 크게 기여할 것이다. 그러나 그의 역작용을 예견하지 못하고 최저임금 미달자에 월 13만 원 보조금 지급에 중소·영세업자, 자영업자들이 등을 돌리는 현상은 경영을 외면한 결과이다. 탁상공론. 경제 이론은 시장에 먹히지 않는 경우가 비일비재하다. 중소기업을 대표하는 회장은 여러 번 부작용을 언급했으나 정부는 무시하고 있다.

이론이 뒷받침하고 시장과 실무를 무시하면 같은 사례가 반복된다. 국가 경영, 기업 경영이라고 말하고 있지 않는가? 시장을 이기는 정부나 기업은 없다. 시장의 힘은 예상보다 크다는 사실을 아는 지혜를 가져야 한다. 모든 답은 시장과 현장에 있다.

인생의 밀도

2018. 02. 06.

부산지방법원장을 역임하신 강민구 법원도서관장의 저서『인생의 밀도』를 우송해 주셔서 읽었다. 감히 독후감을 쓸 엄두도 나지 않는다.

저서명에 밀도를 붙이셨다. 질량을 부피로 나눈 것이 밀도다. 저자는 밀도를 높이기 위해 질량을 극대화하고 부피를 줄이는 삶을 사셨다. 고단한 소년 시절을 극복하고 꿈과 희망을 실천한 법관. 새로운 변화를 선도하고 AI 시대 한국 최초의 로봇으로 등장한다. 말로만이 아닌 4차 산업혁명의 선구자인 과학자로 변신한 영원한 법관이시다. 적선지가필유여경(積善之家必有餘慶)을 인생 교감으로 삼으며 인생의 밀도를 높이기 위해 오늘도 연구에 몰두하고 계신 강 관장님께 경의를 드리며 건승을 기원한다. 특별히 친필 사인 저서를 고이 간직하겠습니다. 감사합니다.

호텔에서 근무할 때 일화

2018. 02. 06.

40년 전 시청 앞 더 플라자 호텔 개관 멤버로 참여해 6년간 근무한 바 있다. 당 호텔은 일본 마루베니 회사와 합작 법인이었으며 도쿄 프린스호텔에 경영 위탁 중이었다.

어느 날 주방에서 사고가 났다. 밤새 준비한 어니언 스프를 한국인 주방 요원이 국자로 테스트한 후에 남은 스프를 스프 통에 넣으려던 것을 당시 오가와 일본 총주방장이 발견하고 국자로 주방 요원의 머리를 치고 어니언 스프를 버린 사건이다. 손님이 먹을 스프를 더럽힌 식 상식 위반에 대한 응징이었다. 고객을 생각하는 일본인들의 투철한 의식의 일말이었다.

안전, 청결과 위생을 제일로 하는 일본의 식문화를 배웠으면 좋겠다. 최근 5성 호텔의 위생 문제가 언론에 보도되어 큰 충격을 주고 있다. 선진국은 안전, 보건 위생이 담보되는 국가를 말한다.

사법부의 위기

2018. 02. 08.

지난 5일 서울 고법형사 13부(재판장. 정형식)는 삼성전자 이재용 부회장 항소심에서 징역 2년 6개월, 집행유예 4년을 선고하고 석방했다. 이 판결에 대해 민주당 대변인 및 법조인 출신 당 대표, 법조인 출신 국회의원들이 국민의 법 감정, 눈높이에 부합치 않다며 판경유착, 재판정에 침을 뱉고 싶다, 법복을 벗고 식칼을 들어라 등 법관을 겁박하고 비난하고 있다. 이는 삼권분립 원칙에 반하는 행위이기도 하며 법원 판결에 승복치 않음은 법치를 부정하는 반민주적 행위이다. 법원 내부에서도 재판은 정치다.

그 판결을 승복할 수 없다며 석궁 테러 위협 등이 이어지고, 청와대 청원 게시판에는 20만 명이 재판관 파면, 가족 계좌 추적, 특별 감사 주장이 올라 있단다. 그런가 하면 공소를 제기한 검찰은 잘못된 판결이란다. 항소심 판결에 불복하면 상고로 대법원 판결을 구하는 합법적인 절차도 남아 있다. 민감한 사건 판결에 대한 비판을 할 수 있고 있어 왔다. 그러나 담당 판사를 매도하고 욕설과 인격살인은 사법부를 정치 혁명의 도구로 삼으려는 시도로 볼 수 있다.

법관은 헌법과 법률 그리고 양심에 따라 판결한다. 법관은 판결로 말한다, 는 법언도 있다. 사법부는 국가 존립의 최후 보루이다. 사법부의 위기는 국가 위기다. 대한민국의 현주소? 참담하다.

김광두 교수 인터뷰

2018. 02. 09.

오늘자 《문화일보》에 김 부의장의 인터뷰 내용을 읽고 마음이 가벼워졌다. 문 정부의 경제정책에 대한 우려를 소상히 솔직하게 설명했기 때문이다. 사람 중심 경제 요소, 최저임금 인상 문제점, 노동 개혁의 당위성, 일자리 문제의 지적, 서비스산업 발전법 제정 시급성, 시장과 현장의 중요성, 우리 경제에 기업의 역할의 중요성도 언급했다. 문 정부의 미온적 4대 개혁, 정부의 무원칙 개입의 위험성도 지적했다.

문 정부 출범 10개월에 우려했던 경제 문제점을 소상히 지적한 김 부의장께 대통령의 경제정책의 전환을 위한 자문을 기대해 본다. 시장을 이기는 정부도, 기업도 없다. 오히려 시장을 무서워해야 한다. 경제는 포퓰리즘에 매몰되면 제2의 그리스, 남미의 재판이 된다는 사실을 직시하고 반면교사로 삼아야 할 것 같다.

권성동 (자유한국당 소속) 국회의원

2018. 02. 09.

2016년 12월 9일 박근혜 전 대통령 탄핵결의를 주도했던 국회 법사위원장이다. 당시 추상 같은 탄핵소추 결의 제안 설명이 떠오른다. 권 의원의 비서관 강원랜드 채용 압력이 있었다는 당시 춘천 지검에 근무했던 안미현 검사의 폭로의 진위 문제로 법사위 파행이 일어나 시급한 입법도 잠자고 있단다.

국회의 고유 권한과 임무는 입법이다. 개인 문제로 시급한 국회 입법 활동에 장애가 되어서는 아니 된다. 조속한 법사위의 정상화를 촉구한다.

안중근 의사

2018. 02. 13.

1909년 10월 26일 중국 하얼빈역에서 조선 침략 원흉 '이토 히로부미'를 저격 사살하고 2010년 2월 14일(내일) 사형 선고를 받고 3월 26일 순국(형 집행)하셨다. 108년 전 내일이 사형 선고를 받은 날이다. 안 의사 어머니는 항소를 만류하신 훌륭한 의사 어머니시다. 그 어머니에 그 아드님을 문득 생각케 한다.

기업은 경제, 경영 논리로 간다

2018. 02. 14.

한국 GM 군산공장 폐쇄 결정이 큰 충격을 주고 있다. 당장 1만 5,000명 실직은 물론이고 협력 업체의 도산과 수십만 명의 협력 업체의 실직도 예상된다. 판매 부진에 따른 20퍼센트 가동률, 고임금, 생산성 저하, 감당키 어려운 강성 노조, 천문학적 적자 하에도 성과급을 챙긴 GM 사업장.

그런가 하면 정부는 노동 개혁에 손을 놓고 노동 유연성 도입은 말도 꺼내지 못하는 정부이며 성장 주도가 아닌 소득 주도 성장으로 일자리 창출을 만든단다. 최저임금 인상의 역풍은 나 몰라라 하고 있다. 기업은 생산, 판매 부진, 생산성, 경영 효율 저하 등 경쟁력 상실 시 사업 포기가 불가피한 답이다. 기업은 적자생존 원리가 철저히 적용된다. GM 사태의 도미노 현상을 예의주시 해 봐야 한다. 고용 없는 최저임금, 정규직, 비정규직은 무의미한 구호이다.

김황식 국무총리님의 아쉬운 퇴임

2018. 02. 16.

2년 4개월간 조용히 탁월하게 나라 살림을 이끌어 오신 김 총리께서 곧 퇴임을 앞두고 계시다. 이웃 할아버지나 아저씨 같은 소탈하신 총리로 국민들에게 각인된 총리, 글과 말씀 그리고 행동, 겸손과 소탈로 국민과 대화를 나누신 소통의 달인 그리고 국민의 친구!

펜으로 쓰신 100회의 페북에 올리신 글을 잊을 수 없다. 총리실의 이벤트로 페북을 통해 선정된 공정의 달인 본인을 포함해 7명을 지난해 1월 총리실 식당으로 초청해 오찬을 같이해 주시며 대화를 나눈 시간을 오래 기억한다. 동석하신 총리실 관계자와 각계 인사들의 이야기를 경청하시는 총리님의 모습이 생생하다. 김 총리님이 총리로 재임 중 국민은 안심했고 신뢰를 보냈다.

명재상의 덕목을 알려 주신 김황식 총리님 많이 많이 사랑합니다. 퇴임 후에도 우리 조국과 국민을 위해 헌신해 주시리라 믿습니다. 항상 강건하시기 기원합니다. 굿바이 김황식 총리님!

경제 논리로 풀어야 할 과제

2018. 02. 17.

'It's the economy, stupid.'

1992년, 미국 대선에서 빌 클린턴 후보의 선거 슬로건으로 경제가 어려울 때 인용하고 있다. 작금에 우리의 경제 현상과 미래에 대해 전문가들과 기업인들이 우려의 목소리를 내고 있으나 정치권과 정부는 한가하다. 가계 부채 증가, 고금리 현상, 대기업의 의욕 상실증, 성장 둔화, 고질적인 노사 갈등, 최저임금 인상의 역풍으로 인한 영세·중소기업, 자영업의 폐업 증가, 고용 감소, 실업률 증가, 물가 상승, 대기업인 현대중공업의 군산 조선소, 삼성전자 광주 공장, GM 군산공장 폐쇄 등은 대량해고, 협력 업체 도산으로 이어질 것으로 예상된다. 한편 미국은 한국에 대해 Safe Guard 적용과 FTA 재협상 카드도 만지작거리고 있다.

군사동맹은 존재하지만 경제동맹은 존재치 않는다. 강성 노조의 파업, 생산성 저하 등으로 인한 국내 기업, 글로벌 기업의 폐쇄, 해외 이전의 도미노 현상 초래 가능성도 높다.

1997년 IMF의 사태가 떠오른다. 위기를 모르는 것이 최대의 위기다. 경제성장 없는 고용, 복지, 최저 임금, 정규직, 공무원 증원은 시한부 포퓰리즘으로 끝난다는 사실을 알아야 한다. 경제는 단기, 중·장기적인 경제 논리로 풀어야 할 과제다. 문제는 경제야, 바보들!

It's the economy, stupid

2018. 02. 17.

It's the economy, stupid. 1992년 미국 대선에서 빌 클린턴 후보의 선거 슬로건으로 경제가 어려울 때 인용하고 있다. 작금에 우리의 경제 현상과 미래에 대해 전문가들과 기업인들이 우려의 목소리를 내고 있으나 정치권과 정부는 한가하다. 가계부채 증가, 고금리 현상, 대기업의 의욕 상실증, 성장둔화, 고질적인 노사갈등, 최저임금 인상의 역풍으로 인한 영세중소기업, 자영업의 폐업 증가, 고용감소, 실업률 증가, 물가상승, 대기업인 현대중공업의 군산 조선소, 삼성전자 광주 공장, GM 군산공장 폐쇄 등은 대량 해고, 협력 업체 도산으로 이어질 것으로 예상된다. 한편 미국은 한국에 대해 Safe Guard 적용과 FTA 재협상 카드도 만지작거리고 있다.

군사동맹은 존재하지만, 경제동맹은 존재치 않는다. 강성 노조의 파업. 생산성 저하 등으로 인한 국내기업, 글로벌 기업의 폐쇄, 해외 이전의 도미노 현상 초래 가능성도 높다. 1997

년 IMF의 사태가 떠오른다. 위기를 모르는 것이 최대의 위기이다. 경제 성장 없는 고용, 복지, 최저임금, 정규직, 공무원 증원은 시한부 포퓰리즘으로 끝난다는 사실을 알아야 한다. 경제는 단기, 중장기적인 경제 논리로 풀어야 할 과제이다. 문제는 경제야, 바보들!

한국 GM 사태를 보는 눈

2018. 02. 21.

한국 GM 군산공장 폐쇄 문제에 대해 노조는 반대 투쟁에 나서고 정치권과 정부가 뒤늦게 호들갑을 떨고 있다. 15퍼센트 지분을 보유한 산은은 3년여 동안 손 놓고 있었나 보다. 감독 관청인 산자부, 고용노동부도 처음 아는가 보다.

공장 가동률 20퍼센트 미만, 생산성 저하, 고비용에 견디기 어려우면 현실적으로 공장 폐쇄가 불가피하다. GM 측의 공장 폐쇄 발표 문제가 아니다. 기업이 취할 수 있는 최후의 선택이다. 정부가 지원책을 만지작거리고 일시적으로 지역 민심을 잠재우려는 꼼수는 해결책이 아니다. 노조의 뼈를 깎는 희생이 우선이며 그다음이 강력한 내부 구조 개혁이다.

평택 쌍용 자동차의 정상화에서 교훈을 얻어야 한다. 정부는 임시방편으로 혈세 지원이 아닌 특단의 구조 조정에 앞장서야 한다. 강성 노조 문제, 3개 공장의 통폐합 조정, 타 업체의 인수합병 등도 검토해 보시라. 경제와 경영은 기본과 원칙에 충실해야 한다. 군산공장 폐쇄는 기정사실이니 대책을 강구하시라. 정부와 산은의 책임도 가볍지 않다, 안일무사, 감독, 감사, 감시, 예측도 소홀해선 아니 된다.

권력

2018. 02. 24.

사전에 권력은 타인을 복종시키거나 지배할 수 있는 공인된 권리와 힘, 특히 정부가 국민에게 대해 가지고 있는 강제력, 합법적으로 권력을 행사해 지배와 복종관계로 성립하는 권리를 말한다. 왕조시대나 독재 시대에는 통치자가 권력을 독점하고 국민에게 복종을 강제하고 지배했으나 민주공화국에는 주권재민, 권력은 국민이 소유하고 있다. 헌법 제1조 2항은 주권은 국민에게 있고 모든 권력은 국민으로부터 나온다, 고 명기해 놓고 있다.

최근에 새로운 권력이 대두되어 사회문제로 번지고 있다. 여성 성 관련 권력이 법조계, 문화 예술계, 방송, 연예계, 체육계, 개그맨계, 대학, 심지어 종교계까지 확산되어 가고 있다. 감춰진 왕정 시대 권력이 사회 각층에 존재함이 알려지고 있다. 신종 법조 권력, 문화 예술 권력, 교수 권력, 종교 권력, 노조 권력 등의 적폐의 파장의 끝은 어디까지일까? 여성의 성 강요뿐만 아니라 금품 강요 등 비리도 잠재되어 있다는 소문도 간과해선 아니 된다.

Never, Never, Never Surrender

2018. 02. 28.

지난주 Never, Never, Never Surrender.(결코, 굴복치 말라)는 영국 처칠 경의 명언을 올린 바 있다.

전쟁에서 패한 국가는 흥할 수 있지만, 굴복(항복)한 국가는 멸망한다. 오늘 조선일보 22면에 '숨어 있는 세계사: 처칠과 2차 세계대전'이란 글이 올라있다. 처칠은 나치와 타협하자는 주장에 "스스로 무릎 굽힌 나라는 사라져" "독일 나치와 타협치 않고 우리에게는 좌절도 패배도 없습니다. 어떤 희생이 따라도 우리 국토를 지킬 것입니다. 싸우다가 지면 다시 일어날 수 있지만. 스스로 무릎을 굽힌 나라는 없어질 수밖에 없습니다"라며 국민들의 마음을 모았다. 제2차 대전을 연합군의 승리로 이끈 걸출한 명재상 처칠의 명언이 왜 반추될까? 지금 대한민국의 안보의 실상은 어떠한가? 처칠 경의 명언을 타산지석으로 삼아야 하겠다.

전쟁을 두려워한 국가는 멸망했다고 동서고금의 역사는 기록해 놓고 있다. 임진란도, 일제 36년 압제, 6.25 한국전쟁을 반면교사로 삼아야 하겠다.

지피지기 백전불패

2018. 03. 04.

'지피지기 백전불패'. 중국 전국시대 병법서인 『손자병법』에 나오는 말로, 국가 경영의 전술과 전쟁의 법칙 교과서로 평가받고 있는 말이다. 자신의 능력을 알고 상대방의 능력과 전력을 알고 싸워야 전쟁에서 이길 수 있다는 명언이다.

"Never. Never. Never Surrender." 독일 히틀러의 위협에 전쟁에서 패한 국가는 다시 흥할 수 있지만 굴복한 국가는 멸망한다는 영국 처칠 총리의 명언이다. 처칠이 히틀러의 침공에도 승리로 이끈 것은 그의 확고한 전의와 국민을 설득한 유창한 진정 어린 연설로 국민 단결을 이끌었기 때문이다. 처칠은 상대방 히틀러를 잘 알았지만 히틀러는 처칠을 몰랐다. 지피지기를 실천한 위대한 지도자, 처칠 경이다.

지금 대한민국은 제2의 히틀러 북한의 김정은과의 전쟁을 어떻게 수행할 것인가? 평화냐, 전쟁이냐? 평화를 마다할 국민이 있겠는가? 전쟁을 선호할 국민이 있겠는가? 1940년 영국 정계나 국민들도 독일과 협상을 찬성했지만 처칠은 단호했다. Never Surrender. 지금 우리는 지피지기는? Surrender Or Not. 처칠 같은 걸출한 애국적인 위대한 지도자는 있는가? 전쟁을 두려워한 국가는 멸망했다는 역사를 아는가? 철통같은 안보 없이 감상적인 평화 타령은 Surrender이다. 다시 한번 반문해 본다.

전쟁과 평화

2018. 03. 10.

오늘도 고향 동창들과 남산 둘레길을 돌았다. 봄의 전령! 노란 점퍼를 입고 나갔다. 점심 후 대한극장에서 상연중인 〈Darkest Hour〉를 관람했다. 그동안 소개된 1940년 4월, 독일 히틀러의 위협에 영국 처칠 총리는 이태리 무솔리니와 독재자 히틀러와의 타협 수용을 거부하고 오직 전쟁과 승리를 확신하고 국민과 의회를 설득한다. 전쟁에 패한 국가는 흥할 수 있지만 굴복한 국가는 멸망한다는 명언. 국왕 조지 6세도, 전철 승객들도, 의회 의원들도 평화를 가장한 타협은 단호히 반대한다.

Never. Surrender. 대영제국다운 고집스러운 처칠 총리. 영국 국민들이 존경스럽다. 대한민국? 평화를 위한 굴종의 타협은 단호히 거부하는 영국을 타산지석으로 삼아야 하며 전쟁을 두려워한 민족은 멸망했다는 역사의 기록을 반면교사로 삼아야 한다. 영화 관람 중 영국 국민들의 애국심, 걸출한 지도자의 진면목은 이런 것이구나 하고 느꼈다. 가슴이 뭉클했고 많은 상념에 잠기곤 했다.

국제관례의 무례

2018. 03. 11.

대미 특사인 정의용 청와대 안보실장, 서훈 국정원장이 방북 결과 보고 및 김정은 친서 전달차 백악관으로 가서 트럼프를 만났다. 친서는 전달자가 개봉치 않고 수신자가 개봉해 내용을 확인하고 이에 논평 또는 직접 답신을 하는 것이 국제관례다. 이번에 트럼프 대통령이 방미 특사에게 직접 친서 내용을 발표하라 했고 정의용 실장이 김정은 친서를 대독 전달했다.

외교에 문외한인 본인은 이해가 안 간다. 친서를 전달하고 대독을 거부함이 옳았다고 생각한다. 트럼프의 저의가 무엇일까?

트럼프의 행간을 이해하기 어렵다. 북미 정상회담이 가능할까? 한국이 중재함으로써 성과를 내야 하는데, 나만의 기우일까?

자칭 남북·대미 운전자인 대한민국은 교통법규를 지키고 차량과 승차자의 안전을 지키는 명운전자여야 한다.

시장을 두려워해야 한다

2018. 03. 16.

문재인 정부의 소득 주도 성장 정책의 일환으로 금년부터 최저임금을 16.4퍼센트 인상한 7,530원(시급)이 적용되고 2020년에는 1만 원으로 인상된다. 근로자의 삶의 질 향상을 위해 근로시간을 주당 68시간에서 52시간으로 단축했다. 정책의 목표와는 달리 영세 중소기업, 자영업자의 감원이 이어지고 있다. 정부 보조금 13만 원 세일도 외면당하고 있으며 저소득층을 실업자로 내몰고 있다.

나는 최저임금 적용 대상은 획일적이 아닌 업태별, 업종별, 직종별은 물론 지역별로 차등 적용하고, 최저임금 적용 예외 대상을 넓혀야 한다고 지적한 바 있다. 7월부터 시행할 근로시간 단축도 인력과 장비를 제때 활용할 수 없어 기업 경쟁력 약화로 이어지고 납기 준수, 신제품 개발 등 집중 근무를 요하는 기업에는 독이 되고 규정 위반으로 인한 범법자 양산도 우려된다. 근로시간 단축으로 월급 평균 38만 원이 줄어든다는 현실을 받아들이고 근로자들이 저녁 있는 삶을 누릴 수 있을까?

근로시간 단축으로 유효 노동이 줄어들어 이를 메우기 위해 15만여 명의 신규 고용 창출도 탁상공론에 그칠 것이다. 낮은 생산성, 노동의 유연성을 외면한 정책이 수정되어야 한다. 청년 일자리 대책으로 앞으로 3년간 중소기업에 취업하는 34세 이하 청년에게 연 1억 1,000만 원을 지원한단다. 국민 세금으로 최저임금 보전, 청년 일자리 보조금 지급 등 단기 대책을 지양하고 각종 규제 해제, 서비스산업 발전법 시행, 노사 갈등 해소, 친기업 정책 전환 등 중·장기적 정책을 시현해야 한다. 일자리는 정부가 아닌 기업이 주체가 되어야 한다.

단기 포퓰리즘 정책의 수명은 길지 않다. 시장은 경쟁의 광장이며 룰이다. 시장을 이기는 정부도 기업도 없으며 고객(국민)은 감시자이며 심판관이다. 국민은 원칙과 실리를 추구하고 정치적 자유 이상으로 잘사는 것이 우선일지 모른다(본인은 45년 전 최저 임금법에 관한 논문으로 학위를 받았다).

세상을 바꾼 3개의 사과

2018. 03. 22.

아담과 이브의 사과는 인류를 바꾼 사과, 뉴턴의 사과는 과학을 바꾼 사과, 스티브 잡스의 사과는 문화를 바꾼 사과라고 말한다. 스티브 잡스는 1955년 2월 24일, 사생아로 태어나서 파란만장하고 격렬한 56년의 인생을 살다가 2011년 10월 5일에 세상을 떠났다. 잡스는 Apple사 창업자이며 매킨토시 컴퓨터를 개발하고 아이폰과 아이패드를 출시해 IT 업계에 새로운 바람을 일으킨 선구자이다. 잡스가 남긴 말을 요약하면 아래와 같다.

1. 사랑하는 사람을 찾듯이 사랑하는 일을 찾아라.
2. 실패의 위험을 감수하는 사람만이 진짜 예술가다.
3. 늘 갈망하고 바보처럼 도전하라.
4. 죽음은 삶이 만든 최고의 명품, 새로운 결단에 도움을 준다.
5. 머무르지 마라. 다음 일을 생각하라. 뭔가 멋지고 놀랄 만한 일을 찾아라.
6. 혁신은 리더와 추종자를 구분하는 잣대다.
7. 혁신은 노력한 1,000가지 일에 대해 "아니오"라고 말하는 데서 나온다.

8. 만족하지 않으면 "NO"라고 말해라.

9. 다르게 생각하라(Think Different).

10. 다른 사람의 삶을 사느라 시간을 낭비치 말라.

11. Stay hungry, Stay Foolish(늘 갈망하고 바보처럼 도전하라).

다산 정약용을 생각하며

2018. 03. 23.

어제 세계적인 IT 천재 잡스 이야기를 올렸다. 문득 다산이 생각난다. 잡스보다 200년 전에 태어난 다산의 인생관이나 철학에서도 잡스에 못지않은 지속성과 항구성, 끊임없는 투혼을 발견할 수 있다. 천재성은 물론이고 18년의 유배 생활, 18년의 미복권 상태로 생을 마칠 수밖에 없었던 불우한 삶에서 그는 단 하루도 절망이나 좌절을 느낀 적이 없이 밤낮을 쉬지 않고 학문 연구와 세상을 구하는 저술에만 몰두한 실학의 거두였다. 유배 중『목민심서』,『경세유표』등 600여 권의 저술을 남겼다. 역적 죄로 처벌받아 세상의 버림을 받았고 집안은 폐족이 되어 희망을 지닐 수 없는 불행한 처지에도 다산은 새로운 세상을 만들 대안 마련에 일생을 바쳤다.

조선조 시대 사색당쟁으로 수많은 인재가 희생되고 세계사에 유례없는 부관참시도 마다치 않은 한풀이 역사. 건국 후에도 동족상잔과 정쟁, 이 몹쓸 짓들이 반복되고 있다. 우리는 언제까지 이렇게 갈 것인가? 불우한 제2의 다산은 없었으면! 200년 전 다산 정약용을 생각하는 이유를 알아야겠다.

내일, 3월 26일 역사

2018. 03. 25.

1. 안중근 의사 순국일

1909년 10월 26일 안 의사는 조선 침략의 원흉 '이토 히로부미'를 만주 하얼빈 역에서 사살하고 뤼순 감옥에 입감되었다. 1910년 2월 14일에는 사형선고를 받고 3월 26일(31세)에 순국하셨다. 내일이 순국 108주년이다.

2. 2010년 3월 26일 백령도 인근에서 우리 해군 초계함 천안함이 북한 어뢰의 폭침으로 타격을 입었다. 이에 장병 46명이 전사했다. 지난달 25일, 평창 동계올림픽 폐막식에 배후 주모자인 김영철 북한 노동당 부위원장이 방한, 참석했다. 46명의 호국 영령들의 통곡 소리가 들리고 있다.

3. 대한민국 건국 초대 이승만 대통령의 탄신일이기도 하다.

대한민국 정치 10년사 발췌

2018. 03. 31.

1. 2008년 2월 25일, 이명박 18대 대통령 취임
2. 2008년 5월, 광우병 사태 발생. 야당과 시민 단체 100만 명 3개월간 촛불 집회. MBC의 〈PD수첩〉 '미국산 소고기 안전한가?' 편 방영 보도가 촉발 원인. 한미 간 소고기 협상에 문제가 있었으나 사실 왜곡, 괴담으로 야기된 사건이었다.
3. 2009년 5월 23일, 노무현 대통령 자살. 태광실업 박연차 회장과의 금품 거래, 논두렁 명품 시계 사건, 자살설, 타살설 등이 오르내리기도 했다.
4. 2013년 2월 25일, 박근혜 대통령 취임
5. 2014년 북한의 핵과 미사일 위협 증가에 따른 주한 미군에 사드 배치 문제가 찬반 시위로 번지고, 중국의 반대와 경제제재가 이어졌다. 우선 3기 배치 공사도 지지부진한 실정이다. 전자파는 두려워하면서 북한 핵은 무서워하지 않는 담대한 국민이다.
6. 2014년 4월 16일, 세월호 침몰로 안산시 단원 고교생 등 304명이 사망했다.
7. 세월호 사건 당일 박 대통령 7시간에 대해 외간남자 동석설, 성형수술설, 굿판설이 난무했다. 이에 촛불 집회, 2016

년 12월 9일, 국회의 대통령 탄핵소추 결의, 당시 새누리당 소속 의원 62명이 찬성했다. 2017년 3월 10일, 헌재의 탄핵 인용 결정으로 박 대통령 퇴진. 일 년 전 오늘 3월 31일, 구속, 수감 되다. 최근 7시간 동안의 일을 추측하는 저질성, 음해성 설은 사실이 아니라는 검찰 발표가 있으나 세월호 발생 관련 보고 허위 조작 문제가 제기되고 있다.

8. 2017년 5월 9일, 보궐선거로 더불어민주당 소속 문재인 대통령이 당선되어 취임했다.
9. 평창 동계올림픽에 남북 공동팀이 출전하고, 3월 25일 폐막식에 북한 김영철 노동당 부위원장 등이 참석했다. 문 대통령과의 회담으로 향후 남북·북미 회담 개최가 진행된다.
10. 2018년 3월 23일, 이명박 전 대통령이 뇌물죄 등으로 구속, 수감되었다. 역대 두 대통령이 동시에 수감되는 초유의 사태다.

6월 13일에 지방선거, 헌법 개정으로 국회 여야 간의 치열한 정치 공세가 예상된다. 북한 핵 문제에 관해 남북·북미 회담에서 어떤 결과가 나올까? 대한민국의 명운을 예상키 어렵다.

역대 대통령들의 형제, 아들들이 부정부패 연루로 감옥을 갔다. 부끄러운 역사다. 대한민국의 10년사는 부정부패, 정쟁, 분열, 갈등, 음해, 보복, 괴담, 굴곡, 굴절, 오욕의 역사로 기록되지 않을까 걱정이다. 국내외 산적해 있는 국방, 외교 정치, 경제

문제를 어떻게 슬기롭게 풀 수 있을까? 전 국민의 지혜를 모아야겠다.

특히 정치인들이여! 정신 좀 차리고 성숙한 정치를 하시라. 자유민주주의, 시장경제는 대한민국의 최고의 가치다.

신문의 날

2018. 04. 07.

지난 5일이 62회 신문의 날이었단다. 지상을 통해 국무총리, 일부 정당 원내대표가 행사에 참여했으나 각 언론사 관계자는 보이지 않았다. 지난 1년 동안 일간신문, 주간, 월간 잡지 절독이 이어졌다. 국민의 알 권리를 외면하고 정부의 시녀로 전락한 언론은 지금도 보도 외면, 편파 보도에 익숙해 있다. 자신도 60년 구독했던 신문, 15년간 구독했던 월간 잡지를 절독했다. 많이 바뀌었다며 재구독 요청을 해 왔으나 여전히 "NO"로 답하고 있다. 신문, 방송이 어쩜 그리 한결같을까? 출연자들의 면면도 보따리 장사, 시간제 알바생으로 전락하고 있다.

민주국가는 언론의 자유와 공정 보도가 보장된 국가를 말하고 있다. 240여 년 전 미국 3대 대통령 토마스 제퍼슨은 신문 없는 정부보다 정부 없는 신문을 선택한다는 명언을 남겼다.

신문의 날에 '깊이 있고 바른 정보, 오늘의 신문입니다'라는 광고가 실렸다. 과연 그런 신문인가 자문해 보시라. 행사를 보면서 정말 염치조차 없는 한심한 사태임을 저들만 모르고 있다는 생각을 했다. 정론직필. 국민의 사랑을 받는 신문은 언제 우리 앞에 나타날까? 요원하다는 생각은 나뿐일까?

철새들의 준동

2018. 04. 08.

한국에는 봄부터 가을까지 지내는 여름새인 뻐꾸기, 두견이, 백로, 뜸부기, 대표적인 제비 등이 있다. 한국에서 월동하는 겨울새로는 고니, 기러기, 두루미, 독수리, 뜸부기, 쑥새 등이 있다. 이들은 생존을 위해 계절을 따라 자리를 옮기곤 한다.

조류뿐만 아니라 인간 철새들이 준동하는 선거철이 당도한 모양이다. 정권에 따라 이 당, 저 당으로 자리를 옮기고 당 공천에 탈락하면 탈당해 타 당에 입당하고, 여의치 않으면 당을 뛰쳐나와 무소속 출마도 강행한다. 이들을 '정치 철새'라고 부른다. 탈당하며 소속했던 정당을 맹비난하는 것도 서슴지 않고, 혹시 당선되면 재입당하기도 한다.

과거 새누리당에서 탈당해 바른당을 창당했던 국회의원 일부는 새누리당 후예당인 자유한국당에 입당해 요직을 차지하고 있다. 국민들은 혼란에 빠져 정신을 잃고 있다. 그래서 정치판을 개판이란다.

6.13 지방선거에 정치 철새들의 준동은 얼마나 될까? 정당정치는 언제나 가능할까? 관전해 보자.

고향 홍성 역사·문화 탐방

2018. 04. 13.

오늘 재경 중·고 동기 10명, 홍성 현지 동기 5명이 충절의 고향 홍성을 찾아 역사 탐방을 했다.

1. 고려의 명장, 충신 최영 장군

북벌과 왜구를 물리친 충신 명장의 사당 기봉사(출생지는 홍성군 홍북면 대인리)를 찾았다. 최 장군은 이성계에 의해 사살당하고 그의 가문은 멸문지화를 당해 전해 오는 후손 이야기도 없이 쓸쓸히 사당만 멀리 오서산, 가까이는 대흥산만 바라보고 있다. 그의 묘는 고양시에 있다.

2. 성삼문 유허비, 사당

조선조 전기의 문신이자 학자. 세종시 집현전 학자이며 세종대왕의 훈민정음 창작에 공헌한 사육신의 한 분이시다. 단종복위 운동으로 처형되어 노량진에 안장되었다. 그는 외가인 이곳(홍성군 홍북읍 노은리 위치)에서 출생하고 능지처참되어 사육신묘 외에 논산에도 묘소가 있단다. 그의 부모, 부인 묘가 이곳 사당 건너편에 있다는 사실도 처음 알았다.

3. 만해 한용운 선생 생가, 문화체험관

홍성군 결성면 성곡리에 위치하고 있다. 그는 승려이자 시인이자 독립운동가로 지조 있게 사시다 간 인물이다. 독립선언 대표 33인 중 한 분이며 선언문 작성을 돕고 공약 3장을 추가했다. 대표작으로『님의 침묵』시집이 있다. 광복 전해인 1944년 6월 29일에 입적해 망우리 공동묘지에 안장되어 있다.

4. 백야 김좌진 장군 생가지, 사당, 기념관

홍성군 갈산면은 1905년 사립호명학교 설립에 참여해 근대교육 운동을 전개했고 만주 독립운동 시절 북로군정서사령부 사령관이었으며 청산리 전투에서 일본군을 대파해 승리를 이끈 백야 김좌진 장군이 태어나 성장한 곳이다. 1930년 타계해 묘소는 보령시 주포면에 있다.

5. 고암 이응노 생가, 기념관

홍성군 홍북읍 중계리에 위치하고 있다. 세계적인 동향 화가이자 홍대 교수로 후학 양성에 노력하고 불란서에서 작품 활동을 했다. 1989년에 별세하고 묘소는 생존해 계신 부인과 함께 파리에 있다.

중·고교 시절 자주 원족을 갔던 홍성군과 접한 예산군 덕산면 덕숭산에 위치한 백제 위덕왕(554~597) 시 고승 지명이 세운 고찰 수덕사도 오랜만에 찾았다. 오늘 하루 충절의 고향, 우리 조상들의 얼이 깃들어 있고 우리가 자라고 중·고교 시절을 보낸 홍성을 탐방해 우리 고향 출신, 우리 군민들의 자긍심인 윗분들의 체취를 느끼고 교훈을 되새겼다. 보람을 같이한 동기들과 즐겁고 보람된 날로 기억하며 헤어졌다.

청와대가 문제야

2018. 04. 16.

역대 정권의 말로는 청와대의 무능이 자초한 결과였다. 현 정부는 과거 정권을 빈면교사로 삼아 달라질 거라 기대했으나 아쉽게도 역시나다. 김기식 금감원장 임명 후 이렇게 말도, 탈도 많은 것은 처음이었다.

그에 대한 국민 여론, 4 야당의 반대에 대해 관례, 평균 기준, 선관위 판단 등으로 해임 여부를 결정하겠다는 청와대의 고집이 무위로 끝났다. 임명 철회나 해임 여부 결정은 청와대 스스로 판단할 문제였다. 청와대는 자정 능력을 갖춰야 한다. 적재적소는 인사의 원칙이며 최고위층 인사의 덕목은 전문성, 도덕성, 청렴성이다. 잘못은 즉시 시정하는 용단, 읍참마속, 삼고초려의 교훈을 잊어서는 아니 된다. 인사가 만사다.

4.19 혁명, 58주년

2018. 04. 19.

58년 전 본인이 대학 3학년 재학 중이었다. 당일 재경 대학생들은 독재정권, 3.15 부정선거를 규탄하기 위해 교문을 박차고 종로, 광화문, 경무대, 서대문 이기붕 부통령관저로 몰려들었다. 경무대 발포로 부상 학생이 속출했고 서울신문사가 화염에 휩싸이고 자유당사가 파기되었다. 거리 시민들이 음료수도 제공하며 박수로 호응 격려했다. 이로 인해 자유당 정권이 무너지고 이승만 대통령이 하야하고 이기붕 일가가 자살하는 일이 벌어졌다. 당일 창경원 벚꽃놀이가 한창이었다.

4.19 희생 동료들의 명복을 빈다. 58년 전 오늘이 소스라쳐 떠올라 회상해 본다.

남산 둘레길

2018. 04. 21.

오늘도 남산 둘레길을 고향 친구들과 돌고 왔다. 벚꽃이 지고 포도 위에 눈꽃으로 변해 있다. 라일락, 영산홍, 철쭉, 진달래가 길가를 외롭게 지키고 있다. 겨우내 앙상했던 나무들이 초록빛으로 갈아입고 남산을 풍성케 만들었다. 자연은 정직해서 좋다.

오늘은 각급 학교 동창회 모임이 많아 인산을 이루고 있다. 젊은이들은 반팔, 반바지, 짧은 스커트로 여름을 재촉하고 있다. 천년고도! 서울은 북악산, 도봉산, 관악산, 유유히 흐르는 아리수. 우리에게 무언가를 말하려 하고 있다. 하늘이 내려 주신 삼천리금수강산, 조상의 얼, 겨레의 피땀, 눈물로 이룩한 지금의 대한민국을 잘 지키고 더욱 발전시키라는 엄중한 명령이 아닐까?

세상이 하 수상하다고 걱정하는 노장들. 나이 들면 말도 많은가 보다.

윈스턴 처칠 평화협정

2018. 04. 21.

1940년 독일 히틀러가 오스트리아, 체코를 합방하고 프랑스를 공격 점령한 후 영국을 공습하여 위기를 맞았다. 처칠은 당시 프랑스와 이탈리아 무솔리니의 평화협정 제의를 단호히 거부하고 영국의회에서 맞서 싸울 것을 선언하고 독일과의 전쟁을 승리로 이끌었다. 그 유명한 "Never, Surrender"의 명언이다. 이어 독·일·이 동맹군에 맞서 제2차 대전을 미·영·소 연합군의 승리로 이끈 영웅이다.

전쟁을 두려워하는 국가는 멸망하고 힘의 뒷받침 없는 평화는 항복을 자초한다. 조국을 구한 영웅으로 영국이 가장 자랑삼는 처칠 경의 단호한 결기와 명언이 우리에게 타산지석이 아닐까?

인생은 공수래공수거

2018. 04. 22.

기원전 4세기 그리스, 페르시아, 인도에 이르는 대제국을 건설한 마케도니아의 알렉산더 대왕은 임종(33세)을 앞두고 신하들에게 "내가 죽거든 시신을 옮길 때 두 손이 밖으로 나오게 하라. 사람들이 볼 수 있도록 내 손을 덮지 말거라" 하고 말했다. 부와 권력을 거머쥐고 천하를 호령하던 왕의 유언치고는 해괴한 것이었다. 알렉산더도 떠날 때는 빈손으로 간다는 것을 보여 주려는 것이었다. 천하를 한 손에 쥐었던 왕이나 평범하게 살아온 백성이나 떠날 때는 빈손으로 간다는 진리를 보여 주고자 한 것이다.

부와 권력, 기타 소유한 것은 잠시 보관하는 것일 뿐, 그것을 가진 자는 선의로 관리 의무가 있는 관리자일 뿐이다. 고로 떠날 때는 원 소유주에게 반환해야 한다. 선관 의무를 무시하고 부를 부당하게 사용하거나 낭비하고 권력을 남용하고 정의에 반할 때에는 천벌을 감수해야 한다는 진리다. 부와 권력은 인류의 자유와 행복을 위해 사용할 보편적 가치다. 부와 권력은 국민의 질타의 대상이 아닌 존경과 사랑의 대상이어야 한다. 부자와 권력자도 빈손으로 와서 빈손으로 간다. 지고한 평등이 아닐까?

오늘의 역사

2018. 04. 28.

오늘은 성웅 충무공 이순신 장군 탄신 473주년이다. 1592년 임진왜란, 1597년 정유재란 시 왜군을 섬멸, 조선 사직을 지킨 애국자요, 충신이시다. 1598년 11월 19일, 명량해전에서 적의 유탄에 맞아 향년 53세로 전사하셨다. 수많은 음모로 해직, 구금되기도 했다. 백의종군, 12척의 전함, “내 죽음을 알리지 말라”, 거북선, “사즉생생즉사”의 단어를 남겼다.

묘소는 충남 아산시 음봉면 어라산에 있으며 충무의 충열사, 여수의 충민사, 아산의 현충사에서 제향을 올리고 있다. 규모면에서 아산 현충사가 제일 크다. 오늘 이 뜻깊은 충무공 탄신 기념일에 정부와 언론은 어떠한 언급도 없다. 역사를 잊는 민족은 미래가 없단다.

남산 둘레길 돌고 필동으로 내려오는 도중 한국의 집, 전통문화 종합체험 공간에서 충무공 탄신기념 공연이 있다는 안내를 본다. 충무공은 지금의 중구, 필동에서 출생하시고 외가인 아산에서 무과에 급제할 때까지 자라고 사셨다.

충무공의 일부 역사를 소개하며 탄신일을 기려 본다.

4.27 판문점 선언 후속 대책

2018. 05. 03.

남북 정상회담은 분단의 상징인 휴전선에 위치한 판문점에서 개최했다는 면에서 상징성을 갖고 있다. 내용은 공동 번영과 통일 가능, 군사적 긴장상태 완화, 전쟁 위험 해소, 남북 간 교류, 한반도 비핵화 등이다.

판문점 선언 후 정치권에서는 여야가 다른 논평을 내고 있다. 언론은 매일 판문점 선언으로 도배질하고 있다. 정전협정을 평화협정으로 바꾸고, 국회 비준 문제가 제기되고, 미군 철수 문제를 대통령 특보가 언급하며 군 복무기간 단축 문제, 남북 간 철도·도로 개설, 이산가족 상봉, 개성 공단 재가동, 금강산 관광 등에 관해 쏟아지는 정보를 보면 남북한이 통일 직전에 와 있는 상황을 방불케 하고 있다.

이번 달 내에 개최될 북미 간의 회담이 초미의 관심사이며, 한반도 비핵화가 아닌 구체적인 북핵 폐기가 전제될 때 판문점 선언도 실효를 거둘 것이다. 한반도 통일은 주변국인 중국, 러시아, 일본의 협력이 필수다. 독일 통일에 반대했던 영국, 프랑스와는 달리 당시 소련의 개방을 이끈 고르바초프 대통령의 독일 통일 지원 역할을 상기할 필요가 있다.

미국 트럼프 대통령이 제2의 고르바초프 역을 해 주기를 기대해 본다. 70년 분단, 동족상잔의 한국전쟁, 민족 문제가 아닌 이념 문제가 해소되기 위해서는 산고가 예상보다 클 것이다. 급할 때일수록 한발 늦춤이 지혜다. 전쟁은 없어야 하고 통일은 필히 이룩해야 한다. 너무 서둘지 말고 이성적이고 냉철하고 차분하게 대체해야 하지 않을까? 비전문가의 생각이다.

한반도 통일

2018. 05. 04.

남북한 정상의 판문점 선언으로 통일이 된 듯한 분위기가 고조되고 있다. 판문점 선언은 통일의 신호탄이 될 수 있다. 향후 통일의 전제는 통일에 대한 남북한 당국자, 주민 및 중국, 일본, 러시아, 미국 등이 가지는 통일 이후 동아시아 세력 변화에 따라오는 불확실성에 대한 두려움이 해소되어야 할 것이다. 특히 북한의 핵 제거 없는 통일은 주변국들이 수용치 않을 것이다. 남북한이 통일에 공감해야 한다. 특히 북한 사람들이 남북한 교류와 정보를 통해 더욱 필요성을 느끼게 해야 한다. 외부보다는 내부에 존재하는 걸림돌을 제거하는 것이 통일 의지일 것이다.

독일 통일 전 전 수상 헬무트 슈미트가 말한 “무슨 비용을 지불해서라도 통일은 이룩해야 한다"는 통일 의지를 남북한이 공유할 때 통일이 가능하지 않을까?

평화협정의 함정

2018. 05. 05.

4.27 판문점 선언 후 남북 간, 북미 간 종전 선언에 이어 평화협정이 급물살을 타고 있으며 주한 미군 철수 문제도 거론되고 있다. 한국전쟁이 휴전으로 마무리된 지 65년 동안 한미 동맹에 의거, 주둔하는 주한 미군은 대남 도발을 방지하고 한국의 10대 경제 대국의 반열에 오르는 데 큰 몫을 담당했다. 특히 북미 정상회담에서 평화협정에 따른 북한의 핵 폐기와 주한 미군 철수 문제가 거론될 가능성이 높다.

원래 평화협정은 전쟁에서 승패가 결정된 후 패전국과 승전국 사이에서 이뤄지는 것이다. 1차 대전 이후 베르사유 평화협정은 20년 만에 2차 세계대전으로 폐기되고, 미국과 북베트남이 1973년 체결한 파리 평화협정에 따른 미군 철수 후 75년 월맹의 공격으로 월남은 패망했다. 1940년 영국 처칠 수상이 독일과의 평화협정을 거부하고 전쟁을 승리로 이끈 사건, 평화협정은 항복이라는 "Never Surrender"의 명언도 간과해선 아니 된다.

과연 북한은 핵 폐기를 할까? 혹시 북한의 평화협정으로 비대칭 전력에 우세한 북한이 주한 미군이 없는 남북한 간 전쟁을 염두에 두고 있지는 않나? 평화협정이나 불가침 조약은 잠시 싸움을 멈추고 다음에 싸우자는 의미다. 평화협정의 국회 비준이 불가역적일 수 없고 준수, 파기는 힘센 자의 몫이다. 냉엄한 국제사회에서는 영원한 적도 영원한 친구도 없다는 사실도 기억해야 한다.

1945년 해방 당시 3,000만 국민이 흥분했던 때와 같이 금방 통일이 된 듯 들떠 있다. 감상적 생각을 버리고 냉정을 되찾아야 한다. 남·북·미 간 평화협정이 한반도에서 영구 평화를 보장할 수 있을까? 평화협정의 함정도 소홀해선 아니 된다. 비전문가의 기우이기를 바란다. 전쟁은 없어야 하고 한반도에 평화 정착은 남북한 동포가 바라는 과제다.

국회의원들의 호텔에 대한 인식

2018. 05. 07.

세계화는 국경 없는 경제 시장을 의미하고 있다. 어제 폐회한 국회는 공무원 연금법 개정 추진에 돌발적인 국민연금 개정 문제로 파행되면서 100여 개의 민생 관련 법안 처리가 무산되었다. 국회는 조선조 말 멸망을 자초한 당쟁의 재판을 방불케 하고 있다. 그중 학교 옆 호텔 건립이 특정 대기업의 특혜라고 야당은 법률 통과를 반대했다. 현대사회에서 호텔은 내국인들의 일상생활 공간화는 물론 관광산업의 필수 시설이며 글로벌 시대에 외국 관광객 및 외교관, 비즈니스맨들이 이용하는 중요한 시설 중 하나다. 현재 각광을 받고 있는 MICE(Meeting, incentives, Convention, Exhibition) 산업의 큰 역할을 담당하고 있다. 호텔을 옛날 잠자는 여관이나 불륜의 장소로 치부하는 의원님들의 그릇된 사고의 틀이 자신이 그런 곳으로 이용하고 있다는 반증이 아니기를 바라지만, 무지의 소치도 도를 넘어 한심스럽기만 하다.

법은 특정인을 위해 존재하지 않고 보편성을 그 기본으로 하고 있다. 지금 국민은 일자리를 찾기 위해 동분서주하고 있다. 부존자원이 부족한 우리는 서비스산업 그중 관광산업, 의료, 교육, IT, BT 등의 각종 규제를 풀어야 한다고 정부와 업계가 목소리를 높이고 있지만 국회는 철밥통이 된 지 오래다. 본인은 '싱가포르를 배우자'고 여러 번 주장했다. 싱가포르는 돈 되는 일이라면 문을 활짝 열고 있는 국가다. 국가 발전의 발목을 잡는 국회의 개혁 없이 대한민국의 앞날은 요원하다. 국회? 대표적 계륵인가? 언제 철이 들어 부국강병의 첨병 역할을 할지 두고 볼 수밖에 없구나. 호텔 산업이 잘되는 나라가 선진국이며 부강한 국가다.

국가의 정체성

2018. 05. 10.

국가는 국민의 생명과 재산을 보호하기 위해 존재한다. 극작가이며 역사학자인 고신봉승 선생은 그의 저서『국가란 무엇인가』에서 국가는 국가의 정체성과 국가관이 확립되었을 때는 흥하고, 그렇지 않을 때는 망했다고 기술했다.

오늘 북한에 억류되었던 한국계 미국인 3인이 석방되어 미국무장관과 동행, 귀환하고 대통령 내외가 항공기 기내까지 들어가 환영하는 모습이 실황 중계되었다. 자국민의 생명을 보호하고 책임지는 국가! 위대한 미국이다. 한국전쟁에서 포로병과 전사자 시체까지 찾아간 미국이다. 우리는 국군 포로, 납북승객, 납북 어부 등 한 사람도 귀환 못 시킨 못난 국가요, 염치없는 국민이다. 판문점 선언이 통일로 착각하며 법석을 떠대는 냄비근성. 평화는 공짜가 아님도 모르는 위정자들이 측은하다. 국가의 존재 이유인 정체성과 국가관을 바로 세우는 것이 시급한 과제다.

지도자의 자질

2018. 05. 16.

본인은 일전에 페이스북을 통해 지도자의 덕목은 1. 전문성, 2. 도덕성, 3. 청렴성이라고 올린 바 있다. 2001년 2월판 미국 명문대 하버드 비즈니스스쿨 회보에서도 최고경영자의 자질로 다음 6가지를 열거한 바 있다. 이 내용을 살펴보면 경영자뿐만 아니라 특히 정치 지도자의 필수 자질이 아닐까 생각케 한다.

첫째, 카리스마다. 뚜렷한 철학과 개성을 가지고 부하의 충성심과 열정을 고취시키는 개인적인 능력과 권위라고 기술하고 있다.

둘째, 의사 전달 능력으로 눈을 보면서 손을 꼭 잡고 명료하고 유창한 어조로 설득하는 능력이다.

셋째, 정직성으로 상대방 잘못을 솔직하게 지적해 주는 태도를 말한다.

넷째, 비전을 들고 있다. 단체 의사에 따라 영입하기보다는 신선하며 과감한 미래 설계를 주도적으로 실천하는 자질을 말한다.

다섯째, 전문 지식으로 재무, 마케팅, 법률 등 어느 것이든 전문적인 또는 기술적인 지식을 갖춰야 한다는 것이다.

여섯째, 열정이다. 정열적으로 투혼을 불사르는 것을 말한다.

결국 지도자는 어떠한 뚜렷한 목표를 달성키 위해 조직을 결집시켜 그 역량을 극대화하는 사람이며, 조직의 다수 의사에 따르거나 표면적인 조직 내 화합을 강조하는 단체주의 또는 조직순응주의, 인기영합주의에 젖어 있는 지도자를 배척한다는 뜻이라고 본다.

6.13 지방선거에도 이런 지도자가 많이 당선되어 대한민국의 번영에 앞장서 주기를 기대해 본다.

권성동 의원에 대한 구속영장 청구

2018. 05. 19.

검찰은 강원랜드 채용 비리와 관련 권 의원을 업무 방해, 제3자 뇌물죄, 직권남용, 권리 행사 방해 등으로 구속영장을 청구했다. 권 의원은 한국당 소속 의원이며 국회법사위원장으로 검찰 수사에 물의가 있었다. 특히 권 의원은 박근혜 대통령 탄핵소추위원장으로 2016년 12월 9일, 국회 탄핵(한국당 전신 새누리당 소속 의원 62명 포함 234명 찬성) 가결에 1등 공신이며 문 정권 탄생의 공로자이기도 하다.

검찰의 고뇌도 많았을 것이다. 현직 국회의원의 구속은 국회 동의가 있어야 하기 때문에 구속이 그리 쉽지 않다. 국회의원

특권은 범법자 보호를 배제하고 신분을 떠나 죄를 지었다면 엄정한 수사와 법의 심판을 내려 법치를 실현해야 한다. 특히 공기업의 채용 비리를 발본색원하는 계기가 되기를 기대해 본다.

한국당은 구속영장을 청구한 검찰을 비난하고 제 식구 감싸기에 나설까? 한국당의 반응을 지켜보는 것도 흥미로울 것 같다.

가롯 유다

2018. 05. 20.

2000년 전 예수의 12사도 중 한 사람이다. 그는 예수를 적대시하는 제사장에게 예수를 은화 30전에 팔아넘겨 의리를 배반한 자로 그는 후에 후회하고 목매어 자살했다. 고려. 조선조 천년, 현·근대사에도 주군과 상사를 배반하고 자기 영달을 누린 현대판 유다는 헤아릴 수 없이 많았다.

춘원 이광수는 그의 소설 『마의태자』에서 의리 없는 친구보다 의리 있는 원수가 낫다라고 기술했다. 공자는 그의 제자 자공이 정치의 덕목을 묻습니다. 족식, 족병, 족신이라 답합니다. 그중 하나를 택한다면? 족신이라 말하십니다. 신뢰·믿음이 중요함을 말합니다. 글로벌시대의 국제 간, 국가와 국민·개인 간에도 신뢰를 잃을 때 존재 의미가 상실된다. 평생을 같이했던 직장을 떠난 후 욕설을 퍼붓고 상사를 팔아 버리는 일 들이 우리를 슬프게 하고 있다. 마시던 우물에 침을 뱉고 떠난 이가 다시 찾아와 그 우물물을 마신다는 비유가 있다. 배신·배반 없는 신뢰가 지배하는 사회가 정착되어야 하겠다.

재계를 바라보는 눈

2018. 05. 22.

우리나라를 세계 10대 경제, 8대 무역 강국으로 이끈 것은 정부의 강력한 경제 정책, 국민의 피땀 그리고 재계의 노력의 결정체로 평가되고 있다. 그러나 그동안 재계, 특히 대그룹에 대해서는 정치적으로 곤욕을 치르기도 하고 국민들의 질타도 많았다. 압축 성장의 그늘이기도 하다.

그러나 삼성, LG, 현대, SK 등 창업주와 후계자들은 세계 1등 기업을 만든 공로자로 국민들로부터 추앙받고도 남는다. LG 그룹 고구본무 회장의 타계에 많은 국민들이 애도하고 있다. 그는 유산으로 정도 경영, 도덕 경영, 인화 경영을 남기고 검소와 겸손의 실천자로서 새로운 사풍과 가풍을 만들어 내고 한 줌의 재로 자연으로 떠났다.

문득 1998년 70세로 타계하신 SK 그룹의 최종현 회장이 떠오르기도 한다. 한일 경제협력 회의 후 같은 조에서 골프를 하는 행운이 있었다. 그분은 매너, 겸손, 유머로 일행을 즐겁게 만들었다. 화장을 실천해 새로운 장례 문화를 이끈 분이기도 하다. 추후 수목장으로 이장한 것으로 알고 있다.

구 회장의 아름다운 유산을 이어받아 재계의 이미지를 바꾸고 사랑받는 기업으로 거듭나는 계기가 되기를 기대해 본다. 미국에서는 부자들이 가장 존경받고 있다.

특혜와 책임

2018. 05. 25.

『특혜와 책임』. 연세대 송복 교수의 저서명이다. 저자는 1960년대 이래의 첫 30년은 강력한 리더십이 역사의 동력이 되어 산업화를 성취했지만, 1990년대 이래 민주화 시대 첫 30년 역사의 동력은 '노블레스 오블리주'가 되어야 한다고 기술하고 있다. 노블레스 오블리주는 특혜받은 사람들의 책임이다. 특혜를 받았으면 책임을 져야 한다. 나는 특혜를 특권으로 바꿔 특권을 가진 사람들의 책임을 소개하고자 한다.

특권은 정치적 권력과 부의 권력을 말한다. 송 교수는 특권을 가진 사람들의 책임을 첫째, 목숨을 바치는 희생, 둘째, 기득권 포기의 희생, 셋째, 배려와 양보와 헌신의 희생이라고 말한다. 국가가 위기에 처했을 때 특권을 가진 자가 솔선해서 목숨을 내놓고 기득권을 미련 없이 내려놓고, 일상생활에서 남을 먼저 배려하고 양보하며 이해관계를 떠나 진심으로 남을 돕고, 지위 고하를 떠나 남 앞에서 언제나 겸손하고 소위 말하는 갑질을 하지 않는 것이 노블레스 오블리주이다. 우리 고위층, 부의 소유자들은 그들이 가진 것이 국가와 사회의 혜택임을 잊고 나의 능력과 경쟁력의 소산이다, 라고 착각하고 있다.

지금 우리는 상층은 있는데 상류사회가 없고 고위층은 있는데 노블레스 오블리주가 없다. 그 전형적인 예가 고위 정치인, 고위 관료, 고위 법조인이다. 그들이 물러나면 ○○피아가 그들의 이름 뒤에 붙는다. 노블레스 오블리주와의 정반대되는 마피아라는 것이다. 정말 우리 상층은 노블레스 오블리주가 없는 천민 상층으로 내내 지속해 갈 것인가? 역사의 동력으로서 노블레스 오블리주를 가질 것인가?

국가의 정체성이 흔들리고 있다

2018. 05. 30.

국민의 대표 기관인 국회가 고유 권한인 입법을 외면하고 있다.

여야는 싸움질로 허송세월하고 제 식구를 감싸기 위한 방탄 국회로 회기 연장 문제가 거론되는 한심한 상황이 이어지고 있다. 피의자 피난처로 변신한 국회. 입법에 반대하는 시위가 빈번하다. 국회가 없었으면 좋겠다는 국민의 목소리가 드높다. 행정부는 있으나 행정은 없고 정책도 없다. 각부 장관님들은 지금 어디에 계십니까? 국민의 삶을 돌보는 행정은 실종되고 있다. 사법부도 내부 갈등으로 몸살을 앓고 있다. 블랙리스트는 없었다는 결론 후 재판 개입의혹 조사 문제로 전임 대법원장 고발, 수사 의뢰 등 문제가 대두되고 있다.

며느리 바람났다고 동네방네 떠들어 대는 콩가루 집안이다. 대법원 판결에 불만을 가진 사람들이 대법정에 난입하는 초유의 사태가 벌어졌다. 최후의 보루인 사법부마저 혼란에 빠져 있다. 국가의 정체성이 확립될 때 나라는 흥하고 그렇지 못할 때 나라는 망했다고 역사는 기록해 놓고 있다. 국내외적으로 매우 어려운 시기다. 국민이 정부를 걱정하고 있다. 지도자는 가장 애국자여야 한다. 정신 좀 차리시라.

GM 군산공장 폐쇄의 교훈

2018. 06. 01.

어제 GM 군산공장이 22년 만에 문을 닫았다. 그동안 뒤늦게 동 공장 연명을 위해 정부와 산업은행이 지원책을 논의했으나 무위로 끝났다. 공장 가동률 20퍼센트 이하, 자구책을 외면하고 임금 인상을 요구하는 강성 노조도 한몫을 했다. 임직원 1,400명, 협력 업체 130곳, 1만 2,000명이 일자리를 잃으면서 군산 시내 원룸, 상가가 텅텅 비었다. 지난해 현대중공 군산조선소 폐쇄에 이은 기업 탈출이다.

기업, 특히 외국 기업은 돈 되지 않으면 문을 닫는 냉엄함이 있다. GM 창원, 부평 공장의 존속은 보장되는가? 관찰의 대상이다. 기업이 떠나면 지역경제가 망가진다는 교훈을 얻어야 한다. 보호무역주의가 강화되는 추세에 걸맞은 경제정책인 규제 완화와 강성 노조의 반성, 생산성 향상 등 문제 해결이 선행되어야 제2의 GM 사태의 반복을 피할 수 있을 것이다. 일자리는 기업이 만든다. 기업이 망하면 노조도, 종업원도, 지역 상권도 없다.

사법부의 파산

2018. 06. 06.

법치의 최후 보루인 사법부의 파산 절차가 진행되고 있다. 파산의 핵심은 양승태 대법원장 재임 시 법원행정처가 상고법원 도입을 위해 정권(박근혜)에 우호적인 판결들로 청와대와 거래를 시도하려는 문건을 만들었다는 재판 거래, 사법행정권 남용 의혹이다. 특별조사단은 문건이 실행되지 않아 처벌 사안은 아니다, 라는 결론을 내렸다. 그러나 김명수 대법원장이 고발을 검토하겠다는 발언과 일부 판사, 시민 단체들의 형사 고발, 수사 의뢰, 수사 촉구 등이 이어지고, 어제 서울고법 부장판사들이 반대하면서 서울지방법원 부장판사들 모임이 정족수 미달로 무산되는 등 찬반 충돌로 신제 법란이 일어나고 있다. 대법원 판결에 불만을 가진 사람들이 대법원 법정을 난입·점거하고, 대법원 앞에서는 일부 진보 성향 변호사와 법과대학 교수들이 천막 농성 중이다. 사법부판사들이 사분오열되고 불신이 극에 달해 사법부 파산이 진행되는 초유의 사태를 맞고 있다. 사법부마저? 국민은 불쌍하고 참담하고 서글프다. 이를 어찌하면 좋겠습니까?

서울 국립현충원 소개

2018. 06. 06.

동작동 소재 서울 국립현충원에는 전사를 확인했으나 시신을 찾지 못한 104,000명의 위패를 모신 봉안관. 시신은 찾았으나 신원 확인이 안 된 7,000위 무명용사 묘. 묘비에 이름을 올린 전몰장병. 애국지사. 국가유공자 54,000위가 고이 영면하고 있다. 호국영령의 명복을 빕니다.

第23회 인간상록수 추대식

2018. 06. 07.

오늘 오후 5시 세종문화회관 세종홀에서 한국상록회가 주최한 인간상록수 추대식에 참석했다. 추대자는 김형석 연대 명예교수, 이충구 ㈜유닉스 회장이었다.

한국상록회는 심훈 선생의 상록수 정신을 바탕으로 일제강점기인 1937년에 상록회를 조직해 문맹 퇴치 운동과 독립운동을 전개한 단체로, 1970년에 전국 조직의 상록회로 재탄생되어 48년 동안 인성 회복 운동과 복지 사업, 환경보전 운동을 전개하며 국가에 헌신, 봉사해 온 단체다.

본인은 잘 몰랐던 훌륭한 단체임을 알았다. 1회~23회까지 인간상록수는 우리 사회에 헌신과 봉사를 해 오신 분들이다. 김형석 교수는 교육자요, 철학계의 거두로 100세인 지금도 저술과 강연으로 바쁘시다. 인사말에서 "국가관과 민족관을 가져야 한다"며 독서를 강조하셨다.

이충구 회장은 동문으로 기업을 통해 국가 발전에 기여함은 물론 서울대 어린이병원 후원, 요양원, 노인정, 애육원과 장애인 지원, 난민기구와 다문화가정을 지속적으로 지원해 왔다. 두 분의 인간상록수 추대식에 참석해 개인을 위한 삶보다는 이웃과 사회와 국가를 위한 삶을 실천한 인간상록수에 큰 축하를 보냈다.

인간쓰레기

2018. 06. 08.

서울 동부 이촌동에 사는 지인인 50대 주부는 이른 아침부터 여러 날 A 단지의 재활용 분리수거함을 뒤진다. 쓸 만한 물건을 찾는 게 아니라 분리수거가 안 된 재활용품이나 쓰레기를 다시 분리하기 위함이다. 그는 이웃 주민이 버린 박스와 종이

류부터 플라스틱, 스티로폼까지 꼼꼼히 뒤져 일단 모조리 펼쳐 놓는다. 박스에는 온갖 쓰레기가 들어 있다. 종이는 물론이고 각종 영수증, 페트병, 휴지 심지어는 생리대도 눈에 띈다. 플라스틱에는 온갖 잡탕이 섞여 있다. 비닐봉투, 반찬통, 페트병에 쓰레기도 담겨 있다. 비닐류가 제일 가관이다. 까만 봉지에는 불결한 휴지 더미와 찢어진 종이가 가득하다. 조그마한 까만 봉지에는 개똥이 들어 있다. 주부는 말한다. 여기 아파트는 값만 20억 원을 호가하는 곳이다. 그런데 5,000원짜리 쓰레기봉투가 아까워 이렇게 쓰레기를 함부로 버려 어쩌다 이 지경까지 왔는지 안타깝다고 말한다. 양심에 호소하지만 제대로 고쳐지지 않아 직접 분리수거를 한다고 한다.

혼자 웬 난리냐고 그러는 분도 있을지 모르지만 공동주택 단지에서 함께 생활하려면 이 같은 잘못은 고쳐져야 한다. 외제차를 몇 대씩 가지고 있으면서도 주차 선을 제대로 지키지 않아 이웃에 피해를 주는 주민도 있다. 추가 주차비도 내지 않아 관리사무소가 골치를 앓고 있다고 한다. 그는 아파트 현관에 안내문을 써 붙였다. '재활용에 일반쓰레기를 버리면 안 됩니다. 음식물쓰레기를 비닐에 함께 넣지 마세요. 음식물을 버리고 나서 비닐만 따로 넣어 주세요.'

이웃과 더불어 사는 지혜, 특혜와 책임, 노블레스 오블리주가 사회를 밝게 할 것이다. 한 지성 주부의 노력이 헛되지 않고 분리수거 하나라도 실천해야 한다. 남을 배려하는 시민정신을 기대한다. 인간쓰레기가 되지 맙시다.

태영호 전 북한 영국 주재공사의 증언

2018. 06. 10.

그의 저서『3층 서기실의 암호』에서 북한은 불가역적인 핵 폐기를 절대 받아들일 수 없을 것이란다. 북한 내부를 이렇게 정밀하게 기술할 수 있을까?

지금 세계의 눈은 6월 12일 미·북 싱가포르 센토스 섬 회담장에 집중하고 있다. 선핵 폐기를 주장하는 미국, 단계적 폐기를 주장할 북한, 12일 회담에 귀추가 주목된다. 태영호의『3층 서기실의 암호』내용이 빗나가기를 기대해 본다. 한반도의 운명의 결정은 우리 스스로 결정해야 한다.

적과의 협정, 종전 선언, 불가침 조약 등이 지켜진 예는 세계사에 없었다. 강한 국가의 전유물이다. 태영호는 통일은 '노예해방 혁명'이라고 규정하고 있다. 지금 김정은 북한 국무위원장이 세계적인 인물로 등장, 부각되고 있다. 인물값 해낼까? 예측 불허의 거래의 달인 트럼프 대통령이 12일에 끝장낼까?

싱가포르(싱가포르공화국)

2018. 06. 11.

6월 12일 미·북 회담의 개최 장소인 싱가포르를 간단히 소개한다. 말레이반도 최남단, 적도 아래 인도양과 대서양을 연결하고 있는 섬나라이다. 국토 691제곱킬로미터(서울 605제곱킬로미터), 인구 570만 명, 비거주자 2백여만 명, GDP 3,496억 달러, 1인당 국민소득 6만 달러, 교통, 관광, 금융, 물류, 교육 중심 국가이다. 영국의 지배를 받아 왔으나 2차 대전 시 일본의 침략으로 영국이 철수하고 종전 후 다시 영국의 자치령이 된 후 1958년 리콴유가 총리로 선임되고 1965년 영국으로부터 독립한다. 리콴유는 이때 다시금 수상으로 선임되어 1990년까지 32년 재임 중 세계 1등 국가로 만들어 놓은 국부이다.

원칙의 정치, 실용주의, 현실주의가 그의 리더십이다. 독재자라는 비난에도 불구하고 인기에 연연치 않고 국가 장래를 위한 길이라면 이에 개의치 않는 지도자였다. 돈 되는 일이라면, 무엇이든 해내고 마는 세계에서 가장 깨끗하고 안전한 나라를 만들었다. 90년 퇴임 후 원로장관으로 추대되어 2015년 서거 당시까지 후견인 역할을 해왔다. 국민개병제, 외국인 전용 공창제도 도입, 라스베가스를 추월한 카지노사업, 현대건설이 건설한 창이 공항, 2010년 쌍용이 건설한 세계 최고의 관광 허브

마리나베이샌즈, 한국의 선진화를 벤치마킹한 리 수상, 공무원을 최고의 엘리트로 우대하고 부정부패를 완전히 일소한 싱가포르가 부럽다. 후임 고척동 수상은 14년 재임 후 리콴유의 장남 리셴룽이 이어받아 현재에 이른다.

리 수상은 영국 캠브리지, 미국 하버드에서 수학하고 국방부 국장, 재무장관 부총리를 역임한 능력의 소유자이다. 세습의 비난도 없이 자유민주주의와 시장 경제를 통치 이념으로 일등국가를 공고히 해가고 있다. 작은 국토, 열악한 환경을 극복하고 세계가 부러워하고 있는 싱가포르의 더 큰 행보는 어데까지일까? 위대한 지도자, 국민의 힘이 국가의 운명을 결정한다는 교훈을 배워야 할 것 같다. 지금 우리는 어데로 가고 있으며 무엇을 하고 있는가? 자문해 보자.

싱가포르 미·북 회담 결과

2018. 06. 12.

1. 소문난 잔치에 먹을 것 없다. 닭 쫓던 개 지붕만 쳐다본다. (북한 주도 외교의 승리)
2. 북한의 외교역량 최고 평가
3. 김정은 북한 국무위원장. 세계 최연소 능력 있는 지도자로

부상

4. 트럼프의 외교 문외한 실증. 친북 진보 대통령으로 변신
5. 북한 비핵화 포기(핵 보유국 인정)
6. 북한 체제 미국이 보장
7. 한미 동맹 위기 도래(한미 훈련 중단, 미군 철수)
8. 인권 문제. 한국, 일본인 납치 문제제기 불발
9. 미국 국내 정치 활용? 미국 내 비난 비등 예상
10. 대북 제재 해제 진행

북한 외교의 대승.

횡격막 아래 평화 없이는 세계 평화는 없다

2018. 06. 13.

"횡격막 아래 평화 없이는 세계 평화는 없다." 영국 출신 아놀드 토인비의 명언이다. 토인비는 역사학자요, 경제학자이며, 문명비평가였다. 특히 한국의 가족제도를 높이 평가했으며 세계적으로 발전시켜야 한다고 주장했다. 그의 저서 『역사연구』가 세계인의 사랑을 받고 있다. 그는 책에서 고대부터 전쟁은 먹고살기 위해 수행한 삶의 투쟁이라고 주장했다.

죽고 사는 문제가 국방이며 경제다. 동전의 양면이기도 하다. 우리는 지금도 자유와 생존을 위해 국방을 튼튼히 하고 경제 발전을 위해 노력하고 있다. 세계 10대 경제 대국의 반열 진입은 굳건한 한미 동맹과 국민의 피땀의 결정체이다.

싱가포르의 미·북 정상회담의 공동합의문은 70년간 지속한 한미 동맹의 지속 여부를 의심케 하고 있다. 기우이기를 바란다.

전 북한 영국주재 태영호 공사의 저서 『3층 서기실의 암호』 내용이 새로워진다. "북한은 절대 핵 포기 안 한다. 국방의 뒷받침 없는 경제는 사상누각일 수 있다. 국민의 횡격막 아래 평화가 우선이다."

자유한국당 패망

2018. 06. 15.

2016년 12월 9일, 박근혜 대통령 탄핵소추안에 당시 새누리당 소속 의원 62명이 찬성, 가결하고 이듬해 3월 10일에 헌재는 8명 전원일치로 파면했다. 자진 사퇴하겠다는 대통령을 고사포로 사살한 사건이다. 주군 몰아내고 당적에서도 제적한 천륜을 배반한 패륜아들. (부모 잘못했다고 집밖으로 내쫓고 호적에서 제적한 쌍놈의 아들놈, 딸년.) 김무성, 유승민 등 주역들이 스스로 사라지고 2020년 4월 총선까지 정리가 기다리고 있다. 새누리당이 파산하고 자유한국당, 바르지도 못한 바른당이 탄생하고, 왔다 갔다 했던 의원들이 남아 있는 현 바른미래당이 있다. 6.13 지방선거, 국회의원 보궐선거에서 자격과 자질 부족, 깜도 안 되는 홍준표 당대표, 전략도 전술도 없는 수구꼴통당의 선거 참패는 필연적이고 자명한 결과다. 국민과 당원의 신임을 잃은 홍 대표의 사퇴와 정계 은퇴는 물론 국민으로부터 탄핵당한 자한당도 해산해야 마땅하다.

여러분의 생각은 어떠하신지요? 귀태당(태어나지 말아야 할)의 운명의 끝은 어디일까? 정권과 정파를 떠나 인간 도리를 지켜야 한다. 제 발등 자기가 찍는다. 우자는 당해 봐야 안다.

자유한국당의 반성문

2018. 06. 21.

“저희들이 잘못했습니다.” 6.13 선거에 패망한 자유한국당의 한심한 반성문이다. 이게 뭡니까? 반성은 내용의 진실성과 반성의 태도이다. 비굴하게 무릎 꿇고 절하는 처량한 모습의 반성은 초등학생 수준이다. 반성의 내용은 아래이어야 한다.

1. 박 대통령의 대통령직 수행에 여당인 당시 새누리당의 역할 부재
2. 친박, 친이 계파의 싸움으로 당, 정, 청의 혼란
3. 일명 국정농단, 세월호 사건의 수습 등의 무대책
4. 새누리당 의원의 박 대통령 탄핵 주도, 이로 인한 후폭풍으로 두 전직 대통령 구속, 정권교체.
5. 새누리당의 해체와 자한당, 바른당의 탄생
6. 자유한국당, 바른미래당의 정체성 혼란과 당 대표 및 당직자들의 무능
7. 자한당의 무능, 전략 부재로 인한 국민 신뢰 상실로 선거 완패
8. 선거 패망 후 당 대표 외 당직자들의 책임 회피
9. 친박. 비박, 친이계의 갈등 지속
10. 향후 야당 진로 불투명

* 지금 급변하는 국내외의 거센 파도를 외면하고 아집과 수구꼴통들의 집합소를 청산해야 한다. 최소한 위 사항에 대해 진솔한 사과를 해야 한다. 지금도 깊은 꿈속에서 헤매는 자유한국당의 앞길은 본인이 걱정할 일은 아니지만 멀기만 하다. 호랑이에 물려가도 정신 차리면 산다.

한국전쟁 68주년

2018. 06. 23.

내일은 한국전쟁 68주년이다. 매년 글을 올리곤 했는데 금년은 상황이 많이 달라졌다. 4.27 남북 정상은 평화와 번영, 통일을 위한 판문점 선언을 했다. 미·북 정상의 싱가포르 6.12 공동선언으로 미·북은 한반도의 평화 체제를 위해, 미국은 북한의 안전보장을, 북한은 비핵화를 약속하고 4.27 판문점 선언을 재확인하고 미군의 전쟁 유해 송환 등을 약속했다.

휴전 상태를 마감하고 금방 종전 선언이 박두한 듯하다. 안보와 경제를 보장해 온 한미 동맹 근간에도 변화를 예고하고 있다. 이미 설명한 대로 한국전쟁에 16개국 참전, 연인원은 195만 명(미군 178만 8,000명). 전사자·실종자 5만 876명(미군 4만 6,770), 한국군 전사자 13만 7,899명, 실종 포로자 3만 2,838명, 남북한 사상자 200만 명, 이산가족 1,000만 명, 전 국토가 폐허가 되고 세계 전쟁사에 최고의 희생자를 낸 전쟁이었다. 불법 남침의 전범인 북한의 사과와 배상 언급도 없이 수년간 도발, 핵 위협을 판문점 공동선언으로 마무리하려는 것이 현실이다. 국제사회에는 영원한 동지도 적도 없다. 많은 선언, 협약, 불가침 조약도 이행되지 않은 사례도 비일비재하다.

세계적으로 유일한 분단국가인 한반도 평화와 통일은 민족의 염원이다. 그 누가 반대할까? 다만 그동안 신뢰를 저버린 북한을 믿을 수 있을까? 기우이기를 바란다. 미군의 유해가 수습되어 본국으로 송환중이란다. 한국군의 유해는 물론 납북자 송환 문제는 언급도 없다. 한미 군사합동훈련 중지, 대북한 군사행동 완화, 남북 철도 연결, 개성 공단, 금강산 관광 재개 등에 대한 속도 조절도 검토해 봐야 한다. 한국전쟁 68주년을 맞는 우리는 희망과 현실을 밀도 있게 생각할 것 같다.

위기를 모르는 것이 가장 큰 위기이다

2018. 06. 25.

1) 1592년 임진란 시 일본군의 부산 상륙을 5일 후에야 조정은 알았다. 14일 만에 한양이 함락당하고 선조는 평양, 의주로 피신했다. 이순신 장군의 한산대첩, 노량대첩으로 일본을 물리쳤다. 1597년 정유재란 발생, 이듬해 이순신 장군은 노량해전에서 승리를 거두고 순국했다.

2) 37년 후 1635년 병자호란으로 청국이 침입하여 인조는 삼전도의 청 태종 앞에서 삼배구고두례의 수모를 겪고 왕세자 등 수천 명이 인질로 청국에 끌려갔다.

3) 조선조 말 일본의 한일합방으로 36년간 통치를 받았다.

4) 제2차 대전의 연합국 승리로 해방을 맞았다.

5) 5년 후 1950년 6월 25일 북한의 남침으로 3일 만에 서울이 함락되었다.

6) 미국을 위시한 유엔 16개국 참전으로 9월 28일 수복되고 1953년 7월 27일 정전 협정으로 지금까지 휴전상태에 있다.

4.27 남북 정상의 판문점 선언, 6.12 미북 정상의 싱가포르 회담으로 한반도의 평화 논의가 급물살을 타고 있다. 하지만 평화는 강력한 국방력의 뒷받침이 필수이다. 감상적이 아닌 이성적 판단, 지피지기는 백전불패의 교훈을 알아야 한다.

외침은 허술한 국방력, 국가관의 실종이 원인이다. 위기의식을 잃을 때 국가는 멸망했다.

안보와 경제

2018. 06. 28.

안보는 국민의 죽고 사는 문제이며 경제는 먹고사는 문제이다.

굳건한 한미 동맹으로 강력한 안보 체제하에서 세계 10대 경제 대국을 이룩했다. 최근 4.27 판문점 남북 정상회담, 6.12 싱가포르 미·북 정상회담 이후 한반도의 평화 모드가 가속화되고 있다. 평화와 통일은 우리 7,000만 민족의 염원이다.

한미 연합훈련 중단, 대북 군사행동 유보는 북한의 핵 포기가 전제되어 남북 간 평화에 도움이 되어야 한다. 평화는 강력한 국방력의 뒷받침이 필수라는 이율배반성도 존재한다는 사실을 간과해선 아니 된다. 과거의 임진왜란, 병자호란, 한일 합방, 한국전쟁의 뼈저린 교훈을 잊고 있는가?

평화협정은 항복이라며 거부하고 전쟁을 택해 승리한 영국의 처칠 수상의 단호한 결단을 배워야 한다. 달콤한 위장평화는 경계해야 한다.

문 대통령의 경제정책은 소득 주도 성장, 혁신 성장이다. 이를 위해 비정규직의 정규직화, 최저임금 인상, 노동시간 단축 등 각종 선심성 복지를 추진하고 있다. 소득과 소비로 경제 활성화를 기대했으나 결과는 중소기업·자영업의 폐업, 고용 감소로 이어지고 있다. 소득 주도 성장은 성장 주도와 앞뒤가 바뀐

정책이기도 하다. 혁신 성장의 내용은 각종 규제의 혁파가 우선시되어야 한다.

정부는 고용의 산실인 서비스산업을 규제 대상으로 삼아 대기업의 출점 제한, 영업시간 제한, 의무휴일제, 대형마트·복합쇼핑몰, 백화점, 면세점 출점 제한으로 고용 벽을 쌓고 있다. 국회는 서비스산업 발전법, 의료 관련법을 잠재우고 있다. 고리 1호기 영구 정지, 월성 1호기 폐쇄, 신규 원전 4호기 취소, GM 군산공장 철수 등도 고용과 지역경제에 악영향을 초래케 하고 있다. 재계의 적폐 청산도 대기업들의 사기를 떨어뜨리는 원인이다. 혁신은 각종 규제 철폐가 우선이다.

돈 버는 일, 일자리 만드는 일이라면 무엇이든지 해내야 한다. 경제 정책은 경제 주체인 국민인 고객 위주로 추진되어야 한다. 혁신은 생존 조건이며 존재 가치다. 고객은 시장의 감시자이며 심판관이다. 탁상공론이 아닌 현장에서 답을 찾으시라.

지난 27일, 대통령께서는 규제 혁신 점검회의를 전격 취소하면서 속도를 나무라셨단다. 대통령도 국민도 답답하다. 장관님들! 전문성을 보이시고 밤낮 가리지 말고 현장 위주의 정책을 수행하시라. 강력한 국방, 굳건한 경제는 국가의 존재 이유다.

겸손(고개를 숙이면 부딪히지 않습니다)

2018. 07. 01.

열아홉의 어린 나이에 장원 급제하여 스무 살에 경기도 파주 군수가 된 맹사성은 자만심에 가득 차 있었다. 어느 날 그곳 무명선사를 찾아가 "이곳 고을을 다스리는 데 좌우명이 무엇이라 생각하오?"라 질문하였다. 그러자 무명선사는 "그건 어렵지 않지요. 나쁜 일을 하지 말고 착한 일을 많이 베푸시면 됩니다." 라고 대답했다.

"그건 삼척동자도 다 아는 이치인데 먼 길을 찾아온 내게 해줄 말이 고작 그것뿐이요?" 맹사성이 거만하게 말하며 자리에서 일어나려 하자 선사는 녹차나 한잔하고 가라며 붙잡았다. 그는 못 이기는 척 자리에 앉았다. 그런데 선사는 찻물이 넘치도록 그의 찻잔에 자꾸만 차를 따라 방바닥과 맹사성의 옷을 적시자 맹사성은 화가 치밀었다.

이에 선사가 "찻물이 넘쳐 방바닥을 적시는 것은 알고 지식이 넘쳐 인품을 망치는 것은 어찌 모르십니까?"라 대답하자 맹사성은 이 말에 부끄럼으로 얼굴이 붉어졌고 황급히 일어나 방문을 열고 나가려다 문에 부딪히고 말았다. 그러자 선사는 빙그레 웃으며 말했다. "고개를 숙이면 부딪히는 일이 없습니다"

겸손하라는 교훈이다. 교만이 인생을 망치고 사회 혼란의 원인이 되고 있다. 겸손하되 비굴하지 말라, 소박하되 누추치 말라, 화려하되 사치스럽지 말라, 부언해 본다. 나는, 우리는 겸손했나? 교만치 않았나? 생각해봐야 한다. 세상 살기는 그리 녹록지 않은가 보다.

로마인 이야기

2018. 07. 07.

로마인의 관용. 어제의 적에게도 시민권을 줬다. 대부분의 사람들은 자신이 보고 싶어 하는 것밖에는 보지 못한다. 승자와 패자의 융합, 소통을 수단으로 최강을 만든다. 진정한 개혁은 과거의 부정이 아니다.

성공한 개혁은 자신들의 모습을 들여다보고 유효한 것을 골라내어 최대한 효과를 거두는 것이다. 1,000년을 이어온 로마는 하루아침에 이룩한 것이 아니다. 개인이나 국가도 영원은 없다는 교훈과 지혜를 배워야 할 것 같다.

다산 정약용을 생각하며

2018. 07. 11.

조선후기 실학자요, 개혁가요, 민족의 큰 스승. 다산은 정조의 총애를 받고 1783(22세) 초시에, 1789년 문과에 급제. 예문관, 사간원, 사헌부, 홍문관록, 성균관직강, 동부승지, 병조참의, 형조참의 등 요직을 두루 거쳤으며 수원 화성 축조에 축성법과 기중기 이용법 등을 적용해 수축에 기여했다.

1800년 정조의 급서 후 신유박해 시 경상도 장기, 전라도 강진으로 18년간 장기 유배되었다. 18년 유배는 우리 역사상 감옥 아닌 최장의 금고형이다. 그의 유배도 당시 당쟁의 거센 파고와 소론의 음해도 한몫했다. 당쟁은 파직, 사약, 귀양, 능지처참, 부관참시, 쇄골표풍 등 세계사에도 없는 처참한 보복을 감행했다. 18년 동안 한 치의 흐트러짐 없이 500여 권의 저서를 남긴 다산이 그리워지고 존경스러운 것은 나만은 아닐 성싶다. 그는 75세로 경기도 광주군 초부면 마재 자택에서 서거했다.

다산에 대해 많은 학자가 연구하고 다산연구소도 있다. 당시 다산이 18년을 국가에 헌신할 기회가 있었다면 조선 말기의 국운이 바뀌었을지도 모른다. 조선 초기 사육신, 중종 시 개혁에 앞장섰던 젊은 정암 조광조. 이런 걸출한 인재가 당쟁의 제물로 사라진 참담한 역사가 지금도 반복되어 인재를 말살하고 있다.

200년 전 『목민심서』가 목민관(공직자)의 수기치인을 이루는 교과서가 되었으면 좋겠다. 역사를 잊는 민족은 번성할 수 없다.

다산 정약용(1762~1836)을 생각하며

2018. 07. 11.

조선 후기 실학자요, 개혁가요, 민족의 큰 스승. 다산은 정조의 총애를 받고 1783년(22세) 초시에, 1789년 문과에 급제, 예문관, 사간원, 사헌부, 홍문관록, 성균관 직강, 동부승지, 병조참의, 형조참의 등 요직을 두루 거쳤으며 축성법과 기중기 이용법 등으로 수원 화성 수축에 기여했다. 1800년 정조의 급서 후 신유박해(1801년, 40세) 때 경상도 장기, 전라도 강진으로 18년간 장기 유배되었다. 18년 유배? 우리 역사상 감옥 아닌 최장의 금고형이다.

그의 유배도 당시 당쟁의 거센 파고와 소론의 음해가 한몫을 했다. 당쟁은 파직, 사약, 귀양, 능지처참, 부관참시, 쇄골표풍 등 세계사에도 없는 처참한 보복을 감행했다. 18년 동안 한 치의 흐트러짐 없이 500여 권의 저서를 남긴 다산이 그리워지고 존경스러운 것은 나만은 아닐 성싶다. 그중 『예전상구정』, 『독역요지』, 『논어고금주』, 『맹자요의』, 그리고 1818년(57세)에 불후의 『목민심서』 48권을 완성했다. 75세로 경기도 광주군 초부면 마재 자택에서 서거함.

다산에 대해서는 많은 학자들이 연구하고 다산연구소도 있다. 당시 다산이 18년을 국가에 헌신할 기회가 있었다면 조선 말기의 국운이 바뀌었을지도 모른다. 조선 초기 사육신, 중종 때 개혁에 앞장섰던 젊은 정암 조광조, 이런 걸출한 인재들이 당쟁의 제물로 사라진 참담한 역사가 지금도 반복되어 인재를 말살하고 있다. 200년 전 『목민심서』가 목민관(공직자)의 수기치인(목민)의 교과서가 되었으면 좋겠다. 역사를 잊는 민족은 번성할 수 없다.(본인은 다산 전문가가 아닙니다. 오류에 이해를 구합니다)

정치의 본질은 권력 투쟁

2018. 07. 14.

군주주의와 민주주의의 차이는 권력의 나눔이나 배분의 차이에 따라 분류한다. 두 정치 체제에서 공히 성공하려면 국민의 지지가 필수다. 가장 성공적인 싸움은 백성을 끼고 하는 싸움이다.

중국 삼국시대 조조, 유비, 손권, 제갈량 등은 백성의 존경과 사랑을 받았다. 반면 말년의 손권, 조예, 유선 등 실패한 통치자들은 백성을 소외시켰다. 자고로 민심이 천심이라고 했다. 따라서 정치에서 교만은 금물이다. 특히 지도자의 교만은 더욱 그러하다. 『삼국지』에서 나타나듯이 임금이 교만해지면 간사한 무리들이 몰려들었다.

옛날 우리나라의 환관의 횡포, 외척의 발로 등은 오늘날에도 계속되고 있다. 가신들이다. 통치자의 잘못을 가신들을 비난한다. 통치자가 책임을 져야 한다. 정치 세계는 냉혹하다. 열 가지를 잘해도 한 가지 실패하면 망하게 되어 있다. 조조는 승승장구했지만 적벽대전에서의 실패로 패망에 접어들었고, 유비는 오나라를 공략하다 한나라의 중흥의 기회를 영원히 잃었다. 미국 닉슨 대통령, 우리나라 역대 대통령들의 불운의 반복도 마찬가지다.

미국의 작가 마리오 푸조는 “정치나 범죄는 똑같다”고 했다. 이는 정치나 마피아나 조직이 필요하기 때문이 아닐까? 국민의 지지와 사랑받는 통치자와 정치를 기대해 본다.

정암 조광조

2018. 07. 21.

500년 전 중종반정을 이끈, 중종이 아낀 사림파의 거두. 호조, 예조, 공조좌랑, 대사헌에 제수되고 도학 정치를 실현하고자 개혁을 추진했으나 당시 남곤, 심정 등의 훈구파와의 갈등과 음모로 38세로 사사되었다.

급진적 개혁, 이상과 현실 정치의 괴리가 예나 지금이나 다를 바 없는 것 같다. 전남 화순군 능주에 유배된 조광조에게 1519년(중종 14) 12월 16일 중종은 사사를 명한다. 20일 중종이 보낸 금부도사 유엄이 현지에 도착했다. 조광조는 임금께서 신하에게 죽음을 주시면서 죄명이 있음이 합당커니 청컨대 공손히 듣고 죽겠노라고 했으나 사사의 명만 있었고 사사의 문자도 없었다. 조광조는 "정승의 반열에 있던 사람을 이렇게 허술하게 죽이니 그 폐단이 근심된다"고 하면서 간악한 자들이 미운 자를 제 마음대로 죽일 수 있을 것이라고 한탄하며 뜰로 내려와 앉아서 북쪽을 향해 두 번 절하고 꿇어 앉아 명을 받았다. 임금의 옥체는 어떠하신가, 도 묻고 당시 조정의 삼공육경, 대간, 시종이 누구인가, 도 유엄에게 물었다. 조광조는 대답을 듣고는 자기의 죽음이 이들과 무관치 않을 것이라고 했다.

당시 영의정은 김전, 우의정은 이유청, 좌의정은 남곤이었다.

도사 유엄이 죽음을 재촉하자 조광조는 탄식하며 "옛사람은 조서를 안고 엎드려 통곡함도 있거늘, 그대는 어이 그리도 다른고?" 하며 목욕하고 옷을 갈아입고 단정히 앉아 절명 시를 썼다. 약을 마셨으나 절명하지 않으니 군졸이 목을 조르려 하자 조광조는 "임금도 신하의 목을 보존코자 하거늘 너희는 어찌 이러한고?" 하며 꾸짖고 독주를 가져오라고 해 마신 후 피를 토하고 종명했다. 이듬해 봄 용인 심고리의 선산에 시신을 옮겨 안장했다. 중종 재임 중이 아닌 인종 원년 1545년 조광조의 관작이 회복(사면 복권)되었다.

사대사화로 인재의 씨가 없어지고 당쟁으로 정국이 난행하고 임진란, 병자란, 조선조의 멸망을 자초한 처참하고 치욕스런 역사를 반복했다. 역사를 잊는 민족은 멸망한다, 는 처칠 경의 명언이 새로워진다.

피서 삼아 사무실에 나와 이상정 교수의 저서 『조광조』를 읽고 일부분을 요약해 봤다.

임금의 책임

2018. 07. 22.

군주시대 임금은 절대 권력자였다. 성왕은 백성을 긍휼하고 삶을 보살폈다. 가뭄으로 백성이 고 생하면 기우제도 지내고 기후를 탓하기보다 짐의 부덕의 소치라고 자신의 몸을 낮추고 백성들을 위로했다.

찜통더위에 고생하는 착하고 순한 국민들. 40도를 넘나드는 공사장에서 일하는 근로자들. 반지하 쪽방에서 고생하는 고령 노인들. 노숙자들에게 대통령, 장관, 지자체장들도 "본인의 부덕의 소치입니다" 하며 고개 숙여 인사하고 현장 방문해 위로의 손을 내미는 것도 진정한 정치일 것이다. 국민은 작은 것에 감동하고 눈물을 흘린다. 국민의 눈물도 흘리게 하고 닦아 주는 것이 감동 정치가 아닐까? 기업이나 정부도 현장에서 답을 찾고 고객(국민)에게 만족을 주는 경영, 행정을 펼쳐야 한다. 행정도 서비스이기 때문이다. 하도 무더우니 별생각을 다 해 본다.

역사 산책

2018. 07. 24.

부왕 인조가 병자년 청국의 침략으로 삼전도의 치욕을 당하고 형 소현세자와 봉림대군(효종)이 심양에서 8년 불모 생활을 하고 귀국한다. 소현세자가 일찍 죽고 1649년 인조도 세상을 떠났다. 왕위를 이어받은 봉림대군, 즉 효종은 왕위 정당성과 병자호란의 치욕을 설욕하기 위해 북벌계획을 강력히 추진한다. 이에 강력한 군사력을 기르려 무과 출신 우대 정책을 실시하고 제도 개혁도 단행한다.

재위 6년에는 사대부들과 일반 백성들에게 조선군의 위용을 과시할 수 있었다. 효종은 제주도에 표류된 네덜란드인 하멜을 훈련도감에 배속시켜 새로운 총기를 제작케 했다. 효종의 이런 군비 확장책은 많은 논란을 낳았다. 서인 문신들은 강력히 반발하며 청은 증오의 대상일 뿐 군사적 정복 대상은 아니며 백성의 생활이 더 급하다는 안민책을 제시했다. 사대부들은 노골적으로 효종의 치세에 등을 돌리게 되었다. 북벌계획에 주도적 역할을 한 것으로 알려진 우암 송시열이 효종의 군비 확장책에 강력 반대한 문신이기도 하다.

북벌의 명분은 청을 정벌하고 망한 명을 섬기는 환상이었다. 그러나 효종은 강력한 군사를 동원해 만주와 중원을 차지하고자 했다. 효종은 청은 지배층은 소수민족인 만주족이며 피지배층은 다수 층인 한족이기 때문에 10만의 정예군으로 북벌을 단행하면 불만을 품은 한족들이 봉기할 것이라는 확신이 있었다. 송시열로 대표되는 산림과 효종의 북벌론에는 이론과 실제에 큰 차이가 있었다. 이런 와중에 효종이 급서해 북벌은 수포로 돌아갔다.

임진, 정유란 이후 38년 만에 무방비로 청의 침략을 당해 인조가 삼전도에서 청 태종에게 삼보 구도두례한 치욕을 설욕하려는 효종의 북방정책은 높이 평가받아야 한다. 국방은 국가의 존립 가치이며 국민의 죽고 사는 문제이다. 강한 국방은 조금도 소홀해선 아니 된다.

군마저 이래서 되겠나?

2018. 07. 26.

남·북, 미·북 정상회담 이후 금방 남북통일이 될 듯 평화 모드 속에 한미 연합훈련 중단과 각종 무기 후방 배치, DMZ 내 GP 철수도 한단다. 그런가 하면 군 복무기간 단축, 병영 내에도 저녁 있는 삶을 구가하는 분위기가 무르익고 있는가 보다.

군은 확고한 지휘 체제와 상명하복이 생명이다. 지난 24일 국회국방위원회에서 2017년 3월에 작성한 계엄 검토 문건의 보고 사항을 두고 국방장관과 기무사령관 및 기무부대장 간에 볼썽사나운 폭로전이 벌어졌다. 이게 군의 현주소이며 콩고물 군임을 표출했다.

400여 년 전 임진·정유란, 38년 후 병자호란, 조선조 말 한일 합방, 1950년 한국전쟁을 잊고 있는가? 평화는 힘의 우위가 담보되지 않고는 구호로 끝났다고 역사는 기록해 놓고 있다. 국방은 국민의 생명과 재산 보호가 존재 가치다. 국민은 군을 믿고 폭염 아래에서도 생업을 영위하고 밤잠을 잔다. 군마저 이래선 아니 된다.

질풍지경초

2018. 08. 02.

모진 바람이 불 때라야 강한 풀을 알 수 있다. 어렵고 위험한 처지를 겪어 봐야 인간의 진가를 알 수 있는 법이다. 인생은 난관과 역경으로 가득 차 있고, 인간 세상은 염량세태라서 잘나갈 때는 사람들이 구름같이 몰려들지만 몰락할 때는 썰물처럼 빠져나가기 마련이다.

추사 김정희의 〈세한도(歲寒圖)〉에 공자의 이런 말씀이 적혀 있다. 세한연후 지송백지후조야. 날씨가 추워진 후라야 소나무와 잣나무가 다른 나무보다 뒤늦게 시든다는 것을 안다. 집안이 가난할 때라야 좋은 아내가 생각나고, 세상이 어지러울 때라야 충신을 알아볼 수 있다. 지금 아픈 것은 아름다워지기 위함이다. 아름다운 종소리를 더 멀리 퍼뜨리려면 종이 더 아파야 한다. 셰익스피어는 이렇게 말했다. 아플 때 우는 것은 삼류이고 아픔을 참는 것은 이류이고 아픔을 즐기는 것이 일류 인생이다.

그래서 이렇게 기도해 본다. 서로에게 믿음을 주고, 서로가 하나 되는 삶을 살게 하소서. 물질적 부자가 아닌 마음의 부자로 살아가게 하시고 물질로 얻은 행복보다 사랑으로 다져진 참사랑으로 살게 하시고, 머리로 생각하고 가슴으로 느끼는 아름다운 사람으로 꽃피우게 하소서.

역사의 반복

2018. 08. 04.

조선조 탄생은 이성계의 위화도회군에서 출발한다. 최영, 정몽주 등 고려 충신을 죽이고 왕위에 올라 건국하고, 아들 이방원은 형과 동생을 죽이는 소위 왕자의 난으로 왕위에 오른다. 왕권을 세종에게 물려주기 위해 아들의 장인과 며느리의 오빠와 동생을 죽였다. 이방원(태종)의 손자이자 세종의 아들인 수양대군은 왕이 되기 위해 조카 단종과 성삼문 등 사육신과 수많은 충신을 죽였다. 세조의 증손자인 연산군은 세조의 왕권 찬탈을 비판한 선비들을 죽이고 질투가 많았던 어머니 윤 씨를 왕비에서 물러나게 했던 사람들을 짐승처럼 살육했다.

연이은 4번의 사화를 통해 수천 명의 선비가 떼죽음을 당했다. 이들이 살고 권력을 얻기 위해 스승을 따라 모이고, 실권자들에게 줄을 서고, 지역 따라 모여 끼리끼리 무리 짓고 힘을 규합하는 붕당정치를 시작해 동인, 서인, 남인, 북인, 노론, 소론, 대북, 소북, 시파, 벽파 등 당파 싸움에 여념이 없는 중 임진왜란, 병자호란이 일어나고, 붕당정치가 세도정치로 바뀌고 쇄국파와 개화파가 싸우다 일본에 나라를 빼앗긴 참담한 조선조 500년. 크고 작은 반란과 역모, 집권자와 반대파 간 보복의 반복으로 사약, 귀양, 능지처참, 부관참시, 쇄골표풍 등 세계사에 없는 형벌. 권력이 없으면 재산 빼앗기고 착취당하고 당사자, 아들, 손자 3족을 멸했던 시대를 이어 지금도 권력 지향성은 변함이 없다.

유명해진 교수, 언론인, 사업가, 작가, 배우, 노동운동가, 시민운동가들이 국회에 입성하고 각부 장관, 공기업 경영자가 되고, 막강한 청와대 참모로 발탁된다. 정치권은 예나 지금이나 변함없이 끊임없이 분열하고, 당명 바꾸고, 신당 만들고, 사람 중심으로 DJ, YS, JP, 3김, 노빠, 문빠, 노사모, 박사모, 문사모, 친이, 반이, 친박, 비박 등 유별난 이름으로 갈라지고, 저속하게 헐뜯는다. 역대 정권은 사정, 역사 바로 세우기, 적폐 청산으로 인재의 씨를 말리기에 바쁘다.

권력에 눈치 빠른 배신자들의 행태도 여전하다. 세상의 변함에는 눈을 감고, 안보와 경제는 뒷전이고, 국민도 아랑곳하지 않고 있다. 상대적 박탈감, 배고픔은 참지만 배 아픔은 참지 못하는 국민, 갑질, 권력 끌어내리고 모함에 익숙하고 너 죽고 나도 죽자는 사생결단의 수단의 끝은 어디일까?

역사를 잊고 있는가? 국가의 정체성이 확립될 때 국가는 흥하고 이가 무너질 때 국가는 멸망했다고 역사는 기록해 놓고 있다. 부끄러운 역사는 반면교사로 삼아야 한다.

납량, 폭염의 끝은 언제일까?

2018. 08. 05.

오늘 오전 음악감상으로 시간을 보내고 있다. 내가 좋아하는 베토벤 교향곡 NO.9, 베토벤의 최후 최대 교향곡 '합창' 장엄한 곡 중에서 울려 퍼지는 '환희의 송가'와 경쾌한 리듬의 행진곡은 삶의 의욕을 솟아오르게 만든다. 음악은 작곡가와 한 노래를 두고 시공을 추월하여 대화를 나눌 수 있는 예술이다. 오디오기술의 개발과 콤팩트디스크(CD)의 출현으로 방 안에서도 원음에 가까운 음악을 감상할 수 있어 좋다. 이어서 우리 고향 출신 장사익 명창의 구성진 대전부르스, 미사의 종, 봄날은 간다, 찔레꽃, 동백아가씨 등 11곡을 듣고 허리춤도 추었다.

70세 가까운 장사익 명창, 흰 머리에 어울리는 모시잠뱅이. 웃저고리도 일품이 아닐까? 폭염 잘 이겨 내세요. 감사합니다.

국가란 무엇인가?

2018. 08. 08.

국가는 국토를 방위하고 국민의 생명과 재산을 보호하기 위해 존재한다. 한국전쟁 당시 한국군 전사자 13만 7,899명, 실종·포로 3만 2,838명, 미군 전사·실종 4만 6,770명(전사자 3만 6,940명)이었다(국방부 군사편찬연구소 자료).

1990년 미군 유해 200구 송환 이후 지난 8월 1일 한국전쟁 미군 유해 55구가 하와이로 귀환했다. 마이크 펜스 부통령이 현지에 와서 이들을 영웅으로 부르면서 한국전을 잊은 적이 없음을 증명했다. 우리는 어떤가? 2002년 6월 29일 북한의 기습 폭격으로 제 2연평 해전에서 전사한 6명, 2010년 3월 26일 천안함 폭침으로 전사한 46명에 대해 2016년, 8년 만에 국가유공자로 등록해 주는 정부이다.

지난달 17일, 경북 포항에서 발생한 해병대 마린온, 헬기 추락 사고로 순직한 5명의 영결식이 해병대 1사단장으로 초라하게 치러졌다. 대한민국의 역대 정권은 유해 송환은커녕 포로, 납북 항공기 및 승객, 납북 어부 송환 요구도 없다. 국가가 왜 존재하는지 모르겠다.

대내적으로 안보와 경제, 한반도 주변은 심각한 경지에 와 있다. 남북, 미·북 문제가 정상들 간의 만남으로 해결되었다고 착각해선 아니 된다. 위기를 몰라 멸망한 우리 역사를 반면교사로 삼아야 할 절박한 시기이다. 폭염 중이지만 정신 좀 차리자.

평택시 푸른날개 합창단

2018. 08. 10.

평택시 푸른날개 합창단, 시각, 청각장애인들이 모여 합창 연습하고 9월 10일 창단 기념 발표회도 갖는답니다. 시각장애인 영화 관람(가슴으로 보는 영화 관람), 감동했습니다.

평택·안성 교차로 회장, 평택복지협의회 회장, YMCA 회장을 맡고 계신 김향순 회장님은 현장 복지를 실천하시고 복지 전도사로 활동하고 계십니다. 김 회장님을 존경하고 있습니다. 가장 보잘것없는 이에게 해준 것이 나에게 해준 것이다.(성경말씀)

제2의 종교개혁

2018. 08. 18.

500년 전 마틴 루터는 로마 가톨릭교회의 전횡과 교회 공동체의 분열, 13세기 말 십자군 원정으로 인한 교회와 교황의 권위 추락, 면죄부 판매 등으로 인한 교회와 성직자의 축재 등에 95조의 반박문을 발표했다. 이를 루터의 종교개혁이라 한다.

며칠 전 미국 펜실베이니아 성직자 1,000여 명의 아동 성추행에 대해 로마 교황청이 공식 입장을 발표했다. 이는 펜실베이니아뿐만 아닌 성직자들의 도덕적 증인 역할을 위태롭게 할 뿐만 아니라 성직자의 세속화에 신자는 물론 세계인들의 질타와 분노의 끝이 보이지 않고 있다. 성직자들의 일탈 행위는 정치 개입으로 신자들의 분열과 교회에 등을 돌리게 하는 한국 가톨릭교회의 실상이기도 하다.

성직자의 세속화는 교회의 존립을 위태롭게 할 것이다. 제2의 종교개혁의 당위성을 제공하고 있다. 기독교, 불교, 기타 종교가 국민의 존경의 대상이 아닌 실망의 본산이 된 지 오래다. 인도의 성인 간디는 "희생 없는 종교는 7개악 중의 하나다"라고 말했다. 최고의 도덕적인 종교 지도자, 가난한 교회, 사찰이 되기를 기대해 본다.

마가렛 대처

2018. 08. 25.

식료품 가게집 출신 대처는 1979년~1990년까지 11년 6개월간 3번 연임한 최장수 보수당 출신 총리였다. 재임 중 영국병으로 일컫는 고질적인 노동조합의 파업과 복지병을 극복하고 27퍼센트까지 치솟은 인플레이션도 잡았다. 1970년에는 국제통화 기금의 지원을 받을 정도의 경제 붕괴 현상을 겪었으나 석탄 산업의 구조 조정, 공기업의 민영화 등 신자유주의 시장경제 원리를 도입해 영국을 재건해 '철의 여인'이라는 칭호를 남겼다.

대외적으로 1982년 영국령 포클랜드의 아르헨티나의 무단 점령을 막아 낸 전쟁의 영웅이기도 하다. 미국의 레이거노믹스(감세, 규제 철폐, 작은 정부)에 이어 대처리즘의 경제 이론을 탄생시켰다.

2013년 4월 8일 타계한 단아한 모습의 대처 수상! 독일의 나치 위협에 평화협정을 거부하고 "협정은 항복이다"라며 독일과의 전쟁을 선포하고, 결국 영국을 지키고 2차 세계대전을 승리로 이끈 고집스러운 처칠 총리! 대영제국의 명위를 이끈 영국의 명재상이다. 정치 지도자가 국가의 흥망성쇠를 결정한다고 역사는 기록해 놓고 있다.

우리도 이런 걸출한 지도자의 탄생을 기대해 본다.

라이언 일병 500명

2018. 08. 25.

오늘자 조선일보 토일섹션 Why?의 〈북에 남겨진 '라이언(생존국군포로) 일병' 500명…아무도 찾지 않는다〉의 내용이다.

한국전에서 실종된 국군 8만 명 중 5~7만 명의 포로들이 북한 탄광 등에서 강제 노동 중 하루에 수십 명씩 죽어 나갔단다. 2000년 스스로 탈북 귀환한 일병 유영복(88세) 씨의 기사다. 2014년 기준 북한에 생존해 있는 국군포로는 500명 정도란다. 그는 지난 1일 미군유해 55구의 봉환식에 부통령이 최고 예우를 갖춰 맞이했고 일본 고이즈미 총리는 직접 평양까지 날아가 납북자 가족을 데려갔다. 우리의 경우 1972년 7.4 남북공동성명, 2000년 6.15정상회담 이후 역대 정권은 납북자 송환 문제를 거론조차 없었다. 그는 귀환 후 국군포로 문제를 다방면으로 제기해 왔으나 정부는 감감 소식이라고 한탄하고 있다. 국가는 국민의 생명과 재산을 보호하고 국토를 지키는 것이 존재 이유이다.

유해까지 찾아 영웅으로 칭송하는 미국, 우리는 살아 있는 납북 포로, 납북항공기 및 승객, 납북어부 송환은 언제 가능한가? 평화회담, 종전선언 이전에 이런 문제부터 해결하는 것이 급선무이다.

아내와 남편

2018. 08. 26.

그리스도를 경외하는 마음으로 서로 순종하시오. 아내는 주님께 순종하듯이 남편에게 순종해야 합니다. 남편은 아내의 머리입니다. 이는 그리스도께서 교회의 머리이시고 그 몸의 구원자이신 것과 같습니다. 교회가 그리스도께 순종하듯이 아내도 모든 일에서 남편에게 순종해야 합니다. 남편 여러분, 그리스도께서 교회를 사랑하시고 교회를 위해 당신 자신을 바치신 것처럼 아내를 사랑하십시오. 그리스도께서 그렇게 하신 것은 교회를 말씀과 더불어 물로 씻어 깨끗하게 하셔서 거룩하게 하시려는 것이었습니다. 그리고 아름다운 모습으로 당신 앞에 서게 하시며 거룩하게 하시려는 것이었습니다. 남편도 이렇게 아내를 제 몸같이 사랑해야 합니다. 자기 아내를 사랑하는 사람은 자기 자신을 사랑하는 것입니다. 아무도 자기 몸을 미워하지 않습니다. 우리는 그분 몸의 지체입니다. 그러므로 남자는 부모를 떠나 아내와 결합해 둘이 한 몸이 됩니다. 이는 큰 신비입니다. 여러분도 저마다 자기 아내를 자기처럼 사랑하고 아내도 남편을 존경해야 합니다. (오늘 주일미사 제2 독서. 사도 바오로가 에페소 신자들에게 보낸 서간 5장21~32절 내용입니다.)

토, 일요일 일과

2018. 08. 26.

세 편의 글을 페북에 올렸다. 한 편은 납북 포로 및 납북자 송환에 관한 글, 또 한 편은 영국 마가렛 대처 전 총리에 대한 글, 다른 한 편은 성경의 '사도 바오로의 에페소인들에게 보낸 서한' 중 남편과 아내에 관한 글이었다. 오늘 뜬금없이 미국 전 국무장관 헨리 키신저의 저서 『세계질서(World order)』를 일부 읽었다. 국제정치의 문외한인 본인이 읽을 필요가 있는가? 생각했다. 남·북·미 등 현안으로 대두되고 있는 국제 관계를 다루는 정책 관계자들에게 일독을 권하고 싶기도 하다. 오후 늦게 스포츠센터에서 가벼운 운동도 했다. 폭풍, 폭우 강타의 오보를 내보냈던 기상청장이 교체되었네요.

소상공인들의 절규

2018. 08. 30.

어제 29일, 150여 개 업종, 지역별 단체로 구성된 3만여 명의 소상공인 연대가 서울 광화문에서 궐기대회를 열고 최저임금 인상의 속도 조절과 업종별, 규모별, 지역별 차별 적용을 요구했다. 최저임금은 올해 16.4 퍼센트 인상에 이어 내년에도 10.9퍼센트의 두 자릿수 인상을 강행해 소상공인들의 생계를 위기로 몰아넣었다. 어린애가 우는 이유는 배고프거나 아프기 때문이다. 먹을 것을 주거나 치료 그리고 사랑의 배려를 해야 울음이 그칠 것이다.

정부는 세금지원책, 임대료, 카드 수수료 인하 등이 아닌 최저임금의 인상 재고, 적용의 유연성, 최저임금 적용 예외 등을 검토해 보시라. 소상공인은 우리 경제의 실핏줄 경제 집단이다. 시장을 이기는 정부도 기업도 없다. 시장과 고객은 심판관이다. 이상과 현실의 괴리를 조정하고 착오를 신속히 수정하는 것이 현명한 정치다. 최저임금 인상이 계륵일지 모른다.

세계의 명문 하버드 대학 도서관에 쓰인 30훈 중 15훈

2018. 09. 04.

1. 지금 잠을 자면 꿈을 꾸지만 지금 공부하면 꿈을 이룬다.
2. 오늘 할 일을 내일로 미루지 마라.
3. 공부는 시간이 부족한 것이 아니라 노력이 부족한 것이다.
4. 행복은 성적순이 아닐지 몰라도 성공은 성적순이다.
5. 피할 수 없는 고통은 즐겨라.
6. 시간은 간다.
7. 학벌이 돈이다.
8. 고통이 없으면 얻는 것도 없다.
9. 성적은 투자한 시간에 비례한다.
10. 가장 위대한 일은 남들이 자고 있을 때 이뤄진다.
11. 불가능이란 노력하지 않는 자의 변명이다.
12. 노력의 대가는 이유 없이 사라지지 않는다.
13. 오늘 걷지 않으면 내일 뛰어야 한다.
14. 졸지 말고 자라.
15. 한 시간 더 공부하면 남편 얼굴이 바뀐다.

대통령의 공직 배제 5대 원칙

2018. 09. 06.

문 대통령께서는 2017년 6월 10일 취임 후 '공직 배제 5대 원칙'이라는 제목의 인사 원칙을 발표하셨다. 내용은,

1. 병역면탈
2. 부동산투기
3. 탈세
4. 위장전입
5. 논문표절이다.

과연 대통령의 5대 원칙에 따라 인사 검증이 이루어지고 있는지? 이 원칙에 반해 지명되고 임명되고 있는지? 대통령의 인사 정책이 엄히 실시되고 있는지? 지명 후보자들이 공히 이 원칙에 반하고 있는 이유는 무엇인지? 답해야 한다.

매헌 윤봉길 의사

2018. 09. 08.

서울 서초구 매헌로 99번지에 위치한 윤봉길 의사 기념관 내에는 윤 의사의 동상이 있다. 윤 의사는 나의 고향 홍성 옆 동리인 예산군 수덕사가 있는 덕산면 출신(1908년 6월 21일)이다. 1926년 이후 농촌 사회운동을 전개하고, 1930년에 만주로 건너가 1931년 임시정부가 있는 상하이에서 독립운동에 동참하고, 1932년 4월 29일 일왕의 생일날인 천장절 행사가 있던 홍거우(훙구) 공원에 잠입해 사제 폭탄을 투척해 일본군 사라카와 대장, 일본인 거류민단장 가와바다가 즉사하고, 제3함대사령관 노무라, 중장, 제9사단장 우에다 중장, 주중공사 시케미스 등이 중상을 입었다. 윤 의사는 현장에서 체포되어 일본군법회의에서 사형 선고를 받고 일본 오사카 위수형무소로 이감, 1932년 12월 19일 총살형을 받고 순국하셨다. 당시 25세, 꿈 많은 애국적인 담대한 대한 청년의 표상이시다.

추사 김정희

2018. 09. 09.

추사 김정희 선생은 충남 예산 출신으로 조선 후기 문신, 실학자, 서화가이다. 추사가 55세 되던 해에 윤상도 옥사 사건(안동 김씨 일문을 공격하는 상소 사건)에 연루된 아버지 김노경은 삭탈되고, 추사는 연좌제로 제주도 서귀포로 유배되어 약 9년간의 유배 생활을 했다. 이곳에 머물면서 부단한 노력과 성찰로 법고창신(옛것을 본받아 새로운 것을 만든다)해 '추사체'라는 서예사에 빛나는 큰 업적을 남겼으며. 유명한 〈세한도〉를 그렸다. 국보 180호로 국립중앙박물관에 소장되어 있다.

〈세한도〉는 추사가 제주도 유배 중일 때 제자인 우선 이상적이 책을 보내준 데에 대한 보답으로 그려 준 그림이다. 이 작품은 예서체로 쓴 '세한도'라는 표제와 소나무와 잣나무, 가옥 등으로 이뤄진 간결한 화면 그리고 추사의 발문으로 구성되어 있다. 새한도 발문의 내용은 날이 차가워 다른 나무들이 시든 뒤에야 소나무가 늘 푸르다는 사실을 알게 된다는 구절과 잘 부합된다. 제주 추사관의 〈세한도〉는 추사 연구가인 일본 후지츠카 치카시가 1939년 복제해 만든 한정본 100점 가운데 한 점이다. 서귀포 해군 기지와 가까이 위치하고 있다.

푸른날개 합창단 공연

2018. 09. 11.

어제 저녁 평택 남부문예회관 대공연장에서 평택시 장애인합창단 창단 공연에 참석했다. 합창단은 시각, 청각, 언어장애인으로 구성되어 10개월 동안 연습을 했단다. 듣지도, 보지도, 말도 못하는 분들이 만들어 낸 멋진 음악회. 장애를 딛고 할 수 있다는 자신감으로 이룩한 합창 음악회에 감동과 환희의 박수가 터져 나왔다. 레퍼토리도 〈보리밭〉〈고향의 봄〉〈경복궁타령〉〈아리랑〉〈다시 일어나요〉〈꽃을 드려요〉였다.

특별 출연자인 시각장애인 오하라의 독창 〈행복해요〉〈올라가요〉, 평택오페라단가 특별 출연해 부른 〈투우사의 노래〉〈축배의 노래〉〈칸초네 메들리〉가 박수를 이끌었다. 김향순 단장(평택안성교차로회장, 평택사회복지협의회장), 지휘자 정주휘, 출연자, 공연장을 메운 시민들이 행복했다.

장애는 좀 불편할 뿐이란다. 푸른날개 합창단. 단원들의 건승을 기원하며 행복은 무엇인가, 를 생각하면서 귀가했다.

경제가 심상치 않다

2018. 09. 13.

모든 언론이 고용참사, 일자리대란, 실업자113만, 부동산가격 최고 상승, 자영업자, 영세중소기업 폐업 속출, 노조의 반발, 기업투자 의욕 상실 등으로 연일 지면을 채우고 있다. 정부의 반응은 별로이다. 소득주도 성장정책의 일환으로 최저임금 인상, 비정규직의 정규직화, 노동시간 단축 등의 부작용이 속출하고 있다.

소득주도 성장이 아닌 성장주도 소득정책이어야 할 것 같다. 경제는 신뢰와 심리란다. 그리고 시장을 이기는 경제정책이 성공한 예는 없다. 고객과 시장은 무서운 심판관이다. 위기를 모르는 것이 최대 위기이다. 정책의 유연성, 탄력성이 필요한 때이다. '문제는 경제야, 바보들아'

노동시간과 임금

2018. 09. 15.

노동은 신성한 국가 자산이다. 일거리가 있으면 일을 해야 한다.

일거리는 고용과 소득의 원천이다. 일을 하고자 하는 노동자는 일을 할 수 있어야 한다. 할 일을 하지 않으면 누가 하나?

최저임금을 받지 않고 일하겠다는 노동자도 보호되어야 한다. 최저임금 인상, 노동시간 단축은 노동자의 삶의 질 향상을 위한 정책이다. 최저임금 인상, 노동시간 단축을 환영할 노동자가 외면하고 영세 자영업자의 폐업과 이에 따른 실업자 양산이라는 현실도 살펴봐야 한다. 임금이 오르면 노동 수요가 감소해 실업률이 증가한다는 상식적인 원리를 간과해선 아니 된다.

노동자가 원하는 정책의 유연성, 운영의 묘를 살려야 한다. 적은 임금으로 일할 권리, 일이 있으면 일할 권리도 보장받아야 한다. 시장에 저항하면 보복은 필연적이다. 시장은 엄정한 심판관이기 때문이다.

신선한 충격

2018. 09. 15.

지난 14일 경찰청 정문 앞에서 서울 동대문경찰서 용신지구대 소속 홍성환경감이 제복을 입고 '불법과 타협한 경찰청'이라고 쓴 피켓을 들고 1인 시위를 했다. 최근 세월호 시위대에 청구했던 8,900만 원 손해배상을 포기하려는 데 대한 항의였다.

그의 시위는 경찰지휘부에 맞선 전례 없는 일이다. 최근 10년간 불법 폭력 시위는 400회, 경찰 부상자는 2,000명, 차량 및 장비 파손도 수백 대에 이른단다. 법을 집행했던 경찰관이 범죄자가 되기도 하고 조직에서 퇴출 위기에 있기도 했다.

재판에서 손해배상 판결을 받은 사건을 취하하려는가 보다. 법치가 무너지는 현장에서 홍 경감의 시위는 신선한 충격이 아닐 수 없다. 몇 년 전 미국에서 포트라인을 침범한 22선의 의회 의원이 현장에서 체포되고 집 앞 눈을 치우지 않은 현직 국무장관에게 과태료 50불을 부과한 미국 경찰이다. 불법에는 단호한 가장 무서운 미국 경찰이다. 용기 있는 홍성환 경감의 1인 시위가 바른 법치 확립에 전환점이 되기를 기대해 본다.

추석 명절과 실업자

2018. 09. 21.

내일부터 5일간 추석 연휴를 갖는다. 연휴 중 국내외여행, 고향방문, 차례, 성묘 등 다양한 행사가 펼쳐진다. 가족이 모이는 장소에 청년미취업자들의 고민을 상상해 본다.

청년실업자(16~29세)는 140만 명이란다. 공시생을 포함하면 170만 명에 달한다. 그런가 하면 중소기업연구원 발표는 청년층 914만 명 중 취업자는 392만 명(42.9%)으로 젊은이 10명 중 6명은 일주일에 한 시간도 일을 하지 않는다는 말이다. 우리의 미래 세대가 거리를 방황하고 본인은 물론 가족들의 큰 걱정이 아닐 수 없다.

정부의 정책이 일자리 창출이지만 최저임금 인상, 노동시간 단축, 비정규직의 정규직화, 저소득근로자 가구 지원, 노인근로자 및 청년준비생지원 등도 별 효과를 거두지 못하고 재정악화, 실업증가, 고용악화, 물가상승, 성장둔화가 이어지고 있어 걱정이다. 성장주도 소득정책으로 전환이 필요치 않을까? 청년 고용문제는 국가 미래를 가늠하는 문제이다. 가정은 사회구성의 최초단위이다. 일자리는 삶의 원천이다. 횡격막 아래 평화 없이 세계평화는 없다. 정부와 기업이 힘을 모아 청년실업 해소를 해내야 하겠다.

북한 국무위원장, 김정은 부인 '리설주'

2018. 09. 23.

그동안 남북정상회담. 미북정상회담에 김정은과 동반한 젊은 부인 리설주는 예의 바르고 완숙미가 있음은 물론 자제력, 세련된 의상과 겸손한 행동을 보였다. 또한 말수 대신 미소와 단아한 모습을 주의 깊게 보았다. 국제 사회에서 국가원수 부인의 역할은 외교의 백미이기도 하다. 국내외적으로 의전은 소홀히 할 수 없다. 에티켓과 매너는 지도자의 평가 기준이다.

괜히 리설주를 칭찬했나?

집중근무제

2018. 09. 27.

정부의 노동시간 주 52시간 단축은 새 일자리 창출의 일환으로 도입했으나 별 효과를 보지 못하고 있다. 일부 기업에서는 노동의 강도를 높이기 위해 집중근무제를 실시한단다.

25년 전 본인은 work & time study(일하는 시간 측정)와 정 위치 운동을 실시한 바 있다. 1일간 자기 업무를 시간대별로 기록케 하는 것이다. 결과는 업무량은 4시간 미만이었다. 정 위치 운동은 문서, 사무용 도구, 용품을 정 위치에 놓아 모든 임직원이 공유함으로써 시간 절약은 물론 사무 효율을 높이는 데 일조한 바 있다.

출근 시간 이후 사무실 앞에 4~5명 단위로 모여 담배를 피우거나 차를 마시는 광경을 많이 볼 수 있다. 집중근무제 도입은 노동 생산성 제고와 단축된 노동시간 내 업무 처리를 위해 불가피한 시점에 와 있다. 한국의 노동 생산성은 OECD 국가 중 하위권에 머물고 있다.

최저임금 상승, 노동시간 단축은 노동 강도를 높이기 위해 집중근무제 확산으로 이어질 것이다. 노동 생산성은 경쟁력이다.

미국의 대법관

2018. 09. 29.

연방대법관은 9명으로 구성되며 헌법 및 하위 법률에 대한 최종적인 판단을 하는 곳이다. 우리나라의 대법원과 헌법재판소를 통합한 기능을 갖고 있다. 대법원장과 대법관은 대통령에 의해 지명되고, 상원의 동의를 얻어야 하며, 자진 사퇴 또는 범죄 행위 등으로 탄핵되지 않는 한 종신까지 임기가 보장되는 최고의 명예와 권위를 갖고 있다. 연방대법원은 대법관 9명 전원합의체로 재판하며 대법원은 상고허가제를 통해 사건 수를 축소, 운영하고 있다.

지난 27일 미 상원 법사위에서 대법관 지명자인 브렛 캐버노의 35년 전 고교 시절 펠로엘토대 교수인 크리스틴 포드는 당시 그로부터 성폭행당할 뻔했다고 증언했다. 사실 여부에 대해 당사자들은 물론 민주당과 공화당 간에 공방도 치열했으며, 워싱톤DC 국회의사당 앞에서는 캐버노의 인준을 반대하는 여성 시위대가 거리 시위를 했다. 그럼에도 법사위 표결에서 찬성 17, 반대 10으로 통과 되어 내달 2일 본회의에서 표결할 예정이란다.

미국의 청문회는 대상자의 일생에 대한 철저한 검증을 하고 있다. 지도자가 되려는 자는 평생 자기 관리를 소홀해서는 아니 된다는 큰 교훈을 남기고 있다. 일회성, 형식적인 절차로 끝나는 우리 국회 청문회의 실상은 어떠한가? 국회 청문회 통과 불발도 임명할 수 있는 이런 제도가 왜 필요 한가? 지도자는 평생 자기 관리에 엄격해야 한다.

성묘

2018. 09. 30.

오늘 우리 부부, 두 아들 부부와 함께 안성 천주교 공원묘지에 계신 부모님 산소를 찾아 인사를 드렸다. 우리 집 가례에 따라 추석에는 차례를 생략하고 있다. 공원묘지는 관리사무소에서 무료로 벌초 등 묘지 관리를 해 주고 있다.

수만 기의 묘지가 아무 말 없이 공원을 이루고 있다. 묘지 면적도 동일하다. 묘비에는 생애 직책이나 직위 표시도 없다. 공평하게 영세명과 성명, 뒷면에는 직계 자손들 이름이 표시되어 있다. 사자에게 절대 평등이 적용된다.

주과포를 상판에 올리고, 삼배를 하고, 위령기도와 삼종기도로 예를 마쳤다. 세월이 흘러 내년은 아버님 50주기, 어머님 25주기다. 이곳에는 우리 부부의 유택도 마련되어 있어 머지않아 이곳에 영면할 것이다. 죽음을 묵상하며 이 세상에 머무는 시간보다 더 긴 시간을 머물 곳이 이곳이다. 실감이 나지 않는 것이 다행인지 모른다. 산 자들이 죽음의 시간을 모르는 것이 행운인지 모른다.

들판에는 폭염에 아랑곳하지 않고 누런 벼들이 가을을 알려주고 도로변에는 코스모스가 가을바람에 나부끼고 있다. 귀경길에 양지 톨게이트 인근 식당에서 점심을 했다. 9월 마지막 날이다. 세월은 어김없이 가을을 보내 주고 있다.

독서의 계절

2018. 10. 06.

가을은 독서의 계절이라 한다. 우리 국민 독서율이 선진국에 비해 많이 낮은 것으로 알려졌다. 학교 교육이 입시 위주로 변형되어 독서 기회가 없어졌다. 이웃 일본인들의 독서량은 매우 높다. 전철 내에서도 책을 읽는 승객을 자주 볼 수 있다. 우리나라 전철에서는 책 대신 스마트폰을 들고 있다.

1990년대 초 내가 근무한 한화 그룹의 임원들이 속초 한화콘도에 2박 3일간 체류하면서 일본 역사소설가 시바 료타로의 저서 『제국의 아침』 8권을 읽고 독후감을 써 내게 한 일이 있다. 『제국의 아침』은 일본 근대화 과정(메이지유신)을 내용으로 한 장편 소설이다. 이 저서는 일본 최고의 갑부 한국계 일본인 소프트뱅크 창업자 손정의 사장이 중요한 선택을 할 때마다 읽는다고 한다. 메이지유신은 일본 근대화를 이끈 역사적인 혁명이었다.

15여 년 전 읽었던 『제국의 아침』을 이 가을에 다시 읽어 보려 한다. 중요한 결정을 하기 위함은 아니다. 일본 근대화 과정, 지금의 일본을 재조명해 보기 위함이다.

북한의 위상

2018. 10. 09.

금년 2월에 개최한 평창 동계올림픽, 4.27 판문점 남북 정상회담, 6.12 싱가포르 북미 정상회담으로 북한 김정은 국무위원장은 세계 최연소 국가원수의 위상을 과시했다. 그의 당당한 모습, 대응 자세, 세련된 행동은 돋보였다.

한국은 1972년, 2000년, 2007년에 걸쳐 남북 공동선언을 발표했으나 결과는 없었다. 선언으로 끝나고 말았다. 금년 남한은 두 차례 최대 인원의 방북단을 파견했으나 남북한 종전 선언, 평화협정의 논의에 머물고 있다.

방북단을 맞는 그들의 고압적인 자세. 국제적인 의전을 무시하는 모습은 북한의 부끄러운 모습이다. 미국 마이크 폼페이오 국무장관은 4차례 방북, 북핵 폐기를 협상했다. 풍계리 핵시험장, 동창리 미사일엔진시험장, 영변 핵시설 폐기를 거론했지만 북한은 불가 역적의 핵 폐기에 선뜻 응하지 않는가 보다. 한미의 조바심에 북한은 확고한 외교정책을 일관되게 추진하고 선제적으로 대응하는 모습을 보여 주고 있다. 김정은 국무위원장, 리용호 외무상, 리수용 최고인민회의 외교위원장, 최선희 외무성부장, 김여정 노동당중앙위 제1부부장 등은 경륜과 전문성을 과소평가할 수 없는 외교의 달인들임을 알아야 한다. 미국의 핵 협상도 ICBM 폐기 외 결국은 북핵 인정으로 끝나지 않을까? 기우이기를 바라는 안보와 외교의 문외한의 생각이다.

평화는 힘의 균형이 전제될 때 가능하다. 위기를 모르는 것이 최대의 위기다.

대통령의 영릉 방문

2018. 10. 10.

어제 9일 문재인 대통령께서 세종 즉위 600주년(1418년), 한글창제 572주년(1446년)을 맞아 세종대왕과 그의 비 소헌왕후와 함께 묻힌 여주 영릉을 방문 참배하셨다. 1994년 김영삼 대통령 방문 이후 24년 만이란다. 국방을 튼튼히 하고 선정을 베풀고 우리의 자랑스런 한글을 창제 발표하신 성군이시다. 또한 금년은 420년 전 임진, 정유란에서 조국을 구한 충무공 이순신장군을 기려야 하는 해이기도 하다. 국가 지도자뿐만 아니라 국민 모두가 국가 유공자를 잊지 않는 애국정신을 함양해야 하겠다. 각급 학교에서도 산 교육을 보급해야 한다. 역사를 잊는 국가는 흥하지 못했다고 역사는 기록해 놓고 있다.

상도

2018. 10. 12.

『상도』. 소설가요, 극작가인 최인호(1945~2013)의 5권의 소설 제목이다. 그는 서문에 '21세기는 경제의 세기이며 이에 따른 경제에 대한 신철학이 생겨나야 한다'며 200년 전에 실존했던, 우리나라가 낳은 최대의 무역왕이자 거상이었던 임상옥을 '상업에 도를 이룬 성인'이라 평가했다. 오늘을 사는 기업인들에게도 자랑스러운 사표로서 부각시킬 도리라 했다.

임상옥은 죽기 전에 재산을 모두 사회에 환원했다. '재물은 평등하기가 물과 같고 사람은 바르기가 저울과 같다'는 그의 유언은 재물을 독점하면 비극을 맞을 것이며, 바르고 정직하지 못한 재산가는 파멸을 피하기 어렵다는 교훈을 우리에게 주고 있다. 그간 정경유착, 부정부패 등의 구태를 벗어나 정도 경영, 노블레스 오블리주를 실천하라는 소명을 담고 있다.

2000년대 초에 삼성 그룹 등 대기업의 연수원에서 강의 교과서가 되기도 하고 경영 혁신의 지침서이기도 했다. 최인호 씨는 생전에 같은 성당 교우로 주일에 만나기도 했으나 5년 전에 안타깝게 타계했다.

소설 상도의 경영전략은 다음과 같다. 1) 비전 수립, 2) 사람 중심, 3) 이보다 의리, 4) 핵심 역량 강화.

우리 아파트에서 바라보는 강남 전경

2018. 10. 16.

저 멀리 보이는 롯데월드타워가 좋다. 세계에서 5번째로 높은 롯데타워는 지상 123층, 높이 555미터로 대한민국의 랜드마크 중 하나이며 도전 정신의 상징이다. 2009년에 착공해 2017년 4월 3일 개장했다. 연면적 42만 310제곱미터로 주거, 사무, 숙박, 관광, 쇼핑의 명소이다. 4,200톤의 철근과 8만 톤의 고강도 콘크리트를 타설해 최대 풍속 80m/s와 진도 9도의 강지진에도 견딜 수 있는 내풍, 내진 설계를 갖추었단다. 총취업 인원은 2만여 명으로 서비스산업이 고용의 산실이다.

날씨 좋은 날 123층 전망대에서는 충남 당진제철소도 보인다. 건설 당시 공항 활주로 변경이 문제시 되었지만 개인적으로 찬성했다. 롯데의 창업주 신격호 회장은 일찍 도일해 열심히 번 돈을 모국에 투자해 경제 발전에 기여한 애국자이시다. 90대 후반 노구를 휠체어에 의지해 검찰, 법원에 드나드는 모습이 애처로워 보였다. 죄가 있다 해도 국가 기여도, 연령 등을 감안해 기소유예처분은 불가능한가? 나는 롯데가와는 일면식도 없는 사람이다. 롯데월드타워를 바라보면서 문득 떠오른 생각이다.

4차 산업혁명이 두렵다

2018. 10. 19.

1~3차 산업혁명을 거쳐 정보 통신 기술(ICT) 융합이 만들어 낼 새로운 산업혁명기를 맞고 있다. 인공지능 로봇, 사물인터넷, 모바일, 3차원 프린터, 무인 자동차, 나노 및 바이오 기술 등에 의한 제품이 해결사로 등장한다. 향후 10~20년 후면 새로운 일자리가 70퍼센트 나타나며, 길거리에 나와 있는 자동차 10대 중 한 대가 무인 자동차일 것이며, 인공지능 로봇이 법률, 회계 업무까지 맡게 될 것으로 예견하고 있다.

이에 대비해 교육 분야의 전면적 개혁으로 새로운 일자리를 창출해 낼 창의력을 갖춘 인재를 길러내야 한다. 얼마 전 다보스에서 개최한 세계경제포럼에서 4차 산업혁명으로 향후 5년간 일자리 500만 개가 사라질 것이라고 했다. 새로운 제도 개혁과 노동 종말에 따른 노동의 유연성, 신산업에 대한 규제 철폐, 적절한 사회 안전망 구축도 시급하다.

지금 정부와 기업은 4차 산업혁명 준비를 얼마나 어떻게 하는지 궁금하다. 혁명은 빛의 속도로 다가오고 있다.

참담한 고용 세습

2018. 10. 19.

문 정부 출범 첫 정책은 비정규직의 정규직 전환이었다. 서울시 산하 서울교통공사는 3월 무기 계약직 1,285명을 정규직으로 전환했는데 그중 108명-재직 자녀 31명, 형제 22명, 배우자 12명 등-이 친인척이란다. 야당은 전체 친인척 정규직 전환 규모가 1,000명 이상일 것이라고 주장하고 있다. 이들은 정규직 전환을 앞두고 채용 절차가 간단한 무기 계약직으로 미리 입사해 혜택을 받았단다.

이곳은 평균 연봉 6,800만 원의 청년들의 선망 회사다. 부정한 정규직 전환은 취업 준비생들의 가슴에 못을 박고 정규직화 정책을 방해하는 현대판 음서 제도다. 평등권 침해 여부를 떠나 대한민국의 실상인 부정부패, 최소한의 염치도 없는 국가의 부끄러운 민낯이다. 서울시장은 감사원 감사를 요청한단다. 직권으로 관련자를 면직 처리하고 법에 따라 처리하는 것이 답이다. 나라꼴이 어찌 이 지경이 되었는지? 참담하다.

북한은 국가가 아니다?

2018. 10. 25.

남북한 공동선언 및 군사합의서 비준문제에 대해 청와대 대변인은 북한은 우리 헌법과 법률체계에서 국가가 아니기 때문에 북한과 맺은 어떠한 합의, 약속은 조약의 대상이 아니라고 언급했다. 헌법60조는 국가 간 합의를 말하기 때문에 국회 동의를 요하지 않는단다. 북한은 국가가 아닌가? 헌법3조에 의하면 북한은 국가로 인정할 수 없다. 현실적으로 가능할까? 북한은 국가 구성 요소를 갖춘 유엔 회원국이다. 남북, 북미, 정상회담은 국가 간 회담인가? 향후 남북관계에는 어떤 영향은 없을까, 나 같은 외교비전문가는 혼란에 빠진다. 흔쾌히 알려 주시라.

청춘이 시들면 민족이 시든다

2018. 10. 28.

청춘이 시들면 민족이 시든다. 차동엽 신부의 저서이자 친전에 있는 고 김수환 추기경님의 말씀이다.

지금 모든 이가 자기 성취만을 위해 살고 있다. 그런데 자기 욕심을 달성하는 것을 성취라고 생각할 때 그 결과는 이기적이고 자기중심적 인간만이 나오게 되어 있어 이 사회는 삭막해진다.

요즘 젊은 세대들은 많은 좌절과 갈등을 느끼고 있다. 젊은 세대들의 행동은 우리가 뿌린 씨앗이다. 기성세대가 미래의 희망이나 비전을 주지 못하고, 그들과의 공감대를 없애고 대화를 단절시킨다는 것을 느끼지 못하기 때문이다. 젊은이들을 미래라고 할 때 현재와 미래의 단절은 역사의 단절이기 때문에 우려스럽다.

김 추기경께서는 젊은이들의 좌절과 갈등 그리고 행동은 고스란히 기성세대가 뿌린 씨앗에서 비롯되었다고 누차 일깨웠다. 젊은 세대를 끌어안아야 할 것은 위정자와 기성세대다. 지금 청년 실업으로 사회 한복판에서 방황하는 젊은이들을 돌보는 일은 위정자와 기성세대의 몫이다.

9년 전에 선종하신 김 추기경님의 걱정이 지금도 상존하고 있다.

10월의 마지막 날

2018. 10. 31.

어느새 멈추지 않고 흐르는 시간 속 또 다른 낙엽은 우리 곁을 훌쩍 떠나가려고 준비하네요. 가수 이용의 '잊혀진 계절'이 생각납니다. 삼천경개가 오색빛깔로 단장하는 만추, 곱게 차려입고 립스틱 짙게 바른 여인 같은 계절이네요.

풍요로운 계절에 경기하강은 물론 실의에 빠진 청년 실업자들이 닥쳐올 추운 겨울을 걱정하고 있네요. 남북이 평화 통일을 갈망하고 연속 회담도 진행하고 있습니다. 누가 반대하겠습니까? 하도 속기만 해서 믿음이 없기 때문입니다. 개인이나 국가 간에도 신뢰를 저버리면 안 됩니다. 국태민안은 안보와 경제입니다.

겨울 추위라도 없었으면 좋겠습니다. 폐친분들! 감기 조심하시기를 바랍니다.

정치와 기업 경영

2018. 11. 08.

기업 경영에서 가장 강조하는 것은 목표를 구성원들과 공유하고 기업의 핵심 역량 강화와 고객 만족을 얻기 위해 상품의 품질 보장, 서비스 등을 강화하며 혁신과 변화를 지속적으로 추구하는 것이다. 최고경영자는 단기성과에 연연치 말고 미래를 준비해야 한다. 앞에서 말한 핵심 역량은 남이 따라올 수 없는 고유 기술, 경영 노하우 등이다.

최근 4차 산업혁명기 도래를 맞아 기업은 비상 상태에 있다. 글로벌 시대는 국경이 없는 시장을 말한다. 돈 벌 수 있고 경영하기 좋은 곳이라면 모국에 얽매이지 않는다. 한국 최대 기업이 공장은 B국, 본사는 A국으로 이전한다는 말도 설이 아닐 수 있다.

정부 정책을 보면 답답증이 난다. 정책 수립자들이 이론과 현실을 융합치 못함은 물론 빛의 속도로 변화하는 현실 적응을 외면하고 있다. 재임 중 성과에 매몰되고 미래 준비에는 소홀하는 우를 범하고 있다. 특히 정책 목표의 공유가 부실하고 당·정·청 간의 협조도 절실하다. 권한과 책임이 동반해야 한다. 기업 최고책임자(CEO)는 무한 책임자이다. 과정과 성과를 중시한다.

항상 현장을 중시해야 한다. 변화와 혁신에 소홀하면 생존이 불가능하다는 엄중한 사실을 망각해선 아니 된다.

국가나 기업의 생존 전략은 동전의 양면과 같은지도 모른다. 세상은 변화한다. 변화하지 않는 것은 변화한다는 사실뿐이다.

보수는 분열로 망한다

2018. 11. 09.

1997년 한나라당 출발 이후 15대, 16대 대선 패배 이후 17대 이명박 대통령 당선, 18대 박근혜 대통령 당선, 2012년 2월 새누리당으로 명칭 변경.

2016년 12월 9일 박 대통령 탄핵에 새누리당 소속의원 62명이 찬성, 가결했다. 2016년 12월에서 2017년 3월까지 인명진 씨가 새누리당 비대위원장을 맡기도 했다. 2017년 2월 자유한국당, 또 다른 바른미래당이 탄생했다. 친이, 친박 쌈박질은 그들의 주군인 두 전직 대통령을 감옥에 보내고 귀태당인 자한당이 김병준 비대위원장을 영입하고 전원책 변호사를 당 조직강화특별위원장에 임명한 지 한 달도 안 된 지금 자한당 갈등이 노출되고 있어 자한당의 앞길에 암운이 굳게 내려지고 있다.

자한당은 박 대통령 탄핵 주역들이 당권을 장악하고 있다. 차기 원내대표 경선도 탄핵 주동자인 나경원 의원, 권성동 의원 이름이 오르내린다. 감옥에 있는 두 대통령은 그들의 안중에도 없다.

보수는 분열로 망한다는 말이 맞다. 자한당의 지지율은10% 대이다. 2020년 총선, 2022년 대선 완패는 예정된 결과일 것이다. 자한당의 해산만이 정답일 것이다.

경영자의 회상

2018. 11. 21.

한화유통(1991~1996년) 대표이사 사장 재임 중 3대 운동을 전개한 바 있다.

1) 3수 운동(질서, 예의, 신용 지키기)

2) 3불 추방 운동(불친절, 불량품, 불결)

3) 3무 차별(지역, 학교, 남녀)

4) 사장의 경영방침은 고객 만족 경영. 1993년 경영방침은 '준법경영(경영계 최초)'였다.

지금 생각하면 경영혁신을 선도하고자 노력한 흔적들이었다. 2011년 국무총리실에서 '공정의 달인'으로 선정된 사유이기도 했다.

국가의 흥망사

2018. 11. 25.

국가의 멸망은 외침이 아닌 부패가 원인이라고 역사는 기록해 놓고 있다. 1000년의 로마제국, 중화민국, 남베트남, 필리핀, 중남미 국가 등이 부패로 멸망했다. 세계 최고 청렴 국가인 싱가포르 리콴유 총리는 부패를 국가 생존의 문제로 삼고 부패방지법 제정 등 법과 제도를 도입했다. 부패행위조사국(CPIC)은 강력한 권한을 갖고 범죄 정보를 수집하고 공직자뿐만 아니라 민간 부문까지 수사하고 상당한 혐의가 있을 경우 영장 없이 체포할 수 있다. 반면 이런 경우 우리는 위헌소지를 운운할 것이며 거액의 뇌물을 대가성 유무, 떡값을 운운하며 무혐의 처리하기도 한다.

부정부패 근절은 국가 최고 지도자의 강력한 의지와 법과 제도 도입으로 가능하다. 역대 정권은 공히 부정부패 일소를 외쳤지만 결과는 없다. 한국의 리콴유 총리 탄생은 언제 가능할까?

Winter Time

2018. 11. 30.

오늘 본사에 내려가 작년과 같이 12월 1일부터 내년 2월 말까지 1시간 단축 근무 실시를 하도록 조치했다. 물론 난방이 잘 되어 있지만 추운 동절기 근무시간을 단축해 건강관리 및 자기 계발 시간을 가질 수 있을 것이다.

임직원의 요구 이전에 경영자의 선조치도 중요하다. 최근에 노사 갈등으로 국가 경제가 위기를 맞고 있다. 갈등, 분열은 국력을 쇠잔케 하고 미래를 어둡게 한다. 대화, 양보, 타협으로 문제를 해결하는 지혜를 발휘해야 한다. 작은 배려가 큰 기쁨이 될 수 있지 않을까?

한일 관계 종말론

2018. 12. 01.

한일 관계는 역사적으로 숱한 교류와 협력, 갈등과 전쟁, 강점 등을 지속해 가깝고도 먼 나라로 이웃하고 있다. 1965년 국교 정상화 이후 역대 정권은 일본의 진정한 사과를 요구해 왔다. 일본의 형식적인 사과에 만족치 못하고 갈등과 외교 마찰이 지속되고 있다.

최근 우리 대법원의 일제 강제 징용 피해자 배상 판결에 이어 일본군 위안부 피해자와 유족에게 치유금 지급을 해 온 화해치유재단의 일방적 해산 결정이 양국 간의 외교 관계를 악화시키고 있다. 1965년 한일 협정, 2015년 12월 한일 위안부 합의에 따라 10억 엔 출연 재단 업무에 대한 문 정부의 업무 중단과 대법원 판결 옹호 등에 대해 일본은 국제법 위반 논란, 국제간의 신뢰 문제를 제기하고 있다.

미래 한국 고문, 편집위원뿐만 아니라 전직 주일대사, 원로학자들도 한일 관계 복원에 우려를 표명하고 있다. 한일 관계는 한미 동맹, 남북문제에도 영향을 미칠 것으로 우려하고 있다. 조선조의 외침과 국가 멸망 원인은 당쟁과 외교의 실패가 원인이었다고 역사는 기록해 놓고 있다. 안보와 경제, 집단 안보 체제가 생존 전략이다. 한일 문제는 감정이 아닌 이성적 판단, 미래를 향한 국가 전략이 되어야겠다.

기업의 구조 조정

2018. 12. 04.

구조 조정은 기업의 조직 및 사업 구조의 기능 또는 효율을 높이기 위해 실시하는 구조 개혁 작업을 말한다. 이는 환경 변화에 적응하고 기업 존속을 위한 기업의 결단이다.

우리도 구조 조정을 해 왔다. 조선·해운 건설에 세금 퍼붓기식 구조 조정이었다. 대우조선 등 조선업계만 24조 원을 지원했으나 정치권과 노조의 반발로 선제적 구조 조정은 손도 못 대고 있다.

미국의 글로벌 기업인 GM이 전 세계 70개 공장 중 7곳 폐쇄, 18만 명 직원 중 1만 5,000명 감원이라는 충격적 구조 조정안을 발표했다. 흑자일 때 체력이 강할 때 구조 조정을 하겠단다. GM은 2년간 6조 원 이상을 확보해 미래 차에 투자하겠단다. 이는 장기적인 경쟁력 확보, 4차 산업혁명 시대를 맞기 위한 선제적 구조 조정이며 회사 성장과 공용이 지속 가능해지는 장기적 포석이다.

우리는 정부의 규제, 노조의 반대로 기능치도 않을 것이다. 돈 되는 기업을 팔아 새로운 미래 산업에 투자하는 명외과의사가 필요한 때이나 먼 나라 기업 이야기이다. 국가나 기업의 구조 조정은 선제적이고 미래 지향적이어야 한다.

현장에 답이 있다

2018. 12. 06.

정부와 기업은 항상 현장 중시 정책을 추진해야 한다. 이론도 중요하지만 현실과 현장을 도외시한 정책과 경영은 성과를 거두기 어렵다.

정부의 경제 정책은 소득 주도 성장, 포용 성장, 협력이익공유제 등 비전문가는 이해가 불가능한 생소한 신조어들이다. 최저임금 인상, 노동시간 단축, 비정규직의 정규직화 여파는 고용 절벽, 실업자 증가, 중소·소상공업자의 폐업 속출을 가속화하고 있다. 현실과 현장을 무시한 정책의 결과이다.

지난 4일 일산 백석동의 열 배관 파열 사고, 그 이전 KTX 오송역 단전, KT아현지국 화재로 인한 통신 단절 등도 현장 점검의 부실, 안일 무사가 원인이었다. 사건 사고는 때와 장소를 불문하고 발생 개연성이 높다. 예방 대책, 사전 점검은 필수다. 이런 대형 사고 현장에 관계 장관, 국무총리, 대통령께서도 직접 답사해 사망자의 유족과 부상자를 위로하고 사고 원인을 파악하고 향후 대책을 강구함이 어떨까?

사회 안전망 구축이 시급하다. 책상머리에 앉아 있지 말고 노동현장, 자영업체, 쪽방촌도 방문해 보시라. 현실을 직시하고 현장에서 답을 찾아야 한다. 정답은 현장에 있다.

조선조 500년

2018. 12. 08.

이성계의 위화도 회군으로 탄생한 조선. 고려 충신들을 몰살한 후 3대 태종은 왕자의 난(형과 동생을 죽임)으로 왕위에 올라 정적을 제거하고 아들 세종의 왕권을 굳건히 다지기 위해 세종의 장인, 처남들까지 제거했다. 수양대군(세조)은 단종 복위를 주장한 사육신을 능지처참하고 생육신을 멀리 쫓아냈다. 역대 왕들은 당쟁에 휩싸여 많은 인재를 옥살이 및 사약으로 죽이고 귀양살이를 반복해 수많은 인재를 잃었다. 임진, 정유, 병자의 난도 당쟁으로 자초한 국난이었으며 을사늑약. 한일합방도 당쟁이 원인이었다고 역사는 기록해 놓고 있다.

건국 70년 동안 국회는 당파 싸움을 반복해 오고 있다. 정당의 이합집산의 반복. 정치 철새들의 준동도 이어지고 있다. 새해 예산안은 정부안 470조를 변함없이 통과시켰다. 여야 의원들이 지역구 예산 나눠 먹기도 반복하고 법정처리 기한을 넘기면서 야단법석이었다. 세비 올려놓고 국회의원 수 늘리라고 야당 대표가 단식 중이다. 양심도 염치도 없는 후안무치의 극치이다. 국민들은 차라리 국회는 없었으면 좋겠단다.

정권이 바뀔 때마다 전 정권에 대한 사정. 적폐청산 등이 이어져 두 분의 대통령이 감옥에 다녀오고 현재 두 분이 옥중에 있고 한 분은 자살했다. 지금도 수십 명이 옥살이를 하고 수백 명이 수사를 받거나 재판 중이다. 언제까지 반복될지 끝이 보이지 않는다.

안보와 경제가 불안한 상태이다. 국민이 힘을 모으고 서로 용서치 않으면 조국의 운명은 조선조 말 현상의 재판일 수 있다. 이 굿판의 반복은 언제 끝날지 모른다. 한국의 '넬슨 만델라' 탄생은 기대할 수 없는가?

나쁜 역사는 단절해야 생존이 가능할 것이다. 위기를 모르는 것이 최대 위기이다.

이재수 전 국군기무사령관의 자살과 유서

2018. 12. 09.

지난 7일 이재수 전 기무사령관이 송파 소재 친구 오피스텔에서 투신, 자살했다. 그의 유서 내용은 다음과 같다.

1. 5년 전(2014.04.16)에 발생한 세월호 사고에 헌신적으로 최선을 다했는데 지금 와서 유가족 불법 사찰로 단죄한다니 안타깝다.
2. 영장을 기각한 영장 담당 판사에게 경의를 표한다.

3. 검찰에도 미안하며 내가 모든 것을 안고 가니 모두에게 관대한 처분을 바란다.

4. 가족, 친지, 군을 사랑하는 군의 선후배, 동료들께 누를 끼쳐 죄송하다. 다시 한번 사과드립니다.

5. 가족은 더욱 힘내 열심히 살아가라. 60 평생 잘살다 갑니다.

참군인은 명예를 생명으로 생각한다. 그의 자살은 명예의 손상에 대한 자괴감, 수사에 대한 아쉬움일 것이다. 모든 이를 용서하고 하늘나라로 간 군인다운 명장이다.

삼가 명복을 빕니다. 자살을 미화할 생각은 추호도 없습니다. 이 장군의 죽음과 유서가 우리 사회의 작은 교훈이 되면 좋겠습니다.

KTX 탈선 사고

2018. 12. 10.

지난 8일 오전 발생한 강릉선 KTX 탈선 사고 현장 사진입니다. 사고 원인에 대해 코레일 사장은 추위 때문이었단다. 최고의 코미디. 선로 전환기의 오작동으로 케이블의 잘못 연결되어 생긴 신호 시스템의 오류가 원인이라고 정정 발표했다. 전문가 부재가 원인이다.

연동형 비례대표제 도입의 명암

2018. 12. 13.

야 3당인 바른미래당 손학규 대표, 정의당 이정미 대표, 평화당 소속 의원들의 24시간 릴레이 단식은 민주당과 자유한국당의 연동형 비례대표제 도입을 촉구하는 단식 투쟁이다. 기존의 국회의원 비례대표제는 미국이나 일본에는 없는 과거 유신 시대에 도입한 산물이다. 현행 제도하에서는 연동형 비례대표제 도입의 명분도 타당성도 있다. 그러나 이 제도 도입으로 국회의원 수를 40~60석을 늘리려는 의도가 잠재되어 있다.

그들은 현재 의원 수가 OECD 국가에 비하면 적단다. 국민은 국회 존재의 필요성 유무까지 거론하며 의원 수가 지나치게 많다고 볼멘소리를 내고 있다. 명분에 앞서 꼼수에 국민들은 의심하고 있다. 단식 중인 야 3당은 의원 수를 늘리지 않겠다는 다짐이 없다면 국민들의 동의를 얻기는 어려울 것이다.

국회에 대한 국민들의 신뢰가 선행이어야 한다.

KAIST(한국과학기술원)

2018. 12. 15.

KAIST는 1971년 2월에 설립하였으며 과학기술 발전에 필요한 고급 인재를 양성하고 기초 및 첨단과학을 연구하는 연구중심 대학으로 대전 유성구 대덕단지에 위치하고 있다. 서울 홍릉에 있던 국내 최초의 연구중심 이공계 특수대학원인 KAIST와 1984년 설립한 한국과학기술대학(KIT)이 1989년 통합하여 대덕으로 이전했다. 과학기술의 요람으로 과학기술 인재 양성과 정부의 연구지원, 산업발전에 필요한 인재를 배출해 왔다.

교직원 1,000명, 학·석·박사과정 10,000명의 재학생이 있다. 개교 이래 43,000명의 졸업생을 배출하고 현재 4차산업을 주도할 최첨단 기술인재 양성에 앞장서고 있어 국내외에서 촉망받고 있는 대학이다.

앞으로는 첨단과학 기술이 국가의 흥망을 결정할 것이다. KAIST는 국가 발전의 견인차가 되고 그렇게 되도록 지원해야 한다. 최근 신성철 총장의 직무 정지 문제가 세간의 관심이다.

이학재 의원의 일탈 행위

2018. 12. 19.

새누리당 박근혜 당 대표 비서실장 출신이었으며 박근혜 대통령 탄핵에 찬성, 바른미래당에 입당했던 그가 탈당, 자유한국당에 복당하면서 국회 정보위원장직과 동시 자유한국당으로 옮겼단다.

바른미래당에서 배정한 위원장직을 당에 놓고 가는 것이 정치원칙이며 도리이다. 당을 옮기면서 과거에 대하여 일언반구 사과도 없이 개선장군인 양 탈당 선언하는 자리는 바른당원들의 규탄으로 엉망진창이었다. 당에 배정된 상임위원장 자리는 당에 놓고 가야 마땅하다. 쓰레기 수거 당으로 전락해 가는 자유한국당도 이를 받아들이면 당의 정체성이 훼손되고 염치없는 짓이 된다. 관례 운운할 처지인가? 여의도 양반들은 왜 그리 얼굴이 두꺼울까?

연동형 비례대표제 도입도 결국 국회의원 수를 늘리려는 꼼수로 예상된다. 의원 수가 부족해 국회가 제 기능 못 하는가 보다. 국민이 처량해지고 참담하다. 나만의 생각인가?

군주론

2018. 12. 22.

500년 전 이탈리아의 정치이론가 '니콜로 마키아벨리'의 저서명이다. 일반적으로 목적을 위해 수단 방법을 가리지 않는 권모술수의 원천, 도덕적 견지에서 악마의 대변자로 알려졌지만 종교나 도덕의 세계로부터 독립한 정치 세계를 발견한 근대정치의 기초를 정립했다고 평가하고 있다. 그는 군주가 백성들의 경멸을 받는 것은 변덕스럽고 경박하며 나약하거나 비겁하고 결단력이 없는 모습을 보였기 때문이며 국가 파괴 세력을 응징치 못하고 번식을 방치하는 것은 역사의 죄인이며 비극이다라고 충고했다.

지금 세계 각국의 많은 국가 지도자들이 국민들로부터 경멸의 대상이 되고 변덕스러운 미국의 트럼프 대통령도 예외가 아닐 성싶다. 결단력은 조직 장악력이며 일시적 포퓰리즘을 멀리하고 국가를 보위하고 국리민복을 위해 최선을 다해야 할 최고 지도자의 덕목이며 의무이다. 군주론은 고전 정치 교과서이다.

정관정요

2018. 12. 23.

『정관정요』. 1,300년 전 중국의 당 태종 시 오긍의 저서이자 제왕학 교과서이다. 그중 31편, 형벌과 법률에 관한 내용을 제목만을 소개해 본다.

1. 관대하고 가볍게 법을 시행하라.
2. 혼자서 반역할 수는 없다.
3. 사형은 다섯 번에 걸쳐 다시 심사하라.
4. 높은 곳에서도 낮은 세상의 소리를 들으라.
5. 화와 복은 사람에 달려 있다.
6. 옥사 판결에 억울함이 없게 하라.
7. 공신이라고 사면해서는 안 된다.
8. 기분에 따라 시행하지 말라.
9. 참화와 복락은 서로 의지해 있다.
10. 편안할 때 위기를 생각해야 한다.
11. 올바른 원칙을 신중하게 고수하라.
12. 처음처럼 공손하고 겸손하라.
13. 불필요하게 상관을 연루시키지 말라.
14. 관대하고 공평하게 판결하라.

지금 우리는 법률에 따라 형벌을 집행하는가? 공정한 수사. 재판에 국민은 신뢰하는가? 아흔아홉 마리 양을 잃더라도 한 마리 양을 구하라는 성경 구절! 용서는 실종되고 조선조 이래 반복되는 정치 보복의 끝은 보이지 않는다. 연말이 가까워서 그런가? 나이 탓인가? 많은 상념에 쌓이고 있다. 겸손하고 관대하며 용서로 국력을 키우자.

크리스마스 단상

2018. 12. 25.

오늘은 예수 탄생을 기념하는 날이다. 전 세계 성당과 교회는 성탄 메시지를 발표했다. 사랑과 평화를 강조하고 있다. 성탄의 정신은 사랑이다. 예수는 서로 사랑하라, 7번이 아니라 77번을 용서하라고 말하고 있다. 낮은 곳으로 내려오신 예수! 겸손하라. 우리는, 신자들은 서로 사랑을 실천하고 있나? 용서로 화합하고 있나? 겸손으로 자신을 낮추고 있나? 우리 사회는 지금 미움, 비판과 갈등으로 혼란 상태에 있다. 갑질이라는 신조어가 등장하고 적폐 청산으로 감옥이 만원이다. 사랑은 배려와 용서, 겸손이 아닐까?

크리스마스는 예수 탄생을 기념하는 축일이 되고 예수의 삶과 그의 가르침인 성경 내용을 실천하는 계기가 되었으면 좋겠다.

사업하기 어렵다

2018. 12. 29.

각종 규제, 강성 노조, 최저임금 인상, 노동시간 단축, 유급 휴일, 정기 상여금의 통상임금 산입에 이어 산업안전 보건법 개정으로 산업장 안전사고 시 사업주에 중징역형은 물론 과징금 중과, 징벌적 손해배상의 책임도 져야 한다.

지금도 안전, 보건, 환경 등 사고에 대해 사업주를 처벌하는 법률이 수십 개에 달하고 벌칙 규정도 수천 개다. 여기에 일명 김용균법이 추가되었다. 당연히 사업장 사고는 없어야 하고, 처벌도 강화해야 한다. 더욱 예방에 최선을 다해야 한다.

사업주의 99퍼센트는 사고 예방에 최선을 다하고 있다. 사고 발생 걱정에 잠을 설치고 항상 휴대폰을 열어 놓고 있다. 사고 발생으로 인명과 재산을 지키지 않는 사업주가 있겠는가? 사고는 예고 없이 발생할 잠재력도 있다. 사업주 처벌로 사고가 없어질까? 교통법규의 처벌 규정이 있지만 교통사고는 연발하고 있다. 처벌 강화 이전에 사고 예방을 위한 법률, 시스템 도입,

매뉴얼 제정, 현장 관리 강화에 노력해야 한다. 사업주가 범법자로 전락할 위험성이 가득하다. 누가 사업하겠는가? 친기업 정책, 각종 규제 철폐, 노사 안정이 시급하다. 소상공인, 자영업자의 외침도 경청하시라. 여보시오! 당신들은 사업장 공동화 현상을 바라고 있소?

2019년

대한민국호는 어디로 가고 있나?

일자리는 기업의 투자에서 나온다

2019. 01. 02.

오늘 문 대통령께서는 여의도 중소기업 중앙회홀에서 열린 신년회에서 "산업 전 분야의 혁신이 필요하며 기업이 투자하기 좋은 환경을 만드는 데도 힘쓰겠다"고 강조했다. 그러면서 "경제 발전도 일자리도 기업의 투자에서 나온다"면서 "정부는 적극 지원하겠다"고 밝혔다.

그간 정부는 소득 주도 성장을 경제 정책 기조로 삼아 법인세 인상, 최저임금 29.1퍼센트 인상, 노동시간 52시간 단축, 비정규직 정규직 전환 등으로 자영업과 중소기업 위축, 실업률 증가, 기업 투자 위축의 결과를 가져왔다. 특히 대학 졸업생 취업 상황은 최악으로 이들 젊은이들을 거리로 내몰고 있다.

금년 경제 상황은 예측하기 어렵다. 다행히 대통령께서 "일자리는 기업 투자, 기업이 만든다"는 정책의 변화를 시사함은 다행이다. 소득 주도 성장이 아니라 성장 주도로 기업 활성화와 지속 가능한 일자리를 만들어 국민소득 증대를 추진해야 한다. 지속적인 혁신과 투자는 국가와 기업의 생존 전략이다. 문제는 경제야! 바보들.

적재적소와 인사만사

2019. 01. 02.

적재적소는 적정한 시기와 장소에 재능이 맞는 사람을 써야 한다는 말이다. 중국 속담에 길이 멀어야 말의 힘을 알 수 있고 시간이 오래 지나야 마음을 알 수 있다. 천리마는 험한 곳을 달릴 수 있지만 밭은 가는 데는 소만 못하고 견고한 수레는 무거운 것을 실을 수 있지만, 강을 건너는 데는 배만 못하다. 권세와 이익의 사귐은 오래가지 못하며 형세로써 사귀는 자는 형세가 기울면 사귐도 끝이 난다. 모든 사물은 먼저 썩고 나서 벌레가 생긴다. 민심에 순응하면 정권이 흥하고 민심에 역행하면 정권이 망했다. 편안할 때 위태로움을 잊지 않고 유비무환의 정신을 가져야 한다. 인재는 유비가 서기 220년 삼고초려로 제갈공명을 등용하여 촉한의 제1대 황제가 된 고사! 부정부패를 일소하고 적재적소에 인재를 배치해 국격을 높이고 국태민안이 정치의 덕목이 아닐까?

횡격막 아래의 평화

2019. 01. 09.

횡격막 아래 평화가 없는 한 세계 평화는 없다. 영국의 역사학자, 경제학자, 문명비평가였던 '아놀드 토인비'의 말이다. 배고픔을 해결치 않으면 분쟁, 전쟁을 막을 수 없다는 말이다.

오늘 통계청의 발표에 의하면 신규취업 9년 만에 최저. 실업률 17년 만에 최고란다. 원인은 최저임금인상, 노동시간 단축, 기업인 의욕 상실, 반시장경제 등이 고용 참사의 최대 원인이며 특히 중기, 소상공인들의 폐업, 종업원 감원 등을 원인으로 보고 있다. 소득주도성장 정책의 대전환이 시급하다.

일자리는 국민들이 먹고 사는 중대한 문제이다. 늦었지만 더 늦기 전에 대책을 강구하시라. 위기를 모르는 것이 최대 위기이다.

나라가 어지러우면 어진 재상이 생각난다

2019. 01. 12.

조선왕조 518년간 배출한 정승이 360여 명에 달한다. 황희,

이원익, 김육, 채제공 등 걸출한 정승을 배출한 조선조. 그중 조선 중기 최고의 경세가인 유성룡(1542~1607)은 선견지명적인 인재 등용과 구국의 리더십을 발휘해 임진왜란의 국난을 극복한 경세가요, 명재상으로 역사는 기록해 놓고 있다.

그의 국난 극복의 리더십은 첫째, 이순신, 권율 등의 인재 등용이다.

둘째, 민생을 위한 애민 정신의 리더십이다. 백성이 잘살아야 나라도 소생할 수 있다. 각종 조세정책, 대동법이라 불렸던 작미법 등 민생 정치의 실현이다.

셋째, 실리 외교의 리더십이다. 임란 발생 시 명국에 원군 요청, 일본군의 전략과 전술을 파악하고 역이용해 적을 물리쳤다.

넷째, 제도 혁신의 리더십이다. 양반, 사대부의 기득권을 타파하는 혁명적 개혁이었다. 조세제도, 면천법(노비 해방), 호포법, 속오군법 등이다. 선조의 난을 피해 개성, 의주의 도주에 이어 명국 망명을 막은 충신이다.

유성룡은 유명한 역사적 『징비록(미리 징계해 후환을 경계하다)』에서 조선이 제일 잘못한 것이 일본 정황을 잘 알지 못했다고 반성했다.

국내외로 외교, 국방, 경제가 어렵다. 조선조 명재상들은 불편부당한 인사, 관용과 포용, 민생을 위한 실용 경제의 리더십을 발휘했다. 600년 전 조선조, 30년 공직에 있었던 어진 재상! 제2의 유성룡 탄생을 기대해 본다.

황교안 전 총리의 자유한국당 입당

2019. 01. 14.

황 전 총리가 15일 자유한국당 입당을 발표했다.

대한민국 국민은 자유로이 정당에 가입할 권리가 헌법상 보장되어 있다. 황 전 총리도 그러한 권리를 갖고 있다. 그의 입당에 대해 자유한국당 몇몇 의원의 반응은 박근혜 정권 실패, 탄핵 책임이란다. 자한당 전신 여당이었던 새누리당 소속의 의원이었고 탄핵에 앞장섰던 당신들의 책임에 대해 단 한 번도 사과, 반성치 않은 그들이 황 전 총리에게 책임을 말할 수 있는가? 자문해 보시라.

여당인 민주당은 국정 농단의 책임을 거론하고 나섰다. 국정 농단 책임자들이 법의 심판을 받고 감옥에 가고 재판을 받고 있다. 황 전 총리에게 국정 농단 책임이 있다면 법의 심판에 맡기면 된다.

황 총리는 2016년 12월 10일 이후 대통령 권한 대행으로 2017년 5월 대선을 공정하게 관리해 문 정권을 탄생시켰다. 특정인의 정치 참여에 민감한 저들도 본인의 이해관계를 떠나 정치 발전에 힘을 보태기를 기대한다.

정치문외한의 짧은 생각이다.

패러다임 전환

2019. 01. 20.

정부와 기업의 화두는 혁신이다. 혁신 성장, 경영 혁신, 혁신적 포용 국가 등이다. 혁신은 기존의 제도, 조직, 방식, 관행의 틀을 새롭게 바꾸는 것을 말한다.

지난 15일, 대통령과 기업인 128명이 대화를 나눴지만 공통분모를 찾는 데는 실패했다. 혁신의 필요성과 방법, 목표에 대한 공유가 없다면 성공은 어렵다. 정부와 기업은 혁신을 주장하고 있지만 공통분모는 찾지 못하고 있다. 정부는 기업 투자를 당부하고 기업은 규제 혁파, 노사 관계, 근로조건 등 주문이 많다. 각종 규제가 기업 혁신의 발목을 잡는 것이 현실이다. 한마디로 말해 패러다임의 전환 없이 혁신은 불가능하다.

패러다임은 세상을 보는 사고와 방식을 말한다. 오래전에 시카고 대학의 토마스 쿤 교수는 그의 명저 『과학혁명의 구조』에서 '인류의 위대한 과학적 연구는 반드시 패러다임의 이동을 통해 이뤄졌다'고 밝혔다. 혁신은 기존의 전통과 사고를 버리고 낡은 패러다임의 파괴로 이뤄진다. 세상은 변해 가는데 지금 뒤늦게 혁신, 패러다임을 운운하는 것은 매우 부끄러운 일이다.

가장 시급한 혁신의 대상은 정치 혁신이다. 70년 동안 변화와 개혁 없이 안주하는 국회의 개혁, 혁신 없이는 모는 것이 허사다. 제4차 산업혁명의 결과는 인간의 예측을 불허하고 있다. 정부의 정책 기조의 변화, 새로운 기업가 정신, 혁신과 패러다임 전환이 시급하다. 역사는 패러다임 시프트의 반복일 것이다.

대한민국호는 어디로 가고 있나?

2019. 01. 23.

대한민국의 정체성은 자유민주주의, 시장경제, 법치국가다. 과연 우리의 정체성은 확립되는가? 국가의 안보, 경제가 위중함을 모르고 작년 한 해 동안 크고 작은 시위 건수는 7만 건에 달했단다. 하루에 200건의 시위가 있었다. 문 정부 탄생의 공로자인 민노총이 시위 주체다. 가히 시위 천국이다. 집회의 자유가 법으로 보장받고 있지만 필히 시위로 자기주장을 관철할까?

민의의 전당인 국회, 지방의회, 각종 청원 등은 이들을 수용할 기능을 상실했나? 세계에서 이런 시위 국가는 없다. 을의 반격인지, 떼 법의 시대인지 가늠하기 어렵다. 시위도 법 절차에 따라 행해야 하며 정부는 불법 시위는 엄벌해야 한다. 광화문 광장은 시위장으로 변한 지 오래다. 4.19 후 5.16 전야를 방불케 하고 있다. 괜한 걱정이기를 바란다.

실정법에 대한 자연법의 승리다

2019. 01. 24.

1960년 4월 19일, 이승만 정권의 독재, 3.15 부정 선거에 항거, 학생 교수가 거리로 나와 자유당 정권을 몰락시켰다. 당시 모교에서 법철학을 강의한 법학자요, 교육자인 고이항녕 교수는 당시 《경향신문》에 4.19는 '실정법에 대한 자연법의 승리다' 라는 칼럼을 쓰셨다. 실정법 제정, 집행의 한계, 오류를 지적하신 것이 아닐까?

실정법은 입법기관이 제정한 법률을 말한다. 자연법은 자연적으로 존재하고 타당하며 인간이 원초적으로 누릴 수 있는 보편타당한 불문법을 말하고 있다. 최근 재판 거래, 사법 농단 문제로 전직 대법원장 외 수많은 법관이 구속되는 사태로 법치의 최후 보루인 사법부의 존재가 위태로워지고 있다. 제 발등 자신들이 찍었다. 법리 해석은 법관의 법과 양심에 따라 판결한다. 고로 법리적 해석은 법관에 따라 엇갈릴 수 있다. 인간 심판은 신의 위임 사항일 뿐 전지전능한 것도 아니다. 항상 실정법에 대한 자연법 승리 사태가 일어나지 않도록 살펴봤으면 좋겠다.

사법부의 운명

2019. 01. 26.

민주주의는 3권 분립인 입법, 사법, 행정의 독립을 근간으로 하고 있다. 최근 사법 농단, 재판거래, 직권남용 등으로 헌정사상 최초로 전직 대법원장이 구속되는 초유의 사태가 벌어져 사법부가 휘청거리고 있다. 사법권의 독립은 재판(심판) 독립의 원칙, 판결의 자유, 입법부 및 행정부로부터 법원의 독립과 자율성 보장, 재판의 무간섭과 법관의 직무 및 신분 보장과 독립의 실행을 말한다. 사법 농단 사건은 사법부 수장의 자체 자정을 포기하고 수사 의뢰로 검찰의 수사, 영장청구, 법원의 영장 발부로 이뤄졌다.

며느리 바람났다고 동네방네 떠들어 대는 콩가루 집안, 콩가루 사법부가 되었다. 앞에서 언급한 사법권 독립을 사법부 스스로 타살시키고 사법부 스스로 행정부의 시녀를 자청했다. 제 무덤 제가 파고 제 발등 제가 찍었다. 최고의 엘리트 집단인 사법부조차 스스로 개혁은 불가능한가 보다. 향후 대법원 최종심에 대한 불신, 재심 청구로 이어질 것이 뻔하다. 법치의 최후 보루인 사법부마저 이 꼴이 된 대한민국호는 어데로 갈까? 참담하고 염려스럽다.

성균관 대성전, 문묘

2019. 01. 28.

공자와 그의 제자 4성인 안자, 증자, 자사, 맹자와 신라 인물인 최치원, 고려 인물인 안향, 정몽주, 조선 인물인 김굉필, 정여창, 조광조, 이언적, 이황, 김인후, 성혼, 이이, 조헌, 송시열, 송준길, 김장생, 김집, 박세채 등 18위 선현의 위패를 모시고 제사를 지내는 곳이 문묘(대성전)이며 성균관에서 가장 성스러운 곳입니다.

대성전 앞길에는 영조 대왕의 친필 탕평비와 하마비가 있습니다. 문묘에서 스승님의 위패를 극진히 모시는 것은 그분들의 학문과 인품을 따르겠다는 다짐입니다. 초시(진사, 생원이 되는 시험)에 합격하면 성균관으로 진학해 중시(과거)를 준비하고 급제하면 조정의 관원으로 출사합니다.

조상님께 제사를 올리고 선현들을 모시는 것은 살아 있는 우리에게 교훈을 가르치는 것입니다. 춘·추계에 석전제를 올리고 성균관 대학의 입학식, 졸업식에는 문묘에 고유제를 올립니다.

조상과 성현을 정성껏 모시는 우리의 전통이 사라져 가는 경향이 아쉽습니다. 체통과 법통을 이어 가는 것도 역사 공부입니다.

정약용 선생의 말

2019. 01. 29.

"남이 알지 못하게 하려거든 행동하지 말라.", "남이 듣지 못하게 하려거든 말하지 말라."

조선후기 실학자이며 18년간 유배 생활을 하면서 유명한 『목민심서』 등 500여 권의 저서를 남긴 다산 정약용 선생의 명언이다.

최근 입법, 사법, 행정부 지도자들의 거친 행동과 막말로 국민들의 질타를 받고 자신의 정치 생명과 위상을 망가뜨리는 사례가 빈번하다. 말과 행동은 인격의 구현이다. 지도자는 전문성, 경륜, 지혜, 겸손, 성숙성 등을 갖추는 것이 필수다.

국회의원, 청와대 참모들, 기타 지도자들이 다산의 명언을 음미해 봤으면 좋겠다.

국가의 정체성은 온전한가?

2019. 01. 31.

역사학자, 극작가이며 국·한문학자였던 고 신봉승 선생은 그의 저서『국가란 무엇인가?』에서 국가의 정체성이 확립될 때 국가는 흥했고 훼손될 때 그 국가는 망했다고 기술했다. 대한민국의 정체성은 자유민주주의, 시장경제, 법치이다.

지금 우리의 정체성은 많이 훼손되어 있어 걱정이다. 법치의 최후 보루인 사법부가 사법 농단 등으로 전직 사법부 수장인 대법원장이 구속되는 초유의 사태가 발생하고 60여 명의 고위법관이 사직한단다. 어제 서울중앙지방법원 형사 32부(재판장 성창호 부장판사)는 드루킹 사건과 연루된 김경수 경남지사에게 징역형 선고와 동시 구속, 수감했다. 정치권의 반응? 민주당은 법원과 재판장에 대해 정치보복, 적폐세력, 탄핵 운운하고 대통령께서는 전혀 예상치 못했단다.

사법권 독립은 재판의 독립원칙·판결의 자유를 목표로 하고 법관의 직무상·신분상 독립 보장을 의미하고 있다. 법관은 정당의 호불호나 대통령의 예상을 간과하며 법과 양심으로 판결한다. 이것이 법치국가의 사법 정의이다. 1심판결 후 항소심, 상고심에서 법리로 다투어 사건을 마무리하면 된다. 재판장은 원·피고를 만족시킬 수 없다. 'Judgment is difficult'·정치권은 자기 입맛에 맞는 재판을 기대함에 벗어나 법치국가 확립에 앞장서야 한다. 국가의 정체성이 시급히 확립되어야 하겠다.

예수의 처형

2019. 02. 04.

예수는 3년간 12명의 제자와 함께 활동 후 유대 총독 본디오 빌라도 재판에 임하기 위해 예루살렘에 입성한다. 당시 군중들은 할레루아를 외쳐 대며 환호한다. 그러나 왠지 빌라도 재판에 군중들은 돌변해 예수를 십자가에 못질해 죽이라고 외쳐 대고, 그의 제자 유다는 몇 푼의 돈을 받고 예수를 팔아넘기고 베드로는 예수를 모른다고 말한다. 빌라도는 무죄를 내리려 했으나 그의 제자의 배신, 군중의 외침에 사형을 내렸다. 하느님의 아들도 사형을 면치 못했다.

최근 법원의 특정인의 판결에 대해 정치권 정당은 거센 반발을 하고 시민 단체들이 판결에 불복하는 시위를 벌이고 있다. 2,000년 전 예수의 재판을 떠오르게 한다. 재판은 법관이 자유를 보장받고 법과 양심에 따라 재판하며 1심 재판에 이어 2~3심으로 확정된다.

법관의 판결에 왈가왈부하지 말고 법리로 다투시라. 3권 분립과 법치의 최후 보루인 사법부를 부정함은 국기를 뒤흔드는 행위이다. 소크라테스의 명언을 꺼내든다. "악법도 법이다."

국가 경영 마인드

2019. 02. 08.

국가 통치나 기업 경영은 같은 맥락을 유지하고 있다. 통치가 수직적 개념이라면 경영은 수평적 개념이기 때문에 국가의 통치를 경영 마인드로 바꿔 보자는 주장을 하고 있다. 기업은 이윤 추구를 목표로 하고 있기 때문에 적자가 계속된다면 그 책임 소재는 경영자가 지게 된다. 통치자가 국가의 미래로 뻗어나가지 못하면 통치자는 무능을 비판받게 된다.

국가나 기업에서 소기의 목적 달성을 위해서는 유능한 참모, 이를 거느릴 능력과 식견, 판단력, 실천 의지가 겸비되어야 한다. 중요한 것은 국가나 기업의 핵심 역량을 강화하는 것이다. 핵심 역량은 남이 따라올 수 없는 고유의 경쟁력을 말한다.

대한민국의 핵심 역량은 무엇이며 우리 기업의 핵심 역량은 무엇인가? 무한 경쟁으로 대표되는 글로벌 시대에 생존을 위해 통치, 경영 마인드의 혁신과 핵심 역량 강화에 박차를 가해야겠다.

국가의 위상

2019. 02. 09.

대한민국은 반세기 동안 세계 10대 경제 대국, 7대 무역 강국, 국민소득 3만 달러를 달성한 세계가 촉망하는 국가다. 그러나 내부를 살펴보면 아쉬운 문제가 하나둘이 아니다. 정치가 실종되고, 정치인들이 제정신을 잃고, 정부가 국가의 정체성 확립에 등한시하고, 사법부마저 신뢰를 잃고 있다. 노사, 지역, 정파, 소득 간 사회 갈등이 치유가 불가능할 위기에 있다.

작년 한 해 크고 작은 시위는 7만여 건, 세계 최고의 기록이란다. 시위 공화국으로서 손색이 없다. 정치, 경제, 사회 등 문제에 과도하게 민감하고 레밍 근성도 여전하다.

선진국은 국부로서가 아니라 정치의 민주화, 선진화, 국민의 정서, 정의와 공정, 공평을 이루고 있는가로 판단한다. 부자 나라 사우디, 큰 나라 중국을 선진국이라 하지 않는 이유다. 선진국은 국가의 정체성이 확립되고 가치를 공유한다. 냄비 근성, 용서와 타협을 마다하고 상대방을 멸종시키려는 조선조 당쟁의 망령을 재연하는 이 나라, 내로남불의 유행어가 자리 잡는 한 선진 한국은 요원할지 모른다. 정치는 있으나 정치가는 없고, 지도층은 있으나 지도자는 없고, 학교는 있으나 교육은 없으며, 선생은 많으나 스승은 없고, 노인은 많으나 어른은 없는 현실을 빨리 극복하는 것이 급선무가 아닐까? 나 자신부터 사고의 전환이 시급함을 알아야겠다.

노조 파업이 남긴 교훈

2019. 02. 15.

[쌍용자동차 파업]

2009년 경영난으로 법정 관리에 들어간 쌍용차는 대규모 정리 해고를 하려는 회사 측과 이를 반대하는 노조가 맞서 77일간 직장 폐쇄와 공장 점거 등 극한 대립을 벌였고 결국 2011년 인도 마힌드라 그룹에 인수되었다. 지난해 9월부터 올 상반기까지 남은 해고자 119명도 전원 복직시키기로 했단다.

쌍용차 정일권 노조 위원장은 투자자가 떠나고 일자리가 없어지면 임금 투쟁도 무의미하다고 하며, 파업을 부추기는 상급 단체인 민노총을 탈퇴 후 독립 노조로 10년째 무분규를 이어오고 있단다. 작년 노사 화합으로 3조 7048억 원 사상 최대 매출을 기록했다. 노사 화합이 남긴 성과이다.

[미국 항공 관제사 파업]

1981년 1월 20일 취임한 로널드 레이건 대통령은 동년 8월

3일 미국 공공 노조에 속한 항공관제사 1만 3,000명이 임금 1만 달러 인상, 노동시간 8시간 단축, 퇴직금 우대를 요구하며 파업에 돌입하는 상황을 맞이했다. 당시 레이건 대통령은 법규에 따라 불법 파업을 선언, 48시간 내 전원 복귀 명령을 내리면서 불복자는 파면하고 평생 복직할 수 없게 하겠다고 예고했다. 결국 1,650명만이복귀하고 미복귀자 1만 350명은 당일자로 모두 파면되었다.

이 사건은 70년대 미국 산업의 발전에 걸림돌이었던 강경 노조의 불법 노동운동이 국민의 신임을 잃게 되고, 레이건의 정책에 지지와 신뢰를 높이게 하는 결과를 낳았다. 레이건은 성공한 대통령으로 연임의 성과를 얻었다.

간단한 와인 상식

2019. 02. 20.

최근 들어 와인이 일상생활 속에서 즐길 수 있는 음료로 자리 잡고 있다. 와인은 그 종류가 수천수만 가지다. 와인의 역사는 기원전 4000년이며 와인 제조법은 기원전 1500년으로 알려져 있다. 지중해성 기후인 프랑스, 이탈리아, 독일, 스페인, 포르투갈, 그리스, 헝가리, 신대륙 캘리포니아와 호주, 남미, 남아프리카 등지에서 천혜의 기후조건을 토대로 새로운 품종을 개발하고, 우수한 기술과 풍부한 자본 유입으로 양질의 와인을 생산하고 있다.

호텔에서 근무한 경력을 바탕으로 와인 테이블 매너를 간단히 소개한다.

1. 모임 주최자나 와인 주인이 먼저 시음한다.
2. 와인을 따를 때 잔을 들지 않는다.
3. 글라스 중앙 몸통 부분을 부딪치면서 건배한다.
4. 립 부분을 닦아 가며 마신다.
5. 와인은 비우지 않은 상태에서 채우므로 마지막 잔을 제외하고는 완전히 비우지 않는다.
6. 본인의 잔을 타인에게 돌리지 않는다.
7. 와인을 컵에 1/3 정도 따른다.

탈원전, 4대강 보 해체는 잘못된 정책이다

2019. 02. 23.

1. 원자력발전이 방사성 물질 방출, 특히 2011년 3월 동일본의 지진으로 인한 후쿠시마 원전 사고 등으로 위험하다는 이유

로 원자력 24기 중 신고리 1, 2, 3, 4호기 등을 폐기, 건설 중단, 면허, 운영, 취소 등 탈원전 정책을 시행·추진하고 있다. 이로 인한 한전의 적자가 누적되고 전기료 인상 등 국민 부담은 물론 해외 원전 수출에도 타격이 예상된다. 에너지는 산업 발전에 필수 요소다.

2. 4대강 보 철거. 정부가 4대강 사업으로 건설된 16개 보 중 금강(세종, 공주), 영산강(죽산) 보 3개는 철거, 2개 보는 상시 개방하는 안을 발표했다. 4대강평가위원회, 기획위원회, 환경 단체의 결정에 따른 것이란다. 보 철거는 녹조 현상 발생, 생태계 파괴를 막기 위함이며 농수 해갈, 식수 공급을 간과했다고 농어민들이 궐기에 나서고 있다. 물은 생명이다. 해당 부처 장관은 보이지도 않고 말도 없다. 책임 회피성 위원회가 좌지우지하는 한심한 무정책을 시도하고 있다.

정부의 존재 가치는 국태민안이며 책임 정치다. 국민이 싫다는 정책을 고집하는 이유는 나변에 있는가? 위험하다는 탈원전, 4대강 보 철거는 국가의 재앙임을 알아야 할 것이다. 국민을 무서워해야 한다. 민심이 천심이다.

지도자의 덕목

2019. 02. 25.

지도자는 지식, 지혜, 덕의, 배려, 희생, 봉사, 열정, 혁신 의지, 타의 모범 등 인품이 덕목일 거다. 옛날에도 신, 언, 서, 판으로 인재를 등용했다.

각부 장관, 청와대 참모들의 면면을 보면 국민의 호감 가는 인물이 보이지 않는다. 어쩜 그리 잘생긴 인물은 보이지 않을까?

삼권의 사람 됨됨이를 보면 몸, 말, 지식 등이 말이 아니다. 국회의원, 각부 장관, 청와대참모들이 입 때문에 국민의 눈총을 받고 대통령을 욕되게 하고 있다. 최근 국회의장, 의원, 사법부 수장, 여·야당 중진들의 헛소리가 끊이지 않고 있다.

문재인 정부 지지율이 급락한 20대를 비하하며 전 정부 교육 탓이라는 반상식, 몰상식의 극치 언행이 도마 위에 올라 있다. 내 탓이요, 라고 하지 않고 남의 탓 타령에 골병들고 지지율 급락을 부추기는 한심함. 예나 지금이나 설화가 문제다. 촌철살인? "남이 알지 못하게 하려거든 행동치 말고 남이 알아듣지 못하게 하려거든 말하지 말라"는 다산 정약용 선생의 명언이라도 되새겨 보시라.

국가 수준은 국정 최고 책임자들의 수준으로 평가된다. 이것이 대한민국의 수준인가? 3류 국가의 탈은 언제 벗어던져질까?

나만의 참담함인가?

국가 흥망사

2019. 02. 27.

동서고금의 역사는 국가 흥망사의 기록이다. 국가의 정체성이 확립될 때 국가는 흥했다. 위대한 지도자가 국가를 흥하게 했다. 국민의 애국심과 단결이 국가를 흥하게 했다. 용서와 관용 타협은 국가를 흥하게 했다. 튼튼한 국방력이 국가를 흥하게 했다. 전쟁을 두려워한 국가는 망했다. 집단방위 체제가 무너진 국가는 망했다. 국가의 멸망은 외침이 아니라, 내부 분열이었다. 국방 외교를 등한시한 국가는 멸망했다. 경제가 위기일 때 국민은 불안하고 분열해 국가가 멸망했다. 국가 재정이 부실하고 퍼 주기 등 포퓰리즘 국가는 망했다. 국가 간 조약, 협정, 선언은 강대국의 전유물로 이를 믿은 국가는 망했다. 군기 문란이 국방 위기로 국가가 멸망했다. 교육 정책의 실패는 국가 멸망의 원인이었다. 부정부패가 국가의 멸망 원인이다. 과거에 집착하고 미래를 내다보지 못한 국가는 멸망했다. 법치가 무너지면 국가는 망한다. 당쟁·정파 간 갈등이 국가를 멸망케 했다. 위기를 모른 것이 최대 위기임을 모르는 국가는 망했다.

태극기 게양

2019. 03. 01.

오늘 시내 왕복 길에 3.1절 태극기 게양 현황을 살펴봤다. 아파트, 개인 주택의 국기 게양은 눈 씻고 봐도 보이지 않고 법원, 검찰청, 국립중앙도서관, 정부, 공공기관에도 국기 게양은 보이지 않고 있다. 정부가 3.1절 행사를 광화문 광장에서 행한단다. 광화문 광장, 서울역, 남대문, 대한문 앞에서 태극기 집회가 한창이다. 태극기는 거리 전유물이 되었다.

그나마 다행이다. 국기는 국가의 상징이며 국민의 애국심의 발로다. 나라를 빼앗긴 시절 태극기를 얼마나 소원했고 이를 찾기 위해 선조들이 얼마나 피를 흘렸나? 정부가 형식적인 행사에 그치지 말고 태극기 달기 운동이라도 제대로 해 보시라.

언론도 이런 현상을 취재 보도해 태극기 게양 운동에 나서라. 초·중·고등학생들이 태극기 원리나 모양을 알고 그릴 수 있는지 모르겠다.

한유총과 교육부

2019. 03. 02.

한유총이 4일부터 유치원 개원을 연기하기로 결의해 보육 대란이 예상된다. 사립 유치원의 법적 문제로 교육부와 갈등이 첨예하게 대립하고 있다. 지상에 의하면 교육부가 사립 유치원의 교육 기관 불인정, 폐원 시 학부모 2/3 이상 동의, 이로 인한 치킨집 비유 등이 오르내리고 있다. 교육부의 강경 대응으로 접점을 찾지 못하는가 보다.

교육부가 나서 대화와 타협을 주도하시라. 사립 유치원은 사유재산으로 운영하는 필수 교육기관임을 인정해야 한다. 개원 유보나 폐원으로 인한 후유증은 감당키 어려울 것이다. 한유총도 개원 연기나 폐원으로 원생이나 학부모를 볼모로 삼아 맞대응하기 전 원생, 학부모 입장에서 장고하고 교육부도 고발, 의법 조치 등 강경책을 철회하시라.

교육적으로 해결책을 강구하고 당장 한유총 간부를 만나 타협하시라. 피차 강성이 문제다.

시장과 고객을 이기는 장사는 없다

2019. 03. 05.

시장과 고객은 심판관이다. 정부나 기업이 시장과 고객을 무시하면 백전백패다. 정부는 시장을 무시하고 소주성 정책으로 최저임금 인상, 노동시간 단축 등의 여파 그리고 실업, 폐업, 수출 부진 등 경제 부진의 결과를 초래했으나 정책 전환 없이 소주성 정책을 고집하고 있다.

그런가 하면 탈원전, 4대강 보 철거도 국민의 반대를 무시하고 강행하고 있다. 기업의 흥망성쇠는 고객의 결정으로 끝이 난다. 고객 없는 기업은 난파선이다.

어제 한유총이 사립 유치원 개학 연기를 강행하려다 철회했다. 원생과 학부모를 볼모로 삼으려는 고객 무시가 패인이다. 시장은 공급과 수요의 조절 기능을 갖고 있어 시장을 무시하면 보이지 않는 손에 의해 퇴출이 불가피하다.

시장과 고객은 항상 옳다는 마케팅 경영 전략, 고객(국민)은 무섭다는 두려움을 가져야 생존이 가능하다. 이를 무시하면 엄한 심판을 받는다. 정부와 기업이 친시장, 친고객 정책과 경영에 소홀치 말라고 경고하고 있다.

대통령 하기 힘들어

2019. 03. 07.

대통령은 국가의 최고 통치자로 국무총리, 국무위원, 각급 기관장, 청와대 참모 등이 대통령을 보좌한다.

미세먼지 대란이 일주일째던 어제 대통령께서 미세먼지 대책에 대한 질책이 있자 각부 장관들이 허둥지둥 초등학교, 어린이집, 화력발전소, 서울시단속반, 공사현장에 나타났단다. 그간 장기 대책은커녕 경보 발동, 마스크, 청정기가 유일한 대책이었다.

2개월간 잠자던 국회가 미세먼지 관련 법안 통과를 위해 13일 개원한단다. 청와대 눈치만 보는 각부 장관들! 스스로 일할 수 없나? 대형 교통사고 책임도, 부부싸움도 대통령 책임인 게 대한민국이다. 정권 교체되면 감옥 갈지 모르는 위험한 자리? 대통령 하기 힘들다.

미세먼지 장기 대책인 에너지, 교통정책, 중국과의 협조 등도 서두르시라. 국가와 국민을 위해 투철한 사명감, 멸사봉공, 희생과 봉사할 장관 없습니까? 인사가 만사란다.

삶의 허전함

2019. 03. 16.

현대를 사는 우리는 그 어느 때보다 외형적으로 풍요로운 삶을 누리고 있으면서도 늘 마음 한구석에 채워지지 않는 허전함을 갖고 있다. 정신의 성장이 이에 따르지 못하고 불균형 속에 있기 때문인지 모른다. 인터넷과 스마트폰의 SNS를 통해 더 많은 친구를 사귀고, 삶을 공유하려는 사람들이 늘어나는 것도 이러한 간극을 메우기 위함일지 모른다.

풍요 속의 빈곤 치유 처방이 시급하다. 로봇이 인간을 대체하고 인공지능이 4차 산업을 주도할 때 인간의 진정한 가치는 무엇일까? 결국은 인간이 만들어 놓은 쇠사슬에 얽매이게 되는 자가당착이 아닐까? 인간의 본성에 충실하자는 교훈 외에 무엇이 있을까?

세종대왕을 생각한다

2019. 03. 18.

조선조 4대 임금(1397~1450)은 재임 32년 동안 훈민정음을 창제하고 장영실의 측우기, 자격루 등에 관여했다. 또한 인쇄술, 화포주조기술, 화약 개발 등 과학발전에 공헌하고 박연으로 하여금 아악을 정리했다. 4군과 6진을 개척해 여진족과 왜족을 소탕해 국토를 넓이고 국방을 튼튼히 하기도 했다.

이런 성과를 내기까지는 선왕 태종, 당시 희대의 명재상 황희, 맹사성, 언어학자, 정인지, 신숙주, 성삼문 등 집현전 7학자가 있었다. 국가의 흥망성쇠는 최고 지도자의 역량, 훌륭한 참모가 있어 가능했다고 역사는 기록해 놓고 있다. 세종은 왕도 정치를 실천하며 그의 업적으로 대왕, 성군이라는 칭송을 받고 있다. 세종은 총 6명의 부인에게서 22명의 자녀를 둔 임금이다.

건국 후 역대 대통령은 하야, 피살, 친족, 당사자 감옥행, 자살로 역사에 오점을 남겨 왔다. 국민의 존경과 업적을 지우고 적폐의 이름으로 단죄되는 현상은 언제 끝이 날까? 인물은 시대와 국민이 만들어야 한다. 걸출하고 국민의 존경과 사랑받는 현대판 성군! 대통령은 언제 나타날까? 기대해 본다.

위기를 모르는 것이 최대 위기이다

2019. 03. 22.

조선조 멸망은 국내적으로는 당쟁, 국제적으로는 국제 정세에 대한 무지 때문이었다고 역사는 기록해 놓고 있다. 1997년 국가 부도 사태는 최고 통치자와 참모진의 무지, 무능이 원인이었다. 위기를 모르고 이에 대처치 않으면 위기는 자초된다. 최근 정부의 소득주도 성장 정책에 따른 최저임금인상, 노동시간 단축 등은 임금근로자의 대량 실업, 중소기업, 영세 자영업자의 폐업을 불러왔고 대기업의 투자부진, 임직원 명퇴, 신규 채용유보 등이 이어지고 있다.

수출입이 극감하고 특히 수출을 주도했던 반도체, 석유제품, 무선통신기 등이 전년 동기대비 10%~25% 감소하고 중국, 중동, 일본, 유럽연합, 동남아도 감소하고 있다. 국제통화기금, 해외투자은행, 국내 민간연구소도 국내 경제 성장 전망치를 낮추고 있다. 반면에 경제를 총괄하고 있는 홍남기 부총리와 관련 장관들의 인식과 언급이 보이지 않고 있다. 19일 국무회의에서 대통령께서는 세계 경제 전망이 어두운 가운데 우리 경제가 여러 측면에서 개선돼 다행이라고 말씀하셨단다. 나와 같은 비전문가는 이런 언급이 적절한지? 이해가 어렵다.

정부의 안이한 경제 상황에 대한 인식의 변화가 시급해 보인다. 위기는 위험과 기회의 복합어이다. 위기를 기회로 전환함이 부국의 지혜이다. 안보와 경제는 국가 존립의 필수 두 축이다.

안중근 의사(장군) 순국일

2019. 03. 26.

안중근 의사는 1906년 평양에 삼흥학교(오산학교의 전신)를 세우고 1907년 의병 운동에 참가하여 1908년 대한의 군 참모중장 겸 특파대장 및 아령지구 사령관으로 활동하셨던 만큼 장군으로 호칭함이 타당하다.

안 장군은 대한 강탈의 주범 '이토 히로부미'를 1909년 10월 26일 중국 하얼빈역에서 사살하고 하얼빈 총영사 등에게 중상을 입혔다. 그는 현장에서 체포되어 뤼순의 일본 감옥에 수감되었고 1910년 2월 14일 재판에서 사형선고를 받은 후 동년 3월 26일, 오늘 형이 집행되어 순국하셨다. 옥중에서 『동양평화론』을 집필했다. 그의 어머니 조마리아 여사는 옳은 일을 한 것이니 일제에 목숨을 구걸치 말라며 항소 포기를 당부했다. 대의에 죽는 것이 어미에 대한 효도라는 마지막 당부였다. 그 어머니에 그 아들이다.

안 장군의 시신을 지금껏 찾지 못하고 있음은 우리의 큰 아픔이며 역사의 부끄럼이다. 안중근 의사 기념관은 남산 입구에 있다. 『동양평화론』은 일본학자들도 긍정적인 반응이며 안 의사는 일본, 중국과 가까이 지낼 것을 당부하셨단다. 안 의사의 소원이었던 동양평화는 지금도 이루어지지 않고 있으며 1950년 6.25. 북한의 기습 남침은 동족상잔으로 수십만의 민족의 목숨을 빼앗아가고 한반도를 초토화했다. 동양평화는커녕 한반도 평화도 요원한 작금의 사태에 안 의사는 저승에서 얼마나 한탄하고 계실까?

안 의사의 순국 109주기 추모일을 생각해 보았다.

삼고초려의 고사

2019. 03. 30.

중국 삼국시대 유비가 제갈량을 세 번 찾아 그를 기용해 촉한의 1대 황제로 등극한 것은 인재 등용의 중요성을 강조한 고사로 인용되고 있다.

문 대통령께서는 취임 초 공직자의 5대 배제 원칙으로 1) 병역 면탈, 2) 부동산 투기, 3) 탈세, 4) 위장 전입, 5) 논문 표절을 들었다. 1기 내각에 이어 2기 내각 7개 부처장관 후보자의 청문회 과정에서 5대 배제 원칙에 맞는 후보자는 한 사람도 없다는 결과가 나왔다. 모든 후보자가 자인하고 사과하기에 바빴다. 청와대의 인사, 민정 수석실의 선정 과정의 문제는 물론 자신들이 스스로 후보 수락을 거절했어야 했다. 본인이 자신을 제일 잘 알고 있다. 삼고초려는 못 할망정 대통령의 인사 원칙만이라도 지켜야 하지 않을까?

마땅한 장관감이 없어서인가? 찾을 생각이 없어서인가? 각부 장관, 청와대 고위 참모들이 최소한 5대 원칙에 반하는 이들을 교체해 국민의 신뢰를 되찾는 계기가 되기를 기대해 본다. 대통령께서는 자신의 인사 원칙에 반하는 이들을 임명을 강행하지 말아야 마땅하다. 인사가 만사다.

기업주의 무한책임?

2019. 04. 05.

황하나 씨의 마약투약 혐의에 대해 모든 언론이 남양유업 창업주 외손녀라고 대서특필하고 있다. 황 씨는 31세로 권리 의무 주체이기도 하다. 그의 혐의는 수사기관이 밝혀 법에 따라 조치하면 족하다. 그의 부모도 아닌 남양유업 창업주가 외손녀까지 관리·감독할 권한도 의무도 없다. 기업 창업주는 외손녀,

외손자 더 나아가 고손까지 책임져야 하나? 다른 사건도 모 재벌의 3세라고 떠들어 댄다.

기업은 주주, 임직원, 사회에 대해 책임을 지고 있다. 기업 죽이기에 이골이 나고 친손뿐 아니라 외손, 3세, 4세까지 책임질 하등의 의무도 권한도 없지 않은가? 정말 기업하기 어렵겠다.

찌질이

2019. 04. 06.

바른미래당 이언주 의원이 손학규 대표의 4.3 보궐선거에 대해 "찌질이"라고 발언했다. 국어사전상 '찌질이'는 소속된 집단에 잘 적응하지 못하고 겉도는 사람을 속되게 이르는 말이다.

선거 결과는 이 의원이 예측한 대로 찌질이였다. 지난 5일 바미당은 윤리위를 소집해 이 의원에게 당원권 1년 정지를 내렸다. 당도 또다시 찌질이 행동을 했다. 이언주 의원은 윤리위 결정에 개의치 않고 자기 갈 길을 가겠단다. 결국은 탈당의 명분을 찾으려는가 보다.

손학규 당대표의 정치 역정을 보면 가련하고 참담하기도 하다. 이 당 저 당 오가느라 피곤한 행보를 보인 그의 강원도 전남강진에서의 피정도 별 효과가 없었던가 보다. 인생무상. 찌질이 인생은 허무하다, 할 것 같다. 찌질하게 살지 말자.

대한민국의 미래?

2019. 04. 17.

금년은 일제에게서 해방된 지 74년, 건국 71년을 맞는 해이다. 세계 최빈국에서 산업화와 민주화를 이뤄 세계 11대 경제, 7대 무역 강국, 5천만 인구, 국민소득 3만 불을 이룩한 7번째 국가다. 이 바탕에는 국민의 피와 눈물 그리고 땀, 위대한 지도자의 지도력이 있었다.

최근 우리는 겸손치 못하고 오만에 빠져 경제가 추락하고 정치가 실종되고 사회가 혼란되어 뜻있는 사람들이 우려를 쏟아내고 있다. 밖을 내다보면 한미 간의 간격이 벌어지고 대북 문제도 만만치 않아 보인다. 한일 간, 한중 간의 간격도 좁아지지 않고 있다. 국내는 5.18, 세월호, 친일 잔재 등 과거사 진상 규명에 바쁘다. 일본은 1945년 8월 9일, 히로시마와 나가사키에 미국의 원폭으로 20여만 명이 사망하고 수십만 명이 피해를 입고 패전, 항복했다. 일본은 미국에 피해 보상, 배상 문제 거론은커녕 짝짜꿍이가 되어 세계 3대 경제, 군사대국 반열에 올라 있다. 정말 아이러니하다.

우리는 미래를 설계하고 내다보는 정책도 안목도 보이지 않고 있다. 과거는 역사에 맡기고 미래로 나아가야 한다. 과거사가 발목을 잡고 눈을 가리고 있어 앞이 캄캄하다. 지금 세계는 상상을 초월하는 미래 경쟁이 한창이다. 이제 그만하고 미래로 가자.

좋은 이웃

2019. 04. 23.

멀리 있는 친척보다 가까운 이웃사촌이 더 좋다는 말이 있다. 6, 70년 전만 해도 농촌에는 두레라는 공동 노동이 있었고, 품앗이라는 노동 교환으로 이웃 간 서로 돕고 살아온 민족이었다. 없는 살림이었지만 나눔이 미풍양속이었다.

그러나 전국이 도시화되면서 아파트 생활도 일반화되었다. 아래위, 옆집과는 왕래는커녕 목례도 없는 살벌한 이웃이 많다. 핵가족화, 이기주의가 팽배되어 인간관계가 허물어지는 세태가 걱정이 된다. 가정과 개인 관계뿐만 아니라 국가 간의 외교가 생존의 조건이 되고 있다.

국제사회에는 적과 동지도 없다. 조선조 시대 우리는 임진란, 정유란, 병자호란으로 국가의 위기를 맞았고 한국전쟁, 민족상잔으로 수십만 명이 전사하고 민간인 100여만 명이 죽고 1,000만 이산가족이 탄생했다. 이웃나라. 갈라진 민족이 나쁜 이웃이었기 때문이다.

글로벌 시대에는 외교를 통해 좋은 이웃 국가를 만들어야 한다. 우리는 일본, 중국, 러시아, 북한과 이웃하고 멀리 미국과 동맹하고 있다. 최근 한일·한미 관계가 소원해지고 대북 관계도 악화되고 있다. 외교는 숨겨진 전쟁이란다. 임진란, 병자란도 외교의 실패가 원인이었다고 역사는 기록해 놓고 있다. 과거 청산도 중요하지만 미래를 내다보는 혜안은 더욱 중차대하다. 개인이나 국가도 좋은 이웃이 생존 조건이 아닐까?

4월은 잔인한 달

2019. 04. 30.

T. S. 엘리어트가 그의 시 「황무지」에서 말한 대로 한국의 4월은 매우 잔인한 달이었다. 고성·속초 산불로 인명과 재산 피해가 극심했다. 한 달이 지나고 있지만 원인조차 모르고 있다. 세월호 5년이 지났으나 사고 원인 규명 문제가 또다시 대두되고 있다. 305명의 영혼이 편치 못하고 혼란을 겪고 있을 것이다. 진주 아파트 방화 살인 사건으로 인명과 재산 피해가 크다. 4.27 남북

정상 선언 1주년! 선언으로 끝나고 공동연락사무소에는 북한 인원은 없고 우리 직원만 남아 있다. 4월 임시국회가 과거에 오물, 최루탄 투척, 해머, 공중 부양에 이어 빠루, 쇠망치가 등장하고 몸싸움, 고소, 고발 사태 등 엉망진창이다. 선거법, 공수처법 등이 극심한 여야 대치 속에 신속 처리 안건으로 지정, 강행 처리되었다.

경제가 하강하고 안보와 사회 불안도 심각하다. 미·일간은 밀월 시대, 한미·한일간은 권태기에 빠져 있다. 안보와 경제는 국가 존립의 가치다. 대한민국호는 어디로 가는가? 승객인 국민은 모르고 있다. 여의도 국회, 말만 들어도 짜증이 난다. 국회는 없었으면 좋겠다는 생각은 나뿐만은 아닐 성싶다.

금년 4월은 지독히 잔인한 달이었다. 잔인함을 땅에 묻어 버리고 황무지에서 생명이 돋아나고 죽은 땅에서 라일락이 피기를 하염없이 기다려 볼까?

5월은 가정의 달

2019. 05. 01.

1. 가정은 사회 구성원의 최초 단위

2. 가정은 부부를 통하여 자녀를 낳는 창조의 주체입니다.
3. 가정은 사랑의 공동체, 가정은 부부, 자녀가 구성원이며 가정은 사랑 그 자체입니다.
4. 가정은 삶의 공동체, 기쁨과 슬픔이 함께 머물며 좌절과 고통 속에서도 용기를 얻으며 자기 존재를 이어가는 곳. 용서하며 허물까지도 덮어주는 곳이 가정입니다.

♡ 가정과 가족의 소중함을 아는 5월. 가정의 달이 되기를 기원합니다.

우리 아파트에서 바라본 롯데월드타워 불꽃 축제 사진

2019. 05. 04.

송파구 잠실소재 롯데타워는 2009년 착공하여 2016년 12월에 완공, 2017년 4월 3일 개장한 지하 6층, 지상 123층, 555미터 높이로 세계 6번째 높이의 한국의 마천루이다. 건축 초기부터 말도 많았던 롯데타워! 대법원의 정당성판결 등 수난도 많았다. 롯데창업주인 신격호 회장은 어려서 일본에 건너가 갖은 고생을 하면서 돈 벌어 모국에 투자한 애국 기업인이다. 그의 나이 98세! 현재 재판에 회부되어 휠체어 타고 법정에 드나든다. 정말 참담함을 느낀다. 전망대에서 인천은 물론 당진 제철소까지 볼 수 있다. 롯데쇼핑몰, 호텔, 사무실, 오피스텔, 식당 등이 관광명소로 자리 잡고 있다. 제2의 롯데타워 탄생을 기대해 본다.

영국의 영웅 윈스턴 처칠 경을 생각하며

2019. 05. 05.

파란만장한 생애를 살아왔던 처칠은 군인, 행정가, 노벨 문학상 수상자인 학자, 최고 정치인으로 90년을 살아왔던 영국의 영웅으로 칭송을 받고 있다.

그는 독일의 아돌프 히틀러의 영국 침공에 맞서 싸울 것을 다짐하고 의회와 국민을 설득하였다. 싸우다 패한 나라는 일어서지만 비겁하게 굴복하면 망한다, 평화는 적과의 타협으로 얻어지는 것이 아니라 전쟁 불사 결의를 통해 지켜지는 것이라는 처칠의 신념은 전쟁을 승리로 이끌었다. We shall never surrender. 그의 유명한 외침이었다. 어떤 대가, 공포가 닥치고 먼 길이라도 승리를 해야 한다.

지금 우리는 1년 전 4.27 남북정상회담, 9.19 군사회담으로 평화통일을 이루려고 노력하고 있다. 북한은 정상회담 선언문에 무반응. 군사합의를 무시하고 4일 동 북해에 수십 발의 미사일을 발사했다. 김정은은 전술유도 무기 발사 참관에서 강력한 힘만이 평화를 담보한다고 말했단다. 전쟁준비를 끝냈다는 말이다. 우리가 해야 할 말을 대신하고 있다. 평화는 전쟁의 전리품이며 항복은 비굴한 평화이다. 구국의 전쟁 영웅 처칠 경의 Never Surrrender가 우리 국방의 핵심이어야 하고 전쟁을 두려워한 국가는 멸망했다는 교훈을 잊어서는 아니 된다.

참고 '내 젊은 날의 추억' 윈스턴 처칠, 영화 '다키스트 아워'

역사를 잊은 국가는 미래가 없다

2019. 05. 03.

조선조 말 당쟁으로 국론이 사분오열되고 개화를 마다하고 쇄국으로 문을 닫아 버렸다. 일제강점으로 대한제국은 멸망했다. 연합국의 승리로 해방을 맞았다. 지도자의 분열로 남북이 갈리고 한국전쟁으로 수백만 명이 죽고 국토가 폐허되고 1,000만 이산가족이 발생했다. UN군의 참전으로 수복되었으나 정전협정으로 38선은 휴전선으로 남북을 갈라놓았고 어느덧 66년이 흘러가고 있다.

건국 71년! 역대 대통령 세 분이 하야하고 한 분은 피살, 또 한 분은 자살, 두 분은 자식들의 뇌물 사건 연루로 국민의 지탄을 받았고, 네 분은 감옥살이를 했거나 하고 있다. 국회는 정쟁의 소굴로 변한 지 오래다. 지금도 정치가 실종되고, 외교 안보가 불안하고, 경제가 하향 국면에 있다. 북한은 핵으로 남한을 위협하고 있다.(핵 포기는 절대 없을 것으로 보면 된다.) 우리의 우방국인 미·일과도 틈새가 벌어지고 미·일이 북한과의 접근을 시도하는 징조도 보이고 있다.

조선조의 멸망. 6.25 당시 3일 만에 수도 서울이 함락당했다. 국방을 외면하면 국가가 멸망한다는 교훈을 잊고 있다. 평화는 튼튼한 국방력이 전제될 때 가능하다. 현재 국내적으로는 내부 분열, 정쟁, 노사, 노노, 영호남, 보수, 진보, 우파, 좌파, 반북, 친북, 친일, 반일, 친미, 반미로 사분오열되어 있다. 나라 꼴이 참담하다. 국제적으로는 우방과의 균열. 특히 북한 문제가 큰 현안 문제이다.

정치 지도자의 국민 통합, 협치 없이는 미래가 암담하다. 과거에 매몰되어 미래를 보지 못하고 있다. 역사를 잊고 국가의 정체성이 상실될 때 국가는 멸망했다고 역사는 기록해 놓고 있다. 10대 경제 대국, 7대 무역 강국, 7번째 5.3 국가는 국민의 피땀 그리고 눈물, 유능한 지도자의 역량의 산물이다. 거룩한 대한민국은 영원해야 한다.

페이스북의 인연

2019. 05. 10.

8년간 1,566명의 친구가 생겼고 875편의 글을 올렸습니다. 정치, 경제, 경영, 사회, 문화 등에 관한 글이었습니다. 일주일에 평균 두 편의 글을 썼습니다. 전문적 지식은 물론, 학덕이 부족한 글에 좋아요, 댓글, 공유, 팔로워를 해 주신 10여만 페이스북 친구분들께 깊은 감사를 드립니다.

글을 끝내며 나라를 걱정하지 않을 수 없어 몇 마디 남기고자 합니다.

1. 국가 정체성이 확립되어야 합니다.
2. 위기를 모르는 것이 최대 위기입니다.
3. 전쟁을 두려워한 국가는 멸망했습니다.
4. 문제는 경제야! 바보들!
5. 평화는 돈으로 사는 것이 아니라 국방력(힘)으로 얻어지는 것입니다.
6. 한국에는 처칠, 대처 수상, 넬슨 만델라 같은 대통령은 없을까요?
7. 지도자는 가장 애국자여야 하고 포용과 타협, 용서를 할 줄 알아야 합니다.

국론 분열. 정치 실종. 경제 추락. 우방과의 균열. 북한의 핵 위협. 내우외환에 우리는 어떻게 대처할까요? 대한민국의 숙제가 남아 있습니다. 대한민국은 영원해야 합니다. 감사합니다. 박수 칠 때 떠나라!

영화나눔 행복플러스

2019. 08. 14.

지금 이 시각, 8년째 장애인들과 함께 이어오는 '영화나눔 행복플러스'

예산이 부족하다는 이야기를 듣고 (주)메트로패밀리 '가갑손 회장님'께서 지원해 주셨습니다. 얼마나 감사한지요. 사랑의 마음으로 나눔에 동참해 주신 가갑손 회장님 고맙습니다.

보이지 않고 들리지 않는 장애인들이 어떻게 영화를 볼 수 있느냐구요?

#평택안성 #함께하는사람들

#동네바보 #영화나눔 #행복플러스 #주식회사메트로패밀리 #

가갑손회장 #감사합니다

민주평화통일자문회의 자문위원 위촉

2019. 09. 21.

어제 저녁 민주평화통일자문회의(의장대통령) 자문위원 위촉장을 받았습니다. 평화통일을 위해 어떤 자문을 해야 하나? 통일을 위해 국론이 통일되어야 합니다. 평화를 원하거든 힘(국방력)을 기르라는 역사의 가르침을 생각하고 있습니다. 동맹 강화가 힘입니다.

국가 멸망의 길

2019. 10. 06.

국가의 멸망은 외침이 아닌 내부 분열이었다고 역사는 기록해 놓고 있다. 임진란, 병자의 난, 한일합방, 남북분단, 6.25 전쟁. 외침과 가난을 극복하고 10대 경제국가로 살 만하니 부자간, 형제간 싸움으로 파탄의 길을 걷고 있다.

자칭 진보와 보수 간 거리집회의 머리수 싸움이 이어지고 있다. 대통령, 여야 당대표, 정치, 사회지도자들은 이를 부추기고 즐기고 있다. 정말 한심하고 처량하다. 오죽하면 대한민국 망해봐야 정신 차릴 것이라고 푸념할까, 대통령의 결단 없이 해결책은 없는 것 같다. 이렇게 망할 수는 없다. 대한민국은 국민의 피와 눈물. 그리고 땀으로 이룩한 거룩한 국가이다. 눈을 밖으로 돌려 보자. 한반도를 중심으로 각축전으로 안보위기, 경제위기도 심각함을 우리만 모르고 있다. 제발 정신 좀 차리자. 오랜만에 한마디 했다.

보수통합

2019. 10. 16.

자유한국당, 바른미래당 소속 의원들이 보수통합을 거론하고 있다. 그리해야 한다. 다만 박근혜 대통령 탄핵에 찬성한 62명 의원, 반대한 의원들이 자행한 행위에 대해 지금은 어떤 생각을 갖고 있는지? 탄핵의 정당성? 부당성? 다시 설명해야 한다. 이런 전제 없이 총선을 앞두고 승리를 위한 물리적 통합, 협력은 국민이 납득치 않을 것이다. 유승민 의원이 야당 통합을 위해 황 대표를 만나려 한단다.

그는 문 정권 탄생의1등 공신이다. 민주당으로 가야 할 사람 아닌가? 통합 운운하는 공신들이 석고대죄는 못 할망정 국민 앞에 고해성사는 해야 한다. 과거는 묻지 말고 통합해야 한다는 주장은 야합이며 성공도 불가능할 것이다. 오합지졸이 아닌 정예군으로 무장해야 승리한다. 정당의 정체성이 상실될 때 국민은 그 정당의 지지를 철회할 것이다. 자유한국당은 당의 정체성 확립이 시급하다. 정치문외한의 생각이다.

법무부 장관과 삼고초려

2019. 10. 17.

공석인 법무부 장관 후보는 자유한국당 권성동 의원이 유력치 않을까? 문 정권 탄생 1등 공신이기 때문이다. 유승민 의원도 곧 발탁될 것으로 생각한다. 청와대 민정수석은 유비의 삼고초려 고사를 기억하시라.

골프를 치다

2019. 10. 18.

오늘 두 아들, 둘째 며느리와 함께 골프를 쳤다. 아내는 무릎이 아파 불참. 큰며느리는 직장 일로 불참. 세 명의 교수들은 시간을 냈다. 깊어가는 가을. 단풍을 즐기며 백공을 날렸다. 기분 좋은 날이다.

한심당

2019. 11. 12.

현 정부 출범 1등 공신인 한국당 권성동 의원의 통합추진단장인 원유철 의원은 안 되고 같은 1등 공신 김무성 의원이 되어야 한다는 내용의 문자메시지가 언론에 공개되었다. 정말 요상한 한국당이다. 권성동 의원은 박근혜 탄핵소추위원장으로 국회 탄핵을이끌고 헌재에서 탄핵 가결의 정당성을 추상같이 주장하여 파면을 이끌어냈다. 현 정부의 공석인 법무부 장관의 유일한 후보일지 모른다. 통합은커녕 한국당의 분열도 멀지 않아 보인다. 한심당.

과거사의 강

2019. 11. 12.

오늘자 문화일보 30면 시평란에 이용준 전 외교부차관보의 〈이제 과거사의 강 건너가자. 2차대전까지 대부분 식민지. 아직도 배상 요구국은 한국뿐. 이제 현재와 미래에 집중해야〉를 감명 깊게 읽었습니다. 과거에 매몰되어 미래를 내다보지 못하는 우리의 현실에 답이 될 것입니다.

문희상 국회의장님께

2019. 11. 24.

지금 국가의 운명이 백척간두에 서 있습니다. 국방, 안보와 경제는 물론 정치의 행방이 안개 속에 있습니다. 제1야당 황교안 대표의 단식투쟁은 선거관련법, 공수처법 반대입니다. 그의 생명이 위험합니다. 더 이상의 불행한 사태를 막기 위해 의장께서 직권으로 두 법안을 상정 철회하시고 여야가 재협상을 시도하세요. 정치문제는 정치적으로 해결해야 합니다. 70년대 JC를 같이했던 추억, 제이시정신과 정치력으로 해결해 주시기를 기대합니다. 불행한 사태는 막아야 합니다.

4.19학생 혁명일

2019. 11. 29.

1960년 4월 19일. 4.19학생 혁명일이다. 동년 3.15 대선 부정선거로 촉발한 고교, 대학생들이 이를 규탄하고 이승만 대통령 하야를 요구한 시위였다. 당시 경무대의 발포로 시위는 격화되었으며 이어 25일에는 교수들의 시위가 이어지고 26일엔 이 대통령이 하야하고 이기붕 부통령 일가가 자살함으로써 자유당 정권이 막을 내렸다.

본인이 대학 3학년, 시위에 참가했던 추억이 생생하다. 부정선거는 국민의 참정권을 박탈한 반헌법적 행위이며 국민 여론을 호도하고 선택권을 방해하는 반민주적 행위이다. 민주주의는 국민의 참정권이 꽃이다.

최근 작년 울산 시장선거에 청와대 참모 개입문제가 대두되고 있다. 자유민주주의는 대한민국의 정체성이다. 선거는 공정성 보장이 핵심이다.

정권의 레임덕

2019. 12. 02.

레임덕이란 정권 말기에 벌어지는 권력누수현상을 말한다. 참모들의 이반 현상이 대표적이다. 유재수 전 부산 부시장의 감찰 중단 사건, 울산시장 야당후에 대한 청와대의 하명수사에 대한 청와대 참모들의 폭로, 자살이 이어지고 있다. 문 정권의 임기는 2년 반이 남아있다. 지진을 제일 먼저 감지하는 자는 들쥐란다.

자유한국당의 과제

2019. 12. 03.

박 대통령 탄핵에 대해 이제 그만 강을 건널 수 있을까? 탄핵 찬성파나 이를 저지치 못한 반대파들이 국민 앞에 석고대죄 없이 내년 총선에 국민지지를 받을 것이라는 생각은 큰 착각이 아닐까? 박 대통령 탄핵에 반대한 지지 세력을 무시할 수 없다. 박 대통령 탄핵이 한국당의 선거전략에 큰 장애가 될 것이다.

독일 통일사

2019. 12. 03.

독일 통일사를 읽어보면 역대 총리, 이를테면 빌리 브란트, 헬무트 슈미트, 헬무트 콜 등 걸출한 지도자의 역할이 있어 가능했다. 통일 후에는 레드하르트 슈뢰더, 14년 재임 중인 앙겔라 메르켈 총리의 정책이 통일 독일의 번영을 가능케 했다. 남북한 통일을 이끌 지도자가 없다는 것이 통일 불가 원인의 하나이다. 남북한 통일은 요원할 것 같다.

인생의 추위

2019. 12. 13.

아무리 모진 추위가 있어도 이를 견디고 이겨낼 수 있음은 내 스스로의 열량이 넘쳐서가 아니라 이곳저곳 추위를 덮어 주는 따스한 공간이 있기 때문이다. 이러한 공간, 가정, 그리고 사회, 국가가 있어 모질게 추웠던 며칠을 견딜 수 있었다. 여기에 빙판길까지 더해서 불편을 겪곤 하지만 겨울은 추워야 겨울 맛이 나고 겨울 추위는 우리 인간뿐만 아니라 대자연을 더 강하게 만드는 용광로이며 따뜻한 봄을 준비하는 것이다.

금년 성탄절

2019. 12. 25.

아기 예수의 탄생을 축복하며 인류평화를 기도하는 성탄절이 어느 해보다 쓸쓸하고 온기가 없어 보인다. 여의도 의사당은 필리버스터로 성탄전야와 성탄절을 잊고 있다. 식당도. 거리도 한산하다. 불경기로 국민들의 시름이 높다. 북한의 크리스마스 선물이 무엇일까?

미국이 여러 시나리오를 보내고 있다. 경제, 안보, 외교의 불확실성을 우리는 감지하고 있다. 대통령이 말한 한 번도 경험하지 않은 나라가 이런 나라인가? 정치는 국민의 불안을 제거하고 국리민복이 제일 덕목이다. 내부분열이 최고조에 달하고 있다. 타협과 화해, 용서로 국민 통합이 시급한 현실이다. 국가의 멸망은 외침이 아니라 내부분열이라고 역사는 기록해 놓고 있다. 정치를 잘할 수 없을까?

국회의 민낯

2019. 12. 31.

국회 개원이 72년을 맞고 있다. 불행하게도 국회는 민의의 전당이 아닌 국회의원들의 직장으로 변모해왔다. 쌈박질에 신물이 난다. 1966년 9월 15일. 정기국회에서 당시 우리 고향 출신 김좌진 장군의 아드님 김두한 의원은 삼성의 사카린 밀수 사건에 대한 대정부질문에서 당시 정일권 국무총리, 장기영 부총리 등 국무위원에게 오물을 투척했다. 그 후 함마사건, 최루탄투척, 고공 몸 날리기 사건, 여야 극한대치, 이루 헤아리기 어려운 국회 파행, 역대 여당의 독주, 의장 독단의 의사봉, 이것이 대한민국의 국회의 민낯이다. 비생산성, 국론분열의 산실이다. 이런 국회는 없었으면 좋겠다는 국민이 90% 이상이 아닐까? 한국적 민주주의가 그립다. 민주주의의 길은 멀리 있다.

총선구직자들이 예비후보로 등록했단다. 양심 팔지 말고 조용히 사시라. 내년 4월 총선 그만두자. 오죽하면 오물투척 사건이 있었을까? 옹호나 비난 대상이 아닐 성싶다. 정신 차리시라. 국민을 무서워해야 한다. 세상은 변화한다. 다만 대한민국 국회만 변하지 않는다. 연말 쓸데없이 애국자인 양 혼자 화냈나?

2020년

민주주의와 법치

로마인 이야기

2020. 01. 02.

일본 작가, 시오노 나나미는 15년에 걸쳐 15권의 로마인 이야기를 집필했다. 엄두가 안 나 읽기를 포기하고 축소판『또 하나의 로마인 이야기』를 읽었다. 기원전 753년 로물루스가 건국 후 서기 476년 멸망까지 1,000년을 이어 온 로마. 이는 항상 대외를 향해 조직을 개방하고 로마의 귀족 아성인 원로원을 평민에게 개방하고 전쟁에 패한 자에게도 시민권을 부여하는 패자동화정책을 구사했다. 예나 지금이나 소통. 화합. 개방이 정치의 진수임을 역사는 보여주고 있다. 창조적 천재, 카이사르가 팍스 로마의 기틀을 마련하고 아우구스투스가 팍스 로마를 이끌도록 했다. 역사의 교훈을 배우고 이를 실천함이 정치가 아닐까? 로마인 이야기의 일독을 권하고 싶다.

검찰개혁인가?

2020. 01. 12.

검찰개혁인가? 검찰 장악인가?

살아 있는 권력 수사냐? 살아 있는 권력 수사 포기냐? 그것이 문제로다.

한화회 정기총회 참석

2020. 01. 14.

한화회(한화그룹 퇴직임원 모임) 정기총회 및 신년인사회에 참석했습니다.

창립 25년. 회원 1,100명. 세월은 많은 은퇴자를 배출했네요.

오늘 참석자도 200명. 선후배를 만나서 반가웠습니다.

한화그룹은 32년 봉직한 잊을 수 없는 나의 친정입니다.

날치기

2020. 01. 24.

날치기, 국어사전에는 남의 물건이나 돈을 재빨리 채가는 행위. 행동을 말한다.

날치기는 국회의 전유물로 70여 년. 각종 법률날치기 통과.

헌재의 대통령탄핵 날치기 통과. 날치기 재판. 국무회의 날치기 의결. 상장기업의 날치기 주총 의결. 최근에 법무부의 날치기 인사. 검찰의 날치기 기소. 소매치기들에게 적용되는 날치기 용어가 대한민국을 날치기 공화국으로 만들고 있다. 소매치기가 지배하는 대한민국? 언제나 이 날치기 오명을 벗어날 수 있을까? 참담하다.

복지병 걸리면 자활력 없어진다

2020. 01. 31.

네이버 꿈틀미디어 기자는 지난 21일 서울 프라자호텔에서 가갑손 주)메트로패밀리 회장을 만났다. 가 회장의 성함은 어디든지 가나다순으로 표기하는 명부에는 제일 먼저 나온다.

Q: 회사를 경영하는 현역으로 열정을 지니고 현장을 지휘하는 정신력과 체력이 어디서 나옵니까?

A: 옛날보다는 여유롭게 회사를 경영하면서 사회활동도 하고 주말이면 남산 둘레길도 친구들과 돌면서 에너지 충전도 하지요. 정신이나 육체의 건강은 절제를 해야 합니다. 적당한 운동과 휴식에 과욕과 과식을 피하는 거지요. 일

을 위해 뛰어다녔지만 나름대로의 자기관리법이 생겼지요 자가용과 같은 자기 몸은 고장 나기 전에 자신이 관리해야 합니다.

Q: 대학에서 법학을 전공하고 학위를 받고 모교에서 초빙교수로 학생들에게 강의를 했지요. 최근 전직 대법원장이 구속되고 법무부 장관이 사퇴하는 등 공수처법과 사법개혁에 대한 논란을 어떻게 보나요?

A: 민주주의의 근간은 입법, 행정, 사법의 삼권 분립입니다. 전직 대법원장이 사법농단, 재판거래, 직권남용으로 구속된 것은 전례가 없는 초유의 부끄러운 사건입니다. 사법권의 독립은 재판독립의 원칙, 판결의 자유, 입법부와 행정부로부터 법원의 독립과 자율성 보장, 재판에 무간섭과 법관의 직무, 신분의 보장, 독립의 실행을 말합니다. 공수처법 강행과 검찰인사 단행 등 사법개혁 추진은 사법부 개혁의 자율성이 무시되고 행정부의 간섭으로 진행되는 것이 안타깝습니다. 최고의 엘리트 집단이라고 자부하는 사법부가 스스로 껍데기를 벗지 못하고 외압에 의하는 것이 가슴 아픈 일입니다. 외력에 의한 개혁은 완료되지 않습니다. 정권이 바뀌면 똑같은 악순환이 계속될 것입니다.

Q: 대기업의 사장과 부회장을 하고 호텔 경영과 백화점 운영

등을 하면서 위기를 기회로 삼아 성과를 올렸지요. 정부의 경제정책의 문제와 해법은?

A: 경제 문제는 경제논리로 풀어야 합니다. 경제가 정치에 휘둘리면 구제방법이 없습니다. 정부는 시장을 두려워해야 합니다. 경제는 심리라는 말이 있습니다. 아무리 좋은 정부의 경제정책이라도 국민의 신뢰를 얻어야 성공할 수 있습니다. 기업인들을 먼저 안심시키고 신바람이 나게 해야 하며 기업친화적인 정책을 실행해야 합니다. 글로벌시대에 미, 일 등 우방국과 협력을 강화해야 합니다.

Q: 연초부터 북한의 핵 미사일 도발로 안보 위기가 고조되고 있습니다. 미군의 이란 폭격 등 국제정세는 평화 무드가 없어지고 있습니다.

A: 비핵화 협상은 정상 회담의 쇼로 끝났습니다. 우리도 북한의 핵 위협에 대한 대응 전략을 수립해야 합니다. 평화와 전쟁, 외교와 안보의 철칙은 먼저 국력을 확보하는 것입니다. 평화도 힘으로 지킬 수 있고 외교협상도 힘이 있어야 해결할 수 있습니다. 현 정부가 북한이 핵무기를 포기 않고 있는데 우리가 먼저 무장해제를 하고 평화를 위해 대화를 하자고 매달리는 것은 옳지 않습니다. 북한이 우리를 삶은 소대가리라고 하고 금강산 시설을 싹 뜯어가라고 하는데도 북을 두둔하는 태도는 국민들의 지지를

받지 못합니다. 한미동맹의 균열을 초래하는 외교와 반미 시위를 방치해서는 안 됩니다.

Q: 총선 의석 확보가 시급한 과제인 정권이 복지 확대로 국민의 자활력을 마비시키고 있습니다. 복지 포퓰리즘이 극심합니다.

A: 무상복지, 무상급식, 무상교육, 무상의료 등 복지혜택을 싫어할 국민은 한 사람도 없습니다. 그러나 복지과잉이 진행되면 국민은 복지병에 걸립니다. 가만히 놀고 있어도 돈이 나오는데 고생하면서 일을 할 이유가 없습니다. 복지누수가 심해지면 밑 빠진 독에 물 붓기가 되고 국민의 자활력을 무력화시키는 병패가 심화되고 나라는 망합니다. 복지 지원이 쪽방촌이나 무의탁 노인, 가난한 환자, 소년소녀 가장 등을 돕는 불가피한 생계복지가 돼야 합니다. 복지는 절대 필요한 사람, 필요한 시기에 필요한 만큼 혜택을 주어 자립할 수 있게 해야 합니다.

Q: 청년실업과 일자리문제, 저출산과 고령화 문제 등 한국사회는 많은 문제를 안고 있습니다. 3개월 후에는 국회의원을 뽑는 총선이 있습니다.

A: 일자리는 대통령과 장관이 만드는 것이 아니고 기업이 성장하면서 일자리를 만듭니다. 한국에서 아이를 낳아 기르

기가 어렵고 다른 나라로 이민을 떠나는 이유가 무엇인지 정부는 냉철한 반성을 해야 해답을 얻을 수 있습니다. 3개월 후에는 4.15 총선이 있습니다. 국회가 필요 없다는 불신이 높습니다. 여론조사에 보면 현직 의원을 100% 교체해야 하고 의원 수를 줄이고 보좌관을 줄어야 한다는 여론조사 결과가 나왔습니다. 지금까지 국회는 대화와 소통이 실종되고 난투극과 날치기 통과로 국민들에게 실망을 주었습니다. 국민이 세운 대통령을 탄핵하고 다시 세운 대통령을 또 내려오라고 하고 있습니다. 나라 장래가 걱정입니다.

가 회장의 자랑하지 않고 실행해온 많은 사회공헌 활동에 관해서도 물어봤지만 다른 방향으로 회제를 돌렸다. 법대 교수와 기업 CEO의 지식과 경험을 지닌 가 회장의 목소리에는 정립된 철학과 신념이 넘치고 있었다. 기자는 이분이 만들어 갈 100세 시대의 새로운 패러다임의 문화와 인생이 더욱 궁금해졌다.

(출처) https://blog.naver.com/dreammachinemedia/221790665713

국민은 현명하고 정부는 무능하다

2020. 02. 01.

정부의 우한 폐렴 방역대책에 우왕좌왕하고 최고 콘트롤타워도 어디인지 모른다. 현지 국민수송대책, 항공기 왕래 중단 여부 등 제대로 하는 모습이 보이지 않는다. 매뉴얼이 없는 탓이다. 북한이 도발하지 않는 것이 고맙기만 하다. 우한으로부터 돌아오는 국민수용지도 천안에서 진천, 아산으로 바뀌는 혼선. 진천, 아산주민들이 동포애를 발휘해 환영하는 모습에 눈시울이 붉어진다. 이웃을 사랑하는 착한 우리 국민. 아마추어 정부는 부끄럼이나 알았으면 좋겠다.

정책 결정은 신속해야

2020. 02. 03.

신종 코로나바이러스 감염증(우한폐렴)에 대한 정부의 대응에 안일대응, 뒷북조치, 부처 간 엇박자 등은 물론 입국 금지문제도 검토로 차일피일하고 있다. 바보들은 검토로 시간만 허비하고 있다.

의사결정은 신속이 필수이다. 검토는 시행을 보류하겠다는 대명사이다. 정부 정책이든 기업경영이든 최고 책임자는 의견 수렴을 참조하고 신속한 외로운 결단자가 되어야 한다. 대통령은 취임선서대로 헌법준수와 국가 보위를 위해 성실히 국정을 수행해야 한다. 국민의 생명보호를 위해 좌고우면하지 말고 국내의 세심한 방역대책을 강구하며 후베이성 주민뿐만 아니라 전 중국인 입국금지 조치를 취함이 옳다. 위기를 모르는 것이 최대위기이다.

조선일보

2020. 02. 06.

조선일보가 본색을 서서히 드러내 가고 있다.

박 대통령 탄핵의 원죄? 조선일보 절독에 놀랜 이들이었음을 잊었나 보다.

황교안 대표의 출마

2020. 02. 07.

황교안 대표 종로 출마 결심 잘했어요. 사즉생. 이낙연 상대 후보가 아닌 문 정권과의 대결이며 심판이라는 출마 선언 구도와 좌표가 좋다. 당 대표가 지역 총선 출마를 결심하기는 그리 쉽지 않다.

최고 지도자는 외로운 결정자이다. 더 이상 왈가왈부하지 말라.

중국 유학생

2020. 02. 08.

코로나 바이러스 문제가 심각하다. 7만 명에 달하는 중국 유학생 입국은 대학의 장기휴교를 유발할 수 있다. 정부는 중국 유학생 입국을 연기토록 사전에 조치해야 한다. 그들에게 항공권 조정 등 사전대책을 수립하도록 해야 한다. 장기화에 제반 대응책을 수립하시라.

정홍원 전 총리의 공개질의문

2020. 02. 09.

지난 3일 정홍원 전 총리께서는 현 정부의 헌법 파괴, 국가해체, 이적행위 등 중단을 촉구하며 문 대통령께 8가지 질의에 답변을 요청했다. 진솔한 답변이 없으면 국민저항이 있을 것이며 자신도 동참할 것이다. 국가 지도자의 애국. 애족의 심금을 울리는 질의문에 감동과 격려를 보낸다. 지도자는 가장 애국자이어야 한다.

유승민의 총선 불출마?

2020. 02. 09.

박근혜 대통령 탄핵의 1등 공로자인 그는 동시에 문 정권 탄생의 1등 공로자이다. 늦었지만 민주당 영입 1호. 본인 스스로 민주당 입당이 순리이다. 당시 탄핵에 찬성한 새누리당 의원 62명은 문재인 정부 탄생 공신록에 기록되어 오래 보존될 것이다. 문 정부의 공·과도 책임을 져야 한다. 그들 일부는 새누리당을 탈당하여 바르지도 미래도 없는 바른미래당에 갔다 되돌아온 탕아. 유승민 일당은 잔류해 새보수당인지. 헌보수당인지에 남아 한심하게 죽을 날만 기다리고 있다.

오는 4.15 총선에 국민들의 심판이 있을 것이다. 대상은 62명 전부. 아니면 5적. 7적이 대상이겠지. 탄핵 3년이 박두하고 있지만, 찬성자들 중 단 한 사람도 탄핵에 대한 잘잘못을 언급한 사실은 없다. 박 대통령 탄핵은 체제탄핵. 새로운 현 체제 탄생으로 역사는 기록해 놓을 것이다. 의리 없는 친구보다 의리 있는 원수가 낫다(춘원 이광수 작 『마의 태자』).

대통합신당?

2020. 02. 11.

조선조 5백 년은 당쟁으로 망국하고 광복 후에도 남북협상 실패로 남북분단을 고착했고 남북전쟁으로 3백만 사상자. 1천만 이산가족을 만들어냈다. 지금도 같은 민족끼리 총부리를 맞대고 살고 있다.

헌정 72년. 정치권은 통합과 분열의 연속이 계속되어 왔다. 여야정치권이 4월 총선을 앞두고 통합을 시도하고 있다. 자기희생, 기득권 포기, 무조건 없이 통합은 불가능하다. 통합 후 분열이 반복될 것이다. 통일, 통합에 서투른 민족 DNA를 바꿔

변종이 탄생하기 전에는 거시기할 것 같다. 뭉치면 살고 흩어지면 죽는다.

통합신당

2020. 02. 14.

지난 11일 통합신당에 대한 글을 올리면서 지분 쌈박질로 성사가 불가능할 것이다.라고 했다. 오늘 보수신당 준비위원회에 참여하고 있는 시민단체가 전원 사퇴했다고 한다. 혁신 모습을 보여주지 못함과 지도체제 구성의 갈등이 원인이란다. 밥그릇이 우선인 정치판. 쌈박질에 이골이 난 정치판. 500년 이어온 역사적 산물이 도도히 흐르고 있는데 성사될 리 없다. 시민단체의 통합신당 참여가 잘못 낀 단추이다. 무슨 통합? 각자 도생해라. 정치 문외한도 이미 예측을 했다.

윤동주 시인 75週忌에 다시 읽는 옛 칼럼

2020. 02. 15.

〈잎새에 이는 바람에도〉(중앙시평)

해마다 2월이 되면 일본 후쿠오카의 한 공원에서는 싸늘한 겨울바람을 가르며 정갈한 시어(詩語)가 흐르곤 한다. 1945년 2월 16일 후쿠오카 형무소에서 옥사(獄死)한 윤동주 시인을 추모하는 일본인들이 우리말로 읊는 시 낭송의 목소리다.

"죽는 날까지 하늘을 우러러/ 한 점 부끄럼 없기를/ 잎새에 이는 바람에도/ 나는 괴로워했다./ 별을 노래하는 마음으로/ 모든 죽어가는 것들을 사랑해야지/ 그리고 나한테 주어진 길을/ 걸어가야겠다./ 오늘 밤에도 별이 바람에 스치운다."(서시)

첫 시의 첫 구절을 '죽는 날'로 시작한 스물네 살의 시인을 나는 달리 알지 못한다. 일제(日帝)의 사슬에 얽매인 민족수난기, 윤 시인의 고향 북간도의 동포들은 일황력(日皇曆) 대신 단군기력(檀君紀曆)을 벽에 걸어두고 은밀히 광복의 소망을 키워가던 사람들이었다. 그 속에서 치열한 성찰과 저항의 시어들로 솟아난 윤동주의 시혼(詩魂)은 아이러니컬하게도 문학사(文學史)의 암흑기에 결실한 값진 수확이었다. 식민지의 지식 청년에게 저항

정신은 운명처럼 거스를 수 없는 실존의 굴레였을 터…, 그는 사랑과 괴로움, 넘치는 슬픔에까지도 거짓말처럼 저항했다.

"바람이 부는데/ 내 괴로움에는 이유가 없다…./ 단 한 여자를 사랑한 일도 없다./ 시대를 슬퍼한 일도 없다."(바람이 불어)

그 악몽의 시대를 어찌 슬퍼하지 않았으랴! 사랑을 고백할 단 한 명의 여인도, 영혼의 각혈(咯血)을 토해낼 단 한 뼘의 자리도 갖지 못했던 시인은 "별을 노래하는 마음으로/ 모든 죽어가는 것들을 사랑"하다가 일제의 감옥에서 정체 모를 생체실험용 주사를 맞고 스물여덟 해의 짧은 삶을 거둔다.

하이데거였던가, "진리를 세우는 또 하나의 길은 본질적 희생이다"라고 말한 것은…. 일제의 폭력은 자유와 평화, 사랑과 희망, 그 모든 생명 가치를 짓밟는 진리의 적(敵)이나 다름없었기에 윤동주의 순국(殉國)은 진리를 위한 본질적 희생이었음에 틀림없다. 그의 민족혼은 독립투사의 심장처럼 뜨거웠고, 그의 저항은 의열단(義烈團)의 전투처럼 처절했으며, 그의 성찰은 철학자의 명상보다 진지했고, 모든 죽어가는 것들을 향한 시인의 사랑은 종교인의 신앙보다 거룩했다.

제국주의만이 폭력의 체제는 아니다. 소통 없는 정치권력, 부도덕한 돈의 위력, 아니 사회적·문화적·종교적 권위들마저도 독선과 도그마의 칼을 휘두르는 한 본질상 폭력일 수밖에 없다. 약자와 소외계층의 눈물로 탐욕의 허기를 채우는 시장 권력, 나라의 미래인 청소년교육을 정치투쟁의 제물로 삼는 자치 권력, 신흥종교의 부흥회처럼 들뜨고 헤픈 집단감성의 충동으로 분별력을 마비시키는 포퓰리즘의 촛불 권력, 삶의 다양한 가치를 폐쇄적 신조(信條) 속에 옭아매는 종교 권력 따위들은 시인이 온몸으로 저항해 마지않았던 제국주의적 폭력에서 멀지 않다. 꿈에도 못내 그리던 독립의 날을 불과 여섯 달 앞두고 애통하게 숨을 거둔 윤 시인은 가슴 벅찬 광복 67년의 역사를 분열과 상쟁으로 더럽혀온 이 땅을 굽어보며 또 어떤 성찰에 잠겨 있을까?

굶주린 인민들이 절대권력의 우상 앞에 대대로 머리를 조아려야 하는 북녘땅을, 양극화와 좌우의 갈등으로 내일의 꿈을 잃어버린 남녘땅을, '열린 보수'와 '따뜻한 진보'를 알지 못하는 외눈박이 광신도들의 싸움터가 된 이 나라를, '핵 없는 세상'을 소리 높이 외치면서 '핵 있는 북한'에는 입도 벙긋 못 하는 껍데기 이념을, 절체절명의 탈북동포들을 3대 멸족의 사지(死地)로 내모는 중국의 살인적 만행에도 좀처럼 분노할 줄 모르는 뼛속 깊은 중화사대주의(中華事大主義)를….

"파란 녹이 낀 구리거울 속에/ 내 얼굴이 남아 있는 것은/ 어느 왕조의 유물이기에/ 이다지도 욕될까"(참회록)

시인의 탄식은 그대로 우리의 서러운 고백이다. 사회 곳곳에서 끊임없이 터져 나오는 비리와 부패의 악취, 막중한 국가정책 앞에서도 어제의 말이 오늘과 다르고 오늘의 말도 내일 또 어떻게 뒤집을지 알 수 없는 야바위 정치판, 젊은 세대의 좌절과 울분을 들쑤셔 정파적 이익을 낚아채는 선동의 바람몰이… 이 역겨운 현실이 정녕 윤 시인의 희생에 값하는 조국의 모습인가? 이달로 67주기(週忌)를 맞는 윤동주의 슬픈 넋은 잎새에 이는 바람에도 지금껏 괴로워하고 있지 않을까? 갈가리 찢긴 민족공동체, 거짓투성이의 사회상(社會相), 그 욕된 우리네의 삶을.

김수환 추기경 11주기

2020. 02. 16.

생전에 정의와 인권. 사랑과 나눔의 가치를 존중하고 용서와 화해를 강조하시며 민주화와 가난한 이들을 찾아 위로하신 추기경님. 도울 힘이 없으면 같이 울어라도 주어라 하신 분. 우리의 큰 스승이요 큰 어른이셨다. 삼가 명복을 빕니다.

미래통합당?

2020. 02. 18.

이런 당명 처음 본다. 미래도 통합도 보이지 않는다. 당장 통합이 아닌 미래통합한다. 그 좋은 자유한국당 당명을 버린 이유가 나 변에 있는지, 나 같은 아둔한 국민은 모르겠다. 통합 후 분열 징후가 보인다. 당명은 미래분열당?

문제는 경제야!

2020. 02. 20.

문재인정부의 대표적 경제정책 중 하나인 소득주도성장은 임금 상승을 통한 소비증대가 경제 성장을 가져올 것이라는 정책이다. 그러나 2018년 16.4%. 2019년 10.9% 최저임금인상, 노동시간 단축의 결과는 중소기업. 영세 자영업자뿐만 아니라 대기업에도 큰 충격을 주고 있다. 통계청의 1월 고용 동향 보고서에 의하면 지난 1월 취업자 수가 작년 1월보다 1만 9천 명 증가에 그쳤고 실업자 수는 122만 명으로 1월 기준 19년 만의 최고치란다.

일자리는 정부가 아닌 기업이 만든다. 미국. 독일. 일본 등 선진국들은 대규모 감세와 규제 철폐로 경쟁력 강화에 나서고 있다. 19일 이주열 한은 총재는 제조업경쟁력이 우리 경제의 생존문제라고 말했다. 세금으로 고용을 창출하려는 정책은 그리스, 남미의 재판일 수 있다. 소득주도 성장이 아닌 성장주도 정책으로 전환이 시급하다. 성장의 과실이 소득이기 때문이다. 위기를 모르는 것이 최대 위기이다. 문제는 경제야!

금도

2020. 02. 21.

금도의 참뜻이 잘못 사용되고 있다. 어학 사전에는 '금도는 남을 포용할 만한 너그러운 마음과 생각, 남을 용서할 줄 아는 도량'이라고 쓰여 있다. 특히 정치권에서는 넘지 말아야 할 선으로 사용하고 있다. 야당 원내 대표의 연설문에서 대통령 탄핵 발언에 대해 청와대 대변인은 금도를 넘어선 발언이라는 논평을 했다. 금도가 부족하다. 라고 해야 맞다. 금도의 정확한 뜻을 알고 사용하시라.

위기를 모르는 것이 위기이다

2020. 02. 24.

위기를 모르는 것이 최대 위기이다. 코로나 19는 최대 위기이다.

방어선

2020. 02. 25.

전쟁에서 최전선방어선은 승패를 좌우한다. 6.25 당시 굳건한 낙동강 방어선. 맥아더 장군의 인천상륙작전이 북괴군을 괴멸시킨 전사이다. 로마 시대 카이사르가 루비콘강을 건너게 한 것이 로마공화정을 종식시켰다. 코로나 19의 전국 확산은 초기 방어선인 중국인 입국을 차단치 못한 것이다. 작전에 실패한 것은 용서받지만 경계를 소홀히 한 것은 용서받을 수 없다는 군의 명제를 새삼 상기해야 한다.

천주교 제주 교구장. 강우일 주교 호소문

2020. 02. 26.

코로나 19사태에 대해 중국을 폄하치 말라는 호소문을 발표했단다. 이유는 일제강점기에 우리 국민을 보호하고 많은 협력을 한 중국이기 때문이란다. 맞다. 그러나 6.25 사변 시 수십만 명의 중공군을 북한에 보내 인해전술로 수십만 명의 사상자를 발생케 하고 영구분단에 큰 역할을 한 사태 언급을 외면한 외눈박이 강 주교의 호소문에 신자의 한 사람으로 부끄럽고 창피하다. 편향된 정치 신부의 대부. 주교는 주교다워야 한다.

안전

2020. 02. 28.

국가의 존재는 국토와 국민의 안전보장에 있다. 최근 코로나 19에 대한 정부의 대응을 보면 한심하다. 원인의 원천차단, 초기대응, 대책의 허둥댐. 마스크공급마저 정부의 헛소리. 북한의 미사일, 방사포가 날아올 때 아비규환을 생각게 한다. 불장난을 참아주는 북한의 김정은이 고마운 존재일지 모른다. 전쟁이나 재난은 예고 없이 찾아온다. 국가안전을 위해 사전예방, 사후처리에 전문성, 최고책임자의 위기관리 능력, 판단력, 결단력이 필수이다.

한산한 고속도로

2020. 03. 01.

오늘 선친기일을 맞아 우리 부부, 아들, 며느리, 손자 손녀들과 안성 천주교 추모공원에 계신 묘소를 찾아 성묘하고 돌아왔다. 일요일 붐비던 고속도로는 텅 비어있다. 최근 수십 년 만에 처음이다. 고속버스, 관광버스, 화물트럭, 자가용 등은 어디로 가 있는가? 마치 전시 같은 음산한 기운마저 느끼게 한다. 코로나 19는 국민의 생명과 경제를 동시에 삼키고 국민을 역병 감옥에 가두고 있다. 마스크 공급도 제대로 하지 못하는 무능의 극치. 전시 물자관리 매뉴얼은 있는가? 정부의 위기대응능력이 도마 위에 올라 있다. 40일. 안일 무사가 낳은 결과이다. 대통령, 총리, 각부 장관도 없는 무정부 상태이다. 한 번도 경험하지 못한 대한민국이다.

위기를 모르는 것이 최대 위기다. 예측불허의 역병 확산. 정신 좀 차리시라.

흩어지면 살고 뭉치면 죽는다

2020. 03. 09.

이승만 건국 대통령.

뭉치면 살고 흩어지면 죽는다.

코로나 19.

흩어지면 살고 뭉치면 죽는다.

권선동 의원

2020. 03. 10.

미래통합당 선관위가 권성동 의원을 4.15 총선 후보에 컷오프(배제)했단다. 그는 박근혜 대통령 탄핵 당시 국회법사위원장, 탄핵소추 위원장으로 그의 추상같은 탄핵 소추논고가 생생하다. 마침 오늘이 3년 전 헌재가 탄핵을 결정한 날이다. 권성동 의원은 국회 및 헌재에서 탄핵을 주도한 의원이며 현 문 정부 탄생의 1등 공로자이다. 진작 현 정부의 법무부 장관에 임명되었을 자이다. 그가 공천 탈락에 반발해 무소속 출마를 한단다. 끝까지 현 정부에 부역을 자청하고 나섰다. 무소속이 아니라 민주당 공천 출마가 맞다. 의리 없는 친구보다 의리 있는 원수가 낫다.(춘원 작. 『마의 태자』 중에서)

인재 영입

2020. 03. 14.

총선을 앞두고 여, 야가 새로운 인재영입에 바쁘다. 청년, 여성을 몇%냐?도 영입조건이란다. 인재는 지식과 지혜. 덕망과 경륜을 갖춘 자이어야 한다. 정치는 고도의 경험. 판단력. 수용과 관용 등 종합예술이다. 생리적 연령보다 정신적 연령이 더 중요한지 모른다. 잘 길러진 나무에서 좋은 열매가 맺는다는 자연의 섭리는 우리의 교훈이 아닐까?

대한민국?

2020. 03. 14.

10대 경제 대국, 7대 무역 강국인 대한민국이 우한열병 바이러스 예방용 마스크 공급 부족으로 약국 앞에서 몇 시간 줄을 서 기다리다 헛걸음하는 처량한 국민으로 돌연변이 되었다. 어쩌다 이 꼴이 되었나?

참담하고 처량하다. 이게 나라입니까? 나라가 아닙니다. (임진란 10년 율곡과 서애의 상소문) 마스크 문제도 해결 못 하는 무능의 극치. 우왕좌왕에 허송세월하고 있는 현 정부는 진솔한 사과라도 해보시라. 코로나 감옥에 갇혀 있는 국민은 언제나 석방될까? 기약은 없는가?

신동렬 총장님의 선의

2020. 03. 18.

모교 신동렬 총장님께서 보내주신 신종 코로나바이러스 예방, 살균 소독제를 집으로 우송해주셨습니다. 현재까지는 예방 외에 다른 방안이 없습니다. 총장님의 뜻에 따라 가족과 함께 예방에 최선을 다하겠습니다. 감사를 드립니다.

Sportsmanship

2020. 03. 20.

운동가의 정신이라고 한다. 정정당당하게 싸우고 결과에 승복함을 말한다. 이의 전제조건은 정확한 룰, 공정한 심판, 선수들의 당당한 싸움, 결과에 대한 승복을 말한다.

정치판에 벌어지고 있는 현실을 보면 스포츠맨십은 보이지 않는다. 이전투구의 장. 정확한 룰도 없고 공정한 심판도 없고 부정선수들로 경기가 진행되고 결과에 승복하는 선수도 없다. 여·야 공천위원회가 결정한 공천이 오류가 많단다. 낙천자들은 탈당해 무소속 출마를 선언하고 나선다.

스포츠맨십은 보이지 않는 정치판. 4류 정치의 끝은 언제일까? 국회는 없었으면 좋겠다. 나만의 생각은 아닐 성 싶다.

마이너스 통장

2020. 03. 21.

예금잔고는 없고 자금이 필요할 때 예금주의 신용을 믿고 일정한 도자금을 공급해주는 제도이다. 미국은 한국에 대해 6백억 달러 스와프를 제공했다. 국제간 마이너스통장을 승인했다. 어려울 때 도와주는 친구가 진정한 친구이다. 혈맹 미국은 우리의 영원한 친구, 우방 국가이다.

박수칠 때 떠나고 떠날 때 박수받아야

2020. 03. 24.

대통령, 국무총리, 국무위원, 대법관, 헌재 재판관, 국회의원, 특별시 시장, 도지사, 대기업 CEO 등 고위직에 있던 분들이 적당한 시기에 떠날 줄 모르고 자리에 연연해 최후에 불행을 자초하는 예를 보곤 한다. 박수칠 때 떠나지 못하는 우매의 결과이다. 그런가 하면 떠날 때 있던 직장을 매도하고 상사를 매질하며 먹던 우물에 침을 뱉고 떠나는 사람들. 떠나면서 박수는커녕 욕만 먹고 떠나는 안타까운 일들이 다반사이다. 시집간 딸은 친정이 잘돼야 힘이 난다. 이 모든 일들은 자신을 모르는 원초적 반칙 때문이다. 박수칠 때 떠나는 사람, 떠날 때 박수 받는 사람이 그리운 세상이었으면 좋겠다. 철학자 소크라테스의 명언, '너 자신을 알아라'를 반추해본다.

카뮈의 『페스트』

2020. 03. 25.

1947년에 출간한 프랑스 작가의 소설이다. 소설에 등장하고 있는 네 사람은 가상 인물이지만 지금 코로나 19로 우리 주변을 둘러보면 이들과 비슷한 사람들이 있다. 코로나 초기부터 병원을 지키며 환자들을 치료하는 수많은 의사, 간호사 등 의료진. 가족을 두고 경북과 대구로 가는 의료자원 봉사자들, 각자의 자리에서 자신의 일을 성실히 수행하는 시민들, 정부 의료가관이 내린 수칙을 지키는 착한 국민들, 그런가 하면 마스크 사재기로 이익을 취한 코타르 같은 사람들도 있다. 카뮈가 살아 있어 오늘의 한국사회를 봤다면 어떤 말을 했을까? 소설 속의 대사 — 이 모든 일은 영웅주의와는 관계가 없습니다. 단시 성실성의 문제입니다. 페스트, 코로나 19와 싸우는 유일한 방법은 성실성입니다. 자기의 직분을 완수하는 것입니다. 카뮈의 페스트, 지금의 코로나 19. 과거와 현재, 가상과 현실이 잘 어울립니다.

4월이 무섭다

2020. 03. 31.

내일 4월이 시작된다. 영국 시인 T. S 엘리엇은 그의 시 '황무지'(1922년)에서 '(…) 죽은 땅에서 라일락을 키워내고 추억과 욕정을 뒤섞고 잠든 뿌리를 봄비로 깨운다. 겨울은 오히려 따뜻했다(…)'고 하며 4월은 가장 잔인한 달이라 했다.

지금 세계는 코로나바이러스로 수십만 명이 감염되고 수만 명이 죽어가고 있다. 코로나 감옥에 갇혀 이동이 제한되고 인간들이 거리도 멀리하고 있다. 국경 없는 글로벌시대가 허물어지고 있다. 인간이 죽고 경제가 추락하면서 기업도산. 대량 실업 사태가 우리를 위협하고 있다.

매년 반복해왔던 4월 위기설도 재탕하는가? 4.15총선. 국가는 없고 정당만 존재하고 국민은 없고 저질정치인만 있다. 정말 4월은 가장 잔인한 달인가? 그래도 지구는 돌고 있을 것이다. 힘을 다하고 성실한 착한 국민이 우리를 위로하고 있다. 3월 마지막 날에 보내는 글.

선조와 퇴계의 최후 만남

2020. 04. 02.

1569년 3월 3일, 조선 중기 최고의 유학자, 교육자, 사상가인 퇴계 이황을 선조임금이 불러 만류에도 불구하고 떠나려는 퇴계로부터 최후의 가르침을 간청한다. 퇴계는 조심스럽게 말한다.

성군의 요체는 남북. 이웃 나라에 관심을 두는 문제. 민생이 곤궁에 빠져있는 상황. 나라의 경제가 허약한 상태. 난리와 큰 풍파가 일어날 것을 예고하고 학문을 익혀 사사로운 뜻을 이겨내고 도덕을 되살리고 임금과 신하가 합심 단결하고 개인의 사심을 버리고 닥쳐올 국난을 막는 데 힘써야 한다. 교만과 사심을 없애는 정치. 민심과 도덕에서 멀어지는 것을 치자의 큰 병이라고 말한다.

선조는 조심성 많고 겸손한 퇴계의 최후 진언을 제대로 수용했는지? 23년 후 임란을 맞았다. 후학 양성에 한평생을 바친 퇴계의 교훈은 지금도 유효하다.

유용한 사회격리 기간

2020. 04. 05.

코로나 19로 세계인이 생명을 잃고 경제위기가 도래하고 있다. 각급 학교가 휴교에 있고 기업도 휴무를 실시하고 각종 모임이 취소되고 외출이 제한되고 거리 두기가 실시되고 있다. 거리가 한산하고 차량운행도 뜸하다. 이 기간은 장기화 조짐도 예상된다. 정부는 코로나 재난안내에만 바쁘다. 이 기간을 어떻게 활용할까? 에 대한 정부와 민간단체 등도 무대책이다.

국민독서운동을 대대적으로 펼쳐볼 것을 제안해본다. 어느 신문에서 한국인 40% 이상이 연간 한 권의 책도 읽지 않고 있다는 기사를 본 바 있다. 교육부도 개학 기간 연장, 온라인 강의 등 말초적 지시를 벗고 교육 시스템의 변화에 대응하는 계기가 되며 차제에 학생 독서 운동을 추진해 보시라. 시험 위주의 교육을 전환하는 계기, 국민 지식수준을 높이는 기회가 되었으면 좋겠다.

정부의 정책 부재

2020. 04. 06.

4.15 총선홍보안내문이 도착했다. 코로나 19로 인한 투표가 원할 것인가? 초미의 관심사다. 사회적 격리. 거리 두기. 마스크 착용을 위해 배급제가 실시되어 초유의 줄서기가 시행되고 있다. 선거홍보물에 마스크. 비닐장갑 등을 동봉해 선거 시 코로나 19 예방에 노력하는 모습을 보여주는 작은 생각은 못 했을까? 국민을 생각하는 정부의 바람은 요원한가? 답답해 한마디 했다.

총선 총평

2020. 04. 15.

민주당, 겸손과 사과를 모르는 당(오만). 미통당, 전략과 전술이 없고, 전투력, 통합부족, 반사이익에 기대는 당(안일). 여, 야 두 당 정체성 부재. 국가 비전과 국민은 안중에 없고 당선에만 열중하고 있다(한심). 대한민국은 어데로 가고 있나? 국민은 외롭고 서글프다.

미래통합당?

2020. 04. 22.

정치 문외한인 본인은 그 좋은 자유한국당! 당명 변경서부터 미래도 통합도 없다고 일갈하고 선거 당일 총선총평에서 미통당은 전략도 전술도 전투력도 없는 반사이익이나 기대하는 한심당이라고 말한 바 있다. 엉터리 공심위원들이 저지른 저질공천. 선거참패의 책임자인 선대 본부장의 한 사람인 김종인 씨가 비대위원장으로 추대된단다. 추대하는 자나 이를 받아들이는 자나 그 밥에 그 나물이다. 80세 노추의 끝은 어데일까? 자신을 알라. 당명도 바꿔야 한단다. 종인당이 적격이다. 처량한 미통당은 즉시 해산이 맞다.

정치는 책임이다. 패자인 미통당은 국민 앞에 석고대죄해야 옳다. 민주당에 180석 이상을 안겨 준 국민은 현명하다. 미통당에 한 표를 던진 국민이 슬퍼하고 후회막심하단다. 쓰레기들이 모인 통합당. 당명대로다.

조국(나라)이 있다는 것

2020. 04. 27.

코로나바이러스로 해외에 체류 중인 교민, 여행자들이 정부가 보낸 전세기편으로 귀국하고 있다. 돌아올 조국이 있고 받아줄 곳과 받아주는 국민(사람)이 있다는 것이 우리들의 자긍심이요. 자랑이다. 나라를 잃은 110년 전! 역사를 잊어선 안 된다. 위대한 대한민국은 영원하리라.

한산한 경부고속도로

2020. 04. 28.

버스운행시간이 축소되고 도로에 대형버스, 트럭운행이 한산하다. 코로나바이러스로 인적, 물적 이동이 뜸해지기 때문이다.

코로나 방역과 경제방역이 시급함을 알리고 있다. 인명 사망의 심각성은 물론 경제 장기침체에 따른 폐업, 실업 사태가 일시적 재난 지원금 지급으로 해결될까? 보다 근본적인 대책을 수립해야 한다. 코로나 시대의 장기화에 대응책을 강구해야 한다.(오후 3시 평택 상경 버스에서)

전쟁을 두려워하면 멸망한다

2020. 05. 04.

조선조 임란, 정유재란, 병자호란, 한일합방, 한국의 6.25 남침. 국방을 외면하고 평화를 즐기고 전쟁을 두려워한 결과 전쟁의 패전으로 국토가 폐허가 되고 수십만 수백만 백성의 죽음을 가져왔다. 국제사회에서 당사국 간 강화조약, 평화조약, 평화협정은 힘의 균형유지 시 가능하다. 정전협정, 판문점 선언이 전쟁을 막는 장치가 될 수 없다. 전쟁은 힘 있는 자의 전유물이기 때문이다. 세계전쟁사는 이를 똑똑히 기록해 놓고 있다.

어제 3일 이른 아침 북한은 우리 측 중부 전선 감시초소에 사격을 가해 여러 발이 피탄되는 상황이 발생했다. 이에 우리 측은 경고방송 및 사격 2회를 실시했으며 북측의 우발적 행위이기를 기대하고 있다. 군은 단호하게 수십 배의 사격으로 응대했어야 했다.

북한은 핵과 최신무기로 무장하고 있는 우리를 위협하고 있는 주적이다. 전쟁을 두려워하면 멸망한다는 교훈을 잊어서는 아니 된다. 군은 민주적일 수 없다. 전쟁은 민주적이 아니기 때문이다. 정신 좀 차리자.

호텔 경영 위기

2020. 05. 25.

어제 저녁 지인과 함께 5성 호텔인 P호텔에서 저녁을 했다. 로비도 한가하고 식당 손님도 두 테이블이며 다른 식당도 한산하다. 메뉴판은 코로나 이전. 최저가 1인당 10만 원 이상, 와인 12만 원, 생맥주 1글라스에 1만 5천 원, 부가세, 서비스차지 별도. 객실고객도 전무 지경이란다.

호텔 운영자는 잠자고 있다. 환경변화에 적극 대응해야 생존이 가능하다. 객실, 식당 요금 현실화 없이 더 이상 버틸 수 있을까? 호텔뿐만 아닌 경제 전반이 허물어지고 있다. 텅 빈 호텔을 나서며 걱정을 했다.

미래통합당

2020. 05. 29.

비대위가 전통인 미래통합당 비대위원. 늙은이 5명, 젊은이 4명으로 구성했단다. 김종인 비대위원장이 변화와 혁신을 해야 하고 경제민주화 이상을 들고 나왔다. 참 어울림이 없다. 80

세 김종인 씨가? 변화와 혁신을 주장하고 있는 현실이 애처롭다. 오랫동안 정치권, 기업에서 주장한 내용이다. 생리적 연령이 아닌 정신적 연령이 젊어야 한다. 유명 대학 출신 이 모 씨. 재벌가 아들 김 모 씨 보면 실망이 크다. 변화와 혁신은 주체가 해야 할 과제이다.

미래도 통합도 보이지 않고 정체성도, 전략, 전술, 전투력도 없는 미통당의 미래는 존재하는지? 문제가 많아 보인다. 90년대 초 이건희 회장은 마누라와 자식 빼놓고 다 바꾸라 했다. 혁신의 선구자가 이룩한 오늘의 삼성그룹이다. 자칭 변화와 혁신의 아이콘! 김종인 비대위원장, 자신이 먼저 변화하고 혁신해라.

때린 놈은 발 뻗고 못 자지만 매 맞은 놈은 발 뻗고 잔다

2020. 05. 30.

4.15 총선에서 패배한 미래통합당의 미래가 캄캄해 보인다. 박근혜 탄핵 국회의결에 찬성한 62명 중 당선, 낙선, 불출마로 정계를 떠난 이들의 심정은 어떨까? 궁금타. 탄핵 주역의 한 사람인 김무성 씨는 뜬금없이 박근혜 대통령 징역형 33년은 좀

과하단다. 과하지 않은 형량은 얼마로 생각하는지? 25년, 20년인가 묻고 싶다. 탄핵찬성자들! 이들은 현 정권 탄생의 1등 공로자들로 현 정권의 공신록에 기록되어 역사에 길이 보존될 것이다. 혹시 더러운 조선조 5백년 잊고 싶은 역사가 반복되고 있지 않나? 그래선 안 된다고 생각하고 있다. 괜한 걱정이었으면 좋겠다.

대통령 아들들

2020. 05. 31.

두 김 씨 대통령 아들들이 돈 받아먹고 감옥에 다녀오고 이제 노벨상 상금 분배문제와 기타 재산 쌈박질로 형제 난이 볼썽사납다. 가히 새로운 노벨상 수상 후보가 될지 모른다. 두 노 씨 아들들도 정치 행각에 눈살을 찌푸리게 하고 있다. 좀 자숙해라. 지 애비 대통령이 최고의 명예요. 영광임을 잊고 있는 처량한 저자들! 막가파, 국민의 이름으로 규탄해야 한다. 지 애비 대통령 노릇 제대로 못한 것 알기 때문일지 모른다. 처량하고 처절하고 서글프다.

미통당 비대위원장 첫행보

2020. 06. 01.

이념에 얽매이지 말라. 진보, 보수, 중도란 말도 쓰지 말라. 이념도, 색깔도 없는 정당이 탄생했다. 정당의 이념은 자유민주주의, 사회주의, 공산주의 등이다. 국민의 선택기준은 무엇이어야 하나? 정당의 정체성은 그리 무시해도 되나? 집토끼 지키고 산토끼 잡아야 하지. 그의 주장을 종합해보면 혹시 진보, 사회주의 정당을 염두고 있지 않나? 하는 생각이 들기도 한다. 세계정당사에 처음 있는 김종인 비대위원장만 들어가는 미통당일 듯하다.

서로 용서합시다

2020. 06. 05.

조선조 500년은 당쟁으로 죽고 죽이고 3족을 멸하고 분이 풀리지 않아 부관참시까지 자행한 세계역사상 유례없는 정쟁의 산물을 만들어 내어 국가 멸망을 자초했다. 건국 이후 지금까지 이런 역사는 반복을 거듭하고 있다. 정권이 바뀌면 적폐청산이란 이름으로 전직 대통령이 자살하고 감옥에 다녀오고 감옥살이 하고 있으며 정권 실세들, 관련 기업주들이 옥살이, 검찰수사, 재판받고 있다. 이의 끝은 보이지 않고 있다. 성경 마태오복음에서는 용서는 몇 번 해야 합니까? 라는 대답에 예수께서는 일곱 번이 아니라 일흔 일곱 번까지라도 용서해야 한다고 말씀하셨다.(마태오 18장 21.22)

"땅에서 매면 하늘에서도 매일 것이요, 땅에서 풀면 하늘에서도 풀리라"(마태오 18장 18) 대한민국에는 27년 감옥 생활 후 용서로 답한 남아공 대통령, 넬슨 만델라는 언제 탄생할까? 가장 큰 용기는 용서일 것이다. 용서치 못하면 나도 용서받지 못한다는 엄연한 역사를 엄히 기억해야 한다. 서로 용서하십시오.(촌로의 생각)

[삼선 이야기]
반일(反日)과 극일(克日) (3)

2020. 06. 06.

일본 식민지에서 나라가 해방되자 좌우로 분열되었고 결국 전쟁이 일어났다. 그나마 명목상 남아있던 산업시설조차 모두 파괴되고 잿더미로 변했다. 인간에게 가장 무서운 것은 전쟁도 아니요, 편견도 아니요, 여성의 순결은 더 아니며, 지독한 가난이다. 기부방곡(旣富方穀)이라는 말이 있다. '부유하게 살아야 착하게 행동한다.'라는 뜻이다. 지독한 가난은 그 모든 가치를 침몰시킨다.

카이스트 이병태 교수는 〈젊은이들에게 가슴에서 호소합니다〉의 글에서 과거 경험담을 이야기했다. 이 교수님만 그런 것이 아니다. 나도 그런 경험을 했고, 지금 '헬조선'을 만들었다고 비난받는 모든 세대의 공통된 경험이다.

"나는 부모 모두 무학의 농부의 아들이고, 그것도 땅 한 평 없던 소작농의 아들로 자랐다. 중학교 때까지 등잔과 호롱불로 공부했다. 나보다 더 영특했을 우리 누이는 중학교를 가지 못하고 초등학교 졸업하고 공장으로 취업해 갔고 지금까지도 우리 어머님의 지워지지 않는 한이다. (…) 나는 돈 한 푼도 없이 결혼했고 집 없는 설움을 겪으며 신혼 초에 치솟는 전셋값 때문에 서울을 전전하며 살았다."

일부 지식인은 '헬조선'이라는 참으로 듣도 보도 못한 프레임으로 젊은이들에게 분노하라고 가르치고 있었다. 내적 분노를 성장의 동력으로 승화시키고 거인의 어깨 위에 올라타 미래로 나아가라는 도전의 메시지가 아니라, '과거로 회귀'하고 '스스로

자학'하라는 메시지를 만들어 청년을 부추기는 사회로 만들었다. 이것은 분명 조선 시대 사대부들의 '춘추대의'를 그토록 설파한 이유가 또 다른 목적에 있듯이, 정치적 목적을 위해 젊은 이들을 이용하는 대표적 사례가 되었다. 겉으로는 자본주의의 모순을 이야기하고 나라를 도덕으로 만들려 하지만, 그것이 지향하는 궁극적 방향은 어디에 있는가?

다시 한 번 '한일회담 타결에 즈음한 특별담화문'에 들어 있는 시대정신을 봐야 극일이 보인다.

"지난 수십 년간 아니 수백 년간 우리는 일본과 깊은 원한 속에 살아왔습니다. (…) 과거만을 따진다면 그들에 대한 우리의 사무친 감정은 어느 모로 보나 불구대천이라 할 수 없습니다. (…) 그렇다고 우리는 이 각박한 국제사회의 경쟁 속에서 지난날의 감정에만 집착해 있을 수는 없는 것입니다. 아무리 어제의 원수라 하더라도 우리의 오늘과 내일을 위해 필요하다면 그들과도 손을 잡아야 하는 것이 국리민복을 도모하는 현명한 대처가 아니겠습니까"

이는 북학파들이 그토록 외쳤던 이용후생, 실용의 접근 방법이다. 그들은 청나라가 우리 백성을 죽이고 임금을 욕보인 나라이지만, 배울 것이 있다면 배워야 한다는 자세이다. 사대부란 도덕의 허울 속에 평생 배고프고 굶주림에 시달리는 기한(飢寒)을 즐기라고 강요하고, 예(禮)는 '검소'함이니 가난을 업(業)으로 살아가도록 강요하는 사회를 혹독하게 비판한다. 그들의 목적은 무항산(無恒產) 무항심(無恒心)으로 '곳간에서 인심 난다.'고 한다. 그런 시대정신이 담화문에 고스란히 남아 있으며, 우리 민족은 그런 정신을 받아들일 때 폭발적인 성장을 한다.

우리가 일본에 분노하고 기억하는 법을 배우는 것도 중요하지만, 더 중요한 것은 일본의 자존심을 상하게 한 극일(克日)이다. 우리는 그렇게 해왔고 그런 유산도 많다. 김연아 선수가 아사다 마오를 이기고 축구에서 한 번 이겼다고 이긴 것이 아니라, 기업이 제품으로 이겨야 진정한 승리이다. 이것이 우리를 그토록 열등감과 두려움에 빠지게 했던 선조들의 자존심을 회복하는 길이다.

자, 우리는 어떻게 극일(克日)을 했는가? 일본이 가장 불가능하다고 생각했던 것을 가능하게 만든 사례가 무엇인가?

일본은 태평양 전쟁 중에 항공모함을 만들었고 전투기를 생산했으며, 탱크를 만들어 소련과 전투를 벌인 세계 최고의 신일본제철소를 갖고 있었다. 일본이 만든 쇠는 강했지만, 우리가 만든 쇠는 물러서 아무짝에도 쓸모가 없었다.

1968년, 가난에 찌든 나라가 포항제철소를 짓는다는 것이 얼마나 황당한 일인가? 철광석은 우리나라에서 생산되지 않아 호주에서 수입한다. 철광석의 분해에 필요한 코크스도 외국에서 가져온다. 이를 운반할 선박도 없었다. 특히 철을 만들 자본, 기술, 경험은 더 없었다. 더구나 그렇게 만든 철은 사용할 곳도 제품도, 설계할 다리도 없던 시절이었다. 그렇게 일본을 이기겠다고 큰소리를 쳤고 성공했고, 분노로 과거를 잡아먹은 것이 아니라 미래를 잡아먹었다.

1969년, 우리가 일본의 자존심을 상하게 한 일은 삼성전자를 설립하는 일이다. 소니를 필두로 일본 전자제품은 얼마나 위대했는가? 대학 시절 아이와(Aiwa) 워크맨 하나만 있으면 가장 멋들어진 패션 스타가 되었으며 그 없는 용돈에 하나 갖는 것이 소원이었던 시절이다. 이제 누구도 일본산 전자제품을 사지 않는다. 2017년 삼성전자의 시가총액은 332조 원이며 일본의 8대 전자회사인 소니, 도시바, 히타치, 미쓰비시 등의 시가 총합 194조 원보다 더 많다.

첫째, 극일의 일번은 정직한 자기평가다. 위기에 빠진 개인이든 나라든 정직한 자기평가를 하여야만 성장을 할 수 있다. 조선 후기 수많은 지식인 중에 오직 이덕무만 일본의 정확한 실체를 꿰뚫어보았듯이 지배층이 편견 없는 지식을 가질 때 정직한 자기평가를 할 수 있으며 이것을 바탕으로 국가를 건설할 수 있다. 대부분의 극일 사례는 이때 나왔으며, 드디어 우리가 일본을 이길 수 있다는 지적 온당함을 만들었다.

둘째, 욘사마를 시작으로 BTS까지의 한류다. 일본은 우리에게 문화를 전수 받았다고 하지만 서기 894년 견당사(遣唐使)를 시작으로 문화 수입 없이 독자적으로 문화를 창조하여 세계문화유산 22개를 등재했다. 그런 일본의 자존심을 무너지게 한 것은 한류다. 여전히 일본의 부러움을 사고 있지만, 그들은 콘텐츠가 강하고, 우리보다 더 많은 책을 읽는다.

셋째, 소프트웨어와 제조업이다. 일본은 초일점호화주의(超一點豪華主義)로 장인 정신이 강한 나라다. 하나를 만들어도 세계 최고로 만든다. 기계, 금속, 화공 산업은 여전히 세계 제1의 기술을 갖고 있다. 하지만 소프트웨어와 일부 제조업은 그렇지 못하다. 유연한 사고와 창의력을 바탕으로 빠른 민첩성이 필요하다. 일본은 아직도 80년대 코볼(COBOL)을 프로그램 언어로 사용하고 있다. 코로나 이후 그 수많은 포퓰리즘 예산으로 다시 한번 IT 강국을 만들자. 스마트 펙토리로 300만 개 중소기업의 경쟁력을 높이고, 스마트 도시로 미래형 도시를 건설하며, 핵심 무기체계에 AI를 투자하여 게임체인저를 만들어 누구도 다시 넘보지 못하는 나라로 만들어야 한다.

우리는 지금도 친일청산의 해묵은 논쟁과 감정을 자극하는 도덕 논쟁을 이어가고 있지만, 그것을 극일할 수 있는 내적 에너지로 승화하려는 노력을 하지 않는다. 그저 자기 진영의 결집을 위해 파괴적 행동을 서슴없이 한다. 선거 때만 되면 '토착왜구'로 나라를 분탕(焚蕩)질한다. 우리의 인식에서 가장 깊숙이 자리 잡은 것이 반일이며 이 반일을 극복하지 못하면 미래도 없다. 만악(萬惡)의 근원처럼 모든 잘못된 프레임은 여기서 시작되고 뻗어 나간다. 지금도 기업은 사악하다고 여기지만 글로벌 경쟁을 하는 기업이 가장 도덕적이 되었고, 가장 도덕적이라 자부하던 시민단체는 독점적 지위로 가장 부도덕한 집단이 된 민낯을 보고 있다.

* 참고 및 인용: 한성주 지음 〈조선 최고의 문장, 이덕무를 읽다〉 p.437, p.487, p.493, 연암집(상) '홍범우익서' 중에서, 노나카 이쿠지로 외 6명 지음 〈왜 일본 제국은 실패하였는가?〉 p.310, p.354, DBR 103호 〈도저히 성공할 수 없는데〉 (2012.4월 이슈2)

조선일보 김윤덕 문화부장의 글

2020. 06. 07.

우리나라에도 이렇게 훌륭한 여기자가 있어 공유합니다. 조선일보의 '김윤덕 문화부장'의 글입니다. 읽어보시기 바랍니다.

"문재인, 당신은 기자회견에서 참으로 현실과 다른 말을 했습니다. 지옥을 천국이라고 표현했습니다. 우리와 언어체계가 다른 줄은 알았지만, 이렇게 반대로 뻔뻔하게 말을 할 줄은 몰랐습니다.

당신은 반역, 퇴행, 퇴보를 했으면서 행복한 세상을 만들었다고 했습니다. 자화자찬도 망상 수준이었습니다. 국가파괴도 선제적으로 하더니, 궤변도 참으로 추악한 수준을 보여주었습니다. 당신에게도 사람이 아닌 인간의 양심이 있습니까? 당신의 양심과 언어 유전자는 연구대상입니다.

우리가 양보해야 북한이 변한다고 하면서 장벽과 철조망과 지뢰와 GP마저 파괴를 했습니다. 개미들도 자기 집은 파괴하지 않는데, 당신은 개미보다도 못한 짓을 했습니다. 그런데 당신은 평화시대라고 말을 합니다. 대기업 회장이 기업을 파탄내고, 많은 사람을 구제했다고 하는 것과 다르지 않습니다.

북, 중, 러에 붙느라, 한미일 동맹이 깨졌고, 소득 주도성장에 경제는 파탄이 났고, 비핵화 대리운전 솜씨는 음주운전보다 더 지독한 폭주운행 수준이 노출이 되었는데, 당신은 기자회견을 하면서 웃는 얼굴로 장시간 거짓을 보여주었습니다. 당신에게 양심이 있다면, 그동안의 실책을 고백하고, 분야별 새로운 전문가를 선발하여 국가 정상화를 위한 재건진용을 짤 기회를 달라고 했어야 했습니다.

당신의 망상에 입각한 거짓과 파국을 향해서 달려가는 독선과 배짱은 어디서 나오는 것인가? 문재인, 당신의 촛불혁명은 그동안 무엇을 태웠습니까? 당신에게 속은 촛불들은 적폐를 불태우고 공정하고 살기 좋은 나라, 나라다운 나라로 진보하는 줄 알았습니다. 그러나 세상에서 처음 보는 파괴된 나라, 물구나무 선 나라, 초등학생도 당신을 욕하는 나라가 되었습니다.

당신의 잘못된 생각이 한미동맹과 수많은 공약과 자유우파의 민심을 잔인하게 불태웠습니다. 적폐도 아니면서 적폐로 몰려서 3백여 명이 지금도 감금되어 가슴을 태우고 있고, 자유대한에서 그동안 타버린 것은 불공정과 적폐가 아니라, 자유와 진실과 정의가 타버렸습니다. 보수를 불태운다는 말에 놀라서, 산천도 병원도 건물도 케이블도 많은 불이 났습니다. 당신은 보수를 청소하고 김정은 답방의 로드맵을 깔고 싶었지만, 공허한 소리가 되어 멀리 날아갔습니다.

이제 태워버릴 것은 자유우파와 자유체제 수호세력이 아니라, 당신을 망치고 파국으로 몰고 가는 당신의 사회주의사상과 공산연방제 구상을 태워서 버려야 합니다. 호치명의 공산주의사상 때문에 베트남은 3천만 이상의 사람이 죽었고, 베트남은

30년 이상 퇴보했습니다.

인간이 굳은 생각을 버리는 것은 기적 입니다. 우리는 당신에게 기적을 바라지 않고, 당신에게 인간의 양심이 있다면, 당신 때문에 직장과 생업을 잃고 통곡하는 사람의 목소리를 듣고 하야하세요. 북한도 이제는 당신을 믿지 않는 분위기 아닙니까? 양다리를 걸치면, 둘 다 잃는 것은 자연의 이치입니다.

문재인, 당신의 촛불혁명은 지지자마저 눈물을 흘리게 했습니다. 당신의 촛불혁명을 믿은 사람들은 근심과 불균형은 촛농처럼 떨어지고, 공정하고 행복한 나라로 진보하는 줄 알았습니다. 그러나 당신을 지지했던 사람들의 기대와 소득과 행복지수는 무참히 떨어졌고, 당신은 간첩이라는 그을음만 남겨두고 떠났습니다. 당신의 인기와 지지도는 마이너스를 향해 추락하고 있습니다. 멀쩡했던 장벽과 GP는 파괴되었고, 무수한 약속과 공약들은 허상을 향해서 날아갔습니다. 애국열사, 이재수 사령관은 강압수사를 못 이겨 자발적으로 건물에서 떨어져 장렬하게 자결도 했습니다.

이제 당신도 인간적 양심과 상식을 회복할 때도 되지 않았나요?

권력야욕에 빠진 무리들은 곧 당신을 배신하고 지독한 그을음만 남겨두고 훌훌 떠나갈 겁니다. 당신은 그동안 북한을 대변하는 수많은 일들을 했지만, 남은 것은 공허한 선언들입니다. 종전과 평화선언은 다수의 귀를 의심하게 했지만, 보기 좋게 백지가 되었습니다.

당신을 측근에서 보필하는 고위직 관료와 기관장과 비서가 1천 명이 넘는 줄 압니다. 당신을 보필하는 자들의 인건비를 계산해보셨나요?

삼성은 핵심브레인 10여 명이 1년에 몇백 조의 수익을 창출하여, 국가세금의 20% 이상을 감당합니다. 당신은 그동안 탈원전으로 수만 명의 일자리를 앗아갔고, 통곡하게 했고, 중국으로 넘어간 박사는 북한으로 이야기도 들립니다. 태양광으로 산천은 오염되었고, 수입업자만 부당한 배를 불려주었습니다. 당신은 경제는 망쳤지만 평화는 건졌다고 위로를 삼겠지만, 당신은 엄청난 국익을 파괴했습니다. 자유대한을 통째로 절단을 냈으니, 계산 불가입니다. 여기까지 듣고도 놀라지 않습니까?

당신은 웃을 줄 아는 희귀한 사탄입니다. 문재인, 당신의 촛불혁명은 어디로 타들어갔습니까? 당신은 기자회견에서 혁명이라는 단어를 지웠습니다. 당신에게 실망한 촛불민심이 당신을 향해서 분노하는 게 두렵기 때문이겠지요. 자유대한의 90%

이상은 당신 때문에 나라가 망할까봐 애간장이 타들어 갔습니다. 공산연방제에 목숨을 거는 당신의 심장도 타들어가고 있겠지요.

이제, 당신이 사는 길은 억울하게 구금된 3백여 명의 전 정부 인사를 석방시키고 하야하세요. 당신이 있을 곳은 청와대가 아니고 북한입니다. 북한에 가서 당신의 망상과 허상을 펼쳐보길 권합니다.

문제는 경제야, 바보들 (It's economy, stupid.)

2020. 06. 09.

정부의 소득주도성장, 최저임금 인상, 노동시간 단축, 강제휴무제 등의 결과와 코로나 역풍은 대기업. 중소기업, 자영업의 붕괴를 진행시키고 있다. 생산중단, 내수, 수출이 바닥을 치고 특히 서비스산업인 유통, 숙박업, 문화, 관광산업이 문을 닫고 있으나 정부는 재난지원금 지급 등 미봉책. 여, 야당이 기본소득제 시행에 경쟁중이다. 복지포퓰리즘으로 망한 그리스, 남미의 전철을 밟겠단다.

모 여당 국회의원은 1개월 일한 알바에게도 퇴직금을 주자는 입법을 발의했네요. 알바자리마저 없애자는 기발한 생각? 폭발적으로 증가하는 국가 및 가계부채는 나 몰라라 하고 있다. 코로나의 현재와 이후에 대한 대책은 보이지 않고 있다. 한번 무너진 경제의 소생책은 없다. 경제가 문제야. 바보들!

이게 나라입니까? 나라가 아닙니다

2020. 06. 12.

임진란 10년 전 율곡 이이, 서애 류성룡이 올린 상소문입니다.

나라가 어지러울 때 이런 충신이 있었고 백의종군한 충무공 이순신 장군이 있어 임란을 승리로 구국했다. 1,400년 전 중국 당나라의 오긍은 당 태종의 정통성과 치국을 소상히 쓴 제왕 교과서, 『정관정요』를 썼으며 여기엔 신하의 직간이 열거되어 있다. 지금 우리는 당 태종도 정관정요도 보이지 않고, 율곡, 서애도 없는가 보다. 국가의 정체성이 무엇인지? 잘 모르겠다. 정권은 있으나 정치는 보이지 않고 민생의 어려움이 극에 와 있으나 태평성대 노랫소리만 요란하다. 미, 일 등 우방국과의 관계도 불투명하고 대북정책은 존재하는지? 뜻 있는 국민들의 걱정이 심각하다. 분열갈등. 협치가 실종된 지 오래다. 변화 없는 새 국회도 쌈박질에 허송댈 것이다. 없었으면 좋겠다는 국회의 존재가치가 의심스럽다. 애국자도 아닌 범부의 생각일 뿐이었으면 좋겠다.

한반도는 전시상황인가?
6.25 한국전쟁 70년을 맞는다.

2020. 06. 15.

현재 남북한은 정전, 휴전상태이다. 그동안 남북대화, 평화선언, 평화협정 등이 이어져 왔으나 북한은 핵과 미사일개발로 남한에 대한 위협이 최고조에 달하고 있다. 전 북한 영국공사. 현 국회의원 태영호 씨는 그의 저서, 『3층 서기실의 암호』에서 북한은 절대 핵 포기를 하지 않을 것이라고 주장했다. 최근 북한은 김여정 부부장이 나서 남한과 대통령을 공격하고 남한과의 단절을 선언하고 있다. 최고조의 긴장에 대한정부는 무대책이며 무반응이다.

북한의 미사일 한 방 떨어지면 전국이 아비규환에 싸이고 항복의 위험도 예상되는 현실이다. 전쟁은 예고 없고 원인도 작은 것으로 발발했다고 세계전사는 기록해 놓고 있다. 전쟁 억제력은 굳건한 국방력. 방심은 금물이다. 평화는 언어가 아닌 국방력이 담보한다. 삐라 살포가 북한의 대남정책에 찬물인 양이의 금지법 제정이 거론되고 경찰과 군인을 동원해 막겠단다. 정말 한심하다. 한미동맹을 강화하고 북한 핵 억제와 제거는 미국만이 가능하다. 코로나 사태로 많은 인명을 잃고 경제추락은 끝이 안 보인다. 국방은 국토보전과 국민이 죽고 사는 문제이다. 협정, 조약 등은 강한 자의 전유물이다. 70년 전 북한의 기습남침으로 3일 만에 수도 서울을 내주었다. 상기하자 6.25.

휴전선 이상 없나?

2020. 06. 17.

6.25 한국전 발발 70년을 맞고 있다. 최근 북한은 과거에 맺은 선언, 협정을 파기선언하며 한국정부와 대통령비난에 열을 올리고 있다. 6.15 선언을 무시하고 휴전선 접경지대에 군부대 이동을 감행하고 있다. 내부의 급변사항이 있는지 모르겠다. 제2인자로 급부상한 김여정이 앞장서고 있다. 미국도 태평양에 항공모함을 배치하고 핵과 미사일이 장착된 F15 신형전투기를 수시로 띄우고 있다. 우리 정부의 반응은 평화구사, 종전선언 발의, 관광객 보내기, 개성공단, 금강산 관광재개 등을 거론하는 등 특이한 사항이 없어 보인다. 전쟁은 예고가 없으며 민주

적도 아니다. 6.25 남침 70주년! 오는 25일 전후 북한의 도발 가능성을 예의주시하고 강력한 대비책을 강구해야 하겠다. 전투에 실패한 장군은 용서받지만 경계실패는 용서받지 못한다는 군사 금언을 잊지 말자. 자나 깨나 국방.

Peace is not free
(평화는 공짜가 아니다)

2020. 06. 17.

1950년 6월 25일 북한의 남침으로 시작한 한국전쟁. 수십만 명의 군 사상자와 수백만 명의 민간인이 희생되고 1953년 정전을 통해 38선은 휴전선으로 바뀌어 남북을 갈라놓았다. 1972년 7.4 공동선언, 1991년 8월 8일 남북 공동 UN 가입, 1998년 4월 30일 남북경협 활성화 조치로 11월 18일 금강산 관광 시작, 2000년 6.15선언으로 평화체제 구축, 경제협력, 북핵 미사일 개발중단, 북미. 북일 관계 정상화를 기한다고 선언. 이후 개성공단을 조성하고 남측 기업이 입주했다.

북한은 2010년 연평도 폭격, 천안함 폭침 등 군사적 적대행위를 자행하며 핵과 미사일개발에 집중해왔다. 이런 와중에 2018년 4월 17일 남북 정상은 한반도의 평화와 번영, 통일을 위한 판문점 선언을 진행했으며 9월 양 정상은 평양 공동 선언으로 남북의 새로운 전기를 마련했다고 말해왔다. 우리 정부도 대북문제가 해결되어 평화정착의 꿈이 이루어진 것으로 착각해 왔다.

하지만 금년 들어 북한은 유난히 우리 정부와 대통령을 폄훼하고 도에 넘치는 공격을 해왔고 드디어 어제 16일 남북협력의 상징물인 남북 공동 연락사무소를 폭파하며 군사행동에 돌입. 남북한 긴장을 고조시키고 있다. 한국의 남북한 평화기대는 수포로 끝나고 있다는 예감이다. 동서고금을 통해 적대 국가 간 평화는 선언, 협정, 조약으로 이루어진 예가 없다. 평화는 전쟁 승리의 전리품이다. 평화는 공짜가 아니다.

장관 책임

2020. 06. 18.

16일 오후 개성공단 내에 있는 남북협력의 상징인 남북 공동 연락사무소 폭파사건에 통일부 김영철 장관이 사의를 표명하고 수리가 예상되고 청와대 안보라인 교체도 검토 중이란다. 문 정부에서 통일부 장관이나 청와대 안보라인 사람들이 어떤 일을 했는지 모르겠다. 남북, 한미, 한일, 한중 등 통일과 국방안보를 위해 무엇을 했나? 뭐 한 일이 있어야 책임을 묻고 책임을 지지. 이름만 통일부 장관, 안보담당자들! 청와대 하명이나 받들어 우물 안 개구리로 심부름꾼일 뿐이었지 않나. 한 일도 없는데 책임을 지나?

권한과 책임은 동시에 존재한다. 책임이 있다면 미필적 고의, 부작위행위뿐 아닐까? 폭파 후 정신을 잃은 정부와 헛소리 퍼붓는 여당 국회의원들의 대응을 보면 한심하기만 하다. 대화특사 파견요청 이전에 북한의 후속 도발에는 즉각적이고 북한의 예상을 초월한 강력한 군사적 보복을 감행할 것이다라는 메시지를 내놓아야 했다.

군주는 배요. 백성은 물이다

2020. 06. 19.

1,400년 전 당나라 '오긍'이 당 태종의 치적을 문답집으로 만든 것이 10장 40편으로 이루어졌으며 제왕학의 교과서로 알려진 『정관정요』이다.

"군주는 배와 같고 백성은 물과 같다. 물은 배를 띄우기도 하고 배를 뒤집기도 한다. 백성을 두려워해야 한다. 태평 시에 긴

장하고 간신을 멀리하고 충신을 중용하며 군주가 스스로 허물을 깨달아야 한다."(정관정요 내용 중)

민주주의 국가인 대한민국은 백성이 물임을 알고 있는가? 대통령, 국회의원, 장관 등 고위공직자분들에게 일독을 권하고 싶다.

집안 잘 안되면 조상 탓

2020. 06. 19.

미래통합당이 당명을 바꾼단다. 그 좋은 자유한국당 이름을 미래도 통합도 없는 미래통합당으로 개명한 지 몇 개월 지나서이다. 김종인 비대위원장은 미래, 통합, 자유를 새 당명으로 쓰지 않겠단다. 집안 잘못되면 조상 묘 이장하고 집도 이사하고 이름도 개명한다. 미통당이 망해가는 이유가 당명 때문인가 보다.

당의 정체성도 전략, 전술, 전투력. 미래도 통합도 없는 당임을 그들만 모르고 있다. 친이, 친박, 찬탄, 반탄 등이 이합집산하는 바통당. 새 당명은 미래, 통합, 자유를 쓰지 않으면 사회당, 인민당, 공산당 외 마땅한 당녕은 없어 보인다. 당명 타령

말고 당 정체성 바로 세우고 비대위 해체하고 위원 갈아치우고 새 사람 내놓으라. 운 좋은 민주당 30년 집권이 매우 가능해 보인다. 바보들은 항상 남 탓만 한다.

노동법 개정

2020. 06. 23.

국무회의는 해고자, 실직자, 퇴직자도 노동조합에 가입조합원이 될 수 있다는 법 개정을 의결했단다. 노동조합은 근로자가 주체자가 되어 근로조건의 유지, 개선, 기타 근로자의 경제적, 사회적 지위의 향상을 목적으로 조직한 단체이며 노동삼권인 단결권, 단체교섭권, 단체행동권이 헌법 33조로 보장되어 있다. 노동자는 사용자의 대칭 단체로 재직근로자가 조합원이어야 한다. 해고자. 실업자. 퇴직자에게 조합원 신분을 인정하는 법 개정은 노동조합법상 근로자의 정의를 무시하고 노사관계의 악화를 유발할 가능성이 높다. 근로자는 사업장에서 노동을 제공하는 자이다. 교육계의 법외노조 활동을 반면교사로 재검토가 요구된다.

최저임금인상, 노동시간 단축, 코로나 사태 등으로 인한 대기업, 중소기업, 자영업의 도산이 이어지고 실업사태위기에 노동의 종말을 예측하는 지혜가 필요하며 노사의 협력이 필요한 시기에 관련법의 입법, 개정은 신중해야 한다. 노동법을 공부한 사람의 기우이기를 기대해본다.

고마운 김정은?

2020. 06. 24.

며칠 전 수백억 원짜리 남북연락사무소를 폭파하고 휴전선 긴장을 고조시킨 북한 김정은이 돌연 대남 군사행동 계획을 보류키로 했단다. 이어 확성기도 철거하고 대남비방도 중단했단다. 북한의 핵과 미사일 위협으로 잠 못 이루는 우리 국민이 발 뻗고 잘 수 있을 것 같다. 김정은의 일거수일투족에 일희일비하며 예민한 대한민국 국민이 서글프다. 조용할 때가 위기이다. 성동격서 전략일 수 있다. 내일이 70년 전 북한의 남침으로 3일 만에 수도 서울을 내주고 수십만 명의 전사자, 부상자, 포로를 발생시켰으며 국토가 폐허가 되고 1000만 이산가족을 만들어 낸 전쟁이 있었던 날임에도 우리는 잊고 있다. 아직도 일시휴전상태인 한반도의 운명? 국방력의 뒷받침 없는 평화는 항복이다. Never Surrender.

코로나 역풍

2020. 06. 25.

오늘 평택 본사에 내려가 코로나 역풍으로 고통 받고 있는 입점 업체 및 당사근무자에 대한 3건을 시행토록 조치했다.

1. 도산위기에 있는 업체에 3개월간 임대료 부과 유예.
2. 관리비 체납에 대한 연체료 부과 유예.
3. 7~8월 1시간 단축 자율근무 시간 시행.

☆ 코로나 사태의 장기화에 대응경영전략이 시급하다는 인식을 공유하고 이를 극복할 의지를 당부했다.

☆ 작은 배려지만 상생과 협업의 의미가 되지 않을까?

명심보감

2020. 06. 26.

고려 말 문신, 추적이 중국 고전에 수록된 성현들의 금언과 명구를 편집하여 만든 책으로 윤리 도덕과 겸손을 강조한 경세를 위한 수양서이다. 공직자뿐 아니라 백성의 교과서로 이어지고 있는 명저이다. 그중 한 가지를 소개하면, 의심받는 일을 하지 말라고 경고하고 있다. '오이밭에서 신발 끈을 매지 말라.', '오얏나무 아래에서 갓끈을 매만지지 말라.' 그의 후손 추미애 법무장관과 윤석열 검찰총장과의 갈등이 심각해 보인다. 추 장관은 서로 협력하라는 대통령의 당부, 『명심보감』의 금언과 명언을 살펴보시라. 선조의 저서인 『명심보감』을 읽지 않았다면 일독을 권하고 싶다. 국가의 법치를 책임진 법무장관의 덕목을 세우고 사랑받는 장관이 되기를 국민의 한 사람의 바람이다.

수신제가치국평천하

2020. 06. 27.

유가의 경전, 『대학』에 나온 말로 개인의 몸과 마음을 깨끗이(수양)하고 가정을 잘 건사하여야 나라를 잘 다스릴 수 있다는 지도자의 덕목을 정의하고 있다. 작금의 현실을 보면 국가지도자들의 말과 행동은 지도자이기를 포기하고 저질 시정잡배들과 흡사하다. 청와대, 각부 장관, 국회의원들의 정제되지 않은 막말, 행동은 저 자리를 어떻게 차지하게 되었는지? 이해가 안 간다. 고질적인 저질국회, 정부의 각부 장관들은 수신, 제가를 위해 배움도 경험도 없는 정치꾼들이다. 텅 빈 머리. 생각 없는 존비족들이 판을 치고 있다.

국가가 국민을 걱정하지 않고 국민이 나라를 걱정하고 있는 대한민국! 우리를 슬프게 하고 있다. 조선조는 그래도 면면히 선비정신으로 사회를 밝히고 백성의 귀감 노릇을 해왔다. 역사가이며 극작가였던 고 신봉승 선생은 그의 저서『국가란 무엇인가?』에서 국가의 정체성을 잃은 국가는 멸망했다고 기술했다. 대한민국의 정체성은 자유민주주의, 자유시장경제, 법치주의이다. 지금 우리는 정체성 혼란에 빠져 갈등과 몸살로 죽음의 길에 가고 있다는 심각한 의문에 시달리고 있다. 위대하고 성스러운 대한민국은 영원해야 한다. 수신제가치국평천하.

절대권력은 절대 부패한다

2020. 06. 29.

영국의 종교학자, 역사가이며 정치인, 존 에머리치 에드워드 딜버그 액톤. 역사가 앤턴 경의 명언이다.

나는 말한다. 절대권력은 절대 망한다.(고로 북한은 절대 망한다)

마음을 전하는 사랑의 캠페인

2020. 07. 01.

"밥 한 끼 먹읍시다."

"나는 잘 살았다" 말씀하시는 (주)메트로패밀리 가갑손 회장님과 밥 한 끼를 나누었는데요. 어려서 가난한 삶을 살고 보니 배고픈 사람들을 몰라라 할 수 없는 길을 걸으셨다는 회장님, 푸른 날개 합창단에 많은 기여와 사랑을 보내주셔서 감사의 마음을 전하고 싶었습니다.

"회장님 고맙습니다."
"덕분에 희망을 찾아가고 있습니다."

한화그룹에서 32년 동안 개근을 하셨다는 말씀에 가 회장님의 성실함을 굳이 표현하지 않아도 아시겠지요?

"나는 인덕이 많은 사람이요"

젊은 날 군인 시절 공관병으로 모셨던 장군의 인연과 한화그룹 창업자 김종희 회장 가족들의 인연 등으로 지금의 당신이 있다고 말씀하셨습니다. 평생 '정직'을 신조로 살고 계시다니 여러 의미로 가갑손 회장님을 유추해 볼 수 있었습니다. 코로나 19로 어려움에 처해 있는 세입자들에 대한 배려와 이웃들에게 보내주시는 사랑에 감사한 마음을 대신 전합니다.

회장님 건강하시고 행복하세요~♡

가화만사성

2020. 07. 02.

고려 말 문신 추적이 중국 고전에 수록된 성현들의 금언과 명구를 편집하여 만든 경세를 위한 수양서로 '치가편' 5장에 수록된 명구이다. 가정의 화평이 만사를 이룰 수 있다는 금언이다.

조선조 멸망의 원인은 500년간 이어 온 사색당쟁이었다고 역사는 기록해 놓고 있다. 건국 후 현재까지도 당쟁은 어김없이 이어지고 있다. 각종 거리시위로 사회가 혼란에 빠져있고 남북은 차치하고도 이념, 계층, 지역 등 남남갈등은 국력을 쇠잔케 하고 여의도 국회는 여야 쌈박질 장이 되어 온 지 오래이고 정부 내에도 상하종횡 갈등으로 몸살을 앓고 있다. 돈 많은 집안의 형제 난은 어제오늘도 계속되고 전직 대통령 아들들의 유산

싸움도 가관이다.

국가의 집안은 입법부, 사법부, 행정부이다. 이들이 화합하고 평화를 이루지 못하면 국가목표는 이루지 못한다. 형제간 혈투가 지속되는 한 기업도 가정도 망한다는 것은 시간문제이다. 국가나 가정에 참 어른이 없고 국가지도자가 보이지 않는 것이 우리의 미래를 어둡게 하고 있다. 최고지도자는 가장 애국자이어야 한다. 국민이 단결하고 가족이 서로 사랑하여 매사가 이루어졌으면 좋겠다.

짐은 국가다

2020. 07. 04.

프랑스 루이 14세(1638~1715)의 왕권신수설은 왕권은 신으로부터 받았다고 주장하며 절대 왕권을 태양에 비유했다. 나에게 충성하는 것이 바로 국가에 충성하는 것이다. 전제군주국가의 왕과 국가의 동일등식이다.

자유민주주의 국가의 대통령은 국민의 수임 대표이며 모든 권력은 국민에게 있다. (주권재민) 대통령에게 충성함이 아니라 국가에 충성이 맞다.

대한민국의 운명?

2020. 07. 05.

백척간두, 풍전등화, 명재경각, 누란위기인가? 자문해본다. 어쩌다 나라꼴이 이 지경이 되었는가? 우리 주적 북한, 중국? 한일, 한미관계는? 조선조 말. 6.25 한국전 전야? 국방은? 내치는? 국민은? 괜한 걱정인가?

안성 천주교 추모공원

2020. 07. 05.

오늘 어머님 26회 기일을 맞아 우리 부부, 두 아들 내외와 함께 성묘했다. 돌아가신 지 엊그제 같은데 26년. 제물을 올리고 재배하고 연도 바치고 주모경으로 예를 끝냈다. 묘역은 우거진 나무와 숲, 야생화가 만개해 있다. 묘역관리도 잘해주고 있는 수원교구 현장사무소 관계자들이 고맙다. 가장 공평하고 누구도 피할 수 없는 죽음이다. 우리 부부도 머지않아 이곳에 마련된 유택으로 옮겨질 것을 확인했다. 그래도 부모님 은혜로 큰 부끄럼 없이 잘 살았다고 자평하면서 양지 톨게이트 근방, 소들역 식당에서 맛있는 점심하고 귀가했다.

문재인 대통령 취임사 중(2017.5.10.)

2020. 07. 07.

1. 모든 국민의 대통령이 되겠습니다.
2. 기회는 평등, 과정은 공정, 결과는 정의.
3. 북한이 제일 무서워하는 대통령이 되겠습니다.
4. 한 번도 경험하지 못한 위대한 대한민국을 만들겠습니다.

* 대통령 어록으로 길이 남아야 합니다.

형조판서 대 사헌부 대사헌

2020. 07. 08.

추미애 형조판서와 윤석열 사헌부 대사헌의 싸움이 가관이다. 절정에 와 있다. 같이 죽느냐? 둘 중 어느 누가 죽느냐? 백성은 별 관심 없다고? 관전만 할까? 이럴 때 백성은 임금님 판단을 기다릴 뿐이다. 형조판서는 당장 어명으로 조치가 가능하나 대사헌은 임기보장직으로 그리 할 수 없다. 임금님의 고민이다. 얼마 전 두 사람이 협조하란 어명도 무시당한 임금님의 노발대발은 없으신가? 반역죄로 삭탈관직, 귀양 조치도 내리실지 누구도 모른다. 법을 제일 잘 알고 있는 두 사람이다. 예나 지금이나 쌈박질로 나라가 망한 역사를 모르는 한심한 저들. 선한 성군도 인내의 한계가 있음을 알렸다. 불호령을 내리세요. 영의정은 어데 계십니까? 상소도 없네요. 나라 안팎이 어수선한데 백관들이 잘해야지! 나라가 아닙니다. 라고 백성의 원성이 높습니다. 통촉해 주십시오.

전희경연구소 개설

2020. 07. 09.

전희경 전 의원이 마포에 '전희경과 자유의 힘 연구소'를 개설했다. 자유민주주의와 시장경제를 연구하고 그 가치와 논리를 전파하여 기업가 정신의 중요성과 자유의 소중함이 연구의 대상이다. 젊고 논리적인 전희경 대표의 꿈이 이루어져 새로운 대한민국의 정체성과 국가의 가치관이 확립되는 데 크게 기여할 것으로 확신하고 적극 협력하려 한다.

영웅을 만들자

2020. 07. 11.

임진왜란 당시 구국 영웅 이순신 장군. 북괴 남침 시 구국 영웅 백선엽 장군! 갖은 음해를 견디어 내 고백의 종군한 충무공. 친일 운운하며 백 장군을 폄훼하는 한심한 저들은 대한민국 국민임을 포기한 자들이다. 영웅은 국민이 만들어야 한다. 충무공을 추모하며 애국 국민과 함께 삼가 백 장군님의 명복을 빕니다.

세미정과 세한도

2020. 07. 13.

양평군 양수리 세미정 내에 있는 〈세한도의 긴 여정〉입니다. 추사 김정희 선생님의 세한도 원본은 국립중앙박물관에 소장되어 있고 제주 해군기지 인근 박물관에 복사본이 전시되어 있습니다. 10일 아름다운 세미정에서.

〈세한도의 긴 여정〉

세한도는 200여 년 동안 이리저리 유랑의 길을 걸어왔다. 추사 김정희 선생님께서 제주도 유배 생활 중이던 1839년, 세한도를 완성하여 제자 이상적에게 보낸다. 제자 이상적은 스승이 보내준 세한도를 중국으로 가져가서 중국의 학자들에게 보여주고 제영을 받아 다시 제주도의 스승께 보여 드린다. 그 후 세한도는 일제 강점기 때, 추사를 연구하던 경성제국대학의 일본인 후지츠카 교수의 손에 넘어가고 후지츠카 교수는 세한도를 일본 동경으로 가져간다. 이에 서예가 손재형 선생은 동경으로 건너가 후지츠카 교수에게 두 달여간의 끈질긴 설득 끝에 1944년, 세한도를 한국으로 되찾아 온다. 공교롭게도 그해 후지츠카 교수의 집이 폭격을 맞아 많은 추사의 자료가 불타 버린다. '세한도의 긴 여정'은 세한도가 이렇듯 험난한 과정을 거쳐 오늘에 있기까지의 과정을 누구나 쉽게 이해할 수 있도록 그림으로 그려 전하고자 제작되었다.

구국의 영웅 백선엽 대장

2020. 07. 13.

구국의 영웅! 백선엽 대장 빈소를 찾아 조문했다. 백 대장님과는 전경련부설 국제경영원 초대 동문회장으로 모시고 활동했으며 이태원 자택도 방문했었다. 큰아드님은 본인이 프라자호텔 재임 중 잠시 연수를 한 바 몇십 년 후 오늘 문상자와 상주로 인사를 나누고 위로했다. 삼가 백 장군님의 명복을 빌면서 귀가 중이다.

국민장

2020. 07. 13.

국민장은 국가 또는 사회에 큰 공적을 남기고 국민의 추앙을 받는 사람에게 국민 전체의 이름으로 베푸는 장례의식이며 국장, 국민장에 관한 법률과 동법 시행령에 의거 결정한다.

구국의 영웅 백선엽 대장의 서거로 인한 장례의식을 어떻게 결정할까에 대한 의견이 분분했으나 국군장도 아닌 육군장으로 결정했다. 백 장군은 6.25 전란을 승리로 이끈 구국 영웅으로 국민의 추앙을 받고 계신 장군이시다. 국민장으로 모셔도 부족한 구국 영웅. 젊은 청년이 중심이 되어 국민 스스로 광화문광장에 설치한 추모분향소에 우중에도 수만 명의 추모 행렬이 이어지고 있다. 이것이 진정한 국민장이 아니겠나? 인색한 정부. 역사를 잊는 국가는 흥할 수 없다는 교훈을 되새기는 기회가 되었으면 좋겠다.

조선을 구한 이순신 장군을 추모하며 대한민국을 구한 백선엽 장군의 명복을 애국 국민과 함께 빕니다.

친일?

2020. 07. 16.

일제 강점기에 만주 군관학교를 졸업, 간도특설대에 배치된 고 백선엽 대장의 친일논란. “당시 일본 동경대학 등에 입학, 수학한 한국 학생도 친일이냐?” 최고의 역사철학자인 김동길 교수의 말씀이다. 당시 서울대 전신인 경성제대에 수학한 학생, 공무원, 회사원, 기업인 중 친일 아닌 자는 누구인가. 본인도 당시 니시가이고송으로 창씨 개명하고 초등학교 1학년에 입학해 일본교육을 받았다. 나의 의사와는 무관한 친일학생이었다. 나라를 잃은 민족의 운명 탓을 개인에게 전가하기 전 나라를 멸망케 한 최고 국정 책임자를 비판, 비난해야 마땅하다. 공과 과를 평가치 않고 과만 들먹이고 이로 인한 국론분열은 국력을 쇠잔케 할 뿐이다. 용서는 큰 용기요 국민통합의 길이다.

현대판 부관참시

2020. 07. 18.

조선조 당쟁으로 집권당은 상대방 인사들을 사형. 사약. 자진. 삭탈관직. 유배는 물론 삼족을 멸하고 분이 풀리지 않아 사자의 묘를 파내 관을 꺼내 시체를 난도질하고 시체의 가루를 내 바람에 날려 보내기도 했다. 세계 형벌사에 유례가 없는 부끄러운 역사이다.

지난 10일 타계하시고 15일 대전 현충원에 안장되신 구국의 영웅 백선엽 장군! 친일장군으로 매도되어 서울현충원 안장 반대로 대전현충원에 안장되기까지 찬반으로 시간을 보냈다. 전직 대통령 아들 국회의원과 일부 여당 의원은 친일장군 파묘법 개정을 주장하고 있다. 그런가 하면 16일 국가보훈처는 홈페이지에 백 장군을 친일반민족행위자라고 명시했다.

현재 관련법에도 없는 행위를 자행하는 현대판 부관참시에 앞장서고 있는 국가보훈처는 해명해야 한다. 지긋지긋한 4대 당쟁이 조선조를 멸망시킨 역사, 광복 이후 남북분단. 6.25 동족상잔, 남북대결, 남남갈등, 지역, 계층, 여야대결의 끝은 보이지 않고 있다. 최고 정치지도자, 국회의원, 장관 등은 말로는 화합을 강조하나 사실은 그렇지 않다고 눈치 빠른 국민은 알고 있다. 위대한 대한민국의 운명은 어찌 될까? 노부의 괜한 걱정이기를 기대해본다.

사모

2020. 07. 19.

지난 8일이 어머니 26주기 기일이었다. 오래전부터 기제사는 생략하고 안성 천주교 추모공원에 모신 산소를 찾아 예를 갖추고 성당미사를 올리곤 한다. 1994년 80세에 소천하셨다. 당시 나는 한화유통 사장으로 많은 조문객을 맞았다. 우리 어머니는 가난한 농촌에서 6형제를 기르시고 특히 저에게는 중·고시절 왕복 60리 통학길에 새벽 아침, 늦은 저녁 식사에 바쁘시고 농사 건사에 평생을 바치셨다.

정말 고생만 하시다 돌아가셨다. 선친께서 1969년에 돌아가셨으니 25년 홀로 사셨다. 서울에 모시기를 마다하신 어머니. 돌아가시기 1주일 정신을 잃고 말씀 한마디 못 남기시고 서울 성모병원에서 돌아가셨다. 당시 나의 형편도 괜찮았는데 지나고 보니 많이 소홀했었다고 생각한다. 나이 80이 넘으니 이제 철이 나는가 보다. 궂은비가 내리니 문득 어머니 생각이 나고 눈시울이 붉어진다. 살아계실 때 잘 모시지 못한 불효? 우리들 어머니. 아버지께 잘 효도하세요.

가렴주구

2020. 07. 20.

세금폭탄으로 백성들의 재산을 뺏어 불만이 고조되는 사자성어이다.

정부는 23번의 부동산정책을 내놓았으나 집값 상승. 전세대란으로 몸살을 앓고 있다. 각종 부동산 관련 세금인 양도소득세, 취득세, 재산세, 보유세 대폭 인상에 이어 임대차 삼법인, 전·월세 신고제, 상한제, 계약갱신청구권으로 전셋값을 통제하겠단다. 정부의 부동산대책에 여당 내에서도 실패를 자인하는 목소리가 나오고 있다. 세금폭탄으로 집값 안정하겠다는 정책은 처음부터 잘못 판단한 거다. 수요공급의 원리는 경제기초이론이다. 수요억제 이전에 공급을 늘리는 정책을 구사했어야 했다. 재개발, 재건축규제를 풀고 용적률을 높이는 데는 눈을 감고 있는 한심한 정책.

시장은 경쟁의 운동장이며 국민은 심판관이다. 정책의 유연성 없는 고집은 패가망신을 자초한다. 지나친 중과세는 민심이반, 봉기, 혁명을 불렀다고 역사는 기록해 놓고 있다는 사실을 기억해야 한다. 경제와 국방은 최고의 국가 존재가치이다.

민주주의는 무너지고 있다

2020. 07. 28.

스티븐 레비츠키. 대니얼 지브렛 공저『어떻게 민주주의는 무너지는가』에서 쿠데타, 독재정권, 양극화와 포퓰리즘, 일당 독주, 대통령 및 각종 선거 등이 민주주의를 무너지게 하고 있다고 기술하고 있다. 우리의 과거 역사에서 자유당의 일당독재, 4.19 혁명, 군사쿠데타, 역대 정권의 독주가 우리 민주주의를 무너뜨렸다. 현재 대한민국의 민주주의는 제대로 가고 있나? 국회의 일당 전횡, 정부의 포퓰리즘 정책, 양극화 현상, 오만한 각료, 사법부의 정치화, 책임정치 실종, 과도한 조세정책 등에 대한 시민저항은 민주주의를 무너지게 할 요인일 수 있다. 두 저자는 위기에 처한 다른 나라의 민주주의와 민주주의를 지킬 수 있는 시민사회의 전략을 제시하고 있다. 자유를 지킨 민주주의는 국민의 희생과 피와 땀으로 얻은 역사의 결과물이다. 민주주의와 자유는 공짜가 아니다.

김정은이 고맙다

2020. 07. 28.

뻥 뚫린 휴전선을 지키지 못하는 대한민국 국군을 보호하고 있는 김정은!

핵과 미사일도 격리하고 전쟁도 원치 않는다네요. 휴전선도 넘나들지 않으니 천만다행이다. 평화의 주역은 김정은이다. 감사하다.

4대강 사업

2020. 07. 30.

남부지방 폭우피해가 많다는 보도를 접하고 4대강 사업 덕분에 피해를 줄일 수 있고 보 철거도 잘못된 정책이었음이 증명되는데 그 누구도 언론도 4대강 문제는 입을 다물고 있다. 잘한 것은 칭찬, 잘못한 것은 바로 잡으면 된다. 치산치수는 국가 역점사업이다. 진영, 정파 논리에 매몰되면 발전 없다. 지금 벌어지고 있는 현상은 국가 멸망의 길일 수 있다. 위기를 모르는 것이 최대 위기이다. 정신 좀 차리자.

경계

2020. 08. 02.

작전에 실패한 지휘관은 용서받지만, 경계에 실패한 지휘관은 용서받지 못한다. 군의 경계의 중요성을 강조한 말이다. 탈북민의 월북 사건은 우리 군의 허술한 경계태세를 입증한 것이다. 임진난 당시 왜군이 부산에 상륙한 지 3일 후에야 조정은 알았고 20일 만에 한양이 함락당했다. 1950년 6.25 새벽 북한의 남침은 아군의 저지 없이 3일 만에 서울에 당도했다. 휴전선 GP를 폐쇄한 것은 경계를 무시한 사건이다. CCTV와 열상감시장비도 경계 소홀에는 무용지물이다. 북한의 핵과 미사일에 우리 군은 평화로 화답하고 있다. 평화는 공짜가 아니다. 강한 국방력의 담보 없는 평화는 항복일 뿐이다. 국민은 불안하다. 거룩한 대한민국은 지켜야 할 최고의 가치이다. 정신 좀 차리시라.

어떻게 민주주의는 무너지는가?

2020. 08. 02.

며칠 전 스티븐 레비츠키의 공저를 소개한 바 있다. 그중 다수당의 횡포, 특히 사회규범의 파괴를 큰 원인 중 하나로 기술하고 있다. 최근 국회의 임대차보호법 개정안 통과 등에 176석을 차지한 거대 여당의 전횡은 협치를 강조한 대통령 시정연설을 무색하게 하고 있다. 법무부 장관의 검찰총장과의 알력, 검사들의 독직폭행, 하극상도 가관이다. 사회규범은 사회구성원이 공유하는 기준과 규칙으로 실정법의 상위개념이다. 지금 우리 사회는 법치 실종, 정부 여당의 횡포, 규범 파괴가 극에 달했다. 이로 인한 양극화, 진영논리로 국론분열이 고조되고 있다. 국가의 최고가치인 국방과 경제가 허물어지고 있다는 뜻있는 국민의 걱정이다. 이렇게 대한민국의 민주주의 무너지는가? 생각하는 정치인, 애국 국민은 답해야 한다.

짐의 부덕의 소취입니다

2020. 08. 02.

조선조 시대 폭풍우로 가옥이 파괴되고 생명을 잃고 농사를 망쳐 백성의 신음이 심하고 한해와 강한 추위와 보릿고개에 굶어 죽는 사람이 많았을 때 임금은 천륜에 반한 정치와 덕치를 하지 않은 탓이라고 자백하고 백성 앞에 짐의 덕이 부족해 일어났음을 스스로 사죄를 하곤 했다.

전국에 폭우로 사상자가 발생하고 가옥과 농토와 산림, 도로가 유실되어 국민이 망연자실하고 있다. 총리께서는 대전 피해 현장을 찾아 재발 방지를 약속했으나 이 지역 국회의원들이 모여 이를 외면하고 박장대소 웃어대며 시시껄대는 모습은 우리를 슬프게 하고 있다. 대통령께서도 현장 방문하셔서 피해 현황을 파악하고 본인의 부덕의 소취임을 언급하지 않더라도 피해민을 위로함이 마땅하다. 본인뿐 아니라 주변 참모들의 간언이 없는 것도 아쉽기만 하다. 정치는 협치와 관용. 국민의 눈물을 닦아주는 것이 아닐까?

폭우피해대책 주무부서는?

2020. 08. 02.

산사태와 강물 범람으로 인명과 가옥피해, 농경지매몰, 교통두절 등 극심한 피해가 발생하고 앞으로 계속되는 폭우가 예상된다는 기상청발표다. 정부의 주무 부처는 국토부, 행안부, 기재부 어느 부처인지 입을 다물고 대책은커녕 현황발표도 없다. 무책임의 극치이다.

국무총리는 총리 산하 관련 부처를 중심으로 긴급종합대책본부를 설치 가동하여 피해 상황을 파악하고 향후 대책, 피해복구 등에 전력을 기울여야 한다. 전쟁에 버금가는 천재 재난은 국민의 생명과 재산을 보호해야 할 정부의 책임이다. 정부의 재난대책의 시급성에 둔감함은 정부의 무능을 자인하는 행위이다. 지금 국회의원, 정부 부처장관, 국무총리, 대통령은 어데 계십니까? 하계휴가 중인가요? 국민의 아비규환은 들리지 않습니까? 전쟁과 천재지변에 사전 사후 만전을 기하는 정부이기를 기대해본다.

교각살우

2020. 08. 03.

교각살우. 빈대 잡으려다 초가삼간 다 태운다. 내로남불. 이웃집 개가 짖으니 나도 짖는다. 제사에는 관심 없고 잿밥에만 마음 간다. 권불십년이 아닌 4~5년. 세상은 변한다. 변하지 않는 것은 변화한다는 사실이다.

영원한 동지도 적도 없다. 집안 안되면 조상 탓하고 이사 가고 조상 묘 이장한다. 의리 없는 친구보다 의리 있는 원수가 낫다. 상선약수. 독선은 패망의 원인이다. 용서는 용기이다. 우자는 당해봐야 안다. 하늘은 무심치 않다. (큰비가 내리고 있다. 하늘이 노했나 보다. 하늘이시여 어린 백성을 불쌍히 여기소서)

삼복더위인데

2020. 08. 06.

한파인가 엄동설한인가? 코로나 역병으로 일상생활이 격리되어 만남이 없어지고 마스크로 얼굴을 가려 서로를 몰라보고 숨도 쉬기 어렵다. 착한 국민들은 남녀노소 없이 잘 이행하고 있다. 언제 마스크를 벗게 될지 기약도 없다. 사망하신 분들. 감염치료를 받고 계신 분들에게 명복을 빌며 위로를 드린다.

그런가 하면 폭우로 인명과 재산피해, 산이 무너지고 농토가 매몰되고 철도와 도로가 파손되어 교통이 두절되었다. 댐 방류로 아래 강이 범람하고 대피명령이 발동했다. 북한은 남북합의서를 무시하고 황강댐 방류로 연천, 파주, 임진강을 수공하고 있다. 천재지변에 밤잠을 이루지 못하고 있는 국민의 마음을 몰라라 하고 있는 국회는 일당독재로 민주주의를 무너뜨리고 있다. 정부도 재난방송 외 큰 관심을 보이지 않고 있으며 부동산 정책에 허둥대고 법무부 장관과 검찰총장 간에 쌈박질에 여념이 없다. 이게 뭡니까? 차갑게 얼어붙은 양심은 언제 녹아질까?

정치는 국민의 눈물을 닦아주는 것이거늘. 국민이 불쌍하다. 하늘이시여! 우리들이 잘못했습니다. 그래도 대한민국과 우리 국민을 보살펴 주십시오.

폭탄

2020. 08. 09.

폭탄

1. 코로나 폭탄
2. 물 폭탄
3. 세금폭탄
4. 인사 폭탄
5. 오만, 교만 폭탄
6. 몰염치 폭탄
7. 독재 폭탄
8. 4분 5열 폭탄
9. 지역 차별 우대폭탄
10. 북한 핵폭탄

물

2020. 08. 09.

불보다 물이 더 무섭다. 불탄 재라도 남는데 물은 남김없이 휩쓸고 간다. 군주는 배요. 물은 백성이다. 물은 배를 띄우기도 하고 뒤엎기도 한다. 민심은 천심이라 했다. 권불 10년이 아니라 4~5년이거늘 역대 정권은 왜 그리 겸손치 못하고 염치도 모르고 권력을 휘두르나. 잘 나갈 때 앞뒤를 보살피고 관용과 용서, 베풂. 배려를 실천해라. 폭우도 나의 부덕의 소취라고 하늘에 고하고 국민들께 죄송하다고 무릎을 꿇어보시라. 말도 많던 4대강 사업 찬반. 보 철거 찬반 외치던 분들은 지금 어데 계십니까? 이번 강 범람의 영향은? 권력은 일장춘몽임을 역사는 기록해 놓고 있다. 정치는 바른 것. 정치의 기본은 법치와 덕치이다. 정치 잘할 수 없나? 오랜 폭우를 동반한 장마에 생명과 재산을 잃은 국민이 불쌍하다. 하늘이시여 저희들이 잘못했습니다. 용서해 주십시오. 아멘.

인사가 만사다

2020. 08. 12.

중국속담에 길이 멀어야 말의 힘을 알 수 있고 시간이 오래 지나야 사람의 마음을 알 수 있다는 말이 있다. 천리마는 험한 곳을 달릴 수 있지만 밭을 가는 데는 소만 못하고 견고한 수레는 무거운 짐을 실을 수 있지만, 강을 건너는 데는 배만 못하다. 인재를 발굴하고 적재적소에 배치해 재능과 능력을 발휘케 해야 국가가 번영한다. (오래전에 페북에 올린 글) 끼리끼리 근친혼으로는 우성 배출이 불가하다. 현 정부의 인사 관행을 보면 국가의 미래가 암담하다. 인사가 만사다.

전희경연구소 방문

2020. 08. 15.

어제 오후 자유민주주의 수호천사, 전도사, 전희경 전 의원의 마포에 위치한, 전희경과 자유의 힘 연구소를 방문해 많은 대화를 나누었습니다. 특히 그는 공교육 붕괴로 중소저소득층 학생들의 미래 보장의 꿈이 무너짐에 큰 우려를 하고 있습니다.

"자유는 공짜가 아니다. 피로 얻은 자유를 지키는 것은 자유 대한민국 국민의 권리며 의무이다."

젊은 정치인 전희경 대표의 건승을 기원하고 있습니다.

민주당 및 대통령 지지도 하락

2020. 08. 15.

여당인 민주당 지지율 33.4%, 야당인 통합당 36.5% 역전. 대통령 잘하고 있다 39%, 잘못하고 있다 53%. 정부 여당에 우호적인 여론조사 등 언론이 이런 결과를 내놓았다. 결과는 집값 폭등 허둥대는 부동산정책에 민심이 반, 법무부 장관의 검찰 흔들기가 큰 원인이며 이를 지속할 경우 대통령의 레임덕이 가속화될 것으로 예상된다. 정부 여당은 해당 장관에 책임을 물어 해임조치를 서둘러야 한다. 장관은 전문성은 물론 반성, 겸손과 소통, 민심을 보살피는 애정 어린 정책을 구사해야 한다. 정말 왜 이리 시끄럽고 오만한가? 최고 통치자인 대통령은 마음 좋다는 소리도 좋지만, 관련 장관의 과오에 대해 가혹할 정도로 책임을 물어야 한다. 남은 임기 20개월. 성공한 대통령으로 남기를 기대해본다.

60년 전 4.19의 교훈

2020. 08. 17.

1960년 4월 19일(본인 대학 3학년)은 자유당의 장기집권독재와 3.15 대선 부정선거를 규탄한 학생 거사였다. 당시 자유당과 이승만 대통령은 이기붕을 부정선거로 부통령에 당선시켰다. 이에 대학, 중·고학생, 교수들이 거리로 시위에 나섰다. 진압대가 경무대(청와대 전신)로 진입한 중앙대학생에게 발포하여 사망케 함으로써 시위는 격화되고 서대문 소재 이기붕 사저와 서울신문사, 자유당 당사가 시위 학생들에 의해 불타기도 하고 난장판이 되었다. 결국 26일 이승만 대통령은 대국민 하야 성명을 내고 하와이로 망명한다. 시위진압에 발포나 과격한 진압은 금물이라고 군경교육자료에 있다. 부정선거는 자유민주주의 근본인 국민참정권 박탈 행위이다.

4.19는 실정법에 대한 자연법의 승리다. 라는 이항녕 교수의 칼럼이 생생하다. 부정선거, 독재정치, 반성 없는 독선과 오만은 민의 이반을 가져온다. 『어떻게 민주주의는 무너지는가?』라는, 스티븐 레비츠키의 저서가 지적하고 있다. 정부는 어제 우중에 광화문광장에 모인 수십만의 비폭력 민의를 숙연히 수용하고 현안인 가렴주구인 조세 및 부동산정책, 법무부 장관의 법란을 수습해야 한다. 잘못을 시인하고 반성하는 용기는 품격

있는 대통령의 정치철학이요 존엄이다. 민심은 천심이요. 인사가 만사다. 역사를 잊고 있는 민족은 멸망했다고 기록해 놓고 있다.

개가 주인을 물었다

2020. 08. 17.

민주당 최고위원 후보 이원욱 의원이 어제 검찰개혁을 언급하면서 윤석열 검찰총장을 향해 한 말이다. 개는 윤 총장. 주인은 누구일까? 헌법은 대한민국의 주권은 국민에 있고 모든 권력은 국민으로부터 나온다고 기술하고 있다. (주권재민) 고로 대한민국의 주인은 국민이다.

윤 총장의 임명권자는 대통령이다. 개를 임명한 대통령이란 말인가? 윤 총장은 대한민국의 주인인 국민을 물었다는 말인가? 아니면 주인을 대통령으로 착각하고 있단 말인가? 주인이 개를 물지 않아 다행이다. 이원욱 의원은 현직 여당 국회의원이며 최고위원 후보이다. 이런 막중한 위치에 있는 분의 발언은 법과 규범, 원칙에 합당해야 한다. 검찰개혁은 현직총장의 진퇴가 아닌 개혁의 타당성과 내용이다.

변화와 개혁은 지속해야 할 우리의 과제이다. 개혁은 혁명보다 어렵단다.

김원웅 광복회장 의경축사

2020. 08. 18.

15일 제75주년 광복절 경축사의 친일청산문제가 국민 분열을 조장한다는 여론이 비등하다. 그러나 김 회장은 대한민국의 광복회장이 아닌 새로운 다른 국가 '우리나라' 광복회장이다. 이에 그의 경축사에 왈가왈부할 가치도 없지 않나? 타국의 내정간섭에 손을 놓으시라.

5.18 민주묘지 참배

2020. 08. 19.

오늘(19일) 김종인 미래통합당 비대위원장과 김은혜 대변인. 지상욱 여의도연구원장 등이 광주 국립 5.18 민주묘지를 찾아 무릎을 꿇고 참배하면서 참회와 반성의 뜻을 밝혔단다. 금년이 광주민주화운동 40주년이다. 그동안 5.18을 폄훼하기도 하고 원인에 대한 갑론을박, 유공자 명단 등을 정쟁의 대상으로 삼아 왔던 정치권. 대통령은 8번 교체되기도 했다. 40년 만에 김종인 일행의 묘지참배로 반성과 희생자에 대한 참회와 위로가 이루어질까? 의문이 남는다.

당 차원의 진심의 참회라면 최소한 통합당 의원 전원이었어야 했다. 김 위원장은 당시 국보위 비상대책위원을 역임한 전력자이다. 때늦은 참회의 진정성과 순수성을 기대하지만, 혹여 정치적 의도가 내포되었다면 오히려 국민의 실망을 자아낼 것이다. 기우이기를 바라며 596명 사망, 실종자(후유증 사망자 포함), 3139명의 부상자에 큰 위로가 되고 국민통합의 계기가 되기를 기대해본다.

미국의 국가

2020. 08. 19.

문재인 촛불정부가 반드시 알아야 할 “세계 최강 미국은 이런 나라다.”

북한이 리비아식 비핵화를 거부하고 단계별 비핵화를 고수해도 중국이 개입하고 러시아까지 개입하면 미국이 북한에 대한 군사행동을 하지 못할 것이라고 생각하는 사람들이 의외로 많은 것 같다. 그런데 이러한 주장은 미국을 몰라도 너무 모르기 때문에 나오는 주장이라고 생각한다.

어느 나라나 애국가가 있다. 애국가 가사를 보면 그 나라 국민의 정서를 알 수가 있다. 어느 국가나 애국가를 통해서 국민의 정서를 형성시킨다. 즉, 애국가 가사와 곡조에 의해서 국민의 정서가 어릴 때부터 형성이 된다. 그래서 미국인의 정서를 알려면 미국의 애국가 가사를 살펴보아야 한다. 미국 애국가는 치열한 전쟁 가운데서도 살아남아 펄럭이는 성조기를 찬양하는 노래다.

다음은 미국 애국가 '스타 스팽글드 배너(The Star Sprangled Banner)' 즉 '성조기'의 가사에 등장하는 문구들이다.

로켓의 붉은 섬광(And the Rockets' red glare)
공중에서 폭발하는 폭탄(the bombs bursting in the air)
밤새 치른 용맹한 전투의 혼란 속에서도 성조기는 아직도 휘날리고(Gave proof through the night that our flag was still there)
우리들 방어진지 위에 흩어진 피는 너무도 고결하게 물줄기로 흘러내렸음을 본다.(O'er the ramparts we watched, were so gallantly

streaming. O'er the Land of the free, and the home of the brave)

여긴 우리의 자유가 깃든 땅, 용맹이 스민 집이다.

이런 섬뜩한 가사를 어느 나라 애국가에서 찾아 볼 수 있나? 없다. 미국뿐이다. 미국은 이 애국가를 언제 어디서나 무슨 행사를 할 때나 반드시 부르고 시작한다. 그래서 미국은 전 국민을 전쟁을 두려워하지 않는 국민으로 키운다.

자유인의 땅, 용감한 자의 가정은 치열한 전쟁의 승리를 통해서만 얻을 수 있다는 교훈을 애국가를 통해서 아이들이 엄마, 아빠 하고 말을 배울 때부터 머리에 각인시키고 있는 나라가 미국이다. 그래서 자유인의 땅, 용감한 자의 가정을 지키기 위해서는 전쟁도 불사하는 나라가 미국이다.

미국 군대는 모병제이다. 젊은이들이 자원한다. 전쟁터에 나가는 것임을 알면서 자원한다. 이들은 전쟁을 두려워하지 않는다. 오히려 전쟁터에서 전쟁을 게임(game)처럼 즐기는지도 모른다. 그리고 군인을 존중하는 나라가 미국이다. 군인을 나라를 지키는 영웅으로 칭송하는 나라가 미국이다. 그리고 온 나라가 군인들에게 특별대우를 해 준다. 군인은 은행 이자율도 저율이다. 면세의 혜택도 본다. 군인이 비행기에 탑승하면 좋은 좌석을 배정해 주고 스튜어디스(stewardess)가 광고하고 전 승객이 군인들에게 박수를 쳐 주는 나라가 미국이다. 군인들에 대한 존경심의 표시이다.

미국은 1차 세계대전이 발발하였지만 참여하지 않았다. 중립정책으로 나갔다. 유럽이 미국 문제에 개입하지 않는다면, 미국도 유럽의 일에 간섭하지 않는다는 정책이었다. 그런데 미국이 참전할 수밖에 없는 사건이 발생한다. 미국의 참전 가능성을 점치던 독일이 큰 실수를 한 것이다.

독일은 미국참전을 근본적으로 저지하기 위한 전략으로 짐머만(Zimmerman) 독일 외상이 멕시코에 극비 전문을 보낸다. 만일 미국이 참전하면 멕시코가 미국을 공격해 달라는 것이었다. 독일이 전쟁에서 승리하면 멕시코가 미국에 강제로 빼앗긴 Texas, New Mexico, Arizona를 되찾아 주겠다는 약속과 함께. 이 극비 전문을 영국 정보부가 입수, 해독하여 공개한다. 그런데 지금까지 미스테리(mystery)로 남는 것은 어처구니없게도 독일 외무상 짐머만(Zimmerman)이 이 사실을 인정해 버린 것이다. 그러자 이에 분노한 미국은 1차 세계대전에 참전한다. 그리고 승전을 바라보던 독일은 패배한다.

미국은 2차 대전 때 일본에 원자폭탄 2발을 투하했다. 그런데 독일에는 한 발도 떨어뜨리지 않았다. 이 사건을 놓고 일부 학자들, 특히 동양계 학자들은 미국의 차별적 시각, 즉 서양보다 동양을 열등하게 보는 편향된 시각의 결과라고 비판한다.

그런데 이것은 미국인의 정서를 모른 데서 나온 잘못된 주장이다. 독일은 미국과 전쟁을 했지만 단 한 번도 미국 본토를 향하여 총 한 방 쏜 적이 없다. 그래서 1939년 9월 1일 Hitler가 Poland를 침공하면서 유럽이 전쟁의 소용돌이에 휘말릴 때도 미국은 참전하지 않았다. 영국이 위기에 처해 있을 때 처칠(Churchill)이 루즈벨트 (Roosevelt)에게 그렇게 간절히 도움을 요청했지만 거절을 당한다. 'The Darkest Hour' 영화를 한번 보라. 처칠이 화장실에 가서 미국의 루즈벨트 대통령에게 사정하고 구걸하는 비참한 장면을 한번 보라. 그런데 1941년 12월 7일 일본이 하와이의 진주만(Pearl Harbor in Hawaii), 즉 미국 땅을 공격하자 미국의 태도는 돌변한다. 다음 날 일본에 선전 포고를 하고 전쟁에 참여한다. 그리고 일본에 핵폭탄을 투하한다. 일본이 미국 땅을 공격했기 때문이다. 만일 일본이 항복을 안 했으면 히로시마, 나가사키에 이어서 오사카, 도쿄에 투하했을 것이다.

즉 미국이 독일이 아닌 일본에 핵을 투하한 것은 본토 방어와 공격자에 대한 무자비한 징벌에 대한 미국인의 정서때문이지 인종차별 때문은 아니라는 것이다. 냉전 당시 소련이 쿠바에 미사일 기지를 건설하려고 했을 때 케네디가 전쟁을 불사하고 소련 함대를 저지한 사건은 유명하다. 그러나 그 이후 미국 본토를 직접적으로 위협하는 나라는 없었다. 그런데 지금 세계에서 미국 본토를 위협하는 나라가 등장을 했다. 바로 북한이다. 북한은 핵을 완성했다. 김정은은 ICBM도 완성되었다고 큰소리치면서 미국 본토가 자기의 손아귀에 있다고 미국을 위협하고 있다. 김정은의 이 발언은 결정적인 실수 중의 실수다. 미국의 가장 민감한 부분을 건드린 것이기 때문이다.

미국을 너무 모르는 김정은은 자신도 모르게 루비콘 강을 건너 버린 것이다. 그런데 미국은 몇 개월의 시간이 있다고 보고 있다. 이 몇 개월이 미국과 북한에게는 황금 같은 시간이다. 이 기간을 트럼프와 미국정부, 의회, 언론은 김정은이 미국 본토를 위협하는 발언을 한 영상의 방영을 통해 미국 국민의 가정이 북한 핵의 직접적인 위협 아래 있다는 현실을 국민들에게 주입시키는데 성공했다.

그래서 지금 미국 국민은 북한의 위협을 몸으로 실감하기 시작했으며 이는 국토 수호의지에 대한 미국인의 DNA를 자극하여 북한을 선제공격하여 소멸시켜야 한다는 여론이 형성되기에 이르렀다. 그래서 트럼프 정부가 언제 북한을 공격해도 국내 반대 여론은 설 자리가 없게 되었다.

자신들의 집을 안전하게 보호하기 위해서 적을 소멸시킬 목적으로 공격한다는데 누가 감히 반대 여론을 제기할 수가 있을까? 그럼에도 미국은 가능하면 전쟁을 피하고 싶어 한다. 전쟁은 불행한 결과를 가져오기 때문이다. 그래서 외교적인 수단이나 경제 제재 등의 압박을 통해서 문제를 해결하려고 한다. 그래서 몇 개월 동안 할 수 있는 한 최대 압박을 가하는 것이다. 그러나 몇 개월 압박기간이 지나면 압박은 군사적인 행동으로 바뀌게 된다. 아니 바뀔 수밖에 없다.

미국인은 자유인의 땅, 용감한 자의 가정, 본토가 위협받는 상황에서 잠을 자지 못하는 사람들이다. 미국은 중국이 북한을 돕는다는 것을 전제로 하고 그 틈을 주지 않고 전격적으로 점령을 끝낼 것이다. 길어야 몇 시간 내에 모든 상황이 종료될 것이라는 군사 전문가들의 주장을 가볍게 들어서는 안 된다. 그래서 지금은 김정은에게 주어진 마지막 기회이다. 이 기회를 놓치면 김정은에게는 다른 기회는 없다. 과감한 실천과 행동만이 살 수 있는 유일한 길이다.

북한과의 관계에 있어 이념의 논리에 잡힌 종북좌파, 주사파들은 이상주의에서 벗어나야 한다. 5천만 국민의 생명과 재산을 보호할 책임보다 앞서는 것이 있어서는 안 된다. 미국, 일본, 중국, 러시아 등과의 관계에서 철저하게 손익을 계산하고 냉철하게 판단하여 국익을 극대화 시키는 방법을 찾아 행동해야 한다. 망상(妄想)에서 깨어나지 못한 어리석은 모든 이에게도 공유 바랍니다. 김 기자 옮기다.

통미봉남 정책

2020. 08. 20.

핵과 미사일로 남한과 미국을 위협하고 있는 북한의 최대위협은 경제 상황이다. 유엔 제재에 따른 남한과 중국 외 모든 국가의 경제지원 단절로 최악의 생존문제가 심각한 것을 북한 스스로 인정하고 있다. 남북, 미북 회담도 무위로 끝났다. 남한측의 개성공단. 금강산 관광 재개도 불투명하고 남한의 통일부장관, 국정원장의 친북인사 배치에도 별 반응이 없다. 더욱이 지난 6월 16일 개성공단 내에 있는 남북공동사무소 폭파사건은 남북관계를 악화시켰다.

미국과 북한은 은밀히 내통하고 있지 않을까? 북한 및 외신은 북한이 통미를 서두르고 있는 것으로 보고 있다. 남한과 중국에 의존하기보다 세계 최대 군사, 경제 강국과 손을 잡는 것이 최선의 방책이기 때문이다. 미국은 북한의 핵과 미사일 공격에는 단호히 대응할 것을 김정은 자신도 알 것이다. 최근 김정은 스스로 그동안 정책실패를 자인했다는 보도이다. 남한은 반미운동, 주한미군 철수, 유엔사기능 마비 등도 거론하고 있는 실정이다. 미국 입장에서도 북한과의 관계개선이 훨씬 수월할 것으로 생각할지 모른다. 미·북의 통북정책은 역으로 봉남정책임을 인지해야 한다. 연애대상과 결혼대상은 다를 수가 있다. 국방외교의 실패가 조선조 멸망의 원인이었다고 현대사는 기록해 놓고 있다. 세계는 적과 동지가 없다고 한다. 평화는 굳건한 국방력, 집단방위의 뒷받침이 필수다. *외교 문외한의 기우 발언이다.

미래통합당 당명

2020. 08. 25.

통합당이 당명 변경을 위해 공모를 마감했단다. 국민, 자유, 미래 등이 당명에 오르내리고 있는가 보다. 집안이 잘못되면 점쟁이를 찾아 묘수를 찾곤 한다. 자신의 잘못을 찾지 않고 집을 이사하기도 하고 조상 묘 이장도 한다. 미통당이 오죽하면 당명을 고치려 할까?

그 좋은 '자유한국당' 당명 버리고 미래도 통합도 없는 당명으로 선거패배. 국민 이반이 당명인 줄 알고 있다. 당의 정체성도 진략도 전술, 전투력도 없고 당 대표도 없는 비상대책위원장을 수입해놓고 헛발질만 하고 있다. 원내대표, 최고위원들의 면면을 보면 국민들은 피곤하기만 하다. 당명변경 이전에 당의 정체성 확립, 내부혁신, 세대교체, 코로나 역병 대책, 정부의 부동산 등 경제·안보 국방정책 등 대안 제시가 시급하지 않나?

이런 야당이 있어 민주당은 즐기고 있다. 새로운 당명이 궁금한 것은 나만일까?

정치는 타이밍의 예술

2020. 08. 27.

코로나 사태가 6개월이 지났다. 이를 억제해 온 1등 공신은 의료진의 헌신이다. 코로나 와중에 정부는 뜬금없이 의대 증원을 하겠다고 발표하고 이에 전공의 및 의사들이 파업에 나섰다. 사전에 의사협회와 협의는 외면하고 업무개시 명령을 내리고 형사처벌, 면허증 박탈 등으로 압박하고 있다. 코로나 사태가 위중한 지금 의대 증원을 추진한 정부 정책은 시기에 부합하지만 기득권들의 권리보장, 반응 등을 종합적으로 판단해야 한다. 억겁으로 문제를 해결하려 함은 민주적 방법이 아니다. 정부는 앞뒤를 살피고 잘못된 정책은 철회하는 용기가 필요하다.

* 정치는 타이밍의 예술이다

[時想] 희생 없이 진실 없다

2020. 08. 30.

진리 혹은 진실을 뜻하는 그리스어 알레테이아(αληθεια)는 망각이나 은폐를 가리키는 레테(ληθε)에 부정의 접두사 아(α)가 붙은 단어다. 진실과 진리는 탈(脫)망각, 탈은폐 곧 '잊혀진 것, 감춰진 것을 드러내는' 것이다. "말할 수 없는 것에 대해서는 침묵해야 한다."는 비트겐슈타인의 명제처럼, 진리는 말로 설명하거나 어떤 논리로 나타낼 수 있는 것이 아니다. 진리는 입으로 '말해지는' 언어유희가 아니라 삶과 인격으로 '드러내는' 실존의 진실이다.

'진리가 무엇이냐?' 빌라도의 물음에 예수는 아무 대답도 하지 않았다. 빌라도는 로마 총독, 예수는 곧 사형 당할 피고인이었다. 지엄한 로마법정에서 식민지의 피고인이 묵비권을 행사한 것인가? 아니다. 예수는 분명하게 대답했다. 침묵으로 대답한 것이다. 이 침묵의 저항이야말로 역설적으로 가장 명쾌한 대답일지 모른다. 진리는 '말놀음'이 아니기 때문이다.

"진리가 너희를 자유롭게 하리라."(Veritas vos liberabit. 요한복음 8:32) 예수의 이 선포에도 진리가 무엇인지에 대한 설명은 없다. 진리에 대한 예수의 확신은 단 하나, '내가 곧 길이요 진리요 생명'(요한복음 14:6)이라는 자의식(自意識)뿐이다. 예수의 인격 속에, 그 사랑의 삶 속에, 저 십자가의 죽음 속에 예수가 믿는 진리의 길이 있었다.

십자가는 로마 정치권력의 야만적 포악성, 유대 민중권력의 기만적(欺瞞的) 선동을 아울러 꾸짖으며 그 거짓과 불의에 저항하는 진리를 명징(明澄)하게 드러냈다. 십자가의 희생으로 예수는 진리의 자리에서 부활했다. 희생 없이 진리 없다.

간디를 비폭력 무저항주의자라고 부르는 것은 온당치 않다. 간디는 비폭력주의자일지언정 무저항주의자는 아니었다. 그는 비폭력의 용맹한 전사(戰士)로서 거대한 대영제국의 폭압통치에 치열하게 저항했다. 간디의 사티아그라하(satyagraha) 운동은 식민제국의 불의한 지배에 저항하면서 자유와 인간성의 진실을 드러낸 목숨 건 투쟁이었다. 그 희생적 투쟁으로 간디는 마하트마로, '위대한 영혼'으로 부활했다. 희생 없이 진실 없다.

독일의 작가이자 교육자인 잉게 숄이 쓴『아무도 미워하지 않는 자의 죽음』은 나치에 저항한 독일 청년조직 '백장미단'(Die Weiße Rose)의 실화를 바탕으로 한 소설이다. '백장미단'의 리더인 한스 숄과 소피 숄은 저자의 동생들이었다. 유겐트 단원으로 히틀러에게 충성을 맹세한 그들은 점차 나치의 광기와 불의를 깨달으면서 반독재 저항운동에 나선다.

일체의 폭력행사를 거부하고 오직 전단 뿌리기를 통해 저항과 진실의 메시지로 독일국민의 동참을 호소한 '백장미단'의 투쟁은 결국 죽음의 희생으로 끝났지만, 그 젊은 영혼들은 역사 속에 자유혼(自由魂)의 진실을 드러내면서 숭고한 인간정신으로 부활했다. 희생 없이 진실 없다.

이 시대는 실체가 거짓의 포장 속에 은폐되고 진실이 환상 너머로 망각된 '가짜들의 전성시대'다. 은폐된 실체가 무엇인가? 망각된 진실이 무엇인가? 궁극의 진리를 물었던 빌라도의 질문을 되뇌려는 것이 아니다. 이 시대의 집단지성이 확고하게 지니고 있어야 할 역사적 진실이 잊혀졌거나 감춰져 있다는 우울한 현실 때문에 제기하는 물음이다.

자유와 정의를 입술로 읊조리는 것은 쉬운 일이다. 거기에는 진실이 없다. 진실은 불의와 거짓에 대한 저항의 삶, 희생의 죽음으로써만 드러내진다. 정의를 외치는가? 정의의 구호 아래 똬리를 튼 불의에 저항하여 은폐된 정의의 참 모습을 드러내야 한다. 평등을 말하는가? 평등의 겉포장 속에 웅크린 불평등에 저항하여 망각된 평등의 실체를 드러내야 한다. 공정을 부르짖는가? 조작된 공정의 환상으로 가려진 불공정에 저항하여 잊혀진 공정의 바른 자리를 드러내야 한다.

정치권력의 간교한 편 가르기, 민중권력의 요사스런 선동에 휘둘리지 않고 그 위선적 현실기만(欺瞞)과 역사왜곡에 저항함으로써 공동체의 진실을 지키고 이어가는 것이 이 시대 지성의 과제라 믿는다. 그것이 은폐와 망각 속에 파묻힌 진실을 드러내는 길이다.

진실을 드러내는 길에는 희생이 따른다. 예수의 십자가처럼, 간디의 사티아그라하 투쟁처럼, 백장미단의 희생적 저항처럼… 그 희생을 결단할 수 있는 능력이 지성의 자질이요 품격이다. 희생 없이 진실 없다. 이우근(변호사/숙명여대 석좌교수)

국민의 힘

2020. 08. 31.

미래통합당의 새로운 당명이란다. 2003년 2월 27일 현 민주당 소속 정청래 의원 등이 창립한 생활네트워크 국민의 힘을 도용했네요. 한나라당, 새누리당, 자유한국당, 미래통합당에 이어 국민의힘당. 당명의 수명도 짧기도 하다. 집안 안되면 조상 묘 이장하고 살던 집 이사하고 개명도 한다.

아무리 해도 정당명이 아니라 시민단체명, 약 광고문, 건배사

같기만 하다. 정치 문외한인 점쟁이가 지어준가 보다. 당명 변경보다 당의 정체성 확립, 혁신, 세대교체 등은 아랑곳하지 않고 한 번도 경험하지 못한 당명, 세계정당사에도 찾아볼 수 없는 당명, 어쩐지 거시기한 것은 나만일까? 나와는 무관한 미통당이지만 너무 한심해 글을 올리고 있다. 여야 정당이 건전해야 정치가 발전한다. 민주당 향후 20년 집권에 국민의힘당이 크게 기여할 것 같다. 시급한 문제가 당명 변경인가? 그렇게 한가한가? 이게 뭡니까? 정신 좀 차리시라. 보시라. 미통당 여론조사 지지결과는 반 토막으로 내려앉을 것이다.

코로나 예방 3원칙을 사회운동으로 승화하자

2020. 09. 01

1. 마스크 착용

입조심 운동으로. 세상에 말이 많다. 쌍말이 오가고 특히 여의도 국회의원. 특히 여당 의원. 청와대. 각부 장관. 고위지도층들이 입 조심토록 입을 막자.

2. 거리두기

끼리끼리 뭉치고 진영 패거리 없애는 운동. 조선조 당파싸움으로 나라가 망하고 건국 이후 지금도 연속된 파쟁으로 나라가 골병들고 민생이 도탄에 빠져있다. 화합과 관용. 포용하고 못된 짓 못 하도록 거리두기 운동 좀 하자.

3. 손 씻기

악하고 더러운 손 씻기 운동. 손은 생존을 위한 필수기능을 담당하고 있는 신체 일부이다. 손은 생명을 위한 직분을 수행한다. 손은 선하고 예쁜 손. 악하고 더러운 손이 있다. 전자는 애정. 지혜와 은총의 마법사이다. 악하고 더러운 손은 적을 만들고 부정 비리를 만들고 손가락질의 비수가 된다. 악하고 더러운 손 씻기 운동을 사회정화 운동으로 승화하자.

* 코로나 19가 우리들의 생명을 앗아가고 경제를 파탄 내고 국론분열도 자아내고 있지만 보이지 않는 교훈일 수도 있다. 하느님은 항상 직간접적으로 우매한 인간을 이끌고 계신다. 새로운 3대 운동이 국가발전에 공헌하면 좋겠다. 필부의 생각

읍참마속

2020. 09. 06.

중국 삼국(220~280) 시대 제갈량이 위나라를 공격할 때 아꼈던 마속이 그의 전략을 무시해 대패를 하자 울며 목을 베어 처형한 고사이다. 공정한 업무처리, 공정한 법 집행을 위해 사사로운 정을 포기함을 일컫는 2000년 전 고사로 지금도 법치와 공평, 공정의 대명사로 인용되고 있다. 읍참마속, 누참마속이라고도 한다. 현대사와 현재는 읍참마속 대상은 없는지 살펴보아야 하겠다.

개미구멍도 댐을 붕괴시킨다

2020. 09. 08.

전쟁이든 특정 사건이든 초기대응에 실패하면 영원히 실패한다. 진실을 덮고 왜곡한 사건을 영원히 덮을 수 없다. 최근 정가는 물론 사회적 화제인 전직 및 현직 법무부 장관의 자식 관련 문제 때문이다. 법치의 주무장관이 위법, 탈법을 자행했다면 이는 수사 이전에 스스로 판단하는 것이 기본이다. 누구보다 내용을 잘 알고 위법성 여부의 전문판단자이기 때문이다. 잘못이 있으면 자리에 연연치 말고 사과하고 직을 떠나야 한다. 범법 사실을 수사기관과 법원이 밝혀 달라는 것은 최고위 공직자의 자세가 아니며 부끄러운 일이다. 형사송법 148조. 장편소설로 해결될까? 수신제가치국, 수기치인이 공직자의 덕목이며 기본이 아닐까? 거짓말은 덮을수록 커지고 자업자득, 자멸의 원인이다. 하늘이 알고 땅이 알고 국민이 알고 있다. 사과와 반성은 가장 큰 용기이다. 두 분 사건은 투명하게 명명백백 밝혀지기를 기대해본다. 빠를수록 좋다. 양심은 최고의 법정이다.

북조선 건국기념일. 99절

2020. 09. 09.

오늘 북한, 조선민주주의인민공화국 건국기념일인데 남한, 대한민국 정부의 축하 메시지도, 언론도, 친북 단체도 언급이 없네요.

너무 조용하니 두렵기만 하다. 봉북정책 전환인가?

대한민국은 건재한가?

2020. 09. 12.

일제 강점기 초등학교 입학, 6학년 시 6.25사변, 전시 중학 3년, 정전 기간 고교 3년, 대학 시절 4.19. 5.16, 졸업 후 군 생활 32개월, 대기업 33년 봉직, 개인사업 22년. 나의 지난 58년은 우리의 현대사 일부이기도 하다. 위대한 지도자와 국민의 피와 눈물 그리고 땀으로 이룩한 거룩한 세계 10대 경제 대국이다. 왠지 지금 대한민국은 건재한지? 의구심이 생기곤 한다. 나이 탓인가?

국가의 존재가치는 국방, 경제, 교육문화, 사회안정, 국민의 단합이다. 인도의 마하트마 간디는 국가멸망징조의 첫 번째는 원칙 없는 정치라고 말했다. 정치인은 있으나 정치는 없는 현실. 교육기관은 있으나 교육은 없고 선생은 있으나 참 스승은 보이지 않고 법은 있으나 법치와 법의 지배가 실종된 현실. 적과 대치하고 있는 국방은 믿을만한가? 경제가 무너지는 소리는 드높은데 퍼주기 포퓰리즘이 유일한 대책이다.

국토와 국민의 생명을 안전하게 지키는 것이 국가의 의무이다. 과거 임진란 시 일본군 20만 명은 15일 만에 부산을, 28일 만에 한양을 점령하고 선조는 평양, 의주로 피난했다. 정유재란 39년 후인 1637년 청군 16만 명은 16일 만에 한양을 점령.

1950년 6.25 때 북한은 3일 만에 서울을 함락했다. 북한은 핵과 미사일로 우리를 위협하고 있으나 우리의 대책은 보이지 않는다. 역사를 반복치 않도록 정신 좀 차리자.

국민의 가장 민감한 관심사는 병역과 교육의 평등과 공정문제이다. 당사자뿐만 아니라 가족 전체와 관련한 문제이기 때문이다. 전·현직 법무부 장관의 자녀교육, 병역문제는 국민의 민감한 사건이기 때문에 자신들이든, 수사를 통하든 명쾌하게 해결되지 않고는 국민이 납득치 않을 것이다. 국민은 물이요, 정부는 배이다. 물은 배를 띄우기도 하지만 뒤엎기도 한다. 물을 무서워해야 한다. 국민을 이기는 정부는 없다고 역사는 기록해 놓고 있다. 이것들이 나만의 생각이었으면 좋겠다.

국군의 위상

2020. 09. 13.

우리 국민은 헌법에 따라 병역의 의무를 이행하고 이를 신성시한다. 국가를 위해 국토와 국민의 생명을 지킴이가 얼마나 자랑스럽고 영광인가? 국군이 있어 안심하고 일상을 지내며 밤잠을 편히 잔다. 이런 국군에 오명을 남기는 일부 인들이 있다. 건군 이후 병역 비리는 끊일 줄 모르고 지속되어 왔다. 일부 권력자, 돈 많은 부자 자식들이 온갖 방법으로 신검에서 불합격으로 군 면제 받고 어떤 이는 자해행위로 면탈한 이도 있다. 입대 후 아빠, 엄마 찬스로 편한 보직으로 군 생활을 한 자들도 있다.

미국의 대통령들은 신체결함을 숨기면서 군 입대를 한 분이 한둘이 아니다. 한국전쟁 당시 군 장성 아들이 참전해 30여 명이 전사하기도 했다. 병역복무 기간은 3년에서 반으로 축소되어 100시대에 찰나에 불과하다. 군의 엄격한 규율하에 얻어지는 교육, 국가관을 확립하는 기회로 사회생활에 큰 도움이 된다. 본인과 두 아들은 현역병 만기제대. 손자가 곧 입영한다. 3대 현역병 가족에 정부의 예우가 있단다. 우리 가문의 긍지이다.

지도자는 솔선수범하고 노블레스 오블리주를 실천하는 사람을 말한다. 현직 법무부 장관 아들 병역문제는 사실 여부를 떠나 지금 회자되고 있는 사실만으로도 장관 당사자뿐만 아니라 정부는 치명타상을 받고 있다. 군의 기강은 군의 생명이다. 군은 민주주의 적용 제외 대상이기도 하다. 전쟁은 민주적이 아니기 때문이다. 입대 후는 내 자식이 아닌 국가의 자식이다. 신성한 국방의무는 평등하고 공정하게 이행되어야 한다. 건전하고 공명정대한 대한민국의 국군을 기대하고 있다.

거시기하다

2020. 09. 15.

추미애 법무장관 아들 휴가 거시기로 거시기하게 되었고 윤미향 의원은 위안부 할머니 거시기해 횡령배임 등으로 거시기 되었다네요. 세상의 진실을 거시기로 덮을 수 없다. 기회는 거시기하고 과정도 거시기하며 결과도 거시기하다네요. 진실은 거시기로 덮을 수 없다는 거시기를 알아야 거시기할 것이다. 두 분 모습도 거시기하네요.

* 거시기는 1360년 전라 당 연합국과 싸웠던 백제군의 암호였다.

군인 정신

2020. 09. 16.

지식백과사전이나 어학 사전에 '군인 정신'은 '국가와 민족을 위해 죽음을 무릅쓰고 책임을 완수하는 군인의 마음가짐'이라 명기되어 있다. 군인 정신은 항상 죽음을 각오하며 당당하고 솔직담백하며 사심을 멀리하며 임전무퇴의 정신이다. 군기를 엄격히 지키며 상명하복하고 특히 군인은 정확한 보고, 거짓이 있어선 안 된다. 전후방 군인은 경계를 강화해야 한다. 작전에 실패한 지휘관은 용서받지만, 경계에 실패한 지휘관은 용서받지 못한다. 군은 민주적일 수 없다. 전쟁은 민주적이 아니기 때문이다. 최근 군의 실상을 보면 우려스러운 일이 하나둘이 아니다. 휴전선은 안전하며 주적인 북한대응책은 완벽한가? 군은 평등과 공정, 정의로운가? 군의 부패는 국가 멸망의 원인이었다고 역사는 기록해 놓고 있다. 최근 장관의 아들 휴가 미기사건을 놓고 논쟁하는 모습을 보면 처참하고 비애를 느낀다. 그의 엄마 장관의 오만한 장관다움 없는 국회 답변. 국방부 장관의 오락가락 당당치 못한 답변과 태도. 그러니 X별이라는 화두가 나온다.

본인은 60년대 초, 논산 훈련소 전·후반기 및 하사관 교육대 훈련. 사병으로는 최고의 훈련을 받은 병장 출신이지만 당시 군인 정신을 배웠다는 자부심을 갖고 있다. 군인은 군인다워야 참 군이 아닐까? 나이 80을 넘겨 괜한 걱정을 하는 가 보다. 기우이기를 바란다.

COVID 19 대처방안

2020. 09. 19.

코로나 감염대책으로 마스크 착용, 거리 두기, 손 씻기 등으로 각급 학교가 문을 닫고 온라인 강의를 실시하는 등교 없는 교육이 실시된다. 유사 이래 처음 경험하고 있다. 차제에 멀어진 독서운동을 전개해보자. 교육부가 주관하고 각급 학교, 학부모, 학생이 동참하자. 1년에 책 한 권도 읽지 않는 국민이 50% 이상이란다.

독서는 지식의 보고이다. 명문 미국의 시카고대학은 19세기 초 하류대학이었으나 동 대학은 재학 중 고전 100권을 읽지 않으면 졸업을 시키지 않아 그 후 세계 명문대학 반열에 올랐단다. 특히 이 대학은 경제계의 거두를 배출한 대학으로 명성이 높다. 독서운동의 타산지석이 아닐까?

혼자 사는 시대

2020. 09. 20.

인간의 특성은 공동체의 삶입니다. 문화가 발전하면서 공동체 의식이 사라져 갑니다. 오랜 경기 침체와 중소기업, 자영업이 문을 닫고 출구가 보이지 않는 대량 실업률, 각박해지는 근로 환경에 젊은이들은 연애와 결혼, 출산을 포기하고 불안한 미래 속에서 점점 여유를 잃어갑니다. 중장년층 역시 크게 다르지 않습니다. 사회 전체적으로 숨 쉴 틈이 없고 각박해지니 함께하기보다는 혼자 하기를 선호합니다. 혼밥이 점차 증가하고 1인 가구가 늘어납니다. 과거보다 더치페이 문화가 자연스러워졌습니다. 혼자 할 때보다 함께할 때가 비용이 더 드는 것도 부담스럽습니다. 내 주머니 사정에 맞게 쓰고 내가 먹고 싶을 때 먹고 술 마시고 싶을 때 마시고 다른 사람 눈치 안 보고 당당하게 즐긴다는 생각이 반영된 것이지요.

이런 변화가 나쁘다는 것이 아닙니다. 역사적으로 공동체 의식이 강한 한국인의 의식이 큰 전환기를 맞고 있다는 생각입니다. 각자도생이라는 말이 우리 시대를 살아가는 최고의 방법처럼 회자되는 것은 혼족을 선택케 하는 현실을 드러낸다는 것입니다. 혼자, 혼족의 시대는 고독사의 증가, 고독 사회를 동반하게 됩니다.

핵가족화로 이웃이 사라지는 아쉬움이 나타납니다. 코로나 방역으로 거리 두기는 혼자를 강요합니다. 사회갈등이 드높고 이를 치유할 지도자도 보이지 않습니다. 모두가 이념에 휩싸여 내 편 아니면 다 죽어갑니다. 단일민족, 위대한 대한민국 아닙니까? 같이 살아야 할 운명공동체입니다. 혼자든, 혼밥, 혼족이든 같이 가고 싶습니다. 일요일 짧은 단상을 올려봅니다.

국민의힘당

2020. 09. 20.

당명도 당명 같지 않은 당이 당 색으로 원내의원들이 오락가락한다. 오합지졸 당을 상징하는 빨강, 파랑, 노랑 3색으로 결론이 난가 보다. 당 색은 무색이나 검정색이 답이지요. 빨강, 파랑, 노랑, 분홍 어떤 색도 맞지 않는다. 당 색깔이 없는 당이 색깔 타령? 그들만 모르는 가 보다. 김종인 비대위원장의 정체가 불확실하고 당도 그렇고. 한심당으로 추락하는 모습이 처량하고 애처롭다. 4월 총선 이후 한 일은 당명 바꾼 일, 이제 당 색깔 바꾸는 일, 국회에서 한 일이 무엇인지? 아는 국민은 없는 것 같다. 언제 야당다운 당이 출현할까? 국민의 힘 없다. 오합지졸. 당나라 군대 같은 당 해산하고 혁신 주도할 젊은 세대들이 나서 새로운 당을 만들라. 운 좋은 민주당 집권 20년이 아니라 그 이상도 가능할 것 같다.

전쟁을 두려워한 민족(국가)은 멸망했다

2020. 09. 24.

인류의 역사는 전쟁의 역사이다. 크고 작은 전쟁은 지금도 계속하고 있다. 전쟁발발 원인은 예상치 못한 사건으로 출발한다. 1, 2차 세계대전이 그러했다. 독일의 영국침공에 이웃 국가들이 화의를 제안했으나 당시 처칠 수상은 단호히 거절하고 전쟁에 돌입했다. 강한 국방력 없는 평화는 항복이라 했다. 그 유명한 Never Surrender.

6.25 한국전 70년. 정전 이후 북한은 크고 작은 도발은 물론 핵과 미사일로 우리를 위협하고 있다. 1976년 8월 18일 판문점 공동경비구역에서의 도끼 만행 사건, 박왕자 피살사건, 연평도 폭격, 천안함 폭침 사건, 지난 6월 16일 남북한 공동사무소 폭파사건, 지난 21일 해수부 공무원 사살 및 불태운 사건 등에 대해 우리 정부는 그에 상응한 조치는 외면하고 규탄성명으로 끝내고 이미 실효된 9.19 합의 위반 운운하고 있다. 국가의 존재이유는 국토와 국민의 생명을 지키는 것이다. 과연 우리 국민은 이를 보장받고 있는가? 자문해본다. 경고, 규탄이 적절하고 최선의 조치인가? 전쟁이 두려운가? 국방력의 전제 없는 평화는 항복이다. 정신 좀 차리자.

힘이 있었어야 해

2020. 09. 26.

국방부는 24일 연평도 해상에서 실종된 해양수산부 공무원 A씨가 22일 북한군에 의해 사살되고 시신이 불태워졌다고 발표하면서 북한의 만행을 강력규탄하며 북한의 해명과 책임자 처벌을 강력히 촉구한다고 발표했다. 북한은 불법 침입한 A씨를 사살하고 시체를 불사르지 않고 부유물만 태웠고 남측은 불경스럽고 대결적 색채가 농후하다며 미안하다고 했단다. 이에 정부는 만족을 표시하고 있다.

정말 어이가 없다. 더 나아가 A씨가 자진 월북했다며 면피까지 언급했다. 실종 28시간 후 북한군에 발견, 6시간 후 사살된 시간 동안 우리 군은 손 놓고 있었다. 정부는 불탔다던 시신을 수색하겠단다. 병자호란 때의 인조의 '삼배구고두' 치욕의 역사. 핵과 미사일로 무장한 북한군에 열세인 한국? 북한에 머리 숙이는 비열한 행태에 분노가 치솟는다. 힘없는 국가의 운명이다. 힘이 있어야 한다. 강한 국방력 없는 평화는 항복이다.

향후 정국?

2020. 09. 27.

내년 부산, 서울시장 선거는 민주당 후보 당선. 22년 대선은 민주당 유일한 후보인 ○○가 당선될 것으로 예측된다. 힘없는 국민의힘 당의 부산, 서울시장 후보는 보이지 않고 당선도 안 될 것이다. 대선후보는 되지도 않을 김 노인이 침을 흘리고 있다. 이 노인은 며칠 전 대구에 가서 박근혜 전 대통령을 심하게 비난했다네요. 통합은커녕 분열로 집권당 2중대 대역을 성실히 이행하고 있다. 사회주의 원조. 피는 못 속인다. 민주당 20년 집권 로드맵에 힘을 실어 주는 국민의힘 당이다. 정체성이 맞으니 합당도 실현될 수도 있다. 여당이 좋아서가 아니라 야당하는 꼴 보기 싫어서이다. 정치 문외한의 예측에 반기 들 사람 있어요?

해수부 소속 A씨 사건

2020. 09. 27.

국방부는 24일에 그는 실종 후 북한군에 의해 사살되고 시신은 불태워졌다고 발표했다. 그의 실종원인은 무엇인지 밝혀지지 않고 월북설을 흘렸다. 북한은 월북자가 아닌 불법 침입자여서 사살했고 그를 불태워 죽이지 않았고 부유물만 태웠단다. 정부는 북한의 설명 후 불타 죽었다는 시신 수색을 한다며 해수부는 국방부에 협조요청을 하고 있다. 북한의 주장을 믿지 말고 당초 발표대로 사살하고 불태운 것이 맞다. 그의 사살사건에 앞뒤가 맞지 않아 나 같은 멍청이는 이해가 안 간다. 북한의 미안하다는 말 한마디에 감읍하고 있는 정부가 처량하다. 위대한 김정은 위원장의 고단수 정치는 배워야 할 것 같다. 이 중대한 사건이 명백히 밝혀지지 않고 북한 비위에 맞춰 두리뭉실 덮어지는가 보다.

인물탐구(유시민)

2020. 09. 27.

유시민 씨는 현재 노무현재단 이사장이며 민주화운동 주도, 국회의원, 장관을 역임하고 칼럼니스트, 방송인, 작가로 유명하다. 독일유학도 했다. 오래전에 그의 저서, 『청춘의 독서』를 읽고 감탄도 했다. 그의 독서량은 타인이 넘볼 수 없다고 생각했다. 나는 유 이사장과는 일면식도 없다. 그의 재능을 높이 평가할 뿐이다.

하지만 최근에 그의 발언에 여러 번 식상하고 있다. 나이도 환갑을 맞았으니 경박하게 촐랑대지 말고 점잖게 행동하면 어른 대접받을 수 있는 분 중 한 분인데 안타까워하는 말이다. 지식보다 지혜가 있어야 하지 않을까? 엊그제 김정은의 사과 전언문에 계몽군주 같다는 평가? 이제 말을 삼가야 할 유 이사장이기를 기대해본다. 유 이사장께서 국가의 미래와 애국 활동에 헌신하는 어른스러운 모습을 보고 싶은 마음에서 나이 선배로 이 글을 올린다.

오늘 9월 28일

2020. 09. 28.

70년 전 6월 25일 새벽 4시 북괴의 불법 남침으로 3일 만에 서울이 함락되었다. 미국을 위시한 16개국 참전과 동년 9월 15일 맥아더 장군의 인천상륙작전 성공으로 28일 서울탈환으로 수복한 날이다. 당시 본인은 초등학교 6학년 재학 중이었다. 수십만 군이 전사, 부상하고 민간인도 사망, 부상하였으며 1천만 이산가족을 만들어 낸 세계전사에 유례를 찾기 어려운 전쟁. 지금도 정전상태에 있는 전시사항이다. 북한은 핵과 미사일로 우리를 위협하고 있는 상태에서 우리는 평화를 뇌까리고 있다. 굳건한 군사력 없는 평화는 항복이다. 잊지 말자 6.25. 상기하자 6.25.

아침에 올린 글

2020. 09. 28.

오늘이 6.25 북한의 남침으로 빼앗긴 대한민국을 찾아 서울이 수복된 날이라는 글을 올렸다. 정부는 물론 여야정당. 모든 언론. 시민단체. 어느 한 곳도 언급이 없다. 수도 서울 수복기념일! 역사를 잊는 국가는 멸망한다는 경구마저 잊은가 보다. 서울수복을 위해 전사한 장병들의 명복을 쓸쓸하게 빈다.

정치의 본질

2020. 09. 30.

군주주의. 민주주의 시대의 차이점에도 불구하고 본질은 변함이 없다.

1. 정치는 권력을 획득하기 위한 투쟁이다. 권력을 획득하기 위해 온갖 술수를 사용한다. 중국 삼국시대 영웅들이나 현대 정치인들이나 마찬가지다.

2. 정치는 패거리 싸움이다. 정치는 혼자 할 수 없다. 그래서 혈연, 학연, 지연을 동원한다. 현대 정치집단을 정당이라 부르기도 하고 이익집단이라 하지만 특정한 이익을 성취하기 위해 모이는 집단이란 것은 옛날이나 지금이나 같다.

3. 정치는 명분 싸움이다. 정치집단이 성공하기 위해서는 지도자의 탁월한 능력도 필요하나 집단이 내거는 명분과 대중적인 호소력은 필수이다. 그 때문에 각 정치집단은 명분을 구체화한 슬로건을 내건다. 예나 지금이나 정치 권력의 기반은 대중이다. 삼국시대에는 선거도 없었고 여론의 향배를 측정할 수 없었지만, 성공적인 정치인은 대중적인 기반을 갖고 있었다. 손권은 오나라 지역의 토호로서 백성들과 호족의 기반이 있었다. 유비는 특유의 인품과 한실 종친이라는 명분으로 백성의 지지를 받았다. 삼국시대나 오늘날이나 성공한 정치인은 훌륭한 인재를 확보하였다.

패거리 싸움의 필수조건은 구성원의 재능이다. 삼국시대나 지금이나 정치에는 돈이 필요하다. 오늘날에는 후원금, 정부의 정당 지원금, 또한, 은밀한 방법으로 돈 모으기도 한다. 다른 점은 방법일 뿐이다. 그래서 정치인들의 필독서가 삼국지인지 모른다. 현재 우리의 정치는 옛 삼국시대도 아니요, 현대판 정치인지? 가늠키 어렵다. 4류 정치에 멍이 든 국민은 어데로 가야 하나? 정치 문외한이 괜히 쓸데없는 소리를 한 가 보다.

난중일기

2020. 10. 01.

이번 연휴 중에 읽으려는 성웅 충무공 이순신 장군의 임란. 정유재란 전쟁일기 『난중일기』입니다. 1592년 4월 발발한 임진란. 1597년 정유재란을 승전으로 이끈 난중일기는 4백 년 만에 원문을 복원한 최초의 난중일기 완역본이랍니다. 현재 대한민국은 국방은 멀리 있고 파쟁이 극에 달해 국론이 4분 5열. 임란 전야가 아닌가? 충무공의 '필사즉생'을 생각해봅니다. 읽은 후 독후감을 올리려 합니다.

대한민국 대통령

2020. 10. 01.

대통령 운이 없는 대한민국이다. 초대 이승만 대통령은 독재와 1960년 대선 부정선거로 인해 4.19 학생혁명으로 하야, 망명했다. 4.19 후 집권한 민주당 윤보선 대통령은 5.16 군사쿠데타로 올 것이 왔다는 짤막한 성명을 내고 하야했다. 군사정부 박정희 대통령은 당시 김재규 중앙정보부장으로부터 피살당해 임기를 끝냈다. 이어 최규하 대통령은 80년 12.12 사태로 퇴임하고 전두환 대통령이 당선 집권했다. 87년 민주화 기치 아래 노태우 대통령이 당선 취임했다. 이어 DJP 연대로 김영삼 대통령이 당선되고 이어 김대중 대통령 취임. 전두환, 노태우 대통령은 형사처벌을 받았고 두 김 대통령은 소통이란 자식들의 수뢰사건으로 오명을 남겼다.

노무현 대통령은 임기를 마친 후 이명박 대통령 재임 중 가족뇌물사건으로 검찰 조사 중 자살했다. 이명박 대통령 후임으로 박근혜 대통령이 당선되었으나 재임 중 탄핵으로 임기 중 퇴임한다. 1917년 5월 10일 문재인 대통령이 재선거로 당선 취임 후 전직 이, 박 대통령이 형사처벌로 감옥에 수감되었으나 이 대통령은 풀려나 은둔생활을 하고 박 대통령은 3년 7개월 서울구치소에 수감. 재판 중이다.

문 대통령의 임기는 18개월 남기고 있다. 2022년 5월 대선에 국민의 선택을 기다리고 있다. 정부수립 72년 동안 11분의 대통령을 맞았으나 불운의 대통령으로 역사에 기록되고 있다. 대통령 운이 없는 대한민국인가보다. 과거 대통령의 역정을 교훈삼아 국민으로부터 사랑과 존경을 받고 역사에 빛나는 대통령은 언제 탄생할까? 기대해본다.

가황 나훈아

2020. 10. 02.

가황 나훈아가 어제 저녁 KBS 화려한 무대에서 3시간 동안 30곡 열창으로 최고의 시청률을 올렸다. 콘서트라기보다 뮤지컬이었다.

공연 중 그의 멘트가 화제이다. 왕과 대통령이 나라를 지키기 위해 목숨 걸거나 죽은 경우가 없으나 유관순, 안중근, 윤봉길 등 일반 국민이 국가를 지키고 순국하였다는 것이다. 공영방송의 역할을 제대로 못 하고 있는 KBS에도 일침을 가했다. 전, 현 정부의 실정에 침묵하는 정당, 국민에 경고를 주었다. 가황이자 애국자인 국민가수 나훈아! 당신이 이 나라의 정신적 대통령이다. 22년 대선후보 가뭄에 당신이 적임자이다. 미국의 배우 출신, 레이건! 재선 대통령이 문득 떠오른다. 난세에 영웅이 나타난다.

* 나훈아! 가황과는 30년 전 압구정동 같은 동 아파트에 살며 왕래를 하기도 하고 같은 성당 교우이기도 했다.

정의(justice)?

2020. 10. 03.

마이클 샌델의 저서를 소개코저 하는 것이 아니다. 사전에는 '바르다' '도리'라고 정의하고 있다. 영한사전에서 justice는 정의, 정직, 성실, 공정(rectitude)이라고 기술하고 있다. 민주주의의 최고 가치는 정의이다. 법무부 장관(minister of justice)은 정의롭고 공정을 실천하고 집행하는 주무장관이다. 정의의 기본은 정직과 공정이다.

인류사회에 제일 나쁜 행위는 바르지 못하고 거짓말하는 행위이다. 법무부 장관의 거짓말이 관심사이다. 특히 국민의 대의기관인 국회에서의 거짓말이 사실일 경우 용서받지 못하고 탄핵 이전에 스스로 자리를 떠나야 할 사유이다. 평등, 공정, 정의는 대통령의 통치 철학이기도 했다. 대통령의 통치 철학에 반하는 장관에 대한 결단을 기다려 본다. 읍참마속?

만고의 불변 교훈

2020. 10. 07.

1. 권불십년
2. 화무백일홍
3. 부불삼대

* 무지한 인간들이 백 년. 천 년 살 줄 알고 돈, 권력, 명예욕에 내일을 몰라라 하고 있다. 불로초를 먹고 만리장성을 쌓은 진시황도 50에 죽음을 피하지 못하고 진나라도 멸망했다. 자기성찰, 겸손, 역사는 거짓이 없다는 진리를 잊지 말아야 하겠다.

당신을 만나 참 좋았다

2020. 10. 10.

저의 저서, 『당신을 만나 참 좋았다』는 원하시는 분들에게 직접 드리려 합니다. 12일, 13일, 양일간 10~15시 서초대로 73길40, 강남오피스텔 707호로 오세요.

♡ 13일부터 유명서점에서 판매한답니다.

유유히 흐르는 한강

2020. 10. 11.

유유히 흐르는 한강! 세상이 하 수상하지만, 한강은 말이 없다. 폭우, 폭풍의 피해도 세월이 지나면 복구가 된다. 너는 세상을 잘 알고 있으련만 너는 말이 없는가? 아! 세월이 약이라 했던가? 그래도 한마디 말하고 있다. 물같이 살라고.

위기를 모르는 것이 최대 위기이다

2020. 10. 12.

70년 전 북한의 남침 6.25전쟁으로 3일 만에 서울이 함락되었다. 당시 입으로만 북진통일을 외치던 모습이 생생하다. 10일 북한의 노동당 창당 75주년 기념식에서 김일성 광장의 최신무기 시위와 열병식은 남한뿐만 아니라 미국도 위협하고 있는 군사 대국으로 등극하는 현장이었다.

코로나 청정지역?인 수만 명이 운집한 평양 김일성 광장! 코로나로 몸살 앓고 있는 폐쇄된 서울 광화문광장! 한국은 휴전선 방어망 축소하고 종전선언. 평화를 구사하고 한미동맹도 마다하고 있다. 최강군사력 강화하고 한미동맹 튼튼히 하시라. 그 많은 애국자들은 지금 어데 계십니까? 국방력 담보 없는 평화는 항복임을 모르는 대한민국은 어데로 가고 있나? 나만의 기우인가? 처칠 경의 Never Surrender 가 문득 떠오른다.

탕평비

2020. 10. 13.

영조는 (21대) 조선의 병폐였던 4색 당파를 척결하기 위해 당파를 초월하여 인재를 등용하는 탕평책을 실시하였다. 탕평비는 1742년 영조가 어필로 써서 서 유학의 본산이며 관학의 최고학부인 성균관(현 성균관대학교)의 정문 입구 반수교 앞에 세운 비이다.

내용은 다음과 같다. "두루 사귀고 패거리 짓지 않는 것은 군자의 바른 마음이고, 패거리 짓고 두루 사귀지 않는 것은 소인의 사사로운 뜻이다." 이 비문은 논어 위정편의 내용을 인용한 것이다. 278년 전 영조 대왕의 탕평책. 지금 우리는 광화문 광장에 현대판 탕평비를 세워야 하지 않을까?

피는 물보다 강하다

2020. 10. 15.

힘없는 국민의힘당 비상대책위원장인 김종인 옹이 호남지역 챙기기에 바쁘다. 얼마 전 5.18 묘지 앞에 노구의 몸으로 무릎

끓고 사죄하기도 하고 어제는 호남인 지지받아야 내년 서울, 부산시장 보궐선거에 승리한다며 비례대표 25%를 호남 출신에게 배정한단다. 모처럼 호남우대당으로 변신하고 있는 국민의힘당의 새로운 모습에 어쩐지 거시기하다. 영호남 출신이 아닌 충청도 출신은 서글프기만 해유. 김 옹이 걱정 안 해도 민주당 20년 집권 가능하다는 사실을 알고 현 정부 탄생의 공로자로 인정받지 못한 섭섭증의 발로인가? 하기사 조상 대대로 내려온 호남인의 긍지일지 모른다. 머지않아 민주당과 합당 주장도 가능할 것 같다. 정치는 통합과 협치임을 알고 있는 훌륭한? 김 대표이다.

저서 출간의 뒷이야기

2020. 10. 15.

지난 10일 본인의 저서, 『당신을 만나 참 좋았다』 출판에 격려를 보내주신 분들께 감사드린다. 본 저서를 보내달라는 분들도 많았지만 이를 수용치 못하고 12, 13일 양일 강남역 부근에 위치한 서울사무소에서 무료제공하겠다는 글을 올렸으나 3분만 방문하여 친필 사인해드렸다. 다만 대학 동기 동창인 한봉교 회장이 100권을 구입하여 여러분께 배포하고 있다. 출판사인 행복에너지의 배려로 유명문고에 배포 판매 중이다. 고향 도청, 군청, 모교 고교, 초교에 기증하고 모교 대학에도 기증하려 한다. 졸저지만 코로나 사태 대응책으로 독서운동도 좋은 기회가 아닐까? 가을은 독서의 계절이다.

한미동맹의 미래

2020. 10. 16.

14일 미 국방부 청사에서 양국 국방부 장관은 52차 한미안보협의 회의를 갖고 공동성명을 발표했다. 내용은 양국의 의견차가 드러났다. 국내에서는 미군 철수 주장도 계속되고 전작권, 종전선언, 방위비 부담문제도 엇박자가 나고 있다. 70년 혈맹의 끝이 걱정이다. 북한의 10일 노동당 창건 75주년 군사 퍼레이드는 남한뿐 아니라 미국도 위협하고 있다. 지금 한미동맹을 굳건히 해야 할 때 아닌가? 국방은 국토와 국민의 생명과 재산을 지킴이 최고의 의무이다. 혹시 미국의 봉남통북정책의 우려는 없는가? 외교국방 문외한의 생각이 기우이기를 바란다.

선거법 위반 양형 기준?

2020. 10. 17.

100만 원 이상 당선무효. 999,999원(100만 원 미만)이면 현직유지. 이게 뭡니까? 90만 원 벌금형으로 현직 유지한 지자체장은 환호하고 있다. 유, 무죄로 판결해야지. 판사님. 낯간지럽다.

국가 최고 통치자의 국정철학?

2020. 10. 18.

2,500년 전, 공자는 그의 제자 자공의 정치의 근본에 대한 질문에 답한다. "족병, 족식, 족신" 국방 튼튼히 하고 백성 배부르게 하고 백성이 믿게 하는 것이 정치다. 국방, 경제, 신뢰가 최고 통치자인 대통령의 통치 철학임을 알려준 만고의 정치철학. 또 그는 "정치는, 정은 정이다. 바른 것이다."라고 말했다. 공자의 정치철학을 되돌아보자.

임진왜란 전야

2020. 10. 23.

430년 전, 임란 전 조선은 정치적 분당의 발생과 붕당정치의 심화가 임란의 원인이었다고 역사는 기록해 놓고 있다. 도요토미 히데요시를 만나고 돌아온 두 통신사인 동인 김성일과 서인 황윤길의 의견이 대립했던 탓에 전쟁을 방지할 기회를 상실했다. 1589년 발생한 기축옥사(기축사화)는 동서인의 갈등이 폭발한 정쟁이었다. 정여립이 역모를 일으키려 한다는 보고로 시작한 사건을 통해 동인 중 조식의 문하생이 대거 몰락하고 1,000여 명의 선비가 희생되고 2년간 옥사가 계속되는 등으로 민생과 국방은 아예 여념이 없었다. 결국, 임란으로 임금이 도성을 버리고 피난 갔고 7년 전쟁 속에 백성들의 삶의 피해는 말로 표현할 수 없으며 옥토였던 강산은 황무지가 되고 5천 년 이어온 문화재는 전소되어 역사가 무덤화되었다.

당쟁에 이골이 난 조선조의 부끄러운 역사는 지금도 이어지고 있다. 여야, 지역, 계층 간 갈등으로 몸살은 코로나 역병보다 더 심각하고 치료약 개발도 할 수 없는가 보다. 임란 당시에는 유능한 정치인 류성룡 선생, 군의 이순신 장군이 있어 전쟁을 승리로 끝냈다. 하지만 전쟁을 승리로 이끈 류성룡은 삭탈관직되어 낙향하고 이순신은 적의 흉탄으로 순국했다. 지금 대한민국은 어데로 가고 있습니까? 워쩜 지금 임란전야와 같습니다. 누가 답 좀 해주세요.

연꽃처럼 살고 소금이 되어라

2020. 10. 23.

다음 글은 지난 2017년 10월 24일에 올린 글이다.

"연꽃처럼 살고 소금이 되라. 건국 이후 각 정권의 오명은 부정부패가 아닐까? 현 정부도 적폐청산의 칼을 뽑았으나 결과는 두고 볼 일이다. 옛 성현들은 세상을 살아가는 데 연꽃처럼 살아가라고 가르쳤다. 연꽃은 더러운 흙탕물에서 자라지만 그 더러움에 물들지 않고 아름다운 꽃을 피운다. 부패 속에 있으면서 부패하지 않고 혼탁 속에 있으면서 물들지 않는 것이 연꽃! 연꽃처럼 살아야 한다. 소금은 절대 썩지 않는다. 소금 자체도 썩지 않지만, 부패를 방지하는 작용을 한다. 스스로 썩지 않기 때문에 썩는 것을 막아낼 수 있는 정신이 소금이다.

현대인들이 삶의 방향감각을 잃고 허둥대고 있다. 이를 잡아줄 지도자나 스승이 없다. 10대 경제 대국의 뒤안길, 복지 정부에 외면당하고 있는 국민이 예상외로 많다. 부정부패 비리의 온상은 입법, 사법, 행정부에도 예외가 없다. 적폐청산은 부정부패 근절에 두어야 하고 그 이름이 정치보복이나 새로운 적폐를 만들어선 아니 된다. 주체가 연꽃이 되고 소금이 되어야 한다."

정치 무상

2020. 10. 23.

현 정부 출범 1등 공로자는 박근혜 전 대통령 탄핵에 찬성한 당시 새누리당 의원 62명이다. 지금 그들은 현 정부의 부름도 못 받고 국민의힘당의 의원이거나 총선 불출마, 또는 낙선으로 정치 주변을 서성대고 있다. 김종인 비대위원장도 제대로 당을 이끌지 못하고 노망설도 있단다. 힘없는 국민의힘당이 처량하고 앞이 안 보인다.

전·현직 의원들 60여 명이 마포포럼을 만들어 김무성, 강석호 씨가 공동대표란다. 기상천외한 무상급식 찬반투표로 시장직을 버린 오세훈 씨가 마포포럼 두 대표, 국민의당 대표 안철수, 유승민과 자칭 대선주자 5인 원탁회의를 제안했다. 많이 알 만한 그 밥에 그 나물 대선주자라? 깜도 안 되는 사람들이 선 밥에 수저 먼저 놓고 있다. 무슨 주제에 대선후보? 어떤 분은 "오세훈 씨는 구청장 선거에도 당선 가능성이 없다네요. 그들만의 리그전이니 두고 봐야지요."라고 한다. 현시점에서 이러쿵저러쿵 할 가치도 전연 없는 듯하다.

정권의 종말

2020. 10. 24.

역대 정권은 권력횡포와 직권남용으로 정치질서가 무너지고 부정부패와 각종 비리에 연루되어사법처리 되는 사례가 이어지고 정권이 몰락했다. 역대 대통령이 권력남용과 부정비리 및 적폐청산의 이름으로 네 분의 대통령이 구속수감 되었고 재판중에 있기도 하고 한 분은 자살하고 현재도 수감 중이거나 수감에서 풀려나오기도 했다. 또한 두 분 대통령은 아들들의 부정비리로 국민의 지탄을 받기도 했다. 지금 현 정부 내의 법치훼손과 권력갈등은 국민의 지탄을 면치 못하고 최고통치자인 대통령의 무관심에 국민은 불안을 느끼고 있다. 국민들은 라임, 옵티머스 사모펀드 사건도 권력과 유착된 사기사건이 아닌가 의심하고 있다. 권언, 권경 유착은 정권몰락의 원인이 되어왔다. 성역 없는 수사로 사기피해자들의 한을 풀어주고 법에 따라 배상, 보상도 이루어져야 한다. 재발방지에 최선을 다하는 노력을 해야 할 것이다. 진실은 숨겨지지 않고 시간이 해결해 준다. 부정부패, 비리가 정권을 삼켜버렸다는 역사를 반면교사로 삼아야 한다.

최소한의 예의

2020. 10. 24.

본인의 저서, 『당신을 만나 참 좋았다』를 몇 분과 초, 고, 대학 모교, 동창회, 관련단체에 보낸 바 있다. 어떤 대우나 감사를 받을 것은 기대치 않았다. 그러나 잘 받았다는 인사전화나 메시지는 보내는 것이 최소한의 예의가 아닐까? 직접 서점에서 구입하고 친필싸인을 받으러 온 분들도 있어 위안이 되기도 했다. 세상을 같이 살아가는 현실이 삭막함을 느끼게 한다. 괜한 짓을 하고 기분 상해하는 모습에 약간 치랑해진다. 인사는 주고받는 것이다.

이건희 회장 타계

2020. 10. 25.

대한민국을 10대 경제대국 반열에 올려놓은 1등 공신! 이 회장께서 6년간의 병고를 뒤로하고 저승으로 가셨네요. 삼가 고인의 명복을 빕니다. 이재용 부회장께서 두 분의 선대 회장의 뜻을 이어 삼성그룹을 세계적인 기업으로 더욱 발전시키리라 확신합니다.

스산한 만추

2020. 10. 28.

오늘은 유독 스산하기만 하다. 나만 그런가?

정치, 경제, 사회 전반이 스산하다. 대한민국을 경제 10대 대국으로 만든 1등 공신! 이건희 회장께서 영원히 이 세상을 떠나셨다. 국회에서 대통령 시정 연설이 있었단다. 석간신문에 의하면 국민의 마음을 확 풀어줄 내용이 없었다. 국회는 여, 야 쌈박질에 정신을 잃은 지 오래이고, 국민의 죽고 사는 안보, 경제도 불안하다. 법무장관과 검찰총장과의 으르렁대는 꼴아지도 점입가경. 대통령도 보고 듣기만 하고. 부동산정책에 국민이 외면하고 전세, 월세 땜에 눈물 흘리는 서민들. 부동산 관련 세금을 올리려는 신판 가렴주구가 추진 중이란다. 정치는 국민을 편안하게 하고 눈물을 닦아주는 것이거늘 왜 그리 못하나? 안 하나? 정치문외한인 내가 해도 이보다는 잘할 것 같다? 괜히 스산한 계절 탓인가? 나이 탓인가?

나라, 그 위에는 아무것도 없어야 한다

2020. 10. 30.

(역사학자, 소설가, 극작가였던 고 신봉승 선생의『국가란 무엇인가?』서문의 제목입니다.)

우리 곁에는 국가는 없고 정당, 기업만 있고 학교에도 국가는 없고 입시만 있습니다. 국가는 정당보다 우위에 있어야 하고 기업의 이익보다 우선해야 합니다. 대통령이나 정당지도자, 대학 교수들과 같은 사회지도층 들이 국가론을 입에 담고 있지만 그들의 행동에는 그런 것이 전연 느껴지지 않습니다. 우리 현대사가 어둠의 질곡을 방불케 할 정도로 참담한 것은 국가에 대한 지식인들의 말과 행동이 달랐기 때문입니다. 국가관이 확립되었을 때 나라는 흥했고 국가관이 무너지면 나라가 망했다는 사실은 논리가 아니라 결과였음을 우리 역사는 소상히 적어 놓고 있습니다. 망했을 때의 역사를 되풀이하는 것은 지식인들이 할 것은 아닙니다. 틀림없이 망하기 때문입니다. 대한민국의 정체성은 무엇입니까? 정치인, 기업인 또 국민들이 모르고 있습니다. 우리나라의 정체성은 자유민주주의, 자유시장경제, 법치주의입니다. 자유민주주의가 흔들리고 있고 자유시장경제가 무너지고 법치가 아닌 인치로 변해가고 있습니다.

국민의 먹고 살고, 죽고 사는 최고의 정치는 안보, 경제입니다. 여의도 국회는 여, 야 전쟁터가 된 지 오래이고 다수당의 횡포장이 되었습니다. 지역, 노사, 계층갈등으로 무엇 하나 할 수 없습니다. 협치, 협력, 용서를 잊은 지 오래입니다. 이를 해결할 지도자는 눈 씻고 찾아봐도 보이지 않습니다. 전직 대통령들이 타살, 자살로 죽고 각종 죄목으로 수감되기도 하고 68세인 한 분은 3년 7개월 수감되어 있고 79세인 또 한 분이 내주 17년 형을 받고 수감된답니다. 세계사에 없는 대통령 수난역사입니다. 정치 관련 사건은 정치로 풀어야 합니다. 그래야 담 대통령도 마음 놓습니다. 언제부터 착한 우리 국민이 이렇게 악해졌는지? 아무도 모른답니다. 남북분단도 서러운데 북한의 핵 위협도 무서워하지 않는 담대한 국민이 되었습니다. 평화, 종전 선언은 튼튼한 국방력이 전제되어야 합니다. 위기를 모르는 것이 최대 위기이임을 알아야 합니다.(신봉승 선생의 글을 일부 인용)

서초동 꽃길

2020. 10. 30.

저녁 퇴근길에 서초동 법조타운에 운집한 화환이 즐비해있는 모습이 보인다. 언론을 통하지 않고는 왜 이런 화환으로 꽃길을 이루었는지 모르겠다. 법무장관과 검찰총장 간 쌈박질에 윤석열 검찰총창을 응원하는 300여 개의 축하화환이란다. 벽 쪽에 놓여 있어 통행에는 지장이 없고 어느 여당 모 국회의원이 걱정한 꽃잎 땜에 통행자가 넘어지는 염려는 없어 보인다. 과천 법무부청사에는 추 장관을 응원하는 화환은 몇 개가 놓여 있는지 모르겠다. 정부 내에서 쌈박질을 하든 총질을 하든 자체적으로 해결치 못하는 연유는 나변에있는가? 임명권자인 대통령께서는 즐기고 계신지, 아니면 자체 승부결과를 기다리고 계신지 모르겠다. 머지않아 끝장이야 나겠지만 관중인 국민은 서글프고 피곤하다. 과문의 탓인지는 모르지만 유사 이래 처음 보는 사건이다. 지금껏 경험하지 못한 법란일까? 좀, 점잖게 처신들 하시라. 아름다운 꽃길은 언제쯤 볼 수 있을까? 생각하며 지나왔다.

해양수산부 소속 어업지도관 이 모 씨 사건

2020. 11. 01.

지난 9월 22일 서해 북방한계선(NLL) 인근 북한 측 해상에서 이 씨를 사살 후 시신을 불태웠다고 국방부가 발표한 바 있다. 그 후 국방부는 불태워진 시신 수색을 오랫동안 실시한다며 북새통을 벌였다. 그러면서 이 씨를 자진월북자로 발표해 유가족의 반발을 사고 있다. 북한 측은 지난달 25일 미안하다는 전갈을 보냈다. 우리 대통령이 제안한 공동조사 제의를 무응답으로이어 오다 지난달 30일 북한은 중앙통신을 통해 이 사건에 대해 우리 측 수역에 불법침입한 남측 주민이 단속에 불응하며 도주할 사항이 조성된 것으로 판단, 자위적 조치라며 남측의 자기국민 관리 소홀에 우선적 책임이 있다고 주장했다. 북은 사건의 책임을 우리 측에 떠넘겼으나 우리 측은 지금까지 한 마디 반박도 못 하고 있다. 당초 성급한 발표에 이어 자진월북자로 단정한 군 당국의 경솔한 판단이 사건을 꼬이게 하고 있다. 이 씨의 하선경위도 밝히지 않았고 북한 한계선에 접근할 때까지 어떤 조치를 했다는 언급도 없다. 안일무사의 대표적 사건이기도 하다. 국가는 국토와 국민의 생명과 재산보호가 존재가치이다. 북한의 각종 도발과 우리 국민 사살 등에 손을 놓고 있는 정부는 대오각성해야 한다. 평화, 종전선언은 국방력 담보 없이는 항복일 수 있다. 영국 처칠 총리의 Never Surrender가 문득 생각난다.

너도 죽고 나도 죽는다

2020. 11. 02.

조선조 5백 년 동안 당쟁으로 서로를 죽이는 쌈박질에 많은 선비가 죽고 귀양 가고 결국은 조선조의 멸망을 자초한 천추의 한의 역사를 갖고 있다. 세계열강의 덕분에 나라를 찾았지만 힘을 합치지 못하고 남북으로 나누고 이로 인해 동족상잔인 6.25한국전쟁으로 수백만 명이 죽고 1천만 이산가족을 만들어 내고 70년이 흘렀지만 언제 또다시 죽음의 전쟁이 발발할지 누구도 예측불허다. 반쪽짜리 대한민국은 변함없이 건국 이후 지금까지 그 나쁜 버릇인 정쟁으로, 보복의 반복으로 역대 대통령들이 죽고 감옥 다녀오거나 살고 있다. 오늘 이명박 전 대통령이 17년 징역형을 받아 초라한 감옥행 모습이 티비에 방영되었다. 감옥에 있는 박근혜 대통령 탄핵에 앞장섰던 친이계 62명 외 전 도지사 등 대표급들이 집 앞에 모여 있는 모습은 초췌하고 처량해 보이더라. 문 정부 탄생 공신들이 팽 당하는 모습이다. 분열은 너 죽고 나도 죽는다는 진리를 외면한 결과임을 모르는 우매이다. 대통령 하기 힘든 대한민국의 끝은 언제일까? 서로 용서해야 하거늘 보이지 않아 앞이 불안하다. 남아공 전 대통령 만델라가 그립구나. 아! 어찌하면 좋겠습니까? 답을 해보시라.

어떻게 민주주의는 무너지는가

2020. 11. 05.

피로 이룩한 민주주의는 집권자들에 의해 무너지고 있다. 극단적인 양극화가 민주주의를 죽이고 최고통치자의 전횡이 집권을 위해 망가뜨리고 있다. 미국이나 다른 나라. 한국도 예외가 아니다. 일독을 권하고 싶다.

세상이 하수상하니

2020. 11. 10.

세상이 하수상하니 페북에 글 올릴 생각도 없어진다. 엊그제 올린『어떻게 민주주의는 무너지는가?』 저서대로 미국이나 타국, 대한민국도 예외가 아닌 민주주의가 무너지는 현상에 어지럽다. 계절 탓인가? 나이 탓인가? 그래서 주책없이 자랑거리 찾아 올리고 있다.

이건희 개혁 10년

2020. 11. 12.

지난 10월 25일 타계하신 삼성그룹 이건희 회장의 1993년 6월 이른바 '프랑크푸르트 선언'으로 막이 오른 삼성의 개혁작업은 삼성의 체질을 획기적으로 바꾸었다. 산업화시대에서 정보화시대로 넘어가는 변화의 분수령에서 세계적인 초일류기업, 대한민국의 자긍심을 만들어 낸 기업가. 1년간 회사 문을 닫는 한이 있더라도 불량품을 없애라며 5백억 해당 제품을 소각하고 핵심인재 양성에 심혈을 기울인 혁명적 실천가. 현재 매출 3백조. 국가예산 20%를 담당하고 있는 삼성. 감히 본인의 이 회장님에 대한 언급이 결례일지 모른다. 소장하고 있는 저서를 안내할 뿐이다. 고인의 명복을 빕니다.

이제 그만 멈추어라

2020. 11. 13.

형조판서와 사헌부 대사헌과 매일 쌈박질. 이는 임금에 대한 역린이고 배고픈 백성들이 농기구 들고 일어나도록 하고 있다. 형조판서는 공평한 법 집행자이며 행동으로 만 백성의 모범이 되어야 하거늘 어찌 그리 시끄러운가? 의정서에도 점잖게 묻는 말에 공손해야 함에도 끝도 없이 독창 치고 경고도 마다하고 초지일관 독설을 퍼붓고 있다. 판서 이전에 여성이며 한 가정의 주부 아닌가? 여성의 최고덕목은 덕성이지요. 판서는 충효정신, 전문성, 인품, 교만이 아닌 겸손과 관용이 큰 덕목이어야 한다. 임금은 착한지, 무능인지, 아니면 보청기 고장인지? 문무백관들의 진언도 없는가 보다. 조선조 5백 년 4색 당파 쌈박질로 멸망한 역사를 되돌아보시라. 국가는 외침이 아니라 내부 분열로 멸망했다는 역사교훈을 잊었는가? 한반도 주변은 70년 전이나 변함없이 위기가 상존하고 있다. 쌈박질의 끝은 어데일까? 이만 끝내시라. 이 나라 주인인 한 백성의 당부이다. 우리 모두 정신 좀 차리자.

11월 중반에 와 있습니다

2020. 11. 14.

시인: 나태주. 사랑의 시. 11월을 감상해 보고 싶습니다.

♡돌아서기엔 이미 너무 많이 와 버렸고.

버리기에는 차마 아까운 시간입니다.

어디선가 서리 맞은 어린 장미 한 송이 피를 문 입술로 이쪽을 보고 있는 것만 같습니다.

낮이 조금 더 짧아졌습니다. 더욱 그대를 사랑해야 하겠습니다♡.

모교 방문

2020. 11. 15.

모교 법학관에 있는 저의 명의 열람실을 확장 이전하면서 열람실 입구에 저의 부조도 새단장해 주셨습니다. 별도로 부조를 패로 만들어 주셔서 감사히 받아 가보로 간직하려 합니다. 로스쿨 원장님과 교수분들께 감사드립니다.(13일 오후 모교 방문)

외교의 기본은 명분과 실리

2020. 11. 15.

(한일관계의 현대사 중)

광복 후 20년 후인 1965년 박정희 대통령 재임 시 한일국교정상화 대가로 무상 3억 불, 유상 2억 불을 받아 경부고속도로, 포항제철소 건설 등 기간산업에 투자했다. 당시 이 금액은 일본 외환보유액의 50%였단다. 그러나 징용배상, 위안부 보상문제가 끊임없이 대두되기도 했다. 역대 대통령들은 반일프레임을 집권에 이용하기도 하고 김영삼 대통령은 취임 후 뜬금없이 일본에 대해 버르장머리를 고쳐주겠다고 호언장담하기도 했다. 2015년 12월 28일 박근혜대통령 재임 시 위안부문제 협상합의로 일본정부는 일화 10억 엔 출현으로 재단설립을 합의했다. 그러나 위안부 의견이 반영되지 않았고 배상, 보상 해석문제, 합의서에 대한 법적 해석 등이 제기되었고 위안부 할머니 중 일부는 받기도 하고 거부하기도 했다.

결국 10억 엔은 일본에 반환?하고 2017년 문 대통령은 재협상을 파괴하며 2016년 11월 체결한 GSOMiA(군사안전정보협정)도 2019년 8월 파기종료선언을 했다. 그동안 토착왜구, 죽창가로 반일을 외치던 정부가 일본 아베 총리가 물러나고 스가 요시히데 총리가 취임하면서 특사를 파견하고 국회원들이 방일하면서 일본과의 밀착외교를 시도하고 있다. 내년 도쿄 올림픽에 남북 공동참여, 한미 간의 벌어진 간극의 중재 주선의 뜻도 포함되나 보다. 지금 현안은 일본 강점기 징용피해배상에 대한 대법원의 최종판결에 따른 재한일본 재산처분 문제가 걸림돌이 되고 있는가 보다.

외교는 일관성, 감정이 아닌 이성으로 명분과 국익 우선의 실리가 중요하다. 우리는 언제까지 일본과 이렇게 반목하고 지내야 하나? 반일을 뒤로하고 새로운 한일관계가 수립되고 나아가 시급한 한미일 공조를 공고히 하는 것이 우리의 생존전략이 아닐까? 정치, 외교문외한의 생각이다.

통일은 대박이다

2020. 11. 16.

중앙대학교 경제학과 명예교수인 신창민 박사의 저서이다. 2년 전에 대통령이 신년 인사에서 발언한 “통일은 대박이다.” 이전인 2012년 7월에 초판을 출간했다. 본인도 2014년에 구입하여 읽고 서재에 놓여 있다. 그런데 ‘통일은 대박이다’는 최순실 아이디어란다. 신창민 박사가 최순실 아이디어로 책 제목을 정했다는 소설인가? 참담하다.

힘없는 국민의힘당

2020. 11. 17.

최근 국민의힘당 행태를 보면 당 해체가 임박한 것 같다. 당의 정체성도, 전략, 전술도 없고 전투력을 상실한 지 오래다. 김종인 비대위원장의 갈지짜 걸음도 가관이며 내년 서울, 부산 시장선거에 걸출한 후보도 없어 보인다. 22년 대선후보 5인 원탁자들의 면면을 보면 그 밥에 그 나물들. 구청장선거에도 낙선할 후보란다. 오죽하면 대권후보 여론조사에 국민의힘당 후보로 한 사람도 오르내리지 못하고 현직 검찰총장이 여당인지 야당인지 후보 반열에 올라 있을까? 어제 김옹은 박근혜, 이명박 전 대통령 구속에 대해 사과한단다. 지난 8월 19일 광주 5.18묘지 앞에 노구를 이끌고 사죄하기도 했다. 이 사람은 사죄 전담 위원장인가 보다. 늙으면 점잖게 노인 노릇 잘해야지. 이게 뭡니까? 박 대통령 탄핵에 동참한 당시 새누리당 의원 62명 외 도지사들이 국민 앞에 사죄하고 탄핵까지 이루도록 보좌한 비탄핵의원들도 국민 앞에 석고대죄해야 마땅하다. 사과를 하기 전 사죄를 받을 사람은 박 대통령이 아닐까? 이명박 구속은 비박계, 친이계들의 박 대통령 탄핵에 대한 예상된 업보임을 그들만 모른다. 김무성 씨는 대선승리를 위해 몸 바치겠단다. 엉망으로 만든 총선공천 시 당 대표 직인 갖고 도망친 이력자인 그의 썩은 몸 바쳐 될 일인가? 잠자코 있어야 할 사람이다. 배신의 두목 유승민 씨가 유일한 대권후보로 부상하는 꼴아지. 정치는 정(바른 것)이요, 족병, 족식, 우위에 있는 족신이란 공자의 말씀도 모르고 있는 가소로운 자이다. 정치문외한의 생각이 이럴진대 말이다. 야당이기를 포기한 국민의힘당의 해체가 임박했고 항후 민주당 집권 20년에 힘을 보태는 당으로 변신한지 오래 아닌가? 민주당은 운만은 타고난 정당이다. 야당다운 야당 출현은 불가능해 보인다. 쌈박질 끝내고 당 해체는 빠를수록 좋을 것이다.

♡ 국민의힘당 의원님들! 촌노의 논제에 답을 해보시라.

민주주의는 이렇게 무너지고 있다

2020. 11. 19.

며칠 전 스티븐 레비츠키, 다니얼 지블랫 공저인 『어떻게 민주주의는 무너지는가』를 소개하면서 일독을 권한 바 있다. 그들은 집권자들에 의해 무너지고 극단적인 양극화가 민주주의를 죽이고 최고통치자들의 전횡, 독단으로 집권욕에 망가뜨리고 있다고 기술하고 있다. 민주주의는 피로 이룩한 인류 최고 발명품이자 정치제도로 인식되어 왔다. 그러나 이번 미국의 대선 과정과 한국을 포함한 다른 나라들의 불공정한 선거로 인해 민주주의의 핵심인 대의민주주의가 국민의 의사에 반하는 정치형태로 변질되어 주권재민의 형체가 사라지고 광장민주주의가 새로운 참여민주주의로 변이되어 가고 있다. 1000년의 민주주의 역사, 200년의 근대민주주의는 이렇게 허무하게 무너지고 있다. 다수당의 일당독재는 법의 지배를 거부하고 영구집권을 위해 입법만능을 지향하고 있다.

그러나 선진국에서 시행되고 있는 현행 민주주의가 다른 형태의 제도 도입이 불가능한 상태에서 이렇게 무너질 수는 없지 않은가? 현명한 국민의 판단을 기대해 본다.

힘없는 국민의힘당의 헛발질

2020. 11. 20.

이혜훈 전 국회의원이 내년 서울시장 출마를 선언하고 유승민 전 의원도 22년 대선출마를 선언했다네요. 워쩜 일란성 쌍둥이 XXX. 출신도 같고 박근혜 대통령 탄핵 주역, 문 정권 탄생 1등공신 반열에 올라 있는 두 사람. 국가와 지역발전에 어떤 공헌을 했는지? 과문의 탓인지 모르겠다. 외국유학해서 경제전공해 경제현안 해결사를 자청했을 뿐이다. 정치지도자의 자질은 자신의 정체성, 신의, 지도력, 경륜과 융화력, 국민의 지지가 아닐까? 그들은 김종인 비대위원장의 낙점이 있는가 보다. 참신한 젊은 신인을 발굴하려는 흔적도 없고, 노력도 안 하고 있는 안일무사당. 서울시장은 시정경험 있는 여성후보를 찾아보지도 않고 국회의원 경력자로 한정하고 있는가 보다. 어설픈 국민의힘당 하는 꼴아지 보면 앞길이 훤히 보인다. 정당의 정체성도, 전략도, 전술도, 전투력도 없고 늙은이의 헛발질만 계속하고 있는 힘없는 국힘당. 당원도 아닌 대한민국 국민, 서울시민의 볼멘소리이다. 괜히 남당에 열낸가 보다.

22년 대선 전망

2020. 11. 24.

최근 여론조사에서 본인의 의사와 무관하게 현직 윤석열 검찰총장이 여당 후보와 자웅을 겨루고 있는 상황에서 오늘 추미애 법무장관의 윤 총장에 대한 직무정지 결정에 검찰 내부 불만이 고조되고 검란도 예상되고 있다. 한편 법원의 총장직무정지효력정지가처분결정도 내려질 것으로 예상된다 여, 야 대권후보에 대한 선호도가 없고 여, 야쌈박질에 신물이 난 국민들은 윤 총장이 국민 무소속 후보 적임자로 긴급 등극하기를 원하고 있단다. 오늘 추 장관의 발표로 인해 내일 여론조사를 실시한다면 윤 총장의 지지율이 10% 이상 상승해 여당 예비후보인 이낙연. 이재명을 앞지를 것으로 예상된다. 윤 총장은 향후 추 장관의 공로에 감축할 것이다. 무지한 인간들이 어찌 하늘의 섭리를 알런가? 청와대, 각부 장관들은 세상사를 내다보는 지혜, 예관이 있어야 한다. 영웅은 난세에 나타난다. 대한민국의 국민은 현명하고 위대하다.

지난 13일의 당부(그만 멈추어라)

2020. 11. 26.

추 법무장관과 윤 검찰총장 간의 볼썽사나운 쌈박질 모습을 보고 이제 그만 멈추어라 하고 글을 올렸다. 나와 같은 노부의 말을 들을 일 없겠지만 해도 해도 너무한다는 내용이었다. 그 후 쌈박질은 계속되고 드디어 추 장관은 윤 총장의 직무정지라는 헌정사상 최조의 칼을 뽑았다. 이에 평검사늘의 번져 가는 모임, 전국 지검장, 고검장들이 검찰의 정치중립 훼손임을 천명하고 헌정사상 초유의 사태란다. 전직총장, 변협, 참여연대들도 부적절한 조치란다. 전국적으로 번지는 평검사회의가 기명 연판장으로 바뀌어 제2의 검란이 예상된다. 윤 총장 측의 업무정지에 대한 집행정지가 처분신청이 인용될 것으로 보이며 그리 결정되어야 한다.

문 대통령의 침묵, 여당대표, 국회법사위원장의 발언 등은 사태를 악화시키고 있다. 추 장관의 운명도 예측불허다. 과유불급, 자충수, 부메랑. 자기 발등 자기가 찍는다는 교훈은 지금도 살아 있다. 두 사람 임명한 대통령의 결단은 없고 쌈판을 즐기고 있는 중에 대한민국이 휘청거리고 있다. 4,19. 5.16 전야인가? 불길한 생각도 드는구나. 국내외적 여건도 만만치 않고 무너져 가는 경제에 국민들이 피를 토하고 눈물로 밤낮을 지새우고 있다는 사실을 아는가?

11월! 코로나 통금. 머지않은 연말. 추위가 엄습하고 있다. 정신 좀 차리자.

윤 검찰총장의 직무 정지 가처분 사건

2020. 11. 30.

오늘 오전 서울행정법원에서 동 사건 심문이 끝났는가 보다. 법원의 판단 기준은 보호해야 할 법익의 경중, 법과 원칙, 그리고 법관의 양심에 따라 결정할 것이다. 직무 정지의 지속? 효력 정지? 임기보장을 받고 있는 현직총장의 직무 정지로 인한 회복할 수 없는 직무 권한 정지를 배제하고 효력 정지 결정을 인용할 것으로 예측하고 있다. 당사자 간 본안소송에서 다투어라.

낙엽 따라 가 버린 가을

2020. 12. 01.

오색 단장으로 곱게 물들인 가을은 자연의 섭리 속으로 사라져 갔다. 코로나 역병, 정치 실종, 경제침체, 없으면 좋은 여의도 국회, 정부 내 쌈박질에 국민의 피로가 극에 와 있다. 겨울 추위보다 정치 추위가 더 무섭다. 어찌 나라꼴이 이 지경에 와 있나? 나도 모르고 국민도 모르고 있다.

지도자도 국민도 없으면 나라가 아니다. 달랑 한 장 남아있는

12월 달력. 너만은 알 것 같구나.

제갈량과 읍참마속

2020. 12. 02.

제갈량은 1800년 전 중국 삼국시대 촉한의 정치가이자 군사 전략가로 유비를 도와 위나라 초대황제인 조조를 적벽대전에서 대파시켜 한나라를 멸망케 하여 유비를 촉한의 제위에 오르게 한 일등공신이다. 위나라 공격 시 그의 절친 마속에게 지시한 전략과 명령을 무시해 전쟁에 패한 마속을 눈물을 머금고 목을 벤 일화가 '읍참마속'이다. 개인의 사사로움을 버리고 공정한 법 집행의 교훈으로 이어져 오고 있다.

자유민주주의 근간은 법치이다. 법과 원칙이 무너질 때 민주주의는 무너진다. 법의 지배가 실종되고 무법이 난무하고 있는 우리에게는 현대판 걸출한 제갈량은 언제 나타날까? 최고 통치자의 결연한 읍참마속은 실현될까? 기대해도 좋을까?

긴급체포 요건

2020. 12. 03.

현행 형사소송법 200조 3항에 따르면 검사 또는 사법경찰관은 피의자가 사형, 무기 또는 장기 3년 이상 징역, 금고에 해당하는 죄를 범하였다는 의심할 만한 상당한 이유가 있고 증거인멸 염려가 있거나 도주 우려가 있는 경우 긴급을 요하여 법원의 체포영장을 받을 수 없는 경우에는 그 사유를 알리고 영장없이 체포할 수 있다고 명기하고 있다. 이 경우 체포할 때부터 48시간 이내에 검사는 관할법원에 구속영장을 청구해야 한다.

근친혼의 결과

2020. 12. 03.

생물학적으로 근친혼 자녀는 우성 탄생이 어렵다는 이론이 존재한다.

우리 근현대사, 최근사를 되돌아보면 지연, 학연, 정치연 집단으로 인사를 단행하고 편 가르기의 최고 정점에 와 있다. 정치계뿐만 아니라 대학, 기업, 사회단체까지도 근친혼에 매몰되어 가고 있다. 최근 추미애 법무장관과 윤석열 총장의 쌈박질도 근친혼의 재판이다. 특히 학문의 최고전당인 대학사회를 보면 학문 근친혼의 대표급이다. 세계 명문 미국의 하버드대학은 본교출신 교수비율이 17%란다. 학문의 근친혼을 배제한 명문대학이다. 현 정부의 인사 근친혼 배제가 만사인사일 것이다.

훌륭한 장관의 여섯 가지 조건

2020. 12. 04.

2,000여 년 전 중국 전한 말의 유향이 편찬한 설화집인 『설원』은 '육정'을 소개하고 있다. 장관의 여섯 가지 조건이다.

1. 성신: 국가의 위기를 미리 알고 미연에 방지할 줄 아는 장관.
2. 양신: 마음을 비우고 스스로의 계획을 소신 있게 진언하고 윗사람의 잘못된 판단을 잡아줄 수 있는 장관.
3. 충신: 평소 성실하고 유능한 부하를 많이 거느리고 옳은 판단을 할 수 있는 장관.
4. 지신: 사리를 분별하고 위기를 기회로 만들어 가는 지혜로운 장관.

5. 정신: 법을 존중하고 뇌물을 사양하고 검소한 생활하는 장관.
6. 직신: 세상이 혼란할 때 아첨하지 않고 바른말을 하는 장관.

* 한문 표기를 못 해 이해가 어려울 수 있다.
* 우리의 장관들은 육정에 적합한지 살펴보자.

민주주의와 법치

2020. 12. 06.

대한민국의 정체성은 자유민주주의, 시장경제, 법치이다. 최근 입법기관인 국회가 법의 정의와 적용의 정당성을 무시하고 정치 목적을 위해 제정되는 정부시녀로 전락했다는 비판을 받고 있다. 법은 공기와 같아 보이지 않지만 살아가기 위해 필수적이다. 또한 사회가 있는 곳에 법이 있다고 말하고 있다. 이와 같이 법은 국가 공권력에 의해 강제되는 좁은 의미의 법이나 법률을 의미하는 것이 아닌 넓은 의미에서 사회가 존재하면 존재해야 할 사회규범을 뜻하고 있다.

법의 필요성을 말할 때 법이 없다면 인간관계의 충돌을 어떻게 해결할 것인가?를 상상해 보면 법의 필요성, 당위성을 알게 된다. 법의 제정 이상으로 법의 시행과 집행이 중요하다. 법의 지배는 법 집행의 원칙이며 시행의 적법성, 정당성, 공정성이 필수이다. 최근 국회에서 논의되고 있는 공수처법에 대한 논의, 법무부의 검찰총장에 대한 징계위원구성 등의 적법성, 공정성에 대한 비판이 법 시행의 문제점이 되는 예이다. 민주국가는 법의 지배가 필수인 국가를 말한다. 법치가 무너지면 민주주의는 당연히 무너진다.

항복 문서 발표

2020. 12. 07.

힘없는 국민의힘당 비대위원장인 김종인 옹이 4년 전 국회에서 당시 새누리당 소속 국회의원 62명 동참으로 박근혜 대통령 탄핵 결의한 9일, 감옥에 있는 두 대통령의 과오에 대해 사과성 항복문을 발표한다네요.

문 정권 탄생 1등 공로당인 국민의힘당이 굳이 새삼스럽게 항복문을 읽어낼 필요성이 있는지? 둔감한 나 같은 사람은 이해가 안 된다. 민주당 집권 20년을 보장하겠다는 보증선언이 되겠다. 김 옹은 22년 대선에 유일한 민주당후보로 등극될 것 같다.

국민을 현혹하고 있는 당명 같지 않은 국민의힘당의 해체가 연말을 넘기지 않았으면 좋겠다.

일등국가, 일등국민

2020. 12. 08.

아래 글은 우리 국민의 영원한 스승으로 존경을 받아오시고 2009년 2월 16일 선종하신 김수환 추기경님의 글입니다.

“우리나라는 많은 부문에서 세계 1위를 자랑합니다. 정보기술 강국으로 부상하고, 조선, 반도체, 철강, 자동차 등 여러 산업부문에서도 우위를 보이고 있습니다. 스포츠무대에서도 작은 고추 맛을 통쾌하게 보여줍니다. 지리적으로 아시아 변방의 작은 나라에 살지만 강인하고 뛰어난 민족입니다. 특히 우리 민족은 밟혀도 다시 일어나는 끈기와 저력을 갖고 있습니다. 조물주는 우리 민족에게 좁고 천박한 땅을 주신 대신 뛰어난 머리와 끈기를 허락하셨습니다.

그러나 참으로 뛰어난 민족이 되려면 도덕 및 윤리지수가 1위라야 합니다. 아무리 외국어 실력이 뛰어나고 과학기술을 많이 갖고 있더라도 정직하고 성실하지 않으면 세계화 경쟁에서 이길 수 없습니다. 적어도 세계인들 앞에서 고개를 들기 힘든 부끄러운 짓은 하지 말아야 합니다. 한국 사람은 믿을 수 있다. 거짓말은 안 한다. 법을 잘 지킨다. 이주노동자를 차별하지 않는다. 생명을 소중히 여긴다. 어려운 사람을 도우며 산다는 인정을 받아야 진정한 1등 국민, 1등 국가입니다"

단두대(기요틴, 프랑스어로 guillotine)

2020. 12. 08.

프랑스 혁명 당시 형벌인 참수형으로 죄수의 목을 자르는 사형기구를 말한다. 이 기구는 기로탱 박사가 개발한 사형기구로 1792년에 정식도구가 되었다. 혁명 주체세력은 루이16세와 왕비 마리 앙투아네트를 이 기구로 처형했으며 이 기구를 개발한 기로탱 박사도 자기가 개발한 이 기구로 처형되었다. 역사의 아이러니로 읽혀 오고 있다. 이 기구는 1977년에 마지막으로 사용. 1981년에는 사형제가 폐지되었다. 독일은 1930년 아돌프 히틀러가 정적 2만 명을 이 기구로 처형했다고 기록하고 있다.

조선조 시대는 사약, 칼 등에 의한 단두, 자진토록 했으며 현재까지 단두대를 사형도구로 사용치 않고 교수형으로 집행해왔다. 현재 사형제도가 존립하고 있으나 사문화되고 사형제폐지가 실시될 것이다. 현재 거론되고 있는 각종 법 제정이 단두대의 교훈을 잊지 말기를 바란다.

법학 전공자들

2020. 12. 11.

법학은 국민의 자유와 평등 그리고. 행복추구권을 보장하고 국가와 사회의 평화, 정의구현을 달성하여 모든 인류의 복지를 향상하게 하는 것을 목적으로 하는 학문이다. 우리의 역사를 뒤돌아보면 법이 추구하려는 목적달성은커녕 권력의 시녀로 앞장서거나 방관자로 존재했던 경험도 부인할 수 없다. 법학 교수, 법조인, 정치인, 법학도들이 이러한 법학의 목적달성에 얼마만큼 노력했고 성과는 있었는가? 반성해봐야 한다. 어느 면에서는 법학을 전공한 사람들이 악법의 산파역 주체로 그 집행자로, 해석자로 시류에 영합하여 역사를 왜곡시킨 부역자가 되기도 해왔다.

최근 국회의 입법 남발, 입법쿠데타, 행정부, 사법부의 법치를 무시한 전횡. 이런 사태를 주도하고 있는 이들이 법을 전공한 교수, 법조인 출신들이 주역임에 처참함을 느끼고 있다. 실정법의 상위법인 자연법, 양심법의 복원이 시급하다. 이렇게 민주주의가 무너지는가? 스티븐 레비츠키, 대니얼 지브랫의 저서는 민주주의 위기 신호로 대한민국을 배경으로 한 저서가 아닐까?

국가 멸망 원인은 내전이었다

2020. 12. 13.

내전은 나라 안에서 정권을 차지할 목적으로 벌어지는 큰 싸움, 국가의 기능을 저해하거나 파괴하는 행위를 말하고 있다. 전쟁은 전선이 있으나 내전은 전선이 없다. 전선이 없어 방어가 어렵다.

1000년 로마제국도 내전으로 멸망했고, 중국도 국, 공간 내전으로 중화민국이 멸망하고 모택동의 집권을 만들어졌다. 우리의 고려도 개혁의 온건파인 최영, 정몽주와 급진파인 정도전, 이성계와의 싸움으로 멸망했고. 조선조 5백 년도 당쟁의 내전으로 멸망을 자처했다. 광복 후 남북한 간 내전으로 분단을 고착해 6.25 한국전쟁을 맞기도 했다. 대한민국도 건국 후 당파내전의 결과는 4, 19 학생혁명, 5.16 군사쿠데타를 자초했고 민주정권 아래에서도 당파 쌈박질은 계속해왔고. 고질적인 지역, 진영 내전의 끝도 보이지 않고 있다. 현재 전직 두 대통령의 옥살이도 친이, 친박 내전의 결과이다.

현직 대통령은 국민의 대통령이기를 외면하고 집권당 대통령으로 자리매김하고 있다는 평가를 받고 있다. 여, 야당 싸움은 밤낮없이 내전은 계속되고 있다. 국회의 입법 남발, 입법쿠데타 내전, 행정부 내의 법무부 장관과 검찰총장과의 권력 내전에 이은 법란, 검란 위기도, 사법부의 불공정 편파재판 내전도 점입가경이다. 내전의 끝은 언제일까? 내전은 국가 멸망의 원인이었다는 교훈을 반면교사로 삼아야 하지 않을까? 내전 종식 없이 국가의 미래는 보이지 않을 것이다. 겨울 추위! 코로나 방역도 국민체온으로 겨울을 지내보자. 밖에는 눈이 내리고 있다. 아! 소스라쳐 겨울인가?

대한민국과 대통령의 현실 인식

2020. 12. 21.

2017년 5월 문 대통령께서는 취임사를 통해 사람이 먼저다, 기회는 평등, 과정은 공정, 결과는 정의라는 국민의 바람을 간단히 피력하셨다. 임기 1년 남짓 남아있는 현재 국민의 평가는 어떠할까?

입법부는 1당 독재로 입법범람, 입법쿠데타로 가고 있다. 행정부 내의 내전, 부동산정책, 노동정책, 보건복지부의 포퓰리즘 복지, 안이한 코로나 방역, 확진자 5만, 중증병상 0의 현상, 외교 국방정책도 방향을 잃은 지 오래다. 법치의 근간인 사법부의 파산도 회자되고 있다. 대통령께서 보내신 연하장에는 세계가 주목하는 방역 강국과 경제 모범국을 만든 국민 한 분 한 분께 존경과 감사의 인사를 드립니다라고 말씀하셨다. 경제가 무너지고 있고 개인. 국가부채가 사상 최고. 자영업자들이 문을 닫고 150만 실업자들. 코로나 예방 방역 벽이 무너지고 백신 보급도 불투명하다. 전시를 방불케 하는 코로나 통금의 끝도 보이지 않고 있다. 대통령. 정부 각료들의 안일 무사가 큰 걱정이다. 위기를 모르는 것이 최대위기임을 알아야 한다. 오는 크리스마스는 역사 이래 최고의 고요한 밤이 될 것 같구나!

근친혼과 내부분열

2020. 12. 22.

조선조 이래 인사는 근친혼이 계속되어 왔다. 특히 교육계의 근친 인사는 도를 넘어 학문의 경쟁력을 약화시키는 사태를 발생해 왔다. 세계 명문대인 미국 하버드대학은 본교 출신 교수는 20% 이하로 알려지고 있다. 정부, 공기업의 인사를 살펴보면 같은 당 사람, 코드인사, 선후배로 충원되어 원칙 없는 인사로 국민의 지탄을 받아왔고 내부분열의 원인이기도 했다. 특히 청와대의 각부 장·차관의 인사는 사전검증 부실로 국회청문회 이전에 국민 여론의 뭇매를 맞고 있다.

최근 국토부 장관 후보자의 과거 말실수와 자동차세 10번 체납 등 그의 임명의 정당성에 비판을 받고 있으며 법무부 이용구 차관의 택시기사 폭행 사건이 도마 위에 올라있다. 이 차관의 폭행 사건은 형법상 범죄 구성 요건 여부를 떠나 이런 사람이 법치의 주무부서 책임자로 적합하냐? 문제이다. 장·차관 할 사람 그리 없나? 청와대의 인사 풀에 문제와 불실검증이 심각하다. 능력 이전에 인성을 갖춘 인간을 찾아라. 삼고초려는 못할 망정 인성을 평가하는 말과 행동이 중요하지 않을까? 자동차세 체납자 국토부 장관 후보. 택시기사를 폭행한 이용구 차관. 스스로 판단하여 사퇴하는 것이 옳다고 생각하고 있는데 여러분들의 의견은 어떠하신지요?

대학과 대학 교수

2020. 12. 24.

대학은 최고 지성의 전당이며 대학교수는 최고 지성인으로 평가받고 있다. 그동안에도 대학 재단의 비리 입학, 학위 비리가 국민의 지탄 대상이었으며 곡학아세도 대학교수들의 전유물이었다. 최근 동양대 정경심 교수의 딸 조민 씨의 의대 입시를 위한 표창장 및 경력위조 사건에 대하여 23일 1심 재판부는 조국 부부의 공모혐의에 대해 징역 4년. 벌금 5억. 추징금 1억 3,894만 원을 선고와 동시 법정 구속했다. 법원은 전 법무부 장관 조국 교수와 공모한 입시 비리 관련 혐의를 인정하고 한 번도 잘못을 인정치 않아 공정사회의 믿음을 버렸다고 질타했다. 최고의 지성, 전 법무부 장관 부부가 문서위조를 자행한 사건은 최고의 파렴치한 지능범죄로 일반인은 상상조차 못 하는 범죄행위를 대학교수 부부가 공모하였다는 사실은 유사 이래 처음이 아닐까?

그러면서 이들을 옹호하는 세력들, 재판부를 비판하는 자들이 있단다. 이들도 숨은 공동정범이 아닐까? 대학과 대학교수들이 바로 서야 바른 국가. 바른 국민이 될 것이다.

추미애 법무부 장관의 1년

2020. 12. 25.

지난 1월 3일 취임한 추 장관은 취임사에서 제1성으로 검찰

개혁을 주장했다. 그동안 검찰은 정치검찰로 국민의 지탄을 받아 오기도 해 검찰개혁에 정당성이 있어 왔다. 그러나 추 장관은 개혁정책은 뒤로하고 임기가 보장된 윤석열 검찰총장을 찍어내기에만 몰두해왔다. 1년 동안 법무부 감찰위원회 결정 무시. 장관의 총장 직무 정지. 징계위원회 2개월 직무 정지 결정 및 대통령재가 등이 법원의 효력 정지 결정 등으로 3전 3패를 맞아 법무부 장관의 위상은 물론 대통령 위상까지 큰 타격을 주었다. 대통령 징계재가 당시 법무부 장관은 사의를 표명했다는 보도가 있었으나 현재 재임 중이다. 진리와 진실, 법의 정의는 감정으로 결정되지 않고 있으며 과유불급의 교훈도 살아있다. 법치는 대한민국의 정체성이기도 하다. 우리 국민은 추 장관의 거취, 대통령의 결단을 예의주시하고 기다리고 있다.

퇴계 이황의 최후 간언

2020. 12. 28.

조선조 중기 최고의 문신, 학자로 성균관 대사성 대제학. 지경연을 역임하고 명종, 선조 때 공조참판, 이조판서 제소를 사양한다. 선조께서는 떠나는 퇴계의 마지막 만남의 자리를 만든다. 여러 이야기 중, 퇴계는 나라가 걱정이라며 다음과 같은 내용을 아뢰었다.

"전하의 성군 자질은 밝고 높습니다. 그래서 경연석상에서 글의 뜻을 잘 이해하십니다. 그런데도 신하들이 재주와 지혜가 부족해서 전하의 높은 뜻을 받들지 못하고 일을 의논하고 처리하는데 전하는 지혜만 믿고 세상사를 홀로 이끌어 가고자 하는 점이 없지 않습니다. 식자들은 이 점을 근심하고 있습니다."

이같이 조정의 현황과 제왕의 독단을 사실대로 비판했다고 역사는 기록해 놓고 있다. 예나 지금이나 훌륭한 참모를 거느려야 하고 현실을 무시하고 독단을 경계해야 한다는 교훈이다. 450년 전 퇴계 선생의 일대기를 참고했다.

송구영신

2020. 12. 31.

경자년이 역사의 뒤안길로 사라져 가고 있습니다.

문 대통령의 취임사, "한 번도 경험하지 못한 대한민국?" 코로나 역병의 끝이 보이지 않고, 방역의 실패, 백신은 언제 도입될까? 국회의 일당독재, 법무부 장관과 검찰총장과의 권력 내전, 쌈박질, 끝까지 윤 총장 몰아내기에 바쁜 정부와 여당, 자기들에 불리한 사법부판결을 비난하는 반민주국가, 대통령의 지도력, 청와대 참모진들의 무 간언, 상의하달, 하의상달도 보이지 않고, 경제추락, 중소자영업자의 몰락, 천정부지의 집값 상승, 전세대란, 위험수위에 와 있는 가계 및 국가부채, 정부의 무책임의 극치, 장·차관의 인사 난맥상, 민심이반 등 많은 경험을 한 대한민국의 한 해였던 것 같습니다. 한국인만 모르는 대한민국인가? 정권 말기의 레임덕. 위기를 모르는 것이 최대의 위기이다. 지구의 공전과 자전으로 내일 새해를 맞습니다. 그래도 지구는 돌고 있겠지요. 모두 건강하세요.

♡ 페북 글도 이제 멈춰야 할 것 같습니다. 박수 칠 때 떠나라.

결혼식 _1966. 10. 16

40년 전 빛바랜 가족사진

결혼 전_1996년 여름

박사 가족

결혼 19주년 가족과 함께_1985. 10. 16

전남 순천만 아내와 함께 탐방

성분도 복지관 성모상

고향 흥성군 은하면 명예면장 취임_1994. 09. 01

아시아소매업체회의_1996. 04. 18

DMZ 철원 안보 관광(01)_2014. 09. 07.

DMZ 철원 안보 관광(02)_2014. 09. 07.

아! 홍고 제11회 동문들의 가을 나들이_2014. 10. 29

소화신산 앞_2015. 10. 23.

토야 호수_2015. 10. 23.

북해도 구청사_2015. 10. 23.

지지불태_2016. 04. 18.

홍성고교 11회 동기 모임_2016. 04. 28.

해오름극장에서 아내와 권선복 대표와 함께_2016. 08. 15.

꽃동네 설립 40주년 기념행사 (01)_2016. 09. 08.

꽃동네 설립 40주년 기념행사 (02)_2016. 09. 08.

베를린 심포니 오케스트라 내한 공연_2016. 09. 11.

남해안 일주 여행(01)_2016. 09. 24.

남해안 일주 여행(02)_2016. 09. 24.

모교 법학관에서 장학금 전달식_2017. 04. 03.

아내와 함께 잠시 폭염 피난_2017. 08. 11.

성심노인복지센터 재정비 준공식_2017. 09. 12.

페북을 통한 번개팅_2017. 09. 14.

한국의 집 전통혼례식 참가(01)_2017. 09. 17.

한국의 집 전통혼례식 참가(02)_2017. 09. 17.

강화도 탐방_2017.10. 05.

예술의 전당에서_2017. 11. 05.

가갑손 기념 열람실 앞 부조_2017. 11. 25.

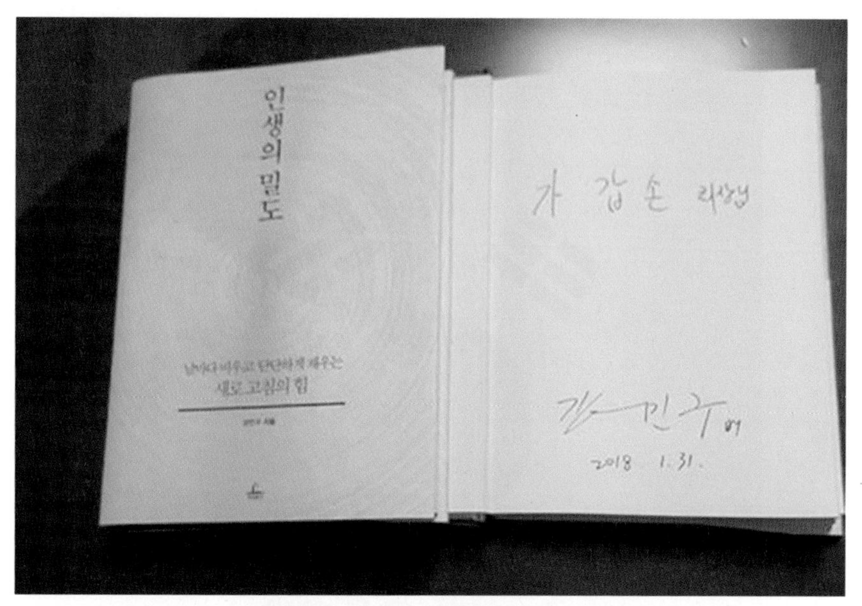

강민구 법원도서관장의 저서 『인생의 밀도』_2018. 02. 06.

제23회 인간상록수 추대식_2018. 06. 07.

윤봉길 의사 기념관 내 윤 의사의 동상 앞에서_2018. 09. 08.

푸른날개 합창단 공연_2018. 09. 11.

우리 아파트에서 바라보는 강남 전경_2018. 10. 16.

가갑손 장학금 전달식_2019. 05. 09

충청대 명예교수 추대

賞狀

銀河國民學校第六學年

賈甲孫

檀紀四二七一年一月八日生

品行이바르고成績이優秀하여남의模範이되므로 賞品을주고이를表彰한다

檀紀四二八四年八月 日

忠清南道知事 李寧鎭

홍성군 은하초등학교 졸업시 수상

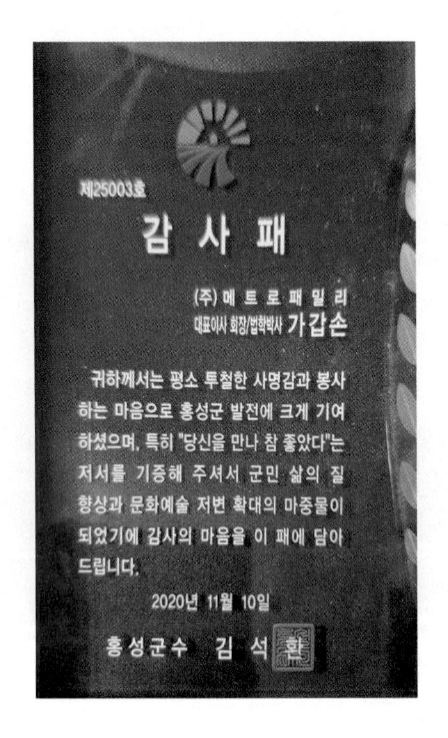

제25003호

감 사 패

(주) 메 트 로 패 밀 리

대표이사 회장/법학박사 가갑손

귀하께서는 평소 투철한 사명감과 봉사하는 마음으로 홍성군 발전에 크게 기여하셨으며, 특히 "당신을 만나 참 좋았다"는 저서를 기증해 주셔서 군민 삶의 질 향상과 문화예술 저변 확대의 마중물이 되었기에 감사의 마음을 이 패에 담아 드립니다.

2020년 11월 10일

홍성군수 김 석 환

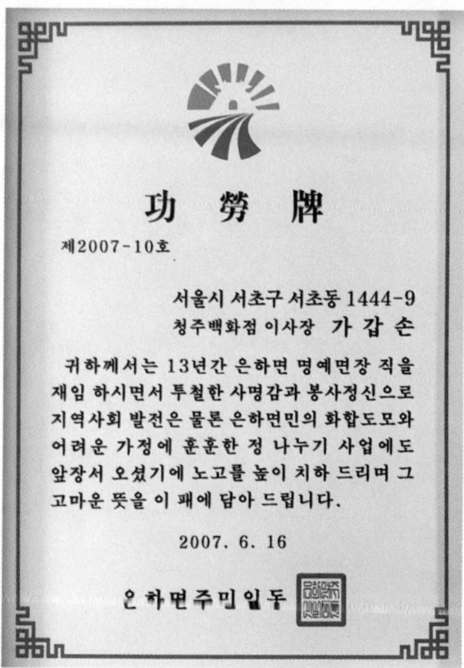

功勞牌

제2007-10호

서울시 서초구 서초동 1444-9
청주백화점 이사장 가 갑 손

귀하께서는 13년간 은하면 명예면장 직을 재임 하시면서 투철한 사명감과 봉사정신으로 지역사회 발전은 물론 은하면민의 화합도모와 어려운 가정에 훈훈한 정 나누기 사업에도 앞장서 오셨기에 노고를 높이 치하 드리며 그 고마운 뜻을 이 패에 담아 드립니다.

2007. 6. 16

은하면주민일동

이응로 화백 생가 방문

강원도 춘천 처남 방문

서전정원(도서관 방문)

홍성군 도서기증 행사

이원종 전)서울시장과 함께

행복에너지 권선복 대표

이애란 박사가 운영하는 식당 방문

가갑손 회장님
2017 A.N.Sook

결혼 50주년 기념 사진

태안 몽산포 해수욕장에서(며느리와 손자 손녀)

출간후기

권선복 | 도서출판 행복에너지 대표이사

짧은 단상 속에서 빛나는 날카로움!

결혼 54주년, 직장생활 55주년을 기념하여 가갑손 회장님의 책 『당신을 만나 참 좋았다』를 출간하였습니다. 때로는 일상에서 떠오르는 단상을, 때로는 정치와 사회, 경제에 대한 날카로운 지적을 하고 있는 다년간의 예리한 논평과 사색이 돋보입니다.

대개 나이 드신 분들은 인터넷 등을 잘 이용하지 않는 것에 비해 페이스북을 통해 지인들과 교류하며 생각을 나누는 저자의 모습이 신세대 못지않게 활발해 보입니다. 한편으로는 무거운 주제들을 풀어놓으며 대한민국이 어디로 가고 있는지, 어떻게 나라가 꾸려져야 하는지에 대해 소신 있게 이야기를 전하는 글에선 진심으로 대한민국을 걱정하는 애국자의 모습이 비춰집니다.

꾸준하게 개인적인 생각을 나누려는 저자의 의지와 열정은 칭송받을 만합니다. 세상은 더 많은 선생님이 필요합니다. '가르침'이라는 것은 다양한 방식으로 전해질 수 있으며, 다양한 분야에서 활약하는 지식인들의 지혜는 우리 시대에 꼭 필요한 양분과도 같습니다. 그런 의미에서 저자의 이러한 발자취를 책으로 남겨 기념할 수 있음에 매우 감사한 마음입니다.

10여 년간 1,900여 명의 페친들과 교류하며 1,200여 편의 글을 올린 저자! 정치, 경제, 경영, 사회, 문화 등 다방면에 정론직필한 글을 가감 없이 출판하게 되어 감사드리며 가갑손 회장님의 바른 말 바른 일 바른 사람으로 귀감이 되는 삶에 존경을 전하는

『당신을 만나 참 좋았다』 본서를 통하여 독자들의 마음속에 기운찬 행복에너지가 긍정의 힘으로 마법이 걸려 이 세상에 빛과 소금이 되는 삶으로 승화되기를 기원드리며 건강다복 만사대길하시길 축원드리겠습니다. 다시 한번 의미 깊은 가갑손 회장님의 『당신을 만나 참 좋았다』 책을 출간하게 되어 감사드립니다.

'행복에너지'의 **해피 대한민국** 프로젝트!

〈모교 책 보내기 운동〉

대한민국의 뿌리, 대한민국의 미래 **청소년·청년**들에게 **책**을 보내주세요.

많은 학교의 도서관이 가난해지고 있습니다. 그만큼 많은 학생들의 마음 또한 가난해지고 있습니다. 학교 도서관에는 색이 바래고 찢어진 책들이 나뒹굽니다. 더럽고 먼지만 앉은 책을 과연 누가 읽고 싶어 할까요?
게임과 스마트폰에 중독된 초·중고생들. 입시의 문턱 앞에서 문제집에만 매달리는 고등학생들. 험난한 취업 준비에 책 읽을 시간조차 없는 대학생들. 아무런 꿈도 없이 정해진 길을 따라서만 가는 젊은이들이 과연 대한민국을 이끌 수 있을까요?

한 권의 책은 한 사람의 인생을 바꾸는 힘을 가지고 있습니다. 한 사람의 인생이 바뀌면 한 나라의 국운이 바뀝니다. **저희 행복에너지에서는 베스트셀러와 각종 기관에서 우수도서로 선정된 도서를 중심으로 〈모교 책 보내기 운동〉을 펼치고 있습니다.** 대한민국의 미래, 젊은이들에게 좋은 책을 보내주십시오. 독자 여러분의 자랑스러운 모교에 보내진 한 권의 책은 더 크게 성장할 대한민국의 발판이 될 것입니다.

도서출판 행복에너지를 성원해주시는 독자 여러분의 많은 관심과 참여 부탁드리겠습니다.

함께 보면 좋은 책들

코골이 남편, 불면증 아내

노동훈 지음 | 값 18000원

본서는 수면에 대한 올바른 정보와 불면증 최신 치료에 대한 다각적인 지견을 전달하며 불면증에 시달리는 사람들뿐만 아니라 잠을 보다 깊이, 푹, 잘 자고 싶은 사람들에게 실용적인 도움을 줄 수 있는 정보로 알차게 구성되어 있다. 특히 잠을 잘 자기 위해 해야 할 것과 피해야 할 것, 불면증 해소에 큰 도움이 되는 인지행동치료와 수면 기술(sleep tech)을 제시하며 독자 여러분을 숙면의 세계로 안내한다.

360° 매일매일 한 줄 인문학

이상준 지음 | 값 18000원

'인문학'이라고 하면 어렵고 현학적인 학문이라는 인식이 있다. 하지만 이상준 저자의 이 책은 우리 주변에서 일어나는 소소한 이야기에 고전을 접목시킨 친근하고 실용적인 인문학의 세계를 통해 이러한 편견을 씻어내는 한편 다양한 생각의 기회를 제공한다. 또한 현대 사회에서 많은 이들이 관심을 가질 수밖에 없는 경제학과 부의 이야기를 효과적으로 인문학에 접목시킴으로써 성공으로 향하는 길을 제시하고 있다.